KB123353

시가문학의
역사성과 장소성

시가문학의
역사성과 장소성

김신중 지음

보고사
BOGOSA

책머리에

이 책의 이름은 '시가문학의 역사성과 장소성'이다. 내용은 모두 3부로 구성되어 있다. 제1부는 '시대의 추이와 시가의 대응'이라 하여, 시대적 배경 속에서 작가와 작품이 어떻게 활동하고 창작되었는지 살폈다. 김응정의 시조, 이순신의 〈한산도가〉, 조현범의 〈강남악부〉, 대를 노래한 고시조, 애국계몽기의 혈죽가사, 가사의 형태와 현대가사, 안확의 시조 연구와 창작이 탐색 대상이다.

제2부와 제3부는 누정과 관련된 글이다. 제2부 '누정문화와 누정제영'에서는 고려시대에 세워진 벽파정·연자루·석서정의 성격과 조선시대 인물 송순·나세찬·양응정의 작품 및 남도누정의 현황을 살폈다. 그리고 제3부 '무등산권 누정 탐방'에서 독수정, 면앙정, 송강정, 물염정, 임대정, 영롱대, 취가정을 탐방하였다. 무등산권은 호남에서 누정문화가 가장 융성했던 곳이어서, 특별히 이곳에 산재한 누정을 하나하나 돌아보았다. 이와 같이 시대의식과 관련된 제1부의 내용을 의식하여 역사성, 누정과 관련된 제2부와 제3부의 내용을 의식하여 장소성이란 말을 이 책의 표제에 내세웠다.

필자는 지난 2019년 12월 『호남의 시가문학』이라는 책을 펴낸 바 있다. 호남시가의 전개 양상 및 시조와 가사 작품에 대한 논저였다. 그때 편찬 범주에 들지 않아 미루어 두었던 시가문학과 누정 관련 원고를 모아 이 책을 엮었다. 물론 『호남의 시가문학』 이후에 쓴 논문도 여기에 함께 실었다. 제1부의 「김응정의 『해암가곡집』과 시조」 및 제2부의 「과시와 치유의 노래 〈면앙정가〉」가 그것이다.

이제 한 학기만 더 지나면 필자는 정년을 맞는다. 1992년에 모교인 전남대학교의 전임강사로 발령 받아, 삼십 년이 넘는 세월을 그곳에서 강의와 연구로 보냈다. 돌아보면 부족함도 많고 아쉬움도 많은 길이었다. 그런 한편 즐겁고 고맙기 그지없는 길이기도 하였다. 이 책은 『호남의 시가문학』에 이어 필자의 그런 여정을 모아 한 자리에 정리한 것이다. 시차를 두고 서로 다른 동기에서 쓴 글들을 모은지라, 제1부와 제2부는 구성 내용이 서로 유기적이지는 않다.

코로나19의 긴 터널을 지나며 대학의 강의와 연구에도 많은 변화가 있었다. 특히 한동안 거의 모든 강의와 행사가 온라인을 통해 비대면으로 이루어졌다. 대면을 통한 만남이 오히려 어색할 정도이다. 그러다 보니 소통 과정에서 출판물의 역할도 크게 위축되었다. 이런 상황에서 선뜻 출판을 맡아 수고해 주신 보고사에 깊이 감사드린다. 곧 3월 새 학기가 시작된다. 화창한 봄기운에, 답답한 마스크처럼 드리운 주변 안개가 활짝 걷혔으면 좋겠다.

2023년 2월
여산와실에서 김신중

/ 제 2 부 / 누정문화와 누정제영

진도의 벽파정과 벽파정제영

제영을 통해 본 연자루의 문화적 표상

광주 석서정의 명칭과 〈석서정기〉

/ 제 3 부 / 무등산권 누정 탐방

홀로 지킨 지절, 독수정

하늘과 땅 사이, 면앙정

창송과 녹죽의 만남, 송강정

천연의 자태, 물염정

고반원 옛터, 임대정

김덕령 자취, 영롱대와 취가정

제1부

시대의 추이와 시가의 대응

김응정의 『해암가곡집』과 시조

1. 머리말

해암(懈菴) 김응정(金應鼎, 1527~1620)은 16세기 후반과 17세기 초에 전라도 강진에서 활동하였던 시조 작가이다. 당시 그가 지은 시조는 무려 수백 수에 달할 정도로 많았다고 말해지기도 하는데, 사후 70년이 지나서는 그때까지 남은 작품이 『해암가곡집(懈菴歌曲集)』으로 엮어진 바 있다. 하지만 현재 『해암가곡집』의 행방은 묘연하며, 그의 작품은 8수만이 『해암문집(懈菴文集)』에 수록되어 전하고 있다. 이 글은 이런 해암시조를 특히 『해암가곡집』과의 관련하에 살펴보는 것을 목적으로 한다.

김응정과 그의 시조에 대한 연구는 1972년 전광현이 쓴 「김응정의 시조」로 비롯되었다.[1] 이후 1983년 진동혁이 『부언일부(敷言一部)』라 이름한 한시문 모음집 후단에 모필체로 적힌 『해암가곡집』 관련 기록

<hr>

[1] 전광현, 「김응정의 시조」, 『서림』 제2호, 전북대학교 문리과대학 학생회, 1972(진동혁, 「김응정 시조 연구」, 『국어국문학』 90, 국어국문학회, 1983, 280쪽 참고).

몇 가지를 발견하면서, 김응정은 시조 작가로서 본격적인 조명을 받게 되었다. 진동혁이 발표한 일련의 논고를 통해 그의 가계와 생애, 교유 인물, 사회적 활동, 시조 작가로서의 면모, 향촌 사회의 평가 등이 윤곽을 드러내었다.[2] 1985년에는 한국문학비건립동호회에서 강진군민회관 뒤편에 김응정의 대표적인 시조 〈서산일락가(西山日落歌)〉를 새긴 '해암가비(懈菴歌碑)'를 세웠다.

진동혁 이후 한동안 뜸했던 해암시조에 대한 천착은 21세기에 들어 몇 연구자들에 의해 보다 심도 있게 계속되었다. 먼저 김명순이 해암시조 중 〈서산일락가〉만을 대상으로 그것이 각종 문헌에 전승되는 양상을 집중적으로 검토하였다.[3] 30여 종의 가집류와 10여 종의 문집류에 담긴 기록을 통해 이 작품의 작가, 창작 배경, 원전 표기를 살폈다. 그 과정에서 김응정과 조식(曺植, 1501~1572) 외에도 길재(吉再, 1353~1419), 김인후(金麟厚, 1510~1560), 이몽규(李夢奎, 1510~1563), 양응정(梁應鼎, 1519~1581), 김령(金坽, 1577~1641) 등이 작가로 거론되었고, 창작 배경도 작가가 누구냐에 따라 태조(1398)·중종(1544)·인종(1545)·명종(1567)의 승하 및 인조반정(1623)과 관련지어 설명되었음을 상세히 밝혔다. 이러한 검토를 통해 결국 김응정이 명종 승하 시에 이 작품을 지었다는 사실을 진동혁에 이어 거듭 확인하였다. 원전 표기는 일단 정본으로 인정되는 『해암문집』과 다른 문헌들 사이에 의미가 달라질 정도

---

2 진동혁, 「김응정 시조 연구」, 『국어국문학』 90, 국어국문학회, 1983; 진동혁, 「김해암가곡집서 등에 관하여」, 『건국어문학』 9·10, 건국대, 1985; 진동혁, 「김응정론」, 한국시조학회 편, 『고시조작가론』, 백산출판사, 1986.
3 김명순, 「시조 〈삼동에 베옷 입고〉의 문헌 전승 양상 연구」, 『시조학논총』 제24집, 한국시조학회, 2006.

의 변개는 일어나지 않았다고 보았다. 이어 배대웅이 강진 지역의 시
조를 연구하는 자리에서 이후백(李後白)·곽기수(郭期壽)·오이건(吳以健)
과 함께, 김응정의 생애와 교유 및 시조에 대해 논하였다.[4] 특히 김응
정의 시조 8수 중『해암문집』초간본에 실린 6수의 내용과 주제를 하
나하나 유교적 이념과의 관계 속에서 살폈다. 또 정기선은 김응정의
생애와 문학 전반을 다룬 논고에서 먼저『해암문집』의 초간본(1773)과
중간본(1905)을 대비하고 나서, 그의 삶과 문학을 두 측면으로 나누어
고찰하였다.[5] 즉 현실적 생활공간인 향촌에서의 삶을 통해 시조 작품
을, 누정으로 형상화된 대안적 공간인 강호자연에서의 풍류를 통해 한
시 작품을 살폈다.

　이렇듯 시조 작가로서 김응정에 대한 연구는 늦게 시작되었지만, 그
런대로 다양하고 상세하게 이루어졌다. 주로 그의 향촌 활동과 시조 작
품, 특히 〈서산일락가〉에 각별한 관심이 주어졌다. 그런 한편, 작품과
관련된 사실이나 작품 자체의 해명에 아직 미진한 점이 남아있는 것도
사실이다. 해암시조에 대한 관심을 불러일으켰던『해암가곡집』의 성
격, 작품의 전승 과정, 〈문반정〉과 같은 일부 작품의 이해에 관한 문제
가 그것이다. 이 글은 바로 이런 문제들을 해명하기 위해 마련되었다.

4　배대웅,「조선시대 강진 지역 시조 연구」, 조선대학교 대학원 석사학위논문, 2015.
5　정기선,「해암 김응정의 생애와 문학」,『한국고전연구』33, 한국고전연구학회, 2016.

2. 『해암가곡집』의 편찬과 행방

김응정이 세상을 떠나고 70년이 지나 엮어졌다는 『해암가곡집』은
어떤 책이며, 지금은 어디에 있는가? 유감스럽게도 『해암가곡집』은 지
금은 행방을 감춘, 전해지지 않는 문헌이다. 다만 관련 기록으로, 진동
혁이 『부언일부』에서 찾아 공개한 오이건(吳以健)의 〈김해암가곡집서
(金懈菴歌曲集序)〉(1690), 오희겸(吳喜謙)의 〈제해암가곡집후(題懈菴歌曲集
後)〉(1707), 〈최정익(崔井翊)〉의 〈제선생집후(題先生集後)〉(1709)를 통해 그
러한 문헌이 있었음을 알 수 있을 뿐이다. 그러므로 여기서 이 3편의
서발류 기록을 통해 『해암가곡집』이 어떤 책이었는지 그 편찬 과정부
터 살펴보기로 하자.

이 3편의 기록 중에서 작성 시기가 가장 빠르면서도 『해암가곡집』의
편찬에 대해 가장 요긴한 정보를 제공해 주는 것이 오이건의 〈김해암
가곡집서〉이다. 숙종 16년(1690)에 이루어진 글이다. 그 일부를 다음에
발췌한다.

> 선생의 휘는 응정, 자는 사화, 호는 해암이다. 강진에 살았고, 명종 때
> 의 사람이다. 지조가 청려하고, 효행이 독지하고, 마음에 고상함이 있어,
> 분화함을 좋아하지 않았다. 또 가곡에 능해서, 사물에 감응하여 흥을 느
> 끼면, 번번이 지은 바가 있었다. (중략)
> 이로써 본다면 공의 평생은 단지 충과 효일 따름이고, 가곡은 곧 그
> 여사(餘事)이다. 하지만 그 가곡은 맑으면서 잡되지 아니하고, 내실이
> 있으면서 화려하지 않으며, 충효의 지극한 정이 노래에 넘쳤으니, 그것
> 이 성정에서 나온 것인 까닭에 가히 볼만하다. 어찌 음란하고 비리한
> 음악에 가히 비할 바이겠는가! 그런즉 공의 아름다움을 찬양하며 그 가
> 곡을 칭찬하지 않는 것은 참으로 선생을 아는 것이 아니다. (중략)

선생이 지은 가곡이 자못 많았는데 일실되어, 백에 하나도 남은 것이 없었다. 공의 후손 이호가 나머지를 모아 나에게 살펴 바로잡아[攷正] 줄 것을 부탁하였다. 내가 이미 그 청을 중히 여겼고 또 선생을 흠모한지라, 약간을 더 모아 기록하고 손수 고쳐서 옮겨 적어, 제목을 『해암가곡집』이라 하였다. 말미에 졸렬한 노래 몇 곡을 이루어 우러르는 뜻을 붙인다.[6]

인용된 글의 세 번째 단락에 『해암가곡집』의 편찬 경위가 설명되어 있다. 이 책의 편찬을 위해 김응정의 5대손 김이호(金爾瑚)가 남은 자료를 수습하여, 오이건에게 고정(攷正) 즉 살펴 바로잡아 줄 것을 부탁했다는 것이다. 이에 오이건이 여기에다 약간의 자료를 더 모아 기록하고, 그것을 직접 고치고 옮겨 적어 『해암가곡집』이라 이름 붙였다고 하였다. 『해암가곡집』이 김이호에 의해 비로소 필사본으로 엮어졌으며, 여기에 고정을 가해 책 이름을 지은 사람이 오이건이었음을 알 수 있게 한다.[7] 하지만 실린 작품 수가 얼마나 되며, 수록 편차는 어떻게 되어 있는지 등에 대해서는 구체적인 언급이 없다. 다만 이보다 83년 뒤에 이루어진 『해암문집』 초간본에 6수의 작품이 수록된 것을 보면, 『해암가곡집』에 실린 작품 수 또한 이와 크게 다르지 않았을 것으로

---

6 先生諱應鼎 字士和 號懈庵 居康津 明廟時人也 志操淸厲 孝行篤至 心存高尙 不喜紛華 又善於歌曲 感物遇興 輒有所作 (中略) 於玆以觀 公之平生 只是忠與孝而已 曲歌乃其餘事也 然而其歌也 淸而不雜 實而不華 忠孝至情 溢於永言 其所以發於性情者 可見矣 豈淫哇鄙俚之音 所可比也 然則揚公之美 而不稱其歌者 非眞知先生者也 (中略) 先生所詠歌曲 頗多放失 百無一存 公之孫爾瑚收遺餘 囑余攷正 余旣重其請 且慕先生 裒錄如干 親自繕寫 目爲懈庵歌曲集 尾成數曲拙歌 以寓景仰之懷云(吳以健, 〈金懈庵歌曲集序〉, 진동혁, 「김해암가곡집서 등에 관하여」, 448쪽)
7 이때 이루어진 오이건의 고정 작업에 대해서는 다음 장에서 다시 논의할 것이다.

여겨진다. 과장된 표현이겠지만, 위에서『해암가곡집』을 편찬할 당시 남은 작품이 김응정이 지은 작품의 백분의 일도 되지 않는다고 한 말에서 그러한 정황을 짐작할 수 있다. 따라서『해암가곡집』이 수십 수 이상의 많은 작품을, 곡조나 내용에 따른 분류 항목을 내세워, 일정한 편차로 수록한, 제법 규모를 갖춘 가집은 아니었을 것으로 판단된다. 가집보다는 소략한, 가첩 형태에 가까운 문헌이었을 것이다.

이 글의 여타 내용을 통해서는 당시 김응정이 가곡에 능했고, 수많은 노래를 지었으며, 그 노래들이 특히 충과 효라는 유교 윤리를 근간으로 창작되었다는 사실이 강조되어 있다. 말미에는 김응정을 추모하는 시조 3수를 붙여, 오이건 역시 시조작가로서의 면모를 보였다.

『해암가곡집』에 관한 두 번째 자료는 오희겸의 〈제해암가곡집후〉이다. 오이건의 〈김해암가곡집서〉보다 17년 뒤인 숙종 33년(1707)에 작성되었다. 내용은 전반적으로 김응정의 인품과 가곡의 격조가 높음을 칭송하였다. 두 글 사이에 비록 17년이라는 시차가 있지만,『해암가곡집』에 대한 언급에서 눈여겨 볼만한 차이는 발견되지 않는다.

그런데 다시 또 2년이 지나 숙종 35년(1709) 최정익이 쓴 〈제선생집후〉에 이르면, 눈에 띄는 변화가 감지된다. 무엇보다도 이 글의 제목에 드러나듯, 기술 대상이 되는 책 이름이 '해암가곡집'이 아닌 '선생집'으로 바뀌었음을 볼 수 있다. 이때 최정익에게 집필을 부탁한 사람 역시 김이호였다. 그렇다면 이것은 곧 이 무렵에 김이호가 '가곡집'을 '종합시문집'으로, 즉『해암가곡집』을『(해암)선생집』[8]으로 확대 개편하는 작업을 시도였음을 의미한다. 다시 말하면, 김응정의 가곡뿐만 아니라,

---

[8] 이하『해암선생집』이라 칭한다.

그가 남긴 다른 시문과 그의 행적에 관한 타인의 글까지 망라하는 것으로 책의 수록 범위를 확대하였다는 것을 말해 준다. 〈제선생집후〉에서 관련 내용을 보기로 하자.

혹자가 말했다: 당신이 공의 사실(事實)을 쓴 것은 간략하면서도 빠짐이 없습니다. 그런데 다만 그 가곡은 우아하면서도 고상하고 성정에서 나와, 여러 사람들이 모두 숭상하는데, 당신의 논의가 이에 미치지 못함은 무엇 때문입니까?

내가 말했다: 나도 그 가곡을 즐깁니다. 어버이를 그리워하고 임금을 사랑하는 정성이 언표에 넘치며, 또 간혹 세상을 걱정하고 속태를 미워하는 뜻이 있어, 저절로 느끼지 못하며 탄상하고 놓지 못합니다. 그러나 이는 사물에 감촉하여 느낀 마음을 붙여 그려내었을 따름입니다. 본디 가곡이 곧 그 여사(餘事)임을 알거늘, 공의 두터운 행실을 드러내는 데 오히려 틈이 생기지 않을까 걱정입니다. 하필 한때 마음을 붙인 나머지[緒餘]에 힘쓰겠습니까!

나를 돌아보면 불민하여, 어려서부터 선생의 풍문을 일찍 들었으나, 능히 자세히 알지 못했다. 금년 봄에 마침 일이 있어 수사 김이호의 집을 지났는데, 김이호는 곧 그의 후손이었다. 바로 그의 실적(實蹟)을 구해 살펴보니, 그 뜻과 행실이 과연 옛 성인이 가르친 바를 저버리지 않았으며, 유풍과 여운이 족히 나약함을 세우고 완고함을 고치기에 족하였다. 미덥도다! 옛날의 이른바 '명교에 공이 크게 있고, 백세에 본을 드리운다는 자'가 여기에 있었는가? 이에 감히 전말을 대략 써서 평소 우러름의 만에 하나를 붙인다고 말할 따름이다.[9]

9 或曰 子之叙公事實 可謂略而盡 而第其歌曲 雅而高 出於性情 衆皆尙之 子之論不及
此何耶 曰 余亦其歌曲 慕親愛君之誠 藹於言表 又間有憫世傲俗之意 自不覺歎賞不
捨 而此觸事感物 寓寫其懷焉耳 固知夫歌曲乃其餘事 聞公篤行之實 猶恐其不暇 何
必屑屑於一時寓懷之緒餘乎哉 顧余不敏 自小夙聞先生之風 而未能詳焉 今年春 適

이 글의 앞부분에서 최정익은 가곡에 대한 언급은 거의 하지 않고, 줄곧 진정한 처사의 삶을 살며 충효를 다한 김응정의 행적을 칭송하였다. 그러고는 자신의 이런 태도에 대해 스스로 의문을 제기하고 답하는 형식으로 글을 마무리하고 있다. 즉 김응정의 두터운 행실과 관련된 '사실(事實)'에 대해서는 충실히 기술하였으면서도, 남들이 다 숭상하는 '가곡'에 대해서는 그렇게 하지 않은 것은 무엇 때문인가? 그 까닭은 가곡이란 본디 '여사(餘事)'인 고로, 가곡을 강조하다 보면 오히려 김응정의 두터운 행실을 드러내는 데 방해가 될까 저어하여 그랬다는 것이다.

〈김해암가곡집서〉에서 오이건 역시 가곡을 여사로 인식하였다. 그렇지만 오이건은 김응정의 미덕을 찬양하기 위해서는 반드시 그 가곡을 칭찬해야 한다고 하였다. 똑같이 가곡을 여사로 인식하면서도, 둘 사이에 왜 이런 태도의 차이가 나타났을까? 그것은 서·발의 대상이 된 편찬서의 성격이 서로 달랐기 때문이었다. '가곡집'과 '종합시문집'이라는 성격의 차이 때문에 오이건은 '가곡' 위주의 논의를 펼쳤고, 최정익은 의식적으로 가곡을 배제한 채 '사실'에 초점을 맞추었다. 이런 필자들의 태도가 글의 위촉자인 김이호의 편찬 의도를 반영한 것이었음은 물론이다. 오이건은 김이호에게서 김응정의 '가곡'을 자료로 제공받아 서문을 썼고, 최정익은 '실적(實蹟)'을 제공받아 발문을 썼다. 최정익에 와서 『해암가곡집』은 『해암선생집』으로 이미 개편된 상태였으며, 최정

以事歷過 金秀士爾瑚之家 爾瑚乃其雲仍 即求其實蹟而目焉 其志行 果不負先聖所訓 而遺風餘韻 足以立懦起頑 信乎 古所謂大有功於名教而垂範百世者 其在斯歟 玆敢略叙顚末 以寅平昔景仰之萬一云爾(崔井翊, 〈題先生集後〉, 진동혁, 「김해암가곡집서 등에 관하여」, 453쪽)

익은 이런 개편을 시도한 김이호의 의중을 간파하고 이를 반영한 〈제
선생집후〉를 썼던 것이다.

　김이호는 『해암가곡집』을 『해암선생집』으로 확대 개편하며, 여기에
다 당연히 기존의 가곡 외 새로운 자료를 추가하였을 것이다. 추가된
자료는 무엇이었을까? 아마 〈청이병영소(請移兵營疏)〉를 포함하여, 현재
『해암문집』에 수록된 김응정이 남긴 몇 편의 시문이었을 것이다. 진동
혁이 공개한 『부언일부』의 관련 기록 중에 〈청이병영소〉가 포함되어
있다는 사실이 그러한 정황을 말해 준다. 하지만 김이호는 결국 『해암
선생집』의 출간에는 이르지 못했고, 이 『해암선생집』이 모태가 되어
64년 뒤인 영조 49년(1773) 현전하는 『해암문집』의 초간본이 엮어졌던
것으로 보인다.

　『해암문집』 초간본 편찬을 주도한 인물은 김응정의 6대손이자, 5대
손 김이호의 7촌 조카인 김명언(金命彦)이다.[10] 김이호가 해왔던 역할을
이어받은 김명언은 『해암문집』 발행을 위해 흩어진 자료를 더 널리 모
아 편집하는 한편, 명망 있는 인사를 찾아 새로운 글을 받아내기도 하
였다. 이의경(李毅敬, 1704~1778)이 쓴 김응정의 〈행장〉 역시 이즈음 김명
언의 부탁으로 이루어졌다. 여기에 김응정 시조의 당시 전승과 관련된
언급이 있다.

　　　또한 어려서부터 음률을 깨우쳐, 때를 만나면 번번이 가사를 지어, 그
　　　흉중의 기지를 발양하였다. 〈서산일락가〉와 같은 작품 5·6장이 세상에

10　前之收拾公言行 以備家乘之闕者 公五代孫爾瑚也 今繼而廣爲蒐輯 益表章於世者
　　公六代孫命彦也(李毅敬, 〈行狀〉, 『해암문집』 권2)

널리 전한다. 매양 한번 읊조리면, 사람으로 하여금 감발한 바가 있게
한다. 하나하나가 모두 세교와 관련이 있어, 경치에 빠져들거나 시주를
방랑한 것이 아니었을 따름이다.[11]

　이의경이 이 〈행장〉을 쓴 때가 언제인지는 명시되어 있지 않다. 다만
전후 사정으로 미루어 김명언이 『해암문집』 초간본을 준비하던 무렵
인 것으로 보인다. 여기에서 당시까지 유전되던 해암시조를 5·6수라고
하였다. 그 수가 『해암문집』 초간본에 실린 6수와 그대로 부합된다. 그
런데 이 〈행장〉의 집필을 의뢰한 김명언이 『해암가곡집』을 엮은 김이
호보다는 33세 연하의 재종질로,[12] 두 사람의 생존 시기가 상당히 겹치
는 것으로 보아, 아마 이것이 앞서 『해암가곡집』에 실린 작품의 전모이
기도 하였을 것이다. 이후 1905년 『해암문집』 중간본이 간행되며 2수
가 더 추가되어, 수록 작품은 모두 8수가 되었다. 해암시조의 내용에
대해서는 그것들이 모두 세교와 관련이 있고, 자연의 아름다운 경치 및
시와 술을 즐기는 풍류와는 거리가 멀다고 한 것이 인상적이다.

　지금까지 『해암가곡집』이 『해암선생집』으로 확대 개편되고, 그것이
모태가 되어 『해암문집』이 엮어졌을 것으로 추정하였다. 이렇게 엮어
진 『해암문집』에 현재 수록되어 있는 김응정의 글은 문 3편, 한시 4수,
시조 8수가 전부이다. 그리고 부록에 이의경이 쓴 〈행장〉 등 김응정 관

11　且自少曉音律 遇境輒作爲歌詞 發揚其胸中之奇 如西山日落之歌五六章 尙流傳於世
　　每一吟咏 令人有所感發 ――皆有關世教 非爲流連光景放浪詩酒而已也(李毅敬,〈行
　　狀〉)
12　김응정에서 이 두 사람에 이르는 계보는 다음과 같다(이의경,〈행장〉참고).
　　▷金應鼎 - 公潤 - 景通 ┬ 時華 - 錫龜 - 爾瑚(1669~1733)
　　　　　　　　　　　　　└ 時輝 - 漢龜 - 爾奎 - 命彦(1702~1776)

련 시문이 수록되어 있다. 비교적 소략한 분량이다. 그런데도 앞에서
살핀 오이건, 오희겸, 최정익의 서발류 기록은 여기에 실려 있지 않다.
아니 언급조차 보이지 않는다. 오이건이 〈김해암가곡집서〉에 붙였던 3
수의 추모시조 역시 마찬가지이다. 자료의 부족을 보완하기 위해서라
도 이런 관련 기록을 활용하는 것이 자연스럽고 효과적이었을 것인데,
그렇게 하지 않았다. 참 궁금한 일이다.

3. 『해암가곡집』을 통해 본 해암시조

3.1. 해암시조의 제목

현전하는 해암시조 8수는 모두 『해암문집』 권1 말미의 '가곡'조에 실
려 있다. 각 작품 앞에는 대체로 해당 작품과 관련된 사실을 요약한 제
목이 붙어 있다. 그 제목들을 문집에 수록된 순서대로 옮기면 다음과
같다.

> ①〈문명묘승하작(聞明廟昇遐作)〉: 명묘의 승하 소식을 듣고 짓다.
> ②〈소분설(掃墳雪)〉: 분묘의 눈을 쓸다.
> ③〈직첩하 작차불기(職帖下 作此不起)〉: 직첩이 내려졌으나, 이를 짓
> 고 나아가지 않았다.
> ④〈김병사억추피나시 작차증지 유입궁중 즉견몽방(金兵使億秋被拿
> 時 作此贈之 流入宮中 卽見蒙放)〉: 병사 김억추가 붙잡혔을 때, 이
> 를 지어 그에게 주었다. 궁중에 유입되자, 곧 몽방되었다.
> ⑤〈문반정(聞反正)〉: 반정 소식을 듣다.
> ⑥〈탄공자(歎孔子)〉: 공자를 찬탄하다.[13]

⑦〈척거흉당(斥拒凶黨)〉: 흉당을 척거하자.
⑧〈감회(感懷)〉: 회포를 느끼다.

위 ①부터 ⑥까지는 『해암문집』 초간본(1773) 간행 때부터 수록된 작품이고, ⑦〈척거흉당〉과 ⑧〈감회〉는 132년 뒤에 중간본(1905)이 간행되면서 추가 수록되었다. 그런 까닭에 이 두 작품은 외적 형태에 있어서 여타 작품들과는 다른 모습을 보인다. 종장의 율격이 마지막 음보를 생략한 시조창의 형태에 가깝다는 점이 그렇다.[14] 중간본 간행이 가곡창보다 시조창이 대세를 이루던 20세기 초에 이루어졌기 때문이다.

여기서 제기되는 의문이 〈척거흉당〉과 〈감회〉가 왜 초간본에는 수록되지 않았으며, 작가는 과연 김응정이 맞는가 하는 문제이다. 특히 다른 일곱 작품과 내용이 판이한 〈감회〉의 경우 더욱 그렇다. 다른 작품들이 모두 충효를 내세운 유교적 이념이나 작가의 사회적 관심을 근간으로 한 데 반해, 〈감회〉만이 '풍월(노래)'을 즐기는 가난한 삶을 주제로 하였기 때문이다. 그런즉 〈감회〉의 바로 그와 같은 점이 초간본 수록에 장애가 되지 않았을까 추정된다. 그것이 앞 장에서 살펴 본 서발문과 〈행장〉에 강조된 '충효의 지극한 정'이나 '두터운 행실' 또는 '세교'와는 거리가 멀고, 오히려 자연의 경치나 시주를 즐기는 쪽에 가깝기 때문이다. 그래서 김응정의 진면목을 드러내는 데 도움이 되지 않는다고 여겨졌을 것이다.[15] 〈감회〉의 작가에 대해서는 『해암문집』 외의 다른 이본

---

13 논자에 따라 〈탄공자〉의 '탄(歎)'을 '한탄'이나 '탄식'의 의미로 이해하는 경우가 있는데, '찬탄' 또는 '감탄'의 뜻으로 읽어야 작품 내용과 부합된다.

14 이 점에 대해서는 정기선이 이미 언급하고 살핀 바 있다(정기선, 「해암 김응정의 생애와 문학」, 247~250쪽).

이 발견된 것이 없기에, 의심할 필요가 없다. 풍류를 지향하는 작가의 긍정적 세계관이 익살스럽게 형상화된 매우 흥미로운 작품이다.

여하튼 위 해암시조의 제목들을 보면, 먼저 주목되는 것이 제목의 형태이다. 종래 우리 고시조에는 1수로 이루어진 단시조(單時調)에 제목을 잘 붙이지 않는 관습이 있었다. 또 제목을 붙이더라도, 그것이 노래임을 의미하는 '가(歌)'·'곡(曲)'·'사(詞)'·'요(謠)' 등의 접미사를 사용하는 것이 보통이었다. 그런데 위의 해암시조 8수는 모두 단시조이면서도 모든 작품에 제목이 있고, 그 제목들에 노래와 관련된 접미사를 전혀 사용하지 않았다. 그러면서 기술 방식에 있어서 ⑧〈감회〉를 제외한 나머지는 모두 해당 작품의 창작 동기라 할 특정 사실을 요약한 서술형을 사용하였다. 흔히 작품 속의 일부 어사를 드러내거나, 내용을 함축하여 제목으로 삼는 일반적인 경우와 다르다.

그 이유는 무엇일까? 그것은 곧 이 제목들이 각 작품의 창작 당시에 바로 붙여진 것이 아니라, 일정한 시간이 흐른 후 특별한 기회에 일괄적으로 붙여졌기 때문이다. 작품 제목이 작가에 의해 직접 붙여지지 않았음은 제목의 형태에서 쉽게 짐작할 수 있다. 해암시조의 특징을 들자면, 무엇보다 우의를 활용한 표현이 두드러진다는 점이 먼저 지적된다. 위의 작품 ①〈문명묘승하작〉, ③〈직첩하 작차불기〉, ⑤〈문반정〉, ⑦〈척거흥당〉이 그렇다. 그래서 이런 수법을 높이 산 후인들은 이 작품들을 〈서산일락가(西山日落歌)〉, 〈백구가(白鷗歌)〉, 〈도리곡(桃李曲, 또는 鳳鳴

---

15 이러한 추정은 『해암문집』 초간본 편찬 시에도 〈감회〉가 다른 작품들과 함께 전승되고 있었으리라는 것을 전제로 한다. 이런 전제가 가능한 이유는 오이건이 〈김해암가곡집서〉의 뒤에 붙인 3수의 김응정 추모 시조에서 거듭 강조한 '풍월'이 바로 이 〈감회〉를 의식한 표현으로 보이기 때문이다.

閣)〉, 〈벽오가(碧梧歌)〉라 칭하기도 하였다. 이렇듯 수준 높은 비유적 상상력을 발휘한 작가가 자신의 작품에 위에 옮긴 바와 같이, 직설적 언어로 장황한 제목을 붙였을 리 없다.

따라서 이 제목들은 그를 현창하는 과정에서 후인에 의해 붙여졌다고 보는 것이 옳다. 그러했기 때문에 해암시조의 제목에는 창작 당시에 작가도 알 수 없었던 사실까지 포함된 경우가 있다. 예를 들어 ①〈문명묘승하작〉이 그렇다. '명묘(明廟)'라는 승하한 임금의 신위를 종묘에 모실 때 올리는 묘호가 사용되었다. 또 ④〈김병사피나시 작차증지〉에서는[16] 김억추를 '병사(兵使)'라는 직함으로 부르고 있으나, 기실 이 작품 내용과 관련된 것으로 보이는 일이 있었을 때는 김억추가 아직 병사라는 직위에 오르기 전이었다. 그러므로 결국 해암시조의 제목들은 후대의 현창 과정에서 특별한 계기로 제3자에 의해 한꺼번에 붙여졌다고 보는 것이 합리적이다.

그렇다면 후대의 무엇이 특별한 계기가 되었으며, 제3의 작명자는 누구였을까? 여기서 먼저 떠오르는 것이 바로 제2장에서 논의한 김이호의『해암가곡집』편찬과 오이건의 고정 작업이다.『해암가곡집』과 같은 개인 가집의 편찬에는 여기저기에서 수습된 작품을 고증하고, 교정을 가해 정리하는 작업이 필수적으로 따르기 마련이다. 그 과정에서 일관된 편집 체재를 갖추기 위해 고증된 작품에 일률적으로 제목을 부여하는 작업이 요구되었을 것이며, 그것은 당연히 작가의 의미 있는 삶

---

16 ④〈김병사억추피나시 작차증지 유입궁중 즉견몽방(金兵使億秋被拿時 作此贈之 流入宮中 卽見蒙放)〉에서 원문에 협주로 표기된 부분을 생략하면, 〈김병사피나시 작차증지〉로 약칭된다.

을 부각시켜 드러내는 방향으로 이루어졌을 것이다. 해암시조가 대체로 작품의 창작과 관련된 역사적 사실이나 작가의 행적을 기술한 서술형의 제목을 갖게 된 이유가 바로 여기에 있다. 이런 작명 과정에서 김이호에 의해 일단 붙여진 제목의 타당성을 검토하고 교정을 가한 인물이 바로 오이건이었을 것이다. 그가 〈김해암가곡집서〉에서 말한 고정 작업이 의미하는 바가 이와 관계가 있다. 『해암문집』 간행 시에도 역시 이런 편찬과 고정 작업이 반복되었을 것이다.

여기서 ⑧〈감회〉만이 여타 작품들과 달리, 작품의 창작과 관련된 구체적 사실을 적시한 서술체의 제목을 갖지 않은 이유도 드러난다. 물론 〈감회〉가 구체적 사실과 결부시키기 어려운 포괄적 내용을 갖고 있기도 하지만, 그것이 『해암문집』 중간본에 뒤늦게 수록되면서 이전과는 다른 성향의 편집자에 의해 붙여진 이름을 갖게 되었기 때문일 것이다.

3.2. 작품 〈문반정〉의 이해

해암시조의 제목이 후대의 가곡집 편찬 과정에서 붙여졌다고 전제하면, 그것은 곧 제목에 의존하여 작품을 이해하려는 태도가 때론 매우 적절치 않다는 것을 의미한다. 후인의 착오나 의도에 의해 실제 사실과는 다른 내용이 제목에 담길 수 있기 때문이다. 해암시조 중 작품의 성격 파악에 문제가 있는 ⑤〈문반정〉이 그런 경우이다.

조선시대에 반정(反正)이란 ㉮'정도를 잃은 나쁜 임금을 몰아내고 새 임금을 세워 나라를 바로잡는 일'을 지칭하는 것이 일반적이었다. 그런데 김응정이 살았던 시기에 그런 반정은 없었다. 작품 해석이 난관에 부딪칠 수밖에 없었다. 그래서 반정을 글자 뜻 그대로 ㉯'잘못된 상태를 바로잡아 정상으로 되돌리는 일'로 받아들이기도 하였다. 작품의 창작 배경을 '전란의 극복'이나 '사화의 종식'으로 해명한 것이 그런 경우였다. 하지만 그렇게 본다고 하여 작품 내용이 명료하게 이해되는 것은 아니었다.

먼저 진동혁(1983, 1986)은 ㉯의 입장에서, 〈문반정〉을 작가가 '난리, 즉 임진왜란과 정유재란이 평정됨을 듣고 지은 것'이라고 하였다.[17] 하지만 이런 시대 배경이 작품 내용과 어떻게 연관되는지에 대해서는 구체적인 언급을 하지 않았다. 이와 달리 양광식(1994)은 『해암문집』을 국역하며 ㉮의 입장에서, 〈문반정〉을 '임금을 내쫓으려 한다는 소식을 듣고'라 옮겼다.[18] 그렇지만 역시 실제로 어떤 임금을 내쫓으려 했는지에 대해서는 언급하지 않았다. 이어 배대웅(2015)은 다시 ㉯의 입장에서, '네 차례에 걸친 사화로 인해 많은 사람들이 희생을 당한' 당시의 시대 상황에 주목하였다. 그래서 초장에서는 이런 희생을 종식시켜 줄 선조라는 성군의 출현을, 중장에서는 이때까지 있었던 많은 사림 인재들의 죽음을, 종장에서는 비록 쓰러졌지만 아직 건재한 소나무를 통해 앞으로의 희망을 노래하였다고 보았다.[19] 당시의 시대 상황과 관련지어 작품을 구체적으로 해석하였다는 점에서 한걸음 더 나아갔지만, 언급된 실제의 역사적 사실과 작품 문맥과의 관계 및 종장의 의미 파악이 자연스럽지 않다. 또 정기선(2016)은 김응정의 시대에 반정이 없었기에, "이 기록은 김응정 본인이 한 것이 아니라 후대에 김응정의 작품을 정

---

17 진동혁, 「김응정 시조 연구」, 294쪽; ____, 「김응정론」, 130쪽.
18 김응정 저, 양광식역, 『해암문집』, 66쪽.
19 배대웅, 「조선시대 강진 지역 시조 연구」, 55~57쪽.

리하면서 부기됐을 가능성이 높다"고 하였다.[20] 하지만 그것이 언제 어떻게 부기되었는지, 작품의 배경이나 내용은 무엇인지 등에 대해서는 더 이상 논의하지 않았다.

해암시조 〈문반정〉은 제목과 배경 및 내용이 이렇듯 모호하다. 그래서 이 작품에 대한 보다 근본적인 의문이 제기될 수도 있다. 김응정이 정말 이 작품의 작가인가 하는 의문이다. 여기서 이 문제부터 풀어나가 보기로 하자.

〈문반정〉은 해암시조 중에서 가장 논란이 되었던 ①〈문명묘승하작〉과 함께, 그동안 많은 문헌에 수록되며 이본을 파생시킨 작품이다.『고시조 대전』에 의하면, 〈문반정〉을 수록한 문헌은 진본『청구영언(靑丘永言)』(1728)을 비롯하여 모두 45종에 달한다.[21] 그 가운데 작가가 표기된 문헌은 3종이다.『해암문집』에서 김응정, 서울대본『악부(樂府)』에서 이존오(李存吾, 1341~1371), 연대본『가곡(歌曲)』에서 정충신(鄭忠信, 1576~1636)으로 표기하였다. 이존오는 고려 공민왕 때 신돈의 횡포에 맞서다 공주 석탄으로 물러나 짧은 생을 마감한 비운의 삶이, 정충신은 인조반정 후 이괄의 난 진압에 공을 세워 금남군에 피봉되는 등 무장으로서의 활동이 이 시조와의 관련을 견인한 것으로 보인다. 이 3종의 문헌 가운데『해암문집』의 편찬이 가장 빠르다.[22]

또 표현에 있어서는, 가장 먼저 이루어진 것으로 보이는 진본『청구

20 정기선, 「해암 김응정의 생애와 문학」, 251쪽.
21 김흥규 외 편저,『고시조 대전』, 고려대학교 민족문화연구원, 2012, 839~840쪽.
22 서울대본『악부』와 연대본『가곡』모두 편자 미상의 가집이다. 편찬 시기 역시 미상이나, 둘 다 19세기 초나 그 이후일 것으로 추정된다(신경숙 외,『고시조 문헌 해제』, 고려대학교 민족문화연구원, 2012, 76~79쪽, 153~155쪽 참고).

영언』에서 시조의 기본 율격에 충실한 전형적인 모습을 보게 된다. 나머지 문헌들은 거의 다음과 같은 진본『청구영언』의 표현을 그대로 따르고 있다.

> 仁風이 부는 날에 鳳凰이 來儀ᄒ니
> 滿城 桃李는 지ᄂ니 곳이로다
> 山林에 구전솔이야 곳이 잇사 져 보랴(415번)

이를 이존오를 작가로 표기한 서울대본『악부』와 비교해 보면, 특별히 언급할 만한 유의미한 차이는 없다. 그리고 연대본『가곡』에서는 종장이 '山林의 굽던 솔이야 이러셔 볼쇼냐'로 바뀌었다. 굽던 솔이 일어선다는 것은 현실 참여를 뜻하는 것으로, 인조반정 후 한층 두드러진 활약을 보인 정충신의 생애를 반영한 변화로 파악된다. 이에 비해『해암문집』의 표현에서는 많은 편차가 드러난다. 초장의 '仁風이 부는 날'이 '仁風이 부는 날 밤'으로 구체화되어 있고, '來儀ᄒ니'는 '우단 말ᄀ'로 감정이 고조되어 있다. 또 중장 말미에는 '置之하라'라는 명령형 어사가 추가되어 화자의 주관적 태도가 개입되고, 종장의 '구전솔'이 '굽고 전 솔'로 표기되어 솔의 상태가 보다 또렷하다.『해암문집』의 표현이 가장 구체적이고 개성적이다. 그렇다면 이 해암문집본이 전파되어 현장에서 가창을 반복하다 가곡창에 알맞은 형태로 전형화되어 정착된 것이 바로 진본『청구영언』의 모습이라고 할 수 있다. 이로 보아 결국 〈문반정〉은 해암문집본이 원본에 가장 가깝고, 김응정이 그 작가였음을 알 수 있다.

김응정이 이 작품을 지었고, 〈문반정〉이라는 제목이 후대에 붙여진

것이라면, 작품 해석은 제목과는 무관하게 이루어져야 한다. 기존 시도
처럼 반정과의 관계를 미리 염두에 둘 필요가 없다. 작품 해석의 단서
는 마땅히 작품 자체와 작가의 삶에서 찾아져야 한다. 여기서 이 작품
을 다시 읽어보기로 하자.

> 仁風이 부는 날 밤의 鳳凰이 우단 말ㄱ
> 滿城 桃李는 지는이 곳시로다 置之하라
> 山林애 굽고 전 솔이아 곳지 잇사 지라[23]

초장의 '인풍이 불고 봉황이 울었다'는 것은, 인덕의 교화가 이루어
지고 성군이 출현하였다는 것의 비유이다. 곧 새 임금이 등극하였다는
뜻이다. 중장의 '성에 가득한 도리의 꽃이 진다'는 것은 한창 아름답고
좋은 시절이 지나간다는 것으로, 조정의 많은 신하들이 벼슬을 잃고 쫓
겨나는 등의 수난을 당한다는 것을 의미한다. 그리고 종장 '산림의 구
부러지고 기울어진, 떨어질 꽃도 없는 굽고 전 솔'은 벼슬 없이 그저
초야에서 늙고 병든 화자의 모습이다. 초장과 중장에는 당시의 정치적
상황이 우의되어 있고, 종장에는 이를 대하는 화자의 처지와 심경이 투
영되어 있다.

그런데 새 임금이 등극하자, 왜 신하들이 수난을 당한다는 것일까?
그 이유는 곧 초장의 '우단 말ㄱ'가 의문을 통한 반어적 표현이기 때문
이다. 새로 등극한 임금이 실은 성군이 아닌, 성군을 가장한 폭군이었기
때문이다. 중장 말미의 '置之하라[두어라]'에는 이러한 상황을 보는 작

---

23 김응정, 〈문반정〉, 『해암문집』 권1, 가곡.

가의 상심이나 체념 또는 무력감이 짙게 실려 있다. 이어 종장에서 초야
에 묻힌 자신은 조정에 나가 벼슬살이를 한 적이 없기에, 이런 변고와는
무관하다는 자조 섞인 어투로 작품을 마무리하였다. 새 임금의 등극과
신하들의 수난, 이를 대하는 화자의 안타까운 심정, 이것이 곧 이 작품
의 요지이다. 김응정의 다른 시조 〈문명묘승하작〉에서 보인 '구름 낀
볕뉘도 쬔 적이 없다'는 산림처사의 태도가 경우를 달리하여 형상화된
작품이다. 임금의 승하가 아닌, 임금의 등극을 계기로 창작되었다.

그렇다면 이 작품의 내용은 작가의 삶과 어떤 관계가 있을까? 김응
정의 시대에서 새 임금이 등극하자 많은 신하들이 수난을 당했던 일이
언제 일어났을까? 이 물음에 대한 답을 통해 이 작품의 창작 동기가
밝혀질 것이다.

김응정은 자신의 생애에서 새 임금이 등극한 일을 네 번 겪었다. 18
세(1544) 때의 인종 즉위, 19세(1545) 때의 명종 즉위, 41세(1567) 때의
선조 즉위, 82세(1608) 때의 광해군 즉위가 그것이다. 이 가운데 인종과
명종이 즉위하였던 때는 김응정이 아직 약관에도 이르지 못한 나이였
다. 따라서 이때 스스로 자신을 '山林애 굽고 전 솔'이라 표현하였다고
는 보이지 않는다. 다음 선조의 즉위 초에는 조정의 많은 신하들이 한
꺼번에 수난을 당한, 그런 참화는 일어나지 않았다. 그런데 광해군이
즉위하였을 때는 사정이 달랐다. 대북파의 지지를 받아 왕위에 오르자,
광해군은 자신의 등극을 반대했던 소북파 축출을 감행하였다. 당시 소
북파를 이끌던 유영경의 사사를 비롯하여, 김직재의 옥사(1612)와 계축
옥사(1613)를 통해 많은 신하들을 희생시켰다. 〈문반정〉의 내용과 부합
되는 사실이다. 여기서 광해군이 즉위하고 나서 소북파가 대거 희생되
는 것을 보고, 김응정이 〈문반정〉을 지었음을 알 수 있다.

뿐만 아니라, 광해군 때에는 계축옥사에 이어 인목대비에 대한 폐모
론이 일기도 하였다. 이때 김응정의 시조 ⑦〈척거흉당〉이 이루어졌다.
〈척거흉당〉에서 '봉황 대신 문전 오동에 진을 친 오작'이 의미하는 '흉
당'을 폐모론의 동조 세력으로 이해하면, 작품의 창작 의도와 내용이
매우 선명해진다. 제목 그대로 흉악한 무리를 물리치자는 것이다.

재위 시 많은 공분을 일으킨 광해군은 급기야 인조반정(1623)으로 폐
출되었다. 김응정이 세상을 떠난 지 3년 뒤의 일이었다. 그러므로 〈문
반정〉은 훗날 『해암가곡집』이나 『해암문집』이 편찬될 때 이런 사실들
의 선후에 대한 착오로 인해, 잘못 붙여진 제목으로 보는 것이 합리적
이다. 지금 다시 이 작품에 제목을 붙인다면 〈문광해즉위작〉 정도가 되
어야 할 것이다.

그런데 시조문학에는 〈문반정〉과 똑같은 발화 구성을 가진 작품이
존재한다. 이조원(李調元, 1433~?)의 〈연화조(蓮花操)〉가 그것이다. 내용
은 수양대군에게 왕위를 찬탈 당한 단종의 수난을 슬퍼하였다. 그러니
까 임금의 폐위와 축출이라는, 반정과 유사한 구도를 가진 정변을 목도
하고 지은 작품이다.

> 霜風 부던 날 밤의 외 鳳이 나단 말가
> 陰陵 梧桐은 지난이 입피로다
> 西湖의 곳만 핀 蓮이야 닙피 잇서 아니 지랴[24]

---

24 이조원, 〈연화조〉, 『인물과 문헌』, 광주광역시 남구문화원, 2001, 36쪽. 『인물과 문헌』에
의하면, 이조원은 15세기 중·후반에 주로 활동하였던 인물로, 전라·경상 양도의 어사
등을 지냈으며, 연산군의 폭정을 보고서는 향리인 광주로 물러나 후학을 양성하였다고
한다. 그런데 여기에 〈연화조〉의 1차 문헌에 대한 정보가 제공되어 있지 않아, 작가와

초장에서 차가운 상풍이 불던 날 밤에 외로운 봉이 쓸쓸히 길을 나섰
다고 하였다. 왕위를 빼앗기고 상왕으로 물러난 단종이, 세조 3년(1457)
다시 노산군으로 강등되어, 궁문을 나서 강원도 영월로 유배를 떠난 사
실을 탄식한 부분이다. 중장에서는 봉황이 와 앉는다는 오동나무의 잎
이 계속 떨어진다고 하여, 단종이 믿고 의지하였던 주변 인물들의 희생
과 눈물을 말하였다. '음릉(陰陵)'은 유방과의 싸움에서 패하여 도주하
던 항우가 길을 잃었던 곳으로, 유배된 단종을 궁지에 몰린 항우에 비
유한 표현이다. 종장에서는 멀리 서호에 핀 연꽃을 통해, 재야의 화자
자신에게는 지금 흘릴 눈물마저도 남아 있지 않음을 강조하였다.

여기서 〈문반정〉을 이 〈연화조〉와 비교하면, 중장 말미에 '置之하라'
가 추가된 것 외에는 모든 발화 구성이 〈연화조〉와 그대로 일치한다.
다만 창작 배경의 차이에 따라 사용된 주요 어사가 달라졌을 뿐이다.
'霜風'이 '仁風'으로, '陰陵 梧桐'이 '滿城 桃李'로, '입'이 '곳'으로, '蓮'
이 '솔'로 바뀌었다. 그렇지만 발화 구성에 있어서, 두 작품이 동일한
패턴을 가졌음이 쉽게 확인된다. 이것이 곧 두 작품 사이에, 창작의 선
후 관계에 따라 영향과 수용이 있었음을 말해주는 뚜렷한 징표이다.
둘 다 임금의 교체를 다루었지만, 〈연화조〉가 폐위된 임금에 초점을 맞
춘 데 비해, 〈문반정〉은 새로 즉위한 임금에 초점을 맞추었다는 점이
다르다.

작품의 관계에 대한 최종 판단은 유보한다.

4. 맺음말

지금까지 김응정의 가곡집과 시조에 대해 논의하였다. 그 내용을 정리하면 다음과 같다.

지금은 전하지 않는 문헌인 『해암가곡집』에 대한 자료로 먼저 주목되는 것이 오이건의 〈김해암가곡집서〉이다. 김응정 사후 70년이 지나 숙종 16년(1690)에 작성된 이 글을 통해 『해암가곡집』의 편찬자는 김응정의 5대손 김이호이고, 오이건이 여기에 고정을 가했음을 알 수 있다. 수록 작품은 현전 『해암문집』 초간본에 실린 6수와 크게 다르지 않았을 것으로 추정된다. 따라서 『해암가곡집』은 복잡한 편차를 갖추지는 않은, 가첩 형태의 소략한 문헌이었을 것이다. 이후 19년이 지나 숙종 35년(1707) 최정익이 쓴 〈제선생집후〉는 『해암가곡집』의 성격에 커다란 변화가 있었음을 말해 준다. 『해암가곡집』이 『해암선생집』으로 확대 개편되었다는 사실이 그것이다. 즉 '가곡집'에서 '종합시문집'으로 성격이 바뀌었다. 이런 변화를 시도한 인물 역시 김이호였다. 그가 기존의 영성한 가곡집으로는 김응정의 두터운 행실을 드러내기에 충분하지 않다고 생각하였기 때문이다. 하지만 김이호는 『해암선생집』의 출간까지는 이르지 못했고, 6대손 김명언이 이 일을 이어받아 영조 49년(1773)에 비로소 『해암문집』 초간본을 간행하였다. 이것이 『해암가곡집』의 편찬과 행방에 관한 전말이다.

오이건은 〈김해암가곡집서〉에서 당시에 남은 작품이 김응정이 지은 시조의 백분의 일도 되지 않는다고 하였다. 이를 근거로 김응정이 실제 수백 수에 달하는 많은 시조를 지었다고 보는 것은 당연하다. 마찬가지로 당시 『해암가곡집』에 수습된 작품 수가 『해암문집』 초간본에 실린

6수와 크게 다르지 않다고 보는 것 역시 당연하다. 이런 자료의 한계가 '가곡집'에서 '종합시문집'으로의 변화를 불러왔다. 여기서『해암가곡집』이 김응정이 남긴 제법 많은 시조를 수록한 채 일실된 것이 아니라, 실은 원래의 수록 작품을 거의 그대로 유지한 채『해암문집』으로 이어졌음을 알 수 있다.

현전하는 해암시조는『해암문집』중간본에 추가된 2수를 포함하여 모두 8수이다. 이 8수의 작품에는 모두 제목이 붙어 있다. 주로 해당 작품의 창작 동기라 할 특정 사실을 요약한 서술형으로 기술되어 있다. 그런데 해암시조의 이런 제목들은 작가가 아닌 제3자에 의해, 후대의 현창 과정에서 특별한 계기로 한꺼번에 붙여진 것으로 파악된다. 그 계기로 먼저 주목되는 것이 김이호의『해암가곡집』편찬과 오이건의 고정 작업이다. 해암시조는 이런 편찬과 고정 과정을 거치며『해암문집』에 수록된 것과 같은 제목을 갖게 된 것으로 보인다.

이렇듯 해암시조의 제목은 후인에 의해 붙여진 것이기에, 작품에 관한 잘못된 정보를 담고 있기도 한다. 〈문반정〉이 그런 경우이다. 〈문반정〉은 작가가 반정 소식을 듣고 지었다는 작품이나, 실제로 김응정의 시대에 반정은 없었다. 그래서 반정이 뜻하는 바를 '전란의 극복'이나 '사화의 종식'으로 이해하려는 시도도 있었지만, 여전히 작품 내용이 모호하기는 마찬가지였다. 따라서 이 작품의 해석은 제목과는 무관하게 작품 자체와 작가의 삶을 통해 이루어져야 한다는 견지에서, 이 글은 〈문반정〉의 창작 배경에 광해군의 즉위와 소북파의 축출이라는 정치적 상황이 놓여있음을 새롭게 밝혔다. 시조사적으로는 이 작품이 단종의 폐위를 슬퍼하여 이조원이 지었다는 〈연화조〉와 발화 구성에 있어서 동일한 패턴을 가졌음을 조명하였다.

이 〈문반정〉을 포함하여 〈문명묘승하작〉, 〈직첩하 작차불기〉, 〈척거흉당〉은 적절한 우의를 활용한 비유적 상상력이 매우 돋보이는 작품이다. 이를 활용하여 김응정은 자칫 직설적 표명으로 흐르기 쉬운 교술적 주제를 서정적으로 형상화하는 데 성공하였다. 시상의 효과적인 전달을 위해 반어, 선언, 명령의 강렬한 화법을 적소에 구사한 것도 인상적이다. 그런 한편 〈감회〉에서는 풍류를 지향하는 익살과 재치를 보이기도 하였다. 이것이 곧 해암시조의 특성이자 장점이다. 그런데 해암시조 중에서도 유독 〈문반정〉은 지금까지 창작 배경이나 내용 해석에 있어서 의문을 안고 있었다. 이 글은 이런 문제를 구체적으로 해명하였다는 데 주된 의의가 있다. 또 『해암가곡집』의 편찬과 행방 및 해암시조의 제목에 대한 접근도 이 글에서 처음으로 시도하였다.

이순신 〈한산도가〉의 전승과 성격

1. 머리말

충무공 이순신(李舜臣, 1545~1598)의 〈한산도가(閑山島歌)〉는 작자가 변새에서 느끼는 무인으로서의 기상과 우국충정의 심사를 섬세하게 드러낸 시조이다. 이 작품은 특히 그것이 지닌 우수한 작품성 외에도 국란 극복의 명장 이순신의 소작이라는 점, 문인에 비해 그 유산이 상대적으로 빈약한 무인의 시조라는 점 때문에 많은 사람들의 관심을 끌어왔다.

그런데 〈한산도가〉는 그 제작지와 제작 시기가 명확하게 밝혀져 있지 않은 채, 작자의 생존 시기와는 무려 100년 이상의 시차가 있는 후대의 여러 문헌들을 통해 전해지고 있다. 아마도 그것은 이 작품이 전운이 감도는 특수한 환경 속에서 제작되었고, 작자가 파란의 인생 역정을 겪은 데서 비롯된 결과일 것이다. 현재 〈한산도가〉의 제작을 둘러싸고 몇 가지 문제, 즉 작자와 제작지 및 제작 시기에 대한 의문이 제기되고 있는 것은 바로 이러한 전승 상황과 깊은 연관이 있다.[1]

이 글에서는 이러한 점들을 고려하면서 〈한산도가〉 전승의 제반 양

상 및 이를 둘러싼 몇 가지 문제를 살피고, 아울러 우리나라 무인시조
의 전통 위에서 그 문학적 성격을 고찰해 보고자 한다.

2. 〈한산도가〉의 전승 양상

이순신에 관한 가장 기본적인 자료는 『이충무공전서(李忠武公全書)』
이다. 『이충무공전서』는 정조 19년(1795) 어명에 의해 처음으로 전 14
권이 간행되었으며, 이후 1934년에 속편 2권이 추가되어 지금의 전체
16권 체재를 갖추게 되었다.[2] 주된 내용은 권수와 그 모두에 정조의 윤
음(綸音)·어제신도비명(御製神道碑銘)·교서(敎書)·유서(諭書)·사제문(賜
祭文)·도설(圖說)·세보(世譜)·연표(年表)가 실려 있고, 권1은 시(詩)와 잡
저(雜著), 권2부터 권4까지 장계(狀啓), 권5부터 권8까지 난중일기(亂中日
記), 권9부터 권14까지는 부록(附錄)으로 되어 있다. 또 속편인 권15와
권16은 다시 윤음, 사제문, 시, 서(書), 잡저, 부록 순으로 편찬되었다.

이순신의 유고 중 현재 전하는 시문학 작품으로는 몇 편의 한시와
더불어 시조 〈한산도가〉 1수가 있는데, 그것들이 수록되어 있는 곳은
『이충무공전서』 권1과 권15이다.

---

1 〈한산도가〉의 작자에 대해서는 이순신 제작설과 황세득 제작설이, 제작지 및 제작 시기
  에 대해서는 1595년(을미) 한산도 제작설과 1597년(정유) 보성 열선루 제작설이 제기된
  바 있다.
2 이 책의 국역본은 1960년 이은상에 의해 상·하권으로 간행된 바 있으며, 그 후 이를
  수정 보완하여 1989년에 『완역 이충무공전서』라는 이름으로 다시 성문각에서 간행되었다.

권1　〈贈別宣水使居怡〉 1수
　　　〈無題六韻〉 1수
　　　〈閑山島夜吟〉 1수
　　　〈無題一聯〉 2구(권15 〈陣中吟〉 2수 중 제1수의 일부)
　　　〈閑山島歌〉 1수(시조의 한역가)
권15　〈贈別朴三谷慶新嶺伯遞歸〉 2수(이순신의 작품 아님)
　　　〈陣中吟〉 2수
　　　〈和陳都督璘韻〉 2수
　　　〈陣中吟〉 1수
　　　〈無題〉 2수

위의 작품들 중 권1의 〈무제일련〉은 속편인 권15에 보유된 〈진중음〉
2수 중 제1수의 일부에 해당하며, 권15의 〈증별박삼곡경신영백체귀〉는
이순신의 소작이 아니라 안극가(安克家)라는 인물이 곽재우(郭再祐)에게
준 시로 이미 밝혀져 있다. 또 권1의 〈한산도가〉는 시조의 한역가이다.
따라서 이 세 작품을 제외하면, 이순신의 한시는 모두 7편 10수이다.[3]

한편 이순신의 시조 〈한산도가〉는 위에서 언급한 바와 같이『이충무
공전서』권1에 우리말 사설이 아닌 한역된 형태로 수록되어 있다. 다음
은 그 한역가와 발문이다.

閑山島　月明夜　上戍樓
撫大刀　深愁時
何處一聲羌笛　更添愁[4]

3　이 중 〈한산도야음〉(水國秋光暮 驚寒鴈陣高 憂心輾轉夜 殘月照弓刀)이 특히 널리
　알려진 작품으로,『이충무공전서』권1에는 그 화운시가 31수나 수록되어 있다.

按趙慶男亂中雜錄 有閑山吟咏二十韻云 而屢經兵燹 散佚不傳 只有
一聯一歌傳於世 可勝惜哉
　조경남의『난중잡록』을 살펴보면, '한산음영 이십운이 있다'고 하였
으나, 누차 병화를 겪으며 산일되어 전하지 않고, 다만 연구 하나와 노
래 하나만이 세상에 전하니, 가히 애석함을 누를 수 있겠는가!

　위의 발문에 나오는 연구 하나와 노래 하나란 '바다에 맹세하니 어룡
이 느끼고 산에 맹세하니 초목이 아노라(誓海魚龍動 盟山草木知)'라는 권
1의 〈무제일련〉과, 시조 〈한산도가〉를 가리킨다. 이로 보아 〈한산도가〉
는 원래 우리말 노래인 시조로 먼저 지어졌으며, 이후에 한역된 것임을
알 수 있다. 한역은 한문으로 된 전서를 편찬할 때 이를 거기에 수록하
기 위해 이루어진 것이 아닌가 생각된다.
　이렇듯 〈한산도가〉의 우리말 사설은『이충무공전서』에는 실려 있지
않고, 그 외의 여러 문헌에 산재되어 있다. 현재 〈한산도가〉의 우리말
사설을 수록하여 전하고 있는 옛 문헌은 22종으로 파악된다.[5] 그중 21
종이『악학습령(樂學拾零)』을 비롯하여 주로 청구영언·해동가요·가곡
원류 계열의 각종 가집이고, 나머지 1종은 정조 때 이긍익(李肯翊)이 역

4　심재완의『교본 역대시조전서』(세종문화사, 1972)는『燃藜室記述』권20을 출처로 이
　한역가를 싣고 있는데, 거기에는 '一聲羌笛'이 '一聲胡笛'로 표기되어 있다. 그렇지만
　사실『연려실기술』권20은 '廢主光海朝故事本末'편으로 여기에는 이 한역가 뿐 아니
　라 〈한산도가〉에 관한 어떠한 내용도 실려 있지 않다.『연려실기술』에서 〈한산도가〉에
　대한 내용을 수록하고 있는 곳은 '宣祖朝故事本末'편인 권18인데, 이곳에도 역시 〈한산
　도가〉의 우리말 사설만 수록되어 있을 뿐 앞에서 언급한 한역가는 실려 있지 않다. 그런
　데 아마 이러한 착오는『교본 역대시조전서』가 〈한산도가〉의 출전을『연려실기술』권
　20으로 잘못 표기한 이은상의 글 「忠武公과 그의 詩文」이라는 글을 재인용하면서 발생
　한 것으로 보인다.
5　심재완,『교본 역대시조전서』, 가번 3174 참고.

사적 사실을 기록한 『연려실기술(燃藜室記述)』이다. 이러한 수록 문헌의 성격 차이를 반영하듯 현전하는 〈한산도가〉의 사설은 크게 '가집 계열 사설'과 '연려실기술 사설'로 구분할 수 있다. 물론 가집 계열 사설 사이에 약간의 편차가 없는 것은 아니지만, 연려실기술 사설에 비해 그 차이가 많지는 않다.

> (1) 가집 계열 사설
> 閑山셤 달 붉은 밤의 戍樓에 혼주 안주
> 큰 칼 녑희 추고 깁픈 시름 ᄒᆞ는 젹의
> 어듸셔 一聲 胡笳는 나의 익를 긋나니 (악학습령 200)[6]

> (2) 연려실기술 사설
> 한산셤 달 발근 밤의 위루의 혼자 안자
> 일장검 겻히 노코 긴 한숨 ᄒᆞ는 밤의
> 어듸셔 일성 호가는 남의 익를 긋ᄂᆞ니 (연려실기술 권18)[7]

여기서 가집 계열 사설이 수록 문헌에 따라 드러내 보이는 차이를 지적하면, 단순한 표기법상의 차이 이외에도 중장의 'ᄒᆞ는 젹의'가 'ᄒᆞ는 次에'로, 종장의 '一聲 胡笳'가 '一聲 胡笛'으로, '나의 익를 긋나니'가 '늠의 애룰 긋ᄂᆞ니' 또는 '斷我腸을 ᄒᆞᄂᆞ고'로 되어 있음을 들 수 있

---

6 여기서는 수록 가집 중 그 연대가 가장 빠른 것으로 추정되는 『악학습령』(숙종 때로 추정) 수록 사설을 인용하였다. 그런데 『악학습령』을 비롯하여 곡조가 표시된 모든 가집에서 이 노래를 가장 근엄한 형태의 느린 곡조인 二數大葉이나 그 변이형인 中擧에 배치하고 있다.

7 『완역 이충무공전서』(상, 114쪽)에서는 이 작품이 『연려실기술』 권20에 수록되어 있다고 하였으나, 사실은 '宣祖朝故事本末'편인 권18에 수록되어 있다.

다. 이에 비해 연려실기술 사설은 '戍樓'를 '위루'로, '큰 칼'을 '일장검'
으로, '녑희 츠고'를 '겻히 노코'로, '깁픈 시름'을 '긴 한숨'으로, '흐는
젹의'를 '흐는 밤의'로, '나의 이를 긋나니'를 '남의 이를 긋ᄂ니'로 표기
하여 시어상의 차이를 보다 더 선명히 드러내 보인다.

그런데 특히 『연려실기술』을 포함한 모든 이본을 통해 작품 내용에
영향을 미치는 두드러진 차이를 들자면 종장 외구의 '나의 이를 긋나
니'와 '늠의 애를 긋ᄂ니'의 대비를 지적할 수 있는 바, 이은상은 『완역
이충무공전서』에서 후자를 취해 다음과 같은 〈한산도가〉의 표준본을
제시하기도 하였다.

> 閑山섬 달 밝은 밤에 戍樓에 혼자 앉아
> 큰 칼 옆에 차고 깊은 시름 하는 차에
> 어디서 一聲胡笳는 남의 애를 끊나니

즉 여러 문헌을 비교하여 『해동가요』에 실린 것을 취해 표준본으로
삼았다고 하였는데, "현존한 시조 문헌 중에 가장 오랜 것은 英祖 二년
(一七二七)에[8] 金天澤이 편찬한 靑丘永言이지마는 거기에 실린 충무공
의 閑山섬 노래는 그 문구에 심한 착오가 있기 때문에 취하지 아니하고
그다음 英祖 三十九년(一七六三)에 老歌齋 金壽長이 편찬한 海東歌謠本
을 취하는 까닭은 다른 어느 문헌의 그것보다도 이것이 가장 말이 정돈
되었을 뿐 아니라 李忠武公全書에 한문으로 번역해 놓은 그것과 대조
해서 또한 가장 부합하기 때문이다."라고 하였다. 그리고 이어서 "그

---

8 '英祖 三년'의 오기인 듯함.

어느 것보다도 문헌적 가치로는 도리어 燃藜室記述에 적혀 있는 것을 더 인정할 수도 있을 것이다. (중략) 하지만 이것은 일반이 이미 입으로 익혀 외우는 것과 차이가 있기 때문에 취할 것이 못 되고 다만 참고함으로써 족할 것이다."라고 하였다.[9]

이렇듯 〈한산도가〉에 대해 비교적 잘 알려진 문헌 기록은 『이충무공전서』의 간행(1795)보다 앞선 18세기 초의 가집인 『악학습령』이나 『청구영언』 등에서 비롯되고 있는데, 이순신의 생존 시기와 그 사이에는 무려 100년 이상의 시차가 존재한다. 따라서 그러한 기록들의 진위 내지는 기록에 미진한 내용을 둘러싸고 몇 가지 문제가 제기된 바 있다. 그것은 곧 〈한산도가〉의 작자와 제작지 및 제작 시기에 대한 것이었다.

작자에 대한 문제는 일찍이 강전섭에 의해 제기되었다.[10] 그는 당시까지 학계에 알려진 위와 같은 기록 외에 『이충무공전서』의 대본이 되었던 『충무공가승(忠武公家乘)』의 이본들과 아울러, 임진왜란을 전후하여 장흥부사와 사량첨사로 활약하였던 황세득(黃世得, 1537~1598)에 대한 기록인 『성주황씨가보(星州黃氏家譜)』(1829)의 〈장흥부사황공행적(長興府使黃公行蹟)〉을 면밀히 검토하여 〈한산도가〉의 원작자는 이순신이 아닌 황세득이라고 주장하였다.

....

9 이은상 역, 『완역 이충무공전서』 상, 113~114쪽. 그런데 여기서 위에 제시된 표준본이 『해동가요』의 어느 이본을 표준으로 삼았는지, 『청구영언』의 어떤 문구에 심한 착오가 있는지, 그 어느 것보다도 더 인정된다는 『연려실기술』의 문헌적 가치는 무엇인지 분명하지 않다.
10 강전섭, 「한산도가의 작자에 대하여」, 『어문학』, 제37집, 1978.

閑山島 月明夜　　獨倚板屋船頭
手撫大劍　　　　心懷深憂
何處一聲長笛　　更添愁 (漢譯歌)

閑山셤 둘 붉은 밤이 板屋船頭 혼자 안자,
큰 칼 어르만져 기픈 시름 둣는 적에,
어듸셔 一聲長笛은 눔의 애를 긋ㄴ니. (原型閑山島歌)

　즉 그는 〈장흥부사황공행적〉에 실린 한역가를 토대로 황세득이 지었
다는 이른바 '원형한산도가'를 위와 같이 복원하였다. 그러고는 황세득
의 이 원가가 구전되어 오다가 이순신의 작품으로 부회되면서 『청구영
언』 등의 가집 편자들에 의해 채록되어 바로 우리가 볼 수 있는 〈한산
도가〉로 환골탈태되었다고 하였다.[11] 그렇지만 아쉽게도 이 주장 역시
그 핵심 근거라 할 수 있는 〈장흥부사황공행적〉의 원 출전이라는 『사산
지(蛇山誌)』(稷山縣誌)의 원본을 확보하지 못하였다는 점에서, 스스로 비
판하고 있는 이순신 제작설과 마찬가지의 한계를 드러내고 있다.
　이에 비해 제작지 및 제작 시기에 대한 이견은 일찍이 이은상에 의해
정리된 바 있는 이순신의 1595년(을미) 한산도 제작설[12]에 대한 반론으
로 이종학에 의해 제기되었다. 즉 이종학은 〈한산도가〉의 이순신 친필
원본이라 하여 자신이 입수한 문건을 1997년 언론에 공개하였는데, 그

---

11 강전섭, 「한산도가의 작자 변정」, 『한국고전시가연구』, 경인문화사, 1995, 297~312쪽.
12 이은상은 〈한산도가〉를 이순신이 한산도에 있을 때 지었을 것으로 보고 『난중일기』의
　관련 기록을 검토하여 그 제작 시기를 1594년(갑오) 6월 11일이나 1595년(을미) 8월
　15일 무렵일 것으로 추정하고, 특히 1595년(을미) 제작설에 무게를 두었다(『완역 이충
　무공전서』 상, 114쪽; 이은상, 『太陽이 비치는 길로』 하, 삼중당, 1973, 170~174쪽 참고).

문건의 내용을 종서를 횡서로 바꾸어 글자 배치 그대로 옮기면 다음과
같다.

閒山島歌
寒山島月明夜上戍樓
撫大刀深愁時何處
一聲羌笛更添愁
丁酉仲秋李舜臣吟

여기서 이 내용을 『이충무공전서』의 그것과 비교해 보면 '閑山島'가
'閒山島' 및 '寒山島'로 바뀌어 표기된 것만 다를 뿐 나머지는 같으며,
특히 말미에는 '丁酉仲秋李舜臣吟'이라 하여 그 제작 시기와 제작자가
명기되어 있음을 볼 수 있다. 그리고 『난중일기』를 통해 정유년(1597)
중추일의 이순신 행적을 추적해 보면, 당시 그가 보성에 있으면서 열선
루(列仙樓)에 일시 기거하였음이 확인된다. 따라서 이를 근거로 이종학
은 '그 지어진 연대가 기존의 1595년이 아닌 1597년 정유년'이었고, '또
한 쓰여진 장소도 한산도가 아닌 보성 열선루'였으며, '시조의 내용도
이은상 선생이 얘기한 본래 한글 시조였다는 견해와는 다르게 원문이
한문'이었다는 주장을 펴게 되었고,[13] 이러한 주장은 황병성에 의해 재
삼 시도된 바 있다.[14]

---

13 이종학, 「한산도가는 보성열선루에서 지어쓰고 읊으셨다」, 『보성문화』 제8호, 1999, 44쪽.
14 황병성, 「이순신의 한산도가 문제와 보성 열선루」, 『白山學報』 제70호, 백산학회, 2004
   년 12월; 황병성, 「보성 열선루의 '한산도가' 작시설의 재검토」, 『이순신의 한산도가와
   보성 열선루 학술심포지엄』, 보성문화원, 2005년 4월 28일.

하지만 이종학이 입수하여 공개한 위의 문건은 이미 1999년 7월 문화재위원회에서 이순신의 친필이 아닌 소전 손재형의 서체로 판정됨으로써[15] 이 주장은 더 이상 설득력을 갖지 못하게 되었다. 따라서 현 상황에서 1597년(정유) 보성 열선루 제작설의 타당성 여부에 대한 더 이상의 검토는 무의미하다 하겠으며, 〈한산도가〉는 '閑山셤 달 붉은 밤'이라는 문면의 표현 그대로 이순신이 한산도의 어느 달 밝은 밤을 배경으로 삼아 지은 작품으로 보아야 할 것이다.

3. 〈한산도가〉의 무인시조적 성격

이제 〈한산도가〉의 작품 성격을 여타 무인시조와의 대비를 통해 살펴보기로 하자. 현전하는 작품을 통해 확인할 수 있는 무인시조의 출발은 흔히 〈호기가(豪氣歌)〉라고 지칭되는 고려 말 최영의 작품에서 시작된다. 조선시대에 들어와서는 역시 〈호기가〉라고 일컬어지는 김종서의 작품이 그 뒤를 이었고, 이후 이순신의 〈한산도가〉를 포함하여 유응부, 남이, 임진, 정경달, 김덕령, 정충신, 김응하, 임경업, 이완, 장붕익, 민제장의 작품에서 무인의 기상을 읽을 수 있다.

다음은 위에 언급한 무인시조 작가들의 작품 초장 목록이다.[16]

---

15 황병성, 「이순신의 한산도가 문제와 보성 열선루」, 796쪽.
16 이 외에도 무인이 남긴 시조 작품을 더 찾을 수 있겠으나, 무인시조라 하면 단순히 작자가 무인인 데에 그치지 않고 작품 속에 무인적 기상을 담아야 한다는 점에서 여기서는 논외로 하였다.

번호	시조 작품 초장	작자(생존 기간)
①	綠駬 霜蹄 술지게 먹여 시닉물에 씨셔 타고	崔 瑩(1316~1388)
②	朔風은 나무 긋틱 불고 明月은 눈 속에 춘듸	金宗瑞(1390~1453)
③	長白山에 旗를 곳고 豆滿江에 믈을 씻겨	金宗瑞(1390~1453)
④	간밤의 부든 브람 눈 셔리 치단 말가	俞應浮(? ~1456)
⑤	赤兎馬 살지게 먹여 豆滿江에 싯겨 셰고	南 怡(1441~1468)
⑥	長劍을 쌔혀들고 白頭山에 올라보니	南 怡(1441~1468)
⑦	활 지어 팔에 걸고 칼 그라 엽히 츠고	林 晋(1526~1587)
⑧	죽어 못 보련가 우리 님 못 보련가	丁景達(1542~1602)
⑨	閑山셤 달 붉은 밤의 戍樓에 혼조 안조	李舜臣(1545~1598)
⑩	春山의 불이 나니 못다핀 곳 다 붓는다	金德齡(1568~1596)
⑪	空山이 寂寞흔되 슬피 우는 져 杜鵑아	鄭忠信(1576~1636)
⑫	十年 갈은 칼이 匣裡에 우노믹라	金應河(1580~1619)
⑬	拔山力 蓋世氣는 楚覇王의 버금이오	林慶業(1594~1646)
⑭	群山을 削平튼들 洞庭湖ㅣ 너를낫다	李 浣(1602~1674)
⑮	나라히 太平이라 武臣을 발이시니	張鵬翼(1646~1735)
⑯	猿山을 발로 박챠 對馬島을 連陸흐고	閔濟章(1671~1729)
⑰	北關 모든 벗님 昇平을 미들 소냐	閔濟章(1671~1729)

이 목록에서 보다시피 본격적인 무인시조라고 할 만한 작품은 그리 많지 않다. 크고 작은 전란을 겪어 온 조선시대의 역사적 상황에 비추어 본다면 일면 뜻밖의 현상이라 할 수도 있겠으나, 그것은 곧 무인 계층이 시조의 주된 담당층과는 다소 거리가 있었음을 느끼게 하는 사실이다.

또한 위에 든 17수의 작품은 모두 그 형태가 단시조이다.[17] 이렇듯

17 이 밖에 무인이 지은 연시조로 李德一(1561~1622)의 〈憂國歌〉 28수와 李振門(광해군 때)의 〈경번당가〉 14수가 있다. 그런데 이진문의 〈경번당가〉는 무인적 정서와는 거리가

단시조가 많은 것은 무엇보다도 무인으로서의 기상을 강렬하고 인상적
으로 나타내기에 짧은 호흡의 단시조가 보다 효과적이었기 때문일 것
이다. 문인들이 상당한 연시조를 통해 유교적 교훈이나 이념 및 강호
자연을 주로 노래했던 것과는 대조적이다.

　여기서 먼저 위 목록 중의 ②번 작품 김종서의 〈호기가〉를 보기로
하자.

　　　朔風은 나무 긋틱 불고 明月은 눈 속에 춘듸
　　　萬里 邊城에 一長劒 집고 셔셔
　　　긴 프롬 큰 흔소릭에 거칠 거시 업세라 (악학습령 324)

　〈호기가〉라는 제목 그대로 무인으로서의 기개를 대담한 직설적 어조
를 통해 외향적으로 발산하고 있다. '나무 끝을 스치는 삭풍', '눈 속에
찬 명월', 그리고 '만 리나 떨어진 변성'이라는 모진 환경에 맞서 '일장
검'에 의지하여 거침없이 불호령을 뿜어내는 무인의 기상이 허공을 가
른다.

　그런데 이 〈호기가〉와 〈한산도가〉는 얼핏 보면 사용된 소재 면에서
유사점이 많은 작품이다. '明月 : 달 붉은 밤', '萬里 邊城 : 戍樓', '一長
劒 : 큰 칼', '긴 프롬 큰 흔소릭 : 一聲 胡笳'의 대응이 그렇다. 그렇지만

멀다. 또 이덕일의 〈우국가〉는 임진왜란을 겪은 후에도 신하들이 나라의 안위를 살피지
않고 당쟁에만 몰두하는 현실을 개탄한 작품으로, 특히 제1수에 무인적 정서가 두드러
진다. 후술할 번민가 계열의 노래이다. 하지만 연시조 작품으로 함께 거론할 다른 예를
찾지 못하여 위 표에는 수록하지 않았다. 〈우국가〉 제1수는 다음과 같다. "學文을 후리
티오 反武을 흐온 쯧은, 三尺劒 둘너메오 盡心報國 흐려터니, 흔 일도 흐옴이 업스니
눈물 계워 흐노라."

이러한 소재를 통해 구현되는 작품 세계는 전혀 다르다.

> 閑山셤 달 붉은 밤의 戍樓에 혼ᄌ 안ᄌ
> 큰 칼 녑희 ᄎ고 깁픈 시름 ᄒ는 젹의
> 어듸셔 一聲 胡笳ᄂ 나의 이를 긋나니 (악학습령 200)

우선 〈한산도가〉의 화자는 〈호기가〉와 달리 '깁픈 시름'에 잠겨 있으며, 외부 세계를 향해 '긴 프롬 큰 흔소릭'를 뿜어내는 대신 외부 세계에서 들려오는 '一聲 胡笳'에 애태우고 있다. 거칠 것 없는 기개를 외향적으로 발산하는 것이 아니라, 깊은 시름을 내면적으로 수렴하고 있음을 보게 된다.

특히 〈한산도가〉에서 이렇듯 번민 어린 정서의 내면적 구심 작용을 효과적으로 수행해 주는 것이 초장과 중장에 보이는 균형 잡힌 대비적 장치이다. 초장에서는 밤을 배경으로 '한산섬의 밝은 달'과 '수루의 홀로인 화자'가 대조를 이룬다. 한산섬이라는 보다 넓은 세계와 수루라는 협소한 화자의 위치, 밝은 달로 표상되는 원만한 자연과 홀로 앉은 화자의 외로운 모습이 바로 그것이다. 이어 중장에서는 '큰 칼'과 '깊은 시름'이 마찬가지로 대조를 이룬다. 칼이 무인의 상징이라면 무인으로서의 책무는 곧 칼의 무게에 비례할 것이며, 그 큰 칼의 무게만큼이나 감당해야 하는 시름도 깊을 것이다. 백척간두에 처한 국가의 안위는 물론이요, 자신에 대한 부당한 비방과 모함, 그리고 무심한 자연에서 느끼는 절서감 등이 깊은 시름에 잠기게 한다. 다음의 종장은 바로 이러한 깊은 시름과 한 줄기 피리 소리가 만나 심적 상승 작용을 일으키는 곳이다. 그리고 여기에서 우리는 한 인간의 짙은 고뇌와 갈등의 그림자

를 읽을 수 있다. 그렇지만 〈한산도가〉의 서정이 무기력한 좌절과 체념
으로 종결되는 것은 아니다. 종장 외구인 '나(남)의 이를 긋나니'가 결코
'나(남)의 애를 끊을 수 없다'는 반어적 의미를 함축함으로써, 이를 통해
무인으로서 화자의 비장한 의지를 느끼게 하기 때문이다.

　이렇듯 〈호기가〉와 〈한산도가〉는 같은 무인시조로서 소재적 유사성
을 지니고 있음에도 불구하고 각기 전혀 다른 작품 세계를 구현하고
있다. 다시 말해 〈호기가〉가 거칠 것 없는 기개의 외향적 발산을 노래
하였다면, 〈한산도가〉는 그 대신 깊은 시름의 내면적 수렴을 읊조리고
있다. 여기서 우리는 무인시조를 둘로 나누어 무인으로서의 호방한 기
개를 표출한 작품군과, 무인으로서의 호기를 내면적 번민으로 환치시
킨 작품군으로 유형화할 수 있을 것이다. 이때 전자를 '호기가 계열'이
라 한다면, 후자를 '번민가 계열'이라 일컬을 수 있다.[18]

　다음은 위 목록에 보인 작품들을 두 계열로 다시 분류한 것이다.

　　▸ 호기가 계열: 최영①, 김종서②③, 남이⑤⑥,
　　　　　　　　임진⑦, 임경업⑬, 민제장⑯⑰
　　▸ 번민가 계열: 유응부④, 정경달⑧, 이순신⑨, 김덕령⑩,
　　　　　　　　정충신⑪, 김응하⑫, 이완⑭, 장붕익⑮

　그런데 이런 무인시조에는 각기 작가가 처한 특수한 처지나 시대 상
황이 반영되어 있기 마련이다. 그리고 그것을 표현하는 방식에 있어서,

---

18 여기서 이를 다시 세분한다면 호기가 계열은 무인의 호기를 직설적으로 표출한 작품군
　과 우회적으로 표출한 작품군으로, 번민가 계열은 무인이 당한 사회적 번민을 형상화한
　작품군과 개인적 번민을 형상화한 작품군으로 각각 나눌 수 있을 것이다.

이른바 호기가 계열과 번민가 계열의 작품 사이에는 뚜렷한 차이가 있음이 감지된다. 즉 호기가 계열의 노래가 무장으로서의 다짐과 포부를 '~하노라'류의 선언적 화법을 구사하여 거침없이 발설하고 있다면, 번민가 계열의 노래는 대체로 자신의 포부를 뜻대로 펼치지 못하는 데서 오는 갈등과 고뇌를 굴절된 형태로 표현하여 2차적인 해석을 요구하기 때문이다. 〈한산도가〉의 경우에는, 전란 중이라는 당시의 시대적 상황이나 당쟁의 피해자라는 이순신의 개인적 처지를 고려하였을 때 작품 이해의 열쇠가 되는 '깊픈 시름'의 정체가 비로소 파악된다.

한편 전장을 드나들었던 무인들이 주로 활동하고 생활하였던 곳이 변방이었던 관계로 많은 무인시는 변새시의 모습을 보이기 마련이다. 무인시조에서도 역시 그러한 점은 쉽게 찾아볼 수 있다. 즉 변방의 지명이나 풍물을 바탕으로 해서 형상화된 시를 변새시라 할 때,[19] 위 목록의 작품 17수 가운데 10수가 변새시에 해당된다. 김종서의 ②와 ③, 남이의 ⑤와 ⑥, 임진의 ⑦, 이순신의 ⑨, 김응하의 ⑫, 장붕익의 ⑮, 민제장의 ⑯과 ⑰이 바로 그것이다.

다음은 남이의 ⑥과 김응하의 ⑫번 작품이다.

　　⑥ 長劍을 싸혀들고 白頭山에 올라보니
　　　大明 天地에 腥塵이 줌겨세라
　　　언제나 南北風塵을 헤쳐볼고 ᄒ노라 (진본 청구영언 106)

　　⑫ 十年 갈은 칼이 匣裡에 우노믜라

19 성범중, 「김종서의 〈호기가〉와 변새시」, 『한국고전시가작품론2』, 집문당, 1992, 482쪽, 주4 참고.

關山을 브라보며 쩍쩍로 만져보니
丈夫의 爲國功勳을 어늬 쩍에 들이올고 (악학습령 323)

두 작품 모두 칼과 더불어 산을 소재로 하고 있다. ⑥에서는 '白頭山'
이라는 실재하는 고유 지명을 등장시켰으며, ⑫는 변경의 산을 범칭하
는 '關山'이라는 보통 지명을 사용하였다. 이를 통해 장부의 기개를 펼
칠 날을 고대하는 화자의 모습을 생동감 있게 그려내었는데, 보통 지명
을 활용한 ⑫보다는 고유 지명을 활용한 ⑥에서 보다 웅건한 기상이
느껴진다. 물론 이러한 기상의 차이가 전적으로 소재로 쓰인 지명의 차
이에서 연유한 것은 아니지만, 이렇듯 변방의 구체적 지명이나 풍물을
통해 표현의 사실성이나 생동감을 효과적으로 확보할 수 있다는 것이
변새시의 한 특장이다. 그리고 이 경우 보통 지명보다는 고유 지명의
활용이 보다 효과적인 수단이 되기도 한다.
앞에 든 변새시조 8수 가운데 ②, ⑫, ⑮, ⑰이 '萬里 邊城', '關山',
'北塞', '北關'이라는 일반적인 보통 지명을 사용하였다면, 김종서의 ③,
남이의 ⑤와 ⑥, 임진의 ⑦, 이순신의 ⑨, 민제장의 ⑯은 다음과 같은
실제의 고유 지명을 활용하여 그 작품성을 보다 끌어올렸다.

> ▸ 김종서의 ③: 長白山, 豆滿江
> ▸ 남 이의 ⑤: 豆滿江
> ▸ 남 이의 ⑥: 白頭山
> ▸ 임 진의 ⑦: 鐵瓮城
> ▸ 이순신의 ⑨: 閑山셤
> ▸ 민제장의 ⑯: 對馬島

이순신의 〈한산도가〉는 위와 같이 '閑山섬'이라는 고유 지명을 활용한 변새시이다. 그러면서도 호기가 계열에 속하는 나머지 다섯 작품과는 달리 번민가 계열에 속한다. 앞에서 언급하였듯이 번민가에 속하는 작품은 선언적 화법을 구사하는 호기가와는 달리 작자의 내면적 갈등과 고뇌를 굴절된 형태로 노래함으로써, 그 뜻을 문면에 직접 드러내지 않고 다시 2차적인 해석을 요구하는 장치를 지니고 있다. 〈한산도가〉는 바로 그러한 대표적인 작품이다. 그런 점에서 〈한산도가〉는 여타의 무인시조보다 한층 더 시적인 함축미와 여운을 얻는데 성공하였다고 할 수 있다.

4. 맺음말

사실 조선시대의 방대한 시조 문학 가운데 무인시조가 차지하는 비중은 그리 높지 않다. 그렇지만 무인시조는 유교적 교훈이나 이념 및 강호 자연을 노래하는 데 중심을 둔 문인들의 시조와는 달리 무인적 기상을 다루고 있다는 점에서 나름대로의 독자성과 가치가 있다.

이순신의 〈한산도가〉는 바로 그러한 무인시조의 전통 위에 서 있는 작품이다. 그러면서 특히 무인의 호방한 기개를 표출한 호기가 계열의 기존 무인시조와도 달리 무인의 기개를 내면적 번민으로 환치한 새로운 방식의 시적 형상화에 성공하는 한편, 변방의 지명과 풍물을 작품의 소재로 적절히 활용함으로써 변새시의 특장을 잘 살려내었다는 점이 돋보인다. 아울러 초장과 중장의 균형 잡힌 대비적 수법을 통해 화자의 내면적 고뇌와 갈등을 비장한 의지로 승화시켜 비장미를 구현하였다는

우수한 작품성도 지니고 있다. 바로 여기에 〈한산도가〉가 갖는 문학적
의의가 있으며, 비록 한 수의 작품을 남겼지만 이순신이 우수한 시조
작가로 평가되는 이유가 있다.

  그런데 〈한산도가〉는 그 제작지와 제작 시기가 명확하게 밝혀져 있
지 않은 채 이순신의 생존 시기와는 무려 100년 이상의 시차가 있는
후대의 문헌들을 통해 전승되어 왔다. 이로 인해 그 작자와 제작지 및
제작 시기에 대해 일부 이견이 있어 왔으나, 현전 자료를 통해 볼 때
이순신의 한산도 제작설이 타당하다고 생각된다.

조현범 〈강남악부〉의
악부시적 성격

1. 머리말

〈강남악부(江南樂府)〉는 조선 후기 순천의 향촌 문인 조현범(趙顯範)이 지은 악부시이자 악부시집이다. 내용은 그 제목이 뜻하는 바와 같이 강남 즉 순천 지역의 인물, 역사, 지리, 풍속 등을 노래한 것이다. 따라서 〈강남악부〉는 악부시로서 문학적 측면에서뿐만 아니라, 순천 지역의 향토 문화 연구 자료로서도 주목을 요한다.

하지만 〈강남악부〉에 대해 학계의 본격적인 관심이 주어진 것은 그리 오래 되지 않는다. 1985년 조원래가 그 해제를 작성한 것이 시초라 하겠으며, 이후 1991년 순천대학교 남도문화연구소에서 『국역 강남악부』를 펴냄으로써 심도 있는 연구를 위한 토대를 마련하였다.[1] 이후 문학적 측면에서 주로 〈강남악부〉의 내용을 고찰한 연구가 두어 차례

---

1 조원래의 「강남악부해제」는 순천대학교 남도문화연구소의 학술지 『남도문화연구』 제1집(1985)에 수록되었다가, 동 연구소에서 펴낸 『국역 강남악부』(1991)에 재수록되었다.

시도되었으며,[2] 2005년에는 '江南樂府 저자 조현범 선생 학술세미나'를 통해 역사학, 국문학, 민속학적 관점에서의 조명이 이루어지기도 하였다.[3]

이를 바탕으로 여기서 주로 논의하고자 하는 것은 〈강남악부〉의 악부시적 성격에 관한 문제이다. 악부시로서 〈강남악부〉가 지닌 다양한 면모에 대한 해명이 아직 미진하다고 여겨지기 때문이다. 이를 위해 먼저 〈강남악부〉와 그 작가 조현범 및 한국 악부시와의 관계를 검토하는 것으로 이야기를 풀어나가기로 한다.

2. 작가 조현범과 〈강남악부〉

〈강남악부〉의 작가 조현범(趙顯範, 1716~1790)이 살아온 내력은 현재 상세하게 알려져 있지 않다. 다만 『옥천조씨대동보(玉川趙氏大同譜)』와 『순천속지(順天續誌)』 및 『강남악부』의 기록을 통해 그 개요만이 전해지고 있다.

조현범의 본관은 옥천(玉川, 淳昌)이고, 자는 성회(聖晦)이며, 호는 삼효재(三效齋) 또는 장졸(藏拙)이다. 고려 말에 부정(副正)을 지낸 건곡(虔谷) 조유(趙瑜)가 그의 12세조인데, 조선이 건국되자 벼슬을 버리고 순

---

2 박명희, 「조현범의 강남악부고」, 『고시가연구』 제1집, 전남고시가연구회, 1993; 신장섭, 「「강남악부」에 나타난 사회·풍속 고찰」, 『연민학지』 제3집, 연민학회, 1995.

3 '江南樂府 저자 조현범 선생 학술세미나'는 순천시가 주최하고 순천문화원이 주관하여 2005년 11월 9일 순천문화예술회관 소극장에서 열렸다. 이 학술세미나에서 필자는 '강남악부의 국문학적 가치'라는 제목으로 주제 발표를 하였는데, 이 글은 당시의 발표문을 기초로 하여 작성되었다.

창의 건곡에 은거하였다가, 나중에 다시 순천의 옛 부유현(富有縣)으로
이거하였다. 조현범은 아버지 조동언(趙東彦)과 어머니 경주 김씨(慶州金
氏) 사이의 장남으로 숙종 42년(1716) 순천부 주암면에서 출생하였으며,
정조 14년(1790) 75세로 세상을 떠났다. 『순천속지』에서는 그의 삶을
요약하여 "몸소 경작을 하며 부모를 섬겨 향리에 효행이 알려졌으며,
종족에게 돈독하였다. 학식이 넓고 글을 잘 썼다."고 하였으니,[4] 그가
곧 주로 향촌에 거주하며 활동하였던 문인이었음을 알 수 있다.

조현범이 '강남악부서'를 쓴 것은 정조 8년(1784)이고, 정임중(鄭任重)
이 '강남악부발'을 쓴 것은 정조 10년(1786)이다. 그리고 다시 이 책의
간행을 위해 민병승(閔丙承)이 '강남악부서'를 쓴 것이 1936년이다. 이
로 보아 〈강남악부〉가 완성된 때는 작가가 69세 때인 1784년이고, 그로
부터 152년 뒤인 1936년에 간행되었음을 알 수 있다.

〈강남악부〉의 제작 동기는 조원래가 그 해제에서 밝힌 바와 같이 다
음 두 가지로 정리된다. "그 하나는 著者 先祖들에 대한 忠義孝節의 行
蹟과 家門을 稱揚하려는 의도에서 비롯되었다는 점"이요, "다른 하나
는 역시 序跋에서 강조하고 있는 바와 같이 鄕邑에 관한 古今의 忠孝烈
과 嘉言·善行·奇事·異蹟들을 후세에 남기려는 데에 그 뜻이 있었다"
는 것이다.[5] 민병승이 '강남악부서'에서 "이 책의 이름은 '악부'지만 사
실상 한 고을의 역사서요, 풍속지요, 유사고이다"라고 한 것은[6] 그 제작

4 躬耕養親 以孝聞於鄕里 敦於宗族 (中略) 博學修辭(『順天續誌』下, 行誼條. 박명희,
  앞의 논문, 129쪽에서 재인용)
5 조원래, 「강남악부해제」, 『국역 강남악부』, 순천대학교 남도문화연구소, 1991, 228쪽.
6 是書也 名爲樂府 而實一邑之惇史也 風俗誌也 遺事考也(『국역 강남악부』, 7쪽, 235
  쪽. 이하 〈강남악부〉 번역은 모두 이 책에 의한다)

동기 중 특히 후자의 경우를 지목한 것이다.

　서와 발 외에 〈강남악부〉 본문은 전체 153편으로 구성되어 있으며, 각 편은 다시 '소제목'·'소서[史話]'·'본시[樂府詩]'의 체재를 갖추고 있다. 그런데 이 153편 중 '123.사창속(社倉粟)'은 소제목만이 기록되어 있을 뿐이고, '60.팔문장(八文章)'에는 본시가 수록되어 있지 않다. 따라서 실제 내용이 있는 것은 152편이고, 수록된 악부시는 153수가 아닌 151수가 된다. 작품 배열은 시대순에 의한 방식을 취하고 있는데, 고려에서부터 조선 영조조에 이르기까지의 이야기가 왕조별로 분류 수록되어 있다.

　다음은 〈강남악부〉의 기술 체재를 구체적으로 보이기 위해 그 첫 번째 작품인 '강남농(江南弄)'의 전문을 옮긴 것이다.

　　『昇平志』에 이런 기록이 있다.
　　"세상에서 우리 고을을 '小江南'이라고 하는데 그 근거를 모르고 있다.『東國輿地勝覽』에 의하면, 산천이 기이하고 아름다운 까닭에 그렇게 칭한 것이다"라고 하였다. 또 이르기를, "고을의 지형이 바닷가 굽이에 치우쳐 있어 따로 한 구역을 이루고 있으며, 평상시 백성들의 물산이 부유하고 풍성한 까닭에 好事者들이 그렇게 말한 것이다"라고 하였다.

湖海形勝	빼어난 경치의 호수와 바다 사이
一大都護	한 커다란 고을이 있으니,
自古佳麗江南	옛부터 아름다운 강남이라 했다네.
粉樓畫閣	화려한 누각에는
仙語鷰喃	신선의 말소리와 제비의 지저귐이 있고,
旗亭開百隊	주막이 줄줄이 문을 열어,
銀鱗紫蟹交錯	싱싱한 물고기와 붉은 게가 어우러지니,

海味甘	해물의 맛이 달기도 하구나.
水西東	물이 서에서 동으로 흐르는 곳,
凡幾家	무릇 집은 몇 채인가?
竹籬櫛比	대나무 울타리가 즐비한데
桃花亂落毿毿	복숭아꽃 어지럽게 떨어지고 수양버들 늘어졌네.
鸚鵡洲邊十里雨隱	앵무주 주변 십여리에 아른아른 비 내리고,
見靑天外點點島	푸른 하늘 멀리 점점이 있는 섬은
半落三	반쯤 보이는 삼산 같구나.
君不見	그대는 보지 못했는가,
梅老一去不復返	매계 노인 한번 가서 돌아오지 않지만,
當時風月今宵談	그때 읊은 풍월이 오늘 밤 얘깃거리인 것을.[7]

강남이라 일컬어지는 순천의 위치와 경승, 물산, 풍류를 노래한 작품이다. 그런데 본시를 제시하기에 앞서, 소서 형식의 사화를 통해 승평즉 순천 지역을 '소강남'이라 칭하게 된 근거를 설명하고 있음을 볼 수있다. 특히『승평지』라는 역사서를 인용하면서 가급적 그 근거를 명확히 하고자 한 의도를 드러내고 있다.[8] 본시는 구법이 일정치 않은 잡언체의 모습을 보이며, 행수의 운용 또한 일정치 않다.

이렇듯 〈강남악부〉의 각 편은 모두 3언으로 된 소제목, 본시에 앞서그 소재가 된 역사적 사실을 설명하는 소서, 다양한 구법을 가진 본시의 순서로 기술되어 있다. 또한 서로 독립적인 내용을 갖는 각 편은 시

---

7 『국역 강남악부』, 9면, 237쪽.
8 〈강남악부〉는 그 소재를 기존 문헌에서 취한 경우 소서 머리에 출처를 분명히 밝히고
있다. 인용된 문헌은『昇平志』(1, 2, 4, 6, 8, 9, 21, 57),『新增昇平志』(44),『高麗志』(3, 10, 11),『平陽舊志』(5),『景賢錄』(19)이다.

대순에 따라 편년체 방식으로 배열되어 있다. 이것이 바로 역사를 노래
한 악부시의 전형적인 모습이다.

3. 한국 악부시와 〈강남악부〉

악부시의 출발은 중국 한(漢)나라 무제(武帝) 때에 악부라는 관청이
설치되고, 이곳에서 관장한 음악을 수반한 시가 양식을 같은 이름으로
부르면서 시작되었다. 따라서 이때의 악부시는 주로 민간에서 채집한
시가나 당시의 문인들이 음악에 맞추어 지은 시를 지칭한 것이었다. 그
러다가 점차 후대로 가면서 음악성이 배제되거나, 문인들이 고악부의
제목이나 의취를 따서 모의한 작품들이 출현함에 따라 그 성격이 변모
하게 된다.

우리나라에서 그러한 악부시의 수용이 언제 어떻게 이루어졌는지는
확실하지 않다.[9] 그렇지만 대체로 초기에는 중국의 고악부를 모의한 의
고악부(擬古樂府) 형태로 출발하였을 것이며, 이러한 경향은 조선시대
말까지 지속적으로 이어졌다. 그런 한편 우리의 노래나 역사 풍속 등을
소재로 한 작품들도 나타나게 되었다.

먼저 우리의 노래를 소재로 한 예로는 고려 후기에 나온 이제현(李齊
賢, 칠언절구 11수)과 민사평(閔思平, 칠언절구 6수)의 〈소악부(小樂府)〉가 있
다. 이 작품들은 모두 당시 민간에서 불리던 우리말 노래를 한시화한

---

9 이와 관련하여 최치원의 〈江南女〉와 〈鄕樂雜詠〉을 자료상 확인되는 우리나라 擬古樂
府와 紀俗樂府의 시초로 보는 견해가 있다(박혜숙, 『형성기의 한국악부시 연구』, 한길
사, 1991, 138쪽, 202쪽).

것으로, 칠언절구의 짤막한 형태로 되어 있다. 이러한 전통은 조선시대로 이어져, 신위(申緯)는 우리의 시조를 칠언절구로 한역한 〈소악부〉 40수를 남겼으며, 이유원(李裕元) 역시 시조의 칠언절구 한역인 〈소악부〉 45수를 제작하였다.

조선 세조 때에는 김종직(金宗直)이 『삼국사기』나 『삼국유사』 소재의 사실과 설화적 이야기를 취하여 〈동도악부(東都樂府)〉를 제작하였는데, 이는 우리말 노래가 아닌 우리의 역사에서 소재를 취하였다는 점에서 소악부 계열 작품들과는 다른 특징을 갖는다. 〈동도악부〉는 회소곡(會蘇曲), 우식곡(憂息曲), 치술령(鵄述嶺), 달도가(怛忉歌), 양산가(陽山歌), 대악(碓樂), 황창랑(黃昌郎)의 7수로 되어 있다. 다음은 그중의 첫번째인 '회소곡'으로, 신라의 가배 행사와 관련된 내용을 가지고 있다.

儒理王 9년에 六部의 이름을 정하고 둘로 갈라 왕녀 두 사람으로 하여금 각기 部內의 여자들을 거느리고 패를 나누어 7월 보름날부터 매일 일찍 大部의 뜰에 모여 삼나이(續麻)를 하여 깊은 밤에 파하게 하고, 8월 보름날에 이르러 그 일한 것의 많고 적음을 비교하여 진 편에서 술과 음식을 내어 이긴 편에게 사례하기로 하니, 그때에 노래와 춤과 놀이를 다 하는데, 그것을 '嘉俳'라 이른다. 그때 진 편의 한 여자가 일어나 춤추며 탄식하되 "會蘇, 會蘇"라 하니, 그 소리가 애처롭고 아담했다. 뒷사람이 그 소리를 본떠 노래를 지으니, 그 이름이 '회소곡'이다.

會蘇曲會蘇曲	회소곡, 회소곡,
西風吹廣庭	서풍이 넓은 뜰에 불어오고
明月滿華屋	밝은 달은 화옥에 가득한데,
王姬壓坐理繅車	왕녀가 윗자리에 앉아 물레를 돌리니,
六部六兒多如簇	육부의 여자들 죽순처럼 모여들었네.

爾笥旣盈我筐空　　 "네 바구닌 다 차고 내 광우린 비었구나."
醲酒揶揄笑相謔　　 술잔 들고 야유하며 웃고 서로 놀리네.
一婦嘆千室勸　　　 한 여자가 탄식하매 천 집에서 권하여,
坐令四勸杼軸　　　 앉아서 사방이 베짜기를 근면토록.
嘉俳縱失閨中儀　　 가배가 비록 규중의 의범은 잃었지만,
猶勝拔河爭嗃嗃　　 발하 놀이로 와자지껄 싸움보단 나았네.[10]

　작품 1편의 구성이 〈강남악부〉와 마찬가지로 소제목, 소서, 본시의
순서로 되어 있어, 역사를 소재로 한 우리나라 악부시의 일반적인 기술
방식이 이 〈동도악부〉에서 비로소 틀이 잡혔음을 알 수 있다. 그러나
아직 그 소제목이 기계적인 3언으로 고정되지는 않았음을 볼 수 있다.
　김종직 이후 심광세(沈光世)의 〈해동악부(海東樂府)〉는 악부시의 본격
적인 모습을 보여준 작품으로 평가된다. 〈해동악부〉는 〈동도악부〉가 우
리의 역사 중에서도 설화적 사실에 치중한 것과는 달리 본격적인 역사
를 소재로 하면서 이른바 영사악부(詠史樂府)의 전형을 보여주기 때문
이다. 심광세는 명나라 시인 서애(西涯) 이동양(李東陽)의 악부시를 보고
이 작품을 지었다고 하였는데,[11] 중화 중심의 사고에서 탈피하여 우리
역사와 문화에 대한 자각을 바탕으로 하였다는 점에서도 그 의의가 높
이 인정되는 작품이다. 작가가 계축옥사로 인해 경상도 고성에 유배되
어 있으면서 광해군 9년(1617년)에 창작하였다. 기자조선부터 연산군 때
까지의 우리나라 사실(史實)을 전체 44편으로 엮었다.

10　민족문화추진회, 『국역 동문선』 X, 1977, 319쪽, 832쪽.
11　偶讀西崖樂府 愛其辭旨劘切 引事比類 勸戒明白 能使人感發而興起 有補於初學爲
　　甚大 間閱東史 就其中可以贊詠鑑戒者 除出若干條 作爲歌詩 名曰海東樂府(沈光世,
　　『海東樂府』, '海東樂府序')

橐駝橋

- 일은 비록 도리에 맞으나, 화가 후대에 미쳤다 -

고려 태조 25년 거란이 사신을 파견하여 탁타[낙타] 오십 필을 보내
왔다. 왕은 거란이 일찍이 발해와 화친을 맺고 있었는데 홀연 의심을
하여 약속을 등지고 진멸하였으니, 이는 심히 무도하여 멀리 화친을 맺
어 이웃이 되기에 족하지 않다고 생각하였다. 마침내 사신의 교류를 끊
고 그 사신 삼십 명을 해도에 유배하였으며, 탁타는 萬夫橋 아래에 묶어
두었는데 모두 굶어 죽었다.

橐駝五十首	탁타 오십 수
橋下皆餓死	다리 아래서 모두 굶어 죽었네
契丹滅渤海	거란이 발해를 진멸함이
于我誠何事	우리에게 과연 무슨 일이던가
後代屢被兵	후대에 누차 병화를 입었으니
基禍實在此	화근이 실로 여기에 있었네
石梁平俒俒	평평한 돌다리는 곧게 뻗어
遺跡宛可記	남은 자취 완연히 떠오를 만하네[12]

〈해동악부〉 44편 중 비교적 단편인 16번째 작품 '탁타교'이다. 고려
태조 25년(942)에 있었던 만부교 사건을 소재로 하였는데, "일은 비록
도리에 맞으나, 화가 후대에 미쳤다"는 사평(史評)이 붙어 있다. 이 '탁

---

12 橐駝橋(事雖近正 禍流于後) 高麗太祖二十五年 契丹遣使 遺橐駝五十匹 王以契丹
   嘗與渤海連和 忽生疑貳 背盟殄滅 此甚無道 不足遠結爲隣 遂絕交聘 流其使三十人
   于海島 繫橐駝萬夫橋下 皆餓死 "橐駝五十首 橋下皆餓死 契丹滅渤海 于我誠何事
   後代屢被兵 基禍實在此 石梁平俒俒 遺跡宛可記"(沈光世,『海東樂府』16, '橐駝橋')

타교'에서 보다시피 〈해동악부〉의 각 편은 3언으로 된 소제목에 이어 소서와 본시가 차례로 기술되어 있고, 각 편은 다시 편년체 방식으로 배열되어 있다는 점이 〈강남악부〉와 같다. 그러나 소제목과 소서 사이에 작가의 역사의식을 직설적으로 드러낸 짤막한 사평이 추가되어 있다는 점이 다르다. 즉 소제목, 사평, 소서, 본시의 체재를 갖추고 있다. 제언체와 잡언체가 섞인 본시의 구법과 행수의 운용 역시 전편에 걸쳐 일정하지 않다.

이 〈해동악부〉가 바로 〈강남악부〉 제작의 모범이 되었던 작품이다. 조현범 스스로 그 서문에서 "무릇 예전에 듣고 그 후에 본 것들 중에 한 마디 말 한 가지 행동이라도 찬미하여 노래하고 권계할 만한 것이 있으면, 옛일이나 지금 일이나 드러난 일이나 숨어 있는 일이나를 가리지 아니하고, 한결같이 〈해동악부〉체에 따라 제목을 각각 붙이고 시를 지어 그 이름을 〈강남악부〉라 하였다"고 밝히고 있거니와,[13] 정임중 역시 그 발문에서 조현범이 "〈서애악부〉와 〈해동악부〉의 예에 따라 강남에서 볼 만한 아름다운 책을 만들었다"고 지적한 바 있다.[14] 그 결과 〈강남악부〉는 외적 형태에서 〈해동악부〉와 흡사한 체재를 취하게 되었다. 다만 소제목과 소서 사이의 사평이 없고, 작품의 소재를 우리나라 역사 전반이 아닌 순천 지역의 역사적 사실에서 취하였다는 점이 다르다. 여기서 〈강남악부〉가 중화 중심의 사고는 물론 당시까지 주류를 이루고 있던 중앙이나 왕실 중심의 사고에서도 탈피하여 향토사에 대한

---

13 凡前之所聞後之所見者 有一言一行之可以贊詠勸戒者 則不較古今與顯微 一依海東樂府體 分別題目 作爲歌詩 名曰江南樂府(『국역 강남악부』, 5쪽, 235쪽)

14 以依西涯樂府海東樂府例 爲江南一勝覽美文字(『국역 강남악부』, 221쪽, 280쪽)

관심을 본격적으로 드러낸 선구적 작품임을 지적할 수 있다.

심광세의 〈해동악부〉 이후 이익(李瀷)의 〈해동악부〉(120수), 임창택(林昌澤)의 〈해동악부〉(42수), 오광운(吳光運)의 〈해동악부〉(28수), 이광사(李匡師)의 〈동국악부〉(30수), 이학규(李學逵)의 〈해동악부〉(56수), 박치복(朴致馥)의 〈대동속악부(大東續樂府)〉(28수) 등이 영사악부의 맥을 이었다.

한편 역사뿐만 아니라 각 지역의 풍속이나 생활상, 인정과 세태 역시 악부시의 주요한 소재가 되었다. 관서 지역에서의 유흥과 풍물을 담은 신광수(申光洙)의 〈관서악부(關西樂府)〉(108수), 함경도 부령의 유배 생활에서 얻은 체험을 그려낸 김려(金鑢)의 〈사유악부(思牖樂府)〉(290수), 탐진 농어촌의 생활상을 민요풍으로 노래한 정약용(丁若鏞)의 〈탐진악부(耽津樂府)〉(耽津村謠 15수, 耽津農歌 10수, 耽津漁歌 10수) 등이 그것이다. 이른바 기속악부(紀俗樂府)에 속하는 작품들이다. 각 지역에서 소재를 취하였기에 대개 〈강남악부〉처럼 작품명에 특정 지역의 지명을 내세우고 있다. 하지만 〈강남악부〉와 달리 기술 체재상 소재목과 소서를 정연하게 갖추고 있지는 않다.

이렇듯 우리 악부시는 다시 중국의 고악부체를 모의한 의고악부, 우리말 노래를 한시화한 소악부, 우리의 역사적 사실을 소재로 한 영사악부, 특정한 지역의 풍속이나 생활상 인정·세태 등을 엮은 기속악부로 구별된다.[15] 그런데 여기서 보다 국문학적 관심을 끄는 것은 비의고악부라 할 소악부·영사악부·기속악부이며, 이 세 유형 중에서도 특히 〈강남악부〉와 관련하여 주목되는 것이 영사악부와 기속악부이다.

---

15 악부시의 이러한 유형 분류는 조동일의 '악부시의 성격과 양상'(『한국문학통사』 제3권, 지식산업사, 1984, 253~260쪽) 이후 일반화된 방식을 따른 것이다.

4. 〈강남악부〉의 악부시적 성격

그렇다면 〈강남악부〉는 과연 영사악부인가, 기속악부인가? 앞에서
거론한 바와 같이 소제목·소서·본시로 이루어진 기술 체재를 두고 본
다면 〈강남악부〉는 물론 전형적인 영사악부에 속한다. 더욱이 각 편이
고려에서부터 조선 영조조에 이르기까지의 이야기를 왕조별로 분류 수
록한 편년체 방식에 의해 배열되었다는 사실은 곧 작가가 이를 단순한
이야깃거리가 아닌 의미 있는 역사물로 인식하고 취급하였음을 말해준
다.[16] 하지만 이러한 모습에도 불구하고 〈강남악부〉에 대한 고금의 언
급들을 살펴보면 논자의 관점이나 의도에 따라 그 견해에 차이가 있음
을 볼 수 있다.

〈강남악부〉에 대해 문학적 입장에서 처음으로 본격적인 관심을 보인
박명희는 '영사류 악부시'로 취급하였으며,[17] 신장섭은 이 작품이 순천
지방의 역사적 사실을 노래하고 있다는 점에서 영사악부이고 또한 순
천 지방민의 세태·인정·민간 풍속이나 백성의 사회경제적 생활상 지
리 등 갖가지 내용들을 묘사하고 있다는 점에서는 기속악부에도 해당
된다고 보았다.[18] 이어 조원래 역시 〈강남악부〉를 기속악부이면서도 단

---

16 〈강남악부〉 153편의 편차를 보면 고려시대 12편(1~12), 조선시대 세조조 3편(13~15),
   성종조 2편(16~17), 연산조 3편(18~20), 중종조 2편(21~22), 인종조 1편(23), 명종조 11
   편(24~34), 선조조 12편(35~46), 인조조 20편(47~66), 현종조 7편(67~73), 숙종조 22편
   (74~95), 영종조 58편(96~153)으로 분류 수록되어 있다(이 중 '74.題名柱'는 목록에는
   현종조로 되어 있으나, 그 내용은 숙종조에 해당한다.). 전체 153편 중 조현범 당대라
   할 수 있는 숙종조와 영종조의 소재가 80편으로 절반가량을 차지하고 있어, 〈강남악부〉
   가 순천 지역의 역사 전반을 아우르면서도 특히 작가의 당대적 사실에 치중하였음을
   알 수 있다.
17 박명희, 앞의 논문, 127쪽.

순한 풍속이나 기이·경관 등을 묘사한 책이 아닌 순천 지방의 역사적
사실들을 심도 있게 서술한 역사서라고 하여 그 영사악부적 측면에 관
심을 보였다.[19] 여기서 〈강남악부〉의 성격이 단일하지 않으며, 영사악
부 및 기속악부로서의 성격을 공유하고 있음을 알 수 있다. 〈강남악부〉
의 출간 당시 민병승이 "이 책의 이름은 '악부'지만 사실상 한 고을의
역사서요, 풍속지요, 유사고이다"라고 한 것[20] 역시 그러한 복합적 성격
을 일찍이 지적한 것이다.

　그러면 이제 악부시로서 〈강남악부〉가 지닌 복합적 성격을 그 내용
을 통해 살펴보기로 한다. 〈강남악부〉 153편 중 소제목만이 전하는
'123.사창속'을 뺀 나머지 152편의 내용에 대해서는 조원래의 해제에서
이미 그 기본적인 분류가 이루어진 바 있다.[21] 그 해제를 보면 〈강남악
부〉의 주제는 모두 15개 항목으로 분류되었는데, 여기서 각 항목을 빈
도수의 순서에 따라 다시 배열해 보이면 다음과 같다.[22]

孝悌 33	學行 25	忠節 16	烈行 16
淸流義行 15	風俗地理 13	由來 12	名臣良吏 10
文章 6	武勇 5	奇異 5	風流 3
鑑戒 3	奇行 2	榮貴 1	

18 신장섭, 앞의 논문, 108쪽.
19 조원래, 「강남악부에 나타난 조현범의 역사인식」, 『강남악부 저자 조현범 선생 학술세
　미나 발표요지집』, 순천문화원, 2005, 27~28쪽.
20 주 6) 참고.
21 조원래, 「강남악부해제」, 228~233쪽 참고.
22 위 빈도수의 합이 165로 작품 편수 152보다 많은 것은 중복 분류된 작품이 있기 때문이다.

이 분류에 나타나듯 〈강남악부〉의 주제는 매우 다양하다. 그런데 특히 충·효·열과 같은 유교적 윤리나 학행·청류의행 등 학자나 선비가 지녀야 할 몸가짐이 그 중심에 놓여 있으며, 풍속지리나 유래 등과 같이 지역적 향토성이 부각된 주제도 다수 포함되어 있다. 또 이런 다양한 주제를 이루는 소재들을 대부분 순천의 고금 인물들 행적에서 취하고 있으며,[23] 그 행적은 또한 작가인 조현범이 밝힌 대로[24] '찬미하여 노래하고 권계할 만한 것(贊詠勸戒者)'에 범위가 한정되어 있다. 즉 인물들의 행적을 중심으로 사회의 귀감이 될 만한 순천 지역의 역사와 문화를 다양하게 엮은 것이 바로 〈강남악부〉이다.

그런데 영사악부와 기속악부의 구별은 주제적 측면보다는 소재적 측면에서 접근하였을 때보다 용이하게 이루어진다. 영사악부와 기속악부가 나누어지는 성격의 차이가 크게 보아 역사와 풍속이라는 소재적 차원에서 비롯되기 때문이다. 따라서 〈강남악부〉의 악부시적 성격을 파악하기 위해서는 무엇보다도 그 소재를 보다 구체적으로 살펴볼 필요가 있다.

다음은 〈강남악부〉 '1.강남농'부터 '153.사도위(事倒爲)'까지의 152편 ('123.사창속'은 제외)을 모두 17개 항목에 걸쳐 중심 소재별로 중복 없게 분류하여 정리한 것이다.

① 지명의 유래(7편) : 1.강남롱, 23.양벽암, 45.망해대, 46.여기암, 72.

---

23 조원래의 「강남악부해제」에 의하면, 〈강남악부〉 152편 중 그 소재를 人物에서 취한 것이 138편이고 地物에서 취한 것이 14편이다.
24 주 13) 참고.

혈천탄, 111.검석교, 112.도암탄.

② 고을의 내력(1편) : 2.부유행.

③ 가요의 유래(1편) : 3.장생곡.

④ 지역의 명문(4편) : 4.김별가, 5.인제산, 74.제명주, 110.청대산.

⑤ 관리의 선정(9편) : 6.팔마인, 10.통판정, 11.한사탄, 28.귀암탄, 47. 흥학교, 81.율촌요, 82.모추환, 122.사팔우, 124.손호조.

⑥ 문인의 시화(10편) : 7.원우시, 8.손태수, 9.제시탄, 21.작귤행, 60. 팔문장, 61.보검편, 62.보허사, 63.함흥연, 64.요대몽, 65.구곡인.

⑦ 학자의 풍도(4편) : 18.임청대, 19.선생수, 20.교수관, 84.명사행.

⑧ 은자의 생활(1편) : 24.종산포.

⑨ 향인의 충절(17편) : 12.부정려, 15.부자절, 30.옥계곡, 35.이통제, 36.주병사, 37.노량전, 38.죽호인, 39.장판서, 41.근왕충, 42.허웅천, 48.창의행, 49.통곡회, 50.경주후, 51.안경력, 52.조진사, 53.망성암, 54.벽동수.

⑩ 향인의 효행(19편) : 25.효자문, 26.효렴행, 31.일락최, 34.시묘동, 44.신공효, 58.순효탄, 75.준례행, 76.복호행, 101.유구탄, 104.지성행, 109.쇄지문, 114.조생한, 120.호초빈, 138.배묘귀, 141.추복상, 142.지행탄, 143.진가효, 145.팔세아, 147.무간언.

⑪ 향인의 우애(4편) : 16.형제호, 87.우애독, 100.할비원, 107.덕관행.

⑫ 향인의 품행(40편) : 17.오림사, 27.매창영, 32.상춘당, 33.녹야당, 59.평생조, 66.어초가, 67.운산의, 69.아미도, 73.지상선, 77.존성묘, 78.구십모, 79.군자인, 80.예우탄, 83.복방상, 85.향노공, 86.존심당, 88.독역정, 89.구륙옹, 90.염사당, 91.백로사, 92.선사행, 93.구화은, 96.고산거, 97.시은자, 98.명례의, 99.무명탄, 102.준마증, 125.학포손, 126.독행탄, 127.독학문, 128.영명보, 129.반중염, 130.가사편, 131.평촌로, 132.모선효, 133.공도탄, 134.달명사, 137.동지진, 139.기점원, 144.사일탄.

⑬ 여성의 행적(18편) : 94.수씨현(품행), 40.강씨녀(충절), 95.염본친

(효행), 13.선천수(이하 열행), 22.자액사, 57.작호행, 105.정희처, 106.어시숙, 113.절발탄, 115.십육일, 117.절곡탄, 118.포시원, 119. 소말원, 121.열부행, 135.열부도, 136.상정처, 148.한소사, 149.쇄호의.

⑭ 아전의 행적(4편) : 29.장노리(증언), 56.천수효(이하 효행), 140.뇌불문, 146.호야호.

⑮ 서민의 행적(7편) : 14.야장탄(효행), 116.통공곡(효행), 68.귀량성(열행), 151.앵무모(열행), 150.억선처(이하 감계), 152.산봉래, 153. 사도위.

⑯ 무인의 기개(4편) : 43.성병사, 70.포적행, 71.노만호, 103.성대장.

⑰ 신령의 감응(2편) : 55.백마포, 108.용왕댁.

　여기서 이 분류 항목을 통해 〈강남악부〉 전체의 내용을 대략 조감할 수 있다. 먼저 지명의 유래에서는 순천이 소강남으로 불리게 된 연유를 비롯하여 몇몇 지명의 역사적 유래를, 고을의 내력에서는 순천의 옛 부유현 역사와 더불어 작가의 선조인 건곡 조유가 이곳에 입향하여 순창 조씨가 저성으로 번성한 내력을, 가요의 유래에서는 고려 시중 유탁의 위엄과 가사 부전 가요 〈장생포곡(長生浦曲)〉의 유래를 볼 수 있다. 또 지역의 명문에는 순창 조씨 외에도 이 지역의 명문으로 순천 김씨·순천 박씨·목천 장씨·창녕 성씨가 번성한 사실이 드러나 있으며, 관리의 선정에는 팔마비(八馬碑)로 유명한 고려 충렬왕 때의 부사 최석을 비롯하여 선정을 펼친 역대 지방관들의 면면이, 문인의 시화에는 인조 때의 이른바 순천 8문장과 더불어 지방관으로 이곳을 거쳐 간 문인들의 면모가,[25] 학자의 풍도에는 무오사화로 인해 순천에 유배 온 조위와 김굉

25 위의 시화 10편 외에 12, 30, 32, 48, 78, 82, 85, 91, 112, 122, 139에서도 시를 소재로

필을 비롯하여 이곳에서 후학을 양성한 장자강과 한백유의 기품이, 은
자의 생활에는 을사사화에 연유하여 소라포의 달래도에 은거한 정소의
일상이 나타나 있다.

그리고 이외의 항목에서는 주로 순천 지역의 향인들이 남긴 삶의 행
적들을 기록하고 있는데, 충절·효행·열행을 비롯하여 사회의 귀감이
될 만한 아름다운 품행에 그 초점을 맞추고 있다. 특히 충절과 관련하
여서는 임진왜란과 병자호란 때 종군하였던 인물들의 활약이 두드러
지는데, 임진왜란 때는 이 지역이 수군의 전장이 되었던 관계로 이순
신과 정사준 등 향인이 아닌 인물들의 사적도 함께 취급되어 있다. 신
분별로는 향토 사족의 여러 행적 및 여성의 열행이 중심이 되고 있으
며, 아전[4편]이나 서민[7편]의 행적도 일부 수록되어 있다. 이 밖에 무
인의 기개나 신령의 감응도 당시의 사회 및 세태와 관련하여 눈길을
끄는 내용이다.

다음은 그중 하나로 서민의 생활 모습을 담은, 〈강남악부〉의 마지막
작품 '153.사도위'이다.

한 종놈이 있었는데 그 이름은 잊어버렸다. 상전의 집에서 일을 했는
데 그 성품이 본래 바보스럽고 우매하여, 사람들이 모두 놀리고 웃었다.
나이가 삼십이 가까운데도 장가를 못 들었다. 그의 동생도 바보 형 때문
에 장가들지 못했다. 아버지가 이를 민망히 여겨 동생이 먼저 장가들게
하였다.

하루는 그 종이 아버지 집에 왔다. 아버지가 소에게 여물을 먹이라고
시키자, 그 아들이 여물통을 들고 가 소 뒤에다 놓고 먹게 하였다. 아버

취급하였다.

지가 이를 보고 책망하였다.

"네 바보짓이 이처럼 심하냐."

그러자 아들이 말하기를,

"요즘 세상 돌아가는 것을 보니 일을 모두 거꾸로 하더군요. 소라고 해서 어찌 거꾸로 먹지 않겠습니까?"

라고 했다. 대개 아버지가 아우로 하여금 먼저 장가들게 한 것을 빗대어 한 말이다.

아! 저 바보 종놈도 형제가 거꾸로 장가든 것이 그른 일인 줄 알고 은근히 풍자를 하니, 사대부 집 혼사에 혹시라도 순서가 맞지 않게 행하는 일이 있다면 바보 종놈의 죄인이 아니겠는가?

天下事事	천하에 일을 하는데
事不可倒置	그 일을 거꾸로 할 수는 없다네.
父父子子親	아버지는 아버지답고, 아들은 아들다운 정리와
君君臣臣義	임금은 임금답고 신하는 신하다운 도리가 있네.
夫夫婦婦各有別	지아비는 지아비답고 지어미는 지어미다운 구별이 있고,
兄兄弟弟各有次	형은 형답고 아우는 아우다운 그 차례가 각기 있네.
推之萬事皆如此	이것으로 만사를 미루어 보니 모두 이러하구나.
牛不倒飮柯則視	소가 거꾸로 여물 먹지 않음을 나뭇가지 사이로 보네.[26]

딱히 실제로 있었던 일이라기보다는 당시 시중에 떠돌았음직한 민담에서 소재를 취한 이야기이다. 사리에 맞지 않는 일을 대수롭지 않게

---

26 『국역 강남악부』, 219~220쪽, 279쪽.

행하는 세태를 향한 경계의 목소리가 실려 있다. 당시의 혼인 습속과 더불어 민간 생활의 일면을 엿볼 수 있다.

그런데 앞의 소재별 분류 항목에 직접 내세우지는 않았지만, 〈강남악부〉에는 이 '사도위' 외에도 당시의 신앙이나 풍습 및 사회상, 생활상 등이 반영된 민간 설화를 소재로 한 작품들이 다수 존재한다. 죽어서 고을의 성황신이 되었다는 김충(4.金別駕), 마찬가지로 죽어서 해룡산과 인제산의 산신이 되었다는 박영규와 박난봉(5.麟蹄山), 정절을 지키기 위해 선천수에 몸을 던진 과부(13.鐥川水), 임진왜란 때 왜적을 피해 소라포 조수에 몸을 던진 기녀(46.女妓巖), 억울하게 죽어 백마를 타고 거차포에 나타난 낙안군수 임경업(55.白馬浦), 호랑이에게 잡아먹힌 남편을 구해낸 오씨부인(57.斫虎行), 남편 대신 호환을 당한 갈마촌의 귀량(68.貴良誠), 임진왜란 때 왜적에게 죽은 사람들의 피가 흘러 붉어졌다는 혈천(72.血川歎), 효성으로 개와 호랑이를 감동시킨 남도승(101.乳狗歎), 용지에 감응하여 두 아들을 낳았다는 용왕댁(108.龍王宅), 옥에서 도망친 도적들이 숨었다는 도적바위(112.盜巖歎), 지극한 정성으로 새와 하늘까지도 감동시켰다는 효자 정덕중(140.雷不聞)과 호랑이가 보호하였다는 그의 형 정석창(146.虎夜護), 귀신이 되어 자신의 제사에 찾아왔다는 노비 산봉(152.山鳳來) 등의 이야기가 그것이다. 당시 민간의 생활 및 사고를 살필 수 있는 자료들이다.

이렇듯 〈강남악부〉의 내용을 조감해 보면, 그것이 멀리는 순천의 역사적 기원 및 지역 명문가의 형성에서 비롯하여 이곳을 거쳐 간 역대의 명관·문인·학자·은자의 면면은 물론, 향토 사족뿐만 아니라 여성·아전·서민을 아우르는 지역민들의 다양한 삶의 행적을 여실히 담고 있음을 확인할 수 있다. 즉 순천 고을의 형성에서부터 작가인 조현범 당시까지의 역사가 통시적 측면에서 인물사 중심으로 다루어져 있다. 여기서 군이 〈강남악부〉의 기술 체재 및 편년체 구성 방식을 떠올리지 않더라도 그것이 영사악부로 제작되었음을 알 수 있게 한다.

그런 한편 〈강남악부〉는 전체 서술의 약 절반가량을 작가 당대 인물들의 활동에 할애하면서[27] 그들이 남긴 일화나 삶의 모습들을 통해 당시의 생활상이나 풍속·인정·세태 등을 오늘에 전해주고 있다. 그 외의 많은 시화나 설화적 소재들 역시 마찬가지이다. 그런 점에서 〈강남악부〉는 크게 보아 전형적인 영사악부의 틀을 갖추고 있으면서, 세부적으로는 기속악부적 내용도 두루 포괄하고 있는 작품이라 할 수 있다.

5. 맺음말

〈강남악부〉는 조선시대 후기인 18세기 후반에 제작된 악부시이다. 잘 알려지다시피 이 시기에 우리 사회에는 많은 변화가 나타났으며, 국문학 역시 여러 측면에서 이전과는 다른 새로운 모습을 보여주었다. 그중의 하나가 향촌 문인이나 중인 계층의 두드러진 진출과 활동이다. 조현범은 그러한 시기에 순천의 향촌 문인으로 활동하면서, 자기 고장의 역사적 사실을 소재로 하여 〈강남악부〉를 제작하였다. 이에 주목하여 〈강남악부〉의 악부시적 성격을 고찰한 것이 바로 이 글이다.

처음에 중국의 고악부를 모의하는 형태로 출발한 우리나라의 악부시가 본격적으로 발전한 것 역시 조선시대 후기이다. 그 발전은 주로 영

---

27 주 16) 참고.

사악부와 기속악부의 형태로 전개되었는데, 심광세의 〈해동악부〉는 영
사악부의 전범을 보인 작품이다. 〈강남악부〉는 바로 이 〈해동악부〉의
전례를 좇아 제작되었으며, 그 결과 소제목·소서·본시의 기술 체재에
편년체 구성 방식을 가진 전형적인 영사악부의 모습을 갖추게 되었다.
하지만 작품 내용에 있어서는 그 소재를 우리나라의 중앙사가 아닌 순
천 지역의 역사적 사실에서 취하여 향토영사악부의 선편을 잡았다는
점이 높이 평가된다. 뿐만 아니라, 수록하고 있는 많은 인물들의 다양
한 행적과 일화 및 시화나 설화적 소재들을 통해 순천 지역의 당시 생
활상이나 풍속·인정·세태 등도 여실히 보여주고 있다. 그런 점에서
〈강남악부〉는 기속악부로서도 손색이 없는 작품이라 할 수 있다.

　　그런데 〈강남악부〉의 이러한 성격에 대한 논의가 기존 연구에서 전
혀 이루어지지 않았던 것은 아니다. 하지만 기존 연구들이 〈강남악부〉
의 일부 특정한 면모에 주목하여 그것을 부각시키는 데 초점을 두었다
면, 필자는 이 글에서 가급적 〈강남악부〉의 전반적인 모습을 두루 고찰
함으로써 그 악부시적 성격을 드러내고자 노력하였다. 그래서 〈강남악
부〉 전편에 대한 내용 분류를 소재적 측면에서 다시 시도하였으며, 이
를 통해 순천 지역 향토악부로서의 모습도 아울러 살펴보았다.

고시조에 나타난 대의 형상

1. 머리말

대나무는 유·무형으로 우리 생활과 밀접한 관계를 맺으며 오랫동안 사랑을 받아 온 식물이다. 따라서 일찍부터 문학의 소재로도 즐겨 사용되면서 다양한 모습으로 그려져 왔다. 이 글은 우리 고전문학 특히 고시조에서 대[竹]가 어떤 모습으로 형상화되어 있는지 고찰하는 데 목적이 있다.

대나무와 관련하여 먼저 떠오르는 것은 매화·난초·국화와 더불어 사군자(四君子)의 하나로서, 고결한 품성을 가진 존재로 여겨졌다는 점이다. 사철 푸르고 곧은 대의 물성(物性)에 연유하여, 그것을 항상 변치 않는 군자의 지절(志節)을 상징하는 것으로 받아들였기 때문이다. 마찬가지로 소나무·매화와 함께 대를 세한삼우(歲寒三友)라 칭송하는 것 역시 매서운 겨울 추위에도 꿋꿋하게 잘 견디는 기상을 가졌다는 점을 칭송한 것이다. 또한 민간 신앙에 있어서 대는 신과의 소통을 가능케 하는 신령의 매개자, 즉 '신(神)대'로 인식되었다. 다시 말하면 무격에서 볼 수 있는, 대떨림으로 감지되는 신내림을 통해 신과의 교감을 이루는 중간자적 존재로 신성시된 것이다. 이 밖에도 대는 생활에 필요한 각종 용품 및 식음료의 재료로 광범위하게 활용되었음은 물론, 자연의 일부로서 한적한 삶을 추구하는 은자의 처소를 꾸며 주기도 하였다. 그런 만큼 문학 작품에 그려진 대의 모습 또한 매우 다양하게 나타난다.

따라서 이 글에서는 우리 고시조 전반을 대상으로 하여,[1] 먼저 대를 노래한 작품이 현재 어떤 모습으로 존재하고 있는지 그 실상을 살피고, 이어 대의 형상이 고시조에 어떻게 나타나고 있는지 몇 개의 절로 나누어 살펴보고자 한다.

2. 대를 노래한 고시조

고시조에서 대를 노래한 양상은 크게 다음 두 가지로 나누어 생각할 수 있다. 대를 영물(詠物)의 대상으로 삼아 작품에서 전면적(全面的)으로 주제화한 경우가 그 하나요, 나머지 하나는 대를 보조적으로 주제화하거나 단순히 소재적 차원에서 활용한 경우이다. 여기서 대를 노래한 시조를 논의하는 자리의 중심에 놓이는 것은 물론 영물시조라 일컬을 수 있는 전자이다. 따라서 우리 고시조에 대를 노래한 영물시조는 어떻게 존재하는지 먼저 그 실상부터 알아볼 필요가 있다.

어떤 대상을 다양한 관점에서 집중적으로 그려내고자 할 때 단시조에 비해 연시조는 보다 효과적인 형식이다. 그렇지만 고시조에서 순수

---

1 연구 대상 자료는 박을수 편저 『한국시조대사전』(아세아문화사, 1992)의 고시조편에 수록된 4,736수와 보유편에 추가 수록된 100수이다.

하게 대나무만을 두 수 이상의 연시조로 주제화한 작품은 보이지 않는
다. 다만 사군자 또는 세한삼우 등에 속하는 여타 사물들과 더불어 연
시조 중의 한 수로 형상화되었거나, 독립된 단시조 형태로 이루어진 작
품은 쉽게 찾아볼 수 있다. 이는 전통사회에서 대에 관한 사유가 보통
대나무 자체에 대해 독자적으로 이루어지기보다는 그와 비견되는 물성
을 가진 다른 사물들과의 연계를 통해 주로 이루어졌기 때문이다.

다음은 필자가 조사한 대를 노래한 영물시조를 한자리에 모아 표로
정리한 것이다.

가번	작품의 초장	작자	제목
①	巖畔 雪中孤竹 반갑고도 반가왜라	徐 甄	없음
②	눈 마자 휘어진 대를 뉘라서 굽다 턴고	元天錫	없음
③	白雪이 ᄌᆞ즌 날애 대를 보려 窓을 여니	李愼儀	〈四友歌〉 4-4
④	나모도 아닌 거시 플도 아닌 거시	尹善道	〈五友歌〉 6-5
⑤	곳거든 ᄆᆞ되 업거나 속은 어이 통톳던고	權 韠	〈十六詠〉 16-4
⑥	긔욱예 옹긴 쇨리 물즁예 군ᄌᆞ로다	南極曄	〈愛景堂十二月歌〉 12-12
⑦	딕습동 의의녹듁 노든 군ᄌᆞ 어딕 가고	李世輔	없음
⑧	대막대 너를 보니 有信ᄒᆞ고 반갑고야	金光煜	〈栗里遺曲〉 17-11
⑨	네 일홈 대라 ᄒᆞ니 斑竹인다 紫竹인가	미 상	없음
⑩	瀟湘江 시름 겨온 대를 뉘라서 옴겨다가	미 상	없음
⑪	백초를 다 심어도 딕ᄂᆞᆫ 아니 시믈 거시	미 상	없음

위의 ①부터 ⑧은 작자를 알 수 있으나, ⑨·⑩·⑪은 언제 누구에
의해 이루어졌는지 알 수 없는 작품이다. 특히 소상반죽(瀟湘斑竹)을 소
재로 한 ⑨와 ⑩은 원 출전이 박씨본『시가』의 380번과 381번 작품으
로 되어 있어 연작일 가능성도 고려할 수 있으나, 작자나 제목 등 그

이상의 연작 표지는 확인할 수 없다.

또한 ①부터 ⑧ 중에서 ①서견(여말선초)과 ②원천석(여말선초) 및 ⑦ 이세보(1832~1895)의 시조는 단시조 형태를 가진 것이며, 나머지 ③· ④·⑤·⑥·⑧은 연시조의 일부로 제작된 것이다. 부연하면, 먼저 ③은 송(松)·국(菊)·매(梅)·죽(竹)을 네 가지 벗으로 삼아 노래한 이신의 (1551~1627)의 〈사우가〉 4수 가운데 네 번째 작품이다. 〈사우가〉는 이신 의가 광해군 때 자신의 유배지인 회령에서 "스스로에게 節義와 孤高 의 기상을 다지고 治心과 養性에 힘쓰면서, 기울어가는 나라를 가긍해 하는 愛國憐民의 심회를 읊은"[2] 작품으로 알려져 있다. ④는 윤선도 (1587~1671)의 「산중신곡」속에 들어있는 〈오우가〉 6수 중 다섯 번째 작 품으로, 수(水)·석(石)·송(松)·죽(竹)·월(月)의 오우 중 하나로 대를 노 래하였다. 그리고 ⑤는 권섭(1671~1759)의 〈십육영〉 중 네 번째 작품인 데, 〈십육영〉은 송(松)·국(菊)·매(梅)·죽(竹)·산(山)·계(溪)·강(江)·해 (海)·선(仙)·용(龍)·호(虎)·학(鶴)·인(人)·리(鯉)·마(馬)·응(鷹)의 열여섯 가지를 차례로 읊조린 것이다. 앞의 두 작품에 비해 영물 소재가 매우 다양해져 동물 영역으로까지 확대된 것을 볼 수 있다. 또 ⑥은 남극엽 (1736~1804)이 향리인 담양에서 월별로 각 달의 특별한 경관이나 자연 물을 읊조린 12수의 월령체 연시조 〈애경당십이월가〉의 12월 노래인 '납월풍전무죽(臘月風前舞竹)'이다. 〈애경당십이월가〉의 월별로 부여된 소제목은 정월부터 차례로 재산망월(載山望月), 강교효무(江郊曉霧), 동 강화훼(東崗花卉), 산정앵성(山亭鶯聲), 고잔농가(古棧農歌), 대제관창(大 堤觀漲), 서석청람(瑞石晴嵐), 사야도화(四野稻花), 북악단풍(北嶽丹楓), 계

---

2 이용숙, 「〈사우가〉와 〈오우가〉의 비교연구」, 『고산연구』 제2호, 고산연구회, 1988, 230쪽.

변간수(溪邊澗水), 설리고송(雪裏孤松), 풍전무죽(風前舞竹)으로 되어 있
다. 마지막으로 ⑧은 김광욱(1580~1656)이 경기도 행주의 밤마을[栗里]
에서 은거하며 지은 〈율리유곡〉 열한 번째 작품인데, 〈율리유곡〉은 앞
의 다른 연시조들과는 달리 영물적 색채가 매우 약한 작품이다. 단순한
연작 형태로 이루어진 〈율리유곡〉 17수는 다시 내용이나 주제 성향에
따라 강호가·풍자가·안빈가·무상가로 분류할 수 있는데,[3] 그중 대를
노래한 작품은 세월의 덧없음을 노래한 무상가에 속한다.

　각각의 연시조가 다양한 영물 소재들로 이루어져 있기는 하나, 그래
도 송(松)·국(菊)·매(梅)·수(水)·석(石)·월(月)과 같은 사물들이 주로 대
와 어울려 영물 소재로 즐겨 사용되었음을 볼 수 있다. 모두 사철 변함
없는 항상성을 지니고 있거나, 매서운 겨울 추위에도 굴하지 않는 굳건
한 기상을 가진 사물들이다. 고결한 군자의 지절을 형상화하기에 매우
적합한 소재들로서, 위의 ①부터 ⑦은 대를 통해 그것이 형상화된 모습
을 보여주는 경우이다. 이 밖에 ⑧에서는 대를 통해 인생의 무상함을
노래하였고, ⑨와 ⑩은 소상반죽 고사를 통해 임에 대한 그리움을 표출
하였으며, ⑪ 역시 임에 대한 그리움을 대를 통해 해학적으로 형상화한
작품이다.

　한편 영물시조로서 대가 전면적으로 주제화된 위 작품들과 달리, 보
조적으로 주제화되거나 단순한 소재로 활용된 경우는 그 예를 일일이
헤아리기 어렵다. 대는 ‘대[竹]’ 그 자체로도 작품의 시어로 활용되었지
만, 또 많은 경우 그 모습이 변용되어 쓰이기도 하였다. 은자가 사는

3　김기현, 「김광욱의 「율리유곡」」, 『현산김종훈박사 화갑기념논문집』, 집문당, 1991, 607~608쪽.

은일 세계로서의 공간을 표지하는 죽림·죽창·죽호 등으로 사용되기
도 하였고, 낚싯대·대지팡이·대삿갓·대비·죽장구·죽순·죽엽주·죽
실 등과 같은 여러 가지 용품이나 식음료가 되어 나타나기도 하였다.

따라서 이제 장을 바꾸어 우리 고시조에서 대가 어떤 모습으로 형상
화되어 있는지를 군자 지절의 표상, 은일 세계의 표지, 무상 체감의 매
체, 연정 환기의 매체로 절을 나누어 차례로 살펴보기로 한다. 그리고
마지막으로 대가 각종 용품이나 식음료의 모습으로 생활 소재로서 어
떻게 활용되었는지를 검토할 것이다. 이 과정에서 물론 위에 든 열한
수의 영물시조 외에도 대가 등장하는 많은 작품들이 논의의 대상이 될
것이다.

3. 고시조에 나타난 대의 형상

3.1. 군자 지절의 표상

대나무의 겉모습에서 볼 수 있는 가장 두드러진 특징은 그것이 사철
변함없이 푸르다는 것이다. 특히 다른 초목들이 모두 시들어버린 겨울
철이 되면 매서운 추위에도 굴하지 않고 곧게 서서 푸르름을 간직한
그 기상이 더욱 돋보인다. 여기서 대나무의 물성을 사시상청(四時常靑)
의 불변성(不變性)과 불굴성(不屈性)으로 관념화할 수 있는 단초가 마련
되며, 그것은 곧 유교 사회에서 군자가 지녀야 할 고결한 품성과 자연
스레 연결된다. 그 결과 대나무는 일찍부터 군자 지절의 표상으로 형상
화되면서, 문학적 예찬의 대상이 되어왔다. 고시조 작품을 통해서도 역
시 대의 그런 모습을 가장 대표적인 형상으로 쉽게 접할 수 있다.

먼저 여말선초의 인물로 고려에 대한 절의를 끝까지 버리지 않았던 서견의 시조이다. 시조문학사상 매우 이른 시기에 대를 작품의 전면에 내세워 노래한 예이다.

> 巖畔 雪中孤竹 반갑고도 반가왜라
> 뭇노라 孤竹아 孤竹君의 네 엇더 닌다
> 首陽山 萬古淸風에 夷齊 본 듯ᄒ여라 〈2659〉[4]

바윗가 눈 속에 외로이 서 있는 대나무를 대하여, 은나라에 대한 절개를 굳게 지키며 마침내 수양산에서 굶어죽은 고죽군의 두 아들 백이(伯夷)와 숙제(叔齊)를 떠올리고 있다. 고려에 대한 자신의 절의를 은연중 백이와 숙제의 청절에 견주고 있다.

이신의의 시조 역시 눈 속의 대를 노래한 작품이다.

> 白雪이 ᄌᆞ즌 날애 대를 보려 窓을 여니
> 온갓 곳 간 ᄃᆡ 업고 대숩히 푸르러셰라
> 엇디 흔 淸風을 반겨 흔덕흔덕 ᄒᆞᄂᆞ니 〈1711〉

온갖 꽃들이 시들어버린 겨울, 백설이 잦은 날씨 속에서도 대숲은 마냥 그 푸르름을 간직하고 있다. 게다가 때마침 불어오는 청풍을 맞아 흔덕거리는 모습이 평온하다. 대의 불변성과 불굴성에 평온한 모습까지 더하여 차분히 관조의 대상으로 그려지고 있다.

---

4 이 글에서 시조 작품 인용은 『한국시조대사전』에 의한다. 위 괄호 안의 숫자는 인용된 작품의 『한국시조대사전』 수록 번호이다.

그런데 다음과 같은 작품에서는 평온한 모습이 사라지고 대신 세상의 풍상에 내몰린 대의 힘겨운 모습을 보게 된다.

눈 마자 휘어진 대를 뉘라셔 굽다 턴고
구블 節이면 눈 속에 프를소냐
아마도 歲寒孤節은 너샌인가 ᄒ노라 〈946〉

듸슙동 의의녹듁 노든 군ᄌ 어듸 가고
젹막 공샨니의 일듸 풍듁 되엿느니
우리도 풍상을 격고셔 임ᄌ 다시 ○○○⁵ 〈1167〉

세한에 눈을 맞아 휘어진 대와, 적막한 공산에서 바람에 휩싸인 대를 형상화한 것이다. '차라리 꺾일지언정 굽히지 않는다'는 말이 있다. 외부의 힘을 이겨내지 못하여 어쩔 수 없이 꺾여 부러지고 말지언정 스스로 굽히지는 않는다는 대의 속성에 빗대어 선비의 지절을 강조한 속담이다. 그런데 그러한 속성을 가진 대가 작품 〈946〉에서 눈을 맞아 잔뜩 휘어져 있다. 누군가는 그 모습을 보고 대가 이미 굽어버렸다고 하지만, 그것은 사실이 아니다. 휘어진 대는 얼마 후 눈이 녹으면 다시 제자리로 돌아갈 것이므로, 결코 원래의 곧은 성품을 잃어버린 것이 아니라는 것이다. 또 〈1167〉에서는 공산의 풍상에 휩싸인 풍죽(風竹)을 통해 쉽게 신의를 저버리는 각박한 세태를 풍유하고 있다. 대숲동의 가지 무성하였던 푸르른 대가 공산의 풍상에 내몰리자 같이 놀던 군자들이 어디론가 모두 사라져 버렸다는 것이다. 그렇지만 결코 굴하지 않고 풍상

---

5 종장 끝 음보의 ○○○은 필자가 표시한 것으로, 이하 같은 경우 마찬가지이다.

을 극복하여 다시 임을 만나겠다는 것이다.

위의 시조 〈946〉과 〈1167〉은 각각 원천석과 이세보의 작품이다. 그런데 우리는 여기서 이 시조들에 바로 작자 자신들의 삶의 자세와 고뇌가 그대로 투영되어 있음을 보게 된다. 여말선초의 원천석은 조선의 건국에 참여하지 않고 치악산에 들어가 은거하며 생을 마감하였던 인물이다. 하지만 그렇다고 하여 고려에 대한 자신의 부채에서 자유로울 수는 없었을 것이다. 게다가 간혹 고려를 위한 순절 대신 은거를 택한 자신에 대한 비난도 감수하여야 했을 것이다. 작품 〈946〉의 '눈 마자 휘어진 대'는 바로 그런 작자 자신의 모습이다. 이 시조는 작자가 스스로에 대한 변명과 위안의 메시지를 담아 제작한 것이라고 할 수 있다. 또 이세보는 조선 철종 때 당시의 세도 정치를 비난하였다가 완도의 신지도에서 수년간 유배 생활을 하였던 인물로, 작품 〈1167〉의 벗들에게서 버림받은 '젹막 공산니의 일디 풍듁'을 통해 세상의 풍상을 겪어가는 자신의 모습을 그려내고 있다.

나아가 윤선도 〈오우가〉 중의 대를 노래한 작품에 이르면 대에 관한 사유가 한층 깊고 다양해짐을 느낄 수 있다.

> 나모도 아닌 거시 플도 아닌 거시
> 곳기는 뉘 시기며 속은 어이 뷔연는다
> 더러코 스시예 프르니 그를 됴하 ᄒ노라 〈630〉

종장의 사시상청에서 드러나는 불변성과 불굴성 외에도, 초장과 중장을 통해 나무도 아니고 풀도 아니면서, 겉이 곧고 속은 비어있는 대의 성질을 거론하고 있기 때문이다. 그렇다면 초장과 중장에서 거론하

고 있는 대의 성질을 우리는 어떻게 이해하여야 할까? 이 문제에 대해
서는 다음 글에서 명쾌한 설명을 들을 수 있다.

> 한편 예부터 익히 알려진 「竹譜」에서 대를 두고 이르되, '不剛不柔
> 요, 非草非木이라.'하였다. 그리고 중국의 白樂天은 그의 〈養竹記〉에서
> 대에 固, 直, 空, 貞의 네 가지 속성이 있음을 지적하였다. 고산이 지은
> 대의 시조에서, 초장은 앞에 든 '불강 불유'와 '비초 비목'을 말한 것이
> 며, 중장의 前句는 '직'을, 그리고 그 후구는 '공'을 말한 시적 표현이다.
> (중략)
> 흔히 나무는 단단하여 柔한 것이 아니며, 이에 비해 풀은 부드러워서
> 剛한 것이 아니라 하는 일반적인 관념을 전제할 때에, 시조의 초장에서
> '나무도 아닌 것'이라 함은 不剛을, '풀도 아닌 것'이라 함은 不柔의 속성
> 까지 내포한 깊은 뜻이 있음을 간취할 수 있는데, 우리는 여기서 바로
> 군자의 中庸之道를 읽어 낼 수 있다.
> 그리고 중장의 내용은 蓮이나 대를 두고 흔히 中通外直이라 하던 종
> 래의 慣用語를 옛티 없이 능란하게 활용한 시적 표현으로 해석된다. 연
> 과 竹의 형태에서 외형은 곧 꼿꼿하여 外直이 되고, 내형은 속이 비어
> 있어 中通이 된다. 외형에서는 군자가 추구해야 할 直을 염두할 수 있
> 고, 속이 비어 있는 내형에서는 道로 채워져 있는 공간을 상상할 수 있
> 다. 연이나 대에서는 이처럼 直과 道의 영상을 찾아낼 수 있으므로 옛
> 선비들은 그처럼 중통 외직을 군자 상징의 표상으로 일컬어 온 것이다.[6]

즉 초장의 나무도 아니고 풀도 아니라는 천명 속에는 불강불유(不剛
不柔)를 견지하는 군자의 중용지도(中庸之道)가 내포되어 있고, 중장의

---

6 박준규, 『호남시단의 연구』, 전남대학교 출판부, 1998, 481~483쪽.

겉이 곧고 속이 비었다는 묘사에서는 중통외직(中通外直)이라는 군자의
표상을 읽어낼 수 있다는 것이다. 불과 3행밖에 되지 않는 짧은 형식
속에 대에 관한 '불강불유의 중용지도', '중통외직의 자세', '사시상청의
불변성과 불굴성'이라는 깊고 다양한 사유가 담겨 있음을 볼 수 있다.
그야말로 시어 하나하나가 모두 각별한 의미를 지니고 배치되어 있다.
　권섭의 〈십육영〉 중의 '竹' 역시 윤선도의 시조와 같은 맥락에서 이
해되는 작품이다.

> 곳거든 ᄆᆡᄃᆡ 업거나 속은 어이 통톳던고
> 셜상 풍우의 ᄉᆞ시의 흔 빗칠쇠
> 들밤의 영부소도 됴커든 쳑쳑셩은 엇더오 〈282〉

　먼저 초장의 '곳거든'과 '속은 어이 통톳던고'가 윤선도의 중장에서
보았던 중통외직의 또 다른 표현임을 본다. 그런데 거기에 'ᄆᆡᄃᆡ 업거
나'란 말이 추가되어 있다. '마디가 있다'는 것이다. 여기서 '마디'를 한
자로 '節'이라고 쓰며, 그것이 곧 알맞은 법도를 의미하는 '절도'나 굳은
지조를 의미하는 '절개'라는 훈으로도 새겨짐을 상기할 필요가 있다.
더 말할 것도 없이 대가 마디를 가졌다는 것은 곧 군자가 절도나 절개
를 가진 것과 같다는 뜻임을 알 수 있다. 이어 중장에서는 대의 사시상
청을 말하였고, 종장에서는 달밤에 아른거리는 대 그림자와 소슬한 대
바람 소리를 들어 분위기를 고조시켰다. 윤선도가 보다 관념화된 사유
를 지향하였다면, 권섭은 보다 서정 지향의 자세를 보여준다는 점이 다
르다.
　이에 비해 아래에 든 남극엽의 '풍전무죽(風前舞竹)'은 양자의 사이에

서 '중통외직'과 '대 바람 소리'를 소재로 택하여 이루어진 작품이다. 종장의 '허심고절(虛心高節)'과 중장의 청풍에 화답하는 '옥음(玉音)'이 바로 그것이다. 그런데 윤선도나 권섭에 비해 남극엽은 군자의 고절을 보다 직설적으로 설파하였다.

> 긔욱예 웅긴 쏠리 물즁예 군ᄌ로다
> 청풍을 화답ᄒ야 옥음을 훗터신이
> 아마도 허심고졀은 비홀 디 업다 ᄒ로라 〈5405〉

지금까지 군자 지절의 표상으로서 대의 형상을 살펴보았다. 요약하면, 고시가에서 대를 관념화하는 가장 기본적인 물성은 사시상청의 불변성과 불굴성이다. 그리고 경우에 따라 불강불유의 중용지도, 중통외직의 자세, 절도나 절개 등의 상징적 의미와 더불어 작가들의 독자적인 감성이 첨삭되면서 개별 작품으로 형상화된다.

그런데 대나무는 그 기본적인 물성이 사시상청의 불변성과 불굴성에 있다는 점에서 주변의 여타 사물들 중에서도 소나무와 가장 가깝다. 따라서 작품 속에서 사시상청하는 소재로 활용될 때에는 늘상 소나무와 짝을 이뤄 '송죽(松竹)' 또는 '창송녹죽(蒼松綠竹)'과 같은 모습으로 관용되곤 하였다.

> 草木이 다 埋沒ᄒᆫ 제 松竹만 푸르럿다
> 風霜이 섯거친 제 네 무스 일 혼자 푸른
> 두어라 내 性이여니 무러 무슴ᄒ리 〈4141〉

> 春風 桃李花들아 고온 양ᄌ 자랑 마라

蒼松 綠竹을 歲寒에 보려무나
亭亭코 落落흔 節을 고칠 줄이 이시랴 〈4221〉

〈4141〉은 신흠, 〈4221〉은 김유기의 시조이다. 두 작품 모두 세한에
이르러 더욱 빛을 발하는 대와 솔의 사시상청을 예찬한 것으로, 종래
송죽에 대한 관습적 사고의 일단을 찾아볼 수 있다.

한편 군자의 지절을 상징하는 대나무에 '소상반죽(瀟湘斑竹)'이 있다.
말 그대로 중국의 호남성 소상강 가에 자란다는 표피에 얼룩 반점이
있는 대이다. 옛날 순임금이 남순 도중 창오산에서 병사하였다. 그러자
그의 죽음을 슬퍼하며 두 부인(二妃, 즉 娥皇과 女英) 역시 뒤를 따라 소상
강에 빠져 죽었는데, 이때 대숲에 피눈물을 남겨 반죽이 되었다는 것이
다. 따라서 소상반죽은 흔히 남편에 대한 아내의 순절, 또는 임금에 대
한 신하의 순절을 상징한다.

蒼梧山 聖帝 魂이 구름 조차 瀟湘의 느려
夜半의 흘너 드러 竹間雨 되온 뜻은
二妃의 千年淚痕을 시서 볼까 흐노라 〈3851〉

소상야우(瀟湘夜雨)[7]를 노래한, 이후백의 〈소상팔경(瀟湘八景)〉 중의
제1수이다. 창오산에서 병사한 순임금의 혼령이 구름을 따라 소상에
내려와 대숲에 내리는 밤비가 된 것은, 두 아내가 순절하며 흘린 천년
묵은 피눈물을 씻어주기 위함이라고 하였다.

---

7 '소상에 내리는 밤비'로, 소상팔경(山市晴嵐, 煙寺暮鐘, 遠浦歸帆, 漁村夕照, 瀟湘夜
雨, 洞庭秋月, 平沙落雁, 江天暮雪) 중의 하나이다.

이렇듯 이비의 순절에서 유래하여, 이후 대나무는 충신열사 순절의
표상으로도 종종 형상화되었다. 고려 말 선죽교에서 피살당한 정몽주
와, 1905년 을사조약 체결을 보고 자결한 민영환의 순절에서 그 예를
볼 수 있다.

我東方 性理學에 鄭圃隱이 宗師로다
집집에 祠堂이요 골골마다 鄕校로다
아마도 善竹橋 千古血은 義理中에 元氣로다 〈2582〉

츙졍공 고든 졀기 포은선셩 우희로다
셕교에 소슨 딕도 션쥭이라 유젼커든
허물며 방즁에 ᄂᆞᆫ 딕야 일너 무삼○○○ 〈4739〉

정몽주가 피살당한 후 그가 흘린 핏자국이 다리 위에 오랫동안 선명
하게 남아 있었다는 것은 익히 알려진 일이다. 그런데 그 자리에 다시
핏빛의 대 즉 혈죽(血竹)이 돋아났고, 때문에 다리 이름도 선지교(善地
橋)에서 선죽교(善竹橋)로 바뀌었다. 조황의 〈기구요(箕裘謠)〉 중 한 수인
〈2582〉의 종장 중 '善竹橋 千古血'과 관련된 내용이다. 마찬가지로 민
영환이 자결하자 역시 그가 죽은 방안에서도 혈죽이 돋아났다고 한다.
〈4739〉는 그것을 기린 대구여사의 〈혈죽가(血竹歌)〉 중 제3수이다. 노래
된 내용의 사실적 진위 여부를 떠나 대나무가 충신열사들의 순절을 나
타내는 상징물이 되었음을 볼 수 있다.

3.2. 은일 세계의 표지

대가 은일 세계라는 특정한 공간의 표지로 활용된 경우이다. 은일 세계라 하면 보통 유가적 처사와 도가적 은자의 공간으로 다시 구분할 수 있겠으나, 여기서는 이 둘을 포괄하는 개념으로 사용한다. 유가에서 대를 군자의 상징으로 보듯 도가에서도 역시 신비로운 존재로 여기며,[8] 무엇보다도 실제로 작품 속에서 양자의 차이를 엄격히 구분하기가 쉽지 않기 때문이다.

> 대 심거 울을 삼고 솔 갓고와 亭子로다
> 白雲 덥힌 곳에 날 잇는 줄 제 뉘 알리
> 庭畔에 鶴 徘徊ᄒ니 긔 벗인가 ᄒ노라 〈1168〉

대와 솔 즉 '송죽(松竹)'이 어우러진 곳에 백운이 덮였는데, 여기에 숨어사는 주인은 그저 학을 벗 삼아 세월을 보낸다. 그야말로 한적한 은일 세계이다. 그런데 여기에 사는 주인이 유가적 인물인지 도가적 인물인지는 문면만으로 도무지 알 수가 없다. 그 작자가 조선의 대학자 김장생이라는 정보를 접하고서야, 주인이 아무래도 유가의 처사일 거라는 생각을 할 수 있을 뿐이다.

그런데 이처럼 특정한 공간의 성격을 나타내는 표지로 활용된 경우, 대는 작품의 주제를 드러내는 보조적 역할을 담당할 뿐, 영물의 대상

---

8 신선이 사는 봉래산에 있다는 붉은 줄기의 대를 예로 들 수 있다. 이 대의 열매는 크기가 큰 구슬만 한데, 봉황과 鸞이 날아와 놀며, 신선들이 찾아와 즐기고, 바람이 불면 종과 風磬 소리를 낸다고 한다. (『한국문화상징사전』, 동아출판사, 1992, 206쪽)

으로까지 읊조려지지는 않는다. 대개 '죽림(竹林)'을 의미하는 시어로
변용되어, 그곳이 현실적인 삶이 이루어지는 세계와는 다른 별천지임
을 암시해줄 따름이다. 이렇듯 별천지로서 죽림에 대한 이미지가 고
착된 것은 진(晉)나라 죽림칠현의 활동에 영향받은 바 크다고 할 수
있다.

다음은 죽림을 통해 은일 세계의 모습을 보여주는 몇 예이다.

> 거문고 빗겨 안고 긴 파람 화답하니
> 대 수풀 깁흔 곳에 날 차즈리 뉘 잇으리
> 多情한 一片明月만 와서 빗쳐 ○○○ 〈192〉

> 네 집이 어듸미오 이 뫼 넘어 긴 江 우희
> 竹林 프른 곳에 외사립 다든 집이
> 그 알픠 白鷗 써스니 게가 무러 보와라 〈870〉

> 柴扉예 개 즛는다 이 山村에 긔 뉘 오리
> 댓닙 푸른 듸 봄ㅅ새 우름 소릭로다
> 아희야 날 推尋 오나든 採薇 갓다 ᄒ여라 〈2524〉

작자가 다른 전혀 별개의 세 작품을 차례로 배열해 보았다.[9] 모두 중
장의 '대 수풀 깁흔 곳'(192), '竹林 프른 곳'(870), '댓닙 푸른 듸'(2524)를
배경으로 외부와 격리된 주인의 은일 세계를 설정하고 있다. 현실과 일
정한 거리를 가진 이 죽림에서 주인은 홀로 거문고와 달을 벗 삼아 소

---

9 작품 〈192〉와 〈870〉은 작자 미상, 〈2524〉는 姜翼의 〈短歌三闋〉 중 하나이다.

일하기도 하고(192), 때로는 무료함을 달래려 넌지시 말벗을 청하기도 하였다가(870), 정작 찾는 벗이 있으면 능청스레 피하기도 하는(2524) 자적한 삶을 보여준다.

이렇듯 죽림이 은일 세계의 배경이 되었기에, 처사 내지 은자의 집은 소박하나마 대를 이용한 치장을 하기 마련이다. 따라서 대를 이용한 '죽창(竹窓)'이나 '죽호(竹戶)' 역시 죽림과 마찬가지로 소박한 은일 세계의 표지로서 의미를 갖는다. 다음은 김득연의 〈산정독영곡(山亭獨咏曲)〉(6-2)과 안민영의 시조이다.

> 柴扉을 나죄 닷고 竹窓의 줌을 드니
> 기나 긴 春夢을 뉘 와셔 씨오리오
> 松風이 서늘히 부니 溪水聲에 씨와라 〈2525〉

> 靑山의 녯 길 차쟈 白雲深處 드러가니
> 鶴唳聲 나는 곳에 竹戶荊扉 두세 집을
> 늬 쏘한 山林에 깃드려셔 져와 가치 ᄒ리라 〈4033〉

정리하자면, 처사 또는 은자적 삶이 영위되는 은일 세계는 현실과 일정한 거리를 갖기 마련이다. 흔히 산림, 강호, 도원 등으로 일컬어지는 세계가 그것이다. 대나무는 종래 그러한 세계를 나타내는 표지로 일반화되었으며, 나아가 그러한 별천지는 곧 죽림으로 인식되기도 하였다.

3.3. 무상 체감의 매체

앞의 '3.1. 군자 지절의 표상'에서 논의한 바와 같이 대는 그것이 지닌

사시상청의 불변성과 불굴성으로 인해 매우 영속적인 이미지를 갖는
다. 굳이 군자가 아니더라도 누구나 닮고 싶고 가지고 싶은 속성이다.
그렇지만 때로 그것이 유한한 인간의 삶과 대조를 이루게 되면 역설적
으로 인생의 무상함을 느끼게 하는 매체가 되기도 한다.

> 대 막대 너를 보니 有信ᄒ고 반갑고야
> 나니 아ᄒᆡᆺ 적의 너를 ᄐ고 ᄃ니더니
> 이제란 窓 뒤헤 셧다가 날 뒤 셰고 ᄃ녀라 〈1156〉

김광욱의 〈율리유곡〉 열한 번째 작품이다. 표면상으로는 대 막대를
노래한 영물시조이지만, 실은 이 작품의 주제는 인생무상이다. 같은 대
막대지만 중장에서는 죽마(竹馬)를, 그리고 종장에서는 죽장(竹杖)을 말
하고 있다. 어린 시절 친구들과 죽마를 타고 놀던 작자가 어느 사이 나
이가 들어 죽장에 의지하게 되었다. 그래서 창 뒤에 세워 둔 죽장을 보
며 아이 적에 그것을 타고 놀던 일을 회상하고, 아울러 앞으로 살아갈
날을 꼽아보는 것이다. 겉으로는 변함없이 생활의 벗이 되어 주는 대
막대에 대한 고마움을 드러내고 있지만, 실은 그 배후에 세월의 흐름에
대한 무상감이 짙게 배어 있다.

그런데 특히 인생의 무상함은 사시상청하는 '녹죽(綠竹)'의 이미지와
대조되는 것이 보통이다.

> 봄은 엇더ᄒ야 草木이 다 즐기고
> ᄀ올은 엇더ᄒ야 草衰兮 木落인고
> 松竹은 四時長靑ᄒ니 그를 불어 ᄒ노라 〈1812〉

三春色 자랑 마라 花殘ᄒ면 蝶不來라
昭君玉貌와 貴妃花容은 胡城土 馬嵬塵되고 蒼松綠竹은 千古節이나
碧桃紅杏은 一年春이라
閼氏내 一時花容을 앗겨 무슴ᄒ리오 〈2122〉

이정보의 〈1812〉에서는 사시장청하는 '송죽'과, 한 해 가을을 넘기지
못하는 초목과의 대비를 통해 유한한 인생을 느끼고 있으며, 작자 미상
의 〈2122〉 역시 '창송녹죽'과의 대비를 통해 왕소군이나 양귀비와 같은
빼어난 미모도 흐르는 세월 앞에서는 어쩔 수 없는 일시적인 것임을
말하고 있다.

3.4. 연정 환기의 매체

대나무가 임에 대한 사랑과 그리움을 환기시키는 매체로 형상화된
경우이다. 이와 관련하여 먼저 떠올릴 수 있는 것이 역시 앞의 '3.1. 군
자 지절의 표상'에서 거론한 소상반죽의 의미이다.

순임금의 창오산 병사에 이은 이비의 소상강 순절은 앞에서 언급한
바와 같이 크게 두 가지의 상징적 의미를 갖는다. 하나는 그것이 임금
에 대한 신하의 순절이라는 점이요, 또 하나는 남편에 대한 아내의 순
절이라는 점이다. 여기서 후자에 주목할 때, 그것은 곧 임에 대한 사랑
과 그리움으로 환치될 수 있다. 따라서 이비의 피눈물이 맺힌 소상반죽
역시 임에 대한 간절한 사랑과 그리움의 상징으로 인식되었다.

제2장에서 제시한 작품 ⑨와 ⑩을 보기로 하자.

네 일흠 대라 ᄒ니 斑竹인다 紫竹인가

瀟湘江 어듸 두고 내 앏히 와 넘노는다
淸風아 하 부지 마라 幽興 겨워 ᄒᆞ노라 〈867〉

瀟湘江 시름 겨온 대를 뉘라셔 옴겨다가
나 자는 窓 밧긔 외로이 심것는고
밤中만 구즌 비 쇼리예 줌 못 드러 ᄒᆞ노라 〈2369〉[10]

위의 〈867〉은 사실 청풍에 넘노는 반죽을 보며 느끼는 그윽한 흥취
를 노래한 것으로, 그 문면에서 바로 임에 대한 정서를 느낄 수는 없
다. 그렇지만 〈2369〉에서는 은연중에 드러난 임에 대한 그리움이 섬
세하다. 창밖에 외로이 옮겨 심은 시름겨운 대. 이비의 넋을 달래주는
소상야우처럼 때마침 내리는 궂은 밤비 소리. 그리고 잠 못 드는 화
자. 그 화자의 시름이 곧 임에 대한 그리움에서 비롯된 것임을 알 수
있다.

사군자 중에서도 대와 매화는 특히 여성과 친숙하다.[11] 정절과 사랑
을 상징하기 때문이다. 대나무가 소상반죽 이래로 여성의 정절과 사랑
을 뜻하게 되었음은 앞에서 말하였거니와, 매화 역시 민속에서 아름다
운 여인이나 사랑의 상징으로 여겨져 왔다. 죽은 듯이 보이는 광대등
걸에서 봄을 맞아 향기로운 꽃이 피어나는 것을 늙은 몸에서 정력이
되살아나는 회춘으로 여겨 이를 춘정과 결부시켰던 것이다.

---

10 작품 일부가 변형되어 『한국시조대사전』 보유편에 〈5443〉으로도 실려 있다.
11 그 한 예로 옛 여성들이 매화와 대나무 잎 모양을 새긴 비녀인 梅竹簪을 즐겨 사용하였
   음을 들 수 있다.

黃毛筆 半동만 플고 首陽梅月 흠벅 직어
楚竹 越梅는 그릴시는 올커니와
져 님아 므슨 타스로 그려 살라 ᄒᆞᄂᆞ니 〈4683〉

대나무와 매화는 묵죽과 묵매로도 즐겨 그려진 소재이다. 품질 좋기
로 정평이 난 황모필과 수양매월묵으로 초죽과 월매¹²를 그렸다. 임과
의 사랑에 빠진 것이다. 그렇지만 그것도 잠시, 어느 사이 임은 떠나가
고, 그림으로 남은 대와 매화를 보며 그리움에 잠기고 있다.

그런데 다음에서는 소상반죽과는 관계없이 임에 대한 그리움을 대를
통해 해학적으로 표현하였음을 볼 수 있다. 제2장에서 제시한 작품 ⑪
이다.

백초를 다 심어도 ᄃᆡᄂᆞᆫ 아니 시믈 거시
젓ᄃᆡᄂᆞᆫ 울고 살ᄃᆡᄂᆞᆫ 가고 그리ᄂᆞ니 붓ᄃᆡ로다
구트나 울고 가고 그리는 ᄃᆡ를 시믈 줄이 이시랴 〈1732〉

젓대, 살대, 붓대는 모두 대로 만들어진다. 그런데 젓대는 불면 울고,
살대는 쏘면 날아가고, 붓대로는 그림을 그린다. 그래서 또한 젓대소리
를 들으면 마음이 울적해지고, 살대를 보면 가버린 임이 생각나고, 붓
대를 보면 더욱 그 임이 그리워지는 것이다. 어찌 그러한 대를 구태여
가까이 심을 필요가 있겠는가? 대에 관한 일반적인 관념을 뛰어넘은
매우 이례적인 작품이다.

12 楚竹은 옛 楚의 영역이었던 瀟湘의 斑竹을, 越梅는 南越 羅浮山의 매화를 말한다.

3.5. 생활 소재로의 활용

지금까지 대가 주제적 차원에서 고시조에 형상화된 모습을 살펴보았다. 여기서는 이제 초점을 바꾸어 단순히 작품의 소재적 차원에서 대가 활용된 모습을 검토하기로 하자.

지금도 그렇지만 특히 예전에는 대로 만든 물품들이 실로 다양하였다. 생활에 필요한 각종 용품이나 식음료가 대를 재료로 하여 만들어졌다. 그중 고시조의 소재로서 눈에 띄는 몇 가지를 들자면 낚싯대, 대지팡이, 대삿갓, 대비, 죽장구, 죽순, 죽엽주, 죽실 등이 있다. 우리 생활의 소재이기도 하였던 이러한 물품들이 고시조의 소재로는 어떻게 활용되었는지 살펴본다.

(1) 낚싯대

낚싯대[13]는 고시조에 가장 많이 보이는 대로 만들어진 소재이다. 강호에 노니는 은일자, 특히 한적한 삶을 영위하는 어부의 생애에서 빼놓을 수 없는 것이 낚시질이기 때문이다.

> 楚山에 나무 뷔는 아희드라 나무 뷜 제 힝혀 대 뷜세라
> 그 딕 자라거든 뷔여 휘우리라 낙시대를
> 우리도 그런 줄 아오미 나무만 뷔ᄂ이다 〈4142〉

> 瀟湘江 긴 대 버혀 낙시 미혀 두러 메고
> 不顧 功名ᄒ고 碧波로 도라 드니

---

13 작품에서 흔히 '낚싯대' 외에 '낙대', '낫대', '一竿竹', '竹竿' 등으로 표현된다.

白鷗야 날 본 체 마라 世上 알가 ᄒ노라 〈2364〉

〈4142〉의 '楚山의 대'는 〈2364〉의 '瀟湘江 긴 대'와 마찬가지로 소상
반죽이다. 소상반죽을 '초죽(楚竹)'이라고도 하듯 소상 지역이 옛 초의
영역에 있기 때문에 쓰인 표현이다. '임에 대한 순절'이라는 그것이 가
진 상징성으로 인해 소상반죽이 대의 제유적인 대명사로 두루 사용되
었음을 알 수 있게 한다. 〈2364〉에서는 세상을 등지고 낚싯대를 벗 삼
은 은자의 모습을 볼 수 있다.

그런데 고기가 아닌 이성의 마음을 사로잡는 일 역시 낚시질에 비유
하는 것이 우리의 언어 관습이다.

羅州 長城 긴 대 뷔여 靑樓 밋게 줄을 매여
여희쥬로 밋기 ᄒ여 낙글니라 져 花容을
제 ᄯᅳᆺ시 늬 情만 못ᄒ니 올지 말지 ○○○ 〈646〉

우리나라의 남방인 나주와 장성은 대나무가 많이 나는 지역이다. 그
대로 낚싯대를 만들고, 온갖 조화가 가능한 여의주를 미끼로 삼아, 청
루의 기녀를 유혹하겠다는 것이다. 아름다운 여인을 취하고픈 마음을
노래하였다.

(2) 대지팡이

지팡이는 산수의 물외한정을 즐기는 은자, 또는 명승을 탐방하는 유
람객의 벗이다. 흔히 명아줏대로 만든 '청려장(靑藜杖)'과 더불어 대나
무로 만든 '죽장(竹杖)'이 즐겨 사용되었으며, 죽장은 또한 짚신과 짝이

되어 '죽장망혜(竹杖芒鞋)' 또는 '망혜죽장(芒鞋竹杖)'의 형태로 주로 표현되었다. 다음은 조선 후기의 문인 김기성의 작품이다. 전주팔경의 하나인 '한벽청연(寒碧晴煙)'으로 유명한 남도의 명승 한벽당을 돌아본 감회를 읊조린 것이다.

> 寒碧堂 됴탄 말 듯고 芒鞋竹杖 추자가니
> 十里 楓林에 들리ᄂᆞ니 물소릐로다
> 아마도 南中風景은 예쑌인가 ᄒᆞ노라 〈4509〉

지팡이는 또한 노년기에 더욱 필요한 동반자이다. 따라서 인생의 무상함을 느끼거나 늙음을 탄식하는 자리에는 으레 지팡이가 끼어들기 마련이다.

> 少年行樂 ᄒᆞ올 째의 늘기을 닛겨드니
> 竹杖 보면 귀ᄒᆞ고 眼鏡 보면 반가왜라
> 그 中에 쏫밭츨 지ᄂᆡ면 죄지은 듯 ○○○ 〈2356〉

젊은 시절 세월의 덧없음을 모르고 즐기던 때가 엊그제인데, 벌써 죽장과 안경에 의지해야 하는 나이가 되었다. 늙어가며 느끼는 서러움이 한두 가지가 아니겠지만, 특히 젊은 청춘의 발랄함을 대할 때면 자괴감마저 들게 된다. 마치 스스로 죄를 지은 듯한 심정에 빠져드는 것이다.

이 밖에 지팡이는 신선이나 스님들의 차림새를 형용하는 도구로도 사용되었다. 다음은 호색을 일삼는 파계승의 건장한 외모를 소상반죽 지팡이를 통해 재미있게 그려낸 장시조이다.

청울치 뉵늘 메토리 신고 휘대 長衫 두루쳐 메고
瀟湘斑竹 열두 마듸를 불휫재 썬혀 집고 모로 너머 재 너머 들 건너
벌 건너 靑山石逕에 구분 늙은 솔 아리로 횟근누은 누은횟근 횟근동 너
머 가옵거늘 보신가 못 보신가 긔 우리 男便 禪師 듕이올너니
남이셔 듕이라 ᄒ여도 밤中만 ᄒ여서 죠 ᄀ튼 가슴 우희 슈박 ᄀ튼
딋고리를 둥글썰금 썰금둥글 둥실둥실 긔여올나 올 제 내사 죠해 즁 書
房이 〈4106〉

(3) 대삿갓

삿갓은 보통 대오리나 갈대로 엮는다. 일상에서 햇볕이나 비를 피하
기 위해 썼거나, 또는 세상을 등지고 자신을 숨긴 은자의 소품으로 쓰
였다. 그런데 예전에 순창과 담양의 대삿갓이 그런대로 알려진 듯 "淳
昌 潭陽 셰대삿갓 눈섭 놀너 숙여 쓰고"와[14] 같이 노래된 예도 있다.
고시조에 삿갓이 소재로 사용된 작품은 많으나, 직접 대와 관련하여 작
품화된 것은 얼마 되지 않는다. 다음은 대로 삿갓을 엮으며 봄맞이에
나서려는 정경을 그린 성운의 시조이다.[15]

田園에 봄이 오니 이 몸이 일이 하다
곳 남근 뉘 옴기며 藥 밧츤 언제 갈리
아희야 대 뷔여 오나라 삿갓 몬져 겨르리라 〈3616〉

---

14 『한국시조대사전』의 장시조 〈4413〉의 일부이다.
15 『한국시조대사전』의 〈3614〉와 〈4665〉도 같은 유형의 작품이다.

(4) 대비

용례가 극히 드문 경우이다. 소상반죽으로 대를 매어 임금의 혜안을 가리는 조정의 간신배들을 쓸어버리고 싶다는 김류의 작품 정도가 있을 뿐이다.

> 瀟湘江 긴 대 베혀 하늘 밋게 뷔를 미여
> 蔽日 浮雲을 다 쓸어 ㅂ리고져
> 時節이 하 殊常ᄒ니 쓸똥말똥 ᄒ여라 〈2365〉

(5) 죽장구

죽장구[竹杖鼓]는 대나무로 만든 장구이다. 보통 장구의 몸통을 오동나무로 만드는 것과 달리 굵은 대통의 속 마디를 뚫어 만든 것으로, 세워놓고 막대기로 쳐서 소리를 내기도 한다는 민간악기이다. 고시조에서 풍류를 노래한 몇 작품에 다른 악기들과 더불어 그 이름이 나열되어 있다.

> 珠簾에 달 비쵯엿다 멀니셔 난다 옥져 쇼릭 들이ᄂᆞᆫ고나 벗님네 오쟈
> 히금 져 피리 싱황 양금 죽장고 거문고 가지고 달 쓰거든 오마더니
> 童子야 달빗만 살펴여라 ᄒ마 올 쩌 ○○○ 〈3717〉

(6) 죽순

죽순과 관련하여 유명한 것이 오(吳)나라 사람 맹종의 고사이다. 맹종이 겨울날 늙은 어머니께서 좋아하시는 죽순을 구하지 못해 대밭에서 탄식하다가, 그곳에서 갑자기 솟아오른 죽순을 얻어 어머니께 드렸다는 것이다. 이 고사로 인해 맹종의 죽순은 지극한 효성을 상징하게

되었으며, 우리 고시조에도 몇 작품에 그 모습이 보인다. 다음은 박인로의 작품이다.

> 王祥의 鯉魚 잡고 孟宗의 竹筍 것거
> 검던 머리 희도록 老萊子의 오슬 입고
> 一生에 養志誠孝를 曾子 ᄀ치 ᄒ리이다 〈3022〉

(7) 죽엽주

대나무 잎을 재료로 하여 빚은 술이 죽엽주이다. 가인이나 가절을 만나 즐기는 취흥을 노래한 작품에 미주(美酒)로서 그 이름이 보인다.[16] 나아가 죽엽주는 사시장청(四時長靑)하는 송죽처럼 그 빛이 푸르다는 점에서 장생불사의 술로 예찬되기도 하였다.

> 長生 不死之術을 이제사 깨닷거다
> 四海은 天一色이요 松竹이 都是靑이니
> 우리도 프른 옷 닙고 竹葉酒만 먹자 〈3548〉

(8) 죽실

죽실은 대나무의 열매로, 한방에서는 강장제로 쓰인다고 한다. 예로부터 상상 속의 새인 봉황이 그것을 먹고 산다고 알려져 있는데, 다음은 그와 관련된 작품이다.

---

16 『한국시조대사전』의 〈2115〉, 〈2426〉, 〈4170〉 등이 그렇다.

非梧桐 不棲허고 非竹實 不食이라
南山月 깁흔 밤에 울냐허는 鳳心이라
두어라 飛千仞 不啄粟은 너를 본가 허노라 〈1935〉

  '오동나무가 아니면 깃들지 않고, 대나무 열매가 아니면 먹지 않으며,
천길 높이 날면서 땅의 곡식은 쪼아 먹지 않는다'는 봉황의 속성을 예
찬한 것 같지만, 실은 순창의 기녀 봉심이의 맑고 깨끗한 자태를 노래
한 작품이다. '鳳心'이라는 이름을 풀이하여 안민영이 지었다. 죽실이
품격 있는 열매로 인식되었음을 볼 수 있다.

4. 맺음말

  지금까지 대가 우리 고시조에서 어떻게 그려졌는지 살펴보았다. 이
를 위해 먼저 제2장에서 대를 노래한 작품들이 어떤 상태로 존재하는
지를 검토하였다. 그 결과 대를 소재적 차원에서 활용한 수많은 작품
외에도, 영물의 대상으로 삼아 연시조의 일부 또는 독립된 단시조 형태
로 주제화한 열한 수의 시조를 구체적으로 확인할 수 있었다. 아울러
주제적 측면에서 작품에 나타난 대의 형상을 군자 지절의 표상, 은일
세계의 표지, 무상 체감의 매체, 연정 환기의 매체로 분류하였다.
  그리고 이를 바탕으로 제3장에서는 대의 네 가지 형상에 대해 고찰
하였다. 특히 옛 유교 문화의 영향으로 그 의미가 가장 부각된 군자 지
절의 표상으로서 대의 성격을 살피는 데 많은 논의를 할애하였다. 즉
대나무는 사시상청하는 물성으로 인해 불변성과 불굴성을 기본으로 하

여 관념화되었으며, 경우에 따라 여기에 불강불유의 중용지도, 중통외
직의 자세, 절도나 절개 등의 상징적 의미와 더불어 작자들의 독자적인
감성이 첨삭되면서 개별적인 시조 작품으로 형상화되었음을 밝혔다.
그리고 마지막으로 대로 이루어진 생활 소재가 고시조에 어떻게 활용
되었는지 검토하였다. 이러한 논의를 통해 우리 고시조에 대의 모습이
매우 다양하게 담겨 있음과 더불어, 그 중심에 역시 군자 지절의 표상
이라는 유교적 관념이 놓여 있음을 확인할 수 있었다.

애국계몽기의
혈죽담론과 혈죽가사

1. 머리말

이 글은 근대 애국계몽기의 혈죽가사(血竹歌辭)를 연구하는 데 목적이 있다. '혈죽'이란 1905년 일본에 의해 강제로 체결된 을사늑약에 항거하여 충정공(忠正公) 민영환(閔泳煥, 1861~1905)이 자결하자, 이듬해 그의 유품을 모신 방안에서 저절로 자라났다는 대나무이다. 그리고 이 혈죽모티프를 근간으로 창작된 일련의 가사 작품이 곧 혈죽가사이다. 따라서 혈죽가사는 애국계몽기의 계몽담론을 주요 내용으로 하며, 특히 민영환의 순절에서 비롯된 이른바 '혈죽담론'을 작품화한 것이라는 데 특징이 있다. 작품의 유통은 주로 당시의 신문을 통해 이루어졌다. 혈죽담론의 작품화는 가사뿐만 아니라 시조와 한시를 통해서도 이루어졌는데, 이런 혈죽시가에 대한 지금까지의 연구 동향은 다음과 같다.

혈죽시가에 대한 본격적인 관심은 김선풍(1993)에 의해 처음으로 표명되었다. 그는 「혈죽가 소고」에서 "忠正公의 節死를 歌辭體로 읊은 것은 本 歌辭가 唯一無二하다"고 하면서, 그것을 '저항가사의 초기작품'으로 자리매김하였다. 하지만 그것이 1906년 7월 11일『제국신문』
에 실린 작품이라는 사실에는 접근하지 못하였고, 자신이 소장한 제책
본을 근거로 1908년 화가 김관호가 지었다고 보았다.[1] 이어 이희목
(2002)은 혈죽시가 중에서도 특히 한시에 주목하여, 혈죽이 발견된 이후
1906년 7월부터 다음 해 2월까지 7개월 동안 주로『대한매일신보』에
실린 47제의 한시를 내용과 형식면에서 고찰하였다.[2] 이에 비해 박애경
(2009)은 시조와 가사 등 9제 27수의 혈죽시가를 살폈는데, 역시 같은
기간 당대의 계몽언론에 발표된 작품을 대상으로 하였다. 그러면서 혈
죽시가를 '애국과 충절의 표상으로서의 민충정공'이라는 담론의 정점
에 위치하면서, '충군보국(忠君輔國)이라는 계몽담론의 한 층위를 구현
하고 있다는 점에서 개화기 시가의 징후를 뚜렷이 보여주는 작품군'이
라고 평가하였다.[3] 또 이수진(2013) 역시 근대 신문 매체의 혈죽담론과
혈죽시가를 조명하였다. 작품은 기존 연구에서 소외된『황성신문』소
재 19편을 대상으로 하였는데, 한시가 17편으로 대부분이었다.[4] 최근에
는 장성진(2014)이 혈죽이 발견되기 이전인, 민영환의 순국 직후에 나온
작품들에까지 범위를 확대하여, 민영환 추모시가의 창작 추이와 더불
어 그것이 가사·창가·시조에서 각각 어떻게 주제화되었는지 그 양상
을 살폈다.[5]

1　김선풍, 「혈죽가 소고」, 『연민학지』제1집, 연민학회, 1993, 200~201쪽, 211~212쪽.
2　이희목, 「민충정공혈죽시 연구」, 『한문학보』제7권, 우리한문학회, 2002, 273쪽.
3　박애경, 「민충정공 담론과 〈혈죽가〉류 시가 연구」, 『우리어문연구』제34권, 우리어문학
　　회, 2009, 162~163쪽.
4　이수진, 「『황성신문』소재 민충정공의 '혈죽' 담론과 시가 수록 양상」, 『동양고전연구』
　　제52집, 동양고전학회, 2013, 363~364쪽.

이렇듯 혈죽시가의 기존 연구는 주로 작품의 매체 수록 양상과 주제적 측면 및 계몽담론의 전개에 초점을 맞추어 진행되었다. 애국계몽기라는 특수한 상황에서 시대적 담론을 이끈 기능적 측면을 먼저 주목한 당연한 결과였다. 때문에 연구 내용은 특정 장르나 작품보다는 시대를 아우르는 전반적인 성격을 파악하는 데 관심이 주어졌다. 그런데 혈죽시가는 당시 가사·시조·한시의 여러 장르를 통해 창작되었고, 같은 장르에 속한 작품들 간에도 성격의 차이가 감지된다. 하지만 지금까지의 연구는 개별 작품의 성격 파악에는 별다른 관심을 기울이지 않았다. 따라서 여기서는 혈죽가사의 개별 작품을 대상으로, 그것의 작품화 양상과 의의를 주로 살펴보고자 한다.

2. 민영환의 순절과 혈죽담론

혈죽에 대한 담론이 어떻게 전개되었고, 그 성격이 어떠한가에 대해서는 이미 기존 연구에서 상당한 고찰이 이루어졌다. 때문에 이 장에서는 혈죽가사를 본격적으로 논의하기 위한 전단계로, 민영환의 순절과 혈죽담론에 대한 기본적인 사항을 먼저 검토하고, 이어 혈죽가사의 작품 현황을 정리하기로 한다.

일본의 강압에 의해 을사늑약이 체결된 것은 1905년 11월 17일이다. 늑약의 요지는 대한제국의 외교권을 일본이 강탈하는 것이었다. 이에

---

5 장성진, 「애국계몽기 민충정공 추모시가의 주제화 양상」, 『배달말』 제55권, 배달말학회, 2014.

늘약이 체결되자 당시 시종무관장이던 민영환은 대소신료들과 함께 대궐에 나아가 수차 상소하며, 이완용 등 오적을 처형하고 늘약을 파기할 것을 극력 주장하였다. 그렇지만 뜻을 이루지 못하고, 오히려 평리원에 구금되었다가 풀려나자, 이천만 동포와 각국 공사에게 보내는 유서를 남기고 자신의 집에서 스스로 목을 찔러 자결하였다. 1905년 11월 30일의 일이었다.

민영환의 순절은 당시 조야의 큰 반향을 불러왔다. 많은 사람들이 그의 죽음을 애도하였고, 전국적으로 추모 열기가 고조되었다. 『대한매일신보』와 『제국신문』 등의 계몽언론도 연일 관련 기사와 함께 그를 추모하는 다양한 글들을 지속적으로 게재하였다.[6] 뿐만 아니라 특진관 조병세, 법부주사 송병찬, 전 참정 홍만식 등 애국지사들의 순절이 뒤를 이었다.

시간이 흐르며 잠시 가라앉았던 민영환에 대한 관심은 7개월여가 지나 다시 뜨거워졌다. 그의 집에서 대나무, 즉 녹죽이 저절로 자라났다는 사실이 알려졌기 때문이었다. 다음은 녹죽의 발견을 처음으로 알린, 1906년 7월 5일자 『대한매일신보』의 기사 〈녹죽자생(綠竹自生)〉이다.

昨日에 閔忠正公家人이 來于本社ᄒ야 該宅에 綠竹自生之實을 報道ᄒ니 盖忠正公生時에 恒置衣几ᄒ든 房突下에 綠竹이 忽生ᄒ야 挺然直上ᄒ지라 昔에 鄭圃隱授命之地에 善竹이 自生흔故 命其橋曰善竹橋라ᄒ더니 今閔忠正家中에 綠竹이 又生ᄒ니 盖此兩公의 貞忠大節이 百世一揆故로 此竹之生이 亦同一其種이라 嗚呼其奇哉로다[7]

----

6 신문 기사로는 민영환이 순절한 다음날인 1905년 12월 1일 『대한매일신보』 잡보의 〈一人死忠〉과 『제국신문』 잡보의 〈閔氏盡忠〉이 그 사실을 알린 첫 번째 보도이다.

녹죽이 자생한 사실을 충정공 민영환의 가인이 전날 신문사에 와 알
렸는데, 녹죽이 자라난 곳은 민영환이 생시에 항상 옷과 안석을 놓아두
던 방돌 아래였다고 하였다. 이에 녹죽은 곧 민영환이 보인 정충대절의
화신으로 인식되었고, 바로 고려를 위해 순절한 정몽주의 '선죽'에 비
견되었다. 『제국신문』에는 이 사실이 같은 날 〈충혈성순(忠血成筍)〉이
라는 제목으로 보도되었다.

이렇게 알려진 사실은 순식간에 사람들의 이목을 집중시키며 전국으
로 퍼져나갔고, 녹죽이 발견된 전동 민영환의 집에는 "漢城士女가 雲集
ㅎ야 觀光ㅎ는 景況이 人山人海를 成"하였다고 하였다.[8] 따라서 녹죽
에 대한 다양한 후속 보도가 이어졌는데, 다음은 〈녹죽자생〉이 보도된
다음 날 역시 『대한매일신보』에 실린 〈관죽자설(觀竹者說)〉이다.

閔忠正公에 殉節時 流血衣服과 殉刀를 靈筵挾板房에 積置鎖門ㅎ얏
다가 再昨日에 該房을 開視則 房板一分之隙에 間二寸量ㅎ야 竹筍四莖
이 未吸空氣ㅎ야 黃色莖葉으로 茁長하얏는딕 第一筍은 四枝로 長이 三
尺餘오 一[二]슌은 三枝로 二尺餘오 三슌은 二枝로 一尺餘오 四슌은 一
枝로 五寸量인데 관광자가 指点曰 此竹은 閔公殉節之竹인딕 一은 閔忠
節 二는 죠忠節 三은 洪忠節 四는 송忠節을 表흠이라 하는딕 從其枝하
야 將有忠節更殉之擧라 하더라[9]

7 〈녹죽자생〉, 『대한매일신보』 잡보, 1906년 7월 5일(이하 『대한매일신보』와 『황성신문』
  원문은 한국언론진흥재단누리집의 DB자료를, 『제국신문』 원문은 한국학진흥사업성과
  포털누리집의 DB자료를 인용하였다).
8 〈大節爲竹〉, 『황성신문』 잡보, 1906년 7월 6일.
9 〈관죽자설〉, 『대한매일신보』 잡보, 1906년 7월 6일. [ ]안은 필자의 교정임.

전날의 〈녹죽자생〉에 비해 녹죽에 대한 정보가 훨씬 구체적으로 취재되어 있다. 민영환이 순절할 때의 피 묻은 옷과 칼을 보관한 협방의 문을 그동안 잠가두었다가 이틀 전에 열어보았더니, 방바닥이 갈라져 생긴 이 촌 가량의 틈에서 싹튼 죽순 네 줄기가 공기를 마시지 못해 누런빛으로 자라 있었다고 하였다. 네 줄기 죽순 각각의 형태에 대한 기술도 매우 상세하다. 제1순은 가지가 4개에 길이는 3척 남짓이고, 제2순은 가지가 3개에 길이는 2척 남짓, 제3순은 가지가 2개에 길이는 1척 남짓, 제4순은 가지가 하나에 길이는 5촌가량이라고 하였다. 발견된 녹죽이 모두 4개의 줄기에 10개의 가지를 가졌다는 것이다. 또 어떤 관광자의 말을 빌려 죽순 네 줄기가 각각 민충절·조충절·홍충절·송충절을 나타낸다고 하여, 네 줄기를 각각 민영환과 그 뒤를 이은 조병세·홍만식·송병찬에 비유하였다.

그런데 녹죽에 대한 기록을 읽다 보면, 녹죽의 형태에 대한 언급이 저마다 조금씩 차이가 있음을 알게 된다. 『대한매일신보』의 〈관죽자설〉은 위에서 본 바와 같이 그것을 '4줄기 10가지'로 설명하였는데, 같은 날인 1906년 7월 6일 『황성신문』의 〈대절위죽(大節爲竹)〉은 총죽(叢竹)이 "四叢九幹이오 竹葉은 三十三枚"라 하였고, 1906년 7월 17일 『대한매일신보』에 실린 박은식의 〈혈죽기(血竹記)〉는 "四竿九枝四十一葉"이라 하였다. 기록마다 각기 사용한 떨기·줄기·가지의 개념이 모호하다. 또 녹죽의 떨기(또는 줄기)가 넷이라는 점은 같으나, 줄기(또는 가지)와 잎이 몇 개인가에 대해서는 다소의 차이가 있다. 물론 이런 차이는 그것을 보고 전하는 과정에서 생긴 사소한 문제일 수도 있으나, 다른 한편으론 충절의 상징으로서 녹죽의 담론화가 동시에 다발적으로 다양하게 이루어졌음을 의미한다.[10]

여기서 또 하나 지적할 수 있는 것이 그것의 명칭이 처음의 '녹죽(또는 총죽)'에서 나중에 '혈죽'으로 바뀌어졌다는 사실이다. 대에 일반적으로 통용되는 녹죽(또는 총죽)에서 특별히 민영환이 자결하며 흘린 피를 의식한 혈죽으로 바뀐 것이다. 이는 곧 당시의 담론이 시간이 지나면서 점차 충절의 표상으로서 민영환을 추모하는 방향을 보다 분명하게 인식해갔음을 의미한다.

그렇다면 녹죽이 발견된 이후 혈죽이란 명칭을 사용한 것은 언제부터였을까? 그것은 1906년 7월 7일 『황성신문』의 논설 〈혈벽벽죽의의(血碧碧竹猗猗)〉에서 비롯되었다고 한다.[11] 녹죽이 발견되었다는 첫 보도가 나간 이틀 뒤의 일이었다. 그런데 〈혈벽벽죽의의〉는 신문의 논설일 뿐만 아니라, 여기에는 혈죽시가의 첫 번째 작품인 〈혈죽지가(血竹之歌)〉 6장이 삽입되어 있다. 따라서 이에 대해서는 다음 제3장에서 상세히 살펴볼 것이다.

한편 민영환이 순절하자, 녹죽 아니 혈죽이 발견되기 전부터 이미 그를 추모하는 시가가 창작되고 있었다. 신문에 가장 먼저 발표된 것은

---

10 당시 천주교회의 조선교구장이었던 뮈텔 주교는 현장에서 녹죽의 자생 사실을 매우 의심스럽게 바라보았다. 하지만 그가 '1906년 7월 6일'의 일기에 남긴 다음과 같은 언급은 녹죽의 담론화와 관련하여 참고할 만하다. "신문은 9개의 줄기에서 33개의 잎이 나 있다고 보도했다. 그런데 현장에서는 잎이 45개라고 말했는데, 그 숨은 이유인즉 영웅[민영환]이 45세에 죽었기 때문이라는 것이다. 나는 직접 그 잎들을 세어보기까지는 하지 않았다. 뿐더러 이제 겨우 싹튼 잎들까지 계산되어질 수 있으므로 그와 같은 계산은 흔히 융통성이 있는 것으로 생각되었다. 군중은 특히 호기심에서였고, 그래서 신문에서 언급한 감동이나 눈물은 보이지 않았다. 사람들은 기적으로 믿으려 하지만 어떤 속임수에 속고 있는지도 모른다(한국교회사연구소 역주, 『뮈텔 주교 일기』 4, 한국교회사연구소, 1998, 63쪽)."

11 이수진, 「『황성신문』 소재 민충정공의 '혈죽' 담론과 시가 수록 양상」, 360쪽.

1905년 12월 5일『대한매일신보』잡보와 광고란에 실린 가사〈명츙가〉
와 한시〈곡민공영환영궤(哭閔公泳煥靈几)〉이다.[12] 〈명츙가〉는 병문장석
생(屛門長席生)이,〈곡민공영환영궤〉는 최명규가 지었다. 이후 혈죽이
발견되기 전까지 나온 가사로는〈해로가〉와〈츙신가〉가 더 있다.〈해로
가〉는 "英語學徒等이 閔公發軔時에 唱훈 薤露歌"라 하여『대한매일신
보』(1905년 12월 21일)에, 작자 미상의〈츙신가〉는『제국신문』잡보(1905
년 12월 26일)에 각각 실려 있다.

　혈죽 발견 이후의 이른바 혈죽가사로는 앞에서 잠깐 언급한〈혈죽지
가〉6장이 첫 번째 작품이다. 이 밖에〈혈죽가〉와〈민충정혈죽가〉등
수 편이 더 있는데, 이를 표로 정리하면 다음과 같다.

\	작품명	작자	매체	수록일	형태
1	血竹之歌	신채호(추정)	황성신문 논설	1906. 7. 7.	개화가사
2	혈죽가	논설진(추정)	제국신문 1면 머리 제책본 혈죽가라	1906. 7.11. 1908.	전통가사
3	閔忠正血竹歌	영화학교생도	대한매일신보 잡보 제국신문 기서	1906. 8. 3. 1906. 8.16.	개화가사
4	追悼歌	흥화학교	황성신문 잡보 대한매일신보 잡보 대한자강회월보 제6호	1906.12. 1. 1906.12. 2. 1906.12.25.	개화가사 창가
5	慕忠校歌	북청유지신사	대한매일신보 잡보	1907. 1.16.	개화가사 창가
6	爲國效忠歌	미상	대한매일신보 잡보	1907. 2.10.	전통가사
7	忠竹歌	이두복	대한매일신보 잡보	1907. 3. 5.	전통가사
8	血竹歌(1)	미상	유년필독 권3	1907. 5. 5.	개화가사

---

12 장성진,「애국계몽기 민충정공 추모시가의 주제화 양상」, 315쪽 참고.

| 9 | 血竹歌(2) | 미상 | 유년필독 권3 | 1907. 5. 5. | 개화가사 |
| 10 | 血竹歌 | 민주식 | 한국가창대계 | 1953. | 전통가사 |

위 표에서 보다시피 혈죽가사의 형태는 크게 전통가사와 개화가사로
나눌 수 있다. 하지만 외형상 이런 구분이 분명하지는 않아 보는 입장
에 따라 견해를 달리할 소지도 있다.[13] 또 개화가사 중에는 창가로 분류
할 수 있는 작품도 있는데, 특히 4의 〈추도가〉와 5의 〈모충교가〉에 그런
성격이 두드러진다. 〈추도가〉와 같은 경우는 여러 매체에 반복적으로
게재되었는데, 그것은 이 작품이 민영환 순절 1주기라는 적절한 시의
성을 가지고 폭넓은 공감대를 형성하였기 때문이다. 작품이 신문에 게
재된 경우에는 특별히 논설(또는 1면 머리)이 아니면, 모두 잡보(또는 寄書)
로 취급되었다. 당시의 신문 지면이 대개 논설, 관보, 외보, 잡보, 광고
등으로 구성되었음을 감안하면, 잡보는 요즘의 일반사회면에 해당된
다. 작품 8과 9는 신문이 아닌 당시의 교과서였던 『유년필독』에 실린
것이고,[14] 10번 민주식의 〈혈죽가〉는 애국계몽기를 지나 한국전쟁 후에
지어진 것으로, 이창배가 작곡하여 가창되었다.[15]

---

13 경우가 다르기는 하나 일부 작품을 한문현토(1, 4, 7) 또는 언문풍월(4)로 인식한 논자도
   있다.
14 『유년필독』의 〈혈죽가(1)〉과 〈혈죽가(2)〉의 괄호 안 번호는 필자가 구분을 위해 붙인
   것이다. 자료는 신지연·최혜진·강연임이 엮은 『개화기가사자료집』 3(보고사, 2011,
   249~251쪽)에 수록된 것을 이용하였다.
15 이 밖에 혈죽가사와 같은 시기인 1906년 12월 20일 『제국신문』 잡보에 실린 〈雨中聲〉도
   민영환을 추모하는 가사이나, 혈죽과는 무관한 작품이다. 또 같은 시기의 혈죽시조로는
   대구여사의 〈血竹歌〉 3수(『대한매일신보』 詞林, 1906년 7월 21일), 여학도들의 〈혈죽
   가十絶〉 10수(『제국신문』 女學徒愛國歌, 1906년 8월 13일; 『대한매일신보』 1907년
   7월 26일자 국문판 잡보와 27일자 국한문판 詩調), 작자미상의 〈慕忠歌曲〉 1수(『대한

그러면 이제 장을 바꾸어 혈죽가사의 작품화 양상을 살피기로 하자. 중심 대상 작품은 위 표의 1·2·3·4, 즉 『황성신문』의 〈혈죽지가〉, 『제국신문』의 〈혈죽가〉, 영화학교생도의 〈민충정혈죽가〉, 홍화학교의 〈추도가〉이다. 이 네 작품이 먼저 창작되기도 하였지만, 혈죽가사 작품 간의 성격 차이를 비교적 잘 보여주기 때문이다.

3. 혈죽가사의 작품화 양상

3.1. 『황성신문』의 〈혈죽지가〉

〈혈죽지가〉는 1906년 7월 7일자 『황성신문』 논설 〈혈벽벽죽의의(血碧碧竹猗猗)〉의 중간에 삽입된 작품이다. 즉 신문 논설의 삽입가사이다. 앞에서 언급하였듯이 〈혈벽벽죽의의〉는 녹죽 발견 이후 그것을 혈죽이라 부른 첫 번째 사례이고, 그 속에 삽입된 〈혈죽지가〉는 첫 번째 혈죽시가이다. 녹죽이 발견되었다는 첫 보도가 나가고 이틀 만에 게재된 것으로, 문면에 민영환의 순절과 녹죽을 대하는 작자의 격정적인 심경이 여실히 드러나 있다. 그러면 먼저 논설 〈혈벽벽죽의의〉의 내용부터 검토한다.

논설 〈혈벽벽죽의의〉에서 필자는 먼저 민충정공의 집에서 자란 '4층 9간 33엽'의 대에 관해 경향 각지의 많은 사람들이 보인 뜨거운 관심을 전하였다. 이어 충정공의 죽음을 슬퍼하면서 대를 곧 공의 피라고 인식하였으며, 그것이 무엇보다도 우리 이천만 국민의 독립정신을 대표한

매일신보』 잡보, 1907년 2월 10일)가 있다.

다고 보았다. 그래서 마땅히 그 이름을 '혈죽'이라 불러야 한다고 주장하였다.[16] 아울러 공이 죽어서 우리나라가 살고, 우리나라가 살아야 공역시 죽지 않는다는 사실을 우리 국민은 알아야 한다고 하였다. 그래서 대를 어루만지고 공의 충절을 생각하며 〈혈죽지가〉 6장을 지었으니 들어보라고 권하면서,[17] 〈혈죽지가〉 6장 전문을 삽입하였다. 그리고 다시 계속된 논설에서, 공의 사후에 자생한 대가 곧 공의 피임을 강조하였다. 특히 사람이 피가 없으면 살 수 없듯이 나라도 피가 없이는 독립할 수 없으니, 전국의 혈성군자(血性君子)는 공의 혈죽을 저버리지 말라는 당부로 끝을 맺었다.

녹죽을 혈죽이라 명명하고 그 의미를 강조하면서, 혈죽에 깃든 민영환의 정신을 저버리지 말고 반드시 독립을 이루자는 것이 논설 〈혈벽벽죽의의〉의 요지이다. 논설 사이에 삽입가사로 〈혈죽지가〉를 배치하여, 그 전후 내용이 마치 이 노래의 서발(序跋)과 같은 역할을 수행하도록 하였다. 〈혈죽지가〉 6장의 전문은 다음과 같다.

> 血竹血竹이여 血簇簇이로다
> 嚼盡張巡齒ᄒ고 爛盡杲卿肉ᄒ고
> 斫斷嚴顔頭ᄒ고 鋸斷孫揆喉ᄒ니[18]

---

16 以此竹而謂之竹이 可乎아 以此竹而謂之血이 可乎아 血以爲精ᄒ고 竹以成形ᄒ니 合而稱之曰血竹이 可也로다(〈血碧碧竹猗猗〉)

17 撫此竹而想公忠에 安能無一慘而一快者乎아 作爲血竹之歌六章ᄒ니 其音甚哀ᄒ고 其調甚莊이라 願與我二千萬兄弟로 相扶而痛哭之ᄒ야 以悲公一時之慘烈而死ᄒ고 相和而歌吟之ᄒ야 以賀公萬世之崢嶸而生ᄒ리니 嗟我同胞아 聽此血竹之歌ᄒ오(〈血碧碧竹猗猗〉)

18 '張巡', '(顔)杲卿', '嚴顔', '孫揆'는 모두 충신으로 알려진 중국의 옛 역사 인물들이다.

縱使齒盡肉盡에 斷頭斷喉라도
惟此一片血은 萬古長不渝로다

血竹血竹이여 血縷縷로다
三角石에 日夜磨ᄒ고 漢江水로 日夜瀉ᄒ고
塵土로 日埋之ᄒ고 風雨로 日洗之ᄒ야
縱使朝朝夕夕에 期滅此痕迹이라도
惟此一條血은 萬古愈生色이로다

我願此竹이 今日에 長一尺ᄒ고
明日에 長一尺ᄒ야 長至幾千尺이어던
作爲裊裊之長竿ᄒ야 掛盡世間佞臣頭ᄒ고
舞之于靑天白日之藁街ᄒ야
以與我一般國人으로 唱此血竹之歌ᄒ리로다

我願此竹이 今日에 生一枝ᄒ고
明日에 生一枝ᄒ야 生得幾萬枝어던
作爲片片之到箭ᄒ야 攢盡世上愚頑胸ᄒ고
灌之以忠臣烈士之肝膽ᄒ야
以與我一般國民으로 唱此血竹之辭ᄒ리로다

血竹血竹이여
安得運爲良籌ᄒ야 以定廟堂之謀獻며
安得製爲長槍ᄒ야 以圖邊境之國防고
問天而莫對兮여 只覺我心之如狂이로다

血竹血竹이여
安得將我雨露中之喬木ᄒ야 盡變而爲此竹也며

安得將我畎畝間之草莽ㅎ야 盡化而爲此竹也오
叩地而莫應兮여 只覺我心之騰騰이로다

이 〈혈죽지가〉에서 맨 먼저 주목되는 것이 독특한 외적 형태이다. 전체 6장 중의 제1장과 제2장, 제3장과 제4장, 제5장과 제6장이 서로 기계적으로 대응되는, 같은 형태의 통사적 반복으로 이루어져 있다. 각 장이 의도적인 분련의식에 의해 구성 배치되었음이 분명하게 드러난다. 따라서 이것이 곧 논설 〈혈벽벽죽의의〉에서 작자가 밝힌 〈혈죽지가〉 6장의 전문임은 의심할 여지가 없다. 그런데 『황성신문』의 원문은 각 장마다 행이 바뀌는 것 외에는 전문이 띄어쓰기 없는 줄글체로 되어 있어, 이런 구성 형태를 가시적으로 보여주지는 않는다. 때문에 지금까지 작품의 이런 형태를 제대로 파악하지 못하고, 제6장의 뒤에 기술된 논설까지가 다 〈혈죽지가〉인 것으로 잘못 인식하여 유포되기도 하였다.[19]

〈혈죽지가〉는 각 장의 형태가 2개 연씩 서로 짝을 이루어 정연하게 대응하는 것처럼, 내용 역시 마찬가지로 대응한다. 제1장과 제2장에서는 갖은 고초를 겪고 오랜 세월이 흘러도 혈죽에 피로 남긴 충정공의 정신은 결코 변함이 없으리라는 믿음을, 제3장과 제4장에서는 나날이 자라날 혈죽의 정신을 무기로 삼아 부정한 무리들을 처단하고 마침내 일반국민들과 더불어 이 노래를 기쁘게 부르자는 다짐을, 제5장과 제6장에서는 아직 어려운 현실을 헤쳐 나갈 묘책을 얻지 못해 하늘과 땅을

---

19 민영환 저·이민수 역·민홍기 편, 『민충정공 유고』, 일조각, 2000, 288~289쪽, 원문 221~223쪽 참고.

향해 답답함을 호소하는 안타까운 심정을 각각 토로하였다.

　이렇듯 〈혈죽지가〉의 창작 동기는 신문 논설 논지의 강화이다. 때문에 이 노래의 작자는 당연히 그것이 실린 『황성신문』 논설진 중의 누군가일 것이다. 〈혈벽벽죽의의〉를 전후하여 『황성신문』에 논설을 쓴 인물로는 장지연·박은식·류근·신채호 등이 있는데, 그중 신채호가 이 노래를 지은 가장 유력한 인물로 추정되고 있다.[20]

　그런데 〈혈죽지가〉의 독특한 형태는 사실 기존의 한국시가에서 그 유례를 찾기 어렵다. 굳이 찾자면 고체의 한시에서 유사한 풍모를 연상할 수 있을 정도이다. 하지만 이 작품은 국한문이 혼용된 한문현토체이지 한시가 아니다. 그런 점에서 갑오개혁 이후 한문전용에서 국한문혼용으로 언어생활이 바뀌면서 나타난 과도적인 양식이라 할 수 있다. 또 이 작품이 당시의 계몽담론을 펴기 위해, 분명한 분련의식과 함께 대체로 4음보에 근접하는 율격의식을 바탕으로 성립되었다는 점에서, 전통가사와는 달리 새로이 형성된 개화가사의 특수한 일면을 보인다고 할 수 있다.

3.2. 『제국신문』의 〈혈죽가〉

　〈혈죽가〉는 1906년 7월 11일 『제국신문』 1면 머리에 실린 작품이다. 실린 위치는 보통 논설을 배치하는 곳인데, 이날은 특별히 논설 대신 〈혈죽가〉를 실었다. 〈혈죽가〉 자체를 논설적 성격을 가진 글로 창작하고 활용한 것이다. 그런 점에서 작자 역시 『제국신문』의 논설진 중 누

20　이수진, 「『황성신문』 소재 민충정공의 '혈죽' 담론과 시가 수록 양상」, 361쪽.

군가일 것으로 생각된다. 작품 형태는 전통가사에 가까운 모습을 보인다. 군데군데 2음보가 섞여있어 4음보가 정연하지는 않으나, 길이는 4음보 1행 기준 전체 72행이다.

　다음은 작품의 일부로, 서사와 본사의 앞부분 및 결사이다.

　　　　<u>듸여 듸여 민츙졍공집 소슨 듸여</u>
　　　　그 근인이 희귀ᄒ도다
　　　　튱군익국 굿은 마암 피 흘녀 보답ᄒ니
　　　　명츌대졀이 하날에 ᄉ못쳐셔
　　　　화싱흔 그 듸로다
　　　　닙닙히 풀은 빗츤 튱졍공의 더운 피오
　　　　마듸마듸 곳은 쥴기 튱졍공의 졀기로다(서사)
　　　　　(중략)
　　　　<u>듸여 듸여 열 쥴기 묽은 듸여</u>
　　　　장리 소용 구별ᄒ니 열 가지가 확실ᄒ야
　　　　문명부강 긔초로다
　　　　<u>그 듸 한 쥴기 어셔 크니 직목이 쪽쪽ᄒ도다</u>
　　　　대한 국가 슈리ᄒᆯ 졔 황쥬쥭류 모본ᄒ야
　　　　기동 도리 외까지며 기와 연목 직료되니
　　　　일신슈보 ᄒ리로다
　　　　<u>그 듸 한 쥴기 어셔 크니 쥬칙이 긔묘ᄒ도다</u>
　　　　졍부의 줓듸되야 량법미규 쥬노흘 졔
　　　　이리뎌리 분산ᄒ니 문명부강 ᄒ리로다(본사)
　　　　　(중략)
　　　　<u>듸여 듸여 튱졍공의 혈쥭이여</u>
　　　　열 가지 각식 듸ᄂᆞᆫ 문명부강 긔초로다
　　　　그듸로만 힘을 쓰면 무엇이 안될손가

두고 보세 혈죽이여 본을 밧세 혈죽이여
집힝이 삼아 닐어서세
혈죽이여 혈죽 혈죽 혈죽이여(결사)

밑줄 친 부분은 사이사이 작품의 요처에 배치된 반복구이다. 주의를
환기시키면서, 말하고자 하는 내용을 강조하거나 화제를 전환하는 표
지로 사용되었다. 또 호명과 반복과 영탄을 통해 분위기를 고조시키는
역할도 수행하고 있다. 이런 표지에 유의하면서 작품 내용을 정리하면
다음과 같다. 먼저 서사에서는 충정공의 집에 솟은 혈죽에 감탄하며 그
의 정충대절을 찬양하였다. 이어 본사에서 혈죽의 열 줄기 하나하나에
장래 소용되는 열 가지의 긴요한 과제를 국사와 결부시켜 거론하였다.
즉 재목이 족족하고, 주책이 기묘하고, 제조품이 넉넉하고, 군물이 족
족하고, 서적이 족족하고, 위엄이 떨쳐지고, 인구가 번성하고, 관리가
청렴하고, 세계가 청결하고, 현인이 만조정하여, 우리나라 문명부강의
기초가 될 것을 소망하였다. 그리고 결사에서 혈죽을 지팡이 삼아 다시
일어설 것을 다짐하였다. 혈죽의 줄기를 열 개라 인식하고, 이를 근간
으로 삼아 작품을 이루었다.

이렇듯 〈혈죽가〉는 논설적 성격을 가졌다는 점에서, 앞에서 본 『황성
신문』의 〈혈죽지가〉와 유사하다. 하지만 〈혈죽지가〉가 논설의 삽입가
사인 데 비해, 〈혈죽가〉는 그 자체가 논설의 기능을 수행하였다는 차이
가 있다. 그래서 〈혈죽지가〉에 혈죽정신의 고양을 바라는 감성적 호소
의 성격이 강한 데 비해, 〈혈죽가〉에는 혈죽정신의 실천을 모색하는 논
리적 설파의 성격이 짙다. 〈혈죽가〉가 〈혈죽지가〉의 4일 뒤에 나왔다는
점에서, 이런 태도의 차이는 곧 혈죽에 반응하는 시차와도 관련이 있다

고 할 수 있다.

3.3. 영화학교생도의 〈민충정혈죽가〉

〈민충정혈죽가〉는 1906년 8월 3일『대한매일신보』에 실린 작품이다. 혈죽이 발견되고 한 달가량이 지난 뒤에 수록되었다. 제목과 작자는 '민충정혈죽가'와 '인천영화학교생도(仁川永化學校生徒)'라고 서두에 명기되어 있다. 제목과 작자 다음에 기술된 창작 경위는 다음과 같다.

> 민츙정공 졀ᄉ시에 입던 피 뭇은 옷과 피 뭇은 칼 두엇던 방에셔 ᄃᆡ가 낫단 말을 듯고 본 학교 교ᄉ 박룡ᄂᆡ 씨가 슈반 학도 리학쥰 최영챵 양 인을 샹경 식켜 츙졍공ᄃᆡ에 가셔 자셔히 보고 오라 하엿더니 양 학도가 즉시 샹경하여 츙졍공 루ᄃᆡ에 가 본즉 과연 방안에 마루 놋코 마루 우헤 ᄉᆞ벽 ᄒᆞ고 ᄉᆞ벽 우헤 각쟝으로 장판ᄒᆞ엿ᄂᆞᆫ데 당당한 츙졀죽이 늠늠이 싱ᄒᆞᆫ지라 양 학도가 도라와셔 졔반 학도로 더부러 본 ᄃᆡ로 일장 셜명하 엿더니 모든 학도가 눈물을 흘리며 츙졀가를 지엇ᄂᆞᆫᄃᆡ 좌와 여ᄒᆞ더라

인천 영화학교의 교사 박용래가 충정공의 집에서 대가 났다는 말을 듣고 학도 이학준과 최영창 2인을 시켜 보고오라 하였고, 다녀온 두 학도가 본 대로 설명하자, 모든 학도가 눈물을 흘리며 '츙졀가'로 이 노래를 지었다고 하였다. 그렇게 이루어진 〈민충정혈죽가〉는 8인의 학도가 각각 1연씩 돌아가며 연작한 것으로,[21] 4음보 2행 단위의 8연으로 되어

---

21 이와 같은 연작이 당시 학생들에게 민영환을 추모하는 좋은 모델로 인식되었던 듯하다. 1906년 8월 13일『제국신문』에도 '여학도애국가'라 하여 시조 〈혈죽가십절〉이 실려 있다. 이 역시 여학도 10인이 돌아가며 지은 연작으로, 나중에 다시『대한매일신보』에

있다. 마치 한시의 연구와 같은 모습이다.

어화우리 학도들아 이닉말슴 드러보소
대흔동포 합심긔쵸 민충정에 공노로다(리학쥰)

나라위히 쥭는쥭엄 영광즁에 뎨일일셰
영싱일셰 영싱일셰 민충졍공 영싱일셰(박슈호)

빗나도다 빗나도다 졍충졀긔 민충졍공
졀ᄉ흠은 빗나도다 우리동립 위흠일셰(최영창)

보답ᄒ셰 보답ᄒ셰 민충졍공 보답ᄒ셰
잇지마셰 잇지마셰 츙의두ᄌ 잇지마셰(김학인)

민충졍공 유셔말슴 우리심즁 식여두고
문명지화 열닌세계 말과일과 갓치ᄒ셰(졍슌안)

우리디한 쳥년들아 김히든잠 얼는ᄭ여
슈화즁에 든동포들 어셔밧비 건져닉셰(김문슈)

우리들도 강병되여 뇌셩갓흔 흔호령에
번기갓치 닉다라셔 우리나라 도아보셰(최봉구)

우리디한 동포형졔 츄호반졈 낙심마오
하나님이 도으심을 회복할날 갓가왓네(리션경)

....

게재되었다.

4·4조의 4음보가 정연한 분련 형태에 반복과 영탄을 자연스럽게 사용한 전형적인 개화가사이다. 또 종결어에는 청자를 의식한 청유형을 주로 구사하였는데, 청자를 '학도'에서 '청년' 그리고 '동포'로 점차 확대시키며 충정공의 유훈을 새겨 독립을 회복하자고 하였다. 제목을 〈민충정혈죽가〉라 하였지만 노래 중에 혈죽 관련 내용은 직접 언급되어 있지 않아, 오히려 '충절가'라는 이름이 더 어울리는 작품이다.

이 〈민충정혈죽가〉는 10여 일 뒤 『제국신문』 1906년 8월 16일자에 다시 게재되었다. 잡보에 이어 '영화학도기서(永化學徒寄書)'라는 이름으로 수록하여, 이것이 신문사의 취재가 아닌 영화학도의 기고에 의한 것임을 분명히 하였다. 내용은 앞선 『대한매일신보』와 대동소이한데, 일부를 다듬거나 첨삭하였다. 먼저 창작 경위에 있어서 교사 박용래가 두 학도를 시켜 보고오라 하였다는 것을 교사가 직접 양인을 대동하고 학부편집국장과 함께 다녀온 것으로 바꿨으며, 충절죽의 수효와 자란 모양에 대한 설명을 첨가하였다. 그리고 작품의 마지막 제8연을 통째로 삭제하였다. 아마 이 작품이 『대한매일신보』에 발표되어 좋은 반응을 얻자, 독자를 의식해 의도적으로 첨삭하였을 것이다. 특히 영화학교가 기독교의 선교를 위해 설립되었다는 점에서, 기독교적 색채가 두드러진 제8연의 삭제에는 기고자가 아닌 편집자의 의도가 작용하였을 것으로 생각된다.

3.4. 흥화학교의 〈추도가〉

〈추도가〉는 민영환의 순절 1주기를 맞아 흥화학교(興化學校)의 추도회에서 부른 노래이다. 1906년 12월 1일『황성신문』잡보의 〈흥교추도개황〉이라는 기사 말미에 맨 처음 실렸다. 그리고 다음날『대한매일신보』잡보에 다시 전재되었고, 같은 달의『대한자강회월보』에도 '추도회축사'와 함께 실렸다. 〈흥교추도개황〉은 제목 그대로 흥화학교에서 거행된 추도회의 개황을 전한 기사로, 당시 민영환을 추도한 현장 상황 및 이 노래의 성격을 잘 말해 준다. 다음이『황성신문』에 실린 기사이다.

昨日²²興化學校에서 故校長閔忠正公殉國紀念日인故로 下午二時에 追悼會를 開ᄒᆞ얏ᄂᆞᆫ데 時校長林炳恒氏가 追悼會大旨를 說明ᄒᆞ고 總敎師金奎植氏ᄂᆞᆫ 閔忠正公의 事蹟을 說明ᄒᆞ고 總務金碩桓氏ᄂᆞᆫ 遺書를 大讀ᄒᆞ니 滿校諸人이 泫然泣下ᄒᆞ얏ᄂᆞᆫ데 來賓中 閔丙奭 薛泰熙 呂炳鉉 金奎植 玄檃 劉秉玼 金明濬 張龍植 池錫永 諸氏ᄂᆞᆫ 追悼感意로 演說ᄒᆞ고 張志淵氏ᄂᆞᆫ 祝辭ᄒᆞ고 一般學員及來賓이 追悼歌를 齊唱ᄒᆞᆫ後 同六時에 閉會ᄒᆞ얏고 桂山學校에셔 敎師以下學員이 來參ᄒᆞ얏ᄂᆞᆫ데 追悼歌가 如左ᄒᆞ니

天地至剛 至正氣가 閔忠正의 一刀로다
피가흘너 ᄃᆡ가되니 大韓帝國 光榮이라
居諸光陰 밧비오니 殉節ᄒᆞ신 今日이라
全國同胞 二千萬이 一般追悼 ᄒᆞ려니와
數間基礎 우리學校 遺澤尙新 ᄒᆞ시도다
奮發ᄒᆞᆯ소 學徒더라 丁寧遺書 이질손가
忠愛目的 본을바다 獨立精神 기를셰라
年年此日 이노ᄅᆡ를 紀念삼아 ᄒᆞ여보셰

22 '昨日'은 1906년 11월 30일이다.『대한매일신보』는 하루 뒤에 '昨日'만 '再昨日'로 바꾸어 다시 그대로 보도하였다.

홍화학교는 민영환이 외국어와 선진기술을 보급하기 위해 1898년 서울에 설립하고, 교장을 맡았던 학교이다. 그가 순절한 뒤에는 임병항이 교장을 맡았고, 교육을 통해 민족의식과 애국심을 고취하는 데 주력하였다. 그런 연유로 민영환의 순절 1주기를 맞아 특별히 홍화학교에서 추도회를 거행하였다. 여기에 참석한 주요 인사들의 면면과 식순 및 분위기 등을 이 기사는 매우 생생하게 보여준다. 추도회는 오후 2시부터 6시까지 장장 네 시간 동안 계속되었는데, 특히 행사 말미에 기념가로 "一般學員及來賓이 追悼歌를 齊唱"하였다고 하였다. 이어 〈추도가〉를 소개하였는데, 보다시피 〈추도가〉는 전체 8행의 짧은 길이에 4·4조와 4음보가 정연한 노래하기에 적합한 형태를 갖추고 있다. 제7행 "忠愛目的 본을바다 獨立精神 기를셰라"에서, 민영환의 충절과 애국을 강조한 작품의 요지를 읽을 수 있다.

이렇듯 〈추도가〉는 학교에서 이루어졌다는 점에서 〈민충정혈죽가〉와 유사하다. 하지만 〈민충정혈죽가〉가 학생들에 의해 이루어진 일반적 추모노래인 것과 달리, 〈추도가〉는 학교의 공식적인 행사에서 제창된 특별한 기념가이다. "年年此日 이노릭를 紀念삼아 ᄒ여보셰"라는 가사를 통해서도, 〈추도가〉가 민영환 추도일의 공식 기념가로 특별히 창작되었음을 알 수 있다. 내용이 홍화학교 학도들의 분발을 촉구하는 것으로 보아, 작자는 이 학교의 학생이기보다는 교원의 위치에 있던 사람이었을 것이다. 또 현장에서 실제로 제창되었다는 점에서, 〈추도가〉의 가사뿐만 아니라 악곡도 당연히 존재하였음을 알 수 있다.[23] 이 지점

---

[23] 〈추도가〉는 "한일합방 이후에도 꾸준히 불렸고, 재만 독립운동가들 사이에서도 불리며 대표적 항일가요로 기능하게 되었다"고 한다(박애경, 「민충정공 담론과 〈혈죽가〉류 시

에서 개화가사가 창가로 전이해 간 구체적인 흔적이 확인된다.

이 밖에도 제2장에 제시한 표에는 아직 검토하지 않은 작품이 몇 편
더 있다. 지금까지 살핀 네 경우에 비추어 그 성격을 대체로 짐작할 수
있는 작품들이다. 따라서 이 작품들에 대한 상세한 검토는 생략하고,
그 특징적 면모만을 다음에 간략히 정리한다.

먼저 5의 〈모충교가〉는 북청군의 한 유지신사(有志紳士)가 학교를 세
워 개교예식에서 불렀다는 4음보 13행의 노래로, 흥화학교의 〈추도가〉
와 같은 개화가사이자 창가이다. 또 일반 독자의 투고로 보이는 6의
〈위국효충가〉와 7의 〈충죽가〉는 전통가사로 분류된다. 그중 〈위국효충
가〉는 말미에 '미완'이라 표기되어 있어, 그것이 작품 전체의 일부분임
을 알 수 있다. 게재된 부분은 모두 4음보 20행으로 이 작품 서사로
파악되는데, 말미에 지은이 자신을 '향곡우생(鄕谷愚生)'이라 하였다. 전
형적인 전통가사이다. 이에 비해 2연으로 된 〈충죽가〉는 4음 4보격을
크게 벗어나 가사의 변경에 위치한다. 그리고 8과 9의 〈혈죽가(1)〉과
〈혈죽가(2)〉는 유년뿐만 아니라 일반국민에게 애국사상을 고취하기 위
해 현채가 엮은 교과서 『유년필독』에 수록된 개화가사이다. 4음보가
정연하지는 않고, 길이는 각각 15행 내외이다. 한국과 비슷한 처지에
놓인 해외 몇 나라를 언급한 내용으로 보아, 작자는 『유년필독』의 편찬
자거나 상당한 식견을 갖춘 인물이었을 것이다. 마지막 10의 〈혈죽가〉
는 애국계몽기와는 관계가 없는 작품이다. 전체 4음보 48행(6행×8절)의
길이에, 내용은 민영환의 순절과 혈죽 이후의 광복과 한국전쟁까지 거

가 연구」, 184쪽).

론하며 그를 추념하였다.

4. 혈죽가사의 의의

지금까지 민영환의 순절과 혈죽에 관한 담론이 혈죽가사로 어떻게 작품화되었는지 개별 작품의 사례를 통해 살펴보았다. 이제 그것을 바탕으로 혈죽가사의 의의를 간략히 정리해 보기로 한다.

혈죽가사 작품들이 발표되어 소통이 이루어진 일차적인 공간은 애국계몽기의 일간신문이었다. 『황성신문』·『제국신문』·『대한매일신보』가 그것이다. 이 밖에 월간지 『대한자강회월보』와 교과서 『유년필독』도 그런 역할을 부수적으로 수행하였다. 이는 곧 다중을 향해 집단적 감성에 호소하는 것이 혈죽가사 창작의 가장 기본적인 태도였음을 말해 준다. 그런 한편 지향하는 대상과 말하려는 의도에 따라 작품 간 창작동기의 차이도 감지된다. 여기서 개별 작품 검토를 통해 인식된 혈죽가사의 창작동기를 몇 가지로 분류하면 다음과 같다.

첫째, 일반에 논리적인 주장을 펴기 위해 창작한 경우
둘째, 자신 또는 자기집단의 각성을 위해 창작한 경우
셋째, 타인 또는 특정대상의 교화를 위해 창작한 경우

첫 번째 경우에 해당되는 작품은 신문 논설의 삽입가사나 논설 그 자체로 창작된, 『황성신문』의 〈혈죽지가〉와 『제국신문』의 〈혈죽가〉이다. 당연히 신문의 독자인 일반국민을 대상으로 이루어진 작품들이다. 민영환의 충절을 되살린 '녹죽자생'이라는 감격적인 사실에 역사적 의미를 부여하여 전파하려는 목적에서 창작되었다. 상대적으로 짧은 삽입가사인 〈혈죽지가〉는 당시 새롭게 떠오른 개화가사의 분련형을 취하여 감성적 호소에 주력하였고, 논설적 성격의 〈혈죽가〉는 전통가사의 연속체를 취하여 논리적 설파에 비중을 두었다.

두 번째 경우에는 영화학교생도의 〈민충정혈죽가〉와 작자 미상의 〈위국효충가〉 및 이두복의 〈충죽가〉가 해당된다. 〈민충정혈죽가〉는 혈죽을 직접 확인하고 감동한 영화학교의 생도들이 자신들을 포함하여, '우리학도'는 물론 '대한청년'과 '동포형제'들이 모두 각성하여 나라를 위해 함께 나아갈 것을 역설하였다. 특히 공동 연작의 형태를 취하여 집단 내에서 고양된 감정의 공유가 단단히 이루어졌음을 과시하였다. 〈위국효충가〉는 '억조창생'을, 〈충죽가〉는 '대한동포'를 청자로 내세웠다. 모두 자신과 자신이 속한 집단을 크게 의식하여 창작되었다.

세 번째는 작품에 타인 또는 특정 대상을 교화하기 위한 의도적 성격이 두드러진 경우이다. 흥화학교의 〈추도가〉와 북청유지신사의 〈모충교가〉 및 『유년필독』의 〈혈죽가(1)〉·〈혈죽가(2)〉가 그렇다. 특히 〈추도가〉는 민영환 순절 기념일의 흥화학교 공식 기념가로서, 〈모충교가〉는 새로 세운 학교의 개교식 노래로서, 교화 대상인 학도들의 분발을 촉구하였다. 아울러 현장에서의 제창을 통해 집단적 공감도를 끌어올렸다. 마찬가지로 제도권을 겨냥해 교과서에 실린 〈혈죽가(1)〉과 〈혈죽가(2)〉는 일차적으로 유년층을 대상으로 하면서, 보다 넓게는 일반국민을 독자로 삼았다. 앞의 두 번째 경우와 달리, 모두 화자(작자)와 청자(독자)의 입장이 분명히 구분된다.

그런데 여기서 또 주목되는 것이 이 세 경우의 작품들이 얼마간의 시차를 두고 차례로 나왔다는 사실이다. 혈죽이 발견되고 3일 만에 첫 번째 경우의 작품이, 한 달가량이 지나서 두 번째 경우의 작품이, 그리고 다섯 달가량이 지나서 세 번째 경우의 작품이 나오기 시작하였다. 이는 곧 시간이 지나면서 민영환의 순절과 혈죽을 대하는 사회적인 태도가 어떻게 변화해 갔는지 그 추이를 말해 준다. 즉 사회적 태도 또는 집단적 감성이 첫 번째 '감격적 사실의 전파'에서, 두 번째 '고양된 감정의 공유'를 거쳐, 세 번째 '의도된 제도적 대응' 쪽으로 옮겨갔다고 할 수 있다. 다시 말하면 처음의 개별적이고 단발적인 반응에서 점차 조직적이고 제도적인 대응으로 나아갔던 것이다. 이것이 곧 혈죽가사에 작품화된 당시 혈죽담론의 주된 추이이기도 하다.

다른 시가와 달리 가사문학에서는 종래 대를 전면적으로 주제화한 작품이 거의 창작되지 않았다. 굳이 찾자면, 근대 최송설당(1855~1939)의 단편 〈분죽(盆竹)〉 정도가 있을 뿐이다. 예로부터 선비들이 대를 사군자나 세한삼우의 하나로 여기며 칭송하였던 사실에 비추어 의외의 현상이다. 이는 가사가 짧은 형식이 아닌 긴 노래이면서, 단순한 서정이나 허구적인 서사보다는 실제 자신의 체험을 주로 전달하는 성격을 가졌기 때문이었을 것이다. 그런데 혈죽가사는 대와 관련된 작품군으로, 민영환의 순절과 혈죽담론이라는 특수한 시대적 배경에서 비롯되었다. 나타난 시기가 애국계몽기였던 만큼 당시 계몽담론의 키워드였던 '애국'과 '충절'이라는 메시지를 혈죽모티프를 통해 매우 절실하게 전달하였다. 나아가 혈죽가사는 애국계몽기에 혈죽담론이 어떻게 전개되었는지, 시간의 추이에 따른 변화를 함축적으로 잘 보여준다는 데 큰 의의가 있다.

5. 맺음말

혈죽가사는 애국계몽기의 혈죽모티프를 근간으로 창작되었다. 내용은 당시의 계몽담론, 특히 혈죽담론을 중심으로 하였다. 키워드는 '애국'과 '충절'이다. 따라서 지금까지 혈죽가사가 혈죽담론을 어떻게 작품화하였는지 그 양상과 의의를 살폈다. 그 과정에서 혈죽가사의 작품성이 아닌 작품화 양상에 주목한 것은 계몽담론에 치우친 해당 작품들의 특성을 감안한 때문이었다. 본격적인 논의를 위한 실마리는 민영환의 순절과 그에 따른 혈죽담론의 개요를 간추리는 것으로 풀어나갔다.

민영환이 자결하고 나서, 녹죽이 발견된 것은 1906년 7월 4일이다. 그가 순절하고 7개월여가 지난 뒤의 일이다. 또 혈죽가사의 첫 작품은 녹죽이 발견되고 나서 첫 보도가 나간 지 이틀 만에 나왔다. 1906년 7월 7일『황성신문』의 논설 〈혈벽벽죽의의〉에 삽입된 〈혈죽지가〉가 그것이다. 이 논설에서 녹죽(또는 총죽)을 비로소 혈죽이라 명명하였고, 이후 혈죽시가라 이를 작품들이 계속하여 가사와 시조 및 한시로 창작되었다. 그중 혈죽가사 작품은 1953년 민주식의 〈혈죽가〉에 이르기까지 모두 10편으로 정리되는데, 민주식의 〈혈죽가〉를 제외한 나머지 9편이 모두 애국계몽기의 작품이다.『황성신문』의 〈혈죽지가〉,『제국신문』의 〈혈죽가〉, 영화학교생도의 〈민충정혈죽가〉, 흥화학교의 〈추도가〉, 북청 유지신사의 〈모충교가〉, 작자 미상의 〈위국효충가〉, 이두복의 〈충죽가〉, 『유년필독』의 〈혈죽가(1)〉과 〈혈죽가(2)〉가 그것이다.

그런데 혈죽가사는 주로 당시의 신문을 통해 유통되었으면서도, 그 형태가 일률적이지 않고 작품에 따라 차이가 크다. 즉 전통가사의 모습에서부터 분련형의 개화가사, 그리고 창가에 이르기까지 모습이 다양하다. 또 작자의 신분도 신문사의 논설진을 비롯하여 신문의 일반 독자 및 학교의 학생·교원·설립자 등으로 다양하다. 따라서 이 글에서 이런 다양한 요소들이 혈죽담론과 결부되어 어떻게 작품화되었는지에 대해 대표적인 4개의 작품을 예로 들어 상세히 검토하였다. 『황성신문』의 〈혈죽지가〉, 『제국신문』의 〈혈죽가〉, 영화학교생도의 〈민충정혈죽가〉, 홍화학교의 〈추도가〉가 그 대상이었다.

　이런 검토를 통해 '다중을 향한 집단적 감성에의 호소'가 혈죽가사 창작의 가장 기본적인 태도를 이룬다고 보았다. 또 이런 태도는 시간이 흐르면서 점차 그 성격이 변모해 갔는데, 그 추이를 〈혈죽지가〉와 〈혈죽가〉에 보이는 '감격적 사실의 전파'에서, 〈민충정혈죽가〉와 같은 '고양된 감정의 공유'를 거쳐, 〈추도가〉와 같은 '의도된 제도적 대응' 쪽으로 옮겨갔다고 파악하였다. 다시 말하면, 개별적이고 단발적인 반응에서 조직적이고 제도적인 대응으로 나아갔다고 보았다. 이것이 곧 혈죽가사를 통해 본 혈죽담론의 두드러진 특징이기도 하다. 이렇듯 애국계몽기 계몽담론 전개의 한 단면을 시간의 추이에 따라 함축적으로 잘 보여준다는 것이 혈죽가사의 큰 의의이다.

가사의 형태적 변화와
현대적 수용

1. 머리말

가사는 이미 오래전에 우리 문학사의 주역으로서 소임을 다한, 이제는 그 창작과 향유마저도 부자연스럽게 느껴지는 역사적 장르이다. 그렇지만 현재 가사 창작의 맥이 완전히 끊어진 것은 아니다. 지금도 옛 여성가사의 전통을 이어 나름대로 의욕적인 작품 활동을 하고 있는 일군의 여성 작가들이 있으며,[1] 또 한편에서는 가사 창작 백일장이나 공모전을 통해 의식적으로 현대가사의 창작 기풍을 진작시키기 위한 노력을 기울이고 있다.[2]

그런데 이러한 가사 창작의 현장에서 쉽게 부딪치게 되는 의문 중의

---

1 그러한 예로 『은촌내방가사』(1971)의 조애영, 『소고당가사집』(1991, 1999)의 고단, 『소정가사』(1995~2004)의 이휘 등을 들 수 있다.

2 한국가사문학관에서 2000년 개관과 더불어 지금까지 전국 규모의 가사 창작 백일장이나 공모전을 해마다 펼쳐 온 바 있다.

하나가 가사의 여러 모습 가운데 현대가사에 적절한 외적 형태는 과연 무엇인가이다. 즉 역사적 장르로서 발생·성장·쇠퇴의 과정 속에서 시대에 따라 변화해 온 가사의 여러 형태 중에서 현대인의 감수성에 가장 잘 부합되는 것은 무엇일까? 이 글은 이러한 물음에 답하기 위해 마련된 것으로, 먼저 가사의 형태를 역사적 변화에 따라 네 개의 유형으로 나누어 살핀 다음, 이어서 그 현대적 수용 문제를 따져 볼 것이다.

2. 가사의 형태적 변화

가사를 가사 아닌 것과 구별할 때 가장 먼저 거론되는 것이 그 외적 형태상 특징이다. 하지만 가사의 외적 형태는 동시대의 시조와 같이 견고한 정형의 틀을 지니고 있지 않으며, 시대의 변화에 따라 모습이 달라지기도 하였다. 따라서 논자에 따라 그 개념 파악에 차이를 보이기도 한다. 다음은 가사에 대한 연구가 시작되던 무렵인 1930년대에 가사의 형식에 대해 언급한 한 예이다.

> 다음 歌辭의 形式에 對하야 一言하면 歌辭는 極히 單調한 形式을 가진 長歌로서 大綱 八音一句를 重疊한 八八調의 連續體다. 八音은 音調上 다시 四四調에 分離되나 元體는 四四가 合한 八音이 內容上 一句가 되어 다음 八音에 相應하는 形式으로 되였는데, 이 八八調가 아무 制限 없이 重疊하야 짧기도 길기도 마음대로 할수 있다. 그럼으로 길어지면 一卷의 冊子가 될때도 있어 거의 노래로 認定하지 못할 것도 있으나 이러럿이 歌辭는 極히 單調한 變化없는 詩歌다.[3]

가사의 기본 율격을 8·8조 1행의 연속체로 파악하고 있음을 볼 수 있다. 이 8·8조의 8음을 다시 4·4조로 구분할 수도 있겠으나, 내용상 8음을 1구로 구분하여 8음 1구를 중첩한 전후(또는 내외) 2구를 1행으로 보는 것이 보다 합당하다는 것이다. 가사의 자수율과 구 및 행의 배치에 대해 말하고 있는데, 그중에서도 특히 자수율의 파악이 그리 용이하지 않았음을 알 수 있다.

현재 가사의 형태에 대해서는 여기에 음보율과 음량율의 개념을 더하여 다음과 같이 파악하는 것이 일반적인 경향이다. 즉 가사는 외적 형태상 3·4조나 4·4조를 위주로 하는, 4음 4보 1행의 기본 율격을 갖춘, 행수에 특별한 제한이 없는 연속체로 된 시가문학이라는 것이다. 하지만 이러한 정의 역시 가사의 형태에 대한 최소한의 규정일 뿐, 모든 가사 형태를 포괄할 수 있는 만족스러운 것은 아니다. 가사가 3·4조나 4·4조를 위주로 한다는 것은 거꾸로 그러한 자수율을 벗어나는 경우도 많다는 또 다른 표현이며, 4음 4보 1행의 기본 율격을 갖는다는 것 역시 마찬가지이다. 또한 특정한 시대의 작품들에서는 무제한 연속체 기술 방식이 무너진 경우도 무더기로 만날 수 있다.

이렇듯 가사의 형태는 전시기를 통하여 단일하지 않다. 작자 및 향유층의 성격 및 그것을 필요로 하였던 시대 정신의 변화에 따라 변모를 거듭하여 왔기 때문이다. 여기서 가사를 그 형태적 변화에 주목하여 분류한다면, 다음의 네 유형으로 나눌 수 있다. 결사종결형, 비결사종결형, 율격일탈형, 분련구성형이 그것이다. 그런데 이러한 유형 분류는 그동안 축적된 연구를 통해 일반화된 사실들을 바탕으로 한 것으로, 이

3 조윤제, 『조선시가사강』, 동광당서점, 1937, 236~237쪽.

글에서 전적으로 새롭게 시도한 것은 아니다. 따라서 여기서는 가사의
형태적 변화를 보이려는 이 글의 의도에 맞도록 각 유형에 위와 같은
명칭을 붙이고, 다음 장의 논의를 위해 필요한 설명을 나름대로 간략히
가하기로 한다.

(1) 결사종결형

> 엇던 디날손이 星山의 머믈며서
> 棲霞堂 息影亭 主人아 내말듯소
> 人生 世間의 됴흔일 하건마는
> 엇디흔 江山을 가디록 나이녀겨
> 寂寞 山中의 들고아니 나시는고
> 松根을 다시쓸고 竹床의 자리보와
> 져근덧 올라안자 엇던고 다시보니
> 天邊의 썬는구름 瑞石을 집을사마
> 나는듯 드는양이 主人과 엇더흔고
>   (중략)
> 長空의 썻는鶴이 이골의 眞仙이라
> 瑤臺 月下의 힝혀아니 만나산가
> 손이셔 主人드려닐오듸 그듸귄가 흐노라
>
> —〈星山別曲〉 서두와 말미)[4]

위에 예시한 것은 정철의 〈성산별곡〉으로, 사대부가사의 전형을 보여
주는 작품이다. 먼저 인용된 부분의 자수율을 보면 2·3조, 2·4조, 3·3

---

4 정철, 『송강가사』, 성주본.

조, 3·4조, 4·4조가 혼용되어 있으나, 3·4조가 위주임을 볼 수 있다.
각 행은 모두 4음보를 유지하고 있으며, 특히 맨 마지막 행이 시조의
종장과 같은 결사 형식을 취하고 있어 '결사종결형'이라 이름하였다.
이러한 결사 형식은 멀리는 정극인의 〈상춘곡〉까지 거슬러 올라가나,
선조 때의 정철과 박인로에 와서 사대부 가사의 정형으로 굳어졌다고
한다.[5] 우리는 흔히 이런 결사 형식을 가진 작품을 정형가사라 하고 그
렇지 않은 것을 변형가사라고 불러 왔다.

(2) 비결사종결형

어져 어져 저긔가는 저스름으
네行色 보아니 軍士逃亡 네로고나
腰上으로 볼죽시면 뵈젹숨이 깃무남고
허리아릭 구버보니 헌줌방이 노닥노닥
곱장할미 압희가고 전틱발이 뒤예간둑
十里길을 할늬가니 몃니가셔 업쳐디리
내고을의 兩班사름 他道他官 온겨살면
賤이되기 상수여든 本土軍丁 슬타흐고
즈늬쏘흔 逃亡흐면 一國一土 흔人心의
根本숨겨 살녀흔들 어듸간들 면흘손가
    (중략)
그딕쏘흔 明年잇씩 妻子同生 거느리고
이嶺路로 잡아들지 긋씩늬말 싀치리라
늬心中의 잇날말솜 橫說竪說 흐려흐면

---

5 서원섭, 『가사문학론』, 형설출판사, 1983, 51쪽, 72쪽.

來日이쎡 다지나도 半나마 모자라리
日暮忽忽 갈길머니 하직ᄒ고 가노믜라
　　　　　　　　　　　　- 〈甲民歌〉 서두와 말미)[6]

　서민가사로 잘 알려진 〈갑민가〉이다. 조선 후기 청성(靑城) 성대중(成
大中, 1732~1812)이 함경도 북청부사로 있을 때, 학정에 시달리던 이웃
고을 갑산 사람이 지었다는 작품이다. 4음보 1행에 자수율은 거의
4·4조 일색이며, 마지막 행에도 특별한 결사 형식을 취하지 않고 있어
'비결사종결형'이라 부를 수 있다. 조선 후기 서민가사와 여성가사에서
일반적으로 보이는 유형이다.

(3) 율격일탈형

人間離別 萬事中에 獨宿空房이 더욱섧다
相思不見 이닉眞情을 졔뉘라셔알니 밋친시름
이렁져렁이라 헛트러진근심 다후루혀 더져두고
자나씨나 씨나즈나 任을못보니 가슴이답답
어린樣子 고은소릭 눈의黯黯 귀예錚錚
보고지고 任의얼골 듯고지고 任의소릭
비나이다 하날님씌 任生기라ᄒ고 비나이다
前生此生이라 무삼罪로 우리두리 삼겨나셔
잇지마즈ᄒ고 쳐음盟誓ㅣ 죽지마즈ᄒ고 百年期約
나며들며 뷘房안의 다만한슘 쑨이로다
千金珠玉이 귀밧기오 世事一貧이 關係ᄒ랴

6 임기중 편, 『역대가사문학전집』 제6권, 동서문화원, 1987, 236번 작품.

萬疊靑山을 드러간들 어늬우리郎君이 날츠즈리
山은疊疊ᄒ여 고기되고 믈은充充흘너 소이로다
梧桐秋夜 붉은달의 任生覺이 싀로왜라
ᄒ번 離別ᄒ고도라가면 다시보기어려왜라 ᄒ노라

－〈相思曲〉전문)[7]

조선 후기 가창가사로 등장한 12가사 중의 하나인 〈상사별곡〉[8]이다.
남녀 사이의 연정을 노래한 것으로, 그 작자나 정확한 창작 연대는 알
수 없다. 18세기 이후 여항의 유흥 공간에서 주로 전문적인 창자들에
의해 가창으로 불렸으며, 『청구영언』・『가곡원류』・『남훈태평가』 등의
가집과 여러 잡가집에 두루 수록되어 있다. 그 형태를 보면 크게 4음보
를 유지하는 것 같으나 정연하지 않고, 자수율 역시 일정치 않아 무어
라 규정하기 어렵다. 3・4조나 4・4조를 중심으로 4음 4보격을 유지하
던 가사의 기본 율격에서 크게 일탈한 모습이다. 따라서 '율격일탈형'
이라 일컫는다.

(4) 분련구성형

○午窓에 夢驚ᄒ야 世上事를 生覺ᄒ니
  夢中에 노는人生 空然히 紛忙흔다

---

7 『청구영언』, 육당본(경성제국대학, 1930), 1000번 작품.
8 위의 인용에서 보듯, 육당본 『청구영언』에는 〈상사별곡〉이 〈相思曲〉이라는 이름으로
   수록되어 있다.

○黃粱枕 도두베고 富貴만 思念ᄒ야
  國權軍權 讓與ᄒ고 土地人民 不顧ᄒ야
  壑慾만 치우건만 죽ᄒ지면 虛事로다
  七大臣의 夢中事오

○銀錢分에 팔닌몸이 權門下에 哀乞ᄒ고
  外人의게 阿附ᄒ야 勅奏判任 맛보랴고
  晝夜奔忙 ᄒ노라니 爲國之心 늘슈잇나
  仕宦客의 夢中事오

  (중략)

○학問知識 쓸듸업고 風流場에 沈惑ᄒ니
  千金散盡 還復來ᄂ 옛말이 無效로다
  돈잘쓰ᄂ 져手段은 靑젼産業 蕩敗ᄒ고
  悲歎窮廬 ᄒᄂ고ᄂ 蕩敗者의 夢中事오

○送郎迎郎 繁華場에 炎凉世態 可觀이라
  多젼客만 偏好ᄒ니 某大臣과 恰似ᄒ다
  二八靑春 幾何런고 東園桃李 片時春은
  娼家女의 夢中事라

○一夢을 반씀ᄭ이여 四方을 바라보니
  昏夢天地 되얏고나
  이숨을 언제ᄭ이여 文明世界 되야보나

                              -〈夢中八事〉 일부)[9]

---

9 강명관·고미숙 편, 『근대계몽기시가자료집』 ①, 성균관대학교 대동문화연구원, 2000,

마지막으로『대한매일신보』(1907. 12. 28)의 '시사평론'란에 수록된 개화가사 〈몽중팔사〉이다. 1907년의 정미칠조약 체결에 협조한 이른바 정미칠적의 황량일취몽(黃粱一炊夢)을 비롯하여 당시의 부정적인 세태 여덟 가지를 꼬집어 비판하며 각성한 문명 세계를 지향하는 계몽적인 내용이다. 애국계몽기라 불리던 시기의 시대정신이 잘 드러나 있다.

그런데 이 작품이 위의 다른 유형들과 구별되는 가장 큰 특징은 연속체 기술이 아닌 분련체 구성을 하였다는 점이다. 아울러 이러한 분련화에 수반된 반복구를 적절히 사용하여 전달하고자 하는 내용을 보다 빠른 호흡을 통해 인상적으로 전달하였다. 그런 점에서 이 유형은 위의 다른 유형들에 비해 그 이질성이 가장 크다고 할 수 있다. 율격은 전통가사의 형식에서 4·4조와 4음보를 이어받았으나, 4음보가 철저하지도 않다. 그런데 과거와 달리 신문 매체를 통해 유통되었던 이 유형의 가사가 그 향유에 있어서 노래하기보다는 대체로 읽는 방식을 채택하였을 것은 분명하다. 그럼에도 불구하고 전통가사의 4·4조와 4음보격을 유지한 이유는 무엇이었을까? 그것은 굳이 가창을 하지 않더라도, 그러한 율격이 대중과 친숙한 음영이나 율독에 적합하기 때문이었다. "공리성을 표출하기 용이하고 기억하기 쉽다는 4음 4보격의 율격이 갖는 기계적 리듬감"[10]을 수용한 결과라고 할 수 있다. 여기에다 인상적인 반복구를 적절히 배치하여 의미를 일단락 짓는 휴지를 활용한 것이 바로 개화가사에 주로 보이는 '분련구성형'이다.

83~84쪽.

10 길진숙, 「대한매일신보 시사평론란 가사 연구」, 『한국가사문학연구』, 태학사, 1996, 622~623쪽.

그런데 가사의 이 네 가지 형태는 동시대에 병존한 이형태이기보다는, 시대의 추이에 따라 차례로 성행하였던 역사적 선후 관계를 갖는다는 데 그 특징이 있다. 물론 이 네 유형을 역사적 선후 관계에 따라 단선적으로 배열하는 데 문제가 없는 것은 아니다. 특히 결사종결형과 비결사종결형의 경우, 단순히 선행 작품의 출현 시기만을 두고 그 선후 관계를 따진다면, 형성기의 작품부터 논란의 대상이 된다. 하지만 적어도 그것이 성행하였던 전반적 추이에 주목한다면, 조선 전기의 결사종결형 위주에서 점차 조선 후기의 비결사종결형으로 전이되어 간다고 할 수 있으며, 뒤를 이어 율격일탈형과 분련구성형이 차례로 나타났다.

3. 가사의 현대적 수용

가사의 현대적 수용이란 다음의 두 측면을 모두 포괄하는 말이다. 하나는 지난날의 전통가사[11] 유산의 현대적 이해요, 또 하나는 새로운 현대가사 작품의 창작 및 향유이다. 여기에서 살피고자 하는 것은 그중의 후자, 즉 현대가사의 창작 및 향유에 관한 문제이다.

새로운 현대가사 창작과 관련해서도 역시 내용과 형태, 두 측면에서의 접근을 생각할 수 있다. 그렇지만 가사와 가사 아닌 것의 구별이 무엇보다도 먼저 그 외적 형태에 의해 이루어진다는 점에서, 앞 장에서 살핀 가사의 네 가지 형태상 유형에 대해 다시 주목하지 않을 수 없다.

---

11 이 글에서 말하는 전통가사는 형성기의 가사부터 개화가사까지를 두루 포괄하는 개념이다.

앞에서 필자는 '가사의 이 네 가지 형태는 동시대에 병존한 이형태이기보다는, 시대의 추이에 따라 차례로 성행하였던 역사적 선후 관계를 갖는다'고 언급한 바 있다. 이를 다시 말하면, 가사의 형태는 한 가지로 고정되어 있는 것이 아니라 시대와 환경의 변화에 따라 계속하여 변모해 왔다는 것이다. 흔히 이야기하는 가사문학의 장르적 개방성이 이러한 변모를 매우 용이하게 하였다. 그런 점에서 가사는 어느 하나의 외형적 틀에 고정된 이미 완성된 장르가 아니라, 지속적으로 변화를 추구하는 생성 장르라고 할 수 있다. 같은 맥락에서 가사의 현대적 수용 역시 현대적 변용을 전제로 하는 개념이라 할 수 있다. 그렇다면 가사의 현대적 수용 내지 변용의 바람직한 모델은 과연 무엇일까? 이 물음에 답하기 위해 이제 다음 세 가지 문제를 검토해 보기로 하자.

(1) 가사는 연속체이어야만 하는가?

앞의 제2장에서 가사의 유형을 결사종결형, 비결사종결형, 율격일탈형, 분련구성형의 넷으로 나누어 살펴보았다. 그런데 여기서 이를 다시 둘로 대별한다면, 연속체가사와 비연속체가사[분련형가사]로 나눌 수 있다. 결사종결형과 비결사종결형 및 율격일탈형이 연속체이고, 분련구성형이 비연속체이다. 이렇듯 가사를 다시 연속체와 비연속체로 나누어 보는 이유는 현재 가사는 비분련의 연속체이어야만 한다는 생각이 주류를 이루고 있기 때문이다.

가사가 연속체 시가라는 인식의 기원을 따져보면, 그것은 현대적 시각에서 가사에 대한 장르적 개념을 파악하던 시기로 거슬러 올라간다. 그러한 인식은 가사체의 성립과 관련하여 이전 시가 장르와의 형태적 차이를 설명하는 과정에서 자연스럽게 형성되었는데, 주로 고려속요 및 경기체가와의 차별성을 고려한 것이었다.

> 長歌와 景幾體歌는 먼저도 말한바와 같이 後斂句가 떠러지고 前後
> 大小節의 區分이 없어지면서 連章體가 連續體로 變할수 있는 可能性이
> 있었던만큼 速히 그 要求에 應하였던 것이다. 그러케 된 즉 이제는 벌서
> 後斂句를 붙여 連章을 하여야 된다든가, 또는 前後 大小節의 形式을 차
> 려 連章을 하여야 된다든가 하는 拘束은 없어지고 오직 그 韻律만을 따
> 르면 그만이었던 것이니, 여기에 一層 그 表現은 自由롭게 되었다. 이것
> 이 곧 新生 歌辭文學이 아니었던가 한다. 그런데 여기에 또 한가지 問題
> 되는 것은 그 韻律에 있어 歌辭는 四四調인데 景幾體歌는 三三四調이
> 고, 長歌는 四四調 或은 三三四調를 썼으니 그 關係는 어떠한가 하는
> 것이 되겠지마는 元來 三三四調란 것은 普遍的으로 쓰이는 韻律이 아
> 니고 一般的으로 널리 쓰이는 韻律은 四四調이니까, 이것도 그 쉬운데
> 따라 四四調를 歌辭에서 取하게 된것이 아닌가 한다.[12]

즉 고려속요와 경기체가의 후렴구가 떨어지고 전후 대소절의 구분이
없어지면서 연장체가 연속체로 바뀌어 새롭게 가사문학이 형성되었다
는 것이다. 아울러 율격에서도 고려속요와 경기체가에 보이는 3·3·4
조를 버리고 보다 일반적인 4·4조만을 취하게 되었다고 하였다. 가사
가 그 선행 장르인 고려속요 및 경기체가와 크게 다른 점으로 연장체가
아닌 연속체로서, 2음보의 짝을 이루는 4·4조를 구현하였다는 점을 들
고 있다. 그 결과 "歌辭는 四四調의 連續인 韻文體다"[13]라는 개념이 도
출되었다.

---

12 조윤제, 『국문학개설』, 탐구당, 1991(초판 1955), 145쪽.
13 조윤제, 『국문학개설』, 143쪽.

이후 가사가 연장의 구분, 즉 분련을 허락하지 않는 연속체라는 생각은 가사의 형태를 규정하는 매우 당연한 개념으로 받아들여져 왔다. 그리고 이러한 생각은 가사의 발생 이후 분련구성형의 개화가사가 나타나기 이전까지는 별다른 문제를 제기하지 않는다. 하지만 분련을 기본으로 하는 개화가사까지를 대상으로 한다면 가사의 장르적 범위를 설정하는 데 커다란 문제를 야기하지 않을 수 없다.[14] 더욱이 가사를 문학사에서 이미 종언을 고한 화석화된 대상으로 보지 않고 현대적 수용이 가능한 아직 살아있는 장르로 인식한다면 더욱 그렇다. 앞에서도 언급하였듯이 이미 완성된 장르가 아니라 지속적으로 변화를 추구하는 생성 장르인 가사를 연속체의 틀에만 가두어 놓는 것이 가사의 현대적 변화를 가로막는 결과를 초래할 것이기 때문이다.

사실 형성기의 가사가 선행 장르인 고려속요 및 경기체가와 다른 가장 큰 차이점은 무엇보다도 연장의 구분, 즉 분련을 거부한 연속체의 선택에 있었다고 할 수 있다. 그런 점에서 조선시대를 지나 애국계몽기에 들어 개화가사가 다시 분련구성형을 선택한 것은 일종의 아이러니이다. 하지만 그렇다고 하여 가사가 자신이 반동하였던 선행 장르와 완전히 같은 모습으로 회귀한 것은 아니다. 그 선행 장르들과는 달리 여전히 4·4조의 자수율과 4음 4보 1행이라는 기본 율격을 따르고 있기 때문이다. 다만 연속체라는 속성에 더하여 분련의 길을 열어놓았을 뿐이다. 따라서 개화가사까지를 포괄한다면 가사를 '무제한 연속체의 시

---

14 분련구성형 가사의 존재를 개화가사에 한정된 특수한 현상으로 보고 이를 예외로 삼기엔 개화가사의 작품 비중 및 그 시대에 수행했던 역할이 매우 크며, 또 이를 가사가 아닌 독립된 장르로 인식하기엔 가사와의 친연성을 무시하기 어렵다.

가문학'이 아닌, '행이나 연의 운용이 자유로운 율문문학'으로 인식하
는 것이 보다 바람직할 것이다.

그런데 가사의 현대적 수용과 관련하여 가장 눈길을 끄는 유형이 바
로 이 분련구성형이다. 이 유형은 시기적으로 현대와 가장 가까운 거리
에 위치하고 있다는 점에서 우선 심리적 친밀감이 보다 쉽게 확보된다.
또한 전체적으로 분련 구성을 가지면서도 각 연이 반복구를 수반한 단
형으로 되어 있다는 것이 무엇보다도 강점으로 파악된다. 그러한 형태
가 보다 느슨한 호흡을 지닌 다른 유형의 작품들과 달리, 말하고자 하
는 내용을 빠른 호흡에 실어 인상적으로 전달하는 데 용이하기 때문이
다. 여기서 현대인들이 잔잔한 사고를 요하는 독서물보다는 짧고 빠른
호흡의 감각적 표현을 선호하는 성향을 지니고 있음을 상기할 필요가
있다. 더욱이 이 유형이 기억과 구연에 보다 유리한 조건을 갖추고 있
다는 점에서, 현대인의 문학적 감수성에 보다 잘 부합된다고도 할 수
있다.

(2) 가사의 결사 형식을 어떻게 볼 것인가?

우리는 흔히 결사종결형을 가사의 정형이라 하고 비결사종결형을 변
형이라 불러 왔다. 두말할 것도 없이 가사가 시조에서 발생하였다는 주
장에 근거한 생각이다.

結詞形式은 正型歌辭가 3 5 4 3으로 時調의 終章形式과 일치하고 變
型歌辭는 4 4 4 4로 되어 있다. 筆者는 「歌辭의 內容과 形式 攷」에서
歌辭의 結詞形式이 時調의 終章形式과 일치하는 것을 正型이라 하고
일치하지 않는 것을 變型이라고 규정한 바가 있다.[15]

그런데 여기서 가사가 시조에서 발생하였다는 주장에 동의하지 않는 다면 사정이 달라진다. 혹 일부 가사가 시조의 영향을 받아 그러한 결 사 형식을 갖추었다고 하더라도, 그것이 가사의 정체성을 확보해주는 전형적 요소가 될 수는 없기 때문이다. 오히려 결사 형식을 갖춘 작품 을 가사의 전형적 형태를 벗어난 특수한 유형으로 취급할 수도 있으며, 그럴 경우에는 정형과 변형의 관계가 반전된다.

이러한 입장에서 가사의 발생이 '후렴이 없는 긴 형태의 민요'가 지 닌 성격을 계승하여 이루어졌다고 본 한 연구는 그 관계를 다음과 같이 파악하고 있음을 볼 수 있다.

> 시조의 종장 형식은 사설시조에서도 대체로 계속 지켜지고 있는데 반해, 양반가사의 결사 형식이 사라지게 되었다는 것은 결사 형식이 가 사 형식의 특성이 될 수 없음을 뜻한다.
>
> 따라서, 결사 형식의 유무(有無)를 가지고 가사의 정형(定型)과 변형 (變型)을 나누는 것은 바람직하지 못하다고 본다. (중략)
>
> 이와 같이 초기의 가사들이 대개 시조의 결사 형식을 갖추지 않고 있 고, 가사 발흥기의 작품 중에도 결사 형식을 취하지 않은 것이 많다는 점으로 볼 때, 결사 형식이 가사의 정형과 변형을 구분할 만큼 결정적인 중요성을 가진다고 볼 수 없다. 변형 관계를 구태여 따진다면 시조의 결사 형식을 갖춘 양반가사, 즉 [가사 2형]이 결사를 갖추지 않은 [가사 1형]의 변형이라 하는 것이 가사의 변형 과정이나 가사의 실상에 비추 어 볼 때 오히려 합리적이다.[16]

15　서원섭, 『가사문학론』, 43쪽.
16　김문기, 『서민가사연구』, 형설출판사, 1985, 120~121쪽.

위 인용문의 [가사 2형]이란 곧 이 글에서 말하는 결사종결형이고, [가사 1형]은 비결사종결형이다. 가사의 발생이 원래 결사 형식이 없던 민요에서 비롯되어 결사종결형을 거쳐 다시 비결사종결형으로 이행되어간 만큼, 결사 형식의 유무가 가사의 정형과 변형을 가름하는 형식상 특성이 될 수 없다는 것이다. 굳이 그것을 따진다면 가사의 발생과 변형 과정에 비추어 결사종결형을 오히려 변형으로 파악하는 것이 합리적이라는 것이다.

가사는 어느 하나의 고정된 틀에 갇혀있지 않고 지속적으로 변화해왔다. 그것을 이 글에서는 네 개의 유형으로 구분하여 본 바, 각 유형 모두 그 시대나 향유층의 요구에 부응하여 나름대로의 역할을 수행하였다. 그럼에도 불구하고 어느 특정한 시기나 계층의 작품에 집중적으로 나타나는 한 형식적 표지를 택해 정형과 변형으로 구분하는 데에는 분명 문제가 있다고 할 수 있다. 더욱이 그것이 지난날 가사의 다양한 형태에 대한 가치 판단의 척도로 오해될 소지가 있다는 점에서 더욱 그렇다. 정형과 변형이란 말이 전자는 가사의 정체성을 보다 확보하였고, 후자는 거기에서 벗어났다는 의미를 은연중에 내포한 것이기 때문이다.[17]

하지만 그렇다고 하여 가사의 결사 형식이 무시해도 좋을 만큼 무의미한 것은 아니다. 특히 관점을 바꾸어 생각해 보면, 가사의 현대적 수용이란 측면에서는 효과적으로 활용할 수 있는 주요한 형식적 장치라

---

[17] 앞의 두 인용문에서 정형의 한자를 각각 '바를 正자'와 '정할 定자'를 써서 '正型'과 '定型'으로 달리 표기하고 있는데, 특히 '正型'으로 표기하는 경우 그런 의미가 더 드러난다.

고 할 수 있다. 그것이 외적으로 반복적인 율조에 변화를 주어 형식상
의 종결 표지가 되어 줄 뿐 아니라, 내적으로는 시상을 전반적으로 마
무리하는 분위기를 환기시켜주는 역할을 해 주기 때문이다. 그런 점에
서 전통가사의 정형과 변형에 대한 논란과는 상관없이 결사종결의 형
태 역시 현대가사 창작의 좋은 본보기가 된다고 할 수 있다.

(3) 현대가사에 적합한 향유 방식은 무엇인가?

　지난날 가사의 향유는 주로 가창이나 음영을 통해 이루어졌으며, 여
기에 율독의 방법이 더하여지기도 하였다. 가창은 주로 조선 전기에는
정악으로 일컬어지던 대엽조의 가곡창과 같은 방식으로 이루어졌을 것
이며, 조선 후기에는 가사의 장편화 경향과 더불어 서민 및 여성층의
활동이 두드러지면서 그 향유 방식이 음영 위주로 바뀌어갔다. 결사종
결형이 가창과 관계가 깊다면, 비결사종결형은 음영 위주로 향유된 유
형이다. 그리고 율격일탈형은 이러한 전반적인 흐름과는 달리 18세기
이후 여항의 음악적 수요에 부응하여 가창된 특수한 경우이다. 신문 매
체를 통한 애국계몽기의 분련구성형 개화가사는 독자들의 음영이나 율
독을 크게 의식하였을 것이다. 그런 점에서 분련구성형은 가사가 음악
과 분리되어 '詩歌'에서 '詩'로 이행되어가는 모습을 보여준다고 하겠
으며, 이후 가사는 현대의 독자들에게 더 이상 '詩歌'로서의 역할을 만
족스럽게 수행해 주지는 못하고 있다.

　그렇다면 현대가사에 적합한 향유 방식은 과연 무엇일까? 가창이나
음영을 오늘에 전면적으로 되살려내는 것은 이미 변해 버린 현대인의
문학적 감수성과는 거리가 멀며, 그런대로 수용할 수 있는 것이 율독일
것이다. 이 율독과 관련하여 애국계몽기의 분련구성형 가사가 선택하

였듯이 4음 4보라는 율격은 지금도 여전히 유용하다고 할 수 있다.

지금까지 현대적 수용이라는 측면에서 가사의 분련 구성, 결사 형식, 향유 방식에 대해 살펴보았다. 분련 구성과 관련하여서는 가사를 비분련의 연속체로만 규정할 것이 아니라 분련구성형 가사의 존재를 인정하여야 하며, 연속체보다는 분련구성형에서 오히려 현대인들이 보다 쉽게 친밀감을 느낄 수 있다고 보았다. 또 결사 형식을 종래의 정형과 변형에 대한 논란과는 상관없이 여전히 유효한 형식적 장치로 파악하였고, 율독에 적합한 4음 4보라는 율격 역시 마찬가지로 보았다.

따라서 여기서 현대가사의 창작 모델로 다음 두 유형을 상정할 수 있다. 결사 형식을 갖춘 연속체의 결사종결형이 그 하나이고, 나머지 하나는 반복구와 같은 형식적 표지를 활용하거나 의미상의 단락 구분을 적절히 시도한 분련(혹은 분단)구성형이다.[18] 이 두 유형 모두 4음 4보라는 기본 율격을 갖추어야 함은 물론이다. 하지만 분련 구성의 경우 반복구와 같은 형식적 표지의 기계적 활용은 자칫 작품의 호흡을 단조롭게 하거나, 식상한 느낌을 줄 수도 있다는 점에서 주의를 요한다.

한편 한국가사문학관에서는 개관 이후 지금까지 해마다 전국 가사 창작 대회를 시행해오고 있다. 2000년의 제1회 대회를 시작으로 2007년까지 여덟 차례의 대회를 가졌는데, 제1회와 제2회는 백일장, 제3회부터 제8회까지는 공모전의 방식으로 진행되었다. 경연 분야는 초·중·

---

18 연속체로 이루어진 작품이라 할지라도, 의미상 단락이 나뉘는 부분에 의식적인 연 구분을 하여 시각적 효과를 노린 작품을 분단구성형이라 할 수 있다. 그런데 분련구성이든 분단구성이든 둘 다 외형적인 연 구분 표지를 보인다는 점에서, 여기서는 일단 같은 유형으로 포괄한다.

고생을 대상으로 한 학생부 및 대학생과 일반인을 대상으로 한 일반부
로 구분되었다. 여기서 이 대회에서 입상한 작품들의 모습을 통해, 가
사의 형태에 대한 현대인의 인식 및 선호의 일례를 보기로 하자.

분야	결사종결형	비결사종결형	율격일탈형	분련구성형
학생부	5편	14편	3편	16편
일반부	6편	15편	4편	18편
계	11편	29편	7편	34편

　　제1회부터 2007년 제8회 대회까지의 입상 작품을 각 유형별로 분류
한 것이 위의 표이다.[19] 각 유형별 작품 분포는 학생부와 일반부 모두
비슷한 양상을 보이는데, 이 표를 통해 다음 두 가지를 지적할 수 있다.
　　첫째, 가사의 정제된 형식에 대한 응모자들의 인식이 아직은 부족하
다는 점이다. 결사 형식의 활용도가 매우 낮다는 것은 차치하더라도,
가사의 기본적인 율격마저 벗어난 율격일탈형이 7편이나 된다는 사실
이 그 점을 말해준다. 더구나 위의 통계가 응모작 전체가 아닌 입상작
만을 대상으로 하였다는 것을 고려하면, 입상권에 든 일부 작품들조차
도 가사의 기본 율격에 충실하지 않았음을 알 수 있다.
　　둘째, 앞에서 이미 예견하였듯이 다른 유형에 비해 분련구성형에 대
한 선호도가 가장 높다는 사실의 확인이다. 이는 전통가사 형식에 대한
깊은 인식이 없는 상태에서도 응모자들이 자연스럽게 분련 구성이 갖

19　가사의 형태에 대한 현대인의 수용 반응을 제대로 살피기 위해서는 마땅히 이미 심사위
　　원들의 성향이 반영된 입상작뿐만 아니라, 응모작 전체를 대상으로 하여야 할 것이다.
　　그렇지만 자료에의 접근에 한계가 있어 입상작만을 분류하였다.

는 시각적 효과에 이끌린 결과라 하겠으며, 아울러 이미 현대시나 연시
조 등을 통해 분련 구성에 익숙해진 때문이기도 할 것이다. 분련 방식
에 있어서는 반복구와 같은 형식적 표지의 활용보다는 의미상의 단락
구분에 의한 분련 경향이 보다 두드러진다.

　다음은 2006년 제7회 대회에서 입상한 한 작품의 서두와 말미 부분
이다.

　　　　오천년의 역사속에 생사고락 함께해온
　　　　우리들꽃 생김새와 그이름들 살펴보세
　　　　꽃들속에 담겨있는 비밀들을 털어보면
　　　　아기자기 재미있고 알고나면 정겨웁네

　　　　깊은산에 숨어살며 외로움에 추웠던가
　　　　머리부터 발끝까지 솜옷입은 솜다리꽃
　　　　우리나라 바나나라 우겨대는 으름나무
　　　　달고쓰고 시고떫은 붉은열매 오미자꽃

　　　　　（중략）

　　　　잘났다고 뽐내거나 으스대지 아니하고
　　　　못났다고 기죽거나 포기하지 아니하며
　　　　흰눈쌓인 언땅뚫고 가시덤불 헤치고서
　　　　소리없이 계절따라 제할본분 다해내는

　　　　수더분한 들꽃처럼 자족하며 웃고살세
　　　　말이없는 들꽃이나 우리서로 공생자니
　　　　아껴주고 지켜주어 꽃내나는 대한민국

> 사랑하는 후손에게 곱게곱게 물려주세
>
> — (박명숙, 〈우리 들꽃 별곡〉)[20]

우리 들꽃들의 생김새나 이름, 맛과 효능, 그리고 애틋한 전설을 이 야깃거리로 삼아 해박한 식견을 소박하면서도 막힘없는 언어로 흥미롭게 기술한 작품이다. 전체 23연 92행에 달하는 비교적 장편이다. 특히 4음 4보라는 율격에 매우 충실하면서, 매 4행마다 기계적인 분련을 시도하였다. 그러다 보니 오히려 연을 가름하는 것이 어색한 마지막 부분마저 4행 기준으로 분련 처리하였음을 볼 수 있다.

그런데 이러한 분련 경향은 이 대회가 회를 거듭할수록 더 증가해가는 추세를 보인다. 그것은 아마 이전 대회의 분련체 입상작들이 일종의 거울이나 길잡이 역할을 하였기 때문일 것이다. 여기서 이 대회의 발전과 가사의 바람직한 현대화를 위해 율문으로서 가사의 정제된 형식 및 효과적인 분련 등에 대한 일반의 이해를 제고시킬 필요가 있음을 느낀다.

4. 맺음말

이 글에서 고찰한 것은 가사의 외적 형태와 관련된 현대적 수용 문제이다. 논의 과정에서 먼저 가사의 형태를 결사종결형, 비결사종결형, 율격일탈형, 분련구성형의 네 유형으로 구분하여 살펴보았다. 이를 통

---

20 『제7회 가사문학전국학술대회 발표요지집』, 한국가사문학학술진흥회, 2006. 9. 22, 140~143쪽.

해 어느 한 형태에 머무르지 않고 지속적으로 변화를 거듭한 가사의 생성 장르적 성격도 확인하였다. 이어서 가사의 현대적 수용이라는 측면에서 분련 구성, 결사 형식, 향유 방식을 검토하였다. 그 결과 가사를 비분련의 연속체로만 규정할 것이 아니라, 현대적 수용의 입장에서 분련구성형 가사의 효용도 인정해야 한다고 보았다. 또 결사 형식과 기본 율격을 현대에도 여전히 유효한 형식적 장치로 파악하였다. 그리고 마지막으로 현대가사의 창작 모델로서 결사 형식을 갖춘 연속체의 결사 종결형과, 반복구와 같은 형식적 표지를 활용하거나 의미상 단락 구분을 적절히 활용한 분련구성형을 들었다.

하지만 이 글이 가사의 현대적 수용 문제를 전반적으로 다룬 것은 아니다. 가사를 독자적 장르로 성립케 하는 두 기둥 가운데 하나인 내적 기술과 관련된 문제는 차치하고, 외적 형태라는 한 측면만을 거칠게 고찰하였을 뿐이다. 가사를 가사 아닌 것과 구별하는 첫 번째 기준이 외적 형태에 있다고 보았기 때문이다. 앞으로 현대가사의 창작이 보다 활발히 이루어지고, 이에 대한 논의가 계속 이어지기 바란다.

근대 안확의 학문 활동과 시조

1. 머리말

우리는 흔히 근대의 인물 자산(自山) 안확(安廓)을 이야기할 때 '국학자'라는 칭호를 사용한다. 그것은 안확의 학문 세계가 광범위한 국학의 어느 한 분야에 국한되지 않고 다방면을 두루 섭렵하였기 때문이다. 실제로 그가 남긴 저술의 제목만 보더라도 『조선문법(朝鮮文法)』(1917)·『조선무사영웅전(朝鮮武士英雄傳)』(1919)·『자각론(自覺論)』(1920)·『조선문학사(朝鮮文學史)』(1922)·『조선문명사(朝鮮文明史)』(1923)·『시조시학(時調詩學)』(1940) 등으로, 국어학·국문학·국사학·국악학 등 국학의 거의 모든 분야를 망라하고 있어, 그가 매우 의욕적인 저술 활동을 펼친 해박한 지식인이었음을 알 수 있다.

안확은 또 이런 국학자로서의 학문 활동 외에도 시조의 창작을 통해 시인으로서의 면모를 아울러 보여주고 있는데, 그가 남긴 시조 작품만도 240수에 이른다. 그렇지만 이렇듯 왕성한 활동을 펼쳤음에도 불구하고, 안확이란 이름이 지금의 우리에게 그다지 익숙한 느낌으로 기억되지 않는 것도 사실이다. 그것은 곧 그가 남긴 업적이 당시의 활동에 비해 제대로 평가받거나 조명되지 못했다는 한 증좌이기도 하다. 그러던 중 다행히도 안확의 학문에 대해 관심을 가진 몇몇 연구자들에 의해 『자산안확국학논저집』이 간행되었는바,[1] 이를 계기로 앞으로 안확에 대한 연구가 보다 심도 있게 이루어질 것으로 기대된다.

이와 같은 상황 인식을 바탕으로, 이 글은 시조 문학과 관련하여 이론가 내지는 작가로 활동하였던 안확의 면모를 조명하기 위해 마련되었다. 먼저 안확의 삶과 학문 활동을 살피는 것으로 이야기를 시작한다.

2. 안확의 학문 활동

자산 안확은 우리나라에서 외세가 각축을 벌이고 개화의 물결이 몰아치던 19세기 말인 1886년(고종 23) 서울 우대의 안씨 집안에서 태어났다. 자산은 그의 호인데, 이 밖에도 필명으로 운문생(雲門生)이나 팔대수(八大叟)란 이름을 쓰기도 하였다.[2]

어린 시절을 보내던 중 10살 때인 1895년에는 서울의 수하동소학교에 입학하여 공부하였고, 소학교를 마친 다음에는 1910년 경술국치가 있기까지 서북 지방에서 교육 활동에 참여하였다. 안확은 특히 이 시기에 유길준의 『서유견문(西遊見聞)』과 양계초의 『음빙실문집(飮氷室文集)』을 접하여 많은 감화를 받았다고 하는데, 이를 통해 개화와 자유민주주의 사상을 받아들이는 한편 역사학과 정치학에 깊은 관심을 가지

---

1 안확 저, 권오성·이태진·최원식 편, 『자산안확국학논저집』 전6권, 여강출판사, 1994.
2 이하 안확의 생애에 대해서는 『자산안확국학논저집』 제6권 소재 이태진의 「안확의 생애와 국학세계」를 주로 참고하여 요약 정리하였다.

게 되었다.

경술국치를 당하자 안확은 마산으로 내려가 창신학교의 교사가 되어 학생들에게 애국심을 고취시키며 지사로서의 길을 걷게 된다. 이때 그의 나이 25세였다. 그리고 얼마 후 일본에 유학하여 일본대학 정치학과에 적을 두고, 1914년부터 1916년까지 전일본유학생우회의 기관지『학지광(學之光)』을 통해 우리의 언어와 문학 미술 등에 대한 글을 발표하며 문필 활동을 펼쳤다. 그러다가 1916년 다시 마산의 창신학교로 돌아왔으며, 이때부터 조선국권회복단의 마산지부장을 맡아 1919년의 3·1운동이 있기까지 이 단체의 독립 운동을 주도하였다. 저술 활동도 꾸준히 전개하여 앞에서 언급한 일련의 저서 중 첫 번째인『조선문법』을 1917년 회동서관에서 간행하였다.

3·1운동을 겪고 나서 서울로 올라온 안확은 1921년 3월부터 5월까지 잠시 조선청년연합회의 기관지인『아성(我聲)』의 편집책을 맡다가 중국 여행길에 올랐으며, 1922년 3월부터 11월까지 다시 『신천지』의 편집인으로 활동하였다. 우리나라 최초의 문학사인『조선문학사』를 한일서점에서 간행한 것도 1922년의 일이다. 이후 그는 공식적인 사회 활동을 거의 중단한 채 국학 연구에 몰두하였는데, 특히 1926년부터 약 6년간 이왕직(李王職) 아악부(雅樂部)의 촉탁으로 들어가 국악 특히 아악의 본격적인 조사 연구에 매진하였다.

그런데 안확이 이 무렵에 가진 국악에 대한 관심은 곧 우리 시가에 대한 관심으로 이어진다. 그는 1927년 5월『현대평론』에「여조시대(麗朝時代)의 가요」라는 글을 게재한 것을 필두로「시조작법」등 여러 편의 시가와 관련 글을 차례로 발표하였는데, 시가 중에서도 특히 시조문학에 애착을 가지고 훗날 시조와 고구려 문학을 조선문학사에서 가장

유가치하게 착미(着味)하였다고 술회한 바 있다.

1930년대에 들어 일제의 군국주의가 더욱 기승을 부리자, 안확은 1933년부터 아예 잡지나 신문 등의 매체를 통한 저술 활동을 중단하고 유랑의 길을 떠났다. 이때 그가 걸은 행적은 자세하지 않다. 다만 그가 남긴 시조 작품을 통해 볼 때, 국내는 물론 중국 미국 일본 등지를 떠돌며 자신의 의지를 가다듬은 것으로 추정된다.

한동안의 유랑 생활을 거쳐 안확은 1938년부터 다시 지면을 통한 문필 활동을 재개하였으며, 1940년에는 조광사에서 시조 전문 이론서인 『시조시학』을 간행하였다.[3] 그리고 현재 1940년 이후에 발표된 안확의 글은 찾아볼 수 없다. 따라서 안확의 학문 활동은 1940년에 종료되었다고 할 수 있다. 8·15 해방 이후에는 정치 활동에도 관심을 가졌던 듯하나 실행에 옮기지는 못하였고, 1946년 61세로 세상을 떠났다.

3. 안확의 시조 연구

시조에 대한 안확의 관심은 앞에서 잠시 언급한 바와 같이 그가 아악 연구에 몰두하면서부터 본격적으로 표명되기 시작하였다. 특히 그러한 관심 표명은 애초 창작보다는 이론적 측면에서 먼저 이루어졌는데, 이는 시조에 대한 그의 접근이 자생적인 것이라기보다는 민족주의적 태도에서 비롯된 의도적인 것이었다는 느낌을 갖게 하는 부분이기도 하다. 1927년 8월 『현대평론』 제7호에 게재된 「시조작법」은 그가 처음으

---

3 『시조시학』은 그 후 1949년 교문사에서 다시 발행된 바 있다.

로 시조만을 독립시켜 본격적으로 다룬 글이다. 이후 그는 다음의 여러 글을 통해 시조에 대한 자신의 생각을 계속 피력하였다.

- ▸ 時調의 淵源:『동아일보』1930. 9. 24~9. 30
- ▸ 時調의 研究:『조선』164~166호, 1931. 6~8
- ▸ 時調의 作法:『조선』168호, 1931. 10
- ▸ 時調의 體格·風格:『조선일보』1931. 4. 11~18
- ▸ 時調의 旋律과 語套:『조선일보』1931. 5. 8~10
- ▸ 時調의 詞姿:『조선일보』1931. 5. 21~29
- ▸ 模範의 古時調:『조선』173호, 1932. 3
- ▸ 時調詩學:『조선일보』1939. 10. 5~12
- ▸ 時調의 世界的 價値:『동아일보』1940. 1. 25~2. 3
- ▸ 時調詩와 西洋詩:『문장』2권 1호, 1940. 1[4]

이러한 글들을 통해 안확은 시조에 대한 자신의 생각을 하나하나 정리하였으며, 그 결과로 1940년에는 『시조시학』이라는 시조 전문 이론서를 펴낼 수 있었다. 돌이켜 보면 안확의 시조론은 지금에 와선 묵은 것이 되고 말았지만, 당시로서는 매우 선구적인 것이었다. 당시의 열악한 환경 속에서 전례가 없던 시조 전문 이론서를 펴냈다는 사실 하나만으로도 그가 남긴 문학사적 업적은 크다고 할 수 있다.

그러면 여기서 『시조시학』을 통해 안확의 시조론 중 특히 눈길을 끄는 몇 가지를 살펴보기로 하자.

먼저 안확은 문학적 측면에서 시조의 이름을 '시조시(時調詩)'라 부를

---

4 위의 목록은 이태진의 「안확의 생애와 국학세계」를 참고하여 정리함.

것을 제안하였다.

時調詩라 이름한 것은 在來 名詞인 時調 二字에 詩 一字를 加한 것이라. 本來 時調라 한 것은 時調 文句와 其 文句에 짝한 曲調를 合稱한 名詞이다. 고로 時調라 하면 文句인지 曲調인지 分揀할 수 없으매 只今 그 文句를 論함에 있어는 그의 混同을 避하고 또 다른 詩體와도 分別키 爲하여 詩 一字를 添加한 것이다. (띄어쓰기와 구두점은 필자, 이하 인용문도 마찬가지임)[5]

현재 시조시란 명칭은 일반화되어 쓰이고 있지는 않다. 그렇지만 안확은 '시조창'의 의미까지도 함께 지니고 있는 시조라는 명칭의 문제점을 일찍부터 파악하고 있었으며, 이를 해결하기 위해 시조시라는 명칭을 제안한 것이다. 근자에 학계 일각에서 시조를 '가곡창사'라 부르고 있는 것과도 입장을 같이하는 주장이다.

다음으로 시조의 유래에 대하여 고려 중엽에 발생한 것으로 보았으며, 그 원조는 고증키 불능하나 이방원의 〈하여가〉와 정몽주의 〈단심가〉가 가장 현조품(顯祖品)에 해당된다고 하였다. 그리고 정도전·조준·변계량·원천석·이색·길재 등이 그 뒤를 따랐다고 하였다. 시기적으로 이들보다 앞선 우탁이나 이조년 등의 존재를 놓치고 있기는 하나, 고려 중엽에 시조가 전부터 내려온 단가체를 대신하여 새롭게 등장하였다는 지적은 매우 적절한 것이라 할 수 있다.

또한 안확은 시조의 형식 요건으로 자수율을 중요시하여, 각 장 15자씩 도합 45자의 대단위가 각 장의 내·외구에서 7·8, 7·8, 8·7의 자수

---

5 안확, 『시조시학』, 교문사, 1949, 3쪽.

율을 이루는 것으로 정형을 삼았다. 따라서 이러한 정형을 지키기 위해
서는 작시 과정에서 연음(延音)·가음(加音)·약음(略音) 등의 방법을 사
용해야 한다고 하였으며, 그 구체적 사례까지 예시하여 보여주었다. 운
율의 미감을 살리기 위해서는 두운이나 요운 및 말운 등을 적절히 사용
할 것을 아울러 권하였다.

　마지막으로 시어의 사용에 있어서는 매우 의고적인 자세를 견지하
였다.

> 　고로 詩人은 詩語를 工夫할 것인 바, 華語 要語 等을 講尋도 하려니와
> 外國語·廢語·新語·術語·訛語·俚語 等은 必要 없는 限 決코 쓰지 안
> 는다. 또 本語만 쓰고 自來 慣用하든 漢文 熟語 같은 것을 排斥하는 것
> 은 不可能의 일이니 이는 非他라, 本語 數가 小數인고로 能詩를 지을
> 수 업는 때문이다.[6]

　당시 선구적 입장의 문인들이 한문이나 한자 어투를 버리고 우리말
[本語] 위주의 문학 활동을 펼친 데 대한 불만으로 이해할 수 있는 대목
이다. 여기서 안확은 우리말 위주의 문학 활동이 불가능한 이유로 그
어휘 수가 적기 때문이라고 밝히고 있지만, 사실 그러한 주장의 이면에
는 한문이나 한자 사용이 체질화되어 있던 당시의 언어의식이 크게 작
용하였으리라 짐작할 수 있다. 그가 다른 글에서 "그러나 朝鮮文學이라
고 漢語로 된 것은 廢止하고 古語나 俗語만 쓰는 일은 不可하다. 近日
時調 짓는 者의 弊害는 一手 此風에 傾함이 잇스니 眞正한 詩人 文學者

6　안확, 『시조시학』, 29쪽.

는 그런 怪奇한 짓을 取치 안는 것이 大體이니, 아못조록 華語를 選擇
함이 可하다"[7]고 한 것 역시 같은 맥락의 언급이다.

그런데 이렇듯 형식과 시어 면에서 견지한 그의 완고한 자세는 시조
작품의 창작에도 그대로 이어졌음을 볼 수 있다. 즉 그는 사설시조에는
별다른 관심을 보이지 않았으며, 자신이 제시한 엄격한 자수율에 기댄
의고풍의 언어 구사를 위주로 한 작품을 주로 남기고 있다.

4. 안확의 시조 작품

현재까지 확인된 안확의 시조는 모두 240수이다. 그중 160수는 자신
의 저서 『시조시학』 말미에 「자산시선(自山詩選)」이라 하여 첨부되어
있고, 나머지 80수는 1930년 12월부터 1931년 8월까지 『신생』·『동아
일보』·『조선일보』를 통해 발표된 것이다.

안확은 『시조시학』의 「자산시선」에 자신의 작품을 수록하며, 그것
을 직접 내용별로 분류하여 보여주고 있다. 따라서 그 분류 목록을 참
고하면 안확 시조의 내용상 윤곽을 어느 정도는 짐작할 수 있다. 즉 감
상(感想) 17수, 람고(覽古) 18수, 고가인(古歌引) 28수, 풍물(風物) 20수,
방언(放言) 7수, 객려(客旅) 15수, 술회(述懷) 20수, 풍경(風景) 17수, 연하
(宴賀) 9수, 증답(贈答) 9수가 그것이다. 그가 각지를 여행하며 보고 느낀
감상, 옛 고적과 역사 인물 탐방, 고시가의 의취 재현, 시국과 시절에
대한 감회, 주변 인물과의 교유 등이 주요한 내용이다.

---

7 안확, 「시조의 작법」, 『朝鮮』 168호, 1931. 10.

「자산시선」에 실리지 않은 나머지 80수의 내용 역시 이와 유사한데, 여기서 이 80수 가운데 몇 작품을 읽어보기로 하자.

> 덧업시 가는생각 陣느듯이 몰더라
> 무릅안고 안잣스니 등잔압히 萬里로다
> 窓밧게 이는바람 눈보라 치노매라

1930년 12월 『신생』 26호에 발표한 〈설야사(雪夜思)〉이다. 안확이 지면을 통해 발표한 첫 작품인데, 눈 오는 겨울밤 등잔 앞에 앉아 생각에 잠겨 있는 시상이 신라 최치원의 한시 〈추야우중(秋夜雨中)〉을 떠오르게 한다. 안확은 1927년에 발표한 「시조작법」에서 작시의 3대 주의 사항으로 시의 수사보다는 의미를 중시할 것, 시대상을 반영할 것, 타인의 작품을 표절하지 말 것을 들면서 그러한 작품을 쓰기 위해서는 부단히 고인의 작품을 숙독하고 습작하여 그 신운(神韻)을 자득하여야 한다고 말한 바 있는데, 바로 그런 자득의 묘를 보여주는 작품이라 할 수 있다.

그런데 이 〈설야사〉는 안확의 시조 중 유일하게 종장 내구의 자수율이 자신이 제시한 자수 기준인 8자에 미치지 못하는 작품이다. 이 점을 의식하여서인지 안확은 이 작품을 다시 1931년에 내놓은 「시조의 작법」에 인용하면서는 다음과 같이 개작하여 그 형식을 온전히 갖추었다.

> 窓밧게 니는소래 눈보라 치노매라
> 무릅안고 안젓스니 燈盞압히 萬里로다
> 덧업시 가는生覺이 陣느드시 하더라

이렇듯 형식을 중시하는 안확의 태도는 『시조시학』의 「자산시선」에서 더욱 굳어지고 있으니, 여기에서는 아예 각 장 내외구 7·8, 7·8, 8·7의 자수율에서 벗어난 작품을 하나도 찾아볼 수 없다. 이「자산시선」의 160수 중에는 이미 신문이나 잡지를 통해 발표된 시조도 일부 포함되어 있으나, 이는 모두 처음 발표될 당시의 모습이 아닌 다소간의 수정을 거친 것이어서 동일 작이라고도 하기 어렵다.[8]

그중의 한 예로 〈한거잡영(閑居雜詠)〉 중의 '한산도(閑山島)'를 보기로 하자. '한산도'를 「자산시선」에서는 〈수루(戍樓)〉라는 이름으로 수록하였는데, 역시 〈수루〉의 중장 외구에서 그 자수율을 조절하였음을 볼 수 있다.

李忠武 간연후에 閑山島가 호젓하다
거북船 다시짓고 天鵞聲 모도불자
草木도 亦是알리라 魚龍조차 動하리 (閑山島)

장군이 간연후야 강산하도 호젓혀이
그배를 다시짓자 天鵞聲아 모도부리
草木도 亦是알니라 魚龍조차 動하리 (〈戍樓〉)

---

8 신문이나 잡지를 통해 발표된 시조 중 다소간의 수정을 거쳐 『시조시학』의 「자산시선」에 재수록된 작품은 다음과 같다(괄호 안은 교문사 간행 『시조시학』에 수록된 쪽수와 제목이다). 〈慶州六曲〉 중의 瞻星臺(139쪽의 瞻星臺), 〈俗謳行〉 중의 東京行(143쪽의 過對馬), 〈高句麗曲〉 중의 黃鳥引과 溟州引(144쪽의 黃鳥歌와 145쪽의 溟州歌), 〈雜詠一束(2)〉 중의 春曉行(160쪽의 曉鍾), 〈初夏隨詠〉 중의 제4수(179쪽의 夏日), 〈閑居雜詠〉 중의 閑山島(140쪽의 戍樓), 〈閒居感懷〉 중의 제3수(133쪽의 述懷).

한편 안확이 작시의 3대 주의 사항 중 하나로 시대상을 반영할 것을 들었음은 앞에서 이미 언급한 바 있다. 이 작품 역시 그러한 시대상이 반영된 것으로, 일제하라는 상황에서 충무공 이순신의 옛 활약을 떠올리며 민족의 재기를 염원한 것이다. 이렇듯 시대상이 반영된 작품의 예를 두 수만 더 들어본다.

天下大將 地下大將 이보오 장승님아
두將軍이 마조서서 무스일 하느슨다
五百年 廢한武道를 開導코저 하노라 (〈俗謌行〉 중의 '장승曲')

官吏가 되자하면 事大主義 學習이니
우로는 선우슴과 알에로는 곤두기침
이짓은 광대로고나 내사웃어 못하려 (〈雨夜偶成〉 중의 제4수)

길가에 서있는 장승을 보며 문약하여 나라를 빼앗겼던 지난 역사를 돌이키고, 또한 식민지 정권에 아부하며 자리에 연연하는 관리들의 웃지 못할 행태를 조롱한 작품이다. 이런 현실이었기에 안확은 스스로 자신의 무력한 처지를 이렇게 읊조리기도 하였다.

丈夫의 하올일은 말타기와 劍術이라
이平生 먹은쯧이 書生으로 그릇햇다
어긔야 憤한世上에 어이까 하노라 (〈閒居感懷〉 중의 제1수)

또한 안확의 시조 중 〈잡영일속(雜詠一束)(1)〉의 '속담가(俗談謌)'와 〈속가행(俗謌行)〉 및 〈영물(詠物)〉은 속담이나 풍속, 동물 등을 소재로 하였다는 점에서 비교적 재미있게 읽혀지는 이채로운 작품들이다. 그중의 하나 돼지를 소재로 한 〈영물〉 중 '도야지'이다.

> 긴주둥이 剛한털에 無筋公 네로고나
> 鷄犬과 믓狀하니 主人보탤 功업서라
> 落訟者 허릴업싸녀 물쓰려랴 쏱쏱이

긴 주둥이에 강한 털을 가졌으나 근육질과는 거리가 먼 돼지. 이 돼지가 닭과 개와 함께 누가 더 주인에게 끼친 공이 많은가 소송을 걸었다. 그렇지만 하릴없게도 지고 말았으니, 소송에서 진 낙송자를 맞아 물을 끊이라는 것이다. 돼지를 잡으려는 명분이 그럴싸하다.

안확은 시조뿐 아니라 국악에도 많은 관심을 기울인 국학자였다. 그래서 안확의 시조에는 가창의 측면을 고려한 표지가 더러 등장한다. 작품의 종장 마지막 음보를 생략한다거나, 작품 제목에 '평삼(平三)'·'계삼(界三)'·'반엽(半葉)'·'소용(騷聳)'·'농(弄)' 등의 곡조명을 병기한 것이 그것이다. 이 곡조명 중의 '농'은 가곡창이나 시조창의 변격에 해당하는 것으로, 현재 사설시조라고 불리는 것이 여기에 속한다.

그런데 안확은 엄격한 자수율에 입각한 정형으로서 평시조의 세계를 추구하였기에 사설시조에 대해서는 별다른 언급을 하지 않았다. 따라서 그의 작품 세계 또한 평시조 위주인데, 사설시조로는 유일하게 '농'이라는 곡조명이 병기된 다음의 〈주도락(酒道樂)〉 1수가 남아 있어 눈길을 끈다. 무한정 술을 따른다는 점에서 송강 정철의 〈장진주사〉를 연상시키는 면이 있는 작품이다.

> 술이란 먹는法이 싸라서 먹느니라

盞으로도 쌀커니와 째로도 쌀르니라
조흔째도 짜라한盞 실흔째도 짜라한盞
酒頌으로 짜라한盞 酒禁으로 짜라한盞
짜러라 盞이째냐 째가盞이냐
童子야 終盃終도 째로고나
終盃짜라 쏘짜러라 하노라

5. 맺음말

자산 안확은 대한제국에서 일제강점기로 이어지는 근대를 살아가며
해박한 국학자로서의 삶을 영위하였던 인물이다. 이 글은 그러한 안확
의 여러 업적 중 시조 문학과 관련된 것만을 취하여, 이론 연구와 작품
창작이라는 두 측면을 주로 고찰하였다.

안확은 우리 시가 문학 중에서도 특히 시조에 애착을 가지고 연구와
창작을 병행하였는데, 그의 시조에 대한 관심은 1927년의 「시조작법」
에서 본격적으로 표명되기 시작하여 1940년의 『시조시학』으로 마무리
된다. 안확의 시조 이론 중 주목되는 내용은 '시조시'라는 명칭의 제안,
시조의 고려 중엽 발생설 제기, 자수율을 기준으로 한 시조의 정형 파
악, 의고적인 시어 사용 주장 등으로 정리된다. 또 작시론과 관련하여
서는 완고한 형식주의자적 면모가 두드러진다.

한편 안확은 모두 240수의 시조 작품을 남기고 있는데, 그 주된 내
용은 각지를 여행하며 보고 느낀 감상, 옛 고적과 역사 인물 탐방, 고
시가의 의취 재현, 시국과 시절에 대한 감회, 주변 인물과의 교유 등이
다. 그런데 이러한 안확 시조가 갖는 가장 큰 특징은 무엇보다도 자신

이 제시한 엄격한 자수율에 의한 의고풍의 언어 구사를 중시하였다는 점이다. 그의 완고한 형식주의자적 면모를 떠올리게 하는 특징이다. 이는 그가 정격에서 벗어난 사설시조의 창작이나 우리말 위주의 근대적 감성 추구에는 별다른 관심을 보이지 않았다는 점과도 밀접한 관련이 있다.

/ 제2부 /

누정문화와 누정제영

진도의 벽파정과 벽파정제영

1. 머리말

벽파정(碧波亭)은 전라남도 진도군 고군면 벽파리에 있는 누정이다. 벽파정이라는 이름은 마치 망망한 바다 푸른 파도 위에 떠 있는 한 점 섬을 떠올리게 한다. 그 이름에 걸맞게 벽파정은 벽파진(碧波津)의 트인 언덕 위에서 푸른 바다를 향해 서 있다. 하지만 그것이 언제 세워졌다가, 어떤 내력을 거쳐 오늘에 이르는지는 소상하지 않다. 다만 고려 중기에는 이미 존재하였으며, 두어 차례의 중건을 거쳐, 일제강점기에 들어 모습을 감췄다는 사실을 관련 자료들을 통해 확인할 수 있다. 그 후 2016년 지금의 자리에, 현재의 모습으로 다시 중건되었다.

여기서 무엇보다 먼저 벽파정이 매우 깊은 연원을 가진 누정이라는 점이 주목된다. 우리 누정의 역사가 삼국시대의 궁궐 건축까지 소급되어 올라간다고는 하나, 누정 건립이 눈에 띄게 이루어진 것은 고려 이후의 일이었다. 고려 때 지방의 누정은 주로 관청이나 사찰을 중심으로 많이 건립되었는데, 벽파정은 관청에서 세운 공루의 하나였다. 벽파정이 있는 전남의 경우를 보면, 그 연원이 고려시대로 확인되는 현전 누

정으로는 관청에서 세운 진도의 벽파정과 순천의 연자루(燕子樓), 사찰
에서 세운 송광사의 침계루(枕溪樓)와 백양사의 쌍계루(雙溪樓), 민간에
서 세운 나주의 쌍계정(雙溪亭) 등이 있다. 그중에서도 벽파정은 건립
시기가 가장 빠른 것으로 보인다. 뿐만 아니라 건립 위치, 기능, 성격,
제영 등에 있어서도 독특한 성격을 지니고 있다.

　벽파정의 이런 면모 때문에 2000년대에 들어 일부 연구에서 벽파정
에 대한 심도 있는 접근이 이루어지기도 하였다.[1] 대개 진도의 지역문
화를 따지는 자리에서 부분적으로 논급되었는데, 벽파정에 대한 관심
을 고조시키고 이해의 폭을 넓히는 데 많은 도움을 주었다. 하지만 벽
파정을 독립된 논제로 다룬 연구는 아직 보이지 않았다.

　이에 필자는 벽파정의 내력과 성격을 종합적으로 살피고, 벽파정제
영이 현재 어떤 모습으로 존재하는지 검토한 논문을 지난 2014년에 발
표한 바 있다.[2] 이어 2016년에는 그 후속 작업으로 벽파정제영의 주요
작품 분석을 통해, 벽파정의 표상과 관련시켜 작품의 서정적 특징과 지
향을 고찰한 논문을 발표하였다.[3] 이 글은 벽파정에 관한 이 두 논문을
하나로 묶고, 여기에 일부 수정을 가한 것이다.

1　강봉룡, 「진도 벽파진의 고·중세 '해양도시'적 면모」, 『지방사와 지방문화』 제8집, 역사
　문화학회, 2005; 김덕진, 「유배인이 남긴 진도 지역정보」, 『호남문화연구』 제43집, 전남
　대학교 호남학연구원, 2008.
2　김신중, 「진도의 벽파정과 그 제영」, 『고시가연구』 제33집, 한국고시가문학회, 2014.
3　김신중, 「벽파정제영의 서정과 그 지향」, 『국학연구론총』 제17집, 택민국학연구원, 2016.

2. 벽파정의 내력과 표상

2.1. 벽파정의 내력

진도의 동북부에 위치한 벽파진은 오랫동안 진도와 다른 세계를 이어주던 주요한 관문이었다. 한편으로 해남의 삼지원을 통해 육지와 연결되었으며, 또 한편으론 추자도를 거쳐 제주도에 이르렀다. 뿐만 아니라 때로는 중국을 왕래하는 뱃길도 열렸다. 따라서 과거 벽파진에는 많은 사람들이 드나들었다. 진도와 인근 지역의 주민들은 물론이요, 왕명을 수행하는 관료 및 많은 유배객과 유람객들이 이곳을 거쳤다. 그러기에 일찍부터 이런 길손들을 위로하고, 푸른 바다에 임한 아름다운 경관을 전망할 수 있는 누정이 필요하였다. 그것이 바로 벽파정이었다.

벽파진에 벽파정이 언제 처음 세워졌는지는 분명하지 않다. 기록에 따라서는 고려 희종 3년(1207)에 주로 중국 남송을 오가는 사신들의 휴식처로 건립되었다고도 하고, 고려 원종 4년(1263) 김방경(金方慶)이 왜구를 격파한 기념으로 세웠다고도 한다.[4] 하지만 『동문선(東文選)』이나 『동국여지승람(東國輿地勝覽)』의 기록을 참고해 보면 벽파정의 연원은 적어도 그보다 빠른 고려 중기인 12세기 초·중반까지 소급된다. 예종 때 문과에 급제하여 인종과 의종 연간에 활동하였던 고조기(高兆基)의 작품이 벽파정의 제영으로 수록되어 있기 때문이다.

고조기는 제주 출신이다. 그런 그에게 벽파진은 고향을 오가는 중요한 길목이었다. 따라서 시문에 능했던 그가 제주를 오가는 길에 벽파정

---

4 김신중, 「전남의 누정과 그 연구 동향」, 『국학연구론총』 제8집, 택민국학연구원, 2011, 243쪽.

에 올라 제영을 남긴 것은 매우 자연스러운 일이었다. 그런데 『동문선』에는 고조기의 제영이 〈벽파정〉이 아닌 〈진도강정(珍島江亭)〉이라는 제목으로 수록되어 있다. 여기서 문제가 되는 것이 곧 '진도강정'과 '벽파정'이 같은 누정인가, 아니면 다른 누정인가이다. 그 대답은 다음 세 가지로 생각할 수 있다.

> ① 진도강정과 벽파정은 같은 누정의 다른 이름이다.
> ② 진도강정과 벽파정은 같은 장소에 차례로 세워진 다른 누정의 이름이다.
> ③ 진도강정과 벽파정은 건립 장소와 이름이 전혀 다른 누정이다.

만약 ①의 경우라면 벽파정의 창건 시기는 당연히 고려 희종 때가 아닌, 고려 중기까지 소급된다. 또 ②와 같이 벽파진에 진도강정이라는 누정이 먼저 있었고 그 자리에 다시 벽파정이 세워진 것이라도, 역시 벽파정의 내력을 고려 중기까지 소급할 수 있다. 그런데 ③처럼 진도강정과 벽파정이 전혀 다른 누정이라면,[5] 고조기의 제영은 벽파정과는 아무런 관련도 없게 되어 그 창건 시기를 소급하기 어렵다.

이 문제에 대한 필자의 견해는 ① 또는 ②라는 입장이다. 즉 진도강정과 벽파정은 같은 누정이었거나, 아니면 진도강정이 벽파정의 전신이었을 것이라는 생각이다. 그렇게 보는 가장 큰 이유는 무엇보다도

---

5 실제로 진도강정과 벽파정을 별개의 누정으로 분류한 조사보고도 있으며(『호남문화연구』 제18집, 전남대학교 호남문화연구소, 1988, 385·388쪽), 진도강정을 진도강 가에 있는 정자로 인식한 연구도 있다(이구의, 「고조기의 삶과 시」, 『동방한문학』 제17권, 동방한문학회, 1999, 160~162쪽).

『동국여지승람』을 비롯한 후대의 문헌에서 고조기의 작품을 한결같이
벽파정제영으로 취급하고 있기 때문이다. 또 '강정(江亭)'이라는 이름에
끌려 그것을 해변이 아닌 강변에 위치한 누정으로 생각할 수도 있겠으
나, 이 역시 벽파정이 위치한 현장의 독특한 지형에서 말미암은 표현으
로 보이기 때문이다. 울돌목으로 잘 알려진 명량해협을 사이에 두고 벽
파진에서 맞은편 해남의 삼지원을 향하면, 그 사이에 끼어있는 바다는
마치 커다란 강줄기인양 꿈틀대며 흐른다. 강정은 바로 이러한 정경을
취해 붙여진 이름이다.[6] 따라서 벽파정의 창건은 적어도 고려 희종 3년
보다는 빠른, 고려 중기 또는 그 이전에 이루어졌을 것으로 생각된다.
고조기 이후 고려 의종과 명종 연간에 활동하였던 김신윤(金莘尹)·채
보문(蔡寶文)·김극기(金克己)의 제영이 남아있는 것도 이러한 추정을 뒷
받침해 준다.
　이후 벽파정은 조선 세조 11년(1465) 군수 박후생(朴厚生)에 의하여 중
건되었다.[7] 그런데 당시 이숙감(李淑瑊)이 쓴 중건기를 보면, 벽파정의
주된 기능은 관청의 공루로서 왕명을 수행하는 사절이나 관리 등 왕인
(王人)을 위로하기 위한 것이었음을 알 수 있다.

---

6 고조기뿐만 아니라 채보문(此亭誰創碧江濱), 김극기(澄江忽上船), 조희직(滿酌滄江
水)의 제영에서도 바다를 강으로 표현하였다. 여기서 우리 고시가에 바다를 강으로 표
현하는 관습이 있었음을 상기할 필요가 있다. 이를테면 바다를 배경으로 한 윤선도
〈어부사시사〉에 보이는 '강촌(江村)', '연강첩장(烟江疊嶂)', '북포남강(北浦南江)', '홍
수청강(紅樹淸江)' 등이 그렇다.
7 일부에서는 벽파정이 중건된 해가 세종 11년(1429)이라고도 한다. 하지만 중건기를 쓴
이숙감이 단종 2년(1454) 증광문과에 급제하여 세조 10년(1464) 겸예문에 뽑히고 이어
전라도경차관으로 나온 사실을 감안하면, 이는 세조 11년(1465)의 착오일 것이다.

군수 박군 후생이 나를 맞이하며, 다음과 같이 말하였다. "벽파를 지나오면서 새 누정이 서 있는 것을 보았는가요? 오래전부터 누정이 있었지만, 세월이 또한 오래됨에 거의 다 무너져서, 왕인을 보내고 맞으며 위로하지 못했습니다. 제가 그것이 자못 한스러워, 군정에 임한 지 수년 만에 재목을 약간 모으고 노는 일손을 청하여 공역에 임해, 한 달이 되지 않아 일을 마쳤습니다. 누정이 이루어지자 그대가 마침 왔으니, 어찌 나를 위해 그것을 기록하여 길이 남겨주시지 않겠습니까?"[8]

조선 건국 이후 한동안 관청에서 주도한 누정 건립이 활발하였다. 이는 물론 새 왕조의 위업과 지방 관리의 치적을 드러내기 위한 방편으로 이해된다. 벽파정의 중건 역시 그러한 흐름 속에서 이루어졌기에 왕인의 위로라는 공적인 측면이 부각되어 있다. 사실 '누대가 때로 유관하며 사신을 접대하는 곳'이라는 인식은 당시에 매우 보편적인 것이었다. 또 이에 더하여 '제영이란 물상을 읊조리며 왕화를 노래하고 칭송하는 것'이라고 생각되었다.[9]

중건 이후에도 벽파정은 정유재란을 겪으며 소실되었다가 난후에 다시 복구되었다. 광해군 10년(1618) 전라도 해안 고을의 속안(續案)을 살피기 위해 진도를 찾아 벽파정에 오른 양경우(梁慶遇)의 기행록에서 그러한 사실이 확인된다.[10]

---

8 郡守朴君厚生 迎謂予曰 來經碧波 見有新樓者乎 舊有樓 歲且久 頹朽殆盡 無以送迎 勞慰于王人也 予頻恨之 蒞政有年 鳩材若干 請遊手赴功役 不閱月而斷手 樓成而子適 來 盍爲我記之 以垂不朽(李淑瑊, 〈碧波亭重建記〉, 『新增東國輿地勝覽』, 卷三十七)
9 樓臺所以時遊觀而待使臣也 (中略) 又終之以題詠 所以吟詠物像歌頌王化 實不外乎 詩與文也(盧思愼 外, 〈東國輿地勝覽序〉)
10 二十六日甲申 晴 發向珍島郡 行至津頭 所謂碧波亭 隔水蒼茫 極目可望 (中略) 但平 時所構傑閣 燬於兵燹 亂後草創 屋制猥卑 修掃無人 鳥雀遺白滿廳(梁慶遇, 〈歷盡沿

이후 조선 후기를 지나 일제강점기에 들어, 벽파정은 다시 그 모습을 감췄다. 그때가 언제인지는 정확하지 않다. 다만 『중증진도읍지(重證珍島邑誌)』에 실린 박진원(朴晉遠)의 제영에서 '지금은 보이지 않는다'고 한 것으로 보아,[11] 이 책이 발행된 1924년 이전인 것은 분명하다. 또 그 유지가 벽파진의 어디인지도 분명하지 않다. 논자에 따라서는 '오늘날 벽파마을의 당집이 있는 곳'으로 추정하기도 하고,[12] 또 일부에서는 벽파항 입구 해안가 지금은 폐쇄된 '목포해양경찰서 벽파선박출입항대행신고서' 부근이라고도 한다.

이렇듯 일제강점기를 지나며 사라졌던 벽파정이 다시 세워진 것은 대략 한 세기가 지난 2016년의 일이었다. 진도군에서 군민의 뜻을 모아 새 터를 다듬어 세웠다. 바다를 향한 벽파진 언덕의 널따란 암반 위에, 정면 5칸 측면 3칸 규모의 크고 날렵한 자태로 중건하였다. 그러니 지금의 벽파정이 위치나 모습에서 원래의 그것과는 거리가 있음을 알 수 있다.

2.2. 벽파정의 표상

벽파정은 지난 역사 속에서 격랑의 현장에 서 있기도 하였다. 고려 원종 11년(1270)에 승화후 왕온(王溫)을 추대한 삼별초가 진도의 용장산성에 와 웅거하였을 때의 일이다. 맞은편 삼지원에 진을 친 김방경의

海郡縣 仍入頭流 賞雙溪神興紀行錄〉,『霽湖集』, 卷之十一)

11 蹲舞南馳地盡頭 碧波亭子幾經秋 至今不見江山使 題咏空傳古沃州(朴晉遠 外 編纂,
   『重證珍島邑誌』, '樓亭'條, 1924)

12 강봉룡, 「진도 벽파진의 고·중세 '해양도시'적 면모」, 59쪽.

여몽연합군에 맞서 배중손의 삼별초가 포진했던 곳이 바로 벽파정이었
다. 그리고 이곳을 중심으로 치열한 접전이 벌어졌다. 또 정유재란 때
에는 이순신이 벽파정 앞 바다에서 명량대첩을 거두었다.

이러한 벽파정의 아름다운 경치와 제영, 그리고 역사적 자취 및 성격
에 대해 영조 37년(1761) 김몽규(金夢奎)가 편찬한 『옥주지(沃州誌)』는
'누정'조의 〈벽파정승개기(碧波亭勝槩記)〉[13]에서 다음과 같이 기록하고
있다. 다소 길지만, 벽파정의 성격에 대해 시사해주는 바가 크므로 전
문을 옮긴다.

> 벽파정의 아름다운 경치는 남쪽 고을에서 으뜸이다. 앞으로는 푸른
> 바다에 임하여 파도가 만경이고, 점점이 늘어선 섬들은 원근에서 희미
> 하다. 이 누정에 오르면 곧 이에 슬픔과 기쁨을 겸하게 되어, 소인묵객
> 으로 지나는 자라면 오르지 않을 수가 없었다. 그러므로 고려조 이래로
> 제영한 것이 많다. 그 없어지지 않고 유전되는 것이 고려조 고평장의
> 오언율시·채상서의 칠언율시·조정언의 절구 두 수·홍하의의 십운 배
> 율이며, 이후에 그것을 잇거나 따른 것 역시 많다. 비록 그 모두를 보존
> 할 수는 없었으나, 문미에 걸어둔 것들이 이 누정에 광채를 더해주고
> 있다. 어찌 감히 단확에 견주겠는가!
> 또 그 지나온 자취를 말한다면, 곧 고려조의 상락공이 중류에서 온적
> 을 대패시켰고, 충무공이 상류에서 왜적을 대패시켰다. 고금의 사전에
> 함께 이어지고 밝게 드러나 있으니, 단지 아름다운 경치를 과칭한 것이
> 아니라 역시 장쾌한 자취의 유전이다. 성의 동남은 경치가 아름다운 곳
> 이다.

---

13 이 글에는 원래 제목이 붙어있지 않다. 하지만 여기서 기술의 편의를 위해 이 글의
   첫 구를 취하여 〈벽파정승개기〉라 칭한다.

이 누정은 또한 이별의 누정이다. 가는 자와 머무는 자가 맞잡은 손을 놓으며 말없이 석별하는 정이나, 배에 오른 어떤 사람과 한 가인이 서로 바라보는 초연한 마음에는 저절로 코가 찡해져 눈물이 맺힘을 금하기 어렵다. 어찌 이것이 노로정에서 서로 헤어지는 것과 다르겠는가! 역시 슬픔과 기쁨을 겸한다는 말이 있는 까닭이다.[14]

먼저 남쪽 고을에서 으뜸이라는 벽파정의 아름다운 경치와 함께 평장사 고조기를 비롯하여 상서 채보문(蔡寶文), 정언 조희직(曺希直), 하의 홍적(洪迪) 등의 소인묵객들이 많은 제영을 남겼음을 말하였다. 또 벽파정의 역사적 자취로 여기에서 고려의 상락공 김방경이 승화후 왕온을 추대한 삼별초를 대파하고, 충무공 이순신이 왜적에게 명량대첩을 거둔 사실을 장쾌한 일로 자부하였다. 그리고 이어 벽파정의 독특한 성격으로 그것이 다름 아닌 '이별의 누정[離亭]'임을 강조하였다. 즉 가는 자와 머무는 자가 서로 맞잡은 손을 놓으며 안타깝게 헤어지는 곳이라고 하였다. 이런 애절한 정경은 저절로 보는 이의 눈시울을 적시게 한다. 그래서 벽파정을 예부터 송별의 장소로 널리 알려진 중국의 노로정(勞勞亭)[15]에 견주었다. 또 벽파정에 올라 느끼는 두드러진 감정으로

---

14 碧波亭勝槩 甲於南州 前臨碧海 波濤萬頃 点列島嶼 遠近依微 登斯樓也 則悲喜兼焉 騷人墨客之過焉者 有不得不爬裏 故自麗朝以來 題咏者多焉 其不氓[泯]沒而流傳者 麗朝高平章五言律詩 蔡尙書七言律詩 曺正言絶句二首 洪荷衣十韻律詩 而後之續焉 而步之者 亦多矣 雖不能盡其存 而懸楣者 有增光彩於此亭也 豈肯與丹雘比也 且言 其往躅 則麗朝上洛公大敗溫賊於中流 忠武公大敗倭賊於上流 古今史傳 相繼昭著 非徒勝槩之誇稱 柳[聊]亦壯跡之流傳也 城東南形勝之處也 此亭又是離亭也 去留分 手之際 黙然借[惜]別之猜[情] 一般[船]一佳 相望俏[悄]然之懷 自然酸鼻 難禁孕淚 豈是與勞亭之相別異也 亦以有悲喜兼之語也 (『珍島郡邑誌』, 진도문화원, 1987, 21 쪽. [ ] 안의 한자 교정은 필자)

15 원문에는 '勞亭'이라 하였는데, 그것이 곧 '勞勞亭'이다.

'슬픔[悲]'과 '기쁨[喜]'을 들었다. 『옥주지』가 편찬된 것이 18세기 중반
이니, 12세기 초·중반의 창건 이후 600년가량의 세월을 거치며 이런
인식이 형성되었음을 알 수 있다.

그렇다면 벽파정에 비견된 중국의 노로정은 어떤 누정인가? 노로정
은 '강녕현 남쪽 15리에 있는 옛 송별의 장소로, 일명 임창관이다'.[16]
이 강녕이 곧 금릉(金陵)이니, 지금의 남경(南京)이다. 노로정은 이곳에
삼국의 오나라 때 건립되었다. 여기에서 헤어지는 애절한 심사를 다룬
노래로는 특히 이백의 〈노로정가(勞勞亭歌)〉가 알려져 있다.

金陵勞勞送客堂	금릉의 안타까이 나그네 보내는 곳
蔓草離離生道傍	덩굴진 풀 어지럽게 길가에 자랐구나
古情不盡東流水	옛정은 동으로 흐르는 물처럼 다하지 않고
此地悲風愁白楊	이곳 소슬바람에 백양나무도 시름겨워라
我乘素舸同康樂	나 큰 배에 오르니 강락과 한가지로
朗詠淸川飛夜霜	맑은 강 노래하며 밤 서리를 날리노라
昔聞牛渚吟五章	지난날 우저에서 5장을 읊조렸다 들었으니
今來何謝袁家郎	이제 와 어찌 원가네 아들에게 사양하리오
苦竹寒聲動秋月	왕대 숲의 싸늘한 소리 가을 달을 흔드니
獨宿空簾歸夢長[17]	외로운 주렴 아래 돌아갈 꿈이 하염없구나

송별하는 장소로 유명한 금릉의 노로정. 보내고 가는 이의 안타까운
마음을 아는지 길가에는 덩굴진 풀이 어지럽게 자랐다. 동으로 끝없이
흐르는 장강(長江)의 물처럼 아무래도 옛정은 다하지 않고, 때마침 불

---

16 在江寧縣南十五里 古送別之所 一名臨滄觀(두보 시 〈勞勞亭歌〉의 원주)
17 『全唐詩』, 卷一百六十六, 李白六. 『전당시』 제5책, 중화서국, 1960, 1719쪽.

어오는 소슬바람에 백양나무도 시름에 젖은 듯하다. 이런 가을밤에 시인인 화자는 나그네가 되어 떠나는 배에 올라, 강락공 사령운(謝靈運)의 시구를 떠올리며 서리 날리는 맑은 강의 정취를 노래한다. 이 노래가 어찌 지난날 우저에서 밤새도록 읊조렸다는 동진 원굉(袁宏)의 5장에 미치지 못할 것인가! 다만 가을 달 아래 왕대 숲을 스치는 싸늘한 바람소리를 들으며, 홀로 주렴 속에서 돌아갈 길이 아득함을 느낀다는 것이다.

〈노로정가〉에는 나그네가 노로정에서 느끼는 이별의 정서, 즉 비감이 두드러진다. 특히 비감을 유도하는 '덩굴진 풀(蔓草)', '흐르는 물(流水)', '백양(白楊)', '맑은 강(淸川)', '밤 서리(夜霜)', '왕대(苦竹)', '가을 달(秋月)'이라는 자연 소재의 활용이 선명하다. 이 밖에도 이백은 오언절구 〈노로정〉을 통해서도 이별의 장소로서 노로정의 정취를 노래한 바 있다.[18] 이런 이별의 정서를 매개로 〈벽파정승개기〉는 벽파정을 노로정에 견주었다.

한편 관청에서 세운 공루는 보통 관아에 딸려 있거나, 관내의 명승지에 위치한다. 그 예로 『동국여지승람』 진도군 '누정'조에 수록된 망해루(望海樓)는 군의 남문루였고, 주변루(籌邊樓)는 객관 남쪽에 있었다. 또 동백정(冬栢亭)은 군의 남쪽 15리 수백 그루의 동백나무 숲에 있었다. 이에 비해 벽파정은 군의 동쪽 30리 벽파진 나루에 있었다. 즉 다른 누정들과 달리 교통의 요지에 세워졌다. 물론 푸른 바다에 임한 그곳의

---

18 이백의 〈노로정〉 전문은 다음과 같다. "天下傷心處 勞勞送客亭 春風知別苦 不遣柳條靑(천하에 마음 아픈 곳, 안타까이 나그네 보내는 정자, 봄바람도 이별의 아픔 아는지, 버들가지 푸르게 물들이지 않았네)"(『全唐詩』, 卷一百八十四, 李白二十四. 『전당시』 제6책, 1874쪽)

경관이 아름답기도 하였지만, 그보다는 나루터 길목이라는 입지가 보다 중요하게 작용한 결과였다. 그런 입지로 말미암아 오랜 세월 동안 벽파정을 기점으로 길은 나누어지고, 또 합쳐졌다. 따라서 벽파정은 이별과 만남 또는 슬픔과 기쁨이 교차하는 길 위의 분기점으로서, 특히 이별의 장소로 인식되기에 이르렀다.

다시 정리하면, 벽파정은 경치가 아름답고 역사적 자취가 서린, 진도의 관문 벽파진의 언덕에 상징처럼 서 있었다. 그 내력은 적어도 고려 중기까지 소급되며, 주로 왕인의 위로라는 공적인 기능을 수행하였다. 하지만 왕인 외에도 많은 유배객이나 유람객들이 이곳을 거치며 제영을 남겼다. 그러는 사이 벽파정은 길 위의 분기점으로서, 특히 이별의 장소라는 상징적 의미를 갖게 되었다. 아울러 슬픔과 기쁨이 벽파정에서 느끼는 두드러진 감성으로 인식되었다. 물론 슬픔은 주로 안타까운 이별에서 기인하였고, 기쁨은 아름다운 경치와 장쾌한 사적에서 촉발되었을 것이다. 이런 과정을 거치며, '이별'과 '슬픔'과 '기쁨'이 벽파정이 환기시키는 대표적인 표상으로 자리하게 되었다. 그러면 이제 벽파정제영은 어떻게 전승되고 있으며, 서정 양상은 어떤지 보기로 하자.

3. 벽파정제영의 전승과 서정

3.1. 벽파정제영의 전승

누정제영을 전해주는 기록전승의 대표적인 방식은 현판전승과 문헌전승이다. 그런데 벽파정은 건물 자체가 이미 오래전에 없어졌다가 최근에야 중건되었기 때문에, 현장의 현판을 통한 전승 역시 이미 오래전에 그 맥이 끊기고 말았다. 현재 중건된 건물에 일부 옛 제영이 현판으로 걸려있기는 하나, 이것들은 모두 문헌전승을 통해 남은 작품들이다. 따라서 여기서는 각종 문헌을 통해 전해지는 벽파정제영의 전모를 파악해 보기로 하자.

문헌전승에 있어서 벽파정제영을 전하는 각종 문헌은 그 성격에 따라 크게 다음 두 가지로 구분된다. 하나는 옛 문선이나 지리지 및 향토지와 같은 공공의 문헌이고, 또 하나는 개인의 문집이다. 전자가 공적인 요구에 의해 주로 중앙이나 지방의 관청이 중심이 되어 편찬한 것이라면, 후자는 특정 인물의 유고를 모아 주로 사적인 동기에서 편찬한 것이다. 때문에 누정제영의 유통이라는 측면에서 공공문헌을 통한 전승에 해당 누정이 소재한 현장 수용자의 입장이 강하게 반영되어 있다고 한다면, 개인문집을 통한 전승에는 개별 창작자의 입장이 크게 고려되어 있다고 할 수 있다. 따라서 지금 벽파정제영의 존재 양상을 살피기 위해서는 공공문헌을 통한 전승과 개인문집을 통한 전승을 구분하여 볼 필요가 있다.

먼저 옛 문선, 지리지, 향토지 등 공공문헌을 통한 전승이다. 현재 남아있는 벽파정제영의 창작은 앞 장에서 이야기하였듯이, 고려 중기 고조기의 〈진도강정〉에서 비롯되어 조선시대로 이어진다. 그런데 고려와 조선 전기에는 아직 개인문집의 편찬이 보편적이지 않았다. 따라서 벽파정제영의 문헌기록은 자연스레 조선 전기의 공공문헌을 통해 시작되었다. 그것이 바로 성종 때 편찬된『동문선』과『동국여지승람』이다. 이후 조선 후기에 김몽규가 편찬한『옥주지』(1761)와, 근대에 박진원 등이 편찬한『중증진도읍지』(1924)가 벽파정제영을 선별적으로 정리 수록하였다. 그렇다면 이 문헌들에 어떤 작가의 작품들이 어떤 모습으로 존재하고 있을까?

조선 초까지의 우리나라 역대 시문을 모은 『동문선』에 실려 있는 벽파정제영은 모두 4수이다. 고조기·김신윤·채보문·이숙감의 시가 그것이다. 고조기의 작품은 오언율시로 〈진도강정〉이라는 제목으로 수록되어 있다. 김신윤의 작품 역시 오언율시로 제목은 〈진도강정차고안부운(珍島江亭次高按部韻)〉이라 하여, 그것이 곧 고조기의 〈진도강정〉 차운임을 알 수 있다. 또 채보문의 작품은 칠언율시로, 그 제목은 〈진도벽파정차최안부영유운(珍島碧波亭次崔按部永濡韻)〉이다. 제목으로 보아 이 작품이 고려 명종 때의 인물인 최영유의 〈진도벽파정〉을 차운한 것임을 알 수 있으나, 원운이라 할 최영유의 〈진도벽파정〉은 현재 전해지지 않는다. 세조 때 전라도경차관으로 나와 〈벽파정중건기〉를 쓴 이숙감의 작품은 오언율시 〈망벽파정(望碧波亭)〉이다.

조선의 전국 지리지인 『동국여지승람』은 진도군의 '누정'과 '제영'조에 벽파정제영을 수록하였다. '누정'조에 이숙감의 중건기와 함께 김신윤·고조기·채보문·이원(李原)의 시가, '제영'조에 김극기의 시가 실려있다. 모두 특정한 제목 없이 본문만 수록하였다. 그중 김신윤·고조기·채보문의 제영은 『동문선』에 수록된 것과 같은데, 다만 채보문의 작품은 표현 어구에 있어서 양자 간에 상당한 차이가 있다. '제영'조에실린 김극기의 작품은 고조기의 〈진도강정〉을 차운한 오언율시이다.

그런데 여기서 특별한 언급을 요하는 것이 이원의 작품이다. 『동국여지승람』에 이원의 작품으로 사패(詞牌) 〈무산일단운(巫山一段雲)〉 중의 '벽파정'이 수록되어 있는데, 사실 이 작품은 진도의 벽파정과는 아무런 관계가 없는 울산 벽파정의 제영이기 때문이다. 진도의 벽파정과이름이 같은 울산 벽파정은 '울산팔영(또는 蔚州八景)'의 하나인데, 고려

의 정포(鄭誧)와 이곡(李穀)이 〈울주팔경〉을 사제(詞題)로 하여 〈무산일
단운〉체로 먼저 작품을 제작한 바 있다.[19] 그리고 이를 차운한 것이 바
로 이원의 '벽파정'이다.[20] 따라서 이원의 작품은 마땅히 진도의 벽파정
제영에서 제외되어야 한다. 『동국여지승람』에 이어 『중증진도읍지』도
이 작품을 벽파정제영으로 수록하였는데, 이는 잘못된 것이다.

조선 후기에 들어 18세기 중반에는 진도의 향토지인 『옥주지』가 벽
파정제영을 수록하였다. 『옥주지』는 '누정'조에 앞의 제2장에서 인용
설명한 〈벽파정승개기〉를 먼저 싣고, 이어 '제영'조에서 '벽파정전후제
영(碧波亭前後題詠)'이라 하여, 고조기·채보문·조희직(曺希直)·원치도(元
致道)·신규(申奎)·이경의(李景義)·신백주(申伯周)·김진상(金鎭商)[21]의
작품을 차례로 수록하였다. 그러고는 다시 별도로 '제영'조를 두고 홍
적(洪迪)의 〈제벽파정(題碧波亭)〉 서두를 특별히 인용하였다. "옥주성 밖
의 벽파정, 형승을 두루 말하면 동정호보다 낫구나(沃州城外碧波亭 形勝
周道勝洞庭)"라 한 구절이 그것이다.

『옥주지』의 이 아홉 명 작가 중 고조기와 채보문의 제영은 『동문선』
과 『동국여지승람』에도 이미 수록된 것인데, 특히 채보문의 제영은 두
문헌 중 『동국여지승람』의 기록을 따르고 있다. 고려 말 인물인 조희직
의 작품으로는 오언절구 2수가 수록되었다. 나머지 여섯 명은 모두 조
선시대의 인물들인데, 김진상은 채보문을 차운한 칠언율시를 남겼다.
그 외 작품들은 모두 10운의 칠언배율로, 홍적의 〈제벽파정〉이 맨 먼저

---

19 『국역 신증동국여지승람』 III, 민족문화추진회, 1978, 310~315쪽 참고.
20 류기수, 「중국과 한국의 〈무산일단운〉사 연구」, 『중국학연구』 제8집, 중국학연구회,
   1993, 223쪽.
21 『옥주지』에는 退漁子 '金鎭商'이라 기록되어 있으나, 이는 '金鎭商'의 잘못이다.

이루어진 원운이고 나머지는 모두 차운이다. 때문에『옥주지』의 편자
는 홍적의 제영에 담긴 벽파정 승경을 상찬한 내용과 함께 그것이 원운
이라는 사실을 의식하여 별도의 '제영'조에 특별히 배치하였던 것으로
보인다.

　이어 일제강점기인 1924년의『중증진도읍지』에 실린 제영이다. 이
책에서는 '누정'조에 고조기·김신윤·김극기·채보문·김진상·조희직·
박근손(朴根孫)·원치도·이경의·이희풍(李喜豊)·박진원의 작품을 차례
로 수록하였다.[22] 이 열한 명의 작가 중 박근손·이희풍·박진원을 제외
한 나머지 인물들의 제영은 이미 앞에서 살핀 것과 같다. 따라서 여기
서 다시 언급할 필요를 느끼지 않는다. 다만 채보문의 경우를 보면, 이
책에서도『옥주지』와 마찬가지로『동국여지승람』의 기록을 따르고 있
어, 이때까지 벽파정 현장에서는 채보문의 제영으로『동국여지승람』
수록 텍스트를 보편적으로 수용하였음을 알 수 있다. 또 이 책에 비로
소 그 이름이 보이는 박근손·이희풍·박진원은 모두 근대의 인물들
로,[23] 이들에 의해 전통적인 방식의 벽파정제영이 마지막으로 창작되었
음을 보게 된다.

　앞에서 거론하였듯이『중증진도읍지』가 편찬되었던 당시에 벽파정
은 이미 사라지고 없었다. 따라서 벽파정의 퇴락과 더불어 제영 창작과
수용의 현장도 함께 사라졌으며, 벽파정은 사람들의 관심에서 빠르게

22　이 밖에도 이원의 詞가 수록되어 있으나, 그것은 울산 벽파정의 제영이기 때문에 여기서
　　는 삭제하였다.
23　조희직의 오언절구 제2수를 차운한 박근손을『진도군지』하(진도군지편찬위원회,
　　2007, 443쪽)에서는 고려시대의 인물로 분류하였으나, 수록 문헌의 성격으로 보아 근대
　　의 인물로 보는 것이 옳을 것이다.

멀어져 갔다.

이후 벽파정제영은 1976년의『진도군지』(진도군지편찬위원회)와, 1988
년의『호남문화연구』제18집(전남대학교 호남문화연구소)에서 다시 한 번
정리된 바 있다.[24] 하지만 여기에 새로 추가된 작품은 없다.

지금까지 논의한 공공문헌을 통한 벽파정제영의 전승 내용을 표로
정리하면 다음과 같다.

〈표 1〉 공공문헌에 수록된 벽파정제영

번호	작가명(시기)	제영명	형식	수록문헌[25]
1	高兆基(고려 예·인·의종)	珍島江亭	오언율시	문선, 승람 옥주, 읍지
2	金莘尹(고려 의·명종)	珍島江亭次高按部韻	오언율시	문선, 승람 읍지
3	蔡寶文(고려 의·명종)	珍島碧波亭次崔按部永濡韻	칠언율시	문선, 승람 옥주, 읍지
4	金克己(고려 명종)	무제	오언율시	승람, 읍지
5	曺希直(고려 공민왕)	무제	오절 2수	옥주, 읍지
6	李淑瑊(조선 세조)	望碧波亭	오언율시	문선
7	洪迪(1549~1591)	題碧波亭	칠언배율	옥주
8	李景義(1590~1640)	무제	칠언배율	옥주, 읍지
9	申伯周(1646~ ?)	무제	칠언배율	옥주
10	申奎(1659~1708)	무제	칠언배율	옥주
11	元致道(조선 숙·영조)	무제	칠언배율	옥주, 읍지
12	金鎭商(1684~1755)	무제	칠언율시	옥주, 읍지

24 『진도군지』에는 고조기, 김신윤, 채보문, 조희직, 홍적, 이경의, 원치도, 김진상, 박진원
의 제영이,『호남문화연구』에는 고조기, 채보문, 조희직, 이경의, 신백주, 신규, 원치도,
김진상의 작품이 수록되었다.
25 수록문헌의 '문선'은『동문선』, '승람'은『동국여지승람』, '옥주'는『옥주지』, '읍지'는

13	朴根孫(근대)	무제	오절 1수	읍지
14	李喜豐(근대)	무제	칠언절구	읍지
15	朴晉遠(근대)	무제	칠언절구	읍지

위 15명의 작가를 시대별로 구분하면, ①고려 중기 이후 조선 초까지의 인물이 6명(1~6)이고, ②조선 중기에서 후기에 이르는 인물이 6명(7~12)이며, ③근대의 인물이 3명(13~15)이다. 그런데 ①에 해당하는 초기 작가의 작품은 주로『동문선』과『동국여지승람』이라는 중앙에서 펴낸 관찬 문헌에 수록 전승되었다. 그것은 이들이 주로 중앙 무대에서 활동한 문인이었기 때문이며, 이를 통해 당시의 벽파정이 진도라는 지역을 넘어 중앙에까지 잘 알려진 누정이었음을 알 수 있다.[26] 이에 비해 ②에 해당하는 작가의 작품은 모두『옥주지』를 통해 전승이 시작되었다. 이것은 곧 이들의 작품이 중앙보다는 주로 벽파정 현장에서 상대적으로 높은 지명도를 가지고 수용되어왔음을 의미한다.

출신지로 보았을 때 ①과 ②의 작가는 모두 진도 사람이 아닌 외지인이다. 그중 고조기는 관료로서 벽파진을 통해 고향을 오갔던 제주 사람이고, 이숙감과 홍적은 경차관의 신분으로 진도를 다녀갔다. 보다 상세한 검토가 있어야 하겠지만, 나머지 인물들도 거의 관료로서의 활동에 방점이 놓인다. 유독 조희직만이 유배를 통해 진도와 인연을 맺었

『중중진도읍지』이다.

26 ①에 해당하는 인물 중 조희직의 작품은 중앙의 관찬 문헌이 아닌, 지방 향토지인『옥주지』에 수록되었다. 이는 그가 처한 입장이 다른 인물들과는 달랐기 때문이다. 관료였던 다른 사람들과 달리 그는 유배객으로 공민왕 때 진도에 들어왔으며, 이후 狃鷗亭에서 소요하다 생을 마친 창녕 조씨의 입도조이다. 때문에 후인들에게 그는 외지인이 아닌 진도 사람으로 인식되었다.

다. 이에 비해 ③은 모두 진도 사람으로, 근대에 와서야 현지인의 작품
도 전승문헌에 수록되었음을 볼 수 있다.

벽파정제영의 성격 파악을 위해서는 작품 창작의 선후 관계 역시 주
목을 요한다. 원운과 차운의 관계가 그것이다. 이를 통해 창작 현장에
서의 수용 및 정전화 정도를 가늠할 수 있는데, 대체로 차운이 많을수
록 해당 원운에 대해 정전으로서의 가치를 부여하였던 것이 종래의 일
반적 인식이었다. 앞의 〈표 1〉에 정리한 제영들의 선후 관계에 대해서
는 이미 앞에서 언급하였지만, 그것을 다시 정리하면 다음과 같다.

〈표 2〉 벽파정제영의 원운과 차운

번호	원운	차운	형식	운자
1	高兆基	金莘尹, 金克己	오언율시	先 : 船, 天, 仙, 煙
2	(崔永濡)	蔡寶文, 金鎭商	칠언율시	眞 : 筠, 人, 輪, 貧
3	曹希直	朴根孫(제2수)	오언절구 (2수)	眞 : 隣, 人(제1수) 尤 : 流, 愁(제2수)
4	李淑瑊	없음	오언율시	灰 : 來, 堆, 臺, 苔
5	洪 迪	李景義, 申伯周 申 奎, 元致道	칠언배율	靑 : 庭, 星, 腥, 溟, 聽, 萍, 零, 靑, 汀, 經
6	李喜豊	없음	칠언절구	庚 : 驚, 兵
7	朴晉遠	없음	칠언절구	尤 : 秋, 州

위와 같이 제영들의 선후 관계를 정리하고 보면, 보다 부각되는 인물
이 고조기, 채보문, 조희직, 홍적이다. 이숙감, 이희풍, 박진원과 달리,
이들의 작품에는 차운이 있기 때문이다. 후인의 창작을 통한 수용이 이
루어진 경우이다.

이 중 고조기의 작품은 무엇보다 벽파정의 첫 번째 제영이라는 점에

서 그 의의가 있다. 채보문의 작품 역시 초기의 것으로, 원운에 해당하
는 최영유의 제영이 부재한 탓에 원운의 역할까지 대신해왔던 것으로
보인다. 고조기와 채보문 모두 〈표 1〉에서 보는 바와 같이 네 개의 문헌
에 두루 수록되어, 오랜 세월 동안 보다 영향력을 가지고 수용되어왔음
을 알 수 있다. 또 조희직은 유배객으로 진도에 들어와 창녕 조씨의 입
도조가 되었다는 점에서, 특히 현지인들의 높은 관심을 받았던 것으로
보인다. 그런 관심은 지금까지도 이어져 최근의『진도군지』는 진도의
고전문학으로 그의 벽파정제영을 가장 비중 있게 다루었다.[27] 그리고
홍적의 10운 칠언배율은 창작된 이후 수많은 문인들에 의해 차운된 작
품이다. 후술하겠지만, 〈표 2〉에 든 네 명을 포함하여 차운한 작가가
무려 열세 명에 이른다.

그런데 여기서 주목한 네 명의 문인은 곧『옥주지』의 〈벽파정승개
기〉에서 거명한 네 명의 소인묵객과 그대로 일치한다. 이로 보아 지역
향토지로서『옥주지』가 상당히 예리한 시각을 견지하였다 하겠으며,[28]
이들의 작품이 곧 현장 수용과 관련하여 벽파정제영을 대표한다고 할
수 있다.

지금까지 공공문헌을 통한 벽파정제영의 전승 및 존재 양상을 살폈
다. 그러면 이제 시선을 돌려 개인문집을 통한 전승은 어떻게 이루어졌
는지 보기로 한다. 다음은 개인문집에 수록된 벽파정제영으로, 앞에서
거론하지 않은 작품을 모아 정리한 것이다.

27『진도군지』하, 진도군지편찬위원회, 2007, 440~443쪽 참고.
28『옥주지』에 비해『중중진도읍지』는 벽파정제영의 수록에 있어 두어 가지 약점을 보인
다. 진도 벽파정과는 아무런 관계가 없는 이원의 詞를 수록한 반면, 벽파정제영 중 가장
많은 차운을 거느린 홍적의 원운에 대해서는 전혀 언급이 없다는 점이 그것이다.

〈표 3〉 개인문집에 수록된 벽파정제영[29]

번호	작가명(시기)	제영명(형식)	수록문집
1	金 淨(1486~1521)	渡碧波口號(오언절구)	冲菴集 권3
2	林億齡(1496~1568)	吾邑之西地盡之頭~[30](오언율시) 2수	石川詩集 권3
3	宋麟壽(1499~1547)	珍島碧波亭次冲菴金公淨韻(오언절구)	圭菴集 권1
4	盧守愼(1515~1590)	和碧波亭韻扶淚書之先錄二詩(오언절구) 題碧波亭楹(오언율시) 到碧亭待人(칠언절구) 追送碧波亭(칠언율시)	蘇齋集 권2·4·5
5	沈喜壽(1548~1622)	次洪太古迪碧波亭韻(칠언배율)	一松集 권4
6	柳 根(1549~1627)	寄題碧波亭(칠언배율)	荷衣遺稿(附)
7	韓浚謙(1557~1627)	次洪荷衣珍島碧波亭韻(칠언배율)	柳川遺稿(詩)
8	李睟光(1563~1628)	次洪荷衣迪留題珍島碧波亭韻(칠언배율)	芝峯集 권6
9	梁慶遇(1568~ ?)	次碧波亭十韻(칠언배율)	霽湖集 권7
10	李敬輿(1585~1657)	還渡碧波亭(칠언율시)	白江集 권5
11	張 維(1587~1638)	碧波亭次諸公韻(칠언배율) 2수	谿谷集 권32
12	李 健(1614~1662)	過碧波亭有感(칠언절구)	葵窓遺稿 권2
13	金壽增(1624~1701)	次文谷碧波亭用陽明韻(칠언절구)	谷雲集 권1
14	金壽恒(1629~1689)	渡碧波津次陽明韻漫吟(칠언절구) 次翁兒渡碧波韻(칠언율시)	文谷集 권6
15	金昌協(1651~1708)	敬次家君碧波亭次陽明韻(칠언절구) 2수	農巖集 권3
16	金昌翕(1653~1722)	碧波亭(칠언율시) 次碧波亭題詠韻(칠언배율)	三淵集 권4
17	趙泰采(1660~1722)	次碧波亭板上韻(칠언배율)	二憂堂集 권1
18	趙觀彬(1691~1757)	碧波亭次板上韻(칠언배율)	悔軒集 권1

---

29 〈표 3〉의 작성에 김덕진의 「유배인이 남긴 진도 지역정보」가 많은 도움이 되었다.

30 이 작품의 온전한 제목은 〈吾邑之西地盡之頭 有亭名碧波 臨巨海之洶湧 實海山奇絶 處也 少時數登覽無一語 豈非爲山海之羞 慨然追吟二首〉이다.

이 표에 조사 수록된 벽파정제영은 모두 18작가의 23편 26수이다. 그중 첫머리에 놓이는 것이 김정의 〈도벽파구호〉이다. 김정은 기묘사화로 인해 중종 15년(1520) 진도에 잠시 머물다 다시 제주로 이배된 적이 있는데, 〈도벽파구호〉는 이때 벽파를 건너며 유배객의 서글프고 막막한 심사를 읊조린 작품이다. 이후 노수신이 이를 차운하였다. 특히 노수신은 을사사화로 인해 무려 19년 동안(1547~1565)이나 진도에 유배되었던 인물로, 벽파정뿐만 아니라 진도에 관한 작품을 많이 남겼다. 이경여, 김수항, 조태채도 진도에 유배되었다가 제영을 남긴 사람들이다. 또 이건, 김수증, 김창협, 김창흡, 조관빈은 본인이 직접 진도에 유배되지는 않았지만, 유배와 관련되어 벽파정제영을 남겼다.

이에 비해 송인수, 심희수, 유근, 한준겸, 이수광, 양경우, 장유는 관료로서의 이력이 돋보이는 작가들이다. 전라감사였던 송인수는 노수신에 앞서 김정의 〈도벽파구호〉를 차운하였고, 나머지 여섯은 모두 홍적의 칠언배율 〈제벽파정〉을 차운하였다.[31] 이 밖에 임억령은 해남 사람으로, 젊은 시절 몇 차례 자신의 향토와 인접한 벽파정에 오른 체험을 바탕으로 작품을 창작하였다.

이렇듯 개인문집에 수록된 벽파정제영을 살펴보면, 가장 눈에 띄는 것이 유배와 관련된 작품이 많다는 점이다. 특히 김정의 〈도벽파구호〉가 후인들에게 깊은 공감을 준 작품으로 부각되며, 노수신이 많은 작품을 남겼다. 또 가문을 중심으로 한 차운이나 창작도 이루어졌는데, 김수항과 김수증, 김창협, 김창흡[32] 및 조태채와 조관빈의 작품이 그렇다.

---

31 유배와 관련된 인물인 김창흡의 〈차벽파정제영운〉과 조태채의 〈차벽파정판상운〉, 조관빈의 〈벽파정차판상운〉도 홍적의 〈제벽파정〉을 차운한 작품이다.

이는 유배라는 불행한 일이 한 개인뿐만 아니라 가문에 미치는 영향이 컸기 때문이다. 또 문인 관료들 사이에서는 홍적의 작품이 강한 영향력을 행사하였음을 볼 수 있다.

지금까지 살핀 것이 필자가 조사한 벽파정제영의 전모이다. 공공문헌을 통한 것이 15작가의 15편 16수, 개인문집을 통한 것이 18작가의 23편 26수, 도합 33작가의 38편 42수이다. 여기서 벽파정의 표상과 관련하여 주목되는 것이 공공문헌을 통해 전해지는 작품들이다. 개인보다는 일반을 의식한 공공문헌의 성격으로 보아, 수록 작품 선정에 벽파정 현장 수용자들의 입장이 강하게 반영되었을 것으로 판단되기 때문이다. 특히 창작과 수용 과정에서 차운을 많이 거느린 작품일수록 영향력이 커 우선적인 대상이 되었을 것이다. 그런 점에서 보다 주목되는 것이 바로 고조기, 채보문, 조희직, 홍적의 제영이었다. 그러므로 이제 남은 과제는 이 4작가의 작품을 중심으로 벽파정제영의 서정 양상을 살피는 일이다.

3.2. 벽파정제영의 서정

3.2.1. 고조기의 '자긍(自矜)'

고조기(高兆基)는 고려 중기에 활동하였던 문인이다. 예종 2년(1107) 과거에 급제하여, 인종을 거쳐 의종 중반에 이르기까지 활동하였다. 시어사, 공부원외랑, 정당문학판호부사, 참지정사판병부사, 상서좌복야,

---

32 김수항의 칠언절구 〈도벽파진차양명운만음〉을 차운하여 김수증의 〈차문곡벽파정용양명운〉과 김창협의 〈경차가군벽파정차양명운〉이 창작되었고, 김창흡의 칠언율시 〈벽파정〉을 차운하여 김수항의 〈차흡아도벽파운〉이 창작되었다.

중서시랑평장사 등을 지냈다. 그가 정당문학판호부사로 있으면서는 과거를 관장하는 지공거를 맡기도 하였다는 점에서, 시문에 능하였음을 알 수 있다. 특히 오언시에 능하였다고 하는데, 남은 작품은 얼마 되지 않아 『동문선』에 그의 시 7편이 전한다. 오언율시인 〈숙금양현(宿金壤縣)〉·〈안성역(安城驛)〉·〈영청현(永淸縣)〉·〈진도강정(珍島江亭)〉, 오언절구인 〈산장야우(山莊夜雨)〉, 칠언절구인 〈기원(寄遠)〉·〈서운암진(書雲巖鎭)〉이 그것이다.[33]

앞의 '2.1. 벽파정의 내력'에서 언급하였듯이, 고조기의 고향은 제주였다. 그리고 벽파진은 관리였던 그가 고향을 오갈 때면 반드시 거쳐야 했던 길목이었다. 즉 고조기에게 벽파정은 고향에 이르는 관문과도 같은 곳이었다. 현전하는 벽파정제영 중 가장 오래된 작품인 고조기의 〈진도강정〉은 벽파정에 대한 이런 인식을 바탕으로 이루어졌다.

行盡林中路	숲속의 길을 다 지나와
時回浦口船	때맞춰 포구의 배를 타네
水環千里地	물은 천 리의 땅을 둘렀고
山礙一涯天	산은 한쪽 물가의 하늘을 막았네
白日孤査客	대낮에 외로운 떼를 탄 나그네는
靑雲上界仙	청운에 올랐던 상계의 신선이라
歸來多感物	돌아오니 경물에 감흥도 많아
醉墨灑江煙[34]	취중에 써 강 안개에 뿌리네

---

33 이후 『동국여지승람』의 전라도 '진도군'조에 〈진도강정〉, 강원도 '통천군'조에 〈숙금양현〉과 〈서운암진〉이 다시 수록되었다.

34 『국역 동문선』Ⅰ, 민족문화추진회, 1977, 379·666쪽.

육지의 어느 곳에서 '진도강정' 즉 벽파정에 이르려면, 숲으로 이어지는 길고 긴 길을 지나, 다시 해남의 삼지원에서 배를 타야 한다. 그렇게 도착한 벽파정에 올라보면, 천 리나 되는 육지는 온통 바닷물에 둘러싸여 있고, 그 한쪽에 솟은 산이 하늘과 맞닿아 있다. 이런 정경을 마주하면서, 작가는 자신의 과거와 현재를 떠올리며 감회에 젖는다. 대낮에 외로운 떼를 탄 나그네 여정은,[35] 예전에 입신을 위해 고향 제주를 떠나올 때나 마찬가지이다. 하지만 지금의 모습은 그때와는 매우 다르다. 어엿하게 청운에 올라 크게 득의하였기 때문이다. 그래서 스스로를 자랑스럽게 '상계의 신선'이라 일컬었다. 그러고는 상계에서 돌아와 접한 낯익은 경물에서 느낀 감흥을 취중에 써 안개 속에 뿌린다고 하였다. 벽파정에서 부쩍 가까워진 고향의 정취를 느낀 것이다. 먼저 벽파정의 형세를 말하고, 이어 자신의 심경을 노래하였다.

고조기가 이 작품을 언제 지었는지는 지금 분명히 알 수가 없다. 하지만 내용으로 보아, 과거에 급제하여 얼마간의 성공을 거둔 다음에 지은 것임은 분명해 보인다. 특히 그가 예종 초에 등제하여 남주의 수령을 지냈고,[36] 고려의 지방관인 안찰사(按察使)를 의미하는 '안부(按部)'라는 호칭으로 일컬어지기도 하였다는 점에서,[37] 안부로서 이 지역을 안찰하며 지었을 가능성이 높다. 문면에는 득의한 관료로서 느끼는 자긍심이 드러나 있다. 그러한 자긍심이 벽파정의 물결 멀리 고향을 대하

---

35 제5행의 '대낮에 외로운 떼를 탄 나그네'는, 옛날 떼를 타고 은하수에 다녀왔다는 漢의 張騫에 비유된 작가 자신의 모습이다.
36 兆基性慷慨 涉獵書史 尤工五言詩 睿宗初登第 出守南州 淸白奉公(『고려사』, 열전, '고조기'조)
37 '안부'라는 호칭에 대해서는 다음 김신윤의 제영 제목 참고.

는 반가움과 기쁨의 정서로 표출된 것이 바로 이 〈진도강정〉이다.

이 〈진도강정〉에 김신윤과 김극기가 차운을 하였다. 이들의 활동 시기로 보아 김신윤의 차운이 먼저 이루어졌을 것이다. 제목은 〈진도강정차고안부운(珍島江亭次高按部韻)〉이다.[38] 김신윤은 고조기와 의종 연간을 함께하였으며, 이후 무신정변을 겪고 명종 때까지 활동하였던 인물이다. 고조기와는 제법 교분이 있었던 듯, 그를 차운하여 〈영녕사차고안부운(永寧寺次高按部韻)〉이라는 작품도 남겼다. 이런 김신윤이 〈진도강정〉의 제5~8행을 다음과 같이 차운하였다.

愧匪餐霞客   노을 먹고 사는 사람 아님이 부끄러운데
今爲犯斗仙   지금 두우성을 범한 신선이 되었다니
不知何郡國   모르겠구나, 어느 나라인지
鳥外碧生煙[39]   나는 새 저편에 푸른 연기 피어나네

여기서 '노을 먹고 사는 사람'이 아니어서 부끄러운 건 김신윤 자신이고, '두우성을 범한 신선'이 바로 원운의 '떼를 탄 나그네'이자 '상계의 신선'인 장건(張騫)에 비유된 고조기이다. 자신은 아직 선인이 되지 못하였기에, 이미 신선이 되었다는 고조기가 부럽다는 것이다. 그래서 새가 나는 저편 고조기의 고향 제주를 향해, 그곳이 바로 푸른 연기 피어나는 선향이라 하였다. 그리고 보면, 고조기와 김신윤의 제영은 벽파정의 노래이면서, 제주를 향한 노래이기도 하다. 그 뒤를 이은 김극기

---

38 이 작품은 『삼한시귀감』에 먼저 〈진도강정〉이라는 이름으로 수록되었고, 이후 『동문선』에 〈진도강정차고안부운〉이라 하여 다시 수록되었다.
39 『국역 동문선』 I, 385·668쪽.

의 차운은 두 작품의 신선 이미지를 크게 지우고, 벽파정에서 즐기는 경치와 감흥을 담담하게 그려내었다.

3.2.2. 채보문의 '상찬(賞讚)'

채보문(蔡寶文)의 제영은 〈진도벽파정차최안부영유운(珍島碧波亭次崔按部永濡韻)〉이다. 제목을 통해 이것이 안부 최영유가 쓴 〈진도벽파정〉의 차운임을 알 수 있다. 하지만 유감스럽게도 최영유의 원운은 현재 전해지지 않는다.

채보문은 고려 의종 17년(1163)에 등제하여 명종 대에 이르도록 활동하며 예부상서와 보문각대제학 등을 지낸 인물이다. 최영유 역시 명종 때 활동하며 지후(祗候) 등을 지냈다.[40] 최영유가 쓴 작품으로 〈승평군채안부운(昇平郡蔡按部韻)〉이라는 칠언율시가 『동문선』에 보인다.[41] 채보문과 최영유는 이렇듯 같은 시대에 활동하며, 서로에 대한 차운을 남기고 있다. 또 그들의 작품 제목에 보이듯이, 두 사람 모두 상대를 '안부'라는 호칭으로 일컫고 있다. 여기서 이들이 앞에서 본 고조기처럼, 관료로서 벽파정제영을 창작하였으리라 짐작할 수 있다.

다음이 채보문의 〈진도벽파정차최안부영유운〉이다.

畵欄飛出碧波頭　　그린 듯한 난간 벽파나루에 솟았고
夾道黃蘆與綠筠　　길 양편엔 노란 갈대와 푸른 대밭이라

---

40 명종 때의 崔永濡는 고려 말인 공민왕 때 해주목사를 지낸 崔永濡와 동명이인이다. 명종 때의 최영유가 지후를 지냈다는 사실이 『고려사』 열전 '安劉勃'조 등에 기록되어 있다.
41 『국역 동문선』 II, 66·580쪽.

柳岸緬思彭澤令　　버들 언덕에서 가만히 팽택 수령 생각하고
桃村時見武陵人　　도원 마을에선 때로 무릉 사람을 만나네
蔽虧煙際蓬萊朶　　봉래도는 안개 속에 보일락 말락
出沒波間日月輪　　해와 달은 파도 사이로 나왔다가 숨었다가
金橘數枝低馬首　　금빛 귤 몇 가지가 말머리에 드리워져
未應全道使君貧[42]　모두들 사군이 가난하다 하여도 수긍치 않네

　제1·2행은 벽파진에 나는 듯이 솟은 벽파정의 모습과, 노란 갈대와
푸른 대가 어울린 주변의 풍경이다. 즉 벽파정과 그 인근의 아름다운
경치이다. 이어 제3·4행에서는 도연명과 무릉인에 견주어 진도의 순후
한 인심을 말하였다. 또 제5·6행은 벽파정에서 멀리 바라보이는 바다
의 모습이다. 봉래도에 비유되는 아득히 떠 있는 섬, 그리고 해와 달이
때로 안개와 파도 사이로 보일 듯 말 듯 가물거리는 선경이다. 끝으로
제7·8행에서는 귤로 대표되는 산물이 많은 것을 들어, 모두들 진도의
고을 원이 가난하다고 말하나 결코 그렇지만은 않다고 하였다. 이렇듯
채보문의 제영은 벽파정의 근경, 진도의 인심, 벽파정의 원경, 진도의
물산을 차례로 노래하였다. 다시 요약하자면, 벽파정의 아름다운 경치
와 진도의 순후한 인물이 그 주제이다.
　그런데 벽파정 원근의 경치뿐만 아니라 진도의 인심과 물산까지 살
피는 태도에서, 이 작품이 일반적인 누정제영과는 다른 면모를 지니고
있음이 드러난다. 보통 '관풍찰속(觀風察俗)'이라 말하는 관료적 태도가
두드러진다는 점이 그것이다. 여기서 작가 채보문이 '안부'라는 호칭으
로 일컬어졌다는 사실을 상기하면, 그가 곧 이 작품을 안부의 입장에서

---

42 『국역 동문선』 II, 65~66·579쪽.

지었으리라 생각된다. 작품에 흐르는 주된 정서는 벽파정의 경치와 진
도의 인물에 대한 상찬(賞讚)이다.

한편 채보문의 이 작품은 『동문선』에 수록된 이후 『동국여지승람』
에 다시 수록되면서 일부 어구에 변화를 보인다. 전달하고자 하는 내용
에는 별 차이가 없으나, 주목되는 점은 감정의 영탄적 표현이 보다 강
화되었다는 점이다.[43] 그리고 후대의 진도향토지들은 모두 『동국여지
승람』의 기록을 취하였다. 보다 강화된 영탄적 표현을 통해 벽파정과
진도에 대한 상찬의 의미가 더 절절하게 전달된다고 여겼기 때문일 것
이다. 세월이 흘러 조선 후기에 김진상이 다시 이를 차운하였는데, 여
기에는 벽파정에서 선비를 송별하며 느끼는 한정이 강조되어 있다.

3.2.3. 조희직의 '비애(悲哀)'

조희직(曺希直)은 고려 말 공민왕 때 유배로 인해 진도에 와서, 창녕
조씨의 입도조가 된 인물이다. 고려에 대한 충절을 끝까지 지켜, '두문
동72현' 가운데 한 사람으로도 거론된다. 조선 고종 9년(1872)에 간행된,
고려 말의 유학자 이행(李行, 1352~1432)의 『기우집(騎牛集)』에 부록으로
실린 〈두문동칠십이현록〉은 그를 다음과 같이 기록하고 있다.

> 조희직은 벼슬이 정언이었다. 이존오와 함께 소를 올려 간신 신돈을
> 배척하다가, 진도에 유배되었다. 태조가 왕업을 일으켜 출사를 권하였
> 으나, 스스로 백이숙제의 충절에 견주며, 끝내 출사하지 않았다. 가흥의

---

43 『동국여지승람』에 수록된 원문은 다음과 같다. "此亭誰創碧江濱 無限黃蘆與綠筠 柳
岸喜逢彭澤令 桃源行訪武陵人 熹微海上蓬萊島 出沒波間日月輪 金橘數枝低馬首
行人誰道使君貧(『국역 신증동국여지승람』V, 민족문화추진회, 1978, 67·21쪽)"

수변에 압구정을 짓고 살면서 죽음을 맞았다.[44]

　가흥은 옛날 진도에 있었던 현 이름이다. 이존오와 함께 신돈을 척소
하다 진도로 유배된 이후, 조희직은 가흥에 압구정이라는 정자를 짓고
살면서 남은 생을 마쳤다. 이성계가 조선을 세우고 출사를 권하였으나,
고려에 대한 충절에는 변함이 없었다.
　조희직이 처음 진도에 들어올 때, 벽파정을 지나며 읊조렸다는 오언
절구 2수는 다음과 같다.

　　①孤島天門隔　　　외로운 섬 하늘 문과 멀어지고
　　　層溟鬼域隣　　　겹겹 바다는 귀신 나라 이웃했네
　　　招招舟子渡　　　손짓해 사공 불러 건너자니
　　　世乏我須人　　　사람이라곤 세상이 버린 나뿐이라

　　②夜靜無風起　　　밤은 고요해 바람 한 점 없고
　　　寒光物影流　　　찬 빛이 만물 그림자에 흐르네
　　　滿酌滄江水　　　잔에 가득한 저 푸른 강물로
　　　披襟洗客愁[45]　　옷깃 풀고 나그네 시름 씻으리

　먼저 제1수는 진도를 향해 바다를 건너며 느끼는 심정이다. '외로운
섬(진도)'을 보니 지금껏 있었던 '하늘 문(대궐 문)'은 멀게만 느껴지고,
파도 겹겹이 밀려드는 바다는 마치 죽음을 부르는 '귀신 나라(저승)'에

44　曹希直 官正言 與李存吾疏斥奸旽 謫珍島 太祖龍興 有勸仕 自比夷齊之節 終不出仕
　　作鴨鷗亭嘉興水邊利終(《杜門洞七十二賢錄》,『騎牛集』, 卷之二, 附錄)
45　『沃州誌』, '題詠'條.『진도군읍지』, 23쪽.

접한 것 같다. 이윽고 사공을 불러 쓸쓸히 배에 오르니, 이 세상에 홀로
버려졌다는 처절한 고독감과 절망감이 밀려든다. 화자의 공간적 위치
는 해남의 삼지원에서 진도의 벽파진을 향하는 바다 위이다. 다음 제2
수는 바다를 건너 진도에서 맞는 밤의 회포이다. 세상 모든 것과 단절
된 듯, 바람 한 점 없는 고요한 밤이다. 만물에 차디찬 달빛만이 비출
뿐이다. 술상을 대하니, 잔에 가득한 술조차 사방에 넘실대는 바닷물처
럼 느껴진다. 그래서 그 술로나마 나그네의 시름을 달랜다는 것이다.
화자의 위치는 제1수와 달리 바다 건너 벽파정이다. 그래서 제2수를
대상으로 후인들의 차운이 이루어졌다. 작품 전편에 흐르는 주된 정서
는 유배객으로서 느끼는 비애이다.

　조희직은 여말선초 사람이지만, 그의 이 작품을 수록한 가장 오래된
문헌은 조선 영조 37년(1761)에 편찬된 『옥주지』이다. 그가 진도에 유
배된 것이 공민왕 6년(1357)이니,[46] 이 작품의 창작과 『옥주지』 수록 사
이에는 400년이 넘는 거리가 있다. 『옥주지』에 수록되기 전에는 벽파
정 현장의 현판 등을 통해 전승되었을 것이다.

　한편 조희직의 작품은 관료가 아닌 유배객이 남긴 벽파정제영의 첫
작품이라는 데 의미가 있다. 이후 조선시대에 들어와 많은 유배객들이
이곳을 지났는데, 특히 김정의 작품이 첫머리에 놓이면서 사람들의 공
명을 자아냈다. 〈도벽파구호(渡碧波口號)〉라는 오언절구이다. 공공문헌
에는 수록되어 있지 않아 '3.1. 벽파정제영의 전승' 〈표 2〉에는 명시하
지 않았지만, 조희직의 제영 제2수와 동일한 운(尤)을 사용하였다.

---

46 『진도군지』 상, 진도군지편찬위원회, 2007, 412쪽.

宇宙從來遠　　　우주는 종래부터 넓은데
孤生本自浮　　　외로운 몸 본래부터 떠다녔다네
扁舟從此去　　　이제 조각배 타고 떠나가면
回首政悠悠[47]　 고개 돌려보아도 바로 아득하겠지

넓고 넓은 우주. 본래부터 그곳을 떠다니던 자신의 외로운 신세. 그러기에 이제 또 조각배를 타고 떠난다 해도 새삼스럽지는 않다. 하지만 살아서 다시 돌아올 수 있을지 그것이 의심스럽다. 김정은 기묘사화로 인해 금산에 유배되었다가, 이듬해인 중종 15년(1520) 5월에 진도로 이배되었고, 다시 여름에 제주로 이배되어 그곳에서 이듬해에 사사되었다.[48] 그때 진도로 이배되어 들어올 때 몹시 술에 취하여 이 작품을 울부짖었다고 제목 밑에 부기되어 있다. 마치 가까운 앞날에 닥칠 자신의 죽음을 예감한 듯한 비장감이 흐른다.

이후 김정의 〈도벽파구호〉는 전라감사였던 송인수와 역시 유배객이었던 노수신에 의해 차운되었다. 송인수는 김정을 추모하였고,[49] 노수신은 김정과 송인수를 떠올리며 자신의 불안한 앞날을 걱정하였다.[50] 근대에 들어서는 박근손이 차운하였다.

3.2.4. 홍적의 '감회(感懷)'

홍적(洪迪)은 진도에서 19년 동안 유배생활을 한 노수신의 문인이다.

---

47 金淨, 〈渡碧波口號(海渡亭名 拿來時 泥醉號)〉, 『冲庵集』, 卷之三, 海島錄.
48 김덕진, 「유배인이 남긴 진도 지역정보」, 6쪽.
49 宋麟壽, 〈珍島碧波亭次冲菴金公淨韻〉, 『圭菴集』, 卷之一, 詩.
50 盧守愼, 〈和碧波亭韻抆淚書之〉, 『蘇齋集』, 卷之二, 詩.

노수신은 홍적이 태어나기 2년 전부터 17세가 될 때까지 진도의 배소에 있었다. 때문에 홍적은 스승인 노수신을 통해 진도와 벽파정에 대한 정보에 쉽게 접할 수 있었을 것이다.

홍적이 남긴 제영은 10운의 칠언배율 〈제벽파정〉이다. 홍적의 문집 『하의유고(荷衣遺稿)』 외에, 〈제벽파정〉을 처음으로 수록한 문헌은 『옥주지』이다. 『옥주지』는 '제영'조에서 '벽파정제영'이라는 이름 아래 홍적의 신분이 '경차관'이고 호가 '하의'임을 밝힌 다음, 〈제벽파정〉의 10운 중 벽파정의 아름다움을 선언적으로 표명한 제1운(제1·2행)만을 발췌하여 수록하였다.[51] 이를 통해 하의 홍적이 경차관의 신분으로 이 작품을 지었음을 알 수 있다.

그렇다면 홍적이 경차관으로 이곳에 온 것은 언제였을까? 「하의연보」는 그가 40세 때인 선조 21년(1588) 가을 '재상경차관(災傷敬差官)'으로 호남에 와서 실정을 살폈다고 하였다.[52] 따라서 홍적의 〈제벽파정〉도 이때 이루어졌을 것이다. 그가 호남을 순시하던 중에 스승을 통해 이미 알고 있던 벽파정에 올라, 직접 보고 느낀 감회를 감격스럽게 노래한 것이 바로 이 작품이다.

> 沃州城外碧波亭　　옥주성 밖의 벽파정
> 形勢周遭勝洞庭　　형세를 두루 보니 동정호보다 낫구나
> 舟楫遠通西浙路　　뱃길은 멀리 서쪽 절강으로 통하고

---

51 碧波亭題咏 敬差官洪迪號荷衣詩曰 沃州城外碧波亭 形勝[勢]周道[遭]勝洞庭(김몽규, 『옥주지』, '제영'조. 『진도군읍지』, 41쪽). [ ] 속은 『하의유고』에 수록된 글자이다.
52 (神宗顯皇帝萬曆)十六年 我宣祖二十一年 戊子 公四十歲 夏叙授兵曹正郎 秋以災傷敬差官 往審湖南(韓浚謙, 「荷衣年譜」, 『荷衣遺稿』, 年譜)

天文長照老人星	하늘에선 길이 노인성이 비치네
橘洲霜落秋香冷	귤섬에 서리 내리니 가을 향기 차갑고
蠻市人稀海氣腥	만시엔 인적 드물고 바다 기운 비릿하네
金骨禪房思逐客	금골산 선방에선 축객을 생각하고
南桃鎭戍傍重溟	변방 지키는 남도성은 바다에 접하였네
齊師棄甲應須戒	조련된 군사 갑옷 벗어도 응당 경계 하느니
楚調傷心不可聽	상심 시키는 초나라 노래는 듣지 않는다네
從古望鄕山似劍	예부터 고향 생각하면 산은 마치 칼날과 같고
楬來持節跡如萍	가고 오는 사신 자취는 부평초 같다네
邊鴻杳杳音書斷	변방 기러기 아득하여 서신은 끊어지고
怪雨涔涔木葉零	괴우 세차게 쏟아져 나뭇잎 떨어지네
節物相撩頭盡白	절물이 서로 돋우어 머리 다 세어지고
官醪暫醉眼還靑	관료에 잠시 취하니 눈은 도리어 밝아졌네
笳催入塞驚殘夢	변방 알리는 호드기소리 남은 꿈 깨우고
鯨蹴歸潮響晩汀	고래에 차인 밀물소리 저녁 해변을 울리네
深夜倚欄增耿耿	깊은 밤 난간에 기대니 정신은 더욱 말똥말똥
遠遊聊復讀騷經[53]	아득히 생각하다 다시금 소경을 읽는다네

홍적은 먼저 벽파정에 올라 주변 형세를 살펴보며, 물가에 자리한 그
곳이 저 유명한 동정호보다 낫다고 하였다. 그러면서 전반부인 제10행
까지 진도의 지리, 산물, 고적, 군사에 대해 읊조렸다. 지리적으로 뱃길
이 멀리 중국 절강성까지 통하는 길지이고, 산물로는 귤과 해산물이 있
으며, 볼만한 고적으로 금골산 선방과 남도성이 있고, 변방을 지키는
군사는 잘 조련되어 있다고 하였다. 그리고 이어 후반부에서 이곳에 와

---

53 洪迪, 〈題碧波亭〉, 『荷衣遺稿』, 七言排律.

오랫동안 변방살이를 하는 나그네의 처지와 심경을 노래하였다. 고향을 생각하며 부평초같이 떠도는데, 고향 소식은 끊어진 지 오래고 마음은 스산하다. 하염없이 계절이 바뀌며 머리는 희어지고, 여가에 잠시 마시는 술로 위안을 삼는다. 무심한 호드기소리와 밀물소리에도 시름을 느낀다. 그래서 잠 못 이루는 깊은 밤, 벽파정 난간에 기대어 생각에 잠겼다가 다시 시부를 읽는다는 것이다.

이렇게 보면, 홍적의 〈제벽파정〉 주제는 벽파정에서 느끼는 진도의 풍물과 나그네의 객수이다. 그렇다면 작품 속의 나그네는 과연 누구인가? 경차관으로 잠시 진도에 온 작가 홍적인가, 아니면 진도에서 오랫동안 유배생활을 한 그의 스승 노수신인가? 여기서 단순히 작가가 누구인지만을 생각하면 홍적으로 볼 수도 있으나, 표현된 내용을 주목한다면 노수신으로 보는 것이 훨씬 자연스럽다. 고향에 가고 싶어도 가지 못하고 머리가 다 세어지도록 변방살이를 하는 나그네 모습에서, 20년 가까이 이곳에 유배객으로 머물렀던 노수신의 모습이 떠오르기 때문이다. 맨 마지막 2행에서 그런 옛일을 생각하며 잠 못 이루고 감상에 젖는 작가의 모습도 읽을 수 있다. 결국 〈제벽파정〉은 홍적이 벽파정에서 진도의 풍물을 아름답게 느끼면서 스승의 옛일을 아프게 회고한 작품이다. 앞서 전라감사였던 송인수가 유배객이었던 김정을 차운하며 추모하였던 것을 방불케 한다.

이후 〈제벽파정〉은 여러 사람에 의해 차운되었다. 홍적과 동년배인 심희수와 류근을 비롯하여 한준겸, 이수광, 양경우, 장유, 이경의, 신백주, 김창흡, 신규, 조태채, 조관빈, 원치도 등 지금까지 조사된 사람만 해도 13명에 이른다.[54] 벽파정제영 중 가장 활발한 차운이 이루어진 경우이다. 그 큰 이유는 기쁨과 슬픔을 아우른 홍적의 감회가 관료나 유배객 모두에게 깊은 공감을 주었기 때문일 것이다.

4. 맺음말

진도의 벽파정은 지난날 많은 제영이 창작된 매우 유서 깊은 누정이다. 그래서 벽파정의 내력과 표상 및 벽파정제영의 전승과 서정 양상을 살핀 것이 이 글이다. 논의한 결과를 정리하면 다음과 같다.

먼저 문화사적인 측면에서 벽파정의 내력을 좀 더 분명히 하였다. 지금까지 창건 시기가 명확하지 않아 몇 가지로 달리 이야기되어 왔는데, 그 시기를 고조기가 활동하였던 고려 중기 또는 그 이전으로 소급하였다. 근대에 와 없어졌던 시기는『중증진도읍지』가 편찬된 1924년 이전의 일제강점기로 추정하였다.

벽파정의 성격과 관련하여서는 공루가 대개 관청 주변이나 관내의 명승지에 건립된 것과 달리, 벽파정은 벽파진이라는 나루터 길목에 세워졌다는 점에 주목하였다. 물론 벽파진 역시 그 경치가 아름다운 곳이긴 하지만, 그보다는 해상 교통의 요지였으며, 삼별초의 대몽항쟁과 이순신의 명량대첩이 펼쳐졌던 역사의 현장이었다. 때문에 벽파정에는 왕명을 수행하는 관료나, 유배객 또는 유람객들이 수시로 드나들었다. 그러는 사이 벽파정은 특히 '이별의 누정[離亭]'이라는 상징적 의미를 갖게 되었으며, '슬픔[悲]'과 '기쁨[喜]'이 벽파정을 표현하는 두드러진

---

54 이중 이경의, 신백주, 신규, 원치도의 작품은『옥주지』에도 실려 있어 벽파정 현장에서 폭넓게 수용되었음을 알 수 있다.

감성으로 각인되었다. 이에 '이별', '슬픔', '기쁨'을 벽파정이 환기시키는 대표적인 표상으로 파악하였다.

다음 문헌전승을 검토하여 벽파정제영의 전모를 정리하였다. 수록문헌을 공공문헌과 개인문집으로 구분하여 살폈는데, 조사된 제영은 모두 33작가의 38편 42수이다. 공공문헌에는 주로 벽파정의 승경을 찬탄한 관료들의 제영이 수록되었고, 개인문집에는 불우한 처지를 한탄한 유배객의 작품이 보다 많이 남아 있었다. 이를 통해 벽파정제영의 현장 수용이 주로 관료들의 작품을 중심으로 이루어졌음을 알 수 있었다. 대표적인 제영으로는 고조기, 채보문, 조희직, 홍적, 김정, 노수신의 작품이 꼽히는데, 특히 많은 문인들의 차운을 거느린 홍적의 작품에 정전으로서의 가치가 부여되었음을 확인하였다. 그런 한편 몇 가지 잘못된 사실도 바로잡았다. 일부 문헌에 벽파정제영으로 수록된 이원의 사가 진도의 벽파정과는 아무런 관계가 없음을 지적한 것이 그 하나이다.

벽파정제영의 서정에 대해서는 고조기, 채보문, 조희직, 홍적의 제영을 중심으로 고찰하였다. 이 4작가의 작품에 대해 벽파정 현장의 수용과 후인들의 차운이 보다 활발히 이루어졌다고 판단했기 때문이다. 먼저 제주 출신인 고조기에게 벽파정은 육지와 고향을 이어주는 관문과 같은 곳이었다. 그의 제영 〈진도강정〉은 이런 인식을 바탕으로 이루어졌다. 이루어진 시기는 그가 안부로서 이 지역을 안찰하던 때로 추정하였다. 내용은 벽파정의 형세와 이를 대하는 작가의 심경으로 요약되는데, 후자에 보다 무게가 실려 있다. 즉 득의한 관료로서 느끼는 자긍심이 서정의 주조를 이룬다. 채보문 역시 안부로서 벽파정제영을 창작한 것으로 파악하였다. 내용은 벽파정의 아름다운 경치와 진도의 순후한 인물로, 관풍찰속하는 관료적 태도가 두드러진다. 주된 서정은 진도와 벽파정에 대한 상찬이다.

이와 달리 조희직의 제영을 지배하는 정서는 비애이다. 조희직은 고려 공민왕 때 신돈을 척소하다 진도에 유배되었다. 그때 처음으로 배를 타고 바다를 건너 벽파정에 이르며, 전후 2수의 제영을 남겼다. 제1수에는 죽음을 예감하는 고독감과 절망감이, 제2수에는 술로나마 시름을 달래는 비장한 모습이 그려져 있다. 또 홍적은 19년 동안 진도에 유배되었던 노수신의 문인이다. 그는 경차관으로 호남을 순시하다 벽파정에 올라, 10운으로 된 비교적 긴 〈제벽파정〉을 남겼다. 내용은 전반부에서 진도의 지리·산물·고적·군사에 관한 풍물을 그리고, 후반부에서 오랫동안 변방살이를 하는 나그네의 객수를 읊조렸다. 전반부에는 공무를 수행하는 경차관의 태도가, 후반부에는 스승의 옛일을 감상적으로 회고하는 문인의 자세가 두드러진다.

그렇다면 벽파정제영의 이러한 서정은 시간이 흐르면서 어떤 양상으로 전개되었을까? 벽파정은 지방 관청에서 조영한 공루였다. 따라서 벽파정제영의 출발은 창건에 관여한 관료들에 의해 경축의 뜻을 담은 기쁨의 노래로 이루어졌을 것이다. 하지만 현재 그런 작품은 전해지지 않는다. 대신 고려 중기 고조기의 〈진도강정〉이 현전하는 가장 오래된 제영으로, 벽파정의 정경에서 촉발된 기쁨의 정서를 보여주고 있다. 고조기 역시 관료였지만, 제영 창작의 저변에는 공적인 의도보다는, 개인의 자긍이라는 사적인 동기가 크게 작용하였다. 그 뒤를 이은 채보문 역시 관료의 입장에서 벽파정과 진도를 기리는 기쁨노래의 계보를 이었다.

이후 여말의 조희직에 이르러 벽파정제영의 서정에 커다란 반전이 있었다. 유배객이 작가로 참여하면서 고독과 절망으로 대변되는 슬픔의 노래가 등장했기 때문이다. 조선 중기를 지나면서는 김정·송인수·

노수신 등이 슬픔노래의 계보를 이었다. 그리고 선조 때 홍적의 〈제벽파정〉이 여기에 또 하나의 변화를 더했다. 그는 순시하던 지방의 이색적인 풍물을 접하는 한편 지난날 유배객이었던 스승의 아픔을 회고하는, 기쁨과 슬픔이 교차하는 서정을 새롭게 펼쳤다. 즉 서로 상반된 정서를 한 작품에서 아울러 보여주었다. 홍적의 이런 서정 방식은 곧바로 사람들의 호응을 얻으면서 많은 차운을 불러왔으며, 점차 벽파정에서 가장 보편적인 제영의 위치를 점하게 되었다.

제영을 통해 본
연자루의 문화적 표상

1. 머리말

연자루(燕子樓)는 전라남도 순천시 조곡동 죽도봉공원에 있는 누정이다. 옛 순천읍성의 남문루로, 읍성의 남쪽 옥천(玉川)에 놓인 연자교라는 같은 이름의 다리와 함께 있었다. 그러니 현재 서 있는 죽도봉공원의 산록은 원래 그것이 세워진 위치가 아니다. 형태는 연자교 위에 세워진 교상누각(橋上樓閣) 즉 교루였는데,[1] 이 형태를 이건 전까지 시종 유지하였던 것 같지는 않다. 후대로 가며 언젠가 연자교 가의 읍성 남문루로 바뀐 것으로 보인다. 창건 시기는 고려 고종(1213~1259) 이전이다. 창건 이후 전란이나 화재 홍수 등으로 훼손되어 수차의 중건과

---

1 『東國輿地勝覽』에서 "연자루는 옛날 성의 남쪽 옥천의 위에 있었다. 물을 가로질러 다리를 놓았는데, 이제 누는 없어지고 여기에 다리만 남아 있다(燕子樓 舊在城南玉川 上 跨水爲橋 今樓廢獨橋存焉)"고 하였다. 또 박두세의 〈重建燕子橋樓記〉에서는 연자 교루의 옛 모습을 "판목을 배열하여 다리를 만들고, 다리 위에 누각을 세웠다(排板作橋 橋上起樓)"고 하였다.

중수를 거쳤다. 가까이는 1930년대 일제의 시가지계획에 따라 훼철되었고, 1976년 다시 현재의 위치로 옮겨 복건되었다.[2]

그런데 연자루는 여느 누정과 달리 다음 두 가지 점에서 특히 눈길을 끈다.

첫째는 그 내력이 매우 오래되었다는 것이다. 대개의 누정이 조선 초나 중기 이후에 건립된 것과 달리 연자루는 그 창건시기가 고려시대로 소급된다. 이 연자루 외에, 광주·전남의 누정 중 그 역사가 고려시대까지 소급되는 주목할 만한 것으로는 진도의 벽파정, 나주의 쌍계정, 광주의 석서정, 송광사의 침계루, 백양사의 쌍계루가 있는 정도이다.

둘째는 관련 자료가 비교적 풍부하게 남아 있다는 점이다. 창건 당시의 상황을 소상히 알려주는 기록의 부재가 아쉽기는 하나, 연자루에는 현재 고려와 선초의 것을 비롯하여 많은 제영이 남아 있다. 게다가 지금부터 약 800년 전의 사랑이야기를 담은 고사도 전하고 있어, 현대의 문화감성과도 자못 통하는 바가 있다.

그래서 연자루의 고사 및 관련 제영을 통해 그 문화적 표상을 살펴보는 것이 이 글의 목적이다. 연자루에 대한 연구는 지금까지 자료의 정리나 소개 차원에서 진행되다가, 근래 김현진에 의해 제영시의 내용을 중심으로 전반적인 검토가 이루어졌다.[3] 이를 참고하여, 여기서는 먼저

---

2 연자루의 중건 및 중수 내력은 〈燕子樓重修年紀〉(김동수 편, 「누정관계자료」, 『호남문화연구』 제16집, 전남대학교 호남문화연구소, 1986, 54쪽)에 요약되어 있다. 이에 따르면, 광해군 11년(1619) 부사 강복성, 인조 11년(1633) 부사 이현, 숙종 22년(1696) 부사 박두세, 헌종 3년(1837) 부사 박종길, 고종 18년(1881) 부사 김윤식, 1976년 시장 박관주에 의해 중건 및 중수가 이루어졌다. 이 밖에도 몇 번의 중건이나 중수가 더 있었음을 주변 기록들을 통해 짐작할 수 있다.
3 김현진, 「순천 연자루 제영시 연구」, 『남도문화연구』 32, 순천대학교 남도문화연구소,

연자루제영의 전승 현황 및 그것이 주로 어떤 내용으로 이루어졌는지
살피고, 이어 그 대표적인 소재인 연자루고사의 형성과 변이 양상을 통
해 연자루가 갖는 문화적 표상을 추출해 보고자 한다.

2. 연자루제영의 음영 주조

연자루제영을 수록한 가장 대표적인 문헌은 『승평지(昇平誌)』이다. 승
평은 순천의 옛 이름으로, 그 향토지인 『승평지』에는 순천의 문화공간이
나 자연경관 또는 기타 풍물 등을 읊은 각종 제영이 집성되어 있다. 따라
서 여기서 먼저 『승평지』에 실린 연자루제영의 개요를 정리해 보자.

『승평지』는 전후 네 차례에 걸쳐 편찬되었다. 제1차본이 광해군 10
년(1618) 부사 이수광이 주도한 『승평지』, 제2차본이 영조 5년(1729) 부
사 홍중징이 주도한 『중간승평지』, 제3차본이 고종 18년(1881) 부사 김
윤식이 주도한 『순천속지』, 제4차본이 1923년 군수 김정태가 주도한
『승평속지』이다.[4] 이 네 차례의 『승평지』에 실린 순천의 각종 제영은
모두 426편 529수이다. 제1차본 『승평지』에 42편 92수가 먼저 수록된
다음, 제2차본 『중간승평지』에 15편 20수, 제3차본 『순천속지』에 27편
63수, 제4차본 『승평속지』에 342편 354수가 차례로 추가되었다.[5]

2017; 김현진, 「순천지역 누정 제영시 연구」, 경상대학교대학원 박사학위논문, 2018.
4 이 네 차례에 걸친 『승평지』를 모두 합편하여 1924년 순천향교에서 전4책으로 발행하
　였고(발행자 허영), 그것을 다시 1988년 순천대학 남도문화연구소에서 영인 발행하였
　다. 그런데 『승평지』 제2차본과 제3차본의 이름이 경우에 따라 『신증승평지』와 『순천
　속지』, 또는 『중간승평지』와 『신증승평지』로 달리 지칭되고 있어 혼란스럽다. 여기서는
　순천대학 남도문화연구소 영인본 각 서문의 명칭을 따른다.

수록된 작품 수에서 제1·2·3차본에 비해 제4차본에 매우 많은 양이 수록되었음을 볼 수 있다. 작가의 신분으로는 제1·2·3차본의 작가가 거의 순천부사나 전라도관찰사 등 관료 출신들인데 비해, 제4차본의 작가는 주로 순천에 연고를 둔 지역인사들인 것이 특징이다. 이러한 사실은 곧 전자가 관인의식이 짙은 외지인의 작품을 주로 발췌 수록하였고, 후자는 강한 기록의식 아래 지역의 관련 작품들을 모두 망라하였음을 말해 준다. 때문에 전자에는 관아나 그 주변의 공루 및 유명 사찰 관련 제영이 많고, 후자에는 민간의 누정이나 시설이 다수 포함되어 있다. 시기상으로는 19세기 말에서 20세기 초에 대다수의 제영이 분포한다.

음영대상은 순수한 자연공간보다는 누정이나 사찰 등 순천의 문화공간이 주를 이룬다. 그것을 음영된 작품 수에 따라 순서대로 나열해 보면, 환선정(78편), 연자루(76편), 송광사(34편), 선암사(20편), 임청대(17편), 오림정(12편), 망성암(11편), 경현당(9편), 양벽정(8편), 세심대(8편), 상호정(7편), 향림사(7편), 공북당(7편), 충무사(6편), 초연정(5편), 영귀정(5편), 옥계정(5편) 등 모두 80여 종으로 나타난다. 특히 관아의 누정인 환선정과 연자루, 사찰인 송광사와 선암사, 그리고 조위가 쌓은 임청대가 순천을 대표하는 음영대상으로 부각되어 있다. 이를 통해 연자루가 종래 환선정과 더불어 순천을 대표하는 문화 공간 역할을 수행하였음을 알 수 있다.

『승평지』에 실린 연자루제영은 모두 76편 86수이다. 제1차본『승평

---

5 『승평지』 합편 영인본의 편차를 들어 수록 위치를 설명하면, '신증승평지 하'「제영」(52전~62전)에 제1차본, '신증승평지 하'「신증」(62전~64후)에 제2차본, '신증승평지 하'「제영」(90전~97전)에 제3차본, '승평속지 2권'「제영」(35전~70전)과 '승평속지 4권'「제영」(1전~17전)에 제4차본의 제영이 각각 수록되어 있다.

지』에 2편 3수, 제3차본『순천속지』에 6편 14수, 제4차본『승평속지』
에 68편 69수가 실려 있다. 이전에 비해 특히 제4차본에 많은 작품이
수록되어 있다. 이는 순천의 지역 시사인 '강남난국음사(江南蘭菊吟社)'
의 활동과 밀접한 관련이 있는 것으로 보인다. 연자루는 1914년부터
1922년까지 약 8년간 순천의 문사들이 주축이 된 강남난국음사의 음영
무대로 활용되었다. 그들은 각 군의 문사들과 연합하여 이곳에서 모임
을 결성하고 시문을 강론하기도 하였다.[6] 때문에 1923년에 편찬된 제4
차본『승평속지』는 강남난국음사의 활동 성과를 다수 반영하였을 것
이다. 그 결과 제4차본 제영에 관인이 아닌 지역 문사들의 작품이 대거
포함된 것으로 보인다.

이 밖에도 연자루제영에는 몇 편의 작품이 더 있다.『동문선』과『동
국여지승람』에 수록된 장일(1207~1276)의 〈과승평군〉과 조현범(1716~
1790)의 악부시 〈손태수〉, 그리고 김현진이 개인문집에서 찾아낸 정철
(1536~1593)의 〈연자루차운〉, 민주현(1808~1882)의 〈순천연자루차판상운
2절〉, 이교문(1846~1882)의 〈순천연자루〉, 송주헌(1872~1950)의 〈연자루
차운〉이 그것이다. 그러므로 이 6편 7수를 더해 연자루제영은 모두 82
편 93수로 집계된다.

그러면 연자루제영은 주로 어떤 내용을 읊조렸을까? 김현진은 연자
루제영의 주제를 크게 다음 넷으로 나누어 살핀 바 있다. 1) 별한의 정
서 공감, 2) 인생무상의 감회 표출, 3) 전원 감상의 흥취 표출, 4) 고현

---

6 燕子樓 郡南門樓 甲寅 境內文士 以江南蘭菊吟社 請願貸付承許 一新修繕 聯合各郡
  文士 結社于此 講論詩文 壬戌 引繼于地方靑年會(〈舘舍樓閣祠宇變更〉,『승평지』, 순
  천대학 남도문화연구소, 1988, 54쪽)

회상의 비감 토로가 그것이다.[7] 이 가운데 1)과 2)가 연자루고사와 관련
된 주제이다. 연자루고사의 남녀 주인공이 이곳에서 사랑을 하다 헤어
졌음을 떠올리거나, 그들이 이별한 뒤나 세상을 떠나간 뒤에 무상한 세
월이 흘러갔음을 느낀 것이다. 이 밖에 3)과 4)는 연자루가 원래 서 있
었던 위치와 관계가 있다. 순천읍성의 남쪽 연자루 앞에 펼쳐진 넓은
경관을 조망하거나, 주변에 있는 임청대나 정충사를 보며 이와 관련된
옛 인물들(조위, 김굉필, 장윤)을 회고하였다.

　누정은 대개 주변 경관이 수려한 곳이나, 그런 경관을 조망하기 좋은
곳에 세워지기 마련이다. 그래서 아름다운 경치에서 촉발된 흥취나 자
연과의 교감을 말하는 것이 그곳을 찾는 탐방객들의 가장 기본적인 태
도이다. 또 때로는 해당 누정이나 주변에 얽힌 내력이나 인물을 회고하
며 감상에 젖기도 한다. 연자루의 경우도 그렇다. 위의 3)과 4)가 그러
한 입장에서 음영된 주제이다. 하지만 그것이 연자루제영 전체에서 차
지하는 비중은 그리 높지 않다.

　연자루는 또한 그것이 교루였건 문루였건 간에, 순천읍성의 남문에
위치한 누정이었다. 즉 옛 순천읍성을 드나드는 관문에 위치한 누정이
었다. 이렇듯 교통의 요지에 자리하였다는 점에서, 연자루는 일반 누정
과 달리 또 하나의 특별한 의미를 갖는다. 그것이 바로 이별의 누정이
라는 점이다. 예로부터 성문이나 나루터와 같은 길목에서는 부득이 먼
길을 떠나는 사람을 배웅하는 안타까운 장면이 자주 연출되었다. 따라
서 길목에 세워진 누정에는 흔히 이별의 장소라는 상징적 의미가 부여
되기 마련이었다.[8] 연자루도 그중의 하나였다. 게다가 연자루에는 길목

7　김현진, 「순천지역 누정 제영시 연구」, 82쪽.

에 위치한 다른 누정들에서는 찾기 힘든, 남녀의 사랑과 이별을 내용으로 한 구체적인 이야기가 전해진다. 그것이 언제 어떻게 건립되었는지 말해주는 창건 내력을 대신하여, 그곳에서 언제 무슨 일이 있었는지를 말해주는 매우 오래된 고사가 남아 있다. 위의 1)과 2)가 바로 그런 고사가 반영된 주제이다.

위의 네 가지 주제 중에서 연자루제영의 음영 주조를 이루는 것이 1)과 2)이다. 다시 말하면, 별한의 정서와 인생무상의 감회가 서정의 주류를 이룬다. 연자루제영 82편의 70%가 넘는 60편가량의 작품에 그런 서정이 드러나 있는데, 이 부류에 드는 작품들은 거의가 연자루고사에서 소재를 취해 창작되었다.

그러면 이제 장을 바꾸어 연자루고사가 어떻게 형성되고 변이되었는지, 시간의 흐름을 좇아 제영을 통해 살펴보기로 하자. 고려 후기의 장일, 조선 전기의 서거정, 조선 후기의 이수광 작품이 주 대상이다.

3. 연자루고사의 형성과 변이

고사는 한마디로 지나간 일이다. 좀 더 부연하자면, 예부터 전해오는

---

8 그런 가까운 예로 진도의 벽파정을 들 수 있다. 벽파정이 서 있었던 벽파진은 얼마 전까지도 진도의 가장 중요한 관문 역할을 한 나루터였다. 진도는 벽파진을 통해 맞은편 해남과 연결되었으며, 멀리 제주와도 연결되었다. 그래서 벽파정에는 공무를 수행하는 관인을 비롯하여, 유배객과 탐방객 등 많은 사람들의 발길이 미쳤다. 그러면서 자연스럽게 이별의 누정으로 인식되었고, 때로는 같은 성격을 가진 중국의 노로정(勞勞亭)에 비견되기도 하였다(김신중, 「벽파정제영의 서정과 그 지향」, 『국학연구론총』 제17집, 택민국학연구원, 2016, 115~117쪽 참고).

유서 깊은 일이다. 그런데 어떤 고사가 문학적으로 의미를 갖기 위해서
는 적어도 다음 두 가지 요건을 충족해야 한다. 하나는 반복적 소재로
활용되어야 한다는 것이다. 사람들의 일회적 관심사가 아닌, 지속적인
관심의 대상이 되어야 한다는 뜻이다. 또 하나는 비유적 의미를 획득하
여야 한다는 것이다. 원래 있었던 일을 말하는 데 그치지 않고, 유사한
일과 결부되어 이차적 의미를 생산해낼 수 있어야 한다는 뜻이다. 그러
면 연자루고사는 이 두 요건을 어떻게 충족하며 형성되었을까?

현재 전하는 연자루에 관한 가장 오래된 작품은 고려 후기 장일(張鎰,
1207~1276)의 시 〈과승평군(過昇平郡)〉이다. 장일에 대해서는 『고려사』
열전에서 그 행적을 찾을 수 있다. 이 작품과 관련된 사항을 간추려 보
면, 그는 '고려 고종 10년(1223) 17세로 과거에 급제하여, 15년이 지나
승평판관이 되었고, 다시 원종(1259~1274) 초에 전라도를 안찰하였다'[9]
고 한다. 그러니 30대 초반에 승평에 판관으로 왔고, 20여 년이 지나
50대에 다시 전라도에 안찰사로 왔음을 알 수 있다. 〈과승평군〉은 장일
이 승평군을 지나며 지은 작품으로, 조선 초의 『동문선』에 먼저 실리
고, 이후 『동국여지승람』에도 수록되었다.

다음이 『동문선』에 실린 칠언절구 〈과승평군〉이다.

---

9 張鎰 (中略) 高宗朝登第 還家居十五年 補昇平判官 以政最聞 (中略) 元宗初 與侍郎
金祗錫迭 爲全羅忠淸慶尙三道按察(『고려사』 권106, 열전19, 장일; 동아대학교 석당
학술원 역주, 『국역 고려사』 24, 도서출판 민족문화, 2006, 24쪽 참고) 『동국여지승람』과
『승평지』의 '명환'조에는 "고종 때 판관을 지냈는데, 정사의 으뜸으로 알려졌다(高宗朝
爲判官 以政最聞)"고만 기록되어 있다.

霜月凄凉燕子樓   서릿달 처량한 연자루
郎官一去夢悠悠   낭관 한번 떠나가니 꿈속에도 아득했네
當時座客休嫌老   당시의 좌객이여 늙음을 미워 마오
樓上佳人亦白頭[10]   누상의 가인 역시 흰머리가 되었다오

연자루, 낭관, 좌객, 가인을 소재로 하였다. 언젠가 승평의 연자루에서 낭관, 좌객, 가인이 자리를 함께했던 좋은 시절이 있었다. 그런데 훗날 누군가가 다시 이곳을 지나며 보니, 낭관이 떠나간 후에 무심한 세월이 흐르고, 기다림에 지친 가인 역시 좌객처럼 어느새 백두가 되어 있더라는 것이다. 한때 연자루를 무대로 펼쳐졌던 낭관과 가인의 애틋한 로맨스와 더불어 세월의 무상함을 읊조린 작품이다.

그렇다면 여기서 낭관과 좌객, 그리고 가인은 누구일까? 이 의문에 대한 답을 작품 제목에 붙은 협주에서 볼 수가 있다. 즉,

일찍이 이 고을의 태수 손억이 관기 호호를 좋아하였는데, 안찰사가 되어 다시 지나다 보니, 호호는 이미 늙어 있었다(曾倅此郡太守孫億 眷官妓好好 按部重過 好好已老矣)

는 것이다. 이 협주를 통해 떠나갔던 낭관이 곧 태수 '손억(孫億)'이고, 백두가 된 누상의 가인이 관기 '호호(好好)'임을 알 수 있다. 또 좌객은 낭관으로 묘사된 태수 '손억'의 또 다른 모습으로 파악된다. 손억과 호호의 생존 시기는 확실하지 않으나, 이들 역시 장일과 같은 시대에 살았던 것으로 보인다.[11] 손억과 호호의 사랑과 이별, 이것이 곧 연자루고사를

---

10 『東文選』권20, 칠언절구;『국역 동문선』II, 민족문화추진회, 1977, 693쪽.

형성시킨 원천 이야기이다.

그런데 문제는 협주에 보이는, 안찰사가 되어 다시 이곳을 지나간, '안부중과(按部重過)'의 주체가 과연 누구냐는 것이다. 단순히 협주의 자구만을 좇는다면, 그 주체는 바로 앞선 기술 내용의 주체인 태수 손억으로 파악된다. 하지만 이 작품을 장일이 지었고, 〈과승평군〉이라는 시 제목과 '안부중과'라는 기술에 공히 '과(過)'라는 말이 쓰였다는 것으로 보아, 그 주체는 작가이자 로맨스의 관찰자인 장일로도 해석된다. 특히 당시 관료로서의 이력이 분명하지 않은 손억에 비해, 장일이 실제로 원종 초에 전라도를 안찰한 사실이 있다는 점에서 더욱 그렇다. 이런 점들을 고려하면, '안부중과'의 주체는 사실상 장일로 보는 것이 더 합리적이다.

여기서 기술의 편의상 전자를 [해석1], 후자를 [해석2]로 지칭하기로 한다. 미리 말하자면, 이 [해석1]과 [해석2]의 상반된 입장에서 연자루 고사의 [유형1]과 [유형2]가 성립되었다는 것이 여기서 논의할 주요 내용이다.[12]

'안부중과'의 주체가 손억이라는 [해석1]의 입장을 취하면, 장일의 〈과승평군〉은 손억과 호호의 이별과 재회를 노래한 작품이 된다. 오랜 기다림에 지친 호호와 안찰사가 되어 돌아온 손억이 마침내 연자루에

---

11 후대의 기록인 『승평지』에서도 장일의 시에 근거하여 손억을 고려 고종조의 인물로 기록하였다(〈先生案〉, 『승평지』, 60쪽).

12 김현진도 「순천 연자루 제영시 연구」(243~246쪽)에서 '안부중유(按部重遊)'의 주체가 누구인지 따진 후, 손억을 그 주체로 보는 입장에서 장일의 작품을 해석하였다. 하지만 이 글에서는 관점을 달리하여, 그 주체에 대한 상반된 시각이 연자루고사의 형성과 변이를 촉발시켰다고 보고 논의를 진행한다.

서 다시 만난다. 그런데 옛 모습을 잃고 이미 늙어버린 서로의 얼굴을
보며, 꿈속에서도 바랐던 재회의 기쁨보다는 세월의 무상함을 느낀다
는 것이다. 또 이와 달리 '안부중과'의 주체가 장일이라는 [해석2]의 입
장에 서면, 이 이야기에서 손억과 호호의 재회는 이루어지지 않는다.
안찰사가 되어 20여 년 만에 자신이 판관으로 있던 승평을 다시 찾은
장일의 눈에 들어온 것은 손억을 기다리다 연자루에서 혼자 늙어버린
호호의 쓸쓸한 모습이다. 그래서 작가는 달을 매개로 하여, 역시 달을
보며 어디선가 홀로 늙어가고 있을 손억(좌객)을 향해 따뜻한 위로의 말
을 던진다. 세월의 무상함보다는 이별의 정한이 더 부각되는 경우이다.
전자에 비해 〈과승평군〉의 시적 의미가 보다 자연스럽게 이해된다.

　장일 이후 연자루의 음영은 15세기의 서거정(徐居正, 1420~1488)에서
볼 수 있다. 서거정은 장일의 〈과승평군〉을 [해석1]의 입장에서 수용하
고, 연자루에 대한 감회를 〈순천연자루〉 2수로 나타냈다.

鵲兒嶺外一奚樹	작아령 밖에는 일오수
燕子樓前八馬碑	연자루 앞에는 팔마비
白髮孫郎人莫笑	백발의 손랑을 사람들아 웃지 마오
牧之曾賦子枝詩	두목도 일찍이 자지시를 지었다오
樓外年年燕子飛	누 밖에는 해마다 제비 날아드는데
樓中好好已成非	누 안엔 호호 모습 이미 보이지 않네
風流人物今安在	풍류롭던 인물들 지금은 어디 있나
一曲琵琶伴落暉[13]	한 곡조 비파소리 석양에 떨어지네

---

13 서거정의 『四佳詩集補遺』(제3권, 시류)와 『新增東國輿地勝覽』(권40 「순천도호부」,

제1수에서는 손랑이 다시 연자루를 찾은 일을 말하였다. 손랑이 호호를 찾아 돌아오기는 하였지만, 그의 귀환이 너무 늦었다는 것이 요지이다. 이와 관련하여, 두목이 일찍이 훗날을 약속하고 헤어진 여인을 너무 늦게 찾아온 까닭에 결국 인연을 맺지 못하고, 후회하며 지었다는 이른바 '자지시(子枝詩)'를 들어 손랑의 처지를 비유하였다. 그리고 제2수에서는 세월이 흐른 뒤의 쓸쓸한 연자루 정취를 묘사하였다. 세월이 흘러 호호도 손랑도 모두 이 세상을 떠났다.[14] 하지만 '연자루'라는 이름에 걸맞게 누각 밖에는 해마다 봄이면 제비가 날아든다. 세월 앞에 무상한 인간사를 변함없는 자연현상과 대비하였다.

그런데 장일과 서거정 사이에는 약 200년의 시차가 존재한다. 그 사이에 손억과 호호의 이야기가 어떻게 회자되었는지는 알 수가 없다. 또 서거정이 실제로 연자루를 탐방한 적이 있는지도 알 수가 없다. 다만 그가 장일의 〈과승평군〉을 수록한 『동문선』 편찬에 찬집관으로 참여하였다는 점에서, 『동문선』을 편찬하며 장일의 시와 관련 이야기를 접했을 가능성은 크다.

서거정은 이 〈순천연자루〉 2수 외에도 연자루를 소재로 한 작품을 몇 수 더 남겼다. 그중에서 특히 눈에 띄는 것이 〈송신종사종호압강지행희봉(送申從事從護鴨江之行戱奉)〉 4수 중의 제4수이다. 종사관으로 압록강을 향하는, 자신보다 36세 연하인 신종호를 보내며 써준 시이다.

고적)에 손억과 호호의 고사와 함께 수록되어 있다. 두 책의 편찬 시기나 수록된 내용으로 보아, 『동국여지승람』에 먼저 수록된 것을 『사가시집보유』에 다시 그대로 옮겼음을 알 수 있다.

14 제2수 승구의 '已成非'를 지금까지 모두 '이미 늙었다'는 뜻으로 해석하였다. 하지만 '이미 (죽어서) 없다'는 뜻으로 옮겨야 전체의 문맥과 어울린다.

제1·2·3수에서는 용만·영명사·부벽루·조몰대·압록강 등 서북의 풍
물을 거론하며, 자신도 젊은 시절 이곳을 호쾌하게 누비던 때가 있었음
을 회상하였다. 그렇지만 이제는 백수가 되어 북쪽을 향해 시나 읊조린
다고 하며, 제4수에서

昔日重過燕子樓   지난날 연자루를 다시 지날 제
佳人雖在將白頭   가인 비록 있었으나 또한 백두였었지
如今惆悵已奔月   이젠 슬프게도 달나라로 이미 가버렸으니
無計尋芳只自愁[15]   꽃을 찾을 방도가 없어 다만 시름뿐이네

라 하였다. 앞의 제1·2·3수에서 활달한 기상을 앞세우며 서북의 풍물을
노래하다가, 제4수에서 돌연 서북과는 멀리 떨어진 남쪽 순천의 연자루
를 호명하였다. 백발이 되어서야 연자루를 찾은 손억을 통해 자신의 늙
음을 하소연하기 위해서였다. 게다가 백두의 호호마저 이제는 죽어 달
나라로 가버렸다고 하여, 앞의 〈순천연자루〉 제2수의 쓸쓸한 의경을 다
시 드러내었다. 기구의 '석일중과(昔日重過)'에서는 장일의 〈과승평군〉
협주 '안부중과'를 차용하였다.
    이렇듯 〈송신종사종호압강지행희봉〉 제4수는 순천 연자루와 관련
인물을 직접 노래한 것은 아니다. 하지만 이를 소재로 서거정 자신의
늙음과 무상감을 비유적으로 표현하였다는 점에서 특별한 의미를 갖는
다. 연자루의 옛일이 반복적 소재로 활용되며 비유적 의미를 획득하고
있기 때문이다. 여기서 손억과 호호의 이야기가 의미 있는 문학적 고사
로 성립함을 볼 수 있다. 나아가 거의 같은 시기에 편찬된 『동국여지승

---

15 서거정, 『사가시집』, 제50권, 시류.

람』은 연자루고사의 존재를 공식화하는 역할을 담당하였다.

『동국여지승람』이 편찬되던 당시 연자루는 이미 무너지고 없었다. 따라서 연자루는 순천도호부의 '누정'조가 아닌, '고적'조에 다음과 같이 수록되었다.[16]

> 연자루는 옛날 성의 남쪽 옥천의 위에 있었다. 물을 가로질러 다리를 놓았는데, 이제 누는 없어지고 여기에 다리만 남아 있다. 지금도 연자교라 칭한다. **예전에 태수 손억이 관기 호호를 좋아하였는데, 안찰사가 되어 다시 노닐다 보니, 호호는 이미 늙어 있었다.** 통판 장일의 시가 있는데 이르기를 (작품 생략)이라 했고, 서거정의 시에 (작품 생략)이라 했다.[17]

연자루고사를 연자루의 유래 및 장일·서거정의 제영과 함께 수록하였다. 수록된 내용은 앞선 장일의 협주와 별반 다를 바 없다. 그런데 장일의 협주가 〈과승평군〉이라는 자신의 작품 제목 밑에 달린 것과 달리, 여기서는 장일과는 아무런 상관이 없는 자리에 배치되어 있다. 따라서 앞에서 논의한 '안부중과'의 주체는 당연히 이야기의 주인공인 손억으로 귀결된다. 그래서 '안부중과(按部重過)'를 '안부중유(按部重遊)'로 바꾸어, 두 사람 사이에 있었던 로맨스에 운치를 더했다. 이것이 [해석 1]의 입장에서 형성된 연자루고사로, 이를 [유형1]이라 칭하기로 한다.

---

16 『동국여지승람』의 편찬에 서거정이 총재 역할을 맡았다는 점에서, 여기에 수록된 내용에도 그의 생각이 반영되었을 것으로 보인다.

17 燕子樓 舊在城南玉川上 跨水爲橋 今樓廢獨橋存焉 至今稱燕子橋 **昔太守孫億 眷官妓好好 按部重遊 好好已老** 通判張鎰有詩云 (作品省略) 徐居正詩 (作品省略)(『新增東國輿地勝覽』권40, 순천도호부, 고적;『국역 신증동국여지승람』V, 민족문화추진회, 1969, 70쪽)

이에 반해 이수광(李睟光, 1563~1628)은 '안부중과'의 주체는 장일이
고, 손억은 다시 돌아오지 않았다는 [해석2]의 입장을 취하였다. 다음이
이수광의 제영 〈연자루〉이다.

惆悵仙郎去不歸   아아, 선랑 떠나가서 돌아오지 않았으니
一樓霜月夢依依   외로운 누 서릿달, 꿈길에도 아득했네
祇今往事空流水   이제 지난 일일랑 부질없이 흐르는 물이라
橋上東風燕子飛[18]   연자교 위 봄바람에 제비만 나는구나

한번 떠나가서 끝내 돌아오지 않은 사람. 남은 자의 쓸쓸한 기다림.
그리고 이제 물처럼 세월이 흘러 모두가 가버린 지금. 지난날 연자루가
서 있던 다리 위로 무심한 제비만 봄바람을 타고 날아든다는 것이다.
이수광은 17세기 초에 순천부사(1616.10~1619.3)를 지낸 인물로, 재임
기간 동안 제1차본『승평지』의 편찬을 주도하고,『지봉집』권18「승평
록」에 86편의 시를 남길 정도로 순천의 역사와 문화에 대해 깊은 관심
을 보였다. 그의 연자루고사 수용은 이런 관심과 식견을 바탕으로 이루
어졌다. 그는 제영 창작에만 그치지 않고, 자신의 생각을 더해 연자루
고사를 다시 정리하였다. 그것이『지봉유설』에 나오는 다음 시화이다.
장일의 〈제승평연자루시〉가 바로 〈과승평군〉의 다른 이름이다.

　장일의 〈제승평연자루시〉에 이르기를, (작품 생략)이라 했다. 승평은
　지금의 순천부이다. **장일이 일찍이 이 군의 판관이었을 때, 태수 손억이**

---

18 이수광,『芝峯集』권18,「昇平錄」. 작품의 주에 "누는 연자교 위에 있었는데, 누는 없어
　지고 다리만 남아 있다(樓在燕子橋上 樓廢橋存)"고 하였다.

있었는데 관기 호호를 좋아하였다. 장일이 안찰사가 되어 다시 오기에 이
르러, 호호는 이미 늙어 있었다. 그래서 이렇게 읊조렸다. 낭관은 손억을
가리킨다. 신광한 시의 "고을 수령으로 다시 오니 오히려 청안인데, 이
별 후에 가인은 이미 백두가 되었네" 역시 이러한 뜻이다.[19]

손억이 호호를 좋아했던 일이 장일이 승평판관이었을 때 있었던 일
이고, '안부중과'의 주체가 손억이 아닌 장일임을 명시하였다. 앞에서
모호했던 장일에 대한 기술을 분명히 하며, 『동국여지승람』과는 다른
태도를 취하였다. 그러면서 '안부중과(按部重過)'를 '안부중래(按部重來)'
로 바꾸었다. 서술자가 자신의 위치를 다른 곳이 아닌 순천으로 의식한
결과이다. 이수광이 순천부사의 입장에서 이 시화를 서술하였음을 알
수 있다. 또 신광한 시의 '청안'과 '백두'는 손억과 호호가 아닌, 장일과
호호의 상징적 표현이다. 이것이 [해석2]의 입장에서 형성된 연자루고
사로, 이를 [유형2]라 칭하기로 한다.

이렇듯 두 유형으로 형성된 연자루고사의 줄거리를 비교하면 다음과
같다.

구성	유형1	유형2
기	손억과 호호가 만나 서로 좋아함	좌동
승	손억이 떠나고 호호가 남아 기다림	좌동
전	손억이 돌아와서 재회함	손억이 아닌 장일이 돌아옴
결	서로의 모습에서 무상함을 느낌	호호의 백발에서 무상함을 느낌

연자루고사가 이 두 유형으로 형성된 것은 첫 번째 제영인 장일의 〈과승평군〉 협주 내용의 모호성 때문이다. 그로 인해 [유형1]이 먼저 형성되었고, [유형2]가 변이형으로 파생되었다.

구성을 보면, [유형1]은 전형적인 애정설화의 형태를 반영하고 있다. '만남-이별-재회'의 줄거리가 그렇다. 따라서 [유형1]의 형성은 비슷한 줄거리를 가진 애정설화의 강한 흡인력을 바탕으로 이루어졌다고 할 수 있다. 주제는 감격적인 연인의 재회보다는 세월의 무상함에 더 무게가 실린다.

이에 비해 [유형2]는 실제로 있었던 역사적 사실에 보다 충실하려는 태도에서 파생되었다고 할 수 있다. 고려 원종 때 안찰사를 지낸 이력이 확인되는 장일을 '중래자(重來者)'로 등장시켰다는 점에서 그렇다. 고증적 성향을 가진 이수광의 학문 태도가 반영된 결과이다. 헤어진 연인의 재회는 이루어지지 않고, 대신 이별의 정한이 주제로 부각된다. 재회의 부재로 인한 극적 요소의 감소로, [유형1]에 비해 제영에 미친 설화적 영향력은 덜했던 것으로 보인다. 반면에 그리워하면서도 만나지 못했다는 비극적 요소가 가미되어, 현대의 문화감성과 더 가까워진 일면이 있다.

그런데『동국여지승람』에 실려 있던 연자루고사는『승평지』에서 철저하게 외면되었다.『승평지』가『동국여지승람』을 증보하는 성격을 가졌다는 점에 비추어[20] 이례적인 일이다.『승평지』'누정'조의 '연자루'항에는 고사와 관련된 언급은 없이, 그것의 위치·형태·건폐 이력과

---

20 이욱, 「임란 이후 순천지역 사족의 변화와『승평지』편찬」, 『대구사학』제124집, 대구사학회, 2016, 10쪽.

함께 제영으로는 노숙동(盧叔仝)의 시구만이 수록되어 있다.[21] "팔마비에 세월 깊어 거친 풀 무성하고, 연자교에 물결 일어 지는 꽃잎 떠가네 (馬碣歲深荒蘇合 燕橋波漲落花流)"가 그것이다. 보다시피 노숙동의 제영은 연자루고사와는 무관한 것으로, 원래『동국여지승람』의 '제영'조에 '연자루'항과는 별도로 실려 있었다. 또『동국여지승람』의 '고적'조 '연자루'항에 있던 장일과 서거정의 작품 중, 서거정의 것은『승평지』의 '제영'으로 자리를 옮겼고, 장일의 것은 아예『승평지』에 실리지 않았다. 이것이 [유형2]의 등장에 따른 사실 논란의 결과인지, 아니면 애정설화 자체에 대한 인식의 문제인지에 대해서는 판단하기 어렵다. 하지만 어느 편이든, 공적 영역인 지역사 편찬 과정에 작용된, 점차 강고해진 조선의 유교적 경건주의와 관련이 있을 것이다.

이런 상황에서 이수광은『승평지』에 누락된 장일의 제영을 사적 영역인『지봉유설』에 수록하며, 자신의 관점에서 연자루고사를 [유형2]로 수용하였다. 이후 제영을 통한 연자루고사의 음영은 이 두 유형을 넘나들며 매우 활발하게 전개되었다.

4. 연자루의 문화적 표상

사실 손억과 호호의 로맨스는 매우 단순한 줄거리를 가진 이야기로, 그 자체만으로는 크게 흥미를 끌만한 요소를 갖고 있지는 않다. 그럼에도 수백 년 동안 사람들의 관심을 끌며 음영의 대상이 되어 왔던 것은

---

21 『승평지』, 4쪽.

그것이 연자루라는 특별한 공간과 결부되었기 때문이다. 그러므로 이
제 '연자루'라는 이름에 유의하여 그 문화적 의미를 살펴보기로 한다.

'연자(燕子)'는 '제비'이다. 그러니 연자루는 이름 그대로 '제비의 집'
이라는 뜻이다. 그렇다면 제비는 무엇인가? 제비는 한곳에 정착하지 못
하는 철새로서, 계절이 바뀌면 떠나가야 하는 숙명을 지닌 존재이다.
마치 왔다가는 가버리고, 혹은 가서는 다시 돌아오지 않는, 믿을 수 없
는 임과 같은 존재이다. 그래서 흔히 제비는 바람둥이에 비유된다. 그
것이 반짝이는 날개와 함께 매끄러운 자태를 가졌다는 점에서 더욱 그
렇다. 또 제비를 뜻하는 '연(燕)'이라는 글자는 사랑을 뜻하는 '연(戀)'이
나 '연(憐)'을 환기시키기도 한다.[22] 그러니 연자루는 다시 '사랑의 집'이
라는 뜻을 갖는다.

〈제비처럼〉이라는 다음 대중가요의 노랫말은 제비의 그런 이미지를
잘 보여준다.

> 꽃 피는 봄이 오면 내 곁으로 온다고 말했지
> 노래하는 제비처럼
> 언덕에 올라보면 지저귀는 즐거운 노랫소리
> 꽃이 피는 봄을 알리네
> 그러나 당신은 소식이 없고
> 오늘도 언덕에 혼자 서있네
> 푸르른 하늘 보면 당신이 생각나서
> 한 마리 제비처럼 마음만 날아가네

---

22 마찬가지로 '호호(好好)'라는 이름은 '호호백발(皜皜白髮)'을 연상시킨다. 이런 유사한
   음성 상징이 연자루고사에 흥미를 더해주는 요소이다.

당신은 제비처럼 반짝이는 날개를 가졌나
다시 오지 않는 님이여

여기서 노랫말의 화자를 호호로 바꾸어 보면, 조금도 어색하지 않다. 아니 오히려 호호를 화자로 상정하여 만들어진 노랫말이라고 할 수 있을 정도이다. 오지 않는 임, 애타게 기다리는 화자, 그리고 무심히 나는 제비, 앞에서 본 이수광의 제영과 소재까지 일치한다. 연자루고사 [유형2]가 현대의 문화감성과 잘 부합됨을 보여주는 좋은 예이다.

당초 연자루라는 이름이 어떤 연유에서 붙여졌는지는 밝혀져 있지 않다. 그러니 그것이 제비의 이런 상징을 의식하여 붙여졌는지 여부는 이 글 관심 밖의 일이다. 다만 하나 덧붙일 것은, 같은 이름과 성격을 가진 누정이 중국에도 존재한다는 사실이다. 당나라 정원(貞元, 785~805) 연간에 서주자사(徐州刺史) 장음(張愔)이 애첩 관반반(關盼盼)을 위해 서주 교외에 세웠다는 연자루가 그것이다. 관반반은 그곳에서 장음이 죽은 후에도 10여 년을 수절하며 살다가 생을 마쳤다. 그래서 연자루는 '애첩의 집'이라는 뜻도 갖는다. 지금의 표현으로 옮기면 '연인의 집'이 될 것이다. 순천 연자루에 제영을 남긴 문인들 역시 서주의 연자루를 익히 알고 있었다. 그래서 순천 연자루의 제영에는 서주의 연자루가 곧잘 등장한다.

溝水東西碧玉流	성벽 따라 동서로 벽옥수가 흐르고
七分明月古徐州	칠 분 달이 밝은 옛 서주인데
酒醒今夜知何處	술 깬 오늘밤 어디인가 알아보니
腸斷城南燕子樓[23]	애간장 끊어지는 성 남쪽 연자루라네

순조 초에 수년 동안(1801~1805) 순천에 유배되었던[24] 송경진사 한재
렴(韓在濂, 1775~1818)의 〈십영(十詠)〉 중 제1수이다. 순천 연자루를 서주
연자루에 빗대어 읊조렸다. 연자루를 애간장이 끊어지는 곳이라 한 것
은 관반반과 호호의 고사를 앞세워 유배객인 자신의 심경을 드러낸 중
의적 표현이다. 아직 보름달은 아니지만 밝은 달이 뜬 밤, 술에서 깨어
나 보니 자신이 성의 남쪽 연자루에 있더라는 것이다.

여기서 연자루가 순천읍성의 남쪽 길목에 위치하여 '이별의 장소'라
는 상징적 의미를 가지게 되었다고 앞에서 이미 언급한 내용을 다시
떠올릴 필요가 있다. 연자루는 붙여진 이름과 서 있던 위치로 인해, 처
음부터 이미 사랑과 이별이라는 강한 상징적 의미를 가질 수밖에 없었
다. 게다가 일찍이 형성된 사랑, 이별, 재회, 무상이라는 키워드를 가진
연자루고사는 그런 이미지를 더욱 강화시켜주는 역할을 하기에 충분하
였다. 결국 이런 점들을 종합해 보면, 연자루의 표상은 한마디로 '사랑'
이라고 할 수 있다. 그 아래 만남, 이별, 재회, 무상 등의 서브 디렉터리
가 존재한다.

예로부터 순천은 흔히 '소강남'이라 불렸다. 산수가 기이하고 아름답
다고 하여 붙여진 별칭이다. 18세기의 향토문인 조현범(趙顯範, 1716~
1790)은 순천의 역사와 문화를 노래한 악부시『강남악부(江南樂府)』153
편의 첫 번째인 〈강남롱(江南弄)〉 서두에서, 순천의 자랑거리로 환선정
과 연자루를 다음과 같이 맨 먼저 호명하였다. 제4·5행에 묘사된, 신선

---

23 『승평지』, 45~46쪽.
24 이현일, 「심원자 한재렴 시 연구」, 『민족문학사연구』 56, 민족문학사학회, 2014, 251~
   253쪽.

과 제비의 소리 들리는 그림 같은 누각이 바로 환선정과 연자루이다.

湖海形勝	호해의 형승
一大都護	순천 대도호부
自古佳麗江南	예로부터 아름다운 강남
粉樓畫閣	그림 같은 누각에는
仙語燕喃[25]	신선의 말과 제비의 노래

이렇듯 연자루가 순천을 대표하는 명소였다면, 연자루의 표상은 곧 순천의 표상이기도 할 것이다. 그동안 연자루고사의 주제처럼 무상한 세월이 흘러 많은 것이 변하고 없어졌다. 그렇지만 연자루에는 지금도 옛 연인들의 로맨스를 담은 고사가 남아 있다. 그래서 연인들 만남의 장소라는 연자루의 이미지가 부각된다. 특히 그것이 원래 남문 밖 옥천의 연자교라는 다리 위에 있었다는 점에서, 말 그대로 연자루는 '사랑의 집'이자 '사랑의 가교'로 새겨진다. 소강남이라는 순천의 별칭과도 잘 어울리는 표상이다.

---

25 『국역 강남악부』, 순천대학교 남도문화연구소, 1991, 237쪽. 조현범은 또 『강남악부』의 여덟 번째 〈孫太守〉에서 연자루고사를 [유형1]로 수용하였다. 그는 먼저 小序에서 『동국여지승람』에 실린 고사의 내용과 장일의 시를 그대로 인용한 다음, "有妓名好好/樓上歌舞春風早/自古朱顏不再來/何處郎官被花惱/君莫嫌孫太守重來尋舊遊/一回少一回老"라 시화하였다.

5. 맺음말

연자루제영의 중심 주제는 이별의 정한과 세월의 무상함이다. 보통의 누정제영이 주변의 좋은 경치나 자연과의 교감을 앞세우는 것과는 크게 다른 현상이다. 이런 현상이 나타나게 된 요인으로 가장 주목되는 것이 바로 연인들의 로맨스를 다룬 연자루고사의 존재이다. 그래서 지금까지 관련 제영을 통해 연자루고사의 형성과 변이 및 연자루의 문화적 표상을 살폈다. 장일, 서거정, 이수광의 제영 및 『동국여지승람』과 『지봉유설』의 기록이 주요 대상이었다.

연자루고사의 형성은 연자루의 첫 번째 제영인 장일의 〈과승평군〉에서 비롯된다. 특히 〈과승평군〉의 제목 협주 내용이 주목되는데, '안부중과(按部重過)'의 주체가 누구인가에 대한 해석상의 이견이 연자루고사를 두 유형으로 형성시켰다. 그 주체를 손억으로 본 서거정의 제영과 장일로 본 이수광의 제영이 그것으로, 『동국여지승람』과 『지봉유설』이 그러한 태도를 직설적으로 반영하여 기술하였다. 그래서 『동국여지승람』은 고사의 주인공인 손억의 행위를 의식하여 '안부중과'를 '안부중유(按部重遊)'로 바꾸었으며, 『지봉유설』은 순천에 위치한 서술자의 시각에서 '안부중래(按部重來)'로 표현하였다. 원래의 '안부중과'가 지나가는 관찰자인 장일의 입장을 반영한 것과 대조적이다. 손억과 호호의 만남과 이별을 기본 줄거리로 한 연자루고사 두 유형의 가장 큰 차이는 헤어진 남녀 주인공의 재회 유무에 있다. 이야기의 중심 주제로는 각각 세월의 무상함과 이별의 정한이 부각되는데, 이는 곧 연자루제영의 중심 주제와도 일치한다. 이 밖에도 연자루의 이름이나 위치 등을 고려해 보면, 연자루의 문화적 표상은 만남·이별·재회·무상 등을 아우르는 남녀 간의 사랑으로 요약된다.

한국시가에는 남녀 간의 사랑과 이별에 따른 그리움을 절절히 노래
한 일련의 작품들이 있다. 그런 노래의 주인공들이 홍장과 박신, 홍랑
과 최경창, 이매창과 유희경 등이다. 호호와 손억의 연자루고사는 그것
이 생성된 시기로 보아 이런 유형 이야기의 원조 격에 해당된다. 여기
에 연자루고사의 의의와 함께 문화콘텐츠로의 활용 가능성이 존재한
다. 연자루가 있는 순천은 2013년 국제정원박람회를 성공적으로 개최
하였고, 지금은 그 터전을 국가정원으로 가꾸어 정원도시를 표방하고
있다. 그런데 한국의 전통정원인 원림의 중심에는 누정이 위치한다. 따
라서 옛 순천의 대표적 문화공간이었던 연자루를 '순천만국가정원'과
연계하여 콘텐츠화하는 일은 충분한 당위성을 갖는다. 이 글에서 논의
한 연자루고사와 동일한 유형을 가진 이야기나 노래를 활용하여 연자
루에 현재적 의미를 부여하는 방안을 모색할 수도 있다. 이를 위해 일
차적으로는 죽도봉공원에 위치한 현재의 연자루 공간을 활용할 수 있
겠지만, 보다 적극적으로는 순천읍성 남문루라는 원래의 위치를 고려
하여 연자교와 함께 복원하거나, '순천만국가정원'의 한국정원 공간에
재현하는 것도 좋을 것이다.

문학적 측면에서 누정에 대한 연구는 대개 그것이 시문의 산실이라
는 관점에서 진행되어 왔다. 그래서 어느 특정 누정에 출입하였던 문인
들의 면면과 그들이 남긴 작품들을 정리하는 데 관심이 집중되었다. 즉
누정문인과 누정작품 연구를 주요한 연구 대상으로 삼았다. 누정에 대
한 가장 기초적인 자료가 그곳에서 산출된 시문의 형태로 존재한다는
점에서 당연하고 기본적인 태도이다. 그렇지만 이 글에서는 누정을 기
능적으로 대하는 이런 일반적인 태도와 관점을 달리하여, 연자루제영

의 성격보다는 연자루제영을 통해 연자루 자체의 성격을 파악하는 데 중점을 두었다. 연자루를 단순히 시문의 산실이나 배경으로 보는 데 그치지 않고, 그 자체를 시문의 표현 대상으로 보는 입장에서 접근하였기 때문이다. 이러한 논의가 연자루를 여전히 살아있는 문화공간으로 인식하는 감성적 통로 역할을 할 수 있기 바란다.

광주 석서정의 명칭과 〈석서정기〉

1. 머리말

석서정(石犀亭)은 고려 말 전라도 광주에 건립되었던 누정이다. 『동국여지승람』이나 이후의 『광주읍지』 기록에 의하면 석서정은 현(또는 주)의 남쪽 2리에 있었다고 한다. 〈석서정기(石犀亭記)〉는 석서정이 건립된 후 이색(李穡, 1328~1396)에 의해 작성되었는데, 그 내용에 의하면 석서정의 건립자는 당시 광주목사로 있던 김상(金賞, ?~1389)이었다.

그런데 고려 때 광주의 행정상 명칭과 지위는 일정치 않아 '광주(光州)', '해양현(海陽縣)', '익주(翼州)', '무진주(武珍州)', '화평부(化平府)', '무진부(茂珍府)' 등으로 일컬어지다가, 공민왕 22년(1373)에 광주로 복칭되며 목이 되었다.[1] 그런 한편 건립자 김상의 광주목사 재임 기간이 언제였는지는 분명하지 않다. 다만 그의 말년 행적만이 『고려사』에 일부 기록되어 있다. 즉 밀직부사(密直副使)로 있던 우왕 13년(1387) 11월 전

---

1 『신증동국여지승람』권35, 광산현, '건치연혁'조 참고.

라도조전원수(全羅道助戰元帥)가 되었으며, 이듬해에는 이성계의 위화
도 회군에 참여하였고, 이어 공양왕 1년(1389) 왜구가 함양을 침입하자
진주절제사(晋州節制使)의 신분으로 구원에 나섰다가 전사하였다고 한
다.[2] 이로 보아 김상의 광주 목사 재임이 우왕 13년 이전이었음은 확실
하다. 따라서 석서정의 건립 시기는 광주가 목의 지위를 회복한 공민왕
22년에서 우왕 13년 사이가 되며, 공민왕의 재위 기간이 23년인 것을
고려하면 그냥 고려 우왕 때라 하여도 무방할 것이다.

또 석서정이 창건된 이후 어떤 과정을 거쳐 언제까지 존재하였는지
에 대해서도 지금 상세히 알 수는 없다. 추측건대 지리지로서 석서정에
대해 직접 언급하고 있는 가장 오래된 문헌인 『동국여지승람』에서 이
를 '누정'조가 아닌 '고적'조에 수록하고 있는 것으로 보아,[3] 건립 이후
대략 100년이 지난 조선 성종(1470~1494) 무렵에는 이미 퇴락한 것이
아닌가 여겨질 뿐이다.

이렇듯 석서정은 그 유서가 깊어 광주의 전통문화와 관련하여 매우
주목되는 누정이다. 하지만 현재 그 유구조차 남아있지 않음은 물론,
유허가 어디인지도 분명하지 않다. 다만 한 가지 다행스러운 점은 이색
의 기문이 남아있어 창건 당시의 정보를 제공해 준다는 것이다. 하지만
석서정에 대한 지역의 높은 관심에도 불구하고, 그 명칭과 기문에 대한
상세한 검토나 해명조차 아직 제대로 이루어지지 않았다. 이에 '석서
정'이라는 명칭에 담긴 의미를 살펴보고, 〈석서정기〉의 내용 검토를 통
해 그 문화사적 의의를 정리해 보는 것이 이 글의 주된 목적이다.

---

2 『고려사』, 「열전」, '辛禑'·'辛昌'조 및 『한국역대인명사전』(이회, 2009) 참고.
3 『동국여지승람』 이후의 『광주읍지』들에서도 이를 답습하여 '고적'조에 수록하였다.

2. 석서정 명칭의 함의

석서정의 '석서(石犀)'는 돌로 만든 물소, 즉 '돌물소'이다.⁴ 따라서 석
서정이란 곧 돌물소의 정자란 뜻이다. 그러기에 석서정의 '석서'에 숨
은 의미를 파악하기 위해서는 소 또는 물소에 대한 탐색이 당연히 선행
되어야 할 것이다.

동양에서 소가 지니고 있는 표상은 그 스펙트럼이 매우 다양하다. 신
령스러운 존재로 간주되어 숭배의 대상이 되는가 하면, 우매함의 대명
사가 되어 조롱의 대상이 되기도 한다. 그런데 특히 전자와 관련된 이
야기에는 소가 물의 재앙을 물리친다는 속신에 바탕을 둔 것이 많다.
즉 소를 물속에 가라앉혀 제사를 지내거나 물가에 세워두면, 재앙을 일
으키는 각종 악귀를 물리칠 수 있다는 믿음에 근거한다. 중국에서 '돌
이나 청동으로 만든 소를 강에 던져 홍수를 누르고 제방을 보호했다'⁵
고 하는 침우(沈牛, 또는 沈犀)가 그것이다. 소와 물에 크게 의존할 수밖
에 없었던 옛 농경 사회의 생존을 위한 사고와, 강한 힘을 가진 소의
이미지가 결부되어 성립한 믿음일 것이다.

그런데 이 침우의 원형이 바로 전국시대 진(秦)나라 이빙(李冰)의 행
적에서 찾아진다. 이빙은 진나라 소왕(昭王) 때 촉군(蜀郡)의 태수를 지
냈던 인물이다. 그런데 당시 촉군에는 양자강 수계에 속하는 민강(岷江)
의 범람으로 인한 피해가 막대하였다. 이에 제방을 쌓고 물길을 나누
어, 백성들의 생활을 안정시킨 인물이 이빙이다. 특히 그는 치수 과정

---

4 자전에서는 보통 '犀'를 '무소(코뿔소)'로 옮기고 있으나, 여기서는 '물소'로 보는 것이
보다 적절하다.
5 『한국문화상징사전』, 동아출판사, 1992, 425쪽.

에서 돌물소를 만들어 물귀신을 진압하였을 뿐만 아니라, 백성들을 괴롭히는 강신을 쟁투 끝에 물리치기도 하는 등 설화적 인물로도 전승되고 있다. 북위(北魏, 386~534)의 역도원(酈道元)이 쓴 『수경주(水經注)』에 실린 이야기이다.

『풍속통』에 이르기를, "진의 소왕이 이빙을 촉군의 태수로 삼았는데, 성도에 두 강을 개착하여 관개한 경지가 만경이다"라고 하였다. 강신이 해마다 동녀 두 명을 취하여 아내로 삼으니, 이빙이 자신의 딸을 강신과 혼인시키려 하였다. 곧바로 신사에 이르러 강신에게 술을 권하였으나, 술잔은 항상 변함없이 조용하였다. 이빙이 성난 목소리로 그를 꾸짖었는데, 홀연 모습이 보이지 않았다. 한참 지나서 어떤 소 두 마리가 강안 옆에서 싸웠다. 얼마 있다가 이빙이 돌아와서는 땀을 흘리며 관속들에게 말하기를, "내가 싸우느라 크게 바쁘니, 마땅히 서로 도와야 할 것이다. 남쪽을 향한 자의 허리 가운데가 순백색인 것이 나의 인끈이니라"라고 하였다. 주부가 북쪽을 향한 자를 찔러 죽이자, 강신이 마침내 죽었다. 촉군 사람들이 그 기결을 흠모하여 무릇 건장한 사람을 '빙아'라 이름 하였다.
　진의 혜왕 이십칠 년 장의와 사마착 등을 보내 촉나라를 멸망시키고, 마침내 거기에 촉군을 두었다. 왕망이 그것을 고쳐 도강이라 하였다. 장의가 성도에 축성하며 함양을 본떴다. (중략) 서남의 석우문을 시교문이라고도 한다. 오한이 촉에 입성하며, 날쌘 기병으로 하여금 광도로부터 먼저 와 그것을 불태우게 하였다. 다리 아래를 석서연이라 일컫는다. 이빙이 옛적 돌물소 다섯 마리를 만들어 물귀신을 진압하였으며, 남강에 석서거를 파고 그곳을 서우리라 명하였다. 나중에 물소 두 마리로 바뀌었는데, 한 마리는 부시의 시교문에 두고, 한 마리는 석서연에 가라앉혔다.[6]

　인용문의 앞부분은 진 소왕 때 이빙이 촉군의 태수가 되어 성공적인
치수로 많은 관개 경지를 확보하였다는 사실과 더불어, 소로 변하여 백
성들을 괴롭히는 강신을 물리쳐 건장한 사람의 대명사로 추앙되었다는
설화적 내용을 담고 있다. 또 뒷부분에서는 이보다 앞서 진의 혜왕 때
촉나라를 멸망시켜 대신 촉군을 설치하고 장의가 성도에 축성한 사실
및 후한 광무제 때 공손술을 치기 위해 성도에 들어왔던 오한의 군대가
그 성문을 불태운 일을 말하였다. 아울러 이빙이 돌물소 다섯 마리를
만들어 그것을 강에 가라앉혀 물귀신을 진압하였음을 언급하였다.[7] 그
런데 후대로 오면서 물귀신을 진압한 이러한 의식에 변화가 생겨 돌물
소 다섯 마리가 아닌 두 마리를 이용하는 것으로 바뀌었다고 하였다.
한 마리는 물가에 세워두고 한 마리만을 물속에 가라앉히면, 이 두 마
리로도 물의 재앙을 막는다는 상징적 의미를 드러내기에 충분하였기
때문이었을 것이다.

6　風俗通曰 秦昭王使李冰爲蜀守 開成都兩江 漑田萬頃 江神歲取童女二人爲婦 冰以
　其女與神爲婚 徑至神祠勸神酒 酒杯恒澹澹 冰厲聲以責之 因忽不見 良久 有兩牛鬪
　於江岸旁 有間 冰還 流汗謂官屬曰 吾鬪大亟 當相助也 南向腰中正白者 我綬也 主簿
　刺殺北面者 江神遂死 蜀人慕其氣決 凡壯健者 因名冰兒也 秦惠王二十七年 遣張儀
　與司馬錯等滅蜀 遂置蜀郡焉 王莽改之曰導江也 儀築成都 以象咸陽 (中略) 西南石
　牛門曰市橋 吳漢入蜀 自廣都令輕騎先往焚之 橋下謂之石犀淵 李冰昔作石犀五頭
　以厭水精 穿石犀渠於南江 命之曰犀牛里 後轉犀牛二頭 一頭在府市市橋門 一頭沈
　之於淵也(酈道元,『水經注』, 卷33, 江水)
7　이에 대해 淸의 沈炳巽이 찬한『水經注集釋訂訛』에서는『明一統志』의 기록을 빌어
　"석서는 성도부성의 남쪽 삼십오 리에 있다. 진의 태수 이빙이 돌물소 다섯 마리를 만들
　어, 그것을 강에 가라앉혀 수괴를 진압하였다. 후에 지방 사람들이 강상에 사당을 세워
　이빙을 제사하였는데, 부르기를 석서묘라 하였다(石犀在成都府城南三十五里 秦太守
　李冰作五石犀 沈之于江以厭水怪 後士人立廟江上以祀冰 號曰石犀廟)"는 내용을 덧
　붙였다.

이러한 치적 외에 이빙에 대해 알려진 바는 그리 많지 않다. 그가 언제 태어나서 언제 죽었는지는 물론, 어느 곳 출신인지도 분명하지 않다. 일설에는 그에게 아들이 있어 부자가 함께 노력하여 치수의 큰 업적을 남겼다고도 한다. 때문에 후세 사람들에 의해 이빙 부자를 추앙하는 사당이 건립되는 등 신격화가 이루어지기도 하였으며, 그들의 행적이 소설이나 희극으로 각색되기도 하였다. 당시 이빙에 의해 이루어졌다는 수리시설은 많은 세월이 흐른 지금도 매우 유명한 문화유산으로 남아 있다. 어취(魚嘴), 비사언(飛沙堰), 보병구(寶瓶口), 이퇴(離堆) 등의 시설물로 이루어진 성도의 도강언(都江堰)이 바로 그것이다. 도강언은 현재 유네스코 세계문화유산으로 지정되어 있다.

한편 물소가 물의 재앙을 물리친다는 믿음은 단순히 민간신앙에 그치지 않고 도교의 신선술에도 수용되었다. 통천서(通天犀)의 뿔을 이용하면 물속에서도 숨을 쉴 수 있다는 방법이 그것이다. 동진(東晉, 317~420) 사람 갈홍(葛洪)의 『포박자(抱朴子)』에 나오는 이야기이다.

> 통천서의 진짜 뿔 삼촌 이상을 얻어, 물고기 모양으로 깎아, 그것을 입에 물고 물에 들어가면, 물은 항상 사람을 위해 갈라지는데, 사방이 삼 척이라, 가히 물속에서 숨을 쉴 수 있다[8]

『포박자』는 주로 어떤 사람의 물음에 포박자가 대답하는 문답 형식으로 기술되어 있다. 그런데 '물 위를 걷거나 물속에 오래 있는 방법이

---

8 得眞通天犀角三寸以上 刻以爲魚 而銜之以入水 水常爲人開 方三尺 可得氣息水中 (葛洪,『抱朴子』, 內篇, 卷第十七 登涉)

무엇이냐'는 어떤 사람의 물음에 포박자가 대답한 몇 가지 방법 가운데 하나가 위에 인용한 통천서의 뿔을 이용하는 것이다. 통천서는 물소의 일종인데, 그 뿔은 가운데에 구멍이 길게 뚫려있어 상하가 서로 통한다고 한다. 그래서 '통천(通天)'이라는 이름을 얻었으며, 주술적인 힘이 있다고 믿어졌을 것이다. 이러한 통천서의 뿔을 얻어 물고기 모양으로 깎아 그것을 입에 물고 들어가면, 사방의 물이 저절로 삼 척가량 갈라져 물속에서도 숨을 쉴 수 있다는 것이다. 통천서가 물을 제압하는 능력이 있다는 믿음에 기반을 둔 이야기이다. 이 밖에도 "안개와 이슬이 짙은 밤에도 통천서의 뿔을 뜰 가운데 놓아두면 끝내 젖지 않는다(大霧重露之夜 以置中庭 終不沾濡也)"는 등의 관련 내용이 『포박자』에 보인다.

이렇듯 소 특히 물소가 능히 물을 제압하여 재앙을 물리칠 수 있다는 믿음은 고대부터 상당히 보편적으로 존재하였던 것으로 보인다. 그런데 이러한 주술적 신앙을 유교의 합리주의적 사고를 통해 바라보면, 그것은 다름 아닌 괴력난신(怪力亂神)을 섬기는 미신에 불과한 것으로 인식되기 마련이다. 그러한 시각을 단적으로 보여주는 것이 곧 두보(杜甫)의 시 〈석서행(石犀行)〉이다. 〈석서행〉에는 "이빙이 돌물소 다섯 마리를 만들어 물귀신을 진압하였으며, 강남에 석서계를 파고 서우리라 명하였다(李冰作石犀五頭 以厭水精 穿石犀溪於江南 名犀牛里)"는 앞에서 본 『수경주』의 내용과 같은 부제가 붙어 있어, 그것이 곧 이빙의 돌물소를 제재로 한 작품임을 바로 알 수 있다.

君不見秦時蜀太守　　그댄 보지 않았는가, 진나라 때 촉의 태수가
刻石立作三犀牛　　　돌을 쪼아 세 마리 물소를 만들어 세웠음을
自古雖有厭勝法　　　예부터 비록 엽승법이 있기는 하였으나

天生江水向東流	하늘이 낸 강물은 동쪽으로 흘러갔다네
蜀人矜誇一千載	촉 지역 사람들이 일천 년을 자랑하길
汎溢不近張儀樓	물이 넘쳐도 장의루엔 가깝지 않았다 하네
今年灌口損戶口	금년 관구에 호구를 줄이니
此事或恐爲神羞	이 일로 혹 신령이 부끄러울까 저어한다네
終藉堤防出衆力	마침내 제방을 빙자하여 많은 힘 뽑아내니
高擁木石當淸秋	목석을 높이 쌓으며 가을을 당하였네
先王作法皆正道	선왕이 지은 법은 모두가 정도인데
鬼怪何得參人謀	귀괴가 어찌 사람의 꾀에 참여할까
嗟爾三犀不經濟	아아, 너희 세 마리 물소론 경세제민 못하리니
缺訛只與長川逝	이지러져 다만 긴 내와 함께 떠내려가리
但見元氣常調和	오직 원기가 항상 조화롭게 된다면
自免洪濤恣凋瘵	큰물에 입은 피해 저절로 면하리니
安得壯士提天綱	어찌 장사를 얻어 하늘 기강 끌어다가
再平水土犀奔茫[9]	다시 수토를 평정하며 물소를 내닫게 하랴

  옛적 진나라 때 이빙이 돌물소를 만들어 물귀신을 진압한 사실을 엽
승법으로 치부하고, 이와 무관하게 하늘이 낸 당초부터 강물은 동쪽을
향해 흘렀다고 하였다. 엽승이란 주술로써 사악함을 굴복시켜 이긴다
는 뜻으로, 근래는 땅의 어떤 불길한 기운을 눌러 제압한다는 풍수 용
어로 주로 사용되는 말이다. 돌물소에 대한 믿음을 엽승 즉 부질없는
주술쯤으로 생각하고, '귀괴(鬼怪)'에 불과한 돌물소로는 결국 경세제민
을 하지 못한다고 하였다. 다만 정치에서 백성의 삶을 먼저 생각하며

---

9 高文 主編, 『全唐詩簡編』上, 상해:고적출판사, 1995, 581~582쪽. 위 시의 물소 '세
  마리'는 '다섯 마리'의 잘못으로, 『전당시간편』의 해당 부분에 '當作五'라는 주가 붙어
  있다.

선왕이 남긴 법대로 정도를 지키고, 자연의 원기가 항상 조화롭게 된다면 홍수의 피해는 저절로 면할 수 있다는 것이다. 그러니 어찌 수토를 평정키 위해 이빙 같은 장사를 얻어 또다시 돌물소를 만들 필요가 있겠는가? 자연재해를 극복하기 위해서는 주술적 미신에 기대는 것이 능사가 아니고, 자연 질서를 따르며 진실로 백성을 생각하는 마음이 중요하다는 것을 설파하였다.

요약하면 중국에서는 일찍부터 소 특히 물소가 물을 제압할 수 있다는 생각 아래, 돌물소를 만들어 물속에 가라앉히거나 물가에 세워두고 수재를 면하고자 하는 주술적 신앙이 형성되어 있었다. 여기서 침우의 대표적인 사례를 이빙에게서 확인하였으며, 또 도교에도 역시 물소가 능히 물을 제압한다는 믿음이 존재하였음을 보았다. 하지만 유교적 입장에서는 그것을 부질없는 미신쯤으로 인식하기도 하였다. 이러한 사실들을 통해 돌물소의 정자를 뜻하는 석서정이라는 이름이 곧 수재를 막기 위한 취지에서 붙여졌음을 알 수 있다.

3. 〈석서정기〉의 내용

누정의 기문은 대개 해당 누정의 창건이나 중건 내력, 창건자나 중건자의 의도나 소망, 주변의 지세, 명칭의 의미 등을 담기 마련이다. 즉 해당 누정의 전반적 면모에 대한 종합 기록으로, 그 연구의 가장 일차적 자료가 된다. 그런데 관련 자료가 많지 않은 석서정에도 다행히 고려 말 이색이 쓴 기문이 남아 있음은 이미 앞에서 언급한 바 있다. 이제 그 내용을 구체적으로 검토하기로 한다.

이색의 〈석서정기〉는 현재 『동문선』, 『동국여지승람』, 『목은문고』 및 수 종의 『광주읍지』에 수록되어 있다. 각 문헌에 수록된 내용은 거의 대동소이하며, 몇 군데에서 글자의 가감과 교체가 발견된다. 그런데 필자가 『동문선』과 『동국여지승람』 및 『목은문고』를 대조해 본 바에 따르면, '동문선본'이 가장 선본으로 여겨진다. 따라서 이 글에서는 동문선본을 대본으로 삼는다.[10] 그 전문은 모두 627자로 이루어져 있다.

〈석서정기〉의 내용은 크게 두 부분으로 나뉜다. 석서정의 건립 내력을 말한 전반부와 그것을 석서정이라 명명한 까닭을 밝힌 후반부가 그것이다. 또 전반부와 후반부의 내용을 보다 세밀히 나누면, (1) 광주의 지세와 치수, (2) 석서정의 건립과 운치, (3) 치수의 근본 정신, (4) 돌과 물소의 성질, (5) 석서정의 명명 이유라는 전체 다섯 토막으로 구분된다. 그러므로 이 다섯 토막의 내용을 차례로 들고 그 의미를 살피기로 한다.

(1) 광주의 지세와 치수

광주의 지리는 세 방면이 모두 큰 산이고 오직 북면만이 평원하며, 남산의 골짜기에서 나오는 물이 둘인데, 그 물이 오는 길이 또한 멀다. 그러므로 합류하면 곧 그 기세가 더욱 커짐을 가히 알 수 있다. 매년 한여름에 장마가 시작되면, 미친 듯 사납게 흘러 가옥을 부수고 전답을 침식하여 백성의 피해가 적지 않으니, 그 관장된 자가 염려함이 어찌

---

10 『국역 동문선』 Ⅵ(민족문화추진회, 1977) 692~693쪽에 실린 원문을 대본으로 하였으며, 다른 이본과의 검토를 통해 일부 내용을 수정하였다. 즉 '愚未愚婦 → 愚夫愚婦', '和亭之作 → 知亭之作'이 그것이다. 그런데 현재 유통되는 〈석서정기〉의 국역에 일부 오류가 있으므로, 여기서 이를 바로잡아 그 전문을 몇으로 나누어 모두 제시한다.

무겁지 않겠는가? 남산 아래에 분수원을 둠은 옛사람이 물의 기세를 죽이려는 까닭이었으나, 끝내 그것을 나누지 못했다. 이에 두 물이 합하여 서로 부딪치는 곳에 돌을 쌓아 성을 만들어, 물길을 조금 서쪽으로 돌렸다가 북쪽으로 흐르게 하니, 지세가 북쪽으로 낮아져 물이 그 본성을 따르고, 백성의 피해가 곧 없어졌다.[11]

석서정 건립 내력을 말하기 위해 먼저 광주의 지세와 이로 인한 수재의 발생 및 치수 과정을 기술한 서두이다. 광주의 지세는 동·서·남 삼면이 모두 산으로 막히고, 오직 북면만이 평원하게 열려 있다고 하였다. 그런데 멀리 남산의 골짜기에서 발원한 물이 두 줄기가 있어 그것이 합류하면 기세가 더욱 커지는데, 매년 여름 장마철에 많은 피해를 발생시킨다는 것이다. 그래서 다시 물의 기세를 죽이기 위해 남산 아래에 분수원(分水院)을 두었으나 효과적이지 못했고, 결국 돌로 성을 쌓아 물길을 서쪽을 조금 지나 북쪽으로 흐르게 하여 치수에 성공하였다고 하였다. 즉 북쪽으로 낮아지는 지세를 이용하여 항상 높은 데서 낮은 곳으로 흐르는 물의 본성을 따르게 한 것이다.

위에서 말하는 물이 곧 지금의 광주천이다. 『동국여지승람』과 이후의 『광주읍지』들에서는 이를 건천(巾川)이라 하였다.[12] 그런데 그 발원이 두 곳에서 이루어진다고 하였으니, 지금의 학운동 증심사 계곡과 지

---

11 光之州理 三方皆大山 獨北面平遠 而南山之谷 出水者二 水之來又遠 是以合流則其
   勢之益大也可知矣 每年盛夏 雨霖旣作 狂奔猛射 破屋宅齧田疇 爲民害不小 爲之長
   者 寧不重爲之慮乎 南山之下 置分水院 古人所以殺水勢也 而卒莫之分 於是二水交
   衝之地 積石爲城 使水小西而北流 地勢北下 水順其性 民之害斯絶矣
12 巾川在縣南五里 出無等山西麓 西北流入于漆川(『신증동국여지승람』 권35, 광산현,
   '산천'조)

원동 용연 계곡이 바로 그곳일 것이다. 현의 남쪽 25리에 있으면서 비가 오려고 하면 울었다는 건지산(巾之山)[13]과, 날이 가물면 기우제를 지냈다는 용연(龍淵)[14]이 용연 계곡 발원지와 관련된 지명들이다. 또 분수원은 현의 남쪽 5리에 있었다고 하는데,[15] 그 위치는 지금도 증심사 계곡과 용연 계곡의 물이 한데 모이는 원지교 일대로 추정된다.[16] 당연히 두 물이 합류하는 곳에 두었을 것이기 때문이다. 당시 이 분수원을 기점으로 성을 쌓아 물길을 돌리는 치수 사업이 이루어졌을 것이다.

(2) 석서정의 건립과 운치

이에 물의 옛길에 정자를 짓고, 바로 그것을 중심으로 삼아 보의 물을 나누어 끌어 들여 정자의 사면을 두르니, 벽수의 모습과 같았다. 정자의 앞과 뒤에 흙을 쌓아 섬을 만들어 두 곳에 꽃과 나무를 심고, 부교로 출입하였다. 그 속에 앉아 휘파람을 불면, 마치 바다에서 뗏목을 타고 있는데 여러 섬들이 안개나 구름이 낀 물결 사이로 출몰하는 것 같으니, 그 가히 즐거움을 믿겠는가? 위구르 사람 설천용이 남쪽을 유람하였다. 그 위에 올랐다가 서울로 돌아왔는데, 목사 김후(金侯)가 편지로 정자의 이름과 기를 요구하였다.[17]

---

13 巾之山在縣南二十五里 天將雨則鳴聲聞數里(『신증동국여지승람』 권35, 광산현, '산천'조)

14 龍淵在州南二十五里 旱則禱雨有驗(『신증동국여지승람』 권35, 광산현, '산천' 신증조)

15 分水院在縣南五里(『신증동국여지승람』 권35, 광산현, '역원'조)

16 『광주의 풍수』, 광주민속박물관, 2002, 33쪽.

17 迺作亭於水之故道 正據其中 分引泬流 繞亭四面 如壁水之制 亭之前後 累土爲嶼 樹花木凡二所 浮橋以出入 坐嘯其中 如乘桴于海 而群島之出沒於烟濤雲浪之間 信乎其可樂也 回鶻偰天用之南游也 得至其上 旣還京 以牧使金侯之書 求名與記

물길을 돌려 치수에 성공한 다음 물이 흐르던 옛길에 석서정을 건립하였다. 그러고는 석서정을 가운데에 두고 사면에 보의 물을 끌어들여 두르니, 그 모습이 마치 벽수(璧水)와 같았다고 하였다. 벽수란 다름 아닌 중국의 고대 주나라 때에 천자가 설치하였다는 학교이다. 다른 이름으로 벽소(璧沼) 또는 벽옹(辟雍)이라고도 한다. 사면이 모두 원형의 못 가운데에 위치하여, 그 모습이 마치 가운데에도 둥근 구멍이 있는 둥근 옥과 같아서 붙여진 이름이다. 석서정이 마치 이 벽수처럼 못 속의 정자로 축조되었다고 하였다. 또 그 앞과 뒤에는 꽃과 나무로 단장한 인공 섬을 조성하여 부교를 놓아 출입했다고 하였다. 그리고 그 속에 앉아 있는 것을 바다에서 뗏목을 타고 있음에 비유하였다. 바로 이 석서정을 그때 마침 남쪽을 유람하던 설천용이란 사람이 찾았고, 그를 통해 광주 목사 김상이 개경의 이색에게 비로소 이름과 기문을 지어줄 것을 부탁하였다. 여기서 석서정에 이름을 붙이고 기문을 쓴 이색이 석서정을 직접 와서 본 것이 아니라, 목사 김상의 서찰을 통해 인지하였음을 알 수 있다.

그렇다면 당시 축조된 석서정의 원래 위치는 과연 어디였을까? 앞에서 언급하였듯이 『동국여지승람』 등에서는 현의 남쪽 2리에 있었다고 하였다. 그런데 분수원이 당시 치수 사업의 기점이었다고 한다면, 광주천의 옛 물길에 세운 석서정은 당연히 분수원보다 하류 지역에 위치하였을 것이다. 이 분수원이 현의 남쪽 5리에 있었다고 하였으니, 이러한 기록들을 단순히 산술적으로 이해한다면 석서정은 분수원과 약 3리가량의 거리를 두고 그 하류 지역에 있었다고 할 수 있다.

그런데 광주천변 사직공원 입구 동편 언덕 위에 1914년 건립된 양파정(楊波亭)의 창건기에는 이 정자를 석서정의 옛터에 지었다고 언급한

대목이 있어 주목된다. 건립자 정낙교가 "마침내 옛 이른바 석서정의
황폐한 터를 얻어 그 위에 정자를 짓고, 세상사를 버리고 몸을 쉬며 노
년을 마칠 계획으로 삼았다"고 함이 그것이다.[18] 이 기록을 따른다면
양파정이 서 있는 바로 그 자리가 곧 석서정의 원래 위치라 할 수 있다.
하지만 광주천의 옛 물길에 마치 벽수의 모습처럼 못 속의 정자로 축조
되었다는 석서정과, 지금의 광주천변 야트막한 산자락의 언덕 위에 서
있는 양파정의 입지가 매우 달라 그대로 수용하기 어렵다. 그런데 거리
상으로 보면, 분수원이 있었던 것으로 추정되는 상류의 원지교와는 약
2km가량 떨어져 있다. 옛 기록의 3리 차이를 조금 웃돌기는 하나, 크게
벗어나지 않는다. 물론 이것이 옛 도량형과의 비교이기 때문에 섣불리
판단하기 어려운 것도 사실이다. 그래도 이러한 점들을 고려하면, 석서
정의 원래 위치는 양파정이 서 있는 바로 그곳이기보다는, 적어도 그
인근이거나 보다 상류 쪽의 어느 지점이었을 것으로 생각된다.

(3) 치수의 근본 정신

이제 석서정의 명명 이유를 밝힌 후반부이다. 여기서는 먼저 석서정
을 명명하기에 앞서 돌물소와 관련지어 치수의 근본 정신을 말하였다.

나는 말한다. 대우가 물을 다스림이 『서경』의 '우공(禹貢)' 한 편에
보이는데, 대저 그 형세를 따라 이끌었을 따름이다. 진나라 효문왕이 이
빙을 등용하여 촉을 다스리자, 이빙이 돌물소를 만들어 수재를 진압하

---

18 遂得古所謂石犀亭荒廢之地 作亭於其上 以爲遺落世事 棲身終老之計(鄭洛敎, 〈楊波
亭記〉). 석서정이 조선 성종 무렵에는 이미 퇴락하였다고 보면, 퇴락한 시기와 정낙교가
이 기록을 쓴 때와는 무려 400년 이상의 시차가 있다.

였다. 역도원이 『수경주』¹⁹를 지음에 이르러서는, '돌물소가 이미 이빙
이 만든 옛것이 아니었으나, 후에 물의 이해를 말하는 자는 반드시 이빙
을 칭송한다'고 하였다. 이로 인하여 이빙의 마음을 구함을 가히 볼 수
있을 따름이다. 그러므로 두보가 노래를 지었는데 이에 이르기를, "오직
원기가 항상 조화롭게 된다면, 큰물에 입은 피해 저절로 면하리니, 어찌
장사를 얻어 하늘 기강 끌어다가, 다시 수토를 평정하며 물소를 내닫게
하랴"고 하였다. 대개 원기를 조화시켜 수토를 다스림이 이제삼왕(二帝
三王)의 일이었으며, 이제삼왕의 마음 정치는 후세에도 항상 있는 것으
로, 일찍이 잠시도 없지는 않았다. 그런데 반드시 궤탄하고 불경한 말을
구해 경세제민의 구원한 계책을 삼는다면, 곧 두보의 마음을 또한 가히
볼 수 있을 따름이다.²⁰

중국에서 치수의 역사는 우(禹)에게서 비롯된다. 그가 땅을 다스려
높은 산과 큰 강을 비로소 안정시키고 토지에 따라 공부(貢賦)의 차이
를 정하였다고 한다. 이러한 이야기를 기록하고 있는 것이 『서경』의
「하서」 '우공'편이다. 그리고 이빙이 우의 뒤를 이었다. 특히 그는 토목
공사를 통해 수리시설을 확보하여 물을 다스린 것 외에도, 돌물소를 이
용하여 물의 재앙을 물리쳤다. 역도원의 『수경주』에 이러한 사실들이
적혀 있으니, 그가 추앙의 대상이 되어 후인들에게 칭송받았음을 알 수

19 원문에는 '水經'이라 되어 있으나, 『水經』은 찬자 미상의 책이고, 역도원이 찬한 것은
『水經注』이다.
20 予曰 大禹理水 見於禹貢一篇 大抵順其勢而導之耳 秦孝文王 用李冰守蜀 冰作石犀
壓水災 及酈道元撰水經 石犀已非冰舊 然後之言水利害者 必稱冰云 因以求冰之心
可見已 是以杜工部作歌行 乃曰 但見元氣常調和 自免波濤恣凋瘵 安得壯士提天綱
再平水土犀奔茫 蓋調元氣平水土 二帝三王之事 而二帝三王之心之政 後世之所固有
而未嘗頃刻之亡也 然必求詭怪不經之說 以爲經濟久遠之策 則工部之心 又可見已

있다.

하지만 두보의 〈석서행〉에 이르면 사정이 다르다. 그는 이빙과 같은 장사가 돌물소를 부려 수토를 평정하였다는 것을 부질없는 엽승쯤으로 치부하였다. 그리고 자연의 원기가 조화되고 선왕의 법대로 정도를 따르면, 홍수의 피해를 저절로 면할 수 있다고 하였다. 이색 역시 두보가 말한 선왕의 법이 곧 다름 아닌 이제삼왕의 마음 정치임을 확인하였다.[21] 또 이제삼왕의 마음은 어느 시대에나 항상 존재하므로, 마땅히 그것을 경세제민의 근본을 삼아야 한다고 암시하였다.

(4) 돌과 물소의 성질

비록 그러하나 공자가 일찍이 말하기를, "비록 작은 도라도 반드시 볼만함이 있다"고 하였다. 돌이 물을 진압함은 어리석은 남녀라도 공히 아는 바이다. 물소를 본뜬 것도 반드시 그 이유가 있다. 『포박자』에 이르기를, "물소 뿔을 물고기 모양으로 깎아 입에 물고 물에 들어가면, 물이 삼 척가량 갈라진다"고 하였으니, 곧 물소의 영물됨이 가히 수재를 물리칠 수 있음이 분명하다. 또 하물며 돌은 산의 뼈가 되고 물소도 물을 물리치니, 물이 이에 그것을 피함이 필연이다. 물이 이미 피할 줄을 알고 또 아래로 흐르게 하면, 패연하여 조금도 어긋남이 없다. 날마다 공허한 땅을 달리며 도도하게 흘러 바다에 이르른 후에나 그치리니, 물의 환란이 무엇 때문에 다시 일어나며 고을 사람들이 무엇 때문에 편안하지 않겠는가?[22]

---

21 蔡沈의 〈書集序〉에 "그러나 이제삼왕의 정치는 도에 바탕하고 이제삼왕의 도는 마음에 바탕하니, 그 마음을 얻으면 곧 도와 정치를 참으로 얻어 말할 수 있다(然二帝三王之治 本於道 二帝三王之道 本於心 得其心 則道與治固可得而言矣)"고 하였다. '二帝三王'은 唐堯와 虞舜 및 夏의 禹王, 殷의 湯王, 周의 文·武王이다.

22 雖然孔子嘗曰 雖小道必有可觀 石之鎭水 愚夫愚婦之所共知也 象之以犀 必有其理

앞에서 말한 것처럼 이제삼왕의 마음과 같은 선왕의 법도가 경세제민의 근본이기는 하다. 그렇지만『논어』의 구절처럼 비록 하찮은 것이라 할지라도 볼만한 이치를 가지고 있기 마련이다.[23] 따라서 그것들을 무조건 무시할 수는 없다. 두보가 귀괴로 취급하였던 돌물소에 대한 생각 역시 마찬가지이다.

돌은 무거워 물의 흐름에 쉽게 휩쓸리지 않고 그 기세를 누른다. 물소 역시 물을 제압하는 주술적인 힘이 있다고 믿어져 왔다.『포박자』에 보이는 바와 같이, 통천서의 뿔을 이용하면 물속에서도 숨을 쉴 수 있다는 도교의 신선술이 그러한 예이다. 그러기에 물이 돌과 물소를 피할 것임은 당연한 일이다. 이러한 이치를 이용하여 돌물소를 만들어 놓고 물이 그것을 피해 아래로 흐르게 한다면, 물의 환란이 다시 일어날 까닭이 없다는 것이다.

(5) 석서정의 명명 이유

이 정자를 지은 내력을 씀은 마땅히 폄하하는 예에 들지는 않으리라. 그러므로 '석서'라 정자를 이름하니, 두보의 〈석서행〉을 취하여 그 근본을 삼고, 또『포박자』로 그 증거를 삼으며,『春秋』의 필법으로 그것을 판단하여, 후인들로 하여금 이 정자를 지어 수재를 막고 백성이 살 곳을 정하며, 다만 유관을 위하여 세운 것이 아님을 알게 하노라. 이 정자에

抱朴子之書言曰 刻犀爲魚 銜入水 水開三尺 則犀之爲物 可以辟水災 彰彰明矣 又況石爲山骨 犀又卻水 水於是避之必矣 水旣知避 又導之下 需然無少齟齬 日趨於空曠之地 滔滔汨汨 至于海而後已 水患何從而復作 邑居何從而不寧

23 『論語』子張篇에 "자하가 말하기를, '비록 작은 도라도 반드시 볼만한 것이 있다. 그러나 멀리 이르는 데 방해될까 저어하여 군자는 행하지 않는다'고 했다(子夏曰 雖小道 必有可觀者焉 致遠恐泥 是以君子不爲也)"는 구절이 있다.

오른 사람이 그 이름과 뜻을 생각하면, 반드시 김후를 공경하는 마음이 일어날 것이다. 김후의 이름은 상이고, 재부의 지인과 헌사의 장령을 지냈으며, 정치를 함에 청렴하고 유능하다는 명성이 있다.[24]

돌과 물소의 위와 같은 성질을 고려하여 마침내 이 정자를 '석서'라 이름하였다는 것이다. 그것은 〈석서행〉에서 뜻을 취하고, 『포박자』에서 증거를 찾고, 『춘추』의 필법으로 판단한 결과였다. 특히 대의명분을 중시하는 엄정한 필봉으로 포폄을 행하였던 춘추필법에 비추어 볼 때, 석서정의 건립 내력을 밝혀 이 기문을 쓰는 것이 건립자의 행위를 폄하하지는 않을 것이라 하였다. 이 기문을 통해 후인들이 석서정이 단순히 유관만을 위해서가 아닌, 수재를 막기 위해 세워진 정자임을 알게 될 것이기 때문이다. 마지막으로 석서정의 건립자인 목사 김상을 소개하고 칭송하며 글을 맺었다. 석서정의 건립에 지방관의 치적을 드러내기 위한 숨은 의도가 크게 작용하였음도 알 수 있다.

지금까지 〈석서정기〉의 내용을 살핀 대로 그 건립자는 김상이고 명명자는 이색이다. 하지만 이색이 직접 석서정을 보았던 것은 아니며, 그는 김상의 서찰을 통해 석서정에 대한 정보를 접하였다. 또 석서정에 실제 돌물소가 있었던 것처럼 오해하기 쉬우나, 석서정은 그 의미를 취해 붙여진 이름일 뿐 돌물소와 직접적인 관련은 없다. 다만 돌로 성을 쌓아 광주천의 물길을 돌리고 옛 물길에 못 속의 정자로 축조하였다.

---

24 書作斯亭 當不在貶例矣 故以石犀名其亭 而取工部石犀行爲之本 又以抱朴子爲之證 而斷之以春秋之法 俾後之人 知亭之作 禦水災也 奠民居也 非徒爲游觀設也 登是亭者 考名思義 其必起敬於金侯矣 侯名賞 知印宰府 掌令憲司 爲政有廉能名

한편 앞에서 필자는 석서정의 위치를 지금의 광주천변 양파정 인근
이나 그 상류 지역으로 추정하였다. 그런데 이러한 추정이 보다 설득력
을 갖기 위해서는 지금과는 다른 광주의 옛 지형이나 시역에 대한 전문
적인 입장에서의 세밀한 검토가 필요하다. 그 과정에서 〈석서정기〉나
『동국여지승람』 등의 고문헌에 기록된 방위가 대단히 개략적이어서
지금의 지리적 인식과는 거리가 있다는 점도 아울러 고려되어야 한다.
말하자면 〈석서정기〉에서는 광주천의 발원지를 남산의 골짜기라 하였
다. 『동국여지승람』에서도 광주천의 발원 및 물길과 관련이 있는 건지
산과 용연 및 분수원이 모두 남쪽에 있다고 하였다. 하지만 이 지점들
은 실제로는 광주의 동남쪽에 위치한다. 또 동서남북 가운데 오직 평원
하게 열려 있다는 북면은 사실 서북 방향에 가까우며, 시역을 지나는
광주천의 흐름 역시 그렇다. 이런 문제들에 대한 상세한 해명을 별도의
과제로 남긴다.

4. 맺음말

우리나라 누정 건립의 역사는 삼국시대 궁실 건축과 더불어 시작되
었다. 이후 고려시대를 지나며 점차 관청과 민간으로 건립 주체가 확대
되었는데, 석서정은 고려 말 지방관에 의해 건립된 공루이다. 그런데
이렇듯 관청에서 세운 공루의 경우 그 기능은 주로 관아의 문루나 종루
및 고루의 역할을 하거나, 연회나 휴식을 위한 공간으로 활용되는 것이
보통이었다. 이에 비해 석서정은 치수를 위해 구축된 정자라는 점이 매
우 이색적이다. 보다 정확하게 말하면 이미 이루어진 치수 사업을 기념

하고, 앞으로의 수재를 예방하기 위해 세웠다. 아울러 치수와 관련된 지방관의 치적을 드러내고자 한 숨은 의도도 지니고 있었다.

형태는 못 가운데에 세워진 수중 정자로서, 그 앞과 뒤에는 꽃과 나무로 단장한 인공 섬을 조성하여 부교를 놓아 출입하였다고 했다. 규모는 알 수 없으나, 그 속에 앉아 있으면 마치 바다에서 뗏목을 타고 있는 것 같다고 하였으니 상당히 컸으리라 생각된다. 여기서 석서정이 단순한 누정이 아닌 원림의 모습도 갖추었음을 알 수 있다.

한편 여러 기록들을 통해 그 이름을 확인할 수 있는 광주의 누정은 무려 100여 개에 달한다. 건립 시기는 대체로 여말선초에 비롯되어 조선 중·후기에 집중되어 있다. 그중 관아에 딸린 공루로서 『동국여지승람』의 광산현 '누정'조에 기록된 희경루(喜慶樓)·황화루(皇華樓)·봉생정(鳳笙亭)은 모두 조선 초에 세워진 것으로 보인다. 그 이전의 것으로는 희경루 자리에 있었다는 공북루(拱北樓)가 이름만 남아 있을 뿐이다. 또 민간의 사루로서 조선시대 이전의 것으로는 고려 말 사람 탁광무의 경렴정(景濂亭) 정도가 그 이름을 전한다. 이러한 사실에 비추어 석서정은 물론 그 건립 시기도 빠르려니와, 공북루와 경렴정과는 달리 건립자·건립 동기·조성 형태·명명 이유 등이 상세히 밝혀져 있다. 그런 점에서 석서정은 광주의 누정 또는 원림문화의 형성 및 발전과 관련하여 중요한 의미를 갖는다고 할 수 있다.

근래 우리 사회의 전통문화에 대한 관심이 매우 높아졌다. 이에 따라 옛 문화유산을 보존하고 복원하는 데에 많은 관심과 노력이 경주되고 있다. 석서정에도 그런 관심과 노력이 기울어져, 지난 2006년 광주공원 앞 광주천변에 다시 '석서정'이란 편액을 내건 정면과 측면 각 1칸의 작은 정자가 건립되었다. 석서정을 이른바 복원한 셈이다. 석서정의 옛터에 세웠다는 양파정에서 하류 쪽으로 약 700m가량 떨어져 있다. 그런데 그것이 원래 위치에서 상당히 벗어나 있다는 점은 접어두고서라도, 복잡한 도로변의 비좁은 공간에 자리하여 수중정자였던 옛 모습과도 크게 달라 유감이다.

과시와 치유의 노래 〈면앙정가〉

1. 〈면앙정가〉, 어떤 노래인가

조선시대 사대부 은일문학에는 현실과의 불화나 갈등이 직접 문면에 드러난 경우가 많다. 특히 16세기를 지나며 그러한 경향이 두드러진다. 여기에는 물론 사림파의 진출과 분화 과정에서 발생한 사화와 당쟁의 영향이 컸다.

그런데 송순(宋純)의 은일가사 〈면앙정가(俛仰亭歌)〉에는 그러한 불화나 갈등의 색채가 잘 드러나지 않는다. 오히려 현실을 대하는 원만하고 긍정적인 태도가 두드러진다. 일찍이 과거에 급제하여 출사한 후 만족스러운 관료 생활을 마치고, 미리 고향에 마련해 둔 누정으로 돌아와 분방한 풍류를 즐기며 여생을 보내는, 성공한 사대부의 모습을 매우 이상적으로 그린 작품으로 인식된다. 따라서 〈면앙정가〉는 "사대부로서 모든 꿈을 이룬, 이상화된 사대부의 삶과 흥취를 노래한 작품"이라 할 수 있다.[1] 그래서 지금까지 〈면앙정가〉의 작품 세계를 논의하는 자리에

---

1 최상은, 「송순의 꿈과 〈면앙정가〉의 흥취」, 『고시가연구』 제31집, 한국고시가문학회,

서는 주로 '물아일체', '호연한 흥취', '천지인의 합일', '열린 마음', '꿈
과 욕망', '여유와 달관', '자긍과 진락', '이상향', '코스모스' 등의 키워
드가 사용되었다.

〈면앙정가〉를 보는 이런 시각은 작품의 내용뿐만 아니라, 작자인 송
순의 삶에서 기인한 측면도 있다. 송순은 27세에 급제하여 출사한 이후
77세로 치사하기까지, 50년의 세월을 거의 관직에서 보냈다. 그가 과거
에 급제하였던 1519년에는 기묘사화가 있었고, 26년이 지난 1545년에
는 을사사화가 일어나는 등 어수선한 정국이 이어지던 때였다. 그 와중
에서 다소의 우여곡절이 있기는 하였지만, 송순은 커다란 파란을 겪지
않고 비교적 순탄한 정치 역정을 걸었다. 그래서 대체로 "관용(寬容)과
대도(大道)의 삶"을 살았던 인물로 평가되었다.[2] 그리고 이러한 송순의
삶이 〈면앙정가〉에도 그대로 반영되었다고 인식되었다.

이렇게 보았을 때, 〈면앙정가〉에 그려진 은일세계는 부족함이 없는
완전하고 이상적인 것으로 파악된다. 그런데 과연 〈면앙정가〉에서 읽
을 수 있는 것이 고향에 돌아와 풍류를 즐기는, 자신의 모든 꿈을 이룬
사대부의 호연한 흥취 외에는 없는 것일까? 오히려 〈면앙정가〉에서 현
실과의 불화나 갈등을 찾아볼 수는 없는 것일까? 이를테면 호연한 흥
취의 맞은편에 유배의 아픔이나 현실의 핍박에 기인한 어두운 그림자
가 드리워져 있는 것은 아닐까? 비록 송순이 관용과 대도의 삶을 살았
다고는 하지만, 살아가면서 느낀 인간적인 고뇌나 결핍을 작품 이면에
그려놓지는 않았을까? 의도적인 흥취의 과시 속에서 작자는 궁극적으

2013, 367쪽.
2　김성기, 『면앙송순시문학연구』, 국학자료원, 1998, 39쪽.

로 무엇을 말하고자 하였으며, 또 이를 통해 무엇을 얻고자 하였을까? 이런 의문이 바로 이 글을 쓰게 된 동기이다.

그래서 이 글은 주로 송순의 정치 역정을 통해 〈면앙정가〉의 세계를 들여다보고자 한다. 이를 통해 작자가 〈면앙정가〉에서 과시하고자 했던 것이 과연 무엇이었으며, 치유하고자 했던 마음의 상처는 어떤 것이 있는지 가늠할 수 있을 것이다. 지금까지의 연구에서 크게 관심을 두지 않았던 송순 생애의 어두운 측면과 〈면앙정가〉의 창작 기저에 주목했다는 데에 이 글의 의미가 있다. 그러면 은일가사로서 〈면앙정가〉가 갖는 두드러진 성격을 살피는 것으로 본격적인 논의를 시작한다.

2. 은일가사에서 누정은일가사로

개별 작품의 특성은 문학사에서 선후 관계에 놓이는 동일 유형의 다른 작품들과의 대비를 통해 그 모습을 보다 선명히 드러내기도 한다. 은일가사인 〈면앙정가〉의 경우, 그에 앞서는 작품이 바로 정극인(丁克仁)의 〈상춘곡(賞春曲)〉이고, 뒤를 잇는 것이 남언기(南彦紀)의 〈고반원가(考槃園歌)〉와 정철(鄭澈)의 〈성산별곡(星山別曲)〉이다. 그러므로 먼저 〈상춘곡〉과의 대비를 통해 〈면앙정가〉의 특성을 살펴보기로 하자.

〈면앙정가〉가 바로 〈상춘곡〉의 뒤를 잇는 은일가사이긴 하나, 이 두 작품 사이에는 대략 100년에 가까운 시차가 존재한다. 단순하게 말하면, 정극인(1401~1481)은 송순(1493~1582)보다 92년이나 빨리 세상에 태어났고, 송순 출생 12년 전에 세상을 떠났다. 따라서 당연히 두 사람의 직접적인 접촉은 이루어질 수 없었다. 그래서 송순은 주로 정극인과 동

향인이자 자신의 스승이었던, 태인의 송세림(宋世琳, 1479~?)을 통해 정
극인의 유풍에 접하였을 것으로 생각되었다. 송세림의 〈동중향음주발
(洞中鄕飮酒跋)〉이나 송순의 〈차태인고현학당운(次太仁古縣學堂韻)〉과 같
은 작품이 그런 추정의 근거가 되어 왔다.[3]
　또 이에 더하여, 정극인의 경기체가 〈불우헌곡(不憂軒曲)〉에는 송순
이 자신의 누정 이름으로 붙인 '면앙'의 의취가 담겨 있어 눈길을 끈다.
〈불우헌곡〉 제5장의 내용이 그렇다.

　　　　尹之任 惠之和 我無能焉
　　　　聖之時 顏之樂 乃所願也
　　　　上不怨天 下不尤人 心廣體胖
　　　　偉 不懼不憂景 何叱多
　　　　　不伎不求 何用不臧 (再唱)
　　　　　偉 古訓是式景 何叱多[4]

　'위로는 하늘을 원망하지 않고, 아래로는 사람을 탓하지 않는다(上不
怨天 下不尤人)'는 위 제3행은 '나를 알아주지 않아도, 하늘이나 사람을
원망하거나 탓하지 않는다'는[5] 공자의 말을 차용한 것이다. 비록 그 의

3 〈洞中鄕飮酒跋〉은 송세림이 정극인의 학덕과 인품을 흠모한 글이고, 〈次太仁古縣學
　堂韻〉은 송순이 정극인의 '敎授之所'였던 태인 고현의 학당을 찾아 그에 대한 숭앙의
　정을 보인 시이다(박준규, 『호남시단의 연구』, 전남대학교출판부, 2007, 242~243쪽
　참고).
4 정극인, 〈불우헌곡〉, 『불우헌집』 권2; 『한국문집총간』, 한국고전종합DB, 한국고전번역
　원, 1988.
5 子曰 莫我知也夫 子貢曰 何爲其莫知子也 子曰 不怨天不尤人 下學而上達 知我者其
　天乎(『논어』, 헌문)

미가 '면앙우주지의(俛仰宇宙之義)'를 취하였다는 송순의 호연지기와 차이가 있지만, 여기에서도 역시 위와 아래로 하늘과 사람을 대하여 당당하고자 하는 면앙의 의취를 느낄 수 있다. 송순과 정극인의 교섭을 유추해 볼 수 있는 자료이다.

하지만 두 사람 사이의 관계가 분명하지 않기에, 여기서 직접적인 영향이나 수용을 따지는 데에는 한계가 있다. 그러므로 이제 그런 문제와는 별도로, 은일가사로서 〈상춘곡〉과 〈면앙정가〉가 갖는 양식적 차이를 통해 〈면앙정가〉의 특성을 살펴보기로 하자. 은일가사의 가장 큰 특징은 은일자가 자기가 사는 세계를 세상과 분리된 특수한 공간으로 인식한다는 데 있다. 그런데 〈상춘곡〉과 〈면앙정가〉에 표현된 은일 세계는 다음 두 가지 점에서 서로 대비되는 양상을 보인다.

첫째, 은일 공간과 행위에 대한 태도이다. 두 작품에는 공히 화자로 등장한 은일자가 자신의 은일 공간과 행위를 매우 자랑스럽게 여겨, 그것을 과시하는 태도가 두드러진다. 따라서 작품에는 들뜬 분위기가 지배적이며, 화자의 시선이나 행보는 한곳에 머무르지 않고 다양한 동선으로 구체화된다. 그 과정에서 영탄과 나열을 통한 과시가 주로 이루어진다.

영탄이란 감탄사나 강조의 뜻을 가진 종결어미를 통해 고조된 감정을 표현하는 수법이다. 그런데 〈상춘곡〉은 서두부터 경기체가식의 특화된 영탄 표현을 사용하여 눈길을 끈다. '紅塵에 묻힌 분네 이내 生涯 어떠한고'가 그것이다. 마치 설의형의 반복구 '경 긔 엇더하니잇고'를 대하는 느낌이다. 이어지는 '옛사람 風流를 미칠까 못 미칠까'에서는 산림에 묻혀 풍월주인이 된 자신의 생애가 옛사람의 풍류에 미치고도 남는다는 자신감이 발로된다. '아모타 百年行樂이 이만한들 어찌하리'

로 마무리된 작품의 결말 역시 경기체가의 반복구를 떠오르게 한다.[6] 이런 서두와 결말 사이에서 은일 공간의 경치와 은일 행위의 나열을 통한 과시도 줄곧 이루어졌다. 산수 간에 아름답게 펼쳐진 새봄의 경치와, 이를 즐기는 화자의 흥취가 그것이다.

〈면앙정가〉에도 물론 영탄과 나열을 통한 과시가 두드러진다. 그런데 〈상춘곡〉과 달리 〈면앙정가〉에는 경기체가식의 영탄이 사용되지 않았다. 〈상춘곡〉 이후 백 년 가까운 시간이 지나면서 경기체가와의 거리가 그만큼 멀어졌기 때문이다. 따라서 두 장르 간의 교섭도 더 이상 일어나지 않았다. 그런 한편 과시의 내용은 〈상춘곡〉보다 다양하게 확대되었다. 은일 공간은 면앙정의 지세를 비롯하여 주변의 산수와 일 년 사시의 가경을 두루 포함하면서, 그것을 면앙정 중심으로 다시 짜임새 있게 조직화하였다. 있는 그대로의 산수를 찾아가 구경한 〈상춘곡〉과는 다른 모습이다. 또 은일 행위로는 물외한정과 취흥을 즐기는 화자의 분방한 흥취가 특히 강조되었다.

〈면앙정가〉의 서두는 매우 차분한 어조로 시작된다. 무등산의 한 줄기 맥이 멀리 동쪽으로 뻗어와 제월봉이 되었고, 제월봉의 일곱 굽이 중 용머리 형상을 한 가운데 굽이에 터를 잡아 면앙정을 세웠다고 하였다. 그러고는 이내 어조를 바꾸어 새로 지은 면앙정의 날렵한 자태를

---

6 이것이 바로 〈상춘곡〉에 반영된 경기체가적 요소이기도 하다. 〈상춘곡〉이 이런 모습을 보이는 것은 정극인이 가사뿐만 아니라 경기체가의 작가라는 사실과도 관계가 있다. 이와 유사한 내용을 정극인의 경기체가 〈불우헌곡〉에서도 쉽게 찾아볼 수 있다. 특히 '落句'로 인식되는 제7장에서 그렇다. "樂乎伊隱底 不憂軒伊亦 樂乎伊隱底 不憂人伊亦 偉 作此好歌 消遣世慮景何叱多(즐거울진저, 불우헌이여. 즐거울진저, 불우인이여. 아아, 이 좋은 노래를 지어, 세상 시름 잊고 지내는 모습 어떠합니까)"

구름을 탄 청학이 천 리를 가기 위해 두 날개를 활짝 편 것에 자랑스레
비유하였다. 이러한 비유가 계속 산과 물의 형세를 드러내는 데에 반복
적으로 사용되었고, 이어 춘하추동 사시의 경치와 주인의 은일 행위를
노래하면서 점차 흥취를 끌어올렸다. 다음은 그 흥취가 가장 고조된 마
무리 부분이다.

> 술이 익었거니 벗이라 없을소냐
> 부르며 타이며 혀이며 이야며
> 온 가지 소리로 醉興을 재촉하니
> 근심이라 있으며 시름이라 붙었으랴
> 누으락 앉으락 구부락 젖히락
> 읊으락 파람하락 노혜로 놀거니
> 天地도 넓고넓고 日月도 한가하다
> 羲皇을 모를러니 이 적이야 긔로고야
> 神僊이 어떻든지 이 몸이야 긔로고야
> 江山風月 거느리고 내 百年을 다 누리면
> 岳陽樓 上의 李太白이 살아 온다
> 浩蕩 情懷야 이에서 더할소냐

취흥에 겨워 분방하게 풍류를 즐기는 모습이다. 그러면서 자신의 시
대와 자신의 삶을 옛 태평성태와 신선에 비유하였다. 게다가 면앙정에
서 느끼는 자신의 호탕한 정회가 악양루에 오른 이백의 그것보다 더하
면 더했지 못하지는 않을 것이라고 호언하였다. 그런데 여기에는 뒤에
서 다시 말하겠지만, '앞으로 내가 이곳에서 강산과 풍월을 거느리고
백 년을 다 누리면 그럴 것이다'는 가정이 전제되어 있다.

둘째, 은일 공간의 호명 방식이다. 대상에 대한 구체적인 정보의 제

시는 보다 효과적인 전달에 도움을 준다. 대상의 이름을 직접 불러주는 것은 더욱 그렇다. 은일가사에서 은일의 중심은 말할 것도 없이 은일자가 머무는 처소이다. 그런 처소는 대개 산수 간이나 궁벽한 시골의 누정, 정사, 초당, 모옥, 누실, 석실, 암혈 등으로 형상화된다.

그런데 〈상춘곡〉에는 화자의 처소가 '수간모옥'으로 표현되어 있다. 이 밖에 화자의 발길이 미치는 은일 공간으로 '벽계수', '정자', '시냇가', '저 메' 등이 언급되었다. 정극인은 태인의 물가에 초가삼간을 짓고는, 그 집을 '불우헌(不憂軒)'이라 하고, 그 물을 '필수(泌水)'라고 불렀다.[7] 하지만 〈상춘곡〉에서는 이와 관련된 내용을 '數間茅屋을 碧溪水 앞에 두고'라 표현하였을 뿐, 작품 어디에서도 그 이름을 내세우지 않았다. 〈불우헌가〉나 〈불우헌곡〉과는 다른 모습이다.

이에 비해 〈면앙정가〉는 화자의 처소를 '면앙정'이라는 실제의 누정으로 특정하였다. 따라서 면앙정의 빼어난 지세를 말하기 위해, 서두부터 '무등산(无等山)'과 '제월봉(霽月峯)'이라는 역시 실제의 산명을 자연스럽게 불러들였다. 이어 정자 앞 넓은 들을 흐르는 물과 물가의 좋은 경치를 말하며, '옥천산(玉泉山)'과 '용천산(龍泉山)'을 거명하였다. 그리고는 마침내 넓은 길 저편 허공에 갖가지 모양으로 솟아있는 '추월산(秋月山)'을 비롯한 '용구산(龍龜山)', '봉선산(鳳旋山)', '불대산(佛臺山)', '어정산(漁灯山)', '용진산(湧珍山)', '금성산(錦城山)'의 이름을 숨 가쁘게 호명하였다.[8]

---

7 公旣南歸 壹意幽貞 不樂赴擧 築草舍三間 名其軒曰不憂 名其川曰泌水(黃胤錫, 〈有明朝鮮國故通政大夫行司諫院正言不憂軒丁公行狀〉, 『불우헌집』, 권수)

8 위의 봉선산과 어정산은 담양의 夢仙山과 광주의 魚登山이다. 〈면앙정30영〉에는 이 두 산이 '夢仙蒼松'과 '魚登暮雨'로 시화되어 있다.

넓은 길 밖이요 긴 하늘 아래
두르고 꽂은 것은
뫼인가 屛風인가 그림인가 아닌가
높은 듯 낮은 듯 끊는 듯 잇는 듯
숨거니 뵈거니 가거니 머물거니
어지러운 가운데 이름난 양하여
하늘도 저치 않아 우뚝이 섰는 것이
秋月山 머리 짓고
龍龜山 鳳旋山 佛臺山 漁灯山
湧珍山 錦城山이 虛空에 벌였거든
遠近 蒼崖의 머문 것도 하도할샤

추월산은 면앙정의 북쪽에, 동으로 사람의 머리 형상을 지으며 누워 있는 산이다. 이 추월산부터 금성산까지, 많은 산들이 북에서 서남으로 면앙정을 마치 병풍처럼 두르며 멀리 서 있다. 지금의 담양뿐만 아니라 광주, 장성, 나주를 아우르는 넓은 지역에 걸쳐 있다. 그런데도 굳이 심 안을 빌리지 않더라도, 육안만으로도 식별이 가능할 만큼 면앙정의 조 망은 광활하다.

다시 정리하면, 〈상춘곡〉은 화자의 처소를 비롯한 모든 은일 공간에 수간모옥이나 벽계수 같은 보통명사를 사용하여 그 대상을 일반화시 켰다. 이에 비해 〈면앙정가〉는 면앙정이라는 누정 외에도, 산수의 수려 함과 조망의 광활함을 강조하기 위해, 무등산과 제월봉 등 무려 열 개 가 넘는 산 이름을 자랑스럽게 불러내었다. 산수의 호명에 익명을 사 용한 〈상춘곡〉과는 다른 모습이다. 말하자면, 은일 공간의 실명화를 꾀 하였다. 〈면앙정가〉는 이렇듯 은일 공간의 실명화를 통해 자신의 향토 와 지역의 산수를 문화콘텐츠로 활용한 은일가사의 첫 번째 사례이기도 하다.

그러면 이러한 은일 공간의 실명화가 주는 효과는 무엇일까? 그것은 무엇보다도 작품이 익명에서 오는 전형성 대신, 실명이 주는 독자성을 확보하게 된다는 점이다. 구체적인 실명의 사용은 그것이 환기하는 지리적 공간을 가상이 아닌, 실재하는 것으로 인식하게 한다. 그래서 그곳에서 펼쳐지는 화자의 은일 행위에 사실적 현실감을 끌어올리고, 나아가 그것을 일반적인 것이 아닌 특수한 것으로 체화시킨다. 바꾸어 말하면, 객관적으로 존재하던 공간이 주관적으로 인식되는 공간의 장소화가 이루어진다.

이와 같은 실명화 또는 장소화를 통해 〈면앙정가〉는 송순만의 독특한 세계를 구축하였다. 그런 점에서 〈상춘곡〉이 물외에 존재하는 산수자연을 그냥 '들여다 본' 작품이라면, 〈면앙정가〉는 자신이 직접 구축한 세계를 밖으로 '드러내 보인' 작품이라고 말할 수 있다. 또 〈면앙정가〉는 그렇게 구축된 세계의 중심에 면앙정이라는 누정을 배치하여, 단순한 은일가사에 머무르지 않고 그 영역을 누정은일가사로 확장시켰다. 16세기 사대부의 은일 및 누정문화의 확산과 흐름을 같이하는 성과였다. 남언기의 〈고반원가〉와 정철의 〈성산별곡〉이 누정은일가사로서 바로 〈면앙정가〉의 뒤를 이었다.

따라서 〈면앙정가〉는 당연히 누정은일가사로서 독특한 구성과 내용을 갖는다.[9] 그 내용은 이미 앞에서 언급한 바와 같이, 면앙정을 중심으로 한 주변 산수와 사시의 아름다움 및 그곳에서 펼쳐지는 주인의 온갖

---

9 누정은일가사로서 〈면앙정가〉의 구성 및 그 뒤를 이은 〈고반원가〉와 〈성산별곡〉과의 관계에 대해서는 필자의 『호남의 시가문학』(도서출판 역락, 2019) 150~157쪽 참고.

일상을 과시하였다. 그러면서 은일 공간의 호명에 실제의 지명을 사용
하여 과시된 내용의 사실적 현실감을 높였다.

그러면 이러한 내용을 통해 〈면앙정가〉에서 궁극적으로 말하고자 하
였던 것은 무엇이었을까? 그 실마리를 송순의 면앙정 은일, 나아가 〈면
앙정가〉의 창작 동기에서 찾을 수 있을 것이다. 이제 송순의 정치 역정
을 통해 이 문제에 접근해보기로 하자.

3. 송순의 정치 역정과 면앙정 은일

작품의 창작 동기를 살피기 위해서는 먼저 작품의 창작 시기가 특정
되어야 한다. 그런데 〈면앙정가〉의 창작 시기에 대해서는 관련 기록에
전혀 언급이 없다. 그래서 지금까지 면앙정의 건립, 작자의 행적, 작품
의 내용 등을 고려한 몇 가지 주장이 제기되어 왔다. 작자 송순의 40대
설, 60대설, 77세 이후설이 그것이다. 40대설은 면앙정의 창건에, 60대
설은 면앙정의 중건에, 77세 이후설은 송순의 만년 치사에 주목한 견
해이다. 여기서는 그중 송순의 행적 및 관련 시문의 세밀한 검토를 통
해 보다 설득력을 확보하였다고 여겨지는, 이상원의 60대설을 취하기
로 한다. 부연하자면, 송순이 63세(1555년)에서 66세(1558년) 사이에 〈면
앙정가〉를 창작하였다는 주장이다.[10] 이때 송순은 자신의 정치 역정에
서 유일하게 겪은 1년여의 관서 유배와 뒤이은 선산부사를 마치고, 면

---

10 이상원, 「송순의 면앙정 구축과 〈면앙정가〉 창작 시기」, 『한국고시가문화연구』 제35집,
   한국고시가문화학회, 2015, 273쪽.

앙정에 돌아와 있었다. 따라서 이때의 면앙정 은일이 〈면앙정가〉로 형
상화되었다면, 당연히 그 은일을 유발한 직전의 정치 역정 즉 관서 유
배와 선산부사직에 대한 검토가 〈면앙정가〉 이해에 선행되어야 할 것
이다.

송순의 관서 유배는 을사사화의 여파에서 비롯된다. 1544년 11월 중
종이 승하하고 인종이 즉위하였다. 그리고 또 얼마 되지 않아, 이듬해
인 1545년 7월 인종이 승하하고 명종이 즉위하였다. 그러면서 일어난
사화가 을사사화이다. 불과 8개월 사이에 임금이 두 번이나 바뀌면서
일어난 참화였다. 이 무렵 송순은 광주목사로 재임하다가 52세 때인
1544년 12월 모친상을 당하였고, 을사년에는 담양에서 시묘살이를 하
고 있었다.

이렇듯 그는 모친상으로 인해 잠시 정치 현장을 떠나 있었기에, 을사
년의 사화를 피해 갈 수 있었다. 하지만 자신의 몸을 보전하였다고 하
여, 화를 당한 동료들과의 연대감에서 자유로울 수는 없었다. 이때의
비통한 심경을 우의적으로 드러낸 것이 바로 그의 시조 〈상춘가(傷春
歌)〉였다. 여기에서 그는 자신과 뜻을 같이하였던 많은 선비들이 무고
하게 희생된 것을 안타까워하며, 시대의 광풍을 한바탕 봄바람에 비유
하였다.

> 꽃이 진다하고 새들아 슬퍼 마라
> 바람에 흩날리니 꽃의 탓 아니로다
> 가노라 희짓는 봄을 새워 무엇하리오

1547년 2월 모친의 담제 후 송순은 다시 동지중추부사로 관직에 복
귀하였고, 이후 58세인 1550년까지 북경주문사, 개성부유수, 이조참판

등을 지냈다. 그러는 동안 윤원형과 그를 추종하던 진복창·이기 등과
는 소원하여 그들의 배척을 받았으니, 위의 〈상춘가〉가 퍼져나가면서
그것이 진복창의 귀에 들어가 곤욕을 치를 뻔한 일도 있었다.

그러다가 결국 1550년 6월 진복창·이기·이무강 등의 모함을 받아,
구수담·이윤경·이준경·허자와 함께 탄핵되어 유배객이 되었다. '구수
담과 결탁하여 이의를 선동하는 사악한 무리라 조정에 둘 수 없다'는[11]
것이 탄핵의 주된 이유였다. 〈상춘가〉에서 보듯, 송순이 줄곧 을사사화
의 피해자들을 비호하였기 때문이다. 유배지는 처음에 충청도 서천으
로 결정되었다. 그러나 그곳이 죄인의 고향인 호남과 가깝다고 하여 이
내 평안도 순천으로 바뀌었고, 송순은 해관(海寬)과 해용(海容) 두 아들
과 함께 관서로 길을 떠났다. 이듬해 6월 순천에서 경기도 수원으로 이
배되었고, 겨울에 해배되어 고향에 돌아왔다.

이어 창건 이후 20년 가까운 세월이 흐르며, 오랫동안 버려졌던 면앙
정의 중건이 이루어졌다.[12] 당시 담양부사였던 오겸의 재정적인 도움을

---

11 締結壽聃 鼓生異議 是爲邪黨 不宜在朝(黃胤錫, 〈有明朝鮮國故資憲大夫議政府右參
贊兼知春秋館事企村先生宋公家狀〉, 『면앙집』 권5; 『한국역대문집총서』 492, 경인문
화사, 1991, 316쪽)

12 송순은 1519년(27세) 기묘년 10월 별시 을과에 급제하여 출사하였고, 4년 뒤인 1523년
8월 부친상을 당해 담양에서 시묘살이를 하였다. 그러다가 이듬해인 1524년(32세) 곽씨
에게서 면앙정 터를 구입하였다. 1525년 10월에는 부친의 담제를 지냈고, 이어 세자시
강원설서로 다시 출사하였다. 이후 홀로 된 모친을 뵙기 위해 몇 차례 잠시 고향에
다녀간 바 있다. 그러다가 1533년(41세) 김안로 일파의 전횡을 피해 귀향하여 비로소
면앙정을 창건하였고, 1537년 김안로 세력이 축출되면서 홍문관부응교가 되어 면앙정
을 떠났다. 이때 면앙정을 창건하여 떠나기까지 5년에 걸쳐 첫 번째의 면앙정 은일이
이루어졌다. 이후 1544년 모친상을 당하기까지 충청도어사, 우부승지, 경상도관찰사,
사간원대사간, 전라도관찰사, 한성부우윤, 광주목사 등을 지냈다. 이것이 바로 중건 이
전 면앙정의 내력 및 송순의 이력이다.

받아 이루어진 일이었다. 이때 송순의 나이 60세(1552년)로, 그는 면앙
정을 중건하며 느낀 소회를 이렇게 회상하였다. 지난번 관서 유배에서
느꼈던 두렵고 답답한 마음을 달래고, 이곳에서 노년을 마치기 위해 정
자를 다시 세웠다고 하였다. 면앙정 은일이 특히 관서 유배의 쓰라린
체험에서 비롯되었다고 토로하였다.

> 경술년(1550년) 관서에 유배되었을 때, 두렵고 답답하여 아무것도 마
> 음에 둘 수 없었다. 그래서 정자를 수리하여 그곳에서 노년을 마치지
> 못했음이 한스러웠다. 신해년(1551년)에 은혜를 입어 풀려나 돌아오니,
> 지난날의 회포를 조금이나마 달랠 수 있었으나, 재력이 부족하여 다시
> 정자를 세울 계획을 세우지 못했다. 하루는 부사 오겸 공이 마침 찾아와
> 서 함께 올라와 보고는, 나에게 정자를 이룰 것을 권하였고, 또한 서로
> 도울 것도 허락하였다. 드디어 임자년(1552년) 봄에 그 일을 시작하여,
> 몇 달이 지나지 않아 일을 마쳤다. 용마루와 지붕이 모습을 갖추자, 수
> 풀이 더욱 무성하였다. 이곳에서 소요하고 면앙하며 여생을 다하려는,
> 나의 소원이 이제야 이루어지게 되었다.[13]

 면앙정을 중건하고 나서, 송순이 기대승에게 기문을 부탁하며 말해
주었다는 이야기이다. 면앙정의 중건으로, 이곳에서 소요하고 면앙하
며 여생을 다하려는 자신의 숙원이 마침내 이루어지게 되었다는 것이
다. 하지만 그렇게 바랐던 송순의 두 번째 면앙정 은일은 그리 오래 가

---

13 庚戌謫關西 惝慄窘束 百念不掛 猶以未克葺亭以終老爲恨也 辛亥蒙恩放歸 宿昔之
抱 可以少償 而財力短乏 又無以爲計 一日府使吳公謙 適來同登 勸僕成之 且許相助
遂於壬子春 起其役 不幾月而功訖 棟宇粗完 而林薄益茂 逍遙俛仰 以盡餘生 僕之所
願 於是乎畢矣(奇大升,〈俛仰亭記〉,『면앙집』권7, 468쪽)

지 못했다. 면앙정을 중건한 이듬해(1553년)에 선산부사가 되어 다시 임지로 떠났기 때문이다.[14]

그런데 이번에 내려진 선산부사직은 송순의 직위를 낮춰 서용된 외직으로, 이른바 좌천이었다. 비록 그가 유배에서 풀려나기는 하였지만, 아직 죄인이라는 굴레에서 완전히 벗어나지는 못했기 때문이었다. 덧붙이자면 송순은 이보다 13년이나 앞서, 1540년(48세)에 이미 선산부를 관할하는 경상도관찰사를 역임한 적이 있었다. 그러므로 이번의 선산행은 강등이 되어 10여 년 만에 다시 밟는 영남행이었다. 입궐하여 임금께 사은하고 부임길에 올라 조령을 넘어 문경에 이르자, 송순은 자신의 심회를 이렇게 읊조렸다.

浮生若轉蓬　　떠도는 삶이 구르는 쑥 잎 같아서
西去復南之　　서로 갔다가 다시 남으로 가네
擁節旣云濫　　절월 잡아서 이미 외람되다 하였는데
割鷄今豈卑　　닭 잡는 일이 지금 어찌 낮으리오
舘餘曾坐席　　객관에는 일찍이 앉았던 자리 남아 있고
盤有舊提匙　　소반에는 예전에 들었던 수저 남아 있으리니
重到休驚老　　다시 가면 늙었다고 놀라지들 마시오

14　송순이 선산부사를 언제 제수받았는지에 대해서는 『면앙집』에 실린 기록이 둘로 나뉜다. 권4의 〈行蹟〉(崔棄, 1582), 〈嘉善大夫行府使宋公遺愛碑〉(宋希奎, 1555), 〈善山府誌宦蹟〉, 〈謚狀〉(趙鐘永, 1827)에는 1553년으로, 권5의 〈家狀〉(黃胤錫, 1781), 〈行狀〉(宋煥箕, 1795), 〈年譜〉에는 1552년으로 되어 있다. 그런데 송순이 선산부사에서 이임하던 1555년 9월 선산에 세워진 〈嘉善大夫行府使宋公遺愛碑〉에서 그가 1553년 여름에 부임하였다고 적고 있는 것으로 보아, 이 기록이 맞는 것으로 생각된다. 이상원도 『명종실록』 등을 통해 송순이 1553년 윤3월에 선산부사를 제수받았음을 확인한 바 있다(이상원, 「송순의 면앙정 구축과 〈면앙정가〉 창작 시기」, 263쪽).

風波屢試危[15]   풍파에 여러 번 위험을 겪었다오

　자신의 신세가 가을바람에 이리저리 굴러다니는 말라버린 쑥 잎과 같아서, 관서로 갔다가 다시 영남으로 향한다는 것이다. 절월을 잡았던 지난날의 관찰사직과, 닭이나 잡는 작은 일에 비유된 지금 부사직의 대비가 선명하다. 임지에 이르면 아직도 옛 흔적이 객관의 자리나 소반의 수저처럼 그대로 남아 있으련만, 자신은 이미 예전과 달리 놀랍도록 늙어버렸다고 하였다. 세상의 모진 풍파를 만나 수차 위험을 겪었기 때문이다. 송순은 그런 풍파가 지금도 여전히 계속되고 있다고 생각하였다.
　게다가 선산에서 더욱 그를 힘들게 하였던 것은 정언각과의 재회였다. 송순이 예전 경상도관찰사였을 때, 선산부사가 바로 정언각이었다. 그때 송순은 정언각이 저지른 불법을 엄히 다스려 원망을 산 적이 있었다. 그런데 이번에는 입장이 바뀌어, 공교롭게도 구원이 있던 정언각이 경상도관찰사가 되어 왔기 때문이다.[16] 그래서 적지 않은 어려움을 겪을 수밖에 없었다.

　송순은 조야의 중망이 있었다. 본 도의 관찰사가 되었는데, 이때 정언

15　宋純, 〈踰鳥嶺到聞慶次東軒壁上韻〉, 『면앙집』 권3, 164쪽.
16　송순이 선산부사가 된 것은 1553년(명종 8) 윤3월 26일이고, 정언각은 같은 해 7월 25일 경상도관찰사에 제수되었다. 『명종실록』 8년 7월 25일 기사에는 정언각에게 경상도관찰사를 제수한 사실에 덧붙여 "정언각은 악독하고 간교하며 속임수를 잘 써, 비위에 거슬리는 자가 있으면 평생토록 잊지 않았다가 조그만 원한도 반드시 보복하였다. 체구는 작으면서도 독이 있었으므로 당시 사람들은 독침에 비유하였다(彥慤邪毒陰險, 奸狡機變, 人有所忤, 平生不忘, 睚眦必報. 體小而毒, 時人比之毒螫. 『명종실록』, 한국고전종합DB, 한국고전번역원)"라는 내용이 부기되어 있다.

각이 부사가 되어 공에게 자못 앙심을 품었다. 을사년 후에 공이 좌천되
어 본 고을 부사가 되었고, 정언각이 감사가 되어 자못 공을 괴롭혔다.
공은 거의 개의치 않았으며, 관후하게 백성을 사랑하여 거사비가 있다.[17]

위는 『선산부지』 '환적'에 기록된 내용이다. 정언각은 선산부사를
지낸 이후, 1547년 양재역에서 익명의 벽서를 발견하여 이기와 정순붕
등에게 바쳐 정미사화를 일으킨 장본인이었다. 이로 인해 윤원형 일파
의 비호를 받아 많은 비행을 저질렀는데, 이때 마침 경상도 관찰사가
되어 와 선산부사로 다시 만난 송순에게 지난날의 원망을 앙갚음하였
다는 것이다. 두 사람의 껄끄러운 재회가 윤원형 일파의 다분히 의도
적인 보복성 인사에서 비롯되었음을 짐작할 수 있다. 비록 송순이 정
언각의 괴롭힘을 개의치 않았다고 하나, 내심으로 많은 상처를 입었을
것이다.

설상가상으로 송순이 부임하던 해 겨울 12월에는 부인 설씨가 선산
관아에서 세상을 떠났다. 이에 송순은 이듬해 봄 담양에 운구하여 부인
의 장례를 치르고, 다시 선산으로 향하였다.

老客情懷洛水濱　　　늙은 나그네 정회 품은 낙동강 물가
家家桃李去年春　　　집집마다 도리는 지난해 봄빛이라
新阡烟雨空靑草　　　새 무덤길 안개비에 쓸쓸히 풀빛 짙은데
奈彼長宵不復晨[18]　　저 긴 밤 다시 새지 않은들 어찌하리오

17 宋純有朝野重望 爲本道觀察使 時鄭彦慤爲府使 頗慊于公 乙巳之後 公左遷爲本府
而彦慤爲監司 頗困之 公署不介意 寬厚愛民 有去思碑(〈善山府誌宦蹟〉, 『면앙집』 권
4, 269쪽)
18 宋純, 〈傷春二首 時夫人新葬〉, 『면앙집』 권3, 175쪽.

선산으로 가는 도중 낙동강 가에서 지은 〈상춘(傷春)〉 2수 중의 제1
수이다. 평생의 반려였던 부인을 무덤에 남기고 홀로 가는 길이기에,
물가에 이르니 화사한 봄날의 화초가 오히려 슬픔을 자아낸다. 함께 할
수 없기에, 이제 저 긴 밤도 다시는 새지 않을 것만 같다. 모든 게 빛을
잃었다. 이렇듯 부인과 사별하고 힘든 시간을 보내다, 송순은 1555년
(63세)에 부사직을 마치고 선산에서 고향으로 돌아왔다.

여기서 선산 시절 송순의 심경을 대신 말해주는 예를 하나 더 보기로
하자. 송순은 고향으로 떠나기에 앞서, 이황에게 글을 보내 돌아가서
면앙정에 내걸 제영을 부탁하였다. 그러자 이황이 소서와 함께 칠언율
시 3수를 지어주었다. 송순의 연보에 기록된 소서의 내용은 이렇다.
"공의 옛집은 담양에 있는데, 정자의 좋은 경치가 유독 호남에서 빼어
났다. 공은 이때 선산에서 굴적하였는데, 장차 사직하고 돌아가려 하였
다. 글을 보내 시를 구하므로, 경양 조욱의 운을 써서 지었다."[19] 이때
이황이 차운해 준 칠언율시 3수 중의 2수가 『면앙집』의 권3(詩)과 권7
(俛仰亭雜錄)에 수록되어 있다.[20] 다음이 권7에 수록된 2수 중의 두 번째

19 乙卯 嘉靖三十四年 明宗十年 先生六十三歲 退溪爲先生 次俛仰亭七律三首 小序云
  公舊居 在潭陽 亭之勝槩 獨擅湖南 公時屈跡善山 將辭歸 寄書索詩 用趙景陽韻(《議
  政府右參贊俛仰亭先生年譜〉, 『면앙집』 권5, 386쪽)

20 『면앙집』 권3을 보면, 송순의 〈復次俛仰亭韻〉 3수에 이황의 위 차운 2수가 소서와 함께
  부기되어 있는데, 여기에서 원래의 3수 중 1수는 이미 유실되었다고 밝히고 있다. 따라
  서 권7에도 2수만 수록되어 있으며, 면앙정의 현판에도 현재 2수만 새겨져 있다. 이황이
  지은 제영의 차운 형태를 송순의 〈復次俛仰亭韻〉 3수와 대비해 보면, 유실된 작품은
  3수 중의 제2수인 것으로 파악된다. 그런데 이황의 『퇴계선생문집』을 보면, 면앙정 제영
  으로 권2[詩]에 〈宋企村俛仰亭〉 2수, 『별집』 권1[詩]에 역시 〈宋企村俛仰亭〉 1수가
  수록되어 있다. 권2에 실린 2수는 『면앙집』에 실린 2수와 같은 작품이고, 『별집』에 실린
  1수는 차운 형태로 보아 그것이 바로 유실되었다는 나머지 1수임을 알 수 있다. 두

작품이다.

松竹蕭槮出徑幽	송죽 무성한데 그윽한 길 나서면
一亭臨望峀千頭	정자 하나 천 봉우리 마주하네
畫圖隱暎川原曠	그림처럼 은은한 내와 들 광활하고
萍薺依俙樹木稠	부평초 아른아른 수목은 우거졌네
夢裏關心遷謫日	꿈에서도 관심은 천적된 날이러니
吟邊思想撫摩秋	읊다 보면 생각은 시절을 위로했네
何時俛仰眞隨意	언제나 진정 마음대로 면앙하며
洗却從前局促愁²¹	종전의 답답한 시름 씻어버릴 것인가

　작품의 전반부에서는 면앙정의 좋은 경치를, 후반부에서는 주인 송
순의 울적한 심사를 말하였다. 여기서 주인의 심사를 지배하는 외부 요
인은 '천적(遷謫)'이다. '옮겨서 귀양 간다'는 말 그대로 유배나 좌천을
의미한다. 소서에 보이는 '굴적(屈跡)'이란 말 역시 마찬가지이다. 그러
니 유배나 좌천의 아픔을 꿈에서도 잊을 수가 없어, 시를 읊어도 종당
에는 그 시절의 근심을 달래곤 하였다는 것이다. 하지만 이제 고향으로
돌아가면, 부디 경치 좋은 면앙정에서 마음대로 면앙하며, 종전 선산에
서 가졌던 시름일랑 말끔히 씻어버리라는 당부이다. 이황이 당시 송순
의 불우한 처지를 깊이 공감하며 위로하였음을 볼 수 있다.

작품에 모두 유사한 내용의 소서가 붙어 있는데, 특히 『별집』에 실린 소서는 위에 든
것과 자구까지도 그대로 일치한다. 그러므로 이황의 면앙정 제영 3수는 유실 없이 모두
현전하고 있음을 알 수 있다.

21 李滉, 〈次俛仰亭韻〉, 『면앙집』 권7, 502쪽. 이 작품은 수록된 문헌이나 위치에 따라
일부 글자에 차이가 있다. 『면앙집』 권3과 『퇴계선생문집』 권2에는 특히 제6구의 '想'이
'樂'으로, 제8구의 '前'이 '來'로 표기되어 있다. 면앙정의 현판은 위에 인용된 것과 같다.

송순은 이렇듯 우여곡절이 많았던 2년 남짓의 선산부사를 마치고 돌아와, 세 번째의 면앙정 은일에서 〈면앙정가〉를 창작하였다. 그 기저에는 앞선 관서 유배의 쓰라린 기억도 함께 자리하고 있었다. 결국 고통스러웠던 유배의 회한, 굴욕을 감내해야 했던 좌천의 아픔, 사랑하는 사람과의 사별, 이런 갖은 모함과 음해와 무상감에서 벗어나 심신의 안정을 되찾고자 했던 것이 세 번째의 면앙정 은일이자, 〈면앙정가〉의 창작 동기였다.

4. 과시와 치유의 노래 〈면앙정가〉

면앙정의 창건이 그에 앞서 미리 터를 구입하는 것으로 준비되었듯이, 〈면앙정가〉의 창작도 면앙정의 중건에 앞서 그것을 창건할 때부터 미리 계획된 것이었는지 모른다. 그렇다고 해도 송순이 김안로 일파의 발호로 인해 조정을 떠나 면앙정을 창건하였기에, 면앙정의 창건 역시 그의 정치적 시련과 관련이 있다. 즉 면앙정의 창건과 중건, 그리고 〈면앙정가〉의 창작이 모두 그의 정치적 시련의 산물이라고 할 수 있다. 이제 그러한 흔적이 〈면앙정가〉에 어떻게 반영되어 있는지 살펴보는 것이 남은 문제이다. 작품 전면을 지배하는 과시적 내용의 이면에 잠긴 어두운 그림자부터 찾아보기로 하자.

필사본 『잡가』에는 〈면앙정가〉 전문이 77행(2음보 이하 7행 포함)의 귀글로 적혀 있다. 이 필사본의 행 구분을 그대로 받아들여, 작품 전체 내용을 조감하기 위해 전문을 대폭 요약하면, 다음과 같이 발췌된다.

07 너른 바위 위에
08 松竹을 헤치고 亭子를 앉혔으니
52 乾坤도 가암열사 간 데마다 경이로다
53 人間을 떠나와도 내 몸이 겨를 없다
67 근심이라 있으며 시름이라 붙었으랴
73 江山風月 거느리고 내 百年을 다 누리면
75 浩湯 情懷야 이에서 더할소냐
76 이 몸이
77 이렁 굼도 亦君恩이샷다

〈면앙정가〉의 제1행부터 제10행까지는 서사이다. 무등산 동쪽 제월
봉에 터를 잡아 면앙정을 세운 사실을 말한 부분이다. 그것이 제7·8행
의 '넓은 바위 위에 송죽을 헤치고 정자를 앉혔다'로 요약된다. 다음
본사는 제11행부터 제52행까지이다. 면앙정의 산수와 사시 가경을 줄
곧 영탄과 나열을 통해 과시한 부분이다. 서술된 분량이 많기는 하나,
'건곤이 가멸차서 간 데마다 경이 좋다'는 제52행 하나로 그 내용이 집
약된다. 결사는 제53행부터 마지막 제77행까지이다. 화자가 물외한정
과 취흥을 즐기며, 지금까지 감춰두었던 자신의 속내를 드러낸 부분이
다. 그가 떠나왔다는 '인간'은 말하자면 유배와 좌천과 사별이 있는 고
통스러운 곳이다. 그곳에서 생존을 위해 고심하며 분주한 나날을 보내
다 면앙정에 돌아오니, 이제는 산수 자연을 즐기느라 역시 쉴 틈이 없
다는 것이다. 그러니 이런 생활에 어찌 근심이나 시름이 있겠느냐고 자
문하였다. 근심이나 시름이 없음을 강조하였지만, 기실 아직도 그것을
완전히 떨쳐버리지는 못하였음을 드러내는 반어적 표현이다. 그러기에
화자가 아무리 즐겁게 은일을 구가하더라도, 〈면앙정가〉의 이상적인

세계는 아직 '인간'의 어두운 그림자가 어른거리는 불완전한 곳으로 남
을 수밖에 없다. 적어도 '경치'와 '흥취', 즉 '강산'과 '풍월'을 거느리고
백 년을 다 누릴 때까지는 그럴 것이다. 제2장에서 잠시 언급하였듯이,
여기에는 아직 실현되지 않은 불확실한 미래와 무상한 인생에 대한 가
정이 전제되어 있기 때문이다. 그래서 이보다 더할 나위 없다는 호탕한
정회가 현재형이 아닌 미래형으로 읽힌다.

　따라서 〈면앙정가〉에 구축된 세계는 작자 송순이 실제로 체험을 통
해 인식한 현실이라기보다는, 실현되기를 바라며 꿈꾸었던 가상의 세
계에 가까운 것이라고 할 수 있다. 그가 평소에 가졌던 소망이 투영된
이상적인 삶을 자랑스럽게 엮어 과시한 것이 바로 〈면앙정가〉였다. 이
를 형상화하는 과정에서 작품에 호명된 실제의 지명들은 이상적인 삶
에 사실적 현실감을 더하여, 그것들이 모두 이미 만족스럽게 실현된 것
처럼 느껴지게 하였다. 그런데 송순은 작품을 마무리하며 자신의 이런
삶이 다름 아닌 군은에 의한 것이라고 천명하였다. 그것은 곧 자신이
또 다른 군은을 입으면, 언제라도 기꺼이 그곳을 떠날 수 있음을 암시
한 것이기도 하였다.[22]

　그러면 이러한 〈면앙정가〉를 통해 송순이 궁극적으로 말하고자 하였

22　실제로 〈면앙정가〉에 그려진 세 번째 면앙정 은일이 송순의 최종적인 선택은 아니었다.
　그는 대략 3년가량을 면앙정에서 머물다 1558년(66세)에 전주부윤이 되어 다시 그곳을
　떠났다. 이후 1560년(68세) 신병으로 일시 사직하였으나, 이듬해 또 나주목사가 되어
　임지로 향했다. 1565년(73세)에는 문정왕후가 승하하고 윤원형이 사사되면서 사림과
　대립하던 세력이 일소되었고, 1567년(75세)에는 선조가 즉위하였다. 이후 송순은 한성
　부좌윤, 형조참판, 한성부판윤을 거쳐 의정부우참찬겸지춘추관사를 마지막으로 1569
　년(77세)에 치사하였다. 이렇듯 〈면앙정가〉를 창작한 이후에도 송순은 다시 10년이 넘
　는 세월 동안 관직을 옮겨 다니다가 면앙정에 돌아왔다.

던 것은 무엇이었을까? 그의 정치 역정에 비추어 보면, 그는 단순히 면앙정의 은일 생활을 자랑하는 데 그치지 않고, 사회적으로 당시의 사림층을 향해 자신의 강화된 위상을 스스로 과시하였다고 할 수 있다. 송순은 사림파의 일원이었지만, 기묘년에는 별시에 급제하여 귀근하는 사이에 사화가 발생하여 무사히 지나갔고, 이후 발생한 을사사화와 정미사화에도 연루되지 않았다. 을사년에는 모친상으로 인해 정치 현장을 떠나있었기에 화를 면할 수 있었다. 하지만 이로 인해 송순은 줄곧 화를 당한 동료들과의 연대 및 부채 의식에서 자유로울 수가 없었다. 그가 선비들의 희생을 안타까워하며, 윤원형 일파와 대립했던 것도 그 때문이었다. 그런데 윤원형 일파와의 대립 및 유배와 좌천이라는 정치적 시련을 통해, 송순은 점차 그러한 부채 의식에서 벗어날 수 있었다. 또 부채 의식이 해소되고 자신감이 회복되면서, 송순은 그동안 쌓인 연륜과 더불어 어느새 사림의 중심인물로 떠오른 자신의 모습을 발견할 수 있었다. 이에 고무되어 자신의 위치와 존재감을 마음껏 발산한 것이 〈면앙정가〉였다. 다시 말하면, 〈면앙정가〉를 통해 자신의 달라진 위상을 스스로 드러내 보였다.[23] 같은 의도에서 송순은 이황에게 구한 제영을 선산에서 돌아와 면앙정에 높이 내걸었을 것이며, 〈면앙정가〉를 창작하면서는 여기에 이황의 제영에 화답하는 뜻도 함께 실었을 것이다.

---

23 이와 관련하여 이미 이상원이 송순이 유배를 경험하는 과정에서 "호남 사림을 대표하는 정치인"으로 자리를 잡게 되었고, "〈면앙정가〉의 호기 넘치는 진술들은 호남 사림을 대표하는 위치에 오른 송순의 자신감이 적극 투사된 것"이라고 밝힌 바 있다(이상원, 「〈면앙정가〉의 구조와 성격」, 『국제어문』 제64집, 국제어문학회, 2015, 113쪽). 여기서는 이러한 견해를 적극 수용하면서, 호남이라는 지역적 범위와 관계없이 송순의 힘들었던 정치 역정과 심리적 부채 의식의 해소에 보다 주목하였다.

  그런 한편 송순은 〈면앙정가〉를 통해, 개인적으로 자신의 마음을 스스로 위로하며 치유하였다고 할 수 있다. 송순이 겪은 정치적 시련이 역설적으로 사림층에 그의 위상을 강화시켜 주었다고는 하지만, 당연히 그의 마음에는 깊은 상처를 남길 수밖에 없었다. 그래서 "관서에 유배되었을 때, 두렵고 답답하여 아무것도 마음에 둘 수 없었다"고 술회하였다. 또 선산 시절에는 특히 정언각과의 악연이 그를 괴롭혔고, 객지에서 당한 설씨부인과의 사별은 깊은 삶의 무상감을 느끼게 하였다. 이런 송순에게 면앙정의 은일은 심신의 안정을 되찾아 주었을 것이며, 그는 〈면앙정가〉에 그려진 이상적인 삶을 부단히 음미함으로써 상처받은 마음을 치유할 수 있었을 것이다. 그런 점에서 면앙정은 송순에게 더없이 아늑한 치유의 공간이었고, 〈면앙정가〉는 매우 효과적인 치유의 기제였다.

  〈면앙정가〉는 면앙정을 무대로, 그곳의 아름다운 경치 및 주인의 분방한 흥취를 과시한 누정은일가사이다. 그 창작 기저에는 작자인 송순의 유배와 좌천이라는 정치적 시련 및 아내와의 사별 등 인간적 고뇌가 자리하고 있다. 따라서 〈면앙정가〉의 세계를 온전히 자신의 꿈을 이루고 고향에 돌아온 사대부의 이상적인 삶의 노래로만 보는 태도에는 문제가 있다. 비록 〈면앙정가〉에 풍류를 즐기는 분방한 흥취가 두드러진다고는 하나, 그 배후에는 세상과 현실을 보는 어두운 눈길이 함께하기 때문이다. 따라서 〈면앙정가〉에 구축된 세계는 결국 불완전한 가상의 세계라 하겠으며, 〈면앙정가〉를 통해 송순은 정치적 어려움을 겪으며 강화된 자신의 위상을 과시하였고, 또 한편으론 상처받은 자신의 마음을 치유하였다고 할 수 있다.

나세찬 〈거평동팔경〉의
팔경시적 성격

1. 머리말

송재(松齋) 나세찬(羅世纘, 1498~1551)은 조선 중·명종대에 활동하였던 문인으로, 이 글에서 다룰 대상은 그의 한시 〈거평동팔경(居平洞八景)〉이다. 〈거평동팔경〉은 전체 5언 8수로 이루어져 있으며, 그 공간적 배경은 나세찬이 나고 자란 전남 나주시 문평면의 거평동이다. 그런데 제명에서 알 수 있듯이 〈거평동팔경〉은 거평동의 여덟 가지 경치를 소재로 한 팔경(혹은 팔영)시의 형태를 갖추고 있으면서, 팔경시 형태 누정 제영의 초기 모습을 보여주고 있다는 데에 의미가 있는 작품이다. 따라서 이 글에서 팔경시의 연원 및 그 관습적 제작 양상을 개괄적으로 살피고, 이어 팔경시로서 나세찬의 〈거평동팔경〉이 갖는 성격 및 내용을 차례로 밝혀 보고자 한다.

당시 나세찬의 사회적 활동이나 그가 얻은 문명에 비추어 볼 때, 현전하는 유고는 그리 많지가 않다. 특히 시 작품은 매우 영성하다. 『송재선생문집(松齋先生文集)』 권1에 수록된 그의 시 작품 제목과 수를 여

기에 옮겨 보면 〈영사후(詠射帳)〉 1수, 〈거평동팔경(居平洞八景)〉 8수,
〈유부여백마강(遊扶餘白馬江)〉 1수, 〈환칠정사(還七精寺)〉 1수, 〈목적도
(牧箋圖)〉 1수, 〈사후(射帳)〉 1수, 〈증안정자(贈安正字)〉 1수, 〈삼기시(三奇
詩)〉 1수, 〈입직창경궁유회서기질자항율형제(入直昌慶宮有懷書寄侄子恒懍
兄弟)〉 1수, 〈사벽정(四碧亭)〉 1수, 〈송송사중지연경(送宋士重之燕京)〉 1수,
〈송임판관사수(送林判官士遂)〉 2수, 〈순무해서시증진세검(巡撫海西時贈陳
世儉)〉 1수, 〈차옥당실학운(次玉堂失鶴韻)〉 1수, 〈차지지당송공흠관수정(次
知止堂宋公欽觀水亭)〉 1수, 〈증별경주부윤운암김연(贈別慶州府尹雲巖金緣)〉
1수로서, 도합 16편 24수밖에 되지 않는다. 물론 『송재선생문집』 권1
에 실려 전하는 이 작품들은 당시 그가 썼던 시의 일부분에 불과할 것
이다. 그러기에 이러한 편린들을 통해서 나세찬 시의 전모를 짐작하는
데는 한계가 따를 수밖에 없다. 본고가 나세찬의 남은 시 중에서도 특
히 〈거평동팔경〉에 유의하게 된 것은 그것이 연작 형태를 지니고 있으
면서, 시의 관습적 제작이라는 측면에서 다른 사람이 남긴 여타의 팔
경시와도 비교 고찰이 가능하기 때문이다.[1]

이 밖에도 나세찬의 문학에 대한 요긴한 정보를 담고 있는 자료로서
이십여 편의 사부와 함께 전통 시가에 대한 단편적인 기록이 있다.[2] 그

---

1 현전하는 나세찬의 詩賦 중에서 후인에게 가장 널리 알려진 작품은 〈거평동팔경〉과
〈哀病柏賦〉였던 것으로 보인다. 나세찬의 강학처였다는 전남 나주시 문평면 산호리
남산에 세워진 四碧亭의 중건상량문은 이 두 작품에 대해 "居平洞詩何絕佳 哀病柏賦
稱奇壯"(『國譯 松齋遺稿集』, 松齋祠, 1985, 392쪽)이라 하였다.
2 나세찬이 남긴 전통 시가에 대한 기록으로는 성종 때 朴成乾이 지은 경기체가 〈錦城別
曲〉에 대해 적고 있는 〈詠錦城慶事〉(『송재선생문집』 권7)가 있다. 또 그의 연보에 "(그
가) 일찍이 가사를 지어 그 우애하는 정성을 나타내었는데, 때로 읊조리기를 그치고는
북쪽을 우러르며 눈물을 뿌렸다(嘗作歌詞 以敍其憂愛之忱 有時吟罷 北望揮涕)"는

러나 이 자료들에 대해서는 이 글과 관점을 달리하여 고찰해야 될 것이
므로 여기서는 논외로 한다.

2. 팔경시의 제작 관습

　팔경시란 어느 특정한 지역에 존재하는 자연의 아름다운 경치를 여
덟 장면으로 집약하여 쓴 시이다. 그 연원은 중국 양대(梁代)의 심약(沈
約, 441~513)에게서 비롯된다고 알려져 있다. 즉 심약이 영가태수(永嘉太
守)로 있을 때 원창루(元暢樓)라는 누정을 짓고 계절의 변화에 따라 포
착되는 주변 정경의 그윽한 분위기를 8수의 시로 형상화한 데서 비롯
되었다고 한다.[3] 때문에 원창루는 팔영루(八詠樓)로도 불리는데, 심약의
〈원창루팔영(元暢樓八詠)〉은 등대망추월(登臺望秋月), 회포임동풍(會圃臨
東風), 추지민쇠초(秋至愍衰草), 한래비락동(寒來悲落桐), 석행문야학(夕行
聞夜鶴), 신정청효홍(晨征聽曉鴻), 상패거조시(霜珮去朝市), 피갈수산동(被
褐守山東)으로 구성되어 있다.
　심약의 〈원창루팔영〉 이후에는 송대에 이르러 소상 지역의 아름다운
경치가 팔경으로 집약되면서 팔경시의 제작이 일반화되는 경향을 보인
다. 소상팔경은 잘 알려지다시피 중국 호남성(湖南省)의 소수(瀟水)와 상
수(湘水)가 합치는 부근에 있는 여덟 개의 아름다운 경치를 말한다. 이

기록(『송재선생문집』 권5, 부록 상)이 있는 것으로 보아 당시 그가 지은 국문 시가도
있었던 것으로 생각된다.
3 류재일, 「이제현의 작품을 수용한 『남원고사』의 「쇼상팔경」 연구」, 『연민학지』 제2집,
연민학회, 1994, 61쪽.

곳의 경치는 일찍부터 널리 알려져 명승의 대명사처럼 인식되었으며, 따라서 문학과 그림의 반복적인 소재로 활용되어 왔다. 소상팔경시와 소상팔경도가 그것이다.[4]

중국에서 소상의 아름다운 경치가 지금 전하는 것과 같은 팔경(平沙落雁, 遠浦歸帆, 山市晴嵐, 江天暮雪, 洞庭秋月, 瀟湘夜雨, 煙寺晚鐘, 漁村夕照)으로 구체화되면서 팔경도라는 그림으로 그려지기 시작한 것은 단정할 수는 없으나 11세기에 활동한 북송의 화가 송적(宋迪)에 의해서일 것으로 알려져 있다.[5] 이 소상팔경도가 우리나라에 전래된 시기 역시 확실하지는 않다. 그러나 고려 명종 때에 왕명에 의해 신하들이 소상팔경시를 짓고 소상팔경도를 그렸다는 기록이 있는 것으로 보아[6] 적어도 12세기 후반에는 이미 소상팔경시와 소상팔경도의 제작이 시작되었다는 사실을 알 수 있다.

이후 소상팔경시와 소상팔경도는 조선시대 말까지 지속적으로 제작되어 왔다. 특히 조선 초 세종 때 안평대군은 중국 남송 영종의 소상팔경시를 구해 보고는 문인과 화공들로 하여금 시를 짓고 그림을 그리게 하여 『비해당소상팔경시권(匪懈堂瀟湘八景詩卷)』을 만들기도 하였는데, 이 시권에는 고려의 이인로에서부터 당대에 이르는 작가 19명의 시가

---

4 이 장의 소상팔경과 관련된 내용은 필자의 「소상팔경가의 관습시적 성격」(『호남의 시가문학』, 역락, 2019) 95~97쪽, 101~102쪽에서 발췌하였다.

5 度支員外郎宋迪工畵 尤善爲平遠山水 其得意者 有平沙落雁 遠浦歸帆 山市晴嵐 江天暮雪 洞庭秋月 瀟湘夜雨 煙寺晚鐘 漁村夕照 謂之八景 好事者多傳之(沈括, 『夢溪筆談』. 안휘준, 「한국의 소상팔경도」, 『한국회화의 전통』, 문예출판사, 1988, 164쪽에서 재인용)

6 (李寧)子光弼 亦以畵見寵於明宗 王命文臣賦瀟湘八景 仍寫爲圖(『고려사』 권122, 열전 제35 〈方技〉. 안휘준, 「韓國의 瀟湘八景圖」, 166쪽에서 재인용)

수록되어 있다.[7]

팔경시의 대표적 형태인 소상팔경시는 이와 같이 소상팔경도에 제화 (題畵)한 한시로 우리나라에서 출발하였으며, 조선시대 중기를 지나면 서 시조와 가사에서도 그 모습을 드러냈다. 그중 여말선초에 나온 한시 작품은 『동문선』을 통해 그 대략을 짐작할 수 있는데, 여기에 수록된 작품은 다음과 같다.

李仁老(1152~1220)의 〈宋迪八景圖〉(『동문선』 권20)
陳 澕(1200 급제)의 〈宋迪八景圖〉(『동문선』 권6)
李齊賢(1287~1367)의 〈和朴石齋尹樗軒用銀臺集瀟湘八景韻〉
(『동문선』 권21)
姜碩德(1395~1459)의 〈瀟湘八景圖有宋眞宗宸翰〉(『동문선』 권22)
李承召(1422~1484)의 〈次益齋瀟湘八景詩韻〉(『속동문선』 권10)
姜希孟(1424~1483)의 〈瀟湘八景〉(『속동문선』 권10)

한편 우리나라에서 각지의 명승에 독자적으로 팔경을 설정하고 이를 시로 읊조리는 관습이 형성된 것은 중국의 소상팔경이 전래된 이후일 것이다. 송도팔경이나 신도[漢陽]팔경이 아마 그 시초가 아닌가 생각된 다. 그렇다면 특정 지역에 팔경을 설정하고 이를 시로 읊조리는 관습이 형성된 시기는 여말선초라고 할 수 있다.

송도팔경은 『세종실록』에 그 이름이 전한다.[8] 그런데 『신증동국여지

7 임창순, 「비해당 소상팔경 시첩 해설」(『태동고전연구』 제5집, 한림대학교 태동고전연 구소, 1989) 참고.
8 『세종실록』 권148, 지리지, '경기'조(『조선왕조실록』 5, 국사편찬위원회, 1973, 614쪽).

승람』에 권근이 지은 〈우연히 송도팔영시를 읽었는데, '황교만조'가 가
장 마음에 들었다. 이제 와서 마침 황교의 만조를 보고, 예전의 시를
한번 읊조리면서 한바탕 웃는다.(會讀松都八詠詩 黃橋晚照最關思 今來正値
黃橋晚 一詠前詩一解頤)〉라는 시가 소개되어 있는 것으로 보아[9] 당시 송
도팔영시가 문인들 사이에서 회자되었음을 알 수 있다. 또 이와는 별도
로 이제현의 〈억송도팔영(億松都八詠)〉이라는 작품이 있는데,[10] 여기에
서 제시된 송도팔경은 『세종실록』의 그것과는 다른 내용이다. 신도팔
경에 관한 작품으로는 권근의 〈신도팔경차삼봉정공도전운(新都八景次
三峰鄭公道傳韻)〉이 있다.[11]

『세종실록』과 이제현의 〈억송도팔영〉 및 권근의 〈신도팔경차삼봉정
공도전운〉에 나타난 송도팔경과 신도팔경은 다음과 같다.

> ▸ 송도팔경: 紫洞尋僧, 靑郊送客, 北山煙雨, 西江風雪, 白嶽晴雲, 黃
> 郊晚照, 長湍石壁, 朴淵瀑布 (『세종실록』)
> ▸ 송도팔경: 鵠嶺春晴, 龍山秋晚, 紫洞尋僧, 靑郊送客, 熊川禊飮, 龍
> 野尋春, 南浦煙蓑, 西江月艇 (이제현의 〈억송도팔영〉)
> ▸ 신도팔경: 畿甸山河, 都城宮苑, 列署星供, 諸坊碁布, 東門敎場, 西
> 江漕泊, 南渡行人, 北郊牧馬 (권근의 〈신도팔경차삼봉정
> 공도전운〉)

한편 우리나라의 고시가에서 가장 흔히 보이는 팔경시는 누정제영으

9 『신증동국여지승람』 권4, '개성부 상'조(『국역 신증동국여지승람』 I, 민족문화추진회, 1978, 465쪽, 89쪽).
10 李齊賢, 『益齋亂藁』 권3(『국역 익재집』 I, 민족문화추진회, 1986, 101쪽, 22쪽).
11 權近, 『陽村集』 권8(안휘준, 「한국의 소상팔경도」, 169쪽, 주20 참고).

로 읊조려진 작품이다. 그런데 이렇듯 특정 지역에 팔경을 설정하고 이를 팔경시로 읊조리는 관습이 언제부터 누정에 이행되었는지는 역시 분명하지 않다. 다만 조선 초기까지의 시문을 모은『동문선』에 아직 팔경시로 된 누정제영이 보이지는 않는 것으로 미루어 조선 초를 지난 시점이었을 것으로 생각된다.

현재 조사 보고된 전남의 누정제영 중의 팔경시로는 나세찬의 〈거평동팔경〉이 가장 오래된 것이고,[12] 그다음이 영암의 영팔정(詠八亭)을 배경으로 한 〈영팔정팔경〉이다. 영팔정은 전남 영암군 신북면 모산리에 있는 누정으로, 조선 초에 전라도관찰사를 지낸 류관(柳寬, 1346~1433)의 아들 류맹문(柳孟聞)이 태종 6년(1406) 건립한 것으로 알려져 있다. 원래의 이름은 '모정(茅亭)'이었는데, 후에 이이(李珥, 1536~1584)가 이곳의 경치를 팔경시로 읊조리고 고경명(高敬命, 1533~1592), 남이공(南以恭, 1565~1640), 류상운(柳尙運, 1636~1707) 등이 뒤를 이어 연작함에 따라, 그 이름도 '영팔정'으로 바뀌었다고 한다. 영팔정팔경은 영팔정이 위치한 마을 이름을 따서 모산팔경(茅山八景)이라고도 지칭되는데, 죽령명월(竹嶺明月), 호산낙조(虎山落照), 단교심춘(斷橋尋春), 추교만망(秋郊晩望), 괴음소작(槐陰小酌), 귀천조어(龜川釣魚), 송파사후(松坡射帿), 남당채순(南塘採蓴)이 그것이다.[13]

이러한 팔경시의 흐름을 통해 볼 때, 종래 특정 지역에 팔경을 설정하는 관습은 우선 외형적으로 그것이 설정된 공간적 범위에 따라 다음

---

12 〈거평동팔경〉은 주1)에서 언급한 사벽정의 제영으로 조사 보고되어 있다(「전남지역의 누정조사 보고(Ⅱ)」,『호남문화연구』제15집, 전남대학교 호남문화연구소, 1985, 210쪽).
13 「전남지역의 누정조사 보고(Ⅳ)」,『호남문화연구』제18집, 1988, 279~284쪽.

의 두 부류로 구분할 수 있을 것이다. 즉 심약의 원창루팔경이나 영암의 영팔정팔경과 같이 누정 중심의 비교적 좁은 지역에 설정된 팔경과, 소상팔경이나 송도팔경 또는 신도팔경처럼 비교적 넓은 지역에 설정된 팔경이 그것이다. 그리고 이 공간적 범위의 규모에 따라 양자에 팔경을 설정하는 방식에도 얼마간의 차이가 있었을 것으로 예상된다.

3. 〈거평동팔경〉의 팔경시적 성격

3.1. 창작 배경

우리는 흔히 어떤 작품의 창작 배경을 살피고자 할 때 다음의 두 측면에 유의하게 된다. 그 하나는 그러한 유형의 작품을 지속적으로 산출시킨 문학적 관습에 관한 것이요, 또 하나는 그 작품을 산출시킨 시대적 상황 및 작가의 체험에 관한 것이다. 〈거평동팔경〉의 창작 배경 역시 이런 두 측면에서 파악할 수 있다. 그중 〈거평동팔경〉이 가지는 팔경시로서의 문학적 관습에 대해서는 이미 앞 장에서 고찰한 바 있다. 따라서 여기서는 〈거평동팔경〉이 창작된 조선 중기의 시대적 상황 및 나세찬의 개인적 체험을 통해 창작 배경을 살펴보기로 하자. 이를 위해 먼저 이 작품과 관련된 작가의 생애를 조감해 볼 필요가 있다.[14]

서두에서 언급하였듯이 거평동은 나세찬이 나고 자란 곳으로, 그의 집안이 대대로 살아온 세거지이다. 그는 이곳에서 연산군 4년(1498)에 태어났다. 아버지는 성균생원을 지낸 나빈(羅彬)으로, 성장하면서 그는

---

14 이하 나세찬의 생애에 대해서는 『송재선생문집』 권5, 〈연보〉 참고.

아버지에게서 글을 배웠다.

　나세찬의 나이 22세 때(중종 14년, 1519)는 기묘사화가 발생하였다. 이때 부친 나빈은 조광조가 무고를 당해 능성(綾城)으로 귀양 가는 것을 보고, 그 억울함을 호소하다가 역시 화를 입고 사망하였다. 이렇듯 나세찬은 청년 포의의 몸으로 신진사류와 함께 아버지가 화를 당하는 것을 직접 목도하였다. 그의 〈애병백부(哀病柏賦)〉는 부친상을 마친 뒤 당시의 혹독한 사화를 탄식하며 그 뜻을 우의적으로 드러낸 작품으로 전한다.

　칠정사(七精寺)에서 글을 읽던 27세 때(중종 19년, 1524)의 가을 향시에서 생원 초시에 급제하였다. 이후 수차례의 향시와 정시를 거쳐 마침내 31세(중종 23년, 1528) 때 문과 별시 병과에 급제하였으며, 그 이듬해에 나주훈도(羅州訓導)가 됨으로써 벼슬길에 나아갔다. 나주훈도가 된 이후 약 6년 동안 나세찬은 황주훈도(黃州訓導), 성균관학유(成均館學諭), 예문관검열겸춘추관기사관(藝文館檢閱兼春秋館記事官)을 역임하였다. 그리고 38세 때(중종 30년, 1535)의 봄에 관직에서 일시 물러나 귀향하여 〈거평동팔경〉을 창작하였다.[15]

　이듬해인 39세에 다시 관직에 나아가 예문관검열이 되었으며, 〈예양책(禮讓策)〉으로 중시에 장원하여 봉교(奉敎)에 올랐다. 그런데 이때는 김안로가 정권을 장악하고 전횡을 일삼던 시기였는데, 나세찬은 중시의 책문에서 당시 김안로에 의해 비롯된 폐해를 논란했다고 하여 하옥된 뒤 모진 고문을 받고 고성(固城)으로 유배되고 말았다. 이 고성 유배

15　十四年乙未 中宗大王三十年 先生三十八歲 春解官歸鄕 作洞中八景詩(『송재선생문집』권5,〈연보〉)

시에 나라와 임금을 생각하는 가사를 지었다고 하는데, 지금은 전해지지 않는다. 곧이어 김안로가 실각하고 사사됨에 따라, 그는 일 년 만에 유배에서 풀려났으며, 예문관봉교겸춘추관기사관으로 다시 관직에 복귀하였다.

이로부터 을사사화가 일어나기까지 약 8년간 그의 출사 생활은 비교적 순탄하였다고 할 수 있다. 그동안에 탁영시에 장원을 하고(41세 때), 호당에서 사가를 보내는(44세 때) 등의 영예를 누리기도 하였으며, 조정의 여러 관직을 두루 거쳤다.

을사사화가 일어난 것은 그의 나이 48세 때(인종 1년, 1545)의 일이다. 그는 당시 사간원대사간(司諫院大司諫)의 자리에 있으면서 사화를 일으킨 윤원형 일파에 맞서 무고하게 화를 입은 선비들의 변론에 나섰다가 체직되었다. 이듬해에 다시 사헌부대사헌(司憲府大司憲)이 되었으나 역시 마찬가지 이유로 곧 파직되었다. 이후 나세찬은 조정 권신의 미움을 받아 한성부우윤(漢城府右尹), 한성부좌윤(漢城府左尹), 충청도관찰사겸병마수군절도사(忠淸道觀察使兼兵馬水軍節度使) 등의 외직을 주로 전전하다가, 전주부윤(全州府尹)으로 있던 명종 6년(1551) 54세로 전주 관아에서 세상을 떠났다.

이렇듯 나세찬은 54세라는 길지 않은 삶을 살다 간 인물이다. 그러나 그가 처했던 시대적 상황은 평온하지 않았으며, 크고 작은 사화가 꼬리를 물고 어수선하게 반복되고 있었다. 기묘사화, 김안로의 전횡, 을사사화가 그것이다. 그 와중에서 그는 젊은 청년 포의의 몸으로 많은 신진 사류와 자신의 부친이 화를 당하는 광경을 직접 목도하였고, 중년기에는 김안로의 전횡에 맞섰다가 유배되기도 하였으며, 40대 후반의 을사사화 때 역시 권신의 부당함에 맞서 체직과 파직을 당하였다.

여기서 나세찬이 살았던 시대적 상황 및 그의 개인적 역정은 다음과 같이 요약된다. 즉 이 시기에는 이분법적 분류에서 흔히 개혁과 보수, 신진 사류와 훈구 세력, 의리와 불의로 지칭되는 정치적으로 상반된 두 힘이 서로 충돌하고 있었다. 그러면서 매번 의리를 앞세운 개혁적 성향의 신진 사류가 억압 받고 화를 당하는 바람직하지 못한 상황이 반복되었다. 나세찬은 이런 정치현실에서 신진사류 쪽에 몸을 담고 있었으며, 이 때문에 그는 개인적으로 몇 차례의 수난과 정치적 좌절을 겪을 수밖에 없었다.

〈거평동팔경〉은 앞에서 언급한 바와 같이 나세찬이 38세 때 관직에서 일시 물러나 귀향하여 지은 작품이다. 이때 관직에서 물러나 귀향하게 된 동기가 무엇인지는 〈연보〉에 기록되어 있지 않다. 하지만 그가 이듬해에 다시 관직에 나아가 김안로 일당에 의해 고성으로 유배되는 정황으로 보아, 아마도 김안로 세력과의 불화 때문이었을 것이다. 결국 이러한 배경으로 미루어 〈거평동팔경〉의 창작 기저에는, 당시까지 그가 체험하였던 기묘사화와 김안로의 전횡이라는 바람직하지 못한 정치현실 및 이에 대한 반발 또는 거부의 태도가 자리하고 있었을 것으로 생각된다.

3.2. 팔경의 설정 방식

팔경시는 이미 정해진 팔경을 의식하고 창작된 제영시의 일종이다. 따라서 팔경시의 창작에는 먼저 해당 공간의 경치를 팔경으로 집약하여 설정하는 과정이 필수적으로 선행된다. 이 과정을 거쳐 설정된 팔경은 그대로 작품 속에서 각 연의 소제명으로 활용되며, 작자는 이를 의식하면서 작품을 창작하게 된다.

이렇듯 팔경시에서 팔경은 작품 내용을 지배하는 중요한 요소로 작용한다. 그러므로 어떤 팔경시 작품의 성격을 이해하려 할 경우, 먼저 그 작품에 적용된 팔경 설정 방식을 파악함으로써 보다 유용한 정보를 얻을 수 있다.

팔경시에서 팔경을 설정하는 가장 보편적인 방식은 눈앞에 펼쳐진 외계의 경치를 있는 그대로 집약하여 객관적으로 묘사하는 것이다. 중국의 소상팔경은 그러한 전형적인 예에 해당된다. 그것을 예시하면 다음과 같다.

> 平沙落雁: 평평한 모래밭에 내려앉는 기러기
> 遠浦歸帆: 아득히 포구로 돌아오는 돛단배
> 山市晴嵐: 산마을에 걷히는 아지랑이
> 江天暮雪: 강과 하늘에 내리는 저녁 눈
> 洞庭秋月: 동정호에 비추는 가을 달
> 瀟湘夜雨: 소상강에 내리는 밤 비
> 煙寺晩鐘: 안개 낀 사찰의 저녁 종소리
> 漁村夕照: 어촌에 깔린 저녁노을

소상팔경과 같은 방식으로 설정된 팔경은 우리나라의 팔경시에서도 쉽게 발견된다. 그 한 예로 전남 강진에 있었던 소호정(簫湖亭)의 팔경을 들 수 있다. 조선 후기의 윤효관(尹孝寬, 1745~1823)이 쓴 〈제소호정팔경(題簫湖亭八景)〉을 보면 동강제월(東崗霽月), 서해낙조(西海落照), 남포어화(南浦漁火), 북산청람(北山晴嵐), 관악고봉(冠岳孤烽), 연사모종(蓮寺暮鍾), 죽서귀범(竹嶼歸帆), 노주낙안(蘆洲落雁)을 소호정팔경으로 제시하고 있다.[16] 설정된 팔경의 소재가 소상팔경의 그것과 별로 다르지 않

다. 소호정팔경과 소상팔경 중 서로 유사한 경치를 대비시켜 보면 '동
강제월：동정추월', '서해낙조：어촌석조', '북산청람：산시청람', '연사
(蓮寺)모종：연사(煙寺)모종', '죽서귀범：원포귀범', '노주낙안：평사낙안'
의 무려 여섯 경치가 장소만 다를 뿐 동일한 소재를 활용하고 있다. 중
국의 소상과는 다른 강진의 소호정 경치를 대상으로 하였으면서도, 되
도록이면 소상팔경의 전례를 따르고자 한 흔적을 보이고 있다.

그런데 여기서 살피고자 하는 나세찬의 〈거평동팔경〉에 설정된 팔경
은 위의 소상팔경류와는 사뭇 다르다는 데에 그 특징이 있다.

落山採蓴: 낙산에서 순채를 캠
鶴嶺聽松: 학령에서 솔바람 소리를 들음
槐亭射帿: 괴정에서 과녁을 쏨
城川釣魚: 성천에서 고기를 낚음
南岡尋柏: 남강에서 잣나무를 찾음
龍巖望雲: 용암에서 구름을 바라봄
沙池賞蓮: 사지에서 연꽃을 완상함
幕浦歸帆: 막포에 돌아오는 돛단배

소상팔경과 달리 위의 거평동팔경은 맨 마지막의 막포귀범을 제외하
면, 그 나머지는 사실 엄밀한 의미에서 눈에 보이는 경치를 묘사한 것
이라고 할 수가 없다. 그것은 경치의 묘사이기보다는, 오히려 설정자의
의지가 깃든 행위의 서술이다. 그리고 이를 통해 자연의 경치가 아닌,

---

16 소호정은 전남 강진군 도암면 만덕리 굴동에 있었던 누정이다. (윤효관의 〈제소호정팔
경〉에 대해서는 필자의 「전남의 누정제영 연구」, 『호남문화연구』 제24집, 1996, 278~
281쪽 참고.)

설정자의 행위에 의해 연출된 정경을 보여준다.[17]

나세찬의 〈거평동팔경〉은 동시대인이었던 임억령(林億齡)에 의해 〈차비승팔경(次丕承八景)〉이라는 이름으로 차운된 바 있다.[18] 그런데 이 차운작에서 임억령은 유독 '막포귀범(幕浦歸帆, 막포에 돌아오는 돛단배)'만을 '막포괘범(幕浦掛帆, 막포에서 돛을 닮)'으로 수정함으로써, 이를 경치의 묘사에서 행위의 서술로 바꾸어 놓았다. 이는 곧 임억령이 행위의 서술을 하고 있는 여타 칠경과 달리 막포귀범만이 경치의 묘사를 하고 있는 것이 불합리하다고 여겼기 때문일 것이다. 하지만 나세찬이 막포귀범만을 경치의 묘사로 설정한 것은 그 내용과 관련하여 나름대로 이유가 있다고 보여지는데, 이에 대해서는 다음의 '3.3. 서정적 지향'에서 다시 언급할 것이다.

그런데 거평동팔경과 같이 행위 위주로 설정된 팔경의 전례로 심약의 원창루팔경을 들 수 있다. 등대망추월(登臺望秋月), 회포임동풍(會圃臨東風), 추지민쇠초(秋至愍衰草), 한래비락동(寒來悲落桐), 석행문야학(夕行聞夜鶴), 신정청효홍(晨征聽曉鴻), 상패거조시(霜珮去朝市), 피갈수산동(被褐守山東)이라는 원창루팔경 역시 설정자의 의식적 행위를 담고 있다는 점에서 거평동팔경과 동류에 속한다.

---

17 거평동팔경이 나세찬 이전에 설정된 것인지, 혹은 나세찬에 의해 설정된 것인지는 알 수가 없다. 그러나 나세찬의 〈거평동팔경〉이 어떤 선행 작품에 대한 차운이 아니고, 또 〈거평동팔경〉에 대한 林億齡의 차운 〈次丕承八景〉이 있는 것으로 보아, 거평동팔경을 일단 나세찬이 설정한 것으로 보아도 무방할 것이다. '비승'은 나세찬의 자이다.
18 임억령의 〈차비승팔경〉은 『石川詩集』 권4(고려대학교 중앙도서관 만송문고장본)에 실려 있는데, 여기에는 '删三首'라는 편찬자가 붙인 듯한 주석과 함께 槐亭射帳, 南岡尋柏, 沙池賞蓮의 3수가 삭제된 채 龍巖望雲, 幕浦掛帆, 鶴嶺聽松, 落山采蕈, 城川釣魚의 5수만 수록되어 있다.

여기서 우리는 팔경의 설정 방식에 두 가지 유형이 있음을 확인할
수 있다. 그 하나는 소상팔경이나 소호정팔경과 같이 경치 묘사 위주로
설정하는 방식이고, 또 하나는 원창루팔경이나 거평동팔경과 같이 행
위 서술 위주로 설정하는 방식이다. 이 두 방식에 완전히 부합하지는
않으나, 앞의 제2장에서 언급한 송도팔경과 신도팔경은 전자에 속하고,
영팔정팔경은 후자에 속한다.[19]

그런데 팔경 설정상의 이 두 유형을 서로 대비해 보면, 이것이 작품
외적인 공간적 배경 및 내적인 시상의 표출 양상과 매우 밀접한 상관관
계를 갖는다는 점이 흥미롭다. 먼저 작품 외적인 면을 살핀다면, 그 설
정 방법이 공간적 배경의 범위와 서로 긴밀하게 호응하고 있다는 점이
지적된다. 즉 소호정과 같은 예외가 있기는 하나 경치 묘사 위주의 방
식은 소상·송도·신도처럼 비교적 넓은 지역에 적용되고 있고, 행위 서
술 위주의 방식은 원창루·거평동·영팔정처럼 누정 중심의 비교적 좁
은 지역에 적용되고 있다. 이렇듯 좁은 지역에 설정된 팔경이 행위 서
술 위주의 경향을 띠는 것은 다음의 두 가지 측면에서 해명이 가능하
다. 즉 설정 대상 지역의 공간적 협소로 말미암아 자연의 다양한 경치
를 확보하기가 쉽지 않았다는 점이 그 하나요, 또 하나는 설정자가 자
연의 실경을 그대로 드러내기보다는 거기에 나름대로 의미를 부여하여
관념화하려는 의도를 지니고 있었기 때문이다.

다음 작품 내적인 시상 표출 양상에 관한 문제이다. 팔경시는 경치를

---

19 송도팔경은 대부분 경치 묘사로 되어 있으나, 그중의 紫洞尋僧과 靑郊送客은 행위의
서술이다. 또 행위 서술 위주로 된 영팔정팔경 중의 竹嶺明月과 虎山落照는 경치의
묘사이다.

주요 소재로 다루고 있다는 점에서 크게 보아 서경성이 두드러진 시가 유형이다. 그렇지만 서경성의 표출 양상 또한 팔경의 설정 방식에 따라 상당한 차이를 드러낸다. 즉 경치 묘사 위주의 팔경을 소재로 한 작품은 서경성을 앞세운 객관적 묘사에 보다 충실하려는 경향을 보인다. 반면 행위 서술 위주의 팔경을 소재로 한 작품은 상당 부분 서경에서 일탈하여 서정화하려는 경향이 강하다. 후자가 그런 양상을 보이는 것은 작품 속에서 객관적 묘사와 아울러 시적 자아가 느끼는 주관적 감흥이 아울러 중시되었기 때문이다.

팔경시에서 팔경의 설정 방식이 공간적 배경 및 시상의 표출 양상과 가지는 관계를 정리하면 다음과 같다.

팔경의 설정 방식	공간적 배경	시상의 표출 양상
경치 묘사 위주	비교적 넓은 지역	서경성에 충실
행위 서술 위주	비교적 좁은 지역	서정화의 경향

〈거평동팔경〉은 지금까지 살핀 바와 같이 행위 위주로 설정된 팔경을 소재로 한 작품이다. 그것은 곧 이 작품이 서경성과 아울러, 주관적 감흥을 서정화한 특성도 지니고 있음을 암시해 준다. 이제 남은 과제는 그런 〈거평동팔경〉의 서정적 지향을 창작 배경과 관련지어 살펴보는 것이다.

3.3. 서정적 지향

나세찬의 〈거평동팔경〉은 외형상으로 보았을 때 자연의 아름다움과

거기에 묻힌 은자의 삶을 그려내고 있다. 그러나 자연을 소재로 한 많은 시가 작품이 그렇듯이 〈거평동팔경〉 역시 순수한 자연 그 자체만을 그리고 있는 것은 아니다. 여기에는 당시의 현실을 바라보는 작가의 생각이 자연을 매개로 우의적으로 암시되어 있다. 따라서 여기서는 이 작품에 우의적으로 그려진 작가의 생각이 무엇인지 보기로 한다.

〈거평동팔경〉은 전체 8수로 이루어진 연작 형태를 지닌 작품이다. 그러나 이 작품을 이루는 각 연은 서로 어떤 유기적 질서나 연쇄적 질서를 형성하고 있지는 않다. 다만 서두와 결말부에 배치된 낙산채순과 막포귀범에서 그에 상응하는 의미를 찾을 수 있을 뿐, 나머지 연은 각각 서로 별개의 시상을 표출하는 삽화적 관계를 유지하고 있다. 그렇기 때문에 이 작품을 단순히 연작 순서에 따라 읽어가는 것은 별 의미가 없으며, 각 연을 그 내용에 따라 다시 분류하여 읽어가는 것이 보다 효과적이다.

그러면 먼저 〈거평동팔경〉의 서두격인 낙산채순부터 보기로 하자.[20]

落山採蓴
孤山一點明   외로운 산 한 점 뚜렷한데
白雨漾氷莖   깨끗한 순채 줄기에 소나기 방울지네
豈待秋風至   어찌 가을 바람이 불어와
季鷹先我行   계응[21]이 먼저 가길 기다리랴

---

20 이하 〈거평동팔경〉의 원문 인용은 『송재선생문집』(권1, 시)에 의한다.
21 季應은 晉나라 사람 張翰이다. 그가 齊나라에서 벼슬을 하다 가을바람이 일자, 고향 松江의 명산인 '순채국과 농어회(蓴羹鱸膾)'가 생각이 나서 벼슬을 버리고 귀향하였다.

'낙산채순'이란 낙산에서 순채를 캔다는 뜻이니, 여름철 소나기를 맞으며 자란 낙산의 순채가 그리워 가을이 오기 전에 계응보다 먼저 고향에 돌아왔다는 것이다. '낙산'과 '고산'은 현실에서 한 걸음 비켜선 곳으로, 당시 작가가 위태로운 정국을 피해 외롭게 낙향했음을 말해 준다. 작가가 처한 정치현실에 대해서는 앞의 '3.1. 창작 배경'에서 이미 언급한 바 있다.

이렇듯 낙산채순은 〈거평동팔경〉의 서두에 배치되어 작가의 귀향 동기를 밝히는 역할을 하고 있다. 따라서 나머지 일곱 연은 귀향 후 작가의 향리 생활을 담게 되는데, 그 내용은 수신과 현실 정치에 대한 관심이 주를 이룬다. 그것은 곧 작가의 귀향이 독선을 위해 선택된 일시적인 것이었기 때문이다.

南岡尋柏
獨抱後凋操 홀로 후조의 지조 품었으니
不愁風雨忙 비바람 몰아쳐도 근심치 않네
靑靑伴疎竹 푸르른 자태는 소죽을 짝하느니
高處宿鸞凰 높다란 가지엔 봉황이 머무르네

沙池賞蓮
太華誰移種 태화를 누가 옮겨 심었나
天然出水中 저절로 물속에서 솟았다네
無風香自遠 바람기 없어도 향기 멀리 미치느니
欲探思何窮 캐고자 하는 마음 어찌 다할까

鶴嶺聽松
九皐獨棲處 그윽한 거처, 홀로 깃들인 곳에

誰遣翠濤來	누가 푸르른 물결 소리 밀려들게 하였나
天寒聞更遠	하늘 싸늘한데 들렸다간 멀어지니
恐曳棟樑材	동량의 재목 휩쓸릴까 저어하네

龍巖望雲

神物厭平地	신물은 평지를 싫어하여
嘘雲巖上水	암상의 물에서 구름을 뿜는다네
變化在須臾	잠깐 사이에 이리저리 변화하니
蒼生望一起	한바탕 이는 양을 창생은 우러르네

남강심백의 잣나무, 사지상련의 연꽃, 학령청송의 소나무는 모두 선비의 지절이나 군자의 의연한 기품을 상징하는 나무이며 꽃이다. 또 용암망운의 용은 임금을 의미한다. 여기에서 작가는 이러한 소재들을 작품에 끌어들임으로서 부단히 자신을 돌아보고 채찍질하는 고독한 신하의 모습과 더불어 현실 정치에 대한 관심을 드러내 보이고 있다.

먼저 남강심백에서는 비바람 속에서도 푸르른 자태를 잃지 않고 높다란 가지에 봉황을 모시는 잣나무를 통해, 모진 세파 속에서도 선비로서의 지절을 잃지 않고 살아가겠다는 태도를 보이고 있다. 남강의 잣나무는 곧 남쪽 향리에 내려와 있는 작가 자신의 모습이다. 또 사지상련에서는 척박한 모래펄[沙池] 속에서도 저절로 자라나 멀리까지 향기를 미치는 연꽃의 의연한 기품을 예찬하며, 그러한 군자적 풍모를 따르려는 강한 의지를 내보였다.

남강심백과 사지상련에 그런 수신자적 자세가 드러나 있다면, 학령청송과 용암망운에는 우시연군의 뜻이 담겨 있다. 차가운 날 자신의 그윽한 거처에 들리는 솔바람 소리를 들으며 행여나 푸른 솔이 바람에

휩쓸리지나 않을까 저어하는 학령청송에는 조정을 떠나 멀리 향리에
묻혀있으면서도 어지러운 시사를 걱정하며 무고한 인재가 화를 입지
나 않을까 염려하는 마음이 우의되어 있다. 자신의 거처를 학령의 구
고(九皐)로 표현하여 스스로를 구고에 깃든 학에 비유하였으며, 동량의
인재를 소나무에 비유하였다. 또 용암망운에서는 암상의 물에서 갖가
지 모양의 구름을 뿜어 올리는 용[神物]의 조화를 우러르는 모습을 통
해, 비가 되어 세상의 더러움을 씻어 줄 구름처럼 현실의 어지러움을
없애 줄 임금의 덕화와 선정이 널리 행해지기를 창생의 입장에서 갈망
하였다.

　이렇듯 지금까지 읽은 〈거평동팔경〉의 내용에는 자연과의 순수한 교
감이나 동화보다는, 정치적 현실에 대한 우의가 보다 강하게 드러난다.
그런데 다음 3수에는 우의적인 뜻보다는 자연 속에서 자적하는 태도가
보다 두드러진다.

　　槐亭射帿
　　綠影落雕弓　　　　신록의 그림자 조궁에 떨어지니
　　共聞曾熟手　　　　매우 숙련된 솜씨라고 서로 일컫네
　　弛張付一爭　　　　늦추었다 당기었다 한차례 겨루고는
　　立飮沙邊酒　　　　모랫가에 서서 술잔을 기울이네

　　城川釣魚
　　晩風吹釣絲　　　　저녁 바람 낚싯줄을 스치고
　　芳草立多時　　　　방초는 생기 찾아 파릇거릴 즈음
　　得雋又何待　　　　살진 고기 낚았는데 또 무엇을 기다리랴
　　歸來橫柳枝　　　　돌아오며 버들가지에 꿰어서 드네

幕浦歸帆

芳洲春水生	방주에 봄 물결 생동하니
風便一帆輕	바람편에 돛배 하나 가볍구나
夜深弄明月	밤은 깊어 밝은 달을 희롱하며
恰得鏡中行	흡사 거울 속을 지나가는 듯

괴정사후에는 활쏘기, 성천조어에는 낚시질, 막포귀범에는 뱃놀이의 정경을 각각 그렸다. 모두 자연 속에서 즐기는 삶의 모습을 다루고 있으며, 현실에 대한 우의적 그림자가 직접 드러나 있지는 않다. 그러나 괴정사후와 성천조어의 내용 역시 현실과 아주 무관한 것이라고 볼 수는 없다. 낚시질을 통해 과욕을 버리고 분수를 지키는 생활을 보여주는 성천조어와, 활쏘기의 승부보다는 승부 후의 즐거운 회음에 더 의미를 두는 괴정사후는 그릇된 욕심에 사로잡혀 정당한 승부를 겨루지 못하는 정치적 현실과의 대비 속에서 그 의미가 보다 선명해지기 때문이다.

위에 인용한 세 작품 중에서 탈속적 분위기가 가장 두드러진 것은 막포귀범이다. 그런데 막포귀범은 괴정사후나 성천조어와는 달리 작품 속 행위의 주체와 시적 자아가 일치되어 있지 않다. 즉 뱃놀이를 즐기는 주체와 시적 자아가 별도로 설정되어 있다. 여기에서 막포귀범의 시적 자아는 직접 뱃놀이를 즐기는 것이 아니라, 이에 대해 관조적 태도를 유지한다. 〈거평동팔경〉의 나머지 칠경과 달리 막포귀범만이 행위 서술이 아닌 경치 묘사로 되어 있는 것은 이와 관련이 있다. 따라서 여타의 칠경 작품에 비해 막포귀범에는 서경성이 크게 두드러진다.

막포귀범은 〈거평동팔경〉의 결말부에 해당한다. 어쩌면 작가는 탈속적 성향이 가장 두드러진 막포귀범을 결말부에 배치함으로써 탈속을 바라는 자신의 심경 일단을 드러내 보였는지도 모른다. 그렇지만 그는 이 막포귀범에서 행위의 주체가 아닌 관조자의 입장에 머물러 있다. 이 것은 곧 그가 탈속적 은일자이기보다는 궁극적으로는 겸선을 추구하는 선비였기 때문이다.

〈거평동팔경〉은 팔경시로 제작되었지만 서경성보다는 서정성에 무게가 실린 작품이다. 또한 〈거평동팔경〉의 서정은 자연의 경치보다 정치적 현실에서 체감된 생각이 주조를 이룬다. 따라서 그것이 지향하는 방향은 자연 경치의 순수한 아름다움보다는 정치적 현실 세계에 기울어질 수밖에 없었다.

4. 맺음말

〈거평동팔경〉은 남아 있는 나세찬의 시 중 가장 긴 연작의 대표적인 작품이다. 또 팔경시의 형태를 갖추고 있기 때문에 여기에는 당시의 문학적 관습을 이해하는 데에 도움이 되는 유용한 정보가 담겨 있다. 이 글은 이런 점에 유의하여 팔경시로서 〈거평동팔경〉의 성격과 내용을 살폈다.

팔경시의 연원은 중국 양대 심약의 〈원창루팔경〉에서 찾을 수 있으며, 송대에 이르러서는 소상의 아름다운 경치가 팔경으로 집약되면서 그 제작이 일반화되는 양상을 보인다. 우리나라에서는 고려 명종 때에 왕명에 의해 신하들이 소상팔경시를 지었다는 기록이 있고, 여말선초에는 송도팔경이나 신도팔경을 소재로 한 작품들이 제작되었다. 팔경시가 누정제영으로 지어지기 시작한 것은 조선 초기를 지난 시점일 것으로 생각되는데, 나세찬의 〈거평동팔경〉은 그 이른 시기에 해당되는 작품이다.

팔경시로서 〈거평동팔경〉이 가진 성격 가운데 두드러지게 눈에 띄는 것은 경치 묘사가 아닌, 행위 서술 위주의 팔경 설정을 하고 있다는 점이다. 그것은 곧 〈거평동팔경〉이 비교적 좁은 지역적 공간을 배경으로 하였으며, 작가 자신이 자연의 실경을 그대로 받아들이기보다는 여기에 자신의 이념에 맞는 의미를 부여함으로써 관념적으로 주관화시키는 성향을 지니고 있었기 때문이다. 따라서 작품의 내용은 팔경시에 일반적으로 두드러진 서경적 경향에서 벗어나 서정화하는 양상을 보인다. 그 서정은 자연의 경치에서 촉발된 것보다는 당시의 정치적 현실에서 체감된 것이 주조를 이룬다. 그것은 나세찬의 시대가 잦은 사화로 말미암아 무고한 선비들이 희생당하는 바람직하지 못한 정치 상황을 연출하고 있었으며, 그 와중에서 나세찬 역시 수난을 당했던 사림 쪽에 서 있었기 때문이다. 〈거평동팔경〉을 제작할 무렵 나세찬은 그러한 상황을 피해 일시 조정을 떠나 향리에 머무르고 있었으며, 그곳에서 느꼈던 현실 정치에 대한 생각을 주로 〈거평동팔경〉에 우의적으로 표현하였다.

나세찬의 시 중 현전하는 것은 10여 편밖에 되지 않는다. 따라서 이것만을 가지고 나세찬 시의 전반적 특성을 운위하기는 어렵다. 때문에 이 글은 나세찬이 남긴 문학적 성과를 따지기보다는, 팔경시로서 〈거평동팔경〉이 갖는 성격을 고찰하는 데에 중점을 두었다.

양응정의 시가활동과 누정제영

1. 머리말

송천(松川) 양응정(梁應鼎, 1519~1581)은 명종 7년(1552) 34세로 문과에 급제하여 홍문관정자(弘文館正字)로 출사한 후, 선조 10년(1577) 59세로 성균관대사성(成均館大司成)에서 물러나기까지 내외의 여러 관직을 두루 역임했던 인물이다. 그러는 동안 문장과 경학으로 세인의 칭송을 받은 바 있다. 특히 명종 19년(1564) 고시관으로 있으면서 '천도(天道)'라는 책문(策問)으로 이이(李珥)를 선발했던 일은 유명한 일화로 전한다.

이렇듯 당시 문장가로 널리 알려졌던 양응정이지만, 그가 남긴 시문은 현재 온전하게 전해지지 않는다. 그의 사후 임진왜란과 정유재란을 겪으면서 많은 원고가 없어졌기 때문이다. 정유재란 후 그의 손자 양만용(梁曼容)이 수습하여 체재를 갖춘 『송천집(松川集)』에 수록된 시부는 대략 220여 수로 집계되는데,[1] 여기서 부 3편을 제외한 나머지가 그의 시 전부이다.

---

1 권순열, 「양응정의 『송천집』」, 『한시문 I』, 전남고시가연구회, 1992, 298쪽.

양응정이 누렸던 당대의 평가에 비해 그의 문학에 대한 연구는 현재
별로 진척된 바 없다. 그것은 아마 그의 작품이 온전하게 전해지지 않
았고, 또 일부나마 수록하고 있는 문집이 세상에 널리 유통되지 않았기
때문일 것이다. 그런 점에서 얼마 전 간행된『국역 주해 송천집』은[2] 송
천문학 연구에 많은 도움이 될 것으로 기대된다. 지금까지 양응정에 대
한 연구는 일부 문학사에서 그 이름이 거명되는 정도에 그쳐왔으며, 그
의 문학만을 본격적으로 다룬 논문으로는 최근에 나온 권순열의 「송천
양응정의 시문학 연구」를 들 수 있다.[3]

그런데 1999년 한국고시가문학회에서『고시가연구』제6집을 '송천
양응정 특집호'로 기획하였고, 필자도 참여하여 이 글을 쓰게 되었다.
그때 다른 참여자들과의 주제 중복을 피해 '양응정의 시가활동과 누정
제영'을 연구 주제로 삼았다. 하지만 시가활동의 경우, 양응정이 지은
주목할 만한 가사나 시조 작품은 존재하지 않는다. 이에 몇몇 한시와
가집을 통해 시가와 관련된 일부 사실을 검토하는 것으로 주어진 역할
을 감당코자 하였다. 또 누정제영에 대해서는 그가 남긴 작품을 조사하
여 개괄적으로 정리하였다.

2. 양응정의 시가활동

현전하는 작품을 통해 양응정 시의 특성을 찾아내기란 그리 쉽지가

---

2 『국역 주해 송천집』, 장산재, 1988.
3 권순열, 「송천 양응정의 시문학 연구」, 전남대학교 박사학위논문, 1995.

않다. 그 역시 조선 중기의 여느 문인들처럼 학자와 관료로서의 길을 충실히 걸었을 뿐 아니라, 당시의 문인들이 가졌던 보편적 사유에 충실한 작품들을 주로 남겼기 때문이다. 권순열은 「송천 양응정의 시문학 연구」에서 그의 시 전반을 '林億齡과의 酬唱詩', '僧侶와의 交遊詩', '使行詩', '輓詩'로 나누어 고찰한 바 있는데, 그것은 곧 수창시나 교유시, 사행시, 만시가 양응정 시의 주류를 이루고 있음을 의미한다. 그런데 이러한 시적 창작 성향은 당시로서는 매우 보편적인 것이라 하겠으며, 이미 선행 연구에 의해 그 성격이 검토된 바 있다.

그런데 어느 한 작가의 개성적인 면모는 이런 주조적 성향에 의해서만 표출되는 것이 아니며, 오히려 때에 따라서는 특정한 일부 작품에서 보다 선명히 드러나기도 한다. 그러므로 비록 양응정 시의 주조적 성향과는 거리가 있지만, 그의 시가활동을 가늠케 하는 몇 작품에 대해 먼저 눈길을 돌려보기로 하자.

먼저 기녀들에게 준 수 편의 시이다. 재생금(再生金)이라는 기녀에게 준 〈증기(贈妓)〉, 과거에 낙제하고 완산에 와서 앵앵이라는 기녀를 읊조린 〈낙제도완산영기앵앵(落第到完山詠妓鶯鶯)〉, 벗의 연인을 애도하는 〈만우인정아(輓友人情兒)〉가 그것이다. 또 기녀는 아니지만 여비 소합을 애도한 〈도비소합(悼婢蘇合)〉도 비슷한 성격의 작품이다.

다음은 그중의 하나 〈증기(贈妓)〉이다.

胡地生靑草	오랑캐 땅에도 청초가 난다던가
荒墳出怪禽	황폐한 무덤에서 이상한 새가 나온다네
人間多此事	인간에도 그런 일이 많으니
今有再生金	지금 저 재생금이 있는 것을 보게나[4]

재생금이라는 기녀의 이름을 활용한 시이다. 척박한 오랑캐 땅에 청
초가 돋아나듯, 황폐한 무덤에서 기이한 새가 나오듯, 전혀 그럴 것 같
지 않은 환경 속에서 재생하였다며, 재생금이라는 기녀의 아름다움을
우회적으로 표현하고 있다. 양응정을 포함한 일시의 명사들이 한강에
모여 잔치를 베풀고 있었는데, 재생금이 여러 사람들에게 시를 청하였
고, 양응정이 먼저 이 시를 이루자 나머지 사람들이 모두 시 짓기를 포
기하였다는 일화를 가진 작품이다.

또 〈낙제도완산영기앵앵(落第到完山詠妓鶯鶯)〉에서는 한때 과거에 낙
방하여 실의에 젖은 마음을 기녀 앵앵에게서 달래고 있음을 볼 수 있
다. 그런데 특히 앵앵이가 그 이름대로 봄날의 꾀꼬리처럼 노래를 잘해
서 좋아한다고 하였다.

壯氣摧藏萬丈虹	무지개처럼 부풀었던 장기도 다 꺾이고
容顔減盡少年紅	소년의 붉은 얼굴 그도 다 야위었네
南音獨喜鶯鶯在	남쪽 노래 잘하는 앵앵이 네가 좋아
留待三春細柳風	수양버들 바람 이는 오는 봄을 기다리련다[5]

이렇듯 기녀와 함께하는 자리에는 항상 시와 노래가 따르기 마련이
다. 즉 여기에는 단순한 풍류가 아닌 시가활동이 수반된다. 〈도비소합
(悼婢蘇合)〉에서도 바로 그러한 사실을 읽을 수 있다. 여비였던 소합은
가사로서 서울에 이름이 있었으니, 특히 김인후의 〈칠석부(七夕賦)〉를

---

4 『국역 주해 송천집』, 5~6쪽. (이하 『국역 주해 송천집』을 『송천집』으로 약칭하며, 번역
  도 이 국역본을 따른다)
5 『송천집』, 20쪽.

잘 외웠다고 한다. 그래서 최경창이 매우 아꼈는데, 열일곱 살의 나이로 칠석날 죽었다는 것이다. 〈도비소합〉은 소합의 그런 죽음을 애도한 작품이다.

每誦河西賦	언제나 버릇처럼 하서부를 외우더니
還從七夕歸	기어코 칠석날에 가고야 말았구나
明心將素質	명랑한 마음씨에 청초한 네 모습을
何處更依依	어느 곳에 가면은 다시 볼 수 있으랴[6]

여기서 소합이 잘 외웠다는 하서의 〈칠석부〉는 물론 우리말이 아닌 한문으로 된 작품이다. 이 〈칠석부〉를 소합이 원문 그대로 불렀는지, 혹은 토를 붙여 불렀는지, 또 우리말로 바꾸어 불렀는지 이 대목만 가지고서는 알 수 없다. 다만 그것을 '가사(歌詞)'라고 하는 것으로 보아 가락에 얹어 창으로 노래하였을 것이다.

양응정은 기녀에게 주는 시를 통해 상심한 마음을 위로받기도 하였으며, 때로는 그들의 불행을 슬퍼하기도 하였다. 또 그들과의 만남을 통해 노래 즉 시가에 대한 관심을 표명하기도 하였으니, 그가 한시뿐만 아니라 국문시가에도 상당한 관심이 있었음을 알 수 있다. 양응정의 시 가운데 〈광주교방가요(光州敎坊歌謠)〉는 그래서 특히 눈길을 끄는 작품이다.

교방이란 알려진 대로 고려시대 이후 기녀 중심의 가무를 관장했던 기관이다. 조선시대에 들어와서는 관습도감이나 장악원 등으로 개편되

---

6 蘇合以歌詞名於洛 善誦七夕賦 崔孤竹極眷之 年十七以七夕死(〈도비소합〉 주,『송천집』, 10쪽)

었으나, 교방이라는 명칭이 보다 친숙하게 관용되었다. 이 교방에서 당악과 아울러 속악을 관장하였기에 우리말 노래가 많이 취급되었다. 고종 때 정현석이 엮은 『교방가요』에 우조와 계면조의 가곡과 아울러 십이가사 작품이 다수 실려 있음이 그러한 사실을 말해 준다.

중앙에 설치된 교방의 역할은 주로 궁중의 요구에 부응하기 위한 것이었다. 그 예로 『악학궤범』에 전하는 향악 정재로서의 교방가요는 임금의 대가 행로에서 가요를 적은 축(軸)을 올리며 노래와 춤으로써 임금을 즐겁게 하는 행사로 되어 있다. 그렇지만 지방에 설치된 교방의 경우는 관치와 지방관의 요구에도 부응할 필요가 있었으며, 따라서 그 역할이 중앙의 경우와는 다소 차이가 있었다.

양응정은 한때 광주목사(光州牧使)를 지냈던 인물이다. 〈광주교방가요〉는 그가 광주목사로 있으면서 스스로 제작하여 교방에서 부르도록 하였던 것으로 생각되는 작품인 바, 그 전문은 다음과 같다.

玉節從天降	옥절이 하늘에서 내려와서
蘭旌竝海巡	난정으로 바다까지 순행한다네
蒼生歸雅量	넓은 아량에 창생을 감싸이고
紫綬照芳春	방춘에 붉은 인끈 어울리네
願作衣間絮	옷 속의 솜 되는 게 바램이요
思爲席上塵	자리 위의 먼지가 될 생각이라네
前緣知有托	그게 모두 전생의 인연이 아니던가
楚觀夢繽紛	초관이 끊임없이 꿈결을 오가네[7]

----

7 『송천집』, 65~66쪽.

　지방관이 임금에게서 부절을 받고 부임하여, 정절을 앞세우고 구석 구석 관내를 순시한다. 자랑스럽게 붉은 인끈을 드날리며, 백성들을 아 량으로 감싸준다. 그러면서 옷 속의 솜처럼 세상을 따뜻하게 하며, 자 리 위의 먼지가 되도록 스스로를 다하겠다고 다짐한다. 직무에 임하는 지방관의 자세가 그 내용이다. 이것은 곧 광주목사로서 양응정 자신의 다짐이었을 뿐만 아니라, 다른 관리들에 대한 그의 바람이기도 하였을 것이다. 그 제목을 〈광주교방가요〉라 하였으니, 교방에서 부를 노래로 이 작품을 지었음을 알 수 있다. 노래를 치심(治心)과 치도(治道)의 방편 으로 여겼던 당시의 인식이 드러나 있다.

　한편 양응정의 〈광주교방가요〉는 또 다른 측면에서 의미가 있다. 광 주에 교방이 언제 설치되었고 어떻게 운영되었는지에 대한 암시를 얻 을 수 있기 때문이다. 교방의 설치와 운영은 예술사적 측면에서 매우 주목되는 일이다. 그러나 아직까지 광주교방에 대한 상세한 기록은 보 이지 않는다. 그런 상황에서 이 작품은 양응정 시대에 그것이 설치되어 운영되고 있었음을 알 수 있게 하는 자료이다.[8]

　기녀를 대상으로 한 시나 〈광주교방가요〉를 통해 볼 때, 양응정은 당 시 성행하던 대엽조의 가곡에도 상당히 친숙하였을 것이다. 그렇다면 당연히 그 노랫말인 시조에도 관심을 기울였을 것이다. 현전하는 여러 가집에 양응정의 작으로 거명된 시조를 찾으면 다음 두 수가 있다.

8　양응정의 〈광주교방가요〉 외에도 그와 동시대의 辛應時(1532~1585)가 지었다는 〈光山 敎坊歌謠〉가 있다고 한다. 신응시는 전라관찰사를 지낸 인물로, 〈광산교방가요〉는 미색에 초연했던 전라도관찰사 李增의 인품을 찬미한 내용이라 하는데(한국정신문화 연구원 간,『한국민족문화대백과사전』, '백록유고'조), 필자가 확인한 바로는 이 작품이 신응시의『白麓遺稿』에는 수록되어 있지 않다.

① 嚴冬에 뵈옷 닙고 巖穴에 눈비 마자
　구룸 낀 볏뉘를 쬔 적이 업건마는
　西山에 히지다 ㅎ니 눈물겨워 ㅎ노라 (진본 『청구영언』)

② 太平 天地間에 簞瓢을 두러메고
　두 스믹 느로치고 우즑우즑 ㅎ는 쯧은
　人世에 걸닌 일 업스니 그를 죠화 ㅎ노라 (『악학습령』)

　①은 진본과 가람본 『청구영언』에 양응정의 작으로 표시되어 있으나, 『악학습령』을 비롯한 여타의 많은 가집에는 남명 조식의 작으로 되어 있는 작품이다. 그래서 한때 조식의 작으로 알려지기도 하였다. 그러나 『해암가곡집』을 남긴 강진의 김응정(金應鼎, 1527~1620)이라는 인물의 행적이 밝혀지고, 또 이 작품이 실려 있는 김응정의 『해암문집』이 공개되면서, 그가 명종의 승하를 애도하여 지은 작품으로 이미 확인된 바 있다.[9]

　그리고 ②는 가집에 따라 그 작자가 양응정과 김응정으로 크게 양분되어 전하는 작품이다. 두 사람이 각각 10여 개의 가집에서 작자로 기록되어 있다. 공교롭게도 두 사람은 동시대의 호남 인물이면서, 성은 다르나 이름의 한자 표기를 같이하고 있다. 그런 점 때문에 작품의 전승 과정에서 이런 혼란이 있었던 것으로 보인다. 그런데 이 작품은 내용 면에서 김응정의 여타 시조들과는 좀 다른 면모를 보인다. 김응정의 시조가 대체로 충·효의 윤리나 세교(世敎) 및 시사적 문제에 관심을 기울인 것과 달리, 이 작품은 거리낌 없이 천지간을 활보하는 자유분방한 삶의 태도를 노래하고 있기 때문이다. 또 현전 김응정의 시조 8수가 모두 그의 『해암문집』에 수록되어 있는 것과 달리, 이 작품은 거기에 실려 있지 않다. 그런 점에서 김응정보다는 양응정이 ②〈태평 천지간에〉의 작자일 가능성이 높다. 그를 작자로 기록한 가집의 수나 앞에서 살핀 활동을 통해 볼 때, 양응정이 이런 노래를 지었을 개연성은 충분하다. 하지만 현재 그렇게 속단하기에는 근거가 충분하지는 않다.

여기서 양응정의 〈증천연상인(贈天然上人)〉이라는 시를 하나 더 보기로 하자. 그런데 이 시는 양응정의 시가 활동과는 관련이 없는 작품이다. 그럼에도 이 시를 여기서 언급하는 것은 그것이 민간신앙에 대한 흥미로운 내용을 담고 있으면서, 후인의 시화에서도 거론된 작품이기 때문이다.

천연상인의 신분은 승려이다. 양응정의 시에 승려와의 교유시가 많음은 이미 앞에서 언급한 바 있는데, 이 작품은 다른 교유시와는 색다른 내용을 지니고 있다는 점이 눈길을 끈다. 즉 다른 교유시들이 대개 산수 간을 오가는 승려의 탈속한 모습을 다루고 있는 데 비해, 이 작품은 인심을 현혹하는 지리산의 석불을 깨뜨려버린 천연상인의 기개를 칭송하였기 때문이다.

張拳一碎峯頭石　　주먹으로 봉우리의 돌부처를 깨고부터
魍魎無憑白晝啼　　대낮에도 울어대던 도깨비가 없어졌네
骨氣至今誰得似　　지금도 그 골기를 당할 자 누구인가
坐令衰魄壯虹霓　　늙은 넋에 무지개 같은 힘이 솟게 만들었네

少日曾彎八札弓　　젊은 시절 팔찰궁을 당길 만큼 힘세더니
跏趺幽窟尙豪雄　　가부좌로 굴에 앉아도 그 용기 여전하네

菖蒲來獻宣城閣　　창포를 가지고 와 선성각에 바치더니
袖裏猶生萬壑風　　옷소매에서 만학의 바람이 이네 그려[10]

이 작품에 붙은 주에 의하면 천연상인은 원래 사족 출신으로 불가에
든 승려였다. 그때 두류산(頭流山, 智異山) 천왕봉에 석불이 있었는데, 영
험하다는 소문이 나서 원근의 사람들이 몰려 와 그것을 마치 신처럼
섬겼다. 그러자 천연상인이 이에 분개하여 석불을 깨뜨려버렸다는 것
이다. 〈증천연상인〉의 내용은 바로 이러한 사실을 바탕으로 하고 있다.
　여기서 한 가지 의아스러운 점이 있다. 승려의 신분을 가진 천연상인
이 석불, 즉 불상을 깨뜨려버렸다는 것이다. 자칫하면 천연상인의 파계
라는 문맥으로 읽힐 수 있는 대목이다. 그런데 『송천집』에서는 천연상
인이 깨뜨린 것을 '석불(石佛)'즉 불상이라 기록하였지만, 그것은 기실
불상이 아닌 민간신앙적 요소가 짙은 '성모상(聖母像)'이라 불리는 석상
이었다. 천연상인은 바로 이 성모상에 대한 민간의 신앙을 미신으로 여
겨 깨뜨려버렸으며, 양응정은 그러한 천연상인의 입장에 동조하여 그
기개를 높이 샀던 것이다.
　그 후 양응정의 〈증천연상인〉은 허균의 「학산초담(鶴山樵談)」에서 다
시 거론된 바 있다. 허균은 여기에서 천연상인은 임진왜란 때 휴정(休
靜)을 따라 참전하여 전공을 세우기도 하였는데, 남명 조식이 〈용사천
연전(勇士天然傳)〉을 짓자 양응정이 그 앞에 지어 붙인 것이 바로 이 시
라고 하였다.[11] 한때 진주목사(晉州牧使)를 지냈던 양응정은 인근의 조

10 『송천집』, 18~19쪽.
11 허경진 엮음, 『허균의 시화』, 민음사, 1982, 141~142쪽.

식과 교분이 두터웠으며, 조식의 사후에는 만시와 제문을 짓기도 하였다. 이로 미루어 이 시는 양응정과 조식 및 천연상인 간의 교유가 활발했던 진주목사 재임 무렵에 지어진 것으로 여겨진다. 당시 승려와 사대부층이 민간신앙을 대하던 인식의 한 단면을 보여주는 작품이다.[12]

3. 양응정의 누정제영

누정은 과거 시가 활동의 주요한 무대였다. 누정제영에서 한시가 차지하는 비중이 매우 크기는 하였지만, 주목할 만한 시조나 가사 작품이 누정을 무대로 창작되었다. 양응정의 경우 아쉽게도 누정을 연고로 한 시조나 가사 작품은 남기지 않았다. 하지만 그 역시 당시의 많은 문인들처럼 누정을 통한 한시 활동을 펼쳤다. 따라서 여기서는 그가 남긴 누정제영에는 어떤 것들이 있는지 살펴보기로 하자.

양응정이 남긴 누정제영은 대략 20편가량이다. 다음은 그중 누정 이름이 명시되어 있고, 연고가 확인되는 우리 누정과 그 제영이다.

> 광주의 漆石茅亭: 〈題漆石茅亭〉, 〈再遊漆石〉
> 環碧堂과 瀟灑園: 〈歷賞環碧瀟灑之勝因示鼓巖子〉
> 장성의 邀月亭: 〈邀月亭次金河西麟厚韻〉

---

12 그 후에도 몇 차례 수난을 더 겪은 지리산 성모상은 지금도 현존해 있으며, 근래에는 문화유산 애호가들이 즐겨 찾는 답사 대상으로 대접받고 있다고 한다. 이 성모상의 정체가 무엇인가에 대해서는 지리산의 삼신할미라는 설을 비롯하여 여러 견해가 있다. 민간신앙에 대한 인식 변화에 따른 성모상의 부침이 흥미롭다.

해남의 太平亭: 〈全羅右水營太平亭〉
보성의 列仙樓: 〈列仙樓口號留別主倅〉
고흥의 倚風樓: 〈倚風樓贈主倅〉
진주의 矗石樓: 〈自矗石下遊菁川〉, 〈矗石樓〉
영변의 四絶亭: 〈四絶亭〉
영변의 香雪堂: 〈香雪堂〉

위 제영을 보면 그 작시 무대가 되었던 누정의 소재지가 광주·전남
과 경남 진주 및 평북 영변으로 나타난다. 이는 그의 연고지 및 관직
생활의 여정과 관련이 있다. 여기서 잠시 이와 관련된 양응정의 행적을
이집(李濈)이 쓴 행장을 통해 따라가 보기로 하자.[13]

기묘사화가 일어났던 중종 14년(1519) 능주의 월곡리(지금의 화순군 도곡
면 월곡리)에서 출생한 양응정은 5살이 되던 해에 아버지 양팽손(梁彭孫)
을 따라 인근의 쌍봉리(지금의 화순군 이양면 쌍봉리)로 이거하였다. 이후
22세에 생원시에 급제하였고, 을사사화가 있던 인종 1년(27세)에 부친상
을 당하였다. 그가 문과에 급제한 것은 34세 때(명종 7년)로, 이때부터
벼슬길과 인연을 맺고 내외의 관직을 두루 역임하였다. 40대 중반에
이르기까지 그가 거친 외직만을 보면 전라도사(全羅都事), 순창현감(淳昌
縣監), 관서평사(關西評事), 관북평사(關北評事), 온성부사(穩城府使), 경원
부사(慶源府使) 등이다. 그러는 사이 거처를 능주의 쌍봉리에서 나주의
박산(朴山, 지금의 광주광역시 광산구 용운동 박호리)으로 옮기고 조양대(朝陽
臺)와 임류정(臨流亭)을 조영한 바도 있다.[14] 이때 집 안 정원의 대나무와

---

13 이집, 〈송천선생행장〉, 『송천집』, 352~385쪽.
14 양응정은 스스로 향리인 朴山에 朝陽臺와 臨流亭을 조영하였으나, 이에 대한 그의

집 앞 시냇가의 소나무가 숲을 이루어 무성하였으므로, 그를 '송천선생'
이라 부르게 되었다고 한다. 46세(명종 19년)에는 고시관으로 '천도' 책문
을 통해 명성을 얻었으며, 49세(명종 22년)에 광주목사(光州牧使)로 부임
하였다가, 52세(선조 3년)에 진주목사(晋州牧使)로 옮겼다. 그리고 이듬해
대사간(大司諫)이 되었고, 59세(선조 10년)로 물러날 때까지 경주부윤(慶
州府尹), 병조·이조·예조참의(兵曹·吏曹·禮曹參議), 홍문관부제학(弘文館
副提學), 의주목사(義州牧使), 성균관대사성(成均館大司成) 등을 지냈다.

　양응정은 이렇듯 전남 지역이 자신의 연고지였을 뿐만 아니라 광주
목사를 지낸 바 있어 자연스레 이 지역의 누정을 편력할 기회가 많았
다. 또 관서평사 등 관서와 관북 지역의 외직을 맡는 동안에는 영변의
사절정과 향설당을 돌아보았을 것이며, 진주목사로 재임하면서는 촉석
루에 자주 올랐을 것이다. 다음은 각 제영의 내용이다.

(1) 칠석모정제영

　칠석모정에 관한 제영은 〈제칠석모정(題漆石茅亭)〉과 〈재유칠석(再遊
漆石)〉이다. 칠석은 지금의 광주광역시 남구 칠석동으로, 여기에 현존하
는 부용정(芙蓉亭)의 현판에 양응정의 이 두 작품이 고경명(高敬命), 이
안눌(李安訥) 등의 제영과 함께 남아 있다. 이로 보아 칠석모정이 곧 부
용정이었음을 짐작할 수 있다. 부용정은 조선 초 전라감사를 지낸 김문
발(金文發)의 퇴휴처로 그 내력이 매우 오랜 누정이다. 양응정의 이 두

제영은 남아 있지 않다. 다만 『송천집』 부록에 沂川 洪命夏의 〈過朝陽遺墟〉와 參判
李廷夔의 〈過先生遺墟〉가 수록되어 있고, 靑湖 李一相의 임류정제영 1수가 조사되어
있다(『호남문화연구』 제14집, 전남대학교 호남문화연구소, 1985, 323쪽).

제영은 그가 광주 목사 때 지은 것으로, 칠석모정의 정겨운 만남을 내
용으로 하고 있다. 그중 〈제칠석모정〉이다.

朝來雨意欲絲絲	아침에는 사운사운 빗발이 내리더니
向晚晴光灩綠池	해 질 녘엔 햇살이 푸른 못에 일렁이네
佳會豈非天所借	이 모임을 마련한 것 하늘의 뜻 아니던가
使君行色自應遲	사군의 행색이야 더디 올 줄 내 알았네[15]

(2) 환벽당·소쇄원제영

환벽당과 소쇄원은 광주와 담양에 소재한 무등산 자락의 명승이다.
〈역상환벽소쇄지승인시고암자(歷賞環碧瀟灑之勝因示鼓巖子)〉는 양응정이
이곳을 둘러보고 소쇄원의 고암 양자징(梁子澂)에게 준 시이다. 양자징
은 기묘사화 이후 소쇄원을 조영한 양산보(梁山甫)의 아들로 작가와는
동족 간이다.

環碧堂前泛小舟	환벽당 앞에다가 작은 배를 띄웠는데
使君心跡共淸悠	사군의 마음 역시 맑은 물과 같다네
今朝又赴山翁約	오늘 아침 산옹과 약속 있어 달려오니
石下菖蒲灑玉流	바위 아래 창포에서 옥류가 뿜어 나오네[16]

전남대학교 호남문화연구소에서 실시한 누정 조사에 의하면 이 작품
은 소쇄원 제영으로 조사되어 있는데, 여기에는 제1구의 '環碧堂前'이

---

15 『송천집』, 27쪽.
16 『송천집』, 31쪽.

'瀟灑近前'으로 바뀌어 있다.[17] 아마 이 작품을 소쇄원 제영으로 내걸면
서 소쇄원과의 관계를 강조하기 위해 그렇게 한 것이 아닌가 생각된다.

(3) 요월정제영

요월정은 장성군 황룡면 황룡리에 있는 누정이다. 명종 20년(1565) 공
조좌랑을 지낸 김경우가 건립하여 한때 폐허가 되었다가, 1925년 중건
되었다. 누정과 그 주변의 풍광이 빼어나 '조선제일황룡리(朝鮮第一黃龍
里)'라는 미칭을 얻기도 하였다. 양응정의 〈요월정차김하서인후운(邀月
亭次金河西麟厚韻)〉은 하서 김인후의 〈요월정삼절(邀月亭三絶)〉을 차운한
것이다. 기대승(奇大升), 기정진(奇正鎭), 윤봉구(尹鳳九), 김수항(金壽恒),
김창집(金昌集), 김창흡(金昌翕)의 제영과 함께 전한다.

落照千重練   낙조는 일천 겹 마전한 베 드리운 듯
餘霜萬仞靑   서리에 시들지 않는 나무 만 길이나 푸르리라
爲來酬勝槩   여기 와서 좋은 경치 말로써 주고받으니
離合付流萍   만나고 헤어짐이야 부평 그것 아니던가[18]

(4) 태평정제영

태평정은 해남의 전라 우수영에 딸려 있던 누정이다. 원래 우수영이

---

17 『호남문화연구』 제14집, 338쪽. 이 밖에도 『호남문화연구』 제14집 같은 항에는 양응정
   의 소쇄원제영으로 『송천집』에 없는 다음 칠언시가 더 수록되어 있다(335쪽).
   珍重林泉鎖舊雲   路迷何處覓徵君   謝家庭畔蘭方郁   曾氏堂前日欲曛
   穿石岩溪空自咽   引墻花木爲誰芬   故園永興新附隔   花樹啼禽不忍問
18 〈요월정차김하서인후운〉 2수 중 제1수, 『송천집』, 13~14쪽.

있던 해남군 문내면 선두리에 있었는데, 1986년 해남읍 해리 미암산의 체육공원으로 옮겨 세웠다.[19] 태평정의 창건 시기는 분명하지 않으나, 양응정의 〈전라우수영태평정(全羅右水營太平亭)〉이 그것의 신축 사실을 말하고 있는 것으로 보아 이 무렵에 세워진 것으로 보인다.

作鎭年來事事雄	이 진을 두고부터 매사가 웅걸터니
津頭新構壓鴻濛	나루 머리 새 정자가 홍몽을 압도하네
凌風萬舸旗幢出	기를 꽂은 수 많은 배 풍파에도 끄떡없어
虜膽先搖日本東	일본 오랑캐 놈들 간담이 먼저 써늘하리[20]

왜에 대한 적개심과 적을 압도하려는 의기가 높다. 이 무렵에는 명종 10년(1555)의 을묘왜변 등 남해안 일대에 왜구의 노략질이 심했다. 양응정은 을묘왜변 이듬해에 병조좌랑(兵曹佐郞)으로 있었는데, 이때 남과 북의 오랑캐를 물리치는 방책을 묻는 조정의 대책(對策)에서 장원을 한 바 있다. 또 평소 병학에도 관심이 있어 자신의 문인이었던 최경회(崔慶會)에게 장차의 국난에 대비해 병학을 공부할 것을 권했으며, 신립(申砬)의 무장다운 기질을 한눈에 알아보았다고 한다. 이 밖에도 그의 〈전라병영제영(全羅兵營題詠)〉, 〈제성루(題城樓)〉, 〈전라병영중창기(全羅兵營重創記)〉 역시 태평정제영과 같은 성향을 보이는 작품들이다.

19 『호남문화연구』 제18집, 1988, 325쪽.
20 〈전라우수영태평정〉 2수 중 제1수, 『송천집』, 31~32쪽.

(5) 열선루제영

열선루는 보성에 있었던 누정이다. 객관의 북쪽에 있었으며, 원래 취음정(翠蔭亭)이라 하던 것을 군수 신경(申經)이 중건하면서 열선루라 바꾸어 불렀다고 한다.[21] 양응정의 〈열선루구호유별주쉬(列仙樓口號留別主倅)〉는 고을 수령과 헤어지며 열선루에서 읊조린 시이다. 열선루가 이 고을을 찾은 사람들이 떠나며 헤어짐을 아쉬워하는 '이별의 정자'로 인식되어 있다. 진도의 벽파정이나 순천의 연자루에서 볼 수 있는 누정의 성격이다.

海上雄城樹接天　　바닷가 큰 고을에 수림이 하늘에 닿았는데
萬家朝雨起炊烟　　집집마다 아침 비에 밥 짓는 연기 일어나네
深情更荷離亭畔　　깊은 정을 이별의 정자에서 다시금 알았으니
直送吾行到日邊　　다만 우리 일행 보내려고 한나절이 되었구려[22]

(6) 의풍루제영

〈의풍루증주쉬(倚風樓贈主倅)〉는 흥양(지금의 고흥)의 의풍루에서 고을 원에게 준 시이다. 의풍루는 『흥양지(興陽誌)』에 이미 사라진 누정으로 그 이름만 남아 있다.[23] 보성의 열선루처럼 관아에 딸린 누대였던 것으로 보인다. 〈의풍루증주쉬〉는 양응정이 흥양에서 벼슬살이하는 옛 친구를 찾아왔다가 느낀 감회를 읊조렸다. 군진이 있었던 흥양의 모습이 인상적이다.

---

21 『호남문화연구』 제16집, 1986, 262쪽.
22 『송천집』, 38~39쪽.
23 『호남문화연구』 제16집, 295쪽.

少年拳勇百夫兼	소년 시절 날쌘 주먹 만부를 당하더니
折節而今萬目瞻	원님이 된 지금에는 만백성 바라보네
盤礴樓居新制作	즐비하게 높은 누대 새로 지은 것들이요
蒼茫煙景劃增添	아득한 연경은 새 모습을 더하였네
駉駷量谷登朝牧	아침이면 골짝마다 전마 놓아먹이고
貔虎連營醉夕嚴	수많은 날쌘 장졸 취한 밤이면 단속하네
鏖熱此中眞不淺	예 와 보니 열전 열기 참으로 대단한데
八窓淸吹帽敧簷	팔창에서 부는 바람에 모자 챙이 비뚤어지네[24]

(7) 촉석루제영

촉석루 제영인 〈자촉석하유청천(自矗石下遊菁川)〉과 〈촉석루(矗石樓)〉
는 양응정이 진주목사 때 지은 것이다. 앞에서 〈증천연상인〉을 살피며
언급하였듯이 양응정은 특히 진주목사로 있으면서 조식과 교분이 두터
웠다. 〈자촉석하유청천〉은 조식을 비롯하여 관찰사 임열, 도사 유대수,
사제관 정언신과 함께 촉석루에서 내려와 청천에서 뱃놀이를 하는 감
흥을 노래한 것이다.

煌煌玉節下層臺	눈부신 옥절로 층층대를 내려서서
不盡春心把一盃	춘정을 못 이기어 술 한 잔을 들었다네
今日江山知有力	오늘따라 이 강산에 힘 있음을 알겠느니
南洲還向北涯廻	남주를 둘러보고 다시 북애로 돌아가리[25]

---

24 『송천집』, 82~83쪽.
25 『송천집』, 27쪽.

(8) 사절정·향설당제영

사절정과 향설당은 모두 평안북도 영변에 있던 누정이다. 『동국여지승람』에는 사절정이 영변대도호부의 개평역에 있다고 수록되어 있다.[26] 영변은 북쪽 변경에 위치하여 도호부를 두고 절도사가 다스리던 고을이었다. 때문에 양응정의 〈사절정(四絶亭)〉과 〈향설당(香雪堂)〉에는 누정의 승경보다는 무장의 기개가 부각되어 있다. 다음은 그중 〈사절정〉이다.

將軍誓欲掃狼煙	장군이 맹세코 낭연 쓸어버리려고
雄劍飛光翰海前	힘차게 뽑아 든 칼 한해 앞에 빛나네
軒倚夕陽初駐節	輕軒이 해 질 녘에야 행차를 멈췄는데
角催寒月漸浮天	고각 소리 차가운 달 떠오르기 재촉하네
從來形勝無全目	원래부터 경치 좋기로 이를 데 없는 이곳
更有風流敞四筵	게다가 풍류 있어 사방에 잔치 열렸네
莫道參卿霜滿鬢	참경의 귀밑머리 희어졌다 말을 말게
銘山意氣尙堪憐	아직도 산에 새길 의기가 넘친다네[27]

지금까지 살핀 누정제영은 모두 해당 누정의 이름과 연고가 확인되는 작품들이다. 양응정의 누정제영에는 이 범주에 들지 않아 언급하지 않은 작품이 몇 편 더 있다. 황룡강가 김인남의 강정을 읊은 〈강정관사후(江亭觀射帿)〉, 역시 황룡강가 박거사의 강루에 쓴 〈제박거사강루(題朴居士江樓)〉, 유충정의 강정에 쓴 〈제강정(題江亭)〉, 신창의 죽정에서 읊조

26 『신증동국여지승람』, 제54권, '영변대도호부'조.
27 『송천집』, 80~81쪽.

린 〈신창죽정봉증이사군중기박찬(新昌竹亭奉贈李使君重器博粲)〉, 〈계림
정(桂林亭)〉, 강동의 추흥루를 읊은 〈추흥루(秋興樓)〉, 〈황주죽루(黃州竹
樓)〉가 그것이다.

4. 맺음말

필자가 이 글에서 살피고자 한 것은 양응정 시의 전모가 아니라, 그
의 시가활동과 누정제영이다. 하지만 전자의 경우 그가 남긴 자료가 많
지 않아 그 겉모습만을 살펴본 데 지나지 않으며, 후자의 경우도 작품
분석보다는 사실 확인과 해설에 치중하였다.

현전하는 작품 중 그의 시가에 대한 관심은 우선 몇 편의 기녀에게
준 시를 통해 찾아볼 수 있었다. 또 〈광주교방가요〉를 통해서는 그가
치심과 치도의 수단으로서 노래의 효용과 가치를 인식하고 있었음을
볼 수 있었다. 이러한 바탕 위에서 양응정 역시 시조를 통한 시가 활동
을 펼쳤을 것으로 여겨진다. 『악학습령』 등에 전하는 시조 〈태평 천지
간에〉가 그의 작품일 것으로 보이기는 하나, 쉽게 속단할 수는 없었다.
또 시가활동과는 상관없이, 당시의 민간신앙에 대한 부정적 인식을 보
여주는 흥미로운 사례로 〈증천연상인〉을 살폈다.

다음 누정제영이다. 양응정은 주로 자신의 생활 연고지나 관료로서
부임했던 지역의 누정에 대한 제영을 남겼다. 광주의 칠석모정, 환벽당
과 소쇄원, 장성의 요월정, 해남의 태평정, 보성의 열선루, 고흥의 의풍
루, 진주의 촉석루, 영변의 사절정과 향설당 제영이 그것이다. 이 밖에
양응정은 자신의 향리에 조양대와 임류정을 스스로 조영하고, 독서와

강학을 하는 한편 시주를 즐겼다. 따라서 조양대와 임류정에 대한 제영
도 남겼을 것으로 추정되나, 이미 사라져버린 유허를 보며 후인이 남긴
작품 몇 편만이 남아있음을 확인하였다.

남도의 누정과 그 연구 동향

1. 머리말

누정은 집이다. 하지만 사람들이 보통의 일상생활을 영위하는 주거 개념의 살림집이 아닌 특별한 별서로서의 집이다. 그러기에 그곳에서는 주로 일반 가정의 울타리를 벗어난 문화 활동이 이루어졌다. 시문을 제작하거나, 강학을 베풀거나, 담론을 펼치거나, 접객을 하거나, 회합을 하거나, 심신을 닦거나, 휴식을 취하거나 하는 일들이 그것이다. 그래서 지난 시절 개인적인 사색이나 사회적 교류의 중심에는 늘 누정이 있었다. 그것이 지금 우리가 누정을 주목하는 이유이다.

누정이 우리 역사에 등장한 것은 삼국시대였을 것으로 추정된다. 당시 왕의 위엄이나 치적을 드러내고, 궁궐의 휴식 공간을 확보하기 위해 누정이 등장하였다. 이후 많은 세월을 거치면서 왕실에서 관청이나 사찰 및 민간 등으로 그 건립 주체가 폭넓게 확대되었다. 그래서 누정을 크게 관가의 누정과 사가의 누정,[1] 또는 관청누정과 민간누정으로 나누

---

1 박준규, 「호남의 누정과 누정시단」, 『호남시단의 연구』, 전남대학교 출판부, 1998, 105쪽.

기도 하는데,[2] 이 글에서는 이를 공루(公樓)와 사루(私樓)라는 용어를 사용하여 구분하기로 한다. 즉 궁궐이나 관청 및 사찰·서원 등에 딸린 것이 공루이고, 민간에서 개인이나 마을 또는 문중이 중심이 되어 조영한 것이 사루이다.

그런데 흔히 남도[3]라 일컬어지는 광주·전남 지역은 지난날 다양한 누정 문화가 발전하였던 곳이다. 그래서 이 지역 누정에 대한 학문적 관심 역시 비교적 일찍부터 주어졌다. 처음 시가문학의 측면에서 비롯된 일부 누정에 대한 관심이 점차 사회·경제·역사·건축·조경 등 여러 방면으로 확대되었다. 이와 더불어 본격적인 누정 연구의 초석이라 할 자료의 전반적인 조사 정리도 이루어졌다.

이 글에서는 바로 그러한 자료를 바탕으로 남도의 누정을 전반적으로 개관하고, 지금까지의 연구 동향을 파악하였다. 이를 통해 남도누정의 어제와 오늘을 거시적으로 조감할 수 있을 것이다. 다루는 범위가 넓은 관계로 논의 과정에서 개별 누정이나 관련 사실들에 대한 구체적 언급은 가급적 피하기로 한다.

2. 남도누정의 존재 양상

여기서 살피고자 하는 것은 광주·전남 지역에 산재한 누정의 전반적

---

2 이종범, 「조선전기 호남지방 누정문화와 시대정신」, 『한국사상 인문학담론 창출공간에 대한 탐색과 동서양 비교 연구』, 한국사연구회·호남사학회 공동학술대회 발표문, 전남대학교, 2010년 12월 11일, 1쪽.
3 이 글에서 남도는 광주광역시와 전라남도를 아우르는 통칭이다.

인 존재 양상이다. 이를 위해 먼저 기존 연구에서 집계한 몇 가지 통계 자료를 통해 누정의 전국적인 분포상을 일별하는 것으로 이야기를 시작한다.

옛 누정에 관한 정보를 얻고자 할 때 가장 먼저 접하게 되는 것이 각종 지리지나 향토지이다. 특히 전국 지리지인『동국여지승람(東國興地勝覽)』은 이른 시기에 누정에 관한 전국적인 정보를 동일한 방식으로 취급하여 한 자리에 모았다는 점에서 매우 유용하게 활용된다. 처음 편찬된 시기는 성종 때이며, 이후 중종 때의 신증 작업을 거쳐 오늘에 이른다.

그런데 이『신증동국여지승람』에 수록된 누정을 대상으로 분류한 통계에 의하면, 전국 885개소의 누정 중 전라도에 위치한 누정의 수는 170개소로 경상도(263) 다음으로 많으며, 평안도(100) · 강원도(81) · 충청도(80) · 함경도(56) · 황해도(50) · 경기도(34) · 한성부(24) · 경도(14) · 개성부(13) 순으로 뒤를 잇는다.[4]『신증동국여지승람』이 조선 중종 때 편찬 완료된 것임을 감안하면, 고려에서 조선 초를 거치는 동안 누정 건립이 이미 전국적으로 이루어졌음을 알 수 있다. 수록된 누정들이 대개 사루보다는 관아에 딸린 공루였다는 점도 누정의 기능과 관련하여 주목된다.

또 전라도를 다시 전남과 전북으로 구분하였을 때, 전북보다는 전남에서의 누정 건립이 보다 활발하였던 것으로 나타난다. 1977년 문공부에서 발행한『문화유적총람』수록 자료를 대상으로 한 집계를 보면,

---

4 박준규,「한국의 누정고」,『호남문화연구』제17집, 전남대학교 호남문화연구소, 1987, 10쪽.

전국 609개소의 누정이 경북(173)·경남(98)·전남(83)·강원(50)·경기(45)·서울(43)·충북(38)·충남(19)·전북(13)·부산(4)·제주(3) 순으로 분포함을 볼 수 있다.[5]

이러한 결과는 크게는 해당 지역의 고을 수나 관치 영역 및 자연환경은 물론 경제·사회·문화적 배경 등에서 두루 영향을 받은 것이다. 또 조사 기관이나 조사자의 역량 및 태도와도 무관하지 않다. 따라서 수치의 단순 비교에 절대적 의미를 두기는 어려우나, 어쨌든 이를 통해 과거 누정의 지역적 모습을 대략이나마 짐작할 수 있다.

누정의 등장이 삼국시대였다고는 하나, 남도 지역 누정문화의 자취를 살필 수 있는 자료들은 고려 중기부터 산견된다. 고려 이전의 것으로는 원래 옛 무진주의 사정이었던 담양의 척서정(滌暑亭)을 백제 무왕 28년(627)에 중수하였다는 기록이 있다고 하나, 현재 그 이상의 자세한 사실은 확인할 수 없다. 또 광주의 양과동정(良苽洞亭)이 옛 삼한이나 신라 때부터 있었다고도 하나, 이 역시 분명하지 않다.

남도의 누정 중 그 연원이 고려시대로 확인되는 것들을 들면 다음과 같다. 진도의 벽파정(碧波亭), 순천의 연자루(燕子樓)와 침계루(枕溪樓), 나주의 쌍계정(雙溪亭), 장성의 쌍계루(雙溪樓), 광주의 석서정(石犀亭)과 경렴정(景濂亭), 무안의 유산정(遊山亭), 담양의 독수정(獨守亭) 등이 그것이다.[6]

---

5 위와 같음.

6 이 밖에 나주의 挽湖亭(고려 때부터 있었다는 구전이 있음)과 永翠亭(고려의 姜甘讚이 세웠다고 함), 강진의 水雲亭(고려의 趙精通이 세웠다고 함), 진도의 池氏園亭(고려 우왕 때 池勇奇가 세웠다고 함)도 고려 때에 세워졌다고 하나 더 이상의 자세한 기록을 찾을 수 없다.

그중 먼저 진도의 벽파정은 『동문선(東文選)』에 고려 인종 때 사람 고조기의 시 〈진도강정(珍島江亭)〉이 수록된 것으로 보아 그 연원이 고려 중기까지 소급된다.⁷ 기록에 따라서는 고려 희종 3년(1207)에 중국 남송을 오가는 사신들의 휴식처로 건립되었다고도 하고,⁸ 고려 원종 4년(1263) 김방경이 왜구를 격파한 기념으로 세웠다고도 한다.⁹ 순천의 연자루는 원래 승평읍성의 남문루였는데, 고려 고종 때 승평부사 손억과 호호라는 관기가 이곳에서 사랑을 나누었다는 이야기가 전한다. 송광사의 침계루도 이색의 시가 있는 것으로 보아 고려 말에는 이미 존재하였음을 알 수 있다. 또 나주의 쌍계정은 고려 충렬왕 6년(1280) 정가신이 창건하였다고 한다. 장성의 쌍계루는 고려 충정왕 2년(1350) 백양사의 교루(橋樓)로 세워졌다가 나중에 쌍계루로 개칭되었는데, 이색의 기와 정몽주의 시가 남아 있다. 그리고 광주의 석서정은 고려 우왕 때 광주목사 김상이 치수 사업을 마치고 건립한 것으로, 역시 이색의 기문이 남아 있다. 나주의 쌍계정을 제외한 나머지는 모두 공루의 성격을 가진 것들이다. 여기서 초기의 누정들이 주로 개인적인 동기가 아닌 공적인 의도에서 건립되었음을 알 수 있다. 먼 길을 오가는 사람들에게 휴식처를 제공하거나(또는 승전을 기념하거나), 관아나 사찰의 출입처로서 위엄을 세우거나, 관리의 치적을 드러내려는 것이 그렇다.

이에 비해 광주의 경렴정과 무안의 유산정 및 담양의 독수정은 여말

7 고조기의 시 〈진도강정〉을 근거로 당시 벽파정과는 다른 '진도강정'이라는 정자가 따로 존재했을 것으로 보기도 하나, 『동국여지승람』에는 이 작품이 벽파정 제영으로 수록되어 있다.

8 『진도군지』, 진도군지편찬위원회, 1976, 82~83쪽.

9 『호남문화연구』 제18집, 전남대학교 호남문화연구소, 1988, 385쪽.

선초라는 정권교체기에 개인의 은거나 퇴휴를 목적으로 지어졌다는 점에서 대조적이다. 경렴정은 탁광무가, 유산정은 박문오가, 독수정은 전신민이 세웠다. 모두 고려 말의 인물들로, 공적인 색채가 강하던 누정 건립의 관습을 사적인 영역으로 확장시켰다.

조선 초에는 한동안 관아를 중심으로 한 누정 건립이 줄을 이었다. 새 나라의 통치 질서를 확립하는 과정에서 나타난 결과이다. 『신증동국여지승람』에 수록된 누정의 상당수가 이때 이루어졌다. 나주목의 예를 들면 '누정'조에 공루로서 무이루(撫夷樓), 동루(東樓), 은행정(銀杏亭), 사청(射廳), 망화루(望華樓), 빙허정(憑虛亭)의 이름이 보인다.

이러한 과정을 거쳐 조선 중기에 접어들면서는 민간에서의 누정 건립이 활발해졌다. 그 결과 16세기 이후에 건립된 것들이 지금 남아있는 누정의 대부분을 이룬다. 누정문화권으로 이름을 얻고 있는 무등산과 그 인근의 소쇄원(瀟灑園), 면앙정(俛仰亭), 환벽당(環碧堂), 식영정(息影亭), 물염정(勿染亭), 송강정(松江亭), 풍암정(楓巖亭), 명옥헌(鳴玉軒), 취가정(醉歌亭) 등이 그렇다.

그러면 광주·전남 지역에서 누정이 분포하는 모습은 어떻게 나타날까? 남도의 누정은 1985년부터 1991년까지 7년에 걸쳐 연차적으로 수행된 전남대학교 호남문화연구소의 조사 정리를 통해 비로소 전반적인 모습이 드러나게 되었다.[10] 따라서 호남문화연구소의 자료를 통해 그 분포 양상을 검토해 보기로 하자.

---

10 그 조사 정리 결과는 전남대학교 호남문화연구소의 『호남문화연구』 제14집(1985)부터 제20집(1991)에 수록되어 있다. 연차별 조사 정리 대상 지역은 제3장 '남도누정의 연구 동향'에 밝힌다.

　호남문화연구소에서 7년간 조사 정리하여 보고한 광주·전남의 누정
은 모두 1,687개소에 달한다. 그중 638개소가 조사 당시까지 현존한 것
이고, 나머지 1,049개소는 현존하지 않는 것이다. 이미 사라져버린 누
정이 남아있는 것보다 훨씬 많다. 여기서 이 1,687개소를 현재의 행정
구역을 기준으로 분포 수 순서로 나열하면 다음과 같다.

〈표 1〉 남도누정의 지역별 분포 I [11]

순서	지역명	현존 누정	부존 누정	합계
1	화순군	80	106	186
2	나주시	59	106	165
3	함평군	80	66	146
4	영암군	68	56	124
5	순천시	43	79	122
6	무안군	30	86	116
7	곡성군	32	74	106
8	광주시	47	58	105
9	장흥군	29	55	84
10	장성군	19	56	75
11	담양군	22	39	61
12	강진군	19	35	54
13	보성군	20	33	53
14	구례군	17	30	47
15	해남군	22	24	46
16	영광군	18	27	45
17	여수시	7	37	44
18	고흥군	10	32	42
19	광양시	3	23	26
20	진도군	6	13	19
21	완도군	-	11	11

22	목포시	7	3	10
	합계	638	1049	1687

우리가 보통 누정이라고 부르는 건축물은 그 이름 끝에 누(樓)·대(臺)·각(閣)·정(亭)·당(堂)·헌(軒)·재(齋)·암(菴)·정사(精舍) 등의 명칭을 사용한다. 각 명칭들은 서로 구별되어 쓰이기도 하나 항상 엄격히 구분되는 것은 아니며, 때로는 동일한 형태의 건축물에 서로 다른 명칭이 혼용되기도 한다. 일반적으로 보아서는 위에 나열한 명칭의 앞에서 뒤로 갈수록 별서보다는 주거의 개념이 짙어지는 경향이 있다. 즉 누·대·각·정·당에 비해 헌·재·암·정사는 순수한 누정과는 다소간의 거리가 있다. 헌·재·암·정사가 주로 집안의 별당, 서재나 재실, 초막, 학사 등을 일컫기 때문이다.

그런데 위의 〈표 1〉에 집계된 누정에는 이 헌·재·암·정사까지 망라되어 있다. 그리고 실제로 보고된 자료를 보면 거기에는 누정으로 보기 어려운 것들도 포함되어 있다. 따라서 이런 건축물들은 누정 논의에서 배제해야 한다. 그런 이유에서 헌·재·암·정사를 제외하고 다시 정리한 것이 다음의 〈표 2〉이다. 정리 과정에서 현재 제영이 하나도 남아있지 않은 누정도 아울러 제외하였다. 이런 경우는 대개 그 이름만이 문헌을 통해 전할 뿐 여타의 내용을 잘 알 수가 없고, 특별한 의미를 갖는다고도 보기 어렵기 때문이다.

사정이 좀 다르기는 하나 대도 마찬가지이다. 대는 원래 주변을 관망하기 좋은 높은 곳, 즉 돈대(墩臺)를 가리키는 말이다. 경우에 따라서

11 전남의 시·군 중 신안군 지역은 조사 정리된 누정이 없어 위 〈표 1〉에 빠져 있다.

는 그곳에 지은 누정까지를 지칭한다. 그런데 보고된 자료에서 대라는
명칭을 가진 것을 모두 헤아리면 40개소가량이다. 그중 대부분은 현존
하지 않으며, 관련 기록만으로는 거기에 실제로 누정이 있었는지 여부
를 지금 판단하기 어렵다. 또 현존하는 것도 순천의 임청대(臨淸臺)[12]처
럼 누정이 없는 돈대만인 경우도 있다. 누정의 존재가 확인되면서 제
영까지 남아있는 것은 담양의 동강조대(桐江釣臺),[13] 화순의 영롱대(玲瓏
臺),[14] 장흥의 장춘대(長春臺)[15] 정도이다.

　그래서 〈표 2〉에는 대도 제외하고, 제영이 있는 누·각·정·당만을 창
건 시기를 기준 삼아 임진왜란 전후로 구분하여 정리하였다. 〈표 2〉에
서 괄호 밖에 있는 숫자가 누정의 수이고, 괄호 안이 『호남문화연구』에
조사된 해당 누정제영의 수이다. 또 명칭별로는 정리된 658개소의 누
정 중 누가 45개소(7%), 각이 3개소, 정이 565개소(86%), 당이 45개소
(7%)로 집계된다. 그 명칭에 있어 정이 가장 일반적이고, 누와 당이 일
부 쓰였으며, 각은 매우 드물게 사용되었음을 알 수 있다. 각으로 명명
된 3개소는 담양의 광풍각(光風閣), 영암의 여재각(如在閣), 목포의 유선
각(儒仙閣)이다.

---

12 임청대: 순천시 옥천동 옥천서원 옆에 있다. 연산군 때 조위와 김굉필이 귀양살이를
　하며 쌓았다고 한다.
13 동강조대: 담양군 고서면 분향리에 있다. 조선 중기 인물인 조국간·조국성 형제의 낚시
　터에 그 후손들이 세웠다.
14 영롱대: 화순군 남면 복교리에 있다. 선조 때 사람 김곤변이 처음 세웠으며, 일명 '김덕령
　장군조대'라고도 한다.
15 장춘대: 장흥군 관산읍 방촌리에 있었다. 건립 시기는 분명치 않고, 위정훈이 세워 위세
　기가 머물며 후학을 양성한 강학소였다.

〈표 2〉 남도누정의 지역별 분포Ⅱ[16]

순서	지역명	임란 이전	임란 이후	합계
1	화순군	11(104)	69(491)	80(595)
2	나주시	18(210)	58(225)	76(435)
3	광주시	10(104)	49(1214)	59(1318)
4	무안군	2(49)	51(181)	53(230)
5	곡성군	9(47)	37(364)	46(411)
6	순천시	13(342)	32(160)	45(502)
7	영암군	9(91)	33(230)	42(321)
8	장성군	7(82)	35(155)	42(237)
9	장흥군	4(52)	30(402)	34(454)
10	함평군	2(6)	27(86)	29(92)
11	담양군	10(264)	18(80)	28(344)
12	강진군	3(19)	23(222)	26(241)
13	보성군	-	23(317)	23(317)
14	구례군	-	18(179)	18(179)
15	고흥군	1(1)	16(50)	17(51)
16	해남군	2(26)	9(161)	11(187)
17	광양시	4(37)	5(6)	9(43)
18	여수시	-	6(38)	6(38)
19	영광군	2(3)	4(15)	6(18)
20	목포시	-	3(21)	3(21)
21	진도군	1(10)	2(2)	3(12)
22	완도군	-	2(2)	2(2)
	합계	108(1447)	550(4601)	658(6048)

---

16 위〈표 2〉는 필자가 작성한 「전남의 누정제영 연구」(『호남문화연구』 제24집, 1996) 254 쪽의 '〈표 1〉 전남의 누정 및 누정제영의 분포 상황'에서 정사를 제외하고, 일부 내용을 수정하여 다시 만든 것이다.

위와 같이 정리하고 보면 일부 차이가 있기는 하나, 전반적인 순서는 〈표 1〉과 〈표 2〉가 크게 다르지 않다. 다만 〈표 2〉의 수가 크게 줄었는데, 기록이 소략한 부존 누정이 많이 제외되었기 때문이다. 시기상으로는 고려에서 임란 이전까지 세워진 것보다 임란 이후 지금까지 건립된 것이 훨씬 많다. 물론 그것은 자료 정리 과정에서 시기 미상인 것들을 모두 임란 이후로 정리한 때문이기도 하지만, 결국 시기 미상 자료 대부분이 조선 후기에 건립된 것으로 보이기 때문에 큰 문제가 되지는 않는다. 조선 후기에는 특히 개항 이후에 누정 건립이 활발하였다.

누정 건립의 시대별 추이를 살핀 한 연구에 의하면, 건립 시기를 비정할 수 있는 전남 지역의 누정 445개소 중 1876년의 개항 이전에 건립된 것이 159개소(35.73%), 개항 이후의 것이 286개소(64.27%)로 나타난다고 한다.[17] 즉 개항 이전보다 개항 이후에 누정 건립이 보다 활발했다는 것이다. 그런데 이렇듯 개항 이후 누정 건립을 촉진시킨 요인을 김동수는 '국내정세의 불안에 따라 많은 인사들이 은둔하거나, 또는 후진교육의 필요성 등을 인식한 것'과 '급격한 신분계층 구조의 변화와 이에 따른 경제력 소유의 변화, 그리고 나아가서 사회의식의 변화'에서 찾았다.[18]

여기에 위 〈표 1〉과 〈표 2〉를 제시한 것은 남도 누정문화의 지역적 양상을 가늠해보기 위해서였다. 그런데 위 표들을 보며 먼저 느끼게 되는 것이 누정문화가 융성하였다고 이미 잘 알려진 지역의 분포도가 그

17 김동수, 「전라도 지방의 누정과 보성 열선루」, 『이순신의 한산도가와 보성 열선루』, 학술대회 발표요지집, 보성군, 2005년 4월 28일, 46쪽.
18 김동수, 「앞의 논문」, 46~47쪽.

리 높지 않다는 점이다. 일례로 담양과 같은 지역이 그렇다. 여기서 우리가 눈여겨보아야 할 것이 〈표 2〉에 정리한 누정의 시대별 분포 및 누정제영이다. 담양의 경우 전체 누정은 28개소에 불과하나, 시기적으로 앞선 임란 이전의 것이 10개소로 비교적 많다. 또 같은 시기의 누정 제영 역시 264수로 342수인 순천 다음으로 많다. 이는 곧 담양에서의 누정문화가 임란 이후보다 임란 이전, 즉 조선 전기에 크게 융성하였음을 말해준다. 여기서 지금까지 연구자들의 관심 또한 역사적으로 보다 오래된 조선 전기의 누정에 주로 집중되었다는 사실을 상기할 필요가 있다.

이러한 점들을 고려하여 〈표 2〉에 분류한 남도누정 중 임란 이전의 것만을 따로 떼어 지역별로 누정의 이름과 제영의 수를 보다 구체적으로 보인 것이 다음의 〈표 3〉이다.

〈표 3〉 임란 이전의 남도누정[19]

순서	지역명	현존 누정	부존 누정	합계
1	나주시	쌍계정(12), 만호정(71), 수산정(5), 석관정(6), 소요정(25), 영모정(2), 장춘정(28), 아우정(14), 창주정(4), 양벽정(18),	무이루(1), 벽오정(2), 빙허정(1), 삼포정(1), 나정(1), 쌍벽정(5), 망화루(1)	18(210)

---

19 앞의 〈표 2〉 작성에 적용한 기준을 〈표 3〉에도 그대로 유지하다 보니 일부 주요한 누정이 누락된 것도 있다. 예를 들면 장성의 쌍계루, 광주의 석서정과 경렴정, 담양의 漣溪亭 등이 호남문화연구소의 자료에는 조사 정리된 제영이 한 수도 없어 제외되었고, 담양의 棲霞堂은 아예 자료 목록에도 올라있지 않아 빠져 있다. 또 나주의 碧梧亭(軒)과 望華樓, 순천의 喚仙亭, 광주의 臨流亭, 광양의 水月亭, 진도의 벽파정은 조사 당시에는 존재하지 않아 그대로 부존 누정에 포함시켰으나 이후에 복원되었다.

		탁사정(13)		
2	순천시	연자루(106), 침계루(2), 상호정(28), 오림정(14), 양벽정(11),	선화루(4), 관풍루(2), 망경루(1), 환선정(157), 매곡당(4), 청사당(1), 경현당(9), 반구정(3)	13(342)
3	화순군	일송정(1), 물염정(48), 영벽정(11), 부춘정(19), 유옥정(2),	달관정(1), 응취루(1), 봉서루(7), 협선루(9), 창랑정(4), 백구정(1)	11(104)
4	담양군	독수정(38), 상월정(10), 광풍각·제월당(63), 면앙정(57), 관수정(9), 지정(10), 식영정(63), 송강정(11)	제승정(3)	10(264)
5	광주시	양과동정(9), 부용정(10), 읍취정(7), 환벽당(5), 풍영정(56), 호가정(10)	희경루(4), 봉생정(1), 임류정(1), 백운정(1)	10(104)
6	영암군	영팔정(26), 존양루(8), 이우당(15), 간죽정(11), 망호정(5), 합경당(6), 부춘정(8), 애송정(1)	양휘루(11)	9(91)
7	곡성군	함허정(15)	오대정(23), 월화루(1), 의운루(1), 능파정(2), 이락정(2), 관정루(1), 용두정(1), 만취정(1)	9(47)
8	장성군	관수정(29), 기영정(4), 유유정(5), 요월정(39)	원관정(3), 난산정(1), 면학정(1)	7(82)
9	장흥군	사인정(23), 동백정(24)	청화루(4), 동정(1)	4(52)
10	광양시	-	운주루(1), 주변루(1), 암연정(5), 수월정(30)	4(37)
11	강진군	-	수운정(1), 청조루(15), 강진성루(3)	3(19)
12	무안군	유산정(47), 죽헌정(2)	-	2(49)
13	해남군	침계루(13)	송호정(13)	2(26)
14	함평군	관덕정(5)	관정루(1)	2(6)

15	영광군	-	망원루(1), 망화정(2)	2(3)
16	진도군		벽파정(10)	1(10)
17	고흥군	-	해운정(1)	1(1)
	합계	55(1084)	53(363)	108(1447)

위와 같이 임란 이전의 남도누정만을 정리하고 보면, 나주·순천·화순·담양·광주·영암 순으로 많은 누정과 제영이 분포한다. 따라서 이 지역들이 고려에서 조선 중기에 이르는 동안 누정문화가 보다 융성하였던 곳이라 할 수 있다. 또 현존하는 누정에는 대체로 민간에서 조영하였던 사루가 많다. 관청에서 세운 공루로는 순천의 연자루와 화순의 영벽정(映碧亭) 정도가 남아 있고, 순천과 해남의 침계루는 송광사와 대흥사의 계류변에 세워진 사찰 누정이다.

그런데 현존하는 누정의 수로만 보면 그중에서도 나주와 담양 및 영암이 두드러지고, 누정 제영의 수로 보면 순천과 담양이 주목된다. 순천의 제영은 342수 중 263수가 관청의 공루인 연자루(106수)와 환선정(157수)에 집중되어 있음에 반해,[20] 담양의 제영은 민간의 사루로서 일정한 권역을 이루며 현존하는 독수정·소쇄원(光風閣·霽月堂)·면앙정·식영정·송강정 등에 고루 분포함을 볼 수 있다. 여기서 담양의 누정이 가지는 나름대로의 문화적 의미가 부각된다. 특히 조선 중기에 시단을 이루며 발전한 사림층 누정문학의 산실이었다는 점이 그것이다.

지금까지 언급한 것들 외에도 임란 이후까지를 포함하여 다음과 같은 누정들에 비교적 많은 제영이 남아 있다. 나주의 만호정(挽湖亭), 화

---

20 앞의 〈표 2〉에서 광주의 누정제영이 전체 1,318수로 매우 많은 것 역시 개항 이후 세워진 蓮坡亭(451수)과 荷隱亭(343수)에서 집단적인 제작이 이루어졌기 때문이다.

순의 송석정(松石亭)·임대정(臨對亭), 광주의 풍영정(風詠亭), 영암의 영
팔정(詠八亭)·회사정(會社亭)·죽림정(竹林亭), 장성의 관수정(觀水亭)·요
월정(邀月亭), 장흥의 부춘정(富春亭)·영귀정(詠歸亭), 무안의 화설당(花
雪堂) 등이 그것이다.

　하지만 어떤 특정 지역의 누정문화가 단순히 누정이나 제영의 수로
만 파악되는 것은 아니다. 누정이 단순한 건축물이 아닌 여러 기능을
가진 살아있는 공간이었기 때문이다. 그것이 역사의 흐름 속에서 얼마
나 의미 있는 역할을 수행하였느냐가 무엇보다 중요할 것이다.

3. 남도누정의 연구 동향

　이제 남도누정의 연구 동향을 통해 지금까지 여기에 주어진 관심사
를 파악해 보기로 하자. 광주·전남의 누정을 학문적 탐색의 대상으로
삼기 시작한 것은 1970년대의 일이다. 시가문학이나 조경학적 관심을
반영한 몇 편의 논고를 이 시기에 만날 수 있다. 이후 남도누정에 대한
본격적인 연구가 전개된 것은 1980년대 후반이다. 이렇듯 연구사가 생
각보다 깊지 않은 것은 지난 시절 산업화 과정 속에서 우리 전통문화의
가치가 제대로 인식되지 못했던 것과 무관치 않다. 여기서 그 연구 동
향을 자료의 조사 정리 및 이론적 탐색으로 나누어 차례로 살핀다.

　먼저 자료의 조사 정리이다. 누정에 대해 이론적 탐색을 하자면, 그
에 앞서 해당 자료가 충실히 정리돼 있어야 한다. 즉 누정 연구는 자료
의 조사 정리에서 비롯된다. 필요한 자료는 개별 누정들의 위치, 건립
자, 건립 시기, 건립 동기, 건립 후의 내력 등을 포함한 기본적인 정보

및 주로 기와 제영의 형태로 남아있는 관련 시문이다. 이런 자료에 대한 조사 정리는 여러 문헌 및 현장 조사를 병행하여 실시하는 것이 바람직한데, 앞에서 언급하였듯이 전남누정의 경우 그런 전반적인 조사 정리를 전남대학교 호남문화연구소가 수행하였다.

다음은 호남문화연구소가 연차적으로 수행하여 그 학술지『호남문화연구』에 실은 조사 정리 대상 지역이다.

> 제14집(1985. 8) : 광주, 광산, 담양, 장성
> 제15집(1985.12) : 나주, 화순
> 제16집(1986.12) : 순천, 승주, 보성, 고흥
> 제17집(1987.12) : 목포, 무안, 함평, 영광
> 제18집(1988.12) : 영암, 해남, 진도
> 제19집(1990.12) : 강진, 장흥, 완도
> 제20집(1991.12) : 곡성, 구례, 광양, 여수, 여천

그런데 누정시문은 거의 모두가 한문으로 작성되어 있다. 당연히 일반인은 물론 연구자들이 활용하는 데에도 많은 장애가 따른다. 따라서 자료의 효과적인 활용을 위해서는 이를 다시 국역하거나 풀어쓰는 2차적인 작업이 요구된다. 이러한 작업은 일부 시군이나 개별 누정을 대상으로 이루어졌다.

시군 단위로는 광주(『누정제영』, 1992)[21] · 화순(『화순누정집』, 1997) · 장흥(『장흥의 정 · 사 · 대』, 1998) · 나주(『누정제영』, 2002)에서 국역 작업을 하였으

---

21 이하 괄호 안 문헌에 대한 서지 정보는 이 글 말미의 '[붙임] 남도누정 연구논저 목록'에 일괄 제시한다.

며, 담양(『담양의 누정기행』, 2008)과 화순(『화순누정기행』, 2013)에서는 현장
감을 살려 풀어 쓴 해설서를 제작하였다. 전남의 주요 누정에 대한 답
사기 형식의 안내서(『전라도 정자기행』, 2003)도 나왔다.

개별 누정으로는 소쇄원(『소쇄원시선』, 1995)의 한시와 풍영정(『풍영정시
선』, 2007)의 제영이 일부 국역되었다. 또 양과동정(『광주양과동향약』, 1996),
회사정(『구림대동계지』, 2004), 간죽정(『죽정서원지』, 2007) 관련 자료들이 영
인이나 국역의 형태로 제공되었다. 소쇄원(『시와 그림으로 수놓은 소쇄원 사
십팔경』, 2000), 면앙정(『달관과 관용의 공간 면앙정』, 2000; 『면앙정삼십영』, 2009),
식영정(『속세를 털어버린 식영정』, 2000), 송강정(『미인곡의 산실 송강정』, 2001),
환벽당· 서하당· 독수정(『환벽당 서하당 그리고 독수정』, 2001) 제영의 해설
을 곁들인 국역 작업도 행해졌다.

이러한 자료의 정리와 국역 및 해설 작업이 진행되는 동안 이론적인
탐색도 서서히 병행되었다. 남도누정에 대한 학문적 관심은 처음에는
시가문학에 대한 연구에서 비롯되었다. 이른바 호남가단(또는 호남시단)
을 연구하는 과정에서 소쇄원, 면앙정, 환벽당, 식영정, 송강정 등에 주
어진 관심이 그것이다. 정익섭(1974)이 이 분야 천착의 선봉에 섰으며,
박준규(1998)· 김성기(1998) 등이 뒤를 이었다. 그런데 이러한 업적은 축
적된 분량이 매우 많고, 해당 누정 자체를 직접 겨냥한 것이 아니기 때
문에 여기서 더 이상의 자세한 논급은 생략한다.

한편 누정 자체에 대한 연구는 개별 누정에 대한 접근과 일반론적인
접근으로 나누어 볼 수 있겠는데, 그 시발은 개별 누정을 통해 이루어
졌다. 소쇄원이 첫 번째 대상이 되어 많은 사람들의 주목을 받았다. 이
밖에 광주의 양과동정과 부용정(芙蓉亭), 영암의 회사정과 장암정(場巖
亭), 장성의 요월정, 장흥의 동백정(冬栢亭), 화순의 물염정과 고반원(考

65555

槃園), 보성의 열선루(列仙樓), 광주의 석서정, 진도의 벽파정에 대한 연구를 더 찾을 수 있다.

조경학적 관심에서 비롯된 정동오(1973, 1977)의 문제 제기 이후 소쇄원에 대한 탐색은 조경은 물론 건축, 역사, 문학 등 다방면에 걸쳐 이루어졌다. 인터넷의 학술연구정보 서비스를 통해 쉽게 검색되는 논저만도 백 편을 상회한다. 그중 천득염, 김덕진, 권수용의 연구가 소쇄원의 전반적인 면모를 비교적 소상히 보여준다. 먼저 천득염(1999)은 주인 양산보와 조영 배경, 원림으로서의 공간적 특성, 관련 자료 및 시가문학에 이르기까지 소쇄원에 대한 총체적인 정리를 시도하였다. 이어 제주 양씨의 창평 정착에서부터 양산보, 양자징, 양자정, 양천운을 거쳐 19세기 중반까지 이어지는 소쇄원 사람들의 역사적 활동을 김덕진(2007, 2011)이 천착하여 정리하였다. 권수용(2008)에서는 소쇄원의 건립부터 현대에 이르기까지의 역사와 이곳에서 펼쳐진 문·사·철 인문 활동에 대한 고찰을 볼 수 있다. 이 밖에 소쇄원의 공간적 성격 및 문학에 대한 고찰을 김대현(2000), 박명희(2002), 이경화(2004), 정경운(2007), 조태성(2009), 김신중(2010) 등에서 볼 수 있다.

소쇄원과 달리 양과동정과 부용정, 회사정, 장암정은 그곳이 마을공동체인 대동계의 향약시행처였다는 점에서 주목을 받았다. 이종일(1996)은 양과동정과 관련하여 양과동 동계의 성격을, 최재율(2004)은 회사정 구림대동계의 역사와 성격을, 전성호(2007)는 장암정 장암대동계의 회계 장부 용하기(用下記)를 통해 조선시대 호남의 회계 문화를 살폈다.

이에 비해 요월정, 동백정, 물염정, 벽파정은 주로 문학적 측면에서 조명을 받았다. 요월정의 문학에 대해서는 박명희(2003)가 16세기에서

18세기에 이르는 작품의 시대별 추이를 검토하고 이를 통해 지역의 정체성에 접근하였으며, 임형(2006)은 동백정에서 펼쳐진 문학과 사회 활동을 고찰하였다. 물염정에 대해서는 권수용(2011)이 원운시, 건립자, 건립 시기와 관련하여 그 역사 및 적벽문화권에서의 위상을 살폈다. 벽파정에 대해서는 그 내력과 제영의 성격을 정리한 김신중(2014)의 연구가 있다.

열선루, 석서정, 고반원은 지금은 존재하지 않는 누정과 원림이다. 하지만 열선루는 일각에서 이순신의 시조 〈한산도가〉의 제작지로 지목되면서, 석서정은 광주권의 초기 누정이란 점에서, 고반원은 국가 명승 임대정의 옛터라는 점에서 연구자의 관심을 끌었다. 열선루는 여말선초에 취음정(翠蔭亭)이란 이름으로 보성 객관 북쪽에 건립되었다가 조선 후기에 없어졌는데, 김동수(2005)는 그 내력을 고찰하였고 최인선(2005)은 그 위치를 비정하였다. 고려 우왕 때 치수 사업을 기념하여 건립되었다가 조선 초에 사라진 석서정에 대해서는 김신중(2010)이 명칭 및 기문을 통해 그 성격을 살폈다. 현재 민주현의 임대정이 서 있는 남언기의 고반원에 대해서도 김신중(2015)의 고찰이 이루어졌다.

한편 일반론적인 접근은 박준규의 「한국의 누정고」(1987)에서 그 단초가 마련되었다고 할 수 있다. 당시까지 산발적으로 행해져 온 누정에 대한 논의를 집성하여 종합적으로 고찰한 것이 바로 이 논고이다. 다루고 있는 주요 내용은 누정의 개념, 기원, 위치, 지역 분포, 명칭, 편액, 기능 및 관련 시문과 전설까지 망라하였다. 전남뿐 아니라 우리나라 누정 이해의 기본적인 틀이 여기에서 마련되었다.

이후 호남문화연구소에 의해 두 차례의 종합적인 연구 사업이 시도되었다. [I]『나주지방 누정문화의 종합적 연구』(1988)와, [II]'전남지

역 누정의 종합적 고찰'(『호남문화연구』 제24집, 1996)이 그것이다. [Ⅰ]에
는 김동수·최재율·박광순·박준규가 연구에 참여하였고, [Ⅱ]에는 최
재율·정청주·박광순·박준규·김신중·임영배·천득염·박익수·이용
범·이상식이 참여하였다.

[Ⅰ]은 특히 나주 금안동의 쌍계정을 중심으로 수행한 연구이다. 여
기에서 김동수는 주로 나주 지역 씨족들의 누정 건립 활동을 살폈고,
최재율은 나주 정씨·풍산 홍씨·서흥 김씨·하동 정씨가 중심이 된 금
안동향약의 역사와 성격을 고찰하였다. 또 박광순은 향약시행처라는
쌍계정의 사회적 기능에 더하여 향촌의 공동납세소로서의 경제적 기능
에 주목하였다. 문학적 측면에서는 박준규가 나주 지방 누정제영의 작
자 및 주요 누정의 제영을 고찰하였다.

또 [Ⅱ]는 광주·전남 지역 전체를 대상으로 하였는데, 호남문화연구
소가 전남누정의 연차적 조사 정리를 모두 마치고 관련 학문 분야를
망라하여 기획한 것이다. 최재율은 농촌사회학적 관점에서 화순의 남
천정(藍川亭)과 나주의 만호정을 사례로 삼아 마을공동체의 중심으로서
누정의 성격과 기능을 살폈다. 그리고 박광순은 사회경제적 관점에서
나주 쌍계정·영암 장암정·담양 관가정(觀稼亭)의 사례를 통해 누정의
공동납세소·구휼소·찰농소로서의 기능을 검토하였다. 역사적 측면에
서는 정청주가 조선 후기 사족들의 누정 건립 추이를 통해 18세기 이후
문중의식의 고양과 더불어 확산된 문각(門閣) 기능에 주목하였다. 순천
옥천 조씨 문중의 상호정(相好亭)·초연정(超然亭)·양벽정(漾碧亭)·만요
정(晚樂亭)·담흡정(湛翕亭), 화순 문화 류씨 문중의 환산정(環山亭), 장흥
영광 정씨 문중의 영호정(映湖亭)이 사례로 검토되었다. 또 이상식은 누
정이 충절로 대변되는 호남정신을 형성하고 확산시키는 역할을 하였다

고 보았다. 문학 분야에서는 박준규가 광주의 풍영정과 장성의 관수정을 중심으로 조선 전기 주요 30개 누정의 시단 활동을 살폈으며, 김신중은 주로 조선 후기에 제작된 연작제영을 몇 개의 유형으로 나누어 고찰하였다. 건축 분야에서는 임영배·천득염·박익수·이용범이 함께 전남 지역 누정 건축의 특성을 해명하였다.

이 밖에도 천득염·김인수와 이종범의 연구가 있다. 천득염·김인수(2010)는 나주와 영암을 중심으로 발달된, 집회소 기능이 강한 영산강 중류 지방 누정 건축의 특성을 밝혔다. 그리고 이종범(2010)은 조선 전기 호남의 누정사를 일별하며, 누정시문을 통해 시대정신의 추이를 살폈다. 그동안 거의 조명을 받지 못했던 관청누정까지 포함하여 시대적 맥락을 탐색한 시도이다.

지금까지 남도누정의 연구사를 자료의 조사 정리 및 이론적 탐색으로 나누어 조망하였다. 그 결과 기초적인 자료의 조사 정리에는 전남대학교 호남문화연구소의 업적이 크게 부각되며, 광주·화순 등 일부 시군이나 소쇄원·풍영정 등 일부 누정의 자료에만 국역 또는 해설 작업의 손길이 미쳤음을 볼 수 있었다. 따라서 현시점에서 조사 보고된 지 이미 30년이 지난 호남문화연구소 자료에 대한 전면적인 재검토와 아울러, 한문 기록의 보정 및 국역 작업이 시급히 요구된다고 할 수 있다.

이론적인 탐색에 대해서는 개별 누정에 대한 접근과 일반론적인 접근으로 나누어 살펴보았다. 여기에서 대부분의 연구들이 대상 누정들의 두드러진 성격 해명에 초점을 맞추고 있음을 볼 수 있었다. 학분 분야별로는 주로 문학, 사회·경제, 역사, 건축, 조경학적 관점에서의 연구가 진행되었다. 문학적으로는 시문의 산실, 사회·경제적으로는 향약시행처·공동납세소·구휼소·찰농소, 역사적으로는 문각, 건축이나 조경의 입장에서는 공간적 성격 등에 관심을 두었다. 그 과정에서 거론된 누정은 다음과 같다.

> ▸ 시문의 산실: 벽파정, 소쇄원, 면앙정, 환벽당, 식영정, 송강정, 동백
> 정, 물염정, 고반원, 열선루, 풍영정, 관수정, 요월정
> ▸ 향약시행처: 양과동정, 부용정, 회사정, 장암정, 쌍계정, 남천정, 만
> 호정
> ▸ 공동납세소: 쌍계정
> ▸ 구휼소: 장암정
> ▸ 찰농소: 관가정
> ▸ 문각: 상호정, 초연정, 양벽정, 만요정, 담흡정, 환산정, 영호정
> ▸ 원림 공간: 소쇄원
> ▸ 치수 기념: 석서정

그런데 이러한 검토를 통해 지적할 수 있는 가장 큰 특징이 연구의 편향성이다. 당초 누정에 대한 관심이 시가문학에서 촉발되었고 또 관련 자료가 상대적으로 풍부하기 때문이기도 하겠지만, 많은 연구가 문학 분야에 집중되어 있다. 그 결과 연구 대상도 지역적으로는 특정 지역의 일부 누정에, 시기상으로는 조선 전기에, 건립 주체상으로는 민간 누정인 사루에 주로 한정되었다. 하지만 이제 축적된 역량을 바탕으로 그간 조명을 받지 못한 부분으로 관심 영역이 확대되어야 한다. 기존 연구와는 다른 새로운 시각의 확보라는 방법론적인 문제도 진지하게 고민되어야 한다. 누정의 공간적 성격이나, 공루 특히 관청누정에 주목한 근래의 몇몇 연구에서 그 시사점을 찾을 수 있다.

4. 맺음말

지금까지 남도에는 참 많은 누정들이 건립되었고, 상당수가 지금까지 남아 있다. 이 누정들을 잘 보존하고 가꾸어 나가는 일이 중요함은 물론이다. 아울러 지난날 그곳에서 무슨 일이 있었으며, 그 일이 지금 우리에게 어떤 의미를 가지는지 밝히는 것 역시 중요하다. 누정이 개인적으로는 사색의 공간이요, 사회적으로는 교류 즉 만남과 소통의 공간이었기 때문이다. 또 그곳에서 형성된 담론이 당시의 문화를 주도하였기 때문이다.

이 글은 바로 이런 문제의식에서 출발하여, 남도누정의 전반적인 모습과 성격을 살피고자 하였다. 그래서 먼저 전남누정을 개관하며 그 간략한 역사와 지역별 분포 및 주요한 누정을 검토하였다. 그 연원이 고려 중기까지 소급되는 진도의 벽파정을 비롯하여 1,687개소의 누정을 일차 대상으로 하였다. 이어 연구 동향 탐색을 통해 지금까지 남도누정에 주어진 주요한 관심사와 더불어 그 두드러진 성격이 무엇인지 고찰하였다. 그 과정에서 특히 많은 연구가 시문의 산실 또는 마을이나 문중 등 공동체 중심으로서의 역할에 주목하였음을 볼 수 있었다. 또 이를 바탕으로 아직 미진한 남도누정에 대한 한문 자료의 보정 및 국역 작업이 시급하며, 관심 분야나 대상 등에서 노정된 연구의 편향성 또한 앞으로 극복되어야 할 과제임을 지적하였다.

[붙임] 남도누정 연구논저 목록

1. 『광주양과동향약』, 광주민속박물관,1996.

2. 『구림대동계지』, 구림대동계사복원추진위원회, 2004.

3. 『누정제영』, 광주직할시, 1992.

4. 『누정제영』, 나주목향토문화연구회, 2002.

5. 『소쇄원시선』, 소쇄원시선편찬위원회, 1995.

6. 『죽정서원지』 제2집, 함양박씨간죽정종회, 2007.

7. 『풍영정시선』, 광산김씨칠계공문중, 2007.

8. 『호남문화연구』 제14집~제20집, 전남대학교 호남문화연구소,
   1985~1991.

9. 『화순누정집』, 화순문화원, 1997.

10. 권수용, 『소쇄원의 역사와 인문활동 연구』, 전남대학교대학원 박
    사학위논문, 2008.

11. 권수용, 「화순 물염정의 역사와 적벽문화」, 『조선시대 홍주송씨
    가의 학술과 생활』, 호남사학회 학술발표회 발표요지집, 광주향
    교, 2011년 4월 21일.

12. 김대현, 「방암 양경지의 소쇄원30영 연구」, 『한국언어문학』 제45
    집, 한국언어문학회, 2000.

13. 김덕진, 『소쇄원 사람들』, 다홀미디어, 2007.

14. 김덕진, 『소쇄원 사람들 2』, 선인, 2011.

15. 김동수, 「전라도 지방의 누정과 보성 열선루」, 『이순신의 한산도
    가와 보성 열선루』, 학술대회 발표요지집, 보성군, 2005년 4월

28일.

16. 김동수, 「조선시대 나주지방의 유력사족」, 『나주지방 누정문화의 종합적 연구』, 전남대학교 호남문화연구소, 1988.

17. 김선기, 『전라도 정자기행』, 도서출판 보림, 2003.

18. 김성기, 『면앙송순시문학연구』, 국학자료원, 1998.

19. 김신중, 「광주 석서정의 명칭 및 기문 연구」, 『호남문화연구』 제47집, 전남대학교 호남학연구원, 2010.

20. 김신중, 「남언기의 고반원과 〈고반원가〉」, 『한국언어문학』 제92집, 한국언어문학회, 2015.

21. 김신중, 「양산보 〈애일가〉의 전승과 성격」, 『고시가연구』 제25집, 한국고시가문학회, 2010.

22. 김신중, 「전남의 누정제영 연구」, 『호남문화연구』 제24집, 전남대학교 호남문화연구소, 1996.

23. 김신중, 「진도의 벽파정과 그 제영」, 『고시가연구』 제33집, 한국고시가문학회, 2014.

24. 김신중 외, 『담양의 누정기행』, 담양문화원, 2008.

25. 김신중 외, 『화순누정기행』, 화순문화원, 2013.

26. 박광순, 「쌍계정의 사회·경제적 기능에 관한 시고」, 『나주지방 누정문화의 종합적 연구』, 전남대학교 호남문화연구소, 1988.

27. 박광순, 「전남지방 누정의 사회경제적 기능에 관한 연구」, 『호남문화연구』 제24집, 전남대학교 호남문화연구소, 1996.

28. 박명희, 「지역전통의 형성과 누정문학의 전개 -전남 장성군 황룡면 소재 요월정을 중심으로-」, 『한국언어문학』 제51집, 한국언어문학회, 2003.

29. 박명희, 「하서 김인후의 소쇄원48영고」, 『우리말글』 제25호, 우리말글학회, 2002.

30. 박준규, 「나주지방의 누정제영 조사연구」, 『나주지방 누정문화의 종합적 연구』, 전남대학교 호남문화연구소, 1988.

31. 박준규, 「식영정의 창건과 식영정기」, 『호남문화연구』 제14집, 전남대학교 호남문화연구소, 1985.

32. 박준규, 「조선조 전기 전남의 누정시단 연구」, 『호남문화연구』 제24집, 전남대학교 호남문화연구소, 1996.

33. 박준규, 「한국의 누정고」, 『호남문화연구』 제17집, 전남대학교 호남문화연구소, 1987.

34. 박준규, 『호남시단의 연구』, 전남대학교 출판부, 1998.

35. 박준규·최한선, 『달관과 관용의 공간 면앙정』, 태학사, 2000.

36. 박준규·최한선, 『미인곡의 산실 송강정』, 태학사, 2001.

37. 박준규·최한선, 『속세를 털어버린 식영정』, 태학사, 2000.

38. 박준규·최한선, 『시와 그림으로 수놓은 소쇄원 사십팔경』, 태학사, 2000.

39. 박준규·최한선, 『환벽당 서하당 그리고 독수정』, 태학사, 2001.

40. 이경화, 「설치미술의 관점에서 바라본 소쇄원의 공간개념에 관한 연구」, 홍익대학교 건축도시대학원, 석사학위논문, 2004.

41. 이상구 편저, 『장흥의 정·사·대』, 장흥문화원, 1998.

42. 이상식, 「전남지방 누정의 역사적 의미」, 『호남문화연구』 제24집, 전남대학교 호남문화연구소, 1996.

43. 이종범, 「조선전기 호남지방 누정문화와 시대정신」, 『한국사상 인문학담론 창출공간에 대한 탐색과 동서양 비교 연구』, 한국사

연구회·호남사학회 공동학술대회 발표문, 전남대학교, 2010년
12월 11일.

44. 이종일, 「광주 양과동 동계의 성격 」, 『광주양과동향약』, 광주민
속박물관, 1996.

45. 임영배·천득염·박익수·이용범, 「누정의 건축적 특성에 관한 의
미론적 고찰」, 『호남문화연구』 제24집, 전남대학교 호남문화연
구소, 1996.

46. 임준성 옮김, 『면앙정삼십영』, 담양문화원, 2009.

47. 임형, 「동백정의 문학사회학적 연구」, 전남대학교교육대학원 석
사학위논문, 2006.

48. 전성호, 『조선시대 호남의 회계문화』, 다홀미디어, 2007.

49. 정경운, 「심미적 경험공간으로서의 소쇄원」, 『호남문화연구』 제
41집, 전남대학교 호남문화연구소, 2007.

50. 정동오, 「소쇄원의 조경식물」, 『호남문화연구』 제9집, 전남대학
교 호남문화연구소, 1977.

51. 정동오, 「양산보의 소쇄원에 대하여」, 『한국조경학회지』 제2권,
한국조경학회, 1973.

52. 정익섭, 「호남가단연구」, 동국대학교대학원 박사학위논문, 1974.

53. 정청주, 「조선후기 전남지역 사족의 누정건립」, 『호남문화연구』
제24집, 전남대학교 호남문화연구소, 1996.

54. 조태성, 「소쇄원 조영에 투영된 감성 구조와 공간의 미학」, 『호남
문화연구』 제44집, 전남대학교 호남학연구원, 2009.

55. 천득염, 『한국의 명원 소쇄원』, 도서출판 발언, 1999.

56. 천득염·김인수, 「영산강 중류지방 누정건축 연구」, 『호남문화연

구』 제47집, 전남대학교 호남학연구원, 2010.

57. 최인선, 「보성읍성과 열선루의 위치 비정」, 『이순신의 한산도가와 보성 열선루』 학술대회 발표요지집, 보성군, 2005년 4월 28일.

58. 최재율, 「구림대동계의 역사와 성격」, 『구림대동계지』, 구림대동 계사복원추진위원회, 2004.

59. 최재율, 「금안동향약의 역사와 성격」, 『나주지방 누정문화의 종 합적 연구』, 전남대학교 호남문화연구소, 1988.

60. 최재율, 「전남지방 누정의 성격과 기능」, 『호남문화연구』 제24 집, 전남대학교 호남문화연구소, 1996.

61. 황민선, 「누정연작제영 〈식영정20영〉 연구」, 전남대학교 대학원 석사학위논문, 2006.

제3부

무등산권 누정 탐방

홀로 지킨 지절, 독수정

제비내 다리 건너 멧그늘 언덕 위에

독수정(獨守亭)은 국립공원 무등산 자락을 휘감은 무돌길 제5길로 들어서는 초입에 위치한다. 행정 구역으로는 전라남도 담양군 남면 연천리(燕川里), '제비내'에 놓인 작은 다리를 건너 산음동(山陰洞)으로 오르는 제법 높은 언덕 위에 서 있다. 산음이라는 마을 이름에 걸맞게 '멧그늘' 짙은 원림(園林) 속에서 북쪽을 향한 모습이다. 이 독수정원림과 산음마을을 지나면 꾀꼬리가 벌레를 머금고 있는 형국이라는 '함충이재'가 있고, 그 고개를 넘어 정곡리 쪽으로 무등산의 무돌길은 이어진다.

이 원림에 독수정을 처음으로 세운 사람은 전신민(全新民)이다. 그는 고려의 조정에서 북도안무사 겸 병마원수를 거쳐 병부상서를 지낸 인물이다. 고려가 망하자 두 왕조를 섬기지 않겠다며 벼슬을 버리고 남하하여 이곳에 정착하였다. 그리고 은거를 위해 이 정자를 세웠다. 또 무등산 즉 서석산의 은자라는 뜻에서 자신의 호를 '서은(瑞隱)'이라 하였다. 정자 이름은 이백의 "백이와 숙제는 어떤 사람이었기에, 홀로 지절 지키며 서산에서 굶주렸는가(夷齊是何人 獨守西山餓)"라는 시구에서 따왔다. 자신을 그 옛날 중국 은나라의 신하였던 백이와 숙제에 비겨, 마침내 굶주려 죽을지언정 결코 새 왕조를 섬기지 않겠다는 굳은 의지를 담았다. 고려에 대한 지절을 혼자서라도 끝까지 지키겠다는 것이다. 문을 닫고 다시는 무도한 세상에 나가지 않겠다는 다짐도 함께 하였다.

한편 일설에 의하면, 독수정은 전신민에 의해 직접 건립되지는 않았다고도 한다, 그의 아들인 전인덕(全仁德)이 세웠다는 것이다.[1] 또 이에 대해 창건자는 전신민이고, 전인덕은 당시 아버지의 명을 받들어 공역을 주간하였다는 해명도 있다.[2] 그런데 1986년 독수정원림 가에 세워진 '고려중랑장천안전공사단비(高麗中郎將天安全公祀壇碑)'에 의하면, 그동안 『전씨세보』에 누락되었던 중랑장 전오돈(全五惇)이 전신민의 아들이고, 전인덕은 전오돈의 아들이라고 말해진다. 그렇다면 전인덕은 전신민의 아들이 아닌 손자가 되어 앞의 두 기록에 문제가 발생하는데, 여기서는 단지 그 사실만 적시해 두기로 하자.

어쨌든 창건자가 누구이건 간에 독수정이 고려 말을 지나 조선 초에 전신민의 은거지에 세워진 것은 분명하다. 지금으로부터 600년도 더 거슬러 올라간 옛날의 일이다. 이후 세월이 흐름에 따라 여러 차례의 중건과 중수를 거쳐 오늘에 이른다. 독수정원림은 현재 전라남도 기념물 제61호로 지정되어 있다.

1 1895년 송병선이 쓴 〈독수정중건기〉 참고.
2 1949년 김영한이 쓴 〈독수정기〉 참고.

죽지 못해 달아난 신하가 되어

한 누정조사보고서에 수록되어 전하는 독수정 관련 각종 옛 시문은 모두 30편가량이다.[3] 그것을 글의 성격에 따라 나누어본다면, 대략 다음 셋으로 구분된다.

첫째는 창건 당시에 관련자가 해당 상황을 직접 기술한 시문이다. 전신민이 직접 쓴 한시 〈독수정술회(獨守亭述懷)〉가 그것이다. 이것이 바로 독수정 원운인데, 병서와 함께 남아 있다. 원래의 출처는 『호남창평지』 누정조라고 한다.

둘째는 중건이나 중수 때 이루어진 각종 기와 상량문이다. 1895년에 전홍혁이 쓴 〈독수정중건기〉, 1895년 송병선의 〈독수정중건기〉, 1913년 전홍혁의 〈독수정중수기〉, 1949년 김영한의 〈독수정기〉, 1972년 송재식의 〈독수정중건기〉, 1972년 김종가의 〈독수정중건기〉와 〈독수정중수상량문〉이 그것이다. 모두 7종으로, 보다시피 19세기 말 즉 근대 이후에 이루어진 기록들이다.

셋째는 20편가량의 한시 제영이다. 대부분 전신민의 원운에 차운한 작품들이며, 그 밖에 특별히 눈에 띄는 것으로는 작자가 명시되지 않은 〈독수정14경〉이 있다. 역시 근대 이후에 이루어진 작품들로 보인다.

이렇게 독수정 관련 시문을 정리하고 보면, 가장 관심을 끄는 것이 바로 아래에 드는 〈독수정술회〉이다. 많은 차운을 이끌어 낸 전신민의 원운으로, 창건 당시 창건자가 직접 남긴 정보가 병서 형태로 함께 남

---

3 「전남지역의 누정조사연구」(Ⅰ), 『호남문화연구』 제14집, 전남대학교 호남문화연구소, 1985, 326~334쪽 참고.

아있다.

　왕년의 풍우에 마침내 가솔들을 이끌고 남하하니, 곧 서석산의 북쪽 기슭 십 리쯤이었다. 인하여 이에 은거하니, 난세의 외로운 신하가 더욱 성세를 바라는 감정을 이기지 못하였다. 다만 아직 죽지 못함이 한스러웠고, 마음을 붙일 곳이 없었다. 이에 마을의 동쪽 기슭 높은 곳, 시내의 물굽이 위쪽에, 한 작은 정자를 엮고 '독수'라 이름 지어, 대략 길이 두문불출하겠다는 뜻을 드러내었다. 또 후원에다 소나무를 심고, 섬돌 앞에는 대나무를 옮겼다. 매양 눈빛 하얀 아침이나 달빛 밝은 저녁이면, 서성이며 읊조리는 것으로 마음을 푸는 일단을 삼았다고나 할 따름이다. (往年風雨 遂挈家南下 卽瑞石之北麓 十許里也 因以隱居 而亂代孤臣 益不勝風泉之感 只恨未死 無以寓懷 乃於村之東麓高處 溪之委曲上頭 構得一小亭 名以獨守 盖永矢杜門不出之意也 且種松於後園 移竹於前階 每値雪白之朝 月明之夕 盤桓嘯詠 以爲消遣之一端云爾)

風塵漠漠我思長	풍진 막막한데 내 생각 하염없어
何處雲林寄老蒼	어느 운림에다 늙은 몸을 맡기리오
千里江湖雙鬢雪	천 리 강호에 양 살쩍 희어지고
百年天地一悲凉	백 년 천지에 이 한 몸 처량해라
王孫芳草傷春恨	왕손은 풀숲에서 봄빛을 슬퍼하고
帝子花枝叫月光	제자는 꽃가지에서 달빛에 우는구나
卽此靑山可埋骨	곧 이 청산에 뼈를 묻게 될 것이니
誓將獨守結爲堂	홀로 지절 지키려고 이 집을 엮었다오

죽지 못해 달아난 신하 전신민(未死遯臣 全新民)

　전신민은 먼저 병서에서, 고려의 멸망과 조선의 건국 과정에 몰아친 거대한 정치적 풍우, 그 소용돌이를 어찌지 못하고 피할 수밖에 없었던 무력한 신하의 참담한 심경, 서석산 기슭으로 남하하여 은거지를 택해 정자를 짓고 독수정이라 이름 지은 연유, 정자의 앞뒤에 지절을 상징하는 대나무와 소나무를 심고 반환소영(盤桓嘯詠)하며 답답한 마음을 달랜 정황 등을 자신의 입으로 절절하게 말하였다. 그리고 이어진 원운에서, 풍진을 피해 천 리 밖의 강호까지 멀리 남하하여 백 년도 못되는 인생을 쓸쓸히 늙어가는 처량한 신세, 망국의 신하로서 풀숲의 벌레소리와 꽃가지의 새소리조차도 제왕 자손들의 울음소리로 듣는 서글픈 심정을 토로하였다. 스스로를 지칭하여 '죽지 못해 달아난 신하(未死遯臣)'라고 한 말이 유난히 인상적이다.

그런데 이 〈독수정술회〉가 과연 전신민이 직접 쓴 글이라면, 앞에서 잠시 언급한 독수정의 창건자가 누구인지는 매우 명확하게 드러난다. 그것은 더 따질 것도 없이 바로 전신민이다. 사실 창건자에 대한 오해가 일었던 것은 충청도의 송병선에게 〈독수정중건기〉를 청탁할 당시, 청탁자가 관련 내용을 설명해준 말이 상세하지 못하였던 데서 비롯된 것이었다.[4] 지난 시절 누정에 내건 각종 기문이나 제영들은 가능하면 널리 알려진 당대의 명사들에게 의뢰하여 제작하였던 것이 일반적 관행이었다. 때문에 실제 그 누정 사정에 밝지 못한 인사들이 저간의 사정을 듣고 집필에 참여한 예가 많았다. 송병선 역시 그러하였던 것으로 보이며, 당시 그에게 집필을 청탁했던 사람의 전언이 분명치 못하여 전인덕을 창건자로 기록하는 잘못이 생긴 것으로 보인다.

---

4 1895년 전홍혁이 쓴 〈독수정중건기〉 참고.

백이와 숙제는 어떤 사람이었기에

앞에서 얘기하였듯이, 독수정이란 이름은 이백의 "백이와 숙제는 어떤 사람이었기에, 홀로 지절 지키며 서산에서 굶주렸는가(夷齊是何人 獨守西山餓)"라는 시구에서 따온 것이다. 그래서 궁금한 것이 이 시구의 출처가 과연 이백의 어떤 작품이며, 그 작품의 전체 내용은 무엇인가이다. 하지만 독수정에 대해 언급한 각종 옛 기록이나 현대의 관련 자료들을 두루 살펴보아도 이 의문에 대한 답은 찾을 수 없었다. 모두 한결같이 이백의 위 시구에서 따왔다는 알려진 사실만 반복하고 있었다.

하여 필자가 이 글을 쓰기 위해 직접 조사해보았더니, 출처가 된 작품은 이백의 악부시 〈소년자(少年子)〉였다. 다음이 그 전문이다.

靑雲年少子	청운의 뜻을 품은 젊은이들이
挾彈章臺左	탄궁을 끼고 장대가 옆에 있네
鞍馬四邊開	말에 안장 얹으니 사방이 열리고
突如流星過	내달으니 유성이 지나는 것 같네
金丸落飛鳥	금환으로 나는 새 떨어뜨리고
夜入瓊樓臥	밤이 들면 경루에 누워 자네
夷齊是何人	백이와 숙제는 어떤 사람이었기에
獨守西山餓[5]	홀로 지절 지키며 서산에서 굶주렸는가

〈소년자〉는 이백이 청운의 높은 뜻을 품었다면서도 방탕한 생활로 날을 보내는 당시 젊은이들의 행태를 꾸짖은 작품이다. 탄환을 쏘는 활

_____

5 『全唐詩』권165, '李白' 5.

을 끼고 장대가라는 화류항을 어슬렁거리다 말에 올라 천방지축 날뛰는 그들의 모습은, 마치 오늘날 명품으로 치장하고 유흥가를 배회하다 고급 스포츠카를 즐기는 세태를 연상시킨다. 금빛 탄환으로 나는 새를 떨어뜨리고 밤이면 화려한 누각에서 자는 모습은, 공연히 약자를 괴롭히고 수시로 호텔을 출입하는 행태와 별로 다르지 않다. 그런데 이런 젊은이들에게 지절을 지키기 위해 죽음까지도 불사했던 백이숙제의 행동을 귀감 삼아 이야기한다면, 그것을 어떻게 받아들일 것인가? 누군가는 목숨보다 소중히 여겼던 지절이 이미 그 가치를 상실해 버린 사회에서, 이백은 '백이와 숙제는 도대체 어떤 사람이었기에 왜 그런 삶을 살았느냐'고 탄식하였다.

시선을 돌리면, 새 왕조가 성립되던 여말선초에 전신민 역시 바로 그와 유사한 세태를 목도하였다. 함께 벼슬하며 같은 길을 걷던 많은 사람들이 어느 날 갑자기 고려에 대한 의리를 버리고 태도를 바꿨다. 더러는 품은 뜻이 달라서, 더러는 명리를 위해서, 또 더러는 구차한 목숨이나마 부지하기 위해서였다. 하지만 전신민은 끝까지 두문동 72현과 뜻을 같이하며, 스스로 백이숙제의 길을 자청하였다. 독수정은 그렇게 해서 세워지고 이름 붙여졌다.

충효로 표상되는 공간, 독수정원림

그렇다면 역사적으로 깊은 내력을 가진 문화 공간으로서, 독수정원림이 표상하는 공간적 의미는 무엇일까? 그것은 무엇보다도 지절 또는 그것을 지키는 수절이다. 고려의 멸망과 조선의 건국에 은거로 대응했던 창건자이자 주인인 전신민의 삶과 그 건립 동기 및 이름에서 보듯, 독수정은 온통 수절의 의미로 가득 차 있다.

그런 공간적 의미는 독수정의 특이한 건물 배치를 설명하는 과정에도 개입되어 있다. 독수정 건물은 골기와를 이은 팔작지붕에 정면과 측면 각 3칸과 중앙 재실을 갖춘 전형적인 정자 형태를 보여 준다. 하지만 남향이 일반적인 여느 누정들과는 달리, 독수정은 북쪽을 향해 서 있는 좀 색다른 좌향을 하고 있다. 건물이 그렇게 배치된 까닭을 독수정 옆에 서 있는 안내판은 고려의 유신이었던 전신민이 '아침마다 송도를 향해 절을 하기 위함'이었다고 말해 준다. 백이숙제를 표방한 전신민이 독수정의 앞뒤에 지절을 상징하는 송죽을 심고 반환소영하였다는 사실 등을 굳이 떠올리지 않더라도, 충분히 고개가 끄덕여지는 설명이다.

그런데 실제로 현장을 방문하여 지형을 살펴보면, 독수정이 남쪽 높은 곳에서 북쪽으로 흘러내린 경사면에 자리하고 있음을 볼 수 있다. 따라서 조망 또한 북쪽을 향해 열려 있다. 당연히 건물 배치를 북향으로 하는 것이 더 자연스러운 입지 조건이다. 그것이 지절을 갖춘 주인의 삶과 결부되면서 위와 같은 해석이 이루어진 것이다. 일찍부터 스토리텔링의 의도가 이 공간 해석에 작용한 결과이다.

또 전신민과 직접 관련된 사실은 아니지만, 독수정원림과 그 일대는 '항일의병전적지'로서의 역사성도 지니고 있다. 1908년 4월 5일 이곳 연천리에서 의병 40여 명이 왜병 32명과 약 한 시간 동안 치열한 접전을 벌여 7명의 의병이 전사하였다고 한다. 이를 기리고자 2007년 11월 20일 담양군과 담양향토문화연구회가 세운 표지석이 독수정으로 드는 길목에 자리하고 있다.

독수정원림은 또한 전신민의 지절과 아울러 그 후손들의 효성이 깃든 공간이기도 하다. 천안 전씨 전신민의 후손 중에는 특히 지극한 효성으로 이름을 남긴 이가 많은데, 아곡(莪谷) 전우창(全禹昌, 1691~1751)이 대표적인 경우이다.

　전우창은 조선 후기 숙종에서 영조 무렵에 살았던 사람이다. 불과 여덟 살의 어린 나이에 병들어 환곡을 갚지 못한 아버지를 대신해 옥살이를 자청하는 등의 많은 효행으로 그 아내 장씨부인과 함께 나라에서 조세와 부역을 면제해주는 복호(復戶)의 은전을 받았다. 담양의 가사로 잘 알려진 작자 미상의 〈효자가〉가 바로 이 전우창의 일대기를 입전 형식으로 그린 작품이다. 다음에 잠시 그 서사만 보기로 하자.

> 무등산 일 지맥이 효자봉이 되었어라.
> 그 아래 뉘 집인가, 산음동이 촌명이다.
> 봉만은 수려하고 천석도 정결하여,
> 인걸이 많이 나니 지령의 기운이라.
> 인왕 전자 성이요, 우자 창자 이름이라.
> 자품도 좋거니와 세덕인들 묻혔을까?
> 백헌선생 문효공이 국은 입은 명현으로,
> 상서는 중조되고, 참봉은 근대로다.
> 갓 나서 총명하여 효친이 천성이다.
> 말하면서 글을 배워 소학 책을 통달한다.
> 그 가세 돌아보니 청한이 세업이다.
> 봄 산에 우는 꿩은 절로 죽기 웬일인가?
> 가을밭에 흘린 이삭 주어오면 친량이다.[6]

6　김신중·박영주 외, 『담양의 가사기행』, 담양문화원, 2009, 249쪽.

독수정이 있는 산음동의 지세와 더불어, 효자 전우창의 가계와 품성 및 가세를 말하고 있다. 백헌선생 문효공은 전우창의 12대조인 고려의 문신 전신(全信)이고, 상서는 9대조인 전신민이며, 참봉은 고조인 전경연(全景淵)이다. 그런데 천안 전씨 집안에는 전우창과 그 부인뿐만 아니라, 전우창의 고조인 전경연을 비롯하여 큰아버지 전창도와 아버지 전성도, 아들 전몽량과 전몽상, 손자 전태관과 전태신이 모두 효행이 두드러져 오세구효(五世九孝)로 칭송되었다고 한다. 그것을 기려 세운 것이 원림 아랫자락에 있는 '환성전씨오세구효기적비(歡城全氏五世九孝紀績碑)'와 '효부유인장씨기행비(孝婦孺人張氏記行碑)'이다.

이렇듯 독수정원림이 표상하는 공간적 의미를 지절과 효성에서 찾는다면, 그것을 관통하는 키워드는 곧 충효이다.

독수정, 무등산권 누정문화를 선도하다

독수정이 있는 무등산권에는 지난 시절 많은 누정이 세워졌고, 지금도 많은 누정이 남아있다. 누정문화권이라 일컬어질 정도로 누정문화가 발달하였던 곳이다. 그런데 이런 무등산권의 여러 누정 중에서 조선 초에 건립된 독수정은 그 내력이 매우 깊다. 관청이 아닌 민간에서 세운 누정으로 따지면 창건 시기가 가장 빠르다.

전신민의 독수정 이후 약 반세기를 지나서야, 세조 3년(1457) 창평에 김자수의 상월정이 건립되었고, 비슷한 시기에 조수문의 죽림재가 고서에 건립되었다. 그리고 16세기를 지나면서 비로소 민간의 누정 건립이 활발히 이루어졌다. 지금도 이 지역을 대표하는 소쇄원, 면앙정, 환벽당, 서하당, 식영정, 물염정, 송강정 등이 모두 16세기에 건립된 누정들이다. 여기서 14세기 말에 이루어진 독수정이 무등산권 누정문화의 발전을 선도하였음을 알 수 있다. 이것이 곧 독수정이 갖는 또 하나의 문화사적 의의이다.

하늘과 땅 사이, 면앙정

굽어보고 우러르며 여생을 보내고자

면앙정(俛仰亭)은 꽤 높은 언덕 위에 있다. 무등산에서 흘러내린 제월
봉의 어깨쯤이다. 정자로 오르는 길에는 166개의 돌계단이 놓여 있다.
돌계단 입구, 담양읍과 봉산면 사이의 도로에는 '면앙정로'라는 이름표
가 달려 있고, 도로변 빈터에서는 '도기념물 제6호 면앙정'이라 새겨진
표지석이 탐방객을 맞는다.

면앙정은 사계절이 다 좋지만, 늦가을에 찾는다면 좀 더 색다른 정취
를 느낄 수 있다. 무성한 수목의 잎이 떨어지고 난 후, 비로소 높은 언덕
위에서 삼면으로 트인 광활한 조망을 즐길 수 있기 때문이다. 그래서
늦가을은 하늘과 땅 사이에서 굽어보고[俛] 우러른다[仰]는 정자 이름
의 의미가 보다 실감나는 때이다.

돌계단을 올라 면앙정 경역에 이르면, 맨 먼저 눈에 드는 것이 정자
의 내력을 적은 안내판과 〈면앙정기(俛仰亭記)〉를 새긴 석비이다. 송순
(宋純, 1493~1582)이 면앙정을 지은 내력을 적은 안내판 내용이야 뭐 특
별할 게 없으니 접어두고, 여기서 면앙정 이해에 요긴한 기대승(奇大升,

1527~1572)의 〈면앙정기〉부터 읽어보기로 하자.

　면앙정은 담양부의 서쪽 기곡(錤谷)마을에 있으니, 지금 사재(四宰)
로 있는 송공(宋公)이 경영한 것이다. 내 일찍이 송공을 따라 면앙정
위에서 놀았는데, 공은 나에게 정자의 유래를 말하고 나에게 기문을 지
어 줄 것을 요구하였다.

　내가 정자의 경치를 보니 탁 트인 것이 가장 좋고 또 아늑하여 좋았으
니, 유자[柳宗元]가 말한 놀기에 적당한 것이 대개 두 가지가 있다는
것을 이 면앙정은 겸하여 갖추었다고 할만하다. 정자 동쪽의 산은 제월
봉(霽月峯)인데, 제월봉의 산자락이 건방(乾方)을 향하여 조금 아래로
내려가다가 갑자기 높이 솟아서 산세가 마치 용이 머리를 들고 있는 듯
하니, 정자는 바로 그 위에 지어져 있다. 집을 세 칸으로 만들고는 사방
을 텅 비게 하였는데, 서북 귀퉁이는 매우 절벽이며, 좌우에는 빽빽한
대나무가 병풍처럼 둘러있고 삼나무가 울창하다. 동쪽 뜰아래를 탁 트
고는 온실 몇 칸을 짓고 온갖 화훼를 심어 놓았으며, 낮은 담장을 빙
둘러 쳤다. 좌우 골짝으로 이어진 봉우리의 등마루를 따라 내려가면, 장
송(長松)과 무성한 숲이 영롱하게 서로 어우러져 있어서 인간세상과 서
로 접하지 않으므로, 아득하여 마치 별천지와 같다.

　빈 정자 안에서 멀리 바라보면 넓은 수백 리 사이에는 산이 있어서
마주 대할 수 있고, 물이 있어서 구경할 수가 있다. 산은 동북쪽에서부
터 달려와서 서남쪽으로 구불구불 내려갔는데, 이름은 옹암산(瓮岩山)
금성산(金城山) 용천산(龍泉山) 추월산(秋月山) 용구산(龍龜山) 몽선
산(夢仙山) 백암산(白岩山) 불대산(佛臺山) 수연산(修緣山) 용진산(湧
珍山) 어등산(魚登山) 금성산(錦城山) 등이다. 바위가 괴상하고 아름다
우며, 내와 구름이 아득히 끼어있어서 놀랍기도 하고 아름답기도 하다.
물이 용천(龍泉)에서 나온 것은 읍내를 지나 백탄(白灘)이 되었는데 굽
이치고 가로질러 흘러 빙빙 감돌며, 옥천(玉川)에서 발원한 것은 여계
(餘溪)라 하는데 물결이 잔잔하여 맑고 정자의 기슭을 감돌아 아래로

흘러 백탄과 합류한다. 그리고 아득한 큰 들은 추월산 아래에서 시작되어 어등산 밖에 펼쳐져 있는데, 그 사이에는 구릉과 나무숲이 마치 한 폭의 그림처럼 펼쳐져 있으며, 마을이 여기저기 흩어져 있고, 밭두둑이 마치 아로새긴 듯하여서, 사시(四時)의 경치가 이와 더불어 무궁하게 펼쳐진다. 정자에는 산이 빙 둘러있고 경치가 그윽하여 고요히 보면서 즐길 수 있고, 밝은 탁 트이고 멀리 아득히 보여서 호탕한 흉금을 열 수 있으니, 앞에서 말한 탁 트여서 좋고 아늑하여 좋다는 것이 어찌 사실이 아니겠는가?

처음에 공의 선조(先祖)가 관직을 그만두고 기곡에 거주하니, 자손들이 인하여 이곳에 집터를 정하게 되었다. 정자의 옛터는 곽씨(郭氏) 성을 가진 자가 거주하고 있었는데, 일찍이 꿈에 의관(衣冠)을 갖춘 선비들이 자주 와서 모이는 것을 보고는, 자기 집에 장차 경사가 있을 조짐이라고 생각하여, 아들을 산사(山寺)의 승려에게 부탁해서 공부하게 하였다. 그러나 그가 성공하지 못하고 빈궁하게 되자, 마침내 그곳에 있는 나무를 베어버리고 사는 곳을 옮겼다. 공이 재물을 주고 이곳을 사서 얻자, 마을사람들이 모두 와서 축하하기를 곽씨의 꿈이 징험이 있다 하였으니, 이것은 조물주가 신령스러운 곳을 감추어 두었다가 공에게 준 것이 아니겠는가? 공은 다시 새로운 집을 제월봉 남쪽에 지었는데, 면앙정과 가깝기 때문이었다. 정자의 터는 갑신년(1524, 중종 19)에 얻었고, 정자를 짓기 시작한 것은 계사년(1533)이었으며, 그 후 그대로 방치되었다가 임자년(1552, 명종 7)에 이르러 중건하니, 그제야 탁 트이고 아늑하여 보기 좋은 것이 모두 다 드러나게 되었다.

공은 일찍이 정자의 이름을 지은 뜻을 게시하여 객에게 보여주었으니, 그 뜻은 '굽어보면 땅이 있고, 우러러보면 하늘이 있는데, 이 언덕에 정자를 지으니, 그 흥취가 호연(浩然)하다. 풍월을 읊고, 산천을 굽어보니, 또한 나의 여생을 마치기에 족하다.'는 것이었다. 공의 이 말씀을 음미해 보면, 공이 면앙에 자득(自得)한 것을 상상할 수 있을 것이다.

아! 갑신년으로부터 지금까지는 사십여 년이 지났는데, 그사이 슬픈

일과 기쁜 일 좋은 일과 궂은일이 진실로 이루 말할 수 없이 반복되었
다. 그러나 공이 굽어보고 우러러보며 여기에서 소요(逍遙)한 것은 끝내
올바름을 잃지 않았으니, 어찌 가상하지 않겠는가? 나는 여기에 이름을
남기는 것을 영광으로 여겨 감히 사양하지 못하였으니, 또한 이러한 뜻
이 있어서였다. 이에 이 글을 쓰노라.[1]

　이 〈면앙정기〉를 쓴 기대승은 송순보다 서른네 살 연하이다. 한 세대
를 보통 30년이라 한다면, 둘 사이에는 한 세대를 성큼 뛰어넘은 연륜
의 차이가 있다. 사정이 이러하니 면앙정의 기문을 써달라는 송순의 부
탁을 받고 기대승은 여기에 평소 품었던 존경의 마음을 극진하게 피력
하였을 것이다.
　〈면앙정기〉의 내용은 모두 여섯 단락으로 이루어져 있다. 첫째 기대
승이 이 기문을 쓰게 된 동기, 둘째 면앙정이 있는 곳의 위치와 지세,
셋째 면앙정에서 조망되는 주변 산수, 넷째 면앙정을 조영한 내력, 다
섯째 면앙정이라 이름 붙인 까닭, 여섯째 주인 송순의 찬미와 마무리이
다. 첫째와 마지막 단락은 의례적인 것이라 차치하고, 나머지 단락들의
내용을 좀 더 보기로 하자.
　면앙정은 제월봉의 서북쪽 자락 용 머리 위에 삼 칸으로 세워졌는데,
이곳의 지세가 인간세상과 서로 접하지 않아 마치 별천지와 같다고 하
였다. 이어 멀리로는 수백 리에 이르는 면앙정 주변의 산세와 수세 및
들녘과 촌락의 경치를 말하였다. 또 면앙정 터에는 원래 곽씨 성을 가

1　文憲公 高峯 奇大升 先生 記, 後學 珍原 朴景來 謹書, 民族文化推進會 譯, 幸州奇氏
　文憲公 宗中 謹竪, 西紀 二千九年 己丑 仲春節(비문에 필자가 띄어쓰기와 문장 부호
　를 더하였다).

진 사람이 살고 있었는데 송순이 1524년(갑신, 32세)에 이 터를 얻었고, 1533년(계사, 41세)에 비로소 정자를 지었다가 다시 한동안 방치하였으며, 1552년(임자, 60세)에 이르러 중건하였다고 하였다. 정자의 이름은 이곳에서 땅과 하늘을 굽어보고 우러르며 여생을 마치고자 '면앙정'이라 붙였다고 하였다. 그것이 바로 정자에 현판으로 내건 〈면앙정삼언가俛仰亭三言歌〉의 의취였다. "굽어보니 땅이요, 우러르니 하늘이라. 정자 그 사이에 있어, 흥취가 호연하다. 풍월을 부르고, 산천에 읍하며, 청려장에 의지해, 백 년을 보내리라.(俛有地 仰有天 亭其中 興浩然 招風月 揖山川 扶藜杖 送百年)"가 그것이다.

'탁 트임'과 '아늑함', 면앙정의 아름다움

기대승이 이 〈면앙정기〉를 언제 썼는지는 명시적으로 기록되어 있지 않다. 하지만 그때 송순이 사재(四宰) 즉 우참찬(右參贊)으로 있었고, 면앙정 터를 얻은 1524년(32세)으로부터 사십여 년이 지났다고 한 것으로 보아, 송순이 77세이던 1569년임을 알 수 있다. 그런데 『면앙집』(권7, 면앙정잡록)을 보면, 이 기문 외에도 기대승이 쓴 〈면앙정기〉가 한 편 더 있다. 송순이 면앙정의 터를 잡은 지 삼십여 년이 지나 완산부윤(完山府尹)으로 있으면서 기대승에게 집필을 부탁하였다고 한 것으로 보아, 1558년(66세)에서 1560년(68세) 사이에 지어진 것임을 알 수 있다. 앞에 든 작품보다 십 년가량 먼저 이루어졌다.

여기서 먼저 이루어진 후자를 〈면앙정기1〉이라 하고, 나중에 이루어진 전자를 〈면앙정기2〉라고 한다면, 두 작품의 차이는 다음과 같이 파악된다. 먼저 작품 분량에 있어서 〈면앙정기1〉이 1,540자로, 675자인 〈면앙정기2〉의 두 배가 넘는 길이를 보인다. 하지만 내용에 있어서 말하고자 하는 요지는 별반 다르지 않다. 다만 장편인 〈면앙정기1〉에 기술된 내용이 보다 상세하고 감성적이다. 이에 비해 단편인 〈면앙정기2〉는 사실적인 정보 전달에 비중을 두어, 주관적 진술이나 어사의 사용이 보다 절제되어 있고 함축적이다. 그렇다면 같은 사람이, 같은 정자의 기문을, 같은 이름으로 두 번이나 쓴 것은 무엇 때문이었을까? 아마도 시간이 지나면서 먼저 이루어진 〈면앙정기1〉의 내용이 번잡하여 마음에 들지 않자, 이를 다시 대폭 손질하여 〈면앙정기2〉를 작성하였을 것이다.[2]

이제 다시 시선을 돌려 앞에 인용한 기대승의 〈면앙정기2〉를 보기로 하자. 기대승이 〈면앙정기2〉에서 강조한, 면앙정이 자랑할 만한 가장 두드러진 공간적 특성은 '탁 트임[曠]'과 '아늑함[奧]'이다. 이것이 곧 유자(柳子)가 말한 놀기에 적당한 두 가지라고 하였다. 부연하자면, 면앙정이 자리한 곳은 마치 별천지와 같아서 인간세상과 서로 접하지 않으니 아늑해서 좋고, 면앙정에서 멀리 바라보이는 산과 물과 들은 탁 트여서 좋다는 것이다. 그래서 기대승은 이 글에서 '탁 트임'과 '아늑함'을 면앙정이 지닌 빼어난 매력으로 수차에 걸쳐 강조하였다.

뿐만 아니라 '탁 트임'과 '아늑함'은 가사 〈면앙정가(俛仰亭歌)〉에서도

---

2 기대승의 작품 외에도 두 편의 〈면앙정기〉가 더 있다. 蘇世讓이 명종 15년(1560)에 쓴 〈면앙정기〉(『陽谷集』 권14 소재)와 담양부사였던 沈仲良이 숙종 26년(1700)에 쓴 〈면앙정기〉(『俛仰集』 권7 소재)가 그것이다. 소세양의 기문은 기대승의 것과 그 성격이 크게 다르지 않다. 하지만 심중량의 것은 앞선 작품들과 달리 荀子를 들며 색다른 시각으로 면앙의 의미를 천착하고, 송순의 시에 관한 일화를 소개하며 그를 추억하였다.

가장 중심이 되는 서경이자 서정으로 형상화되었다. 여기서 그 일부만
살짝 들여다보자. 다음의 ①이 용천과 옥천에서 발원한 백탄과 여계의
'탁 트인' 서경이고, ②는 인간을 떠나 면앙정의 자연에서 즐기는 '아늑
한' 서정이다.

    ① 玉泉山 龍泉山 내린 물이
      亭子 앞 넓은 들에 올올이 펴진 듯이
      넓거든 기노라 푸르거든 희지 마나
      雙龍이 뒤트는 듯 긴 깁을 펼쳤는 듯
      어디로 가노라 무슨 일 바빠서
      닫는 듯 따르는 듯 밤낮으로 흐르는 듯

    ② 人間을 떠나와도 내 몸이 겨를 없다
      이것도 보려하고 저것도 들으려고
      바람도 쐬려하고 달도 맞으려고
      밤일랑 언제 줍고 고길랑 언제 낚고
      柴扉일랑 뉘 닫으며 진 꽃일랑 뉘 쓸련가

  그렇다면 송순이 〈면앙정가〉를 지은 것은 언제였을까? 지금까지 나
온 여러 견해는 대체로 작가 송순의 40대설과 60대설 및 77세 이후설
로 요약된다. 40대설은 면앙정의 창건에, 60대설은 면앙정의 중수에,
77세 이후설은 송순의 만년 치사에 초점을 맞추어 제기되었다. 이 가운
데 필자는 60대설의 하나인, 송순이 63세(1555)부터 66세(1558) 사이에
지었다고 보는 견해[3]를 가장 설득력 있게 받아들인다. 즉 송순이 면앙

---

3 이상원, 「송순의 면앙정 구축과 〈면앙정가〉 창작 시기」, 『한국고시가문화연구』 제35집,

정을 중수하고 나서 〈면앙정가〉를 지었다고 보는 입장이다. 이때 송순은 면앙정을 중수하고(1552), 이듬해 잠시 선산부사(善山府使)로 나갔다가(1553), 그 직을 마치고(1555), 면앙정에 돌아와 있었다. 그리고 3년 후(1558) 다시 전주부윤(全州府尹)이 되어 면앙정을 떠났다. 이렇게 본다면, 〈면앙정가〉는 기대승의 두 〈면앙정기〉보다 먼저 창작되었다.

십 년을 경영하여 초려 한 칸 지어내니

그런데 옛 관료들의 향촌 누정 조영은 정치적인 부침과 밀접한 관련이 있다. 송순의 면앙정 역시 마찬가지이다. 면앙정의 창건이 송순 41세 때인 1533년에 이루어졌음은 이미 앞에서 확인하였다. 기대승의 〈면앙정기1〉에서는 '면앙정의 초창은 초정으로 이루어졌고, 송순은 거기서 5년 동안 지냈다(癸巳歲 禠職還鄉 始縛草亭 以蔽風日 優游五載)'고 하였다. 그가 당시 전횡을 일삼던 김안로 일당의 배척을 받아 향촌에 돌아와 있을 때의 일이었다.

또 60세 때인 1552년의 중건은 그의 유배 생활 끝에 이루어졌다. 송순은 1550년(58세) 6월 윤원형을 추종하던 진복창·이기·이무강의 배척을 받아 구수담·이윤경·이준경·허자 등과 함께 유배 길에 올랐다. 죄목은 조정에 있으면서 간사한 이론을 조작한다는 것이었다. 처음 유배지는 충청도 서천으로 정해졌었는데, 그곳이 죄인의 고향인 호남과 가깝다 하여 수일 만에 평안도 순천으로 옮겨졌고, 이듬해 6월 다시 수원으로 이배되었다가, 겨울에 방면되어 향리로 돌아왔다. 그러고는 곧 담양부사 오겸의 도움을 받아 세 칸의 면앙정을 중건하였다.

경술년(1550년) 관서에 유배되었을 때, 두렵고 답답하여 아무것도 마음에 둘 수 없었다. 그래서 정자를 수리하여 그곳에서 노년을 마치지 못했음이 한스러웠다. 신해년(1551년)에 은혜를 입어 풀려나 돌아오니, 지난날의 회포를 조금이나마 달랠 수 있었으나, 재력이 부족하여 다시 정자를 세울 계획을 세우지 못했다. 하루는 부사 오겸 공이 마침 찾아와서 함께 올라와 보고는, 나에게 정자를 이룰 것을 권하였고, 또한 서로 도울 것도 허락하였다. 드디어 임자년(1552년) 봄에 그 일을 시작하여, 몇 달이 지나지 않아 일을 마쳤다. 용마루와 지붕이 모습을 갖추자, 수풀이 더욱 무성하였다. 이곳에서 소요하고 면앙하며 여생을 다하려는, 나의 소원이 이제야 이루어지게 되었다.[4]

송순이 기대승에게 기문을 부탁하며 말한, 자신이 면앙정 중건 무렵에 품었던 생각이다. 기대승이 〈면앙정기1〉에 기록하여 오늘에 전한다. 송순은 유배지에서 겪었던 현실적 어려움을 거론하며, 예전부터 자신의 소원은 현실을 떠나 면앙정에서 여생을 보내는 것이었다고 하였다. 따라서 현실에 대한 이런 부정적 태도를 기저로 성립한 〈면앙정가〉의 세계가 인간과 구별되는 별천지로 그려진 것은 매우 당연한 일이었다.
〈면앙정가〉와 〈면앙정삼언가〉 외에도 면앙정제영으로 들 수 있는 작

---

4 庚戌謫關西 惴慄窘束 百念不掛 猶以未克葺亭以終老爲恨也 辛亥蒙恩放歸 宿昔之抱 可以少償 而財力短乏 又無以爲計 一日府使吳公謙 適來同登 勸僕成之 且許相助 遂於壬子春 起其役 不幾月而功訖 棟宇粗完 而林薄益茂 逍遙俛仰 以盡餘生 僕之所願 於是乎畢矣(기대승, 〈면앙정기〉, 『면앙집』 권7; 한국역대문집총서 492, 경인문화사, 1991, 468쪽.

품은 많다. 우선 시조로 〈면앙정단가(俛仰亭短歌)〉 7수와 〈면앙정잡가 (俛仰亭雜歌)〉 2수가 있다. 모두 한역되어 『면앙집』(권4, 잡저)에 전하는 데, 일부만 원사가 남아 있다. 그 가운데 〈면앙정잡가〉 '2-2'가 잘 알려 진 작품이다.

> 십 년을 경영하여 초려 한 칸 지어내니
> 반 칸은 청풍이요 반 칸은 명월이라
> 강산은 들일 데 없으니 둘러두고 보리라

　굳이 면앙정을 떠올리지 않더라도 매우 흥미롭게 읽히는 작품이다. 옛 선비들의 이상이었던, 산수에 묻혀 자연과 함께하는 삶을 함축적으로 잘 다루었기 때문이다. '십 년을 경영하여 겨우 초려 한 칸을 지어냈다'는 말을 굳이 '송순이 면앙정 터를 얻은 지 십 년 만에 초정을 엮었다'는 사실과 결부시키지 않더라도, 그것 자체로 소박한 삶을 추구하였던 당시의 훌륭한 문학적 수사였다. 전승 과정에서 발생한 '초려 한 칸'의 '초려 세 칸'으로의 변이는 다시 '나 한 칸 달 한 칸에 청풍 한 칸 맡겨두고'라는 중장의 변화를 수반하여, 옛사람들의 상상력을 즐겁게 유추시킨다.

　이 밖의 제영으로 임제(林悌, 1549~1587)의 〈면앙정부(俛仰亭賦)〉가 있고, 한시로는 김인후(金麟厚, 1510~1560), 임억령(林億齡, 1496~1568), 고경명(高敬命, 1533~1592), 박순(朴淳, 1523~1589), 양대박(梁大樸, 1544~1592), 이홍남(李洪男, 1515~1572)의 〈면앙정삼십영(俛仰亭三十詠)〉이 대표적이다. 이 〈면앙정삼십영〉 중에서는 대체로 김인후의 작품을 가장 앞선 것으로 보는데, 작품의 소제(小題)는 작가에 따라 다소 차이가 있다. 다음

은 김인후 작품의 30개 소제이다. 소제만 보아도 〈면앙정삼십영〉이 '탁
트임'의 미학에서 비롯하였음을 느낄 수 있다.

<table>
<tr><td>추월취벽(秋月翠壁)</td><td>용구만운(龍龜晚雲)</td></tr>
<tr><td>몽선창송(夢仙蒼松)</td><td>불대낙조(佛臺落照)</td></tr>
<tr><td>어등모우(魚登暮雨)</td><td>용진기봉(湧珍奇峯)</td></tr>
<tr><td>금성묘애(錦城杳靄)</td><td>서석청람(瑞石晴嵐)</td></tr>
<tr><td>금성고적(金城古迹)</td><td>옹암고표(瓮巖孤標)</td></tr>
<tr><td>대추초가(大秋樵歌)</td><td>목산어적(木山漁笛)</td></tr>
<tr><td>석불소종(石佛踈鍾)</td><td>칠수귀안(漆水歸鴈)</td></tr>
<tr><td>혈포효무(穴浦曉霧)</td><td>신통수죽(神通脩竹)</td></tr>
<tr><td>산성조각(山城早角)</td><td>이천추월(二川秋月)</td></tr>
<tr><td>칠곡춘화(七曲春花)</td><td>송림세경(松林細逕)</td></tr>
<tr><td>죽곡청풍(竹谷淸風)</td><td>평교제설(平郊霽雪)</td></tr>
<tr><td>원수취연(遠樹炊烟)</td><td>극포평사(極浦平沙)</td></tr>
<tr><td>광야황도(曠野黃稻)</td><td>전계소교(前溪小橋)</td></tr>
<tr><td>후림유조(後林幽鳥)</td><td>청파도어(淸波跳魚)</td></tr>
<tr><td>간곡홍료(澗曲紅蓼)</td><td>사두면로(沙頭眠鷺)</td></tr>
</table>

옛 주인의 풍모를 떠올리며

송순은 선조 15년(1582) 90세를 일기로 세상을 떠났다. 그리고 면앙
정은 1597년 정유재란의 병화에 그만 잿더미가 되고 말았다. 충청도
소사에서 패주하던 왜구들의 소행이었다고 한다. 창건된 지 64년, 주인
이 세상을 떠난 지 불과 15년 만의 일이었다. 면앙정은 이렇게 한동안
모습을 감췄다가, 전소된 지 57년 만인 효종 5년(1654) 후손들의 노력으

로 다시 중창되었다.[5] 그리고 여러 차례의 중수를 거쳐 오늘에 이른다.

오늘의 면앙정을 옛 기록에 견주어 보면, 바로 감지되는 것이 구성 요소에 있어서 온실의 부재이다. 온실에 대해서는 〈면앙정기1〉의 기록이 좀 더 상세한데, '동쪽 섬돌 아래 경사진 곳을 넓혀 온실 네 칸을 짓고는, 담장을 두르고, 아름다운 화훼를 심고, 서적으로 채웠다(東階下 因稍迤之勢廓之 構溫室四間 繚以周垣 植以佳卉 而充之以書史)'고 하였다. 면앙정에서 추위를 피해 기거할 수 있는 공간을 따로 마련한 것이다. 하지만 지금은 온실의 위치가 어디였는지도 분명하지 않다. 살펴 복원해야 할 과제이다.

면앙정에서 제월봉을 바라보면 동남향에 수령 200년을 훌쩍 넘긴 참나무가 당당하게 서 있다. 창건된 지 500년 가까이 된 면앙정에 비하면 그 연륜이 절반밖에 되지 않지만, 새삼 세월의 무게를 느끼게 하는 모습이다. 모진 풍파에도 대도와 관용의 길을 걸었던 옛 주인의 풍모를 떠올리게 한다.

---

5 면앙정의 전소와 중창에 대해서는 「議政府右參贊俛仰亭先生年譜」(『국역 면앙집』 하권, 담양문화원, 1996, 97쪽) 참고.

창송과 녹죽의 만남, 송강정

푸른 솔과 대가 만나다

솔과 대는 사철 변함없이 푸르다는 물성을 공유하는 식물이다. 둘 다 다른 초목들이 모두 시들어버리는 겨울이 되면 매서운 추위에도 굴하지 않고 푸르름을 간직한 그 기상이 한층 돋보인다. 때문에 매화와 더불어 일찍부터 세한삼우(歲寒三友)로 칭송되었으며, 항상 변치 않는 군자지절(君子志節)의 상징으로 인식되어 왔다. 그러다 보니 솔과 대는 사시상청(四時常靑)하는 문학적 소재로 긴밀히 호응하여, 흔히 '창송녹죽(蒼松綠竹)'과 같은 모습으로 관용되곤 하였다.

> 春風 桃李花들아 고운 양자 자랑 마라
> 蒼松 綠竹을 歲寒에 보려무나
> 亭亭코 落落한 節을 고칠 줄이 있으랴

세한에 이르러 더욱 빛을 발하는 푸른 솔과 대의 지절을 노래한 시조의 하나이다. '창송녹죽'과 봄바람에 아리따운 자태로 아양을 떠는 '도

리화'와의 대비가 선명하다. 이렇듯 솔과 대는 사시상청의 항상성을 지닌 존재였기에 옛 선비들은 즐겨 그 이미지를 취하여 자신의 벗으로 삼곤 하였다.

특히나 대나무의 고장인 담양, 이 죽향(竹鄕)의 녹죽과 창송이 만나는 그곳에 바로 송강정(松江亭)이 서 있다. 행정 구역상으로는 전라남도 담양군 고서면 원강리 산1번지. 죽록천이 흐르는 천변으로 늘어진 아흔일곱 돌계단을 따라 오르면, 조망이 트인 야산 언덕에 조금은 스산한 모습으로 외롭게 서 있다. 뒤로는 키가 큰 소나무 숲이 울창하고, 앞으로는 언덕 아래로 빽빽한 대나무 숲이 무성하다.

송강정은 그 이름을 또한 죽록정(竹綠亭)이라고도 한다. 그러기에 이 정자의 정면에는 '송강정'이란 제액(題額)이, 또 측면에는 '죽록정'이란 제액이 각각 걸려 있다. 그렇지만 송강정이 무슨 연유로 죽록정이란 이름을 아울러 가지게 되었는지는 명확하지 않다. 아쉽게도 송강정에는 그 내력을 직접 알려주는 창건 당시의 기문이나 상량문 등이 전하지 않는다. 다만 송강(松江) 정철(鄭澈, 1536~1593)이 이전부터 있었던 죽록정을 중수하였기 때문이라거나, 죽록천[1] 위에 세웠기 때문이라고 말해질 뿐이다.

정철이 송강정을 건립한 것은 그의 나이 50세 때인 선조 18년(1585)의 일이다. 이때 정철은 당쟁의 와중에서 사헌부와 사간원의 논척을 받아 경기도 고양을 거쳐 이곳 창평에 물러나 있었다. 그리고 송죽을 벗 삼아 이 정자를 세웠다.

---

1 송강이라고도 한다.

송죽의 지절 노래, 〈전후미인곡〉

산과 강을 낀 송강정에 펼쳐진 자연경관은 여느 누정 못지않게 아름답다. 그렇지만 송강정이 특히 우리의 발길을 끄는 것은 그곳이 바로 정철의 가사 〈사미인곡(思美人曲)〉과 〈속미인곡(續美人曲)〉의 산실이기 때문이다. 흔히 〈전후미인곡(前後美人曲)〉으로 통칭되는 〈사미인곡〉과 〈속미인곡〉이 신하의 임금에 대한 충절을 여인의 님에 대한 사랑으로 환치시켜 표현한, 우리말 노래의 절창임은 널리 알려진 사실이다. 그 일례로 김만중은 『서포만필(西浦漫筆)』에서 "송강의 〈관동별곡〉과 〈전후미인곡〉은 곧 우리나라의 〈이소〉이다. 예로부터 우리나라의 참된 문장은 오직 이 세 편뿐이다.(松江關東別曲 前後美人歌 乃我東之離騷 自古左海 眞文章 只此三篇)"라고 극찬한 바 있다.

그렇다면 정철이 송강정에서 〈사미인곡〉과 〈속미인곡〉을 지은 때는 언제인가? 그 정확한 시기가 관련 자료에 명시되어 있지는 않다. 그러나 몇 가지 자료를 통해 볼 때 작자가 53세 되던 해인 선조 21년(1588)일 것으로 추정된다. 즉 작자인 정철이 당쟁의 와중에서 1585년 8월 사헌부와 사간원의 논척을 받자 경기도 고양을 거쳐 이내 창평으로 물러났으며, 이때 송강정을 건립하였음은 앞에서 이미 이야기한 바 있다. 이후 정철은 1589년 8월 맏아들인 정기명(鄭起溟)의 상을 당해 다시 고양으로 떠나기까지 만 4년 동안을 송강정에서 지냈는데, 〈사미인곡〉과 〈속미인곡〉은 이 기간 동안에 제작되었다.

특히 정철의 제4자인 정홍명(鄭弘溟)이 이식에게 보낸 글에서 "〈전후미인곡〉은 이 고장 창평에 계실 때 지은 것입니다. 아무 해라고 적혀있지는 않지만, 정해년과 무자년 사이가 옳을 것입니다.(前後美人曲 在此

鄕昌平時所作 不記某年 似是丁亥戊子年間耳.『송강별집추록』권1)"라고 하여, 1587년(정해)에서 1588년(무자) 사이에 지은 것임을 말해주고 있다. 여기에서 〈사미인곡〉의 "엊그제 님을 모셔 廣寒殿에 올랐더니/그 덧에 어찌하여 下界에 내려오니/올 적에 빗은 머리 얽혀진 지 三年이라"라는 내용을 참고하면, 그 제작 시기는 작자가 창평으로 내려온 지 3년째 되는 1588년으로 밝혀진다.

> 이 몸 생겨날 제 님을 좇아 생겨나니
> 한평생 연분이며 하늘 모를 일이런가
> 나 하나 젊어 있고 님 하나 날 괴시니
> 이 마음 이 사랑 견줄 데 다시 없다
> 평생에 원하기를 함께 가자 하였더니
> 늙어서 무슨 일로 홀로 두고 그리는고
> 　(중략)
> 차라리 죽어가서 범나비 되오리라
> 꽃나무 가지마다 간 데 족족 앉았다가
> 향 묻은 날개로 님의 옷에 옮으리라
> 님이야 나인 줄 모르셔도 내 님 좇으려 하노라

님과의 인연과 이별 및 님에 대한 변함없는 사랑을 확인하는, 〈사미인곡〉의 서두와 말미 부분이다. 님에 대한 지극한 사랑을 빌어, 죽어서도 변치 않을 임금에 대한 자신의 끝없는 충절을 다짐하고 있다. 한편으론 조정에서 내몰리고 임금에게 버림받은 자신의 처지에 대한 한없는 갈등과 고뇌에 몸부림치면서도 그럴 수밖에 없었다. 이것이 곧 조선시대 사대부라면 마땅히 취해야 하였던 기본적인 삶의 자세였다.

그런데 이러한 주제 의식에다 우리말을 자유자재로 구사하는 작가의 능란한 솜씨가 가미되어, 가곡창을 통해 널리 전파되고 향유되었던 것이 〈전후미인곡〉이다. 따라서 〈전후미인곡〉은 당시의 사대부적 삶이 지향하였던 전형적 가치를 구현한 작품으로서 일찍이 높은 위상을 확보하였다. 그래서 지금 그 창작의 산실로서 송죽의 지절이 드리운 송강정이 주목된다.

옛 주인의 처연함을 느끼며

이렇듯 〈전후미인곡〉의 산실이라는 점에서 송강정은 정철 문학의 또 다른 무대인 〈성산별곡(星山別曲)〉의 식영정(息影亭)과는 여러 면에서 대조를 이룬다. 즉 식영정이 도가적 은일의 여유가 깃든 공간이라면, 송강정은 유가적 출처의 고뇌가 배인 공간이다. 식영정의 삶이 자연을 탐미하는 우아한 모습을 보여준다면, 송강정의 삶은 내면적으로 갈등하는 울울한 모습을 보여준다. 식영정의 주인이 구름과 학을 벗 삼아 탈속을 꿈꾸는 이상 세계를 지향하였다면, 송강정의 주인은 솔과 대를 벗 삼아 충군지절을 다짐하는 현실 세계를 지향하였다.

그러기에 이곳 송강정을 찾으면 왠지 조금은 쓸쓸한 마음으로 옛 주인의 처연함을 느끼게 된다. 더욱이 언제부터인가 원래의 풍취를 잃어버리고 삼면을 시끄러운 도로에 포위당해버린 송강정! 그 앞과 양옆을 지나는 국도와 고속도로 그리고 이름도 모르는 도로가 뿜어내는 자동차의 소음에 종일토록 신음하는 송강정을 대하고 보면 더욱 그렇다.

주인이 떠나고 세월이 흐르면서 송강정은 무너져 한때 그 터만 남아 있었다. 그러다가 인조 27년(1649) 후손들에 의해 중건되었다. 그러한 사실은 같은 해 10월 정철의 6세손 정재(鄭栽)가 쓴 〈송강정유허수리시서(松江亭遺墟修理時序)〉에서 확인된다. 다음은 정재가 송강정을 중건할 때 송강 정철과 우계(牛溪) 성혼(成渾)의 제영을 차운하여 지은 〈경차송우양선생운(敬次松牛兩先生韻)〉 세 편 중의 하나이다.

廢棄何年事	송강정 버려진 게 언제 일인가
空山失主賓	빈 산에 주인과 손님 모두 잃었네
繼今修舊址	이제 와서 옛터를 수리하느니
誰復作亭人	누가 다시 정자의 주인 되려나
江湖昔臥病	강호에서 옛적 병석에 누워
歌醉伴閒鷗	노래와 술로 한가한 백구 좇았지
遺躅重尋處	남기신 자취 찾아 거듭 나선 곳
悄然獨立洲	초연히 물가에 홀로 서 있네
竹綠又亭名	죽록 또한 송강정의 이름인데
不知二老去	두 노옹의 가신 곳 몰라라
近聞馬里傳	마산촌에 전하는 말 근자에 듣고서
更質鳳岩語	다시 또 봉암에게 물어 보았네

제1수에서는 무너져 버려진 송강정을 다시 세우며 그 어제와 오늘 그리고 내일을 생각하며 느낀 감회를 피력하였으며, 제2수에서는 정철이 남긴 옛 자취를 추억하였다. 특히 기구(起句)의 '강호에서 옛적 병석에 누워'는 〈관동별곡(關東別曲)〉의 첫 구절 '강호의 병이 깊어 죽림에 누었더니'를 그대로 연상시킨다. 제3수에서는 송강정에 제영을 남긴

송우(松牛, 松江과 牛溪) 두 인물을 그리며, 정재 자신이 송강정 아래 마
산촌(馬山村)의 노인들과 재종간인 봉암에게 중건을 위해 자문을 구했
던 사실을 말하였다.

송강정의 건물 형태는 정면 3칸과 측면 3칸의 골기와 팔작지붕 구조
로, 중앙에는 재실이 있다. 그 옆에는 1969년 세워진 '송강정선생시비
(松江鄭先生詩碑)'가 있는데, 여기에는 〈사미인곡〉이 새겨져 있다. 송강
정은 현재 식영정(息影亭)과 더불어 전라남도 기념물 제1호이다.

주인도 아니었고 손님도 아니었으니

송강정에는 〈사미인곡〉과 〈속미인곡〉 외에도 다소간의 한시 제영이
남아 전한다. 그중에서도 특히 눈길을 끄는 것이 정철과 성혼 및 정재
의 다음 작품들이다. 송강정에 관한 한 가장 상세한 기록인 정재의 〈송
강정유허수리시서〉에서 유독 정철과 성혼의 이 작품들에 대해서 언급
하고 있기 때문이다.

> ▶ 정철의 〈숙송강정사(宿松江亭舍)〉 3수
> 　　〈증도문사(贈道文師)〉 1수
> ▶ 성혼의 〈차정송강운(次鄭松江韻)〉 1수
> ▶ 정재의 〈경차송우양선생운(敬次松牛兩先生韻)〉 3편 5수

즉 정재는 "내가 어렸을 때에 내 선조인 문청공 송강선생의 연보와
유고를 흥미롭게 읽으면서, 송강정이 담양 땅에 있고 '정사에 묵으며
쓴 시'가 있다는 것을 비로소 알았다. 또한 우계선생유집을 읽었는데,

'송강에 차운한 시'가 있었다(余不肖在童時 興讀吾先祖文淸公松江先生年譜
及遺稿 始知松江亭在於潭陽地 而有宿亭舍詩 旣又讀牛溪先生遺集 有次松江韻
詩)"고 하여, 정철의 〈숙송강정사〉와 성혼의 〈차정송강운〉을 접하게 된
내력을 말하였다. 또 계속하여 "다시 문청공 선조의 일고를 얻어 보니
'죽록정을 새로 조영한 시'가 있었다(又得文淸先祖逸藁 有新營竹綠之詩)"
고 하였는데, 그것이 바로 정철의 〈증도문사〉이다. 이를 통해 정재 당시
에 정철과 성혼의 이 작품들이 대표적인 송강정 제영으로 인식되었음
을 알 수 있다. 그러기에 정재는 다시 이 세 편을 일일이 차운하여 자신
의 〈경차송우양선생운〉² 세 편을 창작하였다.

　이 밖에도 송강정 제영으로 들 수 있는 작품이 몇몇 더 있다. 그중에
서도 그냥 지나치기 어려운 것이 "세월 흘러 어느덧 잔년이 되니, 흰머
리로 경영하여 지붕 엮었네(光陰倏忽屬殘年 白首經營結數椽)"로 시작되는
〈송강정원운(松江亭原韻)〉이다. 제목만 보아서는 송강정제영 중에서도
원운에 해당되는, 가장 중요하게 취급되어야 할 작품이기 때문이다. 그
렇지만 이 작품은 『송강집』에 수록되지 않았을 뿐만 아니라, 정재의
언급에도 빠져 있으며, 후인의 차운도 보이지 않아 과연 송강이 지은
원운인지 믿기 어렵다.

　이제 정철의 〈숙송강정사〉를 읽으며 송강정 탐방을 마치기로 하자.

借名三十載	이름 빌어 살아 온 지 삼십 년이라
非主亦非賓	주인도 아니었고 손님도 아니었네
茅茨纔盖屋	띠풀 베어 이제 겨우 지붕을 덮었는데

2　원제목은 〈遺墟修理時 敬次松牛兩先生韻 感而有述〉이다.

復作北歸人　　또다시 북쪽으로 돌아가는 사람 되다니

主人客共到　　주인과 나그네가 함께 이르니
暮角驚沙鷗　　저물녘 뿔피리에 물새가 놀라 나네
沙鷗送主客　　그 물새 주인과 나그네 전송하는지
還下水中洲　　물 가운데 모래톱에 돌아와 내려앉네

明月在空庭　　밝은 달빛 빈 뜰에 남아 있는데
主人何處去　　주인은 그 어디로 떠나가는가
落葉掩柴門　　낙엽은 쌓여 사립을 가리우고
風松夜深語　　솔바람만 깊은 밤을 울고 있구나

아마 송강정에 머물던 정철이 맏아들의 상을 당해 경기도 고양으로 돌아가며 쓴 작품인 듯하다. 작가는 건립한 지 이제 겨우 4년도 채 안 된 송강정에서 마지막 밤을 묵으며, 다시 또 고단한 길을 떠나야 하는 자신의 처지를 돌아보고 있다. 이때 그의 나이 54세(1589년)였으니, 과거에 급제하여 벼슬길에 올라 자신의 뜻을 편 지 거의 삼십 년이 되어가는 무렵이었다. 그 세월을 나그네처럼 떠돌며, 주인도 아니고 손님도 아닌 삶을 살았노라고 회한에 젖어 읊조리고 있다.

천연의 자태, 물염정

무등산 자락의 천하제일경, 적벽

　국립공원 무등산의 동편 자락, 영신천과 창랑천이 빚어낸 푸른 물줄기를 따라 '적벽동천(赤壁洞天)'이 펼쳐져 있다. 지금은 그 일대가 동복호로 수몰되어 가까이 다가갈 수도 없고, 멀리서 바라보아야만 하는 곳. 벼랑의 아랫부분이 물에 잠겨 그 경치가 예전만은 못하여도, 여전히 '천하제일경'이라 칭송되는 곳. 천하제일이라는 수식어에 다소 과장이 섞여있다 할지라도, 그 경치가 어느 정도인지는 익히 짐작할 수 있을 것이다.

　적벽(赤壁)은 말 그대로 '붉은 벼랑'이다. 화순군 이서면의 적벽동천 일대에 오면 깎아지른 듯한 붉은 석벽이 곳곳에 길게 늘어서 있다. 장항리, 보산리, 창랑리 일대에 분포하여, 위치에 따라 그 이름도 '노루목[獐項]적벽', '보산적벽', '창랑적벽', '물염적벽'이라 일컬어진다. 그중에서도 특히 옹성산의 서쪽에 벼랑을 형성한 노루목적벽이 규모가 크고 경관이 뛰어나 대표적인 '화순적벽'으로 인식되었고, 아담한 물염적벽은 물염정과 어울린 정경이 아름답다. 하지만 1983년의 동복댐 건설로

인해 많은 적벽의 석벽 아랫부분이 수몰되었고, 그마저도 상수원보호
구역으로 지정되어 출입이 통제되어 오다가, 2014년 가을부터 '적벽투
어'라는 이름으로 노루목적벽과 보산적벽이 제한적으로 일반에 개방되
고 있다.

옛 동복현 지역이었던 이 명승에 비로소 적벽이란 이름을 붙인 사
람은 최산두라고 알려져 있다. 광양 출신인 최산두는 기묘사화 때 옛
동복현에 유배되어 이곳을 찾았다. 그러고는 그 절경에 매료되어 적벽
이라는 이름을 붙였다. 소동파의 〈적벽부〉나 삼국지의 '적벽대전'을
의식한 명명이었을 것이다. 이후 많은 시인묵객들이 적벽의 승경을 노
닐며 허다한 시문을 남겼다. 일찍이 이곳을 유람한 고경명은 〈유서석
록(遊瑞石錄)〉에서 "석천 임억령이 그것을 명으로 남기고, 하서 김인후
가 시로 지어, 드디어 남국의 명구가 되었다(林石川銘之 金河西詩之 遂爲
南國名區)"고 하였다.

적벽동천이 품은 명승, 물염정

적벽 관련 유기(遊記) 중에서 특별히 물염정을 그려낸 작품으로 정약
용(1762~1836)의 〈유물염정기(遊勿染亭記)〉가 있다. 정약용은 16세이던
정조 1년(1777), 화순현감이 된 아버지를 따라 화순에 왔다. 그리고 이
듬해 물염정을 유람하고 〈유물염정기〉를 지었다.[1] 작품이 그리 길지 않

1 〈유물염정기〉의 제목에 붙인 주에 "亭在同福縣 丁酉秋 家大人知和順縣 縣距赤壁四
十里 厥明年 余得往遊焉"이라 하였다.

으므로, 여기서 그 전문을 한번 보기로 하자.

물염정은 남방의 명승이다. 그곳을 유람하기로 재삼 기약하였으나,
뜻을 이루지 못하였다. 다시 그곳을 유람하기로 기약하였는데, 보름날
밤을 기다려 달빛 어린 물결을 즐기자는 사람이 있었다. 내가 말했다.
"그렇지 않다. 무릇 유람할 뜻이 있는 사람은 생각이 났을 때 마땅히
과감하게 나가야 한다. 구차하게 날을 잡아 그것을 기약하면, 반드시 우
환과 질병이 우리들의 일을 그르치게 할 것이다. 하물며 가히 하늘이
구름과 비로 달을 가리지 않는다고 보장할 수 있겠는가?" 여러 사람이
이르기를, "이 말이 맞다"고 하였다.

이날 마침내 물염정에 이르렀다. 정자는 적벽으로 미목을 삼았는데,
적벽은 기이하게 솟았으며 삼림이 빼어났다. 바위는 높이가 약 수십 장
이고, 너비가 수백 보였다. 그 색은 담홍이었고, 깎아지른 것이 도끼로
쪼갠 듯하였다. 그 아래에는 맑은 못이 이루어져 배를 띄울 수가 있었
고, 못의 상하에는 온통 하얀 돌이 있었다. 못에서 정자 쪽으로 수십 보
를 가면 만연한 언덕을 만나는데, 언덕 위에는 온통 사초가 덮여 있었
다. 가다가 쉬다가, 서로 돌아보며 매우 즐거웠다. 정자에 이르면 다시
시원하게 트여있는데, 시내가 굽이져 정자를 둘렀고, 여러 봉우리들이
굽히며 모여들었다. 정자 앞에 있는 것은 모두 높은 숲과 긴 대나무였
고, 이른바 적벽이 난간과 대나무 사이에 보일락 말락 은은하게 비치니,
그 그윽한 빛과 신령스러운 운치는 더욱 가까이서 보는 것에 비할 바가
아니었다.

이에 술을 시키고, 시를 짓고, 어울려 즐기다가, 날이 장차 저무는 줄
을 알지 못하였다. 이미 돌아와 큰형님이 내게 명하여 기를 지었다.[2]

---

2 勿染亭者 南方之勝也 期之再三 而不遂 又期之 有欲俟十五之夜 以取月波之賞者 余
曰不然 凡有游覽之志者 意到遂當勇往 苟期之以日 必有憂患疾病敗吾事者 況可以
保天之不雲雨以障月哉 僉曰斯言是也 是日遂至勿染亭 亭蓋以赤壁爲眉目 赤壁奇

〈유물염정기〉의 내용은 크게 세 가지로 요약된다. 먼저 이번 물염정 유람이 이루어진 동기를 말하였고, 이어 물염정과 그것을 둘러싼 적벽의 아름다움을 기술하였다. 그리고 마지막으로 유람의 감흥과 집필 동기를 밝혔다. 그중에서도 가장 중심이 되는 것이 두 번째 부분으로, 기술의 초점은 정작 물염정보다는 그것을 둘러싸고 있는 적벽의 아름다움에 맞추어져 있다. 특히 적벽의 승경은 가까이서보다는 멀리 물염정에서 바라보았을 때 더욱 아름답다고 하였다. 적벽과 물염정을 보고 난 정약용은 이어 다시 서석산을 유람하였는데, 〈유서석산기(遊瑞石山記)〉에서 전언의 형식을 취해 적벽의 승경을 곱게 단장한 여인의 자태에 비유한 바도 있다. 아울러 서석산의 위용을 거인위사(巨人偉士)의 진중한 풍모에 견주었다.

그런데 이 〈유물염정기〉를 보며 필자가 느낀 가장 큰 소감은 물염정에 관한 기술이 아주 소략하다는 점이다. 물염정이 남방의 명승이므로 서둘러 유람하였다는 것과, 물염정을 안고 있는 배경인 적벽에 관해서만 사실적으로 상세히 말하였을 뿐, 정작 물염정의 내력에 대해서는 한마디도 하지 않았기 때문이다. 정자의 건립, 명명, 전승 등에 관한 사실과 주인 및 출입 인사들의 면면을 빠뜨리지 않는 일반 누정기와는 사뭇 다른 모습이다. 이는 물론 〈유물염정기〉가 주인과의 특별한 관계를 의식하지 않고, 순수한 유람의 결과로 이루어진 때문이기도 하겠지만, 젊

崛森秀 石高約數十丈 闊數百步 其色澹紅 削立若斧劈 其下爲澄潭 可以汎舟 潭上下
皆白石 由潭而之亭 行數十武 得曼衍之皐 皐上皆莎艸 且行且歇 相顧甚樂也 至亭復
豁然通敞 溪灣而繞之 諸峯降而朝之 亭前皆高林脩竹 而所謂赤壁者 滅沒隱映於牕
欞竹樹之間 其幽光靈韻 尤非逼視之比也 於是命酒賦詩 消搖詠謔 不知日之將夕也
旣歸伯氏命余爲記(『與猶堂全書』, 第一集, 第十三卷, 詩文集, 記)

어서부터 기존의 권위나 방식을 따르지 않은 정약용다움이 반영된 특성이라고 할 수 있다.

속진을 벗어난 천연의 자태로

이제 여기서 정약용이 언급하지 않은, 물염정의 내력에 대해 이야기해 보자. 이 글의 목적이 순수유람기인 〈유물염정기〉와는 달리, 물염정의 문화사적 의미 탐색에 있기 때문이다.

물염정은 화순군 이서면 창랑리 물염마을의 창랑천변(물염로 161)에 있다. 조선 명종·선조 연간에 예조정랑·구례현감·풍기군수 등을 지낸 물염 송정순(宋庭筍, 1521~1584)이 건립하여,[3] 외손인 나무송(羅茂松)과 나무춘(羅茂春) 형제에게 물려주었다고 한다. 이런 사실을 기록한 문서가 정내에 현판으로 걸려 있었다고 하는데,[4] 지금은 보이지 않는다.

'물염(勿染)'이란 '물들지 말라'는 뜻이다. 말 그대로 물염정은 속진을 벗어난 천연의 자태로 수려한 풍광 속에 서 있다. 그래서 이곳 역시 많은 사람들이 찾았으니, 김병연 아니 김삿갓도 그중의 하나였다. 위선적

---

3 혹은 송정순의 아버지 淸心軒 宋駒(1483~1550추정)가 동복현감으로 있으면서 세웠다고도 한다. 그러나 송정순과 같은 시대 인물인 고경명이 선조 7년(1574) 초여름 서석산과 그 일대를 유람하고 쓴 〈유서석록〉에서, 날이 저물어 '무염의 석탄(無鹽之石灘)'에 가보지 못함을 아쉬워하며 '현감 송정순이 이곳에 복축하였다(縣監宋庭筍 卜築于此)'고 한 것으로 보아, 물염정의 창건 시기는 선조 7년(1574) 이전이고 창건자는 송정순이다. '무염'과 '석탄'은 '물염'과 '창랑'의 다른 이름으로 보인다.

4 〈萬曆二十九年辛卯十一月初十日外孫子茂松茂椿亦中別給成文〉이 그것인데, 이 문서에 기록된 연도와 송정순의 생존 시기 등에 대해서는 앞으로 면밀한 고찰이 필요하다 (『호남문화연구』 제15집, 전남대학교 호남문화연구소, 1985, 364쪽 참고).

인 세상의 질시를 피해 오히려 세상을 조롱하며 각지를 떠돌던 그가
57세의 고단한 생을 접은 곳이 바로 옛 동복현이었으니, 물염정에도
필시 그의 발길이 미쳤을 것이다. 이를 추억하여 정자 한편에 그를 기
리는 석상과 시비가 지난 2000년에 세워졌다. 지난 2004년에는 광주광
역시관광협회에서 물염정을 광주·전남의 8대정자 제1호로 선정하였
다고 하니, 이런 유서 깊은 내력과 아름다운 풍치를 높이 산 결과이다.
현재 화순군의 향토문화유산 제3호로 지정되어 있다.

　많은 사람들의 발길이 머문 정자인 만큼 물염정에는 남은 시문도 많
다. 문으로는 앞에서 본 정약용의 〈유물염정기〉 외에도, 나무송의 〈물
염정서〉, 류성운의 〈물염정기〉(1677), 윤정복의 〈물염정중수기〉(1981)가
있다. 또 시로는 나무송의 〈물염정원운〉[5]을 비롯하여, 40여 명의 각종
제영이 관련 문헌[6]에 수록되어 있다. 김인후, 권필, 이식, 김창협, 김창
흡, 홍대용, 민주현, 송병선, 황현 등이 그런대로 잘 알려진 문인들이다.
　그중의 하나 김인후의 작품을 먼저 보기로 하자. 제목 없이 전하는
오언절구이다.

大醉鳴陽酒	명양의 술에 크게 취해
歸來三月春	돌아오니 춘삼월이라
江山千古主	강산이 천고의 주인이요
人物百年賓	인물은 백 년의 손이라오

　명양은 옛 동복현과 인접한 창평현의 다른 이름이다. 화자는 명양에

5 이 작품을 송정순의 아버지 송구의 작이라고도 한다(『호남문화연구』 제15집, 367쪽).
6 『호남문화연구』 제15집, 363~372쪽.

서 술을 마시고 돌아와 춘삼월 강산의 정취를 느낀다. 그러면서 불현
듯 깨닫는 것이 천년이 지나도 변함없을 자연의 조화이다. 이에 비해
인물은 길어야 백 년을 잠시 쉬었다 가는 길손에 불과하다. 무한한 강
산과 유한한 인물, 자연의 아름다움에서 느끼는 인생의 무상함이 선명
하다. 문면에 직접 드러내지는 않았지만 적벽의 아름다움에서 촉발된
시정이다.

여기서 잠시 고경명이 〈유서석록〉에서 '임억령이 적벽을 명(銘)으로
남기고, 김인후가 시(詩)로 지었다'고 한 말을 떠올려 보자. 당시 임억령
이 남긴 명이 무엇인지는 지금 알 수가 없다.[7] 마찬가지로 김인후가 지
은 시가 무엇인지도 분명하지 않다. 하지만 미루어 짐작건대 현재 물염
정제영이라고 전하는 이 시가 바로 그것이 아니었을까? 최산두의 문인
이었던 김인후가 동복을 오가며 애초에는 적벽제영으로 창작하였는데,
이후 물염적벽을 배경으로 한 물염정제영으로 전승되었을 가능성이 높
다. 작품에 정자에 관한 내용이 보이지 않은 점도 그렇게 생각하는 이
유이다.

다음 송병선의 〈제적벽(題赤壁)〉 하나만 더 보기로 하자. 제목은 〈제
적벽〉이라고 되어있지만, 전형적인 누정제영의 모습을 보이는 작품이
다. 먼저 정자가 차지한 좋은 위치를 말하고서, 주변의 아름다운 경물
과 전배들이 남겨놓은 자취, 그리고 거기에 몰입된 자신의 정취를 기술
하였다.

---

7 김대현, 「조선전기 '무등산권 적벽' 공간의 문학작품 연구」, 『한국고시가문화연구』 제
   34집, 한국고시가문화학회, 2014, 102쪽 참고.

開亭占地勝	승지를 점해 정자를 세웠으니
雲物媚人顔	경물이 면전에서 아양을 떠는구나
江空花影瀉	강이 맑으니 꽃 그림자 비치고
山靜鳥聲閑	산이 고요해 새 소리 한가롭네
高標留往躅	높은 자리엔 다녀간 흔적 머물렀고
幽境出塵寰	그윽한 곳이라 진환을 벗어났네
憑檻悠情思	난간에 기대어 생각에 빠져들어
日斜却忘還	해가 기울도록 돌아가길 잊었다오

송병선은 조선시대 말 충청도 회덕과 옥천에서 살았던 인물이다. 그는 특히 당시의 어려운 현실을 보고 전국 각지를 편력하며 많은 유기(遊記)를 남겼다. 무등산과 그 일대에도 역시 그의 발길이 두루 미쳤는데, 〈적벽기〉와 〈서석산기〉가 그 결과로 남은 유기이다. 송병선이 호남을 유람하고 이런 작품들을 남긴 것이 고종 6년(1869)의 일이었으니,[8] 그가 물염정제영으로 〈제적벽〉을 지은 것도 바로 이때였을 것이다.[9]

적벽과 무등산을 노래하였으나

한편 최산두의 『신재집(新齋集)』에는 〈제물염정〉이라 하여, 나머지 2구는 실전되었다는 이런 작품이 실려 있다.

8 김순영, 「연재 송병선의 호남 유산기 연구」, 전남대학교 지역어기반문화가치창출인재양성사업단 제3회 국제학술대회 발표문, 2015년 7월 10일, 238쪽.
9 이 밖에도 송병선이 고종 32년(1895)에 무등산권의 〈독수정중건기〉를 지었고, 정해정이 고종 21년(1884)에 쓴 〈석촌별곡〉 발문에도 송병선의 이름이 보이는 것으로 보아, 그와 이 지역 유림들의 접촉이 잦았음을 알 수 있다.

江含白玉窺魚鷺　　강이 백옥을 머금으니, 고기 엿보는 해오라기요
山吐黃金進蝶鶯　　산이 황금을 토하니, 나비를 쫓는 꾀꼬리로다

그래서 일부에서는 이를 별 망설임 없이 적벽과 물염정을 노래한 첫
번째 문학작품으로 꼽기도 한다. 또 이를 근거로 물염정의 창건 시기를
최산두(1483~1536)의 생존 시기까지 끌어올리기도 한다. 그럴 경우 창
건자가 송정순(1521~1584)이 아닌, 그의 부친 송구(1483~1550추정)라는
설이 보다 설득력을 얻는다.

　하지만 이 〈제물염정〉을 최산두의 작품으로 보기에는 석연치 않은
점이 많다. 무엇보다도 이것이 『추구집(推句集)』에 나오는 "나비를 쫓는
꾀꼬리 비행이 빠르고, 고기 엿보는 해오라기 모가지가 길어졌네(趨蝶鶯
飛疾 窺魚鷺頸長)"와 "산이 토하니 외로이 둥근 달이요, 강이 머금으니
만 리에 부는 바람이라(山吐孤輪月 江含萬里風)"라는 시구의 조합이라는
점이 그렇다. 또 최산두의 유사를 기록한 〈신재선생실기〉가 그의 사후
300여 년이 훌쩍 지난 고종 8년(1871)에야 이루어졌고, 이후 증보를 거
쳐 1939년에야 현 『신재집』의 모습을 갖추었다는 점도 이 시구에 의문
을 품게 하는 까닭이다. 정리하자면, 이 〈제물염정〉은 최산두가 지은
것이 아니고, 지난 시절 한시의 습작과정에서 자연스럽게 형성되어 떠
돌던 시구로, 『신재집』의 편찬자가 이를 최산두의 물염정제영으로 오
인하여 잘못 편입시킨 것으로 보인다. 실전되었다는 나머지 2구도 원
래부터 없었을 것이다.

　지금도 일부 문헌에 무등산과 적벽을 노래한 김삿갓의 작품이라고
잘못 소개되어 있는, 다음 시구도 이와 마찬가지 예이다.

無等山高松下在   무등산이 높아도 소나무 아래 있고
赤壁江深砂上流   적벽강이 깊어도 모래 위를 흐른다

이 역시 『추구집』에 나오는 "산이 높아도 소나무 아래 서있고, 강이 깊어도 모래 위를 흐른다(山高松下立 江深沙上流)"는 시구의 변용이다. 앞의 〈제물염정〉처럼 내용에 강과 산을 대비시킨 수법도 비슷하다.

창옹정 가는 길로 돌길에 완보하여

한시뿐만 아니라 가사문학에도 물염정을 노래한 작품이 있다. 바로 정해정(鄭海鼎)의 〈석촌별곡(石村別曲)〉이 그것이다. '석촌'이란 다름 아닌 '서석촌'의 준말로서, '석촌별곡'은 곧 '무등산골의 노래'라는 뜻이다. 작자 정해정은 무등산 자락에 묻혀 근대의 격변기를 살면서, 석촌을 자신의 호로 삼고 〈석촌별곡〉을 지었다. 그때가 고종 21년(1884)으로, 〈석촌별곡〉은 작가가 무등산과 적벽 일대를 유람하고 쓴 기행가사이다.

그런데 이 무렵은 우리나라가 안팎의 여러 어려움에 시달리던 시기로, 〈석촌별곡〉이 창작된 해에는 복제개혁과 갑신정변이 있었다. 이런 시대적 배경을 가졌기에, 〈석촌별곡〉은 기행가사이면서도 유람의 감흥보다는 시종 우울하고 서글픈 정서가 주를 이룬다. 내용은 크게 무등산의 종산(지금의 북산) 등정을 다룬 전반부와, 적벽 일대 유람을 다룬 후반부로 나누어지는데, 후반부의 노정은 '고소대→ 진외정→ 청정재 유지→ 태수대→ 창옹정'으로 이어진다.[10]

이 노정의 마지막에 나오는 창옹정이 바로 물염정이다. 창옹(滄翁)은

송정순에게서 물염정을 양여받았던 창주(滄洲) 나무송으로, 창옹정은
물염정의 다른 이름이다. 그러면 이제 〈석촌별곡〉에서 창옹정을 노래
한 부분을 음미해 보면서 이 글을 마치기로 하자. 무거운 분위기가 주
조를 이룬 〈석촌별곡〉에서 비교적 유람의 감흥이 두드러진 부분이다.
작가는 물염정의 휜칠한 모습과 주변의 아름다운 풍광에 연방 감탄하
면서, 소문난 왕유(王維)의 망천(輞川) 별장도 창옹정에는 미치지 못한
다고 단언하였다.

> 창옹정 가는 길로 돌길에 완보하여,
> 솔숲을 헤쳐 가니 좋을시고 저 정자.
> 거동도 그지없고 경물도 많고 많다.
> 망천의 별장인들 이와 어찌 견줄손가.
> 좋기도 좋을시고 전후에 두른 취병.
> 직녀의 비단 구름 뉘라서 가져다가,
> 굽이굽이 베어내어 팔첩 병풍 만들었나.
> 눈앞에 펼친 경을 역력히 살피고자,
> 어떤가 다시 보니 하늘의 호사로다.
> 이렇듯 좋은 세계 남에게도 보이고자,
> 해낭을 펼쳐내어 도처 경치 써 넣으니,
> 일부 산천 아니런가, 갈수록 호사롭다.

....

10 정해정의 〈석촌별곡〉에 대해서는 필자의 「정해정의 석촌가사」(『호남의 시가문학』, 역
    락, 2019) 참고.

고반원 옛터, 임대정

물에 임하여 산을 대하다

화순 사평에 봉정산이 있고, 그 기슭에 풍광이 수려한 임대정원림(臨對亭園林)이 있다. 상사마을의 어귀에 자리하였는데, 원림 앞으로 마을에 연하여 사평천(沙坪川)이 흐른다. 사평천 너머로는 멀리 들을 사이에 두고, 다시 길게 늘어진 산줄기를 마주하였다. 거기에 대월봉(大月峯)과 소월봉(小月峯)이 있다. 그야말로 물에 임하여 산을 대하는 형국이다. 그래서 원림 언덕의 정자 이름도 임대정이다. 그 주인이었던 사애(沙厓) 민주현(閔冑顯)이 '송나라 유학자'의 '아침이 가도록 물에 임하여 여산을 대한다(終朝臨水對廬山)'라는 시구에서 취해 붙인 이름이다.

그렇다면 이 시구를 지은 '송나라 유학자'는 과연 누구이며, 그는 이를 통해 무엇을 말하고자 하였을까? 또 민주현은 왜 이 시구의 뜻을 취하였을까? 이런 의문에 대한 해명을 민주현이 임대정을 세우고 직접 쓴 〈임대정기(臨對亭記)〉에서 찾을 수 있다.

시냇물이 굽이굽이 흘러 정자 아래 이르러 모여 작은 못을 이루니, 깊고도 맑아 가히 사랑할 만하다. 대월봉과 소월봉이 곧장 그 앞에 병풍을 세워 놓은 것처럼 둘러 서 있다. 옛사람이 이른바 "서산에 아침이 되니, 상쾌한 기운이 이른다(西山朝來 致有爽氣)"라고 했던 것이 참으로 이곳의 안중 경치이다. 그래서 송나라 유학자의 "아침이 가도록 물에 임해 여산을 대한다(終朝臨水對廬山)"라는 구절에서 취해 '임대(臨對)'라고 이름하였다. 개중에서 동정하는 진리를 바로 체험하기 좋았는데, 이런 즐거움을 속인들과는 말하기 어려웠다. 가령 봄이면 늘어지는 버들가지를 보고, 여름이면 불어난 물을 보고, 가을이면 익은 벼를 보고, 겨울이면 날리는 눈을 보고 즐기는 등 사시의 정경이 가히 사랑스럽지 않음이 없었으며, 무릇 유상자들은 문득 그 공역이 미완임을 안타까워 하였다.[1]

민주현이 임대정을 처음 건립한 것은 조선시대 말인 철종 13년(1862)의 일이다. 그때 민주현은 사헌부집의로 있다가 일시 관직을 떠나 향리에 돌아와 있었다. 때는 초여름인지라 더위를 피할 누정이 필요하였고, 그래서 여러 종형제들과 함께 세운 한 칸의 초정(草亭)이 바로 이 임대정이었다. 〈임대정기〉는 서두에서 이런 내력과 더불어, 그것의 모양과 그곳에서 느끼는 운치를 먼저 말하였다. 그러고는 위와 같이 그 이름을 '임대정'이라 명명한 까닭을 설명하였다.

민주현이 임대정의 작명과 관련하여 먼저 떠올린 것은 '옛사람'의 이른바 "서산에 아침이 되니, 상쾌한 기운이 이른다(西山朝來 致有爽氣)"라

---

1 溪水逶迤 至亭下 匯爲小潭 泓澄可愛 大小月峯 直其前 環列如屛障 古人所謂 西山朝來致有爽氣者 眞是眼中景也 遂取宋儒 終朝臨水對廬山之句 名以臨對 箇中動靜眞理 正好體驗 而此樂難與俗人言也 若夫春而看柳 夏而觀漲 秋以翫稼 冬而賞雪 四時之景 無不可愛 而凡遊賞者 輒恨其誅築之未完也(민주현, 〈임대정기〉)

는 말이었다. 이 말을 한 '옛사람'이 바로 중국 위진남북조시대 동진(東
晉)의 서예가 왕휘지(王徽之)이다. 왕휘지는 역시 서예가로서 보다 명성
이 높았던 왕희지(王羲之)의 아들로, 성격이 호방하고 풍류를 즐겼던 인
물이었다. 그가 한때 대사마 환충(桓沖)의 수하에 있었는데, 상관에 대
한 자신의 불손한 태도를 나무라는 환충에게 동문서답하듯 대꾸하였다
는 말이 이 '서산조래 치유상기'였다. 그러니 왕휘지는 이를 통해 자신
은 현재 몸담고 있는 관직 따위에는 별 뜻이 없고, 언제든 서산의 상쾌
한 아침 기운을 찾아 떠나고자 한다는 초탈한 심경을 발설한 것이다.
이 말은 우리나라에도 잘 알려져, 경복궁 집옥재(集玉齋) 등 여러 건물
의 주련으로 애용되기도 하였다. 그런데 민주현은 임대정의 안중 경치,
즉 임대정 앞을 흐르는 사평천이 이룬 작은 못, 그리고 맞은편에 병풍
처럼 솟아있는 대월봉과 소월봉이 이룬 풍광을 대하며 왕휘지의 이 말
을 떠올렸다.

　민주현은 또 여기서 한걸음 더 나아가, 임대정의 이런 안중 경치를
대하는 자신의 태도를 '송나라 유학자'가 썼다는 '아침이 가도록 물에
임해 여산을 대한다(終朝臨水對廬山)'라는 시구에 견주었다. 이 '송나라
유학자'가 남송의 시인 증극(曾極)인데, 언급된 구절은 그의 다음 시 〈염
계(濂溪)〉의 결구이다.

逍遙社里周夫子	마을 사당을 소요하던 염계 주부자
太極圖成晝掩關	「태극도」 완성하자 낮에도 문을 닫고
欲驗个中眞動靜	개중의 진 동정을 체험해 보고자
終朝臨水對廬山[2]	아침이 가도록 물에 임해 여산을 대하네

증극이 〈염계〉에서 말하고 있는 것은 「태극도(太極圖)」와 『태극도설(太極圖說)』로 유명한 북송의 유학자 염계 주돈이(周敦頤)의 태도이다. 주돈이는 만년에 강서성 여산의 연화봉(蓮花峯) 아래에 살며, 연화봉 기슭을 흐르는 물을 '염계'라 명명하고, 또 그것을 자신의 호로 삼았다. 그의 고향이었던 호남성의 '염계'에서 따온 이름이었다. 이 주돈이가 자신의 역작 「태극도」를 완성하고, 거기에서 자신이 설파한 이론 즉 태극에서 나온 음양과 오행의 조화에 의해 만물이 생성 변화한다는 동정의 진리를 직접 체험하고자 했던 모습을 위 증극의 시 〈염계〉는 나름대로 포착해 보여주고 있다. 주돈이가 평소 마을 사당을 소요하던 일상을 접고 두문불출하며, 아침이 가도록 염계의 물에 임해 여산을 대하고 있다는 것이다.

여기서 민주현이 자신의 정자를 명명하며 굳이 '종조임수대여산'의 뜻을 취한 까닭이 분명해진다. 아침의 상쾌한 기운에 끌려 주돈이가 염계에 임해 여산을 대하듯, 자신은 사평천에 임해 대월봉과 소월봉을 대한다는 것이다. 새로 정자를 짓고 은일하는 자신의 모습을 여산의 연화봉 아래에 살았던 주돈이의 그것에 대응시켰다. 조선시대 많은 유학자들이 자신의 은일처를 주자의 무이정사에 견준 것과 같이, 민주현은 주돈이를 소환하였다.

이와 같이 임대정 명명의 근거가 된 '종조임수대여산'은 주돈이가 아닌, 남송의 시인 증극의 〈염계〉에 나오는 시구이다. 그리고 이 시구에 담긴 내용이 바로 '염계에 임해 여산을 대하는' 주돈이의 태도이다. 그러므로 민주현은 증극의 시 〈염계〉를 통해, 결국 저명한 유학자였던 주

2 『全宋詩』 제50책, 북경대학출판사, 1998, 31518쪽.

돈이의 자취를 수용했음을 알 수 있다. 그런데 지금까지 임대정을 이해하는 과정에서, 별다른 의심 없이 이 시구를 쓴 '송나라 유학자'가 당연히 주돈이일 것으로 오인하여 왔다는 데 문제가 있다. 따라서 임대정이라는 이름 역시 주돈이의 시에서 유래된 것으로 잘못 알려져 왔기에 정정을 요한다.

증극과 주돈이의 관계는

그렇다면 시 〈염계〉를 쓴 증극은 과연 어떤 인물인가? 그에 대해서는 지금까지 우리나라에 거의 알려진 바 없다. 따라서 증극의 행적과 주돈이와의 관계에 대해 잠시 살펴보기로 하자.

증극(曾極)의 자는 경건(景建)이고, 호는 운소(雲巢)이다. 중국 강서성 무주(撫州) 임천(臨川) 사람으로, 평생 벼슬길에 나아가지 않고 포의로 지냈다. 남송 영종(1194~1224) 대를 전후하여 활동하였는데, 생몰 연대는 정확하지 않다. 1168(또는 1169)년에 태어나 1227(또는 1228)년 세상을 떠났다고 하는 것으로 보아,[3] 60세 무렵까지 살았던 것으로 보인다.

증극의 가문에서 크게 두드러진 선대의 인물로는 당송8대가의 한 사람으로 유명한 북송의 문인 증공(曾鞏)이 있다. 증공의 아우 중에 증재(曾宰)라는 사람이 있는데, 그가 바로 증극의 직계이다. 증극의 부친은 증방(曾滂)으로, 그는 상산학파 육구령(陸九齡)의 제자였다. 육구령은 당

---

3 王宇, 「江湖詩人曾極生平事迹考論」, 『文學前沿』 1, 2007, 45~49쪽. 이하 증극의 삶에 대해서는 대체로 이 논문의 내용을 참고하였다.

시 아우 육구연(陸九淵)과 함께 심학을 수립하여, 주자의 이학과 더불어
유학계를 양분하였던 인물이다. 때문에 증극은 부친의 가학을 통해 자
연스럽게 심학에 통할 수 있었다.

한편 증극은 이학을 체계화한 주자와도 우의가 두터웠다. 증극이 30
세 무렵이던 1197년 주자의 문인이기도 하였던 유학자 채원정(蔡元定)
이 위학을 하였다는 이유로 도주(道州)에 유배된 일이 있었다. 그러자
증극이 시를 지어 채원정을 위로하였다. 그 시에서 "사해가 온통 주부
자인데, 그대를 오직 본보기로 처벌했네(四海朱夫子 徵君獨典刑)"라고 하
였다.4 주자의 학문을 따르는 무리가 사방에 많은데, 유독 채원정을 본
보기로 삼았다는 뜻이다. 이에 주자가 이 시를 보고 기뻐하였고, 그것
을 계기로 증극과 주자는 서로 서신을 주고받을 정도로 가까워졌다고
한다. 증극이 주자의 이학과도 무관치 않음을 알 수 있다.

시적 성향과 관련하여 증극은 '강호시파(江湖詩派)'의 일원으로 분류
된다. 강호시파란 말 그대로 당시 강호를 무대로 활동하였던 시인들을
일컫는 범칭이다. 여기에 속한 시인들은 대다수가 강호를 자유롭게 노
닌 재야의 신분이었다. 관료 문인이 일부 포함되기는 하였지만, 그들
역시 크게 현달하지는 않은 사람들이었다. 증극 역시 대부분의 '강호시
인'들과 마찬가지로, 평생을 재야의 포의로 살다가 생을 마쳤다.

하지만 증극의 삶이 정치적 파란과 무관했던 것은 아니다. 만년에
'강호시화(江湖詩禍)'에 연루되어 수난을 당했기 때문이다. 강호시화는
1224년 남송의 영종이 죽고 이종이 즉위하는 과정에서 발생한 권력 투

4 〈蔡西山貶道州〉 또는 〈送蔡季通赴貶〉이라 하는 시의 일부이다. 서산은 채원정의 호이
고, 계통은 그의 자이다. 『전송시』 제50책 31518쪽에 수록되어 있다.

쟁을 배경으로 일어난 필화 사건이었다. 즉 이 권력 투쟁에서 승리한 승상 사미원(史彌遠)이 자신을 비방한 시를 쓴 일련의 시인들을 색출하여, 1225년 정치적으로 탄압한 사건이 바로 강호시화이다. '강호시파'라는 호칭의 연원이 된『강호집』을 편찬 간행하였던 진기(陳起)를 비롯하여, 유극장(劉克莊)과 증극 등이 이 사건에 연루되었다. 증극의 경우, 그가 금릉을 유람하며 지은 시「금릉백영(金陵百詠)」에서 고적을 보고 느낀 회포를 빌어 당시의 일을 탄식하였다는 것이 화를 당한 이유였다.

이로 말미암아 증극은 관직에 나가지도 않은 몸으로, 유배를 당하는 신세가 되고 말았다. 공교롭게도 그가 젊은 시절 시를 지어 위로하였던 채원정과 마찬가지로, 유배지가 호남성 도주의 용릉(舂陵)이었다. 게다가 채원정이 유배지에서 생을 마감하였듯이, 그 역시 유배지에서 세상을 떠났다. 오십 대 후반에 유배되어 불과 이삼 년 뒤에 불귀의 객이 되고 말았다.

그런데 이때 증극이 유배된 호남성 도주는 다름 아닌 염계가 흐르는, 주돈이의 고향이 있는 곳이었다. 그런 까닭에 증극은 비록 유배객의 몸이었지만, 자신보다 150년가량을 먼저 살다 간 주돈이의 자취를 도주의 염계에서 느낄 수 있었다. 그래서 증극은 이 도주의 염계를 매개로 삼아, 주돈이가 만년에 은거하였던 강서성 여산의 염계를 자신의 시 〈염계〉의 배경으로 끌어들인 것으로 보인다. 물론 증극이 〈염계〉를 언제 어디서 지었는지는 명시되어 있지 않다.

남언기의 고반원 옛터에

민주현이 임대정을 세우기 전, 원래 그 자리에는 남언기(南彦紀)가 구축한 고반원(考槃園)이 있었다. 고반원 역시 아름다운 원림으로, 주변 경관과 어우러진 취벽루(翠碧樓)·유옥정(流玉亭)·수륜대(垂綸臺) 등의 경관이 갖추어져 있었다. 그런데 고반원 '원기(園記)'인 〈고반원명명기(考槃園命名記)〉에는 이를 포함하여 모두 21종 49개소의 많은 경관이 명명되어 있어 눈길을 끈다. 누정은 물론 산, 언덕, 바위, 골짜기, 길, 못, 섬, 물가, 보, 둑, 다리, 샘 등이 모두 명명의 대상이었다. 이 〈고반원명명기〉에 이름이 보이는 누정만 하여도 무려 13개소에 달한다. 앞에 언급한 취벽루와 유옥정 외에도 몽각정, 청뢰정, 미원정, 소학정, 고창정, 백화정, 주한정, 임예정, 고죽정, 용약정, 양신정이 그것이다.

이 고반원을 조영한 남언기(1534~?)는 한양 태생으로, 호가 고반이고 자를 장보(張甫) 또는 계헌(季憲)이라 하였다. 일재 이항과 하서 김인후 등을 종유하였고, 송강 정철과도 교유가 깊었다. 선조 1년(1568) 35세에 생원이 되었고, 학행으로 이조판서 이탁의 천거를 받았으나 관직에는 나아가지 않았다. 그러고는 한양을 떠나 자신의 장인 설홍윤이 살고 있던 이곳 옛 동복현 사평촌에 고반원을 조성하고 은일하였다. 그가 고반원을 조성하였던 때가 언제인지는 명시되어 있지 않다. 다만 알려진 그의 행적으로 보아, 30대 후반에서 40대 중반에 이르는 1570년대였을 것으로 추정된다. 그가 언제 세상을 떠났는지 역시 분명하지 않은데, 40대 중반 이후였을 것으로 보인다. 그는 글씨에 조예가 깊어 초서와 예서를 잘 썼고, 또 음악을 좋아하여 한양 길에 오를 때에도 거문고와 피리를 가지고 다닐 정도였다고 한다.

남언기는 고반원을 조영하며 원기인 〈고반원명명기〉 외에도, '원가 (園歌)'인 〈고반원가(考槃園歌)〉를 남겼다.[5] 〈고반원가〉는 고반원 은일의 즐거움과 고반원의 아름다움을 노래한 가사 작품이다. 그 내용은 전체 7단으로 구성되어 있다. 한양에서 사평촌 고반원으로의 귀원을 말한 서사를 비롯하여, 고반원의 하루 일과, 사시 경물, 주변 산세, 수변 풍경, 산곡 풍치를 거쳐, 마지막 결사에 이른다. 그런데 아쉽게도 작품 전체가 온전하게 남아있지 못하고, 마지막 결사 부분이 결락되어 사라지고 말았다. 마찬가지로 〈고반원명명기〉 역시 앞쪽 일부분이 결락되어 온전하지 못하다.

다음은 〈고반원가〉의 제4단 고반원 주변 산세를 그린 부분이다. 대월봉과 소월봉을 비롯하여, 450년가량이 지난 지금도 친숙한 산 이름들이 호명되어 있다.

> 대월봉 소월봉 나란히 단정하고
> 구봉산 백년암 고루고루 벌였구나
> 천운 용암 옹성 마수 모후 무등 연화 취병은
> 어찌한 일로 구름 위에 솟아나서
> 다투어서 엿보고
> 눈썹 같은 도리뫼는 어디로 가다가
> 들 가운데 서 있는가

---

5 〈고반원명명기〉와 〈고반원가〉는 남언기의 유고와 유사를 모은 『考槃先生遺編』 잡저에 수록되어 있다. 그런데 이 『고반선생유편』이 아직 잘 알려지지 않은 문헌이기에, 그 간략한 서지를 이 글 뒤에 자료로 붙인다.

16세기에는 고반원 외에도, 무등산권에 소쇄원, 면앙정, 환벽당, 식영정, 송강정 등 많은 누정이 건립되었다. 건립 순서로 보아 고반원은 식영정과 송강정 사이에 위치한다. 그런데 이 무등산권에서 송순의 〈면앙정가〉와 정철의 〈성산별곡〉이라는 가사 작품이 창작되며, 한국문학사에 누정은일가사라는 새로운 유형이 형성되었다. 남언기의 〈고반원가〉 역시 이 작품들과 비견되는, 시대와 지역과 유형을 공유하는 작품이라는 데 큰 의미가 있다.

그런데 안타깝게도 고반원의 영화는 그리 오래 가지 못했다. 정유재란을 거치며 불에 타버린 데다가, 남언기의 독자였던 남박(南樸)마저 광해군 때 불의의 죽음을 당하였기 때문이다. 이렇듯 조성 후 30년이 채 못 되어 고반원은 전란에 소실되어 황폐해졌고, 그것을 다시 일으켜 세울 후사마저 끊어져 버렸다. 그러고는 17세기 후반 외증손 이만석에 의해 13개소에 달했던 누정 중 겨우 유옥정 하나가 중건되었다. 또 한참이 흐른 19세기 후반에는 민주현이 여기에 임대정을 세워 옛터를 새롭게 단장하였다. 남언기가 고반원을 조성한 지 300년 가까운 세월이 흐른 뒤의 일이었다.[6]

임대정은 처음에는 한 칸의 초려로 간소하게 엮어졌다. 세워진 곳은 옛 고반원의 '수륜대(垂綸臺)'라 명명되었던 곳이다. 여기에 은행나무가 있어 후인들이 '은행대(銀杏臺)'라고도 불렀던 곳이다. 대 아래에는 물이 있어 낚싯줄을 드리우기에 알맞은 장소였다. 이 수륜대를 개축하여 그 위에 임대정을 세우고, 민주현은 잠시 고반원의 옛 영화와 주인 남

---

6 이상 남언기와 고반원에 대해서는 필자의 「남언기의 고반원과 〈고반원가〉」(『호남의 시가문학』, 역락, 2019) 참고.

언기를 회상하며 세월과 인사의 무상감에 잠기기도 하였다.

　하지만 남언기의 고반원이 그랬듯이, 임대정 역시 주인이 떠나자 이내 무너지고 빈터만 남게 되었다. 그 후 건립 60년이 되던 1922년 후손들에 의해 중건되면서, 지금과 같이 가운데에 재실을 갖춘 세 칸의 기와집 형태를 갖추게 되었다. 이때 뜰 앞에다 작은 못을 파고, 한 길 높이로 서 있는 돌에 글자를 새겼다는 사실 등이 중건기에 기록되어 있다.

　중건 때 팠다는 못이 아마 임대정 옆에 자리한 조그만 방지(方池)일 것이다. 그리고 한 길 높이의 돌에 새겼다는 글자가 '사애선생장구지소(沙厓先生杖屨之所)'라는, 민주현을 추모하는 뜻으로 새긴 문구일 것이다. 또 못 가에 놓인 평평한 디딤돌의 좌우와 중앙에도 '읍청당(挹淸塘)', '피향지(披香池)', '기림석 임술춘(跂臨石 壬戌春)'이라는 글자가 남아있어 눈길을 끈다. 뜻으로 보아 이 못의 이름을 '읍청당' 또는 '피향지'라 하였고, 이 글자들 역시 중건 때인 임술년 봄에 새겼음을 알 수 있다. 못 가운데 조성된 조그만 원형 섬에 보이는 '세심(洗心)'이라는 말은 이곳에 임했던 주인의 마음가짐을 짐작케 해 준다.

〈완산가〉를 짓고 임대정을 세우다

　임대정 주인 민주현은 본관이 여흥(驪興)이고, 자는 치교(穉敎)이며, 사애(沙厓)는 그의 호이다. 순조 8년(1808) 옛 동복현 사평촌(지금의 화순군 사평면 사평리)에서 태어났다. 29세에 향시를 통과하였고, 44세가 되던 철종 2년(1851) 문과에 급제하였다. 그리고 이듬해에 승문원 부정자로 관직에 나아간 이후 춘추관기사관, 조경묘별검, 사간원정언, 형조좌랑,

사헌부집의, 사간원사간, 병조정랑, 승정원좌승지, 병조참판 등을 두루 역임하였다. 고종 19년(1882) 75세로 세상을 떠났다.

이런 그의 생애에서 가장 주목되는 것이 임대정 건립과 더불어, 가사 작품 〈완산가〉의 창작이다. 그는 관직 생활 초기 전주에서 종실의 시조를 모신 조경묘(肇慶廟)의 별검(別檢)으로 있으면서 자신의 생활 체험을 바탕으로 한 〈완산가〉를 남겼다. 지은 해는 그의 나이 49세 때인 철종 7년(1856)이다. 이에 앞서 민주현은 47세 때에 조경묘별검이 되었다. 그리고 이듬해 봄 지인들과 더불어 한벽당(寒碧堂), 만경대(萬景臺), 옥류동(玉流洞) 등 전주의 명승을 두루 돌아본 바 있다. 〈완산가〉는 이러한 체험을 바탕으로 이루어졌다.

〈완산가〉의 내용은 크게 전반부와 후반부로 나누어진다. 전반부에서는 명승지 완산부의 지세와 역사 및 명승 유람의 풍류를 노래하였고, 후반부에서는 작자 자신의 삶을 돌아보며 귀거래를 다짐하였다. 그래서 전반부에는 기행가사적 성격이 지배적이고, 후반부에는 은일가사적 면모가 두드러진다. 전반부의 분위기가 밝고 활기찬 데 비해, 후반부에는 외롭고 쓸쓸한 정조가 지배적이다. 〈완산가〉는 이렇게 이원적 성격을 가진 작품이다.

따라서 논자에 따라서는 후반부의 내용에 주목하여 이 작품을 은일가사로 보기도 하나, 작자 자신이 실제로 체험한 은일이 아닌, 앞으로의 은일을 다짐하였다는 점에서 순수한 은일가사와는 거리가 있다. 또한 전반부의 내용 역시 실제 기행의 여정이 작품 일부에만 그려져 있다는 점에서 본격적인 기행가사와도 거리가 있다. 그런 점에서 〈완산가〉는 결국 조선시대 말 완산 지역의 풍물 및 세태와 관련하여 작자 자신의 삶에 대한 회포를 구체적이고 솔직하게 드러낸 서정성 높은 자전가

사로 분류된다. 이것이 곧 이원성을 가진 이 작품의 독특한 성격이다.[7]

민주현은 〈완산가〉를 짓고 나서 6년 뒤인 55세 때(철종 13년, 1862)에 임대정을 세웠다. 그런데 이 임대정 건립과 관련하여, 민주현이 〈완산가〉를 통해 일찍부터 스스로 적선(謫仙)을 자처하며 귀거래에 대해 강한 집착을 보이고 있어 눈길을 끈다. 완산부의 승지 유람을 마치고 자신의 처지를 돌아보며 회포를 하소연하는 작품 후반부의 내용이 그렇다.

여기서 〈완산가〉의 그런 내용을 잠시 보기로 하자. 인용한 대본은 필자가 〈완산가〉 송곡본을 현대 표기로 바꾸고 괄호 안에 다시 필요한 한자를 부기한 것이다.

> 승지도 좋거니와 이내 회포 들어 보소.
> 내 본디 천인(天人)으로 옥제(玉帝)의 향안(香案) 모셔,
> 사륜(絲綸)을 전(專)혀 맡고 보불(黼黻)을 빛내더니,
> 우연히 박견(薄譴) 입어 인간에 적강하니,
> 물염적벽(勿染赤壁) 십리지(十里地)의 수간모옥 청한하다.

자신은 본디 이 세상 사람이 아닌 하늘에서 문장으로 옥황상제를 모신 '천인'이라고 하였다. 그러다 우연히 가벼운 꾸지람을 입어 인간에 내려오게 되었다는 것이다. 그곳이 바로 지금도 명승으로 알려진 '물염적벽'과 십 리 거리에 있는 봉정산 아래의 청한한 초가집, 즉 작자의 향제이다. 유배가사에 흔히 보이는 적강모티프를 끌어들여, 자신이 남들과는 다른 특별한 전력의 인물임을 과시하였다.

---

7 이상 민주현과 〈완산가〉에 대해서는 필자의 「민주현 〈완산가〉의 전승과 변이」(『호남의 시가문학』) 참고.

이런 자의식은 곧 성장기의 수학 과정에도 그대로 이어진다. 자신이 남달리 문장과 성학에 힘써 당당히 금방에 이름을 올리고, 백주에 비단 옷을 입고 마을을 크게 흔들었다고 하였다. 이렇듯 남다른 전력과 재주를 가졌기에 벼슬길에 나서며 가졌던 포부와 기대 또한 컸을 것이다. 하지만 그런 포부나 기대와는 달리 관리로서 현실 속 자신의 모습은 적막한 재실이나 지키는 초라한 미관에 불과할 따름이었다.

　　하릴없어 갈 데 없어 빈 재(齋)를 지키오니,
　　영(營) 본부의 풍악소리 남궁가관(南宮歌管) 북궁수(北宮愁)라.
　　가소롭다 가소롭다, 부세공명(浮世功名) 가소롭다.
　　남아의 경제제업(經濟諸業) 치군택민(致君澤民) 하렸더니,
　　뜻과 같지 못할진대 부운부귀(浮雲富貴) 경영하랴.

　홀로 쓸쓸히 빈 재실을 지키노라니, 전주 감영 본부에서는 풍악소리가 요란하다. 그 소리를 들으며 남아로서 가졌던 '경제제업'과 '치군택민'의 높은 이상이 뜻과 같지 않음을 새삼 깨닫는다. 아울러 덧없는 세상의 뜬구름 같은 부귀공명이 모두 가소롭게 느껴진다. 그래서 마냥 돌아가고 싶은 곳이 남쪽 백운심처의 고향집이다. 가족 이웃들과 함께 경작하고, 글을 읽고, 산수 간에 소요하며 풍월을 즐기던 산중 생활로 돌아가고 싶은 것이다.

　　고원(故園)을 남망(南望)하니 백운심처(白雲深處) 내 집이라.
　　문전에 박전(薄田) 있고 시렁 위에 옛 글 있고,
　　호의기건(縞衣綦巾) 즐거우며 훈지상화(壎篪相和) 낙사로다.
　　촌수재자(村秀才子) 좇아 놀아 심행수묵(尋行數墨)한 일이며,

삼경(三逕)에 있는 송국(松菊) 아침저녁 서서보고,
촌옹더러 상마(桑麻) 묻고 어부 만나 수조(垂釣)하고,
산수에 상양(徜徉)하여 풍월을 희롱하면,
인간의 즐거운 일 이 밖에 또 있던가.
내 본디 산인(山人)으로 이 뜻이 간절하나,
명시(明時)를 마침 만나 차마 영결 못하오니,
기산영수(箕山潁水) 숨은 사람 이내 종적 웃지 마소.
나도 언제야 지원(至願)을 약간 갚고,
급류(急流)에 물러나 벽산(碧山)에 깃들일까 하노라.

이렇듯 〈완산가〉에 보이는 그의 귀거래 지향은 관직 생활 초기 조경
묘별검이라는 한직에 머물던 자신의 처지에 대한 실망에서 비롯되었
다. 그리고 6년 후 민주현은 실제로 향리로 돌아가 그곳에 임대정을 세
웠다. 언젠가는 '급류에서 물러나 벽산에 깃들겠다'고 한 소망을 실현
한 결과였다.

모래 언덕에 펼친 명승, 임대정

임대정원림은 사평천과 도로를 사이에 두고 인접해 있다. 원림은 도
로변의 낮은 연못과 맞은편의 높은 언덕으로 조성되어 있는데, 이 높은
언덕 위에 임대정이 서 있다. 앞에서 말했듯이, 수륜대 또는 은행대라
이름 붙여진 언덕이다.
그런데 이 언덕을 민주현은 또 '사애(沙厓)'라 불렀던 것은 아닐까?
모래밭에 연한 이 언덕을 사애라 부르며, 그것을 기꺼이 자신의 호로
삼았던 것은 아닐까? 사애 민주현은 여기에다 임대정을 세우고, 자신의

소회를 다음과 같이 읊조렸다.

新築小亭杏樹陰　　　은행나무 그늘에 작은 정자 새로 지어
箇中幽興倍難禁　　　그 가운데 유흥 더해 금하기 어렵구나
携壺間有詩朋到　　　술병 가져오는 사이 시 친구 도착했고
爭席時看野老尋　　　자리 다투는 때에 시골 노인 찾아왔네
夏坐淸風生木末　　　여름이면 맑은 바람 나무 끝에 일어나고
秋來皓月在潭心　　　가을이면 하얀 달이 못 속에 잠긴다네
對山臨水無窮趣　　　산 대하고 물에 임한 무궁한 이 정취를
不妨軒頭抱膝吟　　　난간 가에 무릎 안고 읊조려도 좋으리

　이 시가 〈임대정원운(臨對亭原韻)〉이다. 은행대 언덕에 새로 지은 임
대정에서, 산을 대하고 물에 임해 느끼는 정취를 담백하게 드러내었다.
좋은 벗들과 어울리며 격의 없이 시주를 나누고, 계절에 따라 갈마드는
아름다운 풍광을 즐기는 모습이다.
　민주현의 〈사애유거운(沙厓幽居韻)〉 역시 임대정에서 느끼는 물외의
정취를 잘 드러낸 작품이다.

物外新成數間茅　　　물외에 새로 이루니 수 칸 모정이라
背山臨水頫長郊　　　배산임수하여 긴 들을 굽어보네
窓前細雨桑麻色　　　창전에 가랑비 오니 상마가 물들고
座上淸陰竹樹梢　　　좌상에 그림자 지니 대나무 잎사귀라
暇日關門兀孔昊　　　한가한 날 문을 닫고 공호를 생각하고
有時欹枕夢由巢　　　때로는 베개에 기대 유소를 꿈꾼다네
浮沈一世非吾計　　　일세의 부침은 내 계획이 아니기에
散地逐初任客嘲　　　산지에 돌아감을 객의 조롱에 맡기네

빈터에 새로 모정을 엮으니, 배산임수의 지형에 앞으로는 긴 들이 펼쳐져 있다. 창문 앞에 가랑비가 지나자 뽕과 삼이 자라고, 대나무 잎사귀는 그림자가 되어 자리 위에 어른거린다. 이곳에서 한가한 날이면 문을 닫고 옛 성인 공자(孔子)와 태호(太昊)를 가만히 생각하고, 가끔은 꿈속에서 옛 은자 허유(許由)와 소부(巢父)를 만나기도 한다. 이것이 바로 임대정에서 펼치는 물외의 삶이다. 이런 삶을 누리기 위해, 세상살이의 부침에서 벗어나 한산한 야인으로 돌아왔다. 앞의 〈완산가〉에서 본 귀거래의 의취를 그대로 느낄 수 있다. 특히 제5구 '한가한 날 문을 닫고 공호를 생각하고'에서는 증극의 〈염계〉에 그려진 '낮에도 문을 닫고 개중의 진 동정을 체험해 보고자' 한 주돈이의 태도가 떠오른다.

임대정에는 주인 민주현의 이런 작품들을 포함하여 많은 문인과 후손들이 남긴 각종 기와 제영이 남아 있다. 그 수는 모두 100여 편에 이른다고 한다. 그만큼 주인의 풍모와 원림의 아름다움에 많은 사람들이 매료되었음을 말해준다. 이런 명성에 걸맞게 임대정원림은 현재 국가문화재인 명승 제89호로 지정되어 있다.

[붙임] 남언기의 『고반선생유편』 서지

『고반선생유편(考槃先生遺編)』은 남언기가 쓴 시문과 그에 관한 타인의 글을 모은 책이다. 단권 단책의 목판본으로, 분량은 표지를 제외하고 46장 92쪽이다. 숙종 때 남언기의 종손(從孫) 남학명(南鶴鳴)이 남언기의 유문과 유사 등을 모아 편찬하였고, 남언기의 외손 호남좌수사 이제면(李濟冕)이 판각하였다. 숙종 11년(1685) 외손 이민서(李敏敍)가 〈고반남선생유편서〉를 썼고, 숙종 43년(1717) 역시 외손인 이이명(李頤命)이 〈고반선생유편발〉과 〈고반선생유필각후지〉를 썼다.

책의 편차는 서와 발 외에 시, 잡저, 유사, 부록으로 이루어져 있다. 시에는 〈화우(畫牛)〉 등 남언기의 시 17수, 잡저에는 〈선추밀원직부사부군묘가토후기사(先樞密院直副使府君墓加土後記事)〉 등 남언기의 글 8편, 유사에는 〈가전구록(家傳舊錄)〉 등 여러 곳에서 수집한 남언기에 대한 각종 기록 21조, 부록에는 〈답남시보장보서(答南時甫張甫書)〉 등 이황(李滉)·이항(李恒)·김인후(金麟厚)·최경창(崔慶昌)이 남언기에게 준 시문 14편이 수록되어 있다.

다음이 시, 잡저, 유사, 부록에 실린 글의 목록이다.

【시】 화우(畫牛), 일배(一盃), 기계함(寄季涵), 송홍흥도가신재부여(送洪興道可臣宰扶餘, 1575), 실제(失題), 우(又), 동촌(東村), 봉송중씨동강공부청풍군임(奉送仲氏東岡公赴淸風郡任), 정양송천응정(呈梁松川應鼎), 무진정(無盡亭), 송김계의상락(送金季義上洛), 송수안군수(送遂安郡守), 송평안감사(送平安監司), 과귀가강정(過貴家江亭), 방음(放吟), 복거동복사평촌(卜居同福沙坪村), 만이일재선생(挽李一齋先生).

【잡저】선추밀원직부사부군묘가토후기사(先樞密院直副使府君墓加土後記事), 선부군행장(先府君行狀, 1569), 선비가전(先妣家傳), 선고비합장비(先考妣合葬碑), 숙부자헌대부한성부판윤겸지훈련원사오위도총부도총관부군묘갈문(叔父資憲大夫漢城府判尹兼知訓鍊院事五衛都摠府都摠管府君墓碣文), 여정송강서(與鄭松江書, 1571), 고반원명명기(考槃園命名記), 고반원가(考槃園歌).

【고반선생유사】종가전구록녹출(從家傳舊錄錄出), 퇴계답허태휘엽서(退溪答許太輝曄書), 하서문인양자징찬하서행장(河西門人梁子澂撰河西行狀), 율곡찬이상행장급공찬선비행장(栗谷撰李相行狀及公撰先妣行狀), 출처미상, 송강일기(松江日記), 영중추홍섬찬류부인묘지(領中樞洪暹撰柳夫人墓誌), 언수증손교수두익소전(彦綏曾孫敎授斗翼所傳), 출처미상 2조, 종증손참판노성소전(從曾孫參判老星所傳), 출처미상, 고제봉경명유서석산록(高霽峯敬命遊瑞石山錄), 출처미상, 동유사우록(東儒師友錄), 설애지손봉사황소전(雪崖之孫奉事煌所傳), 이정랑답남학명서(李正郎答南鶴鳴書), 이만석소전(李萬石所傳) 3조, 최정답남학명서(崔正答南鶴鳴書).

【고반선생유편부록】답남시보장보서(答南時甫張甫書, 이하 퇴계), 답남장보서(答南張甫書), 제남계헌잠명후(題南季憲箴銘後, 1555), 답남수재언기서(答南秀才彦紀書), 우부남수재서(又復南秀才書, 일재), 증남계헌(贈南季憲, 이하 하서), 화남장보(和南張甫), 증남윤제군(贈南尹諸君), 우증장보중설(又贈張甫仲說), 증남장보(贈南張甫), 차장보운(次張甫韻), 증별장보(贈別張甫), 증남군언기(贈南君彦紀), 차장보기계함운(次張甫寄季涵韻, 고죽)

김덕령 자취, 영롱대와 취가정

영롱대의 다른 이름, 김장군조대

예로부터 전해오는, 자식이 어버이를 모신 효행담에는 대개 몇 가지의 유형이 있다. 연로한 부모가 간절히 원하지만 제철이 아니어서 구할수 없었던 나물이나 고기를, 마침내 신령의 도움으로 얻어 잘 봉양하였다는 것이 가장 일반적이다. 이때 효자가 찾던 나물이나 고기는 보통 죽순이나, 꿩 또는 잉어로 구체화된다. 병들어 누운 부모의 소생을 위해 효자가 자신의 손가락을 잘라 수혈하여 회복시켰다는 이야기 역시 쉽게 접할 수 있다. 심지어는 가난한 효자가 자신의 살을 베어 기력이 쇠한 부모에게 먹였다는 이야기도 있다. 누정 기행을 하는 자리에서 서설이 다소 엉뚱한 듯하지만, 영롱대(玲瓏臺)를 찾는 이번 기행은 임진왜란 때의 의병장 김덕령의 효행담으로 시작하기로 하자.

김덕령(金德齡, 1568~1596)이 나고 자란 곳은 무등산 자락의 광주 석저촌(石底村, 옛 石保面 城內村), 곧 지금의 광주광역시 북구 충효동이다.[1]

---

1 大明穆宗皇帝隆慶二年戊辰(我宣祖大王元年) 十二月二十九日 公生于光州石底村

형 덕홍(德弘), 아우 덕보(德普)와 함께 삼형제였다. 또 손위의 누이와는 설화 속에서 곧잘 용력을 뽐내곤 하였다. 효심이 지극하였던 김덕령에게 언젠가 이런 일도 있었다.

아버지가 병을 앓아 자리에 눕게 되자, 김덕령 남매는 병구완에 쓸 물고기를 구하기 위해 집에서 백 리나 떨어진 동복현의 복천(福川)으로 향했다. 예로부터 복천의 물고기는 맛이 좋아 임금의 수라상에 올랐을 정도로 유명하였기 때문이었다. 게다가 그곳에는 일찍이 남매의 작은 아버지가 광주의 석저촌에서 옮겨와 살고 있었다. 그런데 때가 마침 장마철이었는지 큰물이 져서 고기를 잡기는커녕 낚시터에 쉽게 접근할 수도 없었다. 이에 누이가 치마로 돌을 날라 즉시 다리를 놓았고, 김덕령이 그 다리를 건너 석대에 올라 고기를 낚았다는 것이다. 김덕령의 누이가 치마로 싸 옮겨놓았다는 무등산의 치마바위전설과도 같은 모티프를 가진 이야기이다.

그때 누이가 복천에 놓았다는 석교가 곧 ‘복교(福橋)’이고, 김덕령이 낚시질을 하였다는 석대가 바로 ‘김장군조대(金將軍釣臺)’이다. 그래서 지금도 영룡대를 일명 ‘조대’라고 부른다. 또 김덕령이 선조로부터 충용장(忠勇將)이라는 군호를 받은 사실에 연유하여 복천을 ‘충용강’이라고도 한다.

((年譜), 『金忠壯公遺事』 권2). 이 기록에 따르면 김덕령이 태어난 해는 1568년이다. 그런데 한국학중앙연구원에서 제공하는 『한국민족문화대백과사전』을 비롯하여 인터넷상의 거의 모든 자료가 1567년으로 잘못 소개하고 있다.

주먹만 한 석대, 방울 같은 정자

이렇듯 영룡대는 원래 복천에 있는 주먹처럼 조그만 석대였다. 그 위에 선조 때 사람 김곤변이 정자를 세웠다. 정자의 크기 역시 방울처럼 작았다. 그렇지만 정대(亭臺)의 빼어남은 한 고을에서 으뜸이었다고 한다.[2]

석대에 정자를 세운 농재(瓏齋) 김곤변(金鯤變, 1541~1592)이 바로 김덕령의 숙부이다.[3] 그가 광주의 석저촌에서 이곳으로 옮겨와 살면서, 복천의 농암(瓏巖) 위에 영룡대를 세웠다. 하지만 그의 생애에 대해서는 소상하게 알려져 있지 않다. 때문에 여기에 소략하나마 족보에 수록된 내용을 그대로 옮긴다.

김곤변의 자는 증숙이고, 호는 농재이다. 중종 신축년(1541)에 태어났다. 퇴계 이황의 문인으로, 음직이 승사랑이다. 성행이 단결하였고, 부모의 뜻을 잘 받드는 효행이 있었다. 만년에 복천의 석교에 살면서, 강에 임해 대를 쌓고 제현과 더불어 경의를 토론하였다. 한강 정구가 그 편액을 썼는데, 영룡이라 하였다. 임진년(1592) 4월 24일에 세상을 떠났다. 족손 치호가 행장을 썼고, 연재 송병선이 묘표를 썼다.[4]

2　玲瓏臺石臺也 臨福川之石橋川上 特一拳石之小者也 臺上有亭 亦一鐸之小小者也 然而亭臺之勝 擅于一縣(李鶴來, 〈玲瓏臺記〉, 1872)

3　金鯤變의 본관은 光山이다. 金允孝의 차남으로, 형 金鵬變이 곧 김덕령의 부친이다. 그런데 한자의 오독으로 인해 형제의 이름이 현재 대부분의 자료에 '붕섭(鵬燮)'과 '곤섭(鯤燮)'으로 잘못 알려져 있다. 또 무등산권 환벽당의 주인 金允悌가 김곤변의 숙부이고, 서하당 金成遠은 김곤변의 재종형이다.

4　鯤變 字曾叔 號瓏齋 中宗辛丑生 退溪李滉門人 蔭承仕郎 性行端潔 有養志之孝 晚寓 福川石橋 臨江築臺 與諸賢討論經義 寒岡鄭逑題其額曰玲瓏 壬辰四月二十四日終

김곤변의 자호와 생몰년, 그리고 사승과 성행 및 만년의 영롱대 구축 사실만이 간략히 기록되어 있다. 특히 '영롱대'라는 편액을 한강 정구가 썼다고 하였는데, 정구는 1584년(선조 17)부터 이듬해까지 이 고을 동복의 현감을 지낸 바 있다. 따라서 영롱대는 늦어도 1584년 무렵, 또는 그 이전에 건립되었을 것이다.[5] 이곳을 무대로 김곤변과 교유한 인물로는 한강 정구와 함께 은봉 안방준, 죽천 박광전, 하서 김인후, 고봉 기대승, 제봉 고경명, 송강 정철 등이 거명된다.[6]

영롱대가 건립되고 지금까지 450년 가까운 많은 세월이 흘렀다. 당연히 그동안 수차의 중수와 중건이 있었을 것이다. 가까이는 1975년 도로의 확장으로 인한 이건이 있었다. 그러고는 또 주암호의 조성으로 인해 1989년에 지금의 위치로 다시 옮겨지었다. 때문에 애석하게도 지금의 영롱대는 천변의 아담한 석대에 자리하였던 원래의 모습과는 거리가 있다. 현재의 형태는 골기와 팔작지붕, 정면 3칸, 측면 2칸, 중재실을 갖춘 정자의 전형적인 모습이다. 전라남도 화순군 남면 복교리 모후로 383, 주암호 상류의 도로변에 있다.

族孫致浩撰行狀 淵齋宋秉璿撰墓表(『光山金氏郎將公派譜』 권1, 18쪽)

5 영롱대의 창건 시기에 대해서는 1568년(선조 1) 설과 1587년(선조 20) 설도 있어 단정하긴 어렵다. 관련 내용은 조태성의 「영롱대」(『화순누정기행』, 화순문화원, 2013, 126쪽)와 심홍섭의 「영롱대」(『화순군지』 중, 화순군지편찬위원회, 2012, 171쪽) 참고.

6 與當時諸賢 鄭寒岡 安隱峯 朴竹川 期許甚重 金河西 奇高峯 高霽峯 鄭松江 多酬唱 其踐履之篤實 門路之正大 已可知矣(閔泳世, 〈玲瓏臺移建記〉, 1975)

짧고도 비극적인 영웅의 삶

세상사에는 주연보다 조연이 더 빛나고 기억되는 경우가 종종 있다. 영롱대의 내력을 담은 이야기가 그렇다. 영롱대에는 주인인 김곤변보다 이곳에서 낚시질을 하였던 조카 김덕령이 더 깊이 각인되어 있다. 영롱대에 '조대(釣臺)'라는 또 다른 이름과 정조가 내린 〈어제김충장유사서(御製金忠壯遺事序)〉를 새긴 현판이 걸려있다는 사실이 그것을 잘 말해 준다. 김덕령이 출중한 의병장이기도 하였지만, 자신의 뜻을 제대로 펼치지도 못하고 안타깝게 요절한 비극적 삶의 주인공이었기에 더욱 그렇다.

김덕령은 1592년 임진왜란이 일어나자 의병을 일으켜 형 덕홍과 함께 고경명의 막하에 들었다. 그렇지만 형의 권유로 노모 봉양을 위해 잠시 귀향하였고, 이듬해인 1593년 모친상 중에 다시 의병을 일으켰다. 그리고 잇달아 충용장(忠勇將), 익호장군(翼虎將軍), 초승장군(超乘將軍)의 군호를 받았다. 주로 영남지역 방어를 맡아 곽재우와 함께 권율의 막하에서 활약하였다. 1596년 7월에는 충청도 홍산에서 이몽학이 반란을 일으키자, 진압을 위해 진주에서 운봉까지 진군하였다가 이미 난이 평정되어 다시 진주로 돌아갔다. 하지만 어이없게도 이내 이몽학과 내통했다는 무고를 입었고, 체포되어 혹독한 고문 끝에 옥사하였다.

이때 그의 나이 불과 29세였다. 나라를 위해 전쟁터에 나가 목숨을 걸고 싸웠으면서도 끝내 억울한 누명까지 쓴 채 세상을 떠난, 참으로 짧고도 비극적인 영웅의 삶이었다. 비록 훗날 신원되어 현종부터 정조에 이르기까지 여러 조정에서 병조참의, 병조판서, 의정부좌찬성의 증직과 '충장'이라는 시호 및 부조특명(不祧特命)과 '충효리'라는 정려가 내려지기는 하였지만,[7] 이미 당한 억울한 죽음을 돌이킬 수는 없었다. 그래서 세상에는 그를 기리는 이야기가 많다.

꿈에라도 취하여 노래하노니

권필(權韠, 1569~1612)은 시주(詩酒)와 유람을 좋아하였던 인물이다. 호남과는 각별한 인연이 있어 수차에 걸쳐 호남을 돌아보며 한때 장성에 우거하였고, 죽어서는 광주 운암사에 장인 송제민 처남 송타와 함께 배향되었다. 정철의 문인으로 동년배인 허균과는 막역한 사이였고, 김덕령보다는 한 살 아래였다. 또 평소의 성품이 일에 얽매이지 않고 거리낌이 없어, 잘못을 보면 그냥 쉽게 지나치지 못하였다. 하여 광해군 때 어지러운 정치를 풍자하는 이른바 〈궁류시(宮柳詩)〉를 지었다가 화를 입어, 그 역시 불행하게 세상을 떠났다.

이런 권필이 어느 날 꿈을 꾸었다. 그의 꿈에 죽은 김덕령이 술에 취해 비틀거리며 나타나, 자신의 억울함을 하소연하며 노래하였다. 이른바 〈취시가(醉時歌)〉라고 알려진 노래이다.

醉時歌	취하여 부르는 노래
此曲無人聞	이 노래 아무도 들어주지 않네
我不要醉花月	나는야 꽃과 달에 취함을 바라지 않고

---

7 충효리정려비는 김덕령을 비롯하여 정유재란 때 왜적을 피해 추월산에서 순절한 그의 부인 흥양 이씨, 금산전투에서 전사한 형 덕홍, 혼자 남아 가문을 지키며 풍암정을 조영한 아우 덕보 등 일가족의 충·효·열을 기려 정조의 명에 따라 정조 13년(1789)에 세워졌다.

我不要樹功勳	나는야 공훈을 세움도 바라지 않느니
樹功勳是浮雲	공훈을 세움은 뜬구름 같고
醉花月也是浮雲	꽃과 달에 취함도 뜬구름 같은 것
醉時歌	취하여 부르는 노래
此曲無人知	이 노래 아무도 알아주지 않아도
我心只願	내 마음 다만 원하는 것은
長劍報明君	긴 칼로 임금 은혜에 보답하는 것이네

　자신이 전쟁터에 나가 목숨을 걸고 싸운 것은 한갓 뜬구름 같은 부귀
공명을 위해서가 아니라, 오직 나라를 위한 충정 때문이었다는 것이다.
그런데 아무도 그것을 몰라주니 답답하다는 것이다. '몸 안에서 내 없
는 불이 일어나니 끌 물이 없다'는 그의 시조 〈춘산곡(春山曲)〉을 떠올
리게 한다. 권필이 평소 잘못된 일을 보면 참지 못하는 성품인지라, 꿈
에서나마 김덕령의 넋과 조우하였던 모양이다.

　〈취시가〉는 보통 김덕령의 노래로 일컬어진다. 하지만 따지고 보면
이 노래를 부를 때, 김덕령은 이미 이 세상 사람이 아니었다. 말하자면
그의 넋이 권필의 몸에 빙의하여 〈취시가〉를 부른 셈이다. 그렇다면 이
노래의 진짜 작자는 누구인가? 김덕령의 억울한 죽음을 애도하여 권필
이 지었거나, 당시 시중에 떠돌던 누군가의 노래를 옮겨왔을 것이다.
김덕령의 〈취시가〉를 듣고, 권필이 위로하며 불렀다는 〈화답가(和答
歌)〉는 다음과 같다.

將軍昔日把金戈	장군께서 지난날 창칼을 들었으나
壯志中推奈命何	큰 뜻 도중에 무너지니 운명을 어쩌리오
地下英靈無限恨	지하의 영령께서 품은 한 끝이 없으니
分明一曲醉時歌	분명한 한 곡조, 취하여 부른 노래라네

〈취시가〉에서 연유된 취가정

권필의 꿈에 김덕령이 불렀다는 〈취시가〉에서 연유된 누정이 바로 취가정(醉歌亭)이다. '취가'라는 이름부터 '취시가'에서 따왔다. 정조 때 정려가 내리면서 충효리로 이름이 바뀐, 김덕령의 석저촌에 있다. 지금 의 광주광역시 북구 충효동이다. 후손 김만식 등이 1890년(고종 27)에 세웠는데, 한국전쟁 때 불에 타 1955년에 다시 세웠다. 광주광역시 문 화재자료 제30호이다.

정자 안에는 송근수의 〈취가정기〉(1891), 김문옥의 〈취가정중건기〉 (1955), 김만식의 〈취가정상량문〉과 제영 〈창립취가정유감〉, 앞에서 본 〈취시가〉와 〈화답가〉, 그리고 김덕령의 시 〈제서봉사(題瑞峯寺)〉와 〈군 중작(軍中作)〉이 현판에 새겨져 있다. 또 정자 뒤에는 2001년에 세운 '충장공김덕령장군취시가비'도 서 있다.

그러면 이제 김덕령이 남긴 〈군중작〉을 음미하며 이 기행을 마무리 하기로 하자.

絃歌不是英雄事	가락 없은 노래는 영웅 할 일 아니고
劍舞要須玉帳遊	칼춤이 모름지기 군막의 놀이일세
他日洗兵歸去後	훗날 병장기 씻고 돌아간 후에는
江湖漁釣更何求	강호의 낚시질에 다시 무얼 구하리오

여기에서 말한 소망이 이루어졌다면, 김덕령은 전란이 끝나고 고향 에 돌아와 한가로이 낚시질을 즐기는 강호의 삶을 영위하였을 것이다. 생각해 보면, 그가 살았던 광주호 주변 무등산권에는 김덕령의 광산 김 씨 일문에서 조영한 누정이 많다. 그의 종조부인 김윤제의 환벽당, 재

당숙인 김성원의 서하당과 식영정, 그리고 아우 김덕보의 풍암정이 그
것이다. 이에 더해 김덕령이 또 하나 자신의 누정을 구축하고 여한 없
는 삶을 보냈을지도 모른다. 하지만 "하늘이 그를 낳았지만, 사람은 그
에게 액을 주었다"[8]는 정조의 탄식처럼, 세상은 그에게 그런 호사를 허
락하지 않았다. 죽은 후 300년 가까운 시간이 지나서야 겨우 '취가정'이
라는 이름으로, 이승에 산책 나온 그의 넋이 쉬어갈 작은 공간을 허용
하였을 따름이다.

---

8 天則生之而人則阨之(正祖, 〈御製金忠壯遺事序〉, 徐瀅修 奉敎謹書, 1796)

참고문헌

『광주읍지』, 광주민속박물관, 2004(1924판).

『광주읍지』, 광주직할시, 1990(1879판).

『국역 강남악부』, 순천대학교 남도문화연구소, 1991.

『국역 고려사』, 동아대학교 석당학술원 역주, 도서출판 민족문화, 2006.

『국역 동문선』, 민족문화추진회, 1977.

『국역 면앙집』, 담양문화원, 1996.

『국역 신증동국여지승람』, 민족문화추진회, 1978.

『국역 연려실기술』, 민족문화추진회, 1967.

『삼한시귀감』, 이우출판사, 1980.

『순천시사』, 순천시사편찬위원회, 1997.

『승평지』, 순천대학 남도문화연구소, 1988.

『全唐詩』, 中華書局, 1960.

『全宋詩』, 北京大學出版社, 1998.

『진도군읍지』, 진도문화원, 1987.

『진도군지』, 진도군지편찬위원회, 1976, 2007.

『호남문화연구』 제14~20집, 전남대학교 호남문화연구소, 1985~1991.

『화순군지』, 화순군지편찬위원회, 2012.

강봉룡, 「진도 벽파진의 고·중세 '해양도시'적 면모」, 『지방사와 지방문화』 제8집,
    역사문화학회, 2005.

강전섭, 「한산도가의 작자 변정」, 『한국고전시가연구』, 경인문화사, 1995.

고성혜, 「송순의 〈면앙정가〉에 나타난 장소성과 그 의미」, 『한민족어문학』 제70
    집, 한민족어문학회, 2015.

권순열, 「송천 양응정의 시문학 연구」, 전남대학교 박사학위논문, 1995.

길진숙, 「대한매일신보 시사평론란 가사 연구」, 『한국가사문학연구』, 태학사, 1996.

김기현, 「김광욱의 「율리유곡」」, 『현산 김종훈박사 화갑기념논문집』, 집문당, 1991.

김대현,「조선전기 '무등산권 적벽' 공간의 문학작품 연구」,『한국고시가문화연구』 제34집, 한국고시가문화학회, 2014.

김덕진,「유배인이 남긴 진도 지역정보」,『호남문화연구』제43집, 전남대학교 호남학연구원, 2008.

김명순,「시조〈삼동에 베옷 입고〉의 문헌 전승 양상 연구」,『시조학논총』제24집, 한국시조학회, 2006.

김문기,『서민가사연구』, 형설출판사, 1985.

김선풍,「혈죽가 소고」,『연민학지』제1집, 연민학회, 1993.

김성기,『면앙송순시문학연구』, 국학자료원, 1998.

김신중,「전남의 누정제영 연구」,『호남문화연구』제24집, 전남대학교 호남문화연구소, 1996.

_____,『호남의 시가문학』, 도서출판 역락, 2019.

_____ 외,『담양의 누정기행』, 담양문화원, 2008.

_____ 외,『화순누정기행』, 화순문화원, 2013.

김용찬,『교주 병와가곡집』, 월인, 2001.

김은희,「담양의 장소성에 대한 일고찰」,『한국고시가문화연구』제35집, 한국고시가문화학회, 2015.

_____,「송순 시가의 장소성에 대한 일고찰」,『한민족어문학』제63집, 한민족어문학회, 2013.

김응정 저, 양광식 역,『해암문집』, 강진문헌연구회, 1994.

김현진,「순천 연자루 제영시 연구」,『남도문화연구』32, 순천대학교 남도문화연구소, 2017.

_____,「순천지역 누정 제영시 연구」, 경상대학교대학원 박사학위논문, 2018.

김흥규 외 편저,『고시조 대전』, 고려대학교 민족문화연구원, 2012.

류연석,『한국가사문학사』, 국학자료원, 1994.

류재일,「이제현의 작품을 수용한『남원고사』의「쇼상팔경」연구」,『연민학지』 제2집, 연민학회, 1994.

박명희,「조현범의 강남악부고」,『고시가연구』제1집, 전남고시가연구회, 1993.

박병익,「소재 노수신의「피구록」연구」,『고시가연구』제29집, 한국고시가문학회, 2012.

박애경,「민충정공 담론과〈혈죽가〉류 시가 연구」,『우리어문연구』제34권, 우리어문학회, 2009.

박요순,『옥소 권섭의 시가 연구』, 탐구당, 1987.
박을수,『한국시조대사전』, 아세아문화사, 1992.
박준규,『호남시단의 연구』, 전남대학교 출판부, 2007.
박혜숙,『형성기의 한국악부시 연구』, 한길사, 1991.
배대웅,「조선시대 강진 지역 시조 연구」, 조선대학교대학원 석사학위논문, 2015.
서원섭,『가사문학론』, 형설출판사, 1983.
성기옥,『한국시가율격의 이론』, 새문사, 1986.
성범중,「김종서의 〈호기가〉와 변새시」,『한국고전시가작품론2』, 집문당, 1992.
신경숙 외,『고시조 문헌 해제』, 고려대학교 민족문화연구원, 2012.
신장섭,「「강남악부」에 나타난 사회·풍속 고찰」,『연민학지』제3집, 연민학회,
  1995.
신지연·최혜진·강연임 엮음,『개화기가사자료집』3, 보고사, 2011.
신해진 역주,『반곡난중일기』, 보고사, 2016.
심재완,『교본 역대시조전서』, 세종문화사, 1972.
안 확,『시조시학』, 교문사, 1949.
안휘준,「한국의 소상팔경도」,『한국회화의 전통』, 문예출판사, 1988.
王 宇,「江湖詩人曾極生平事迹考論」,『文學前沿』1, 2007.
이구의,「고조기의 삶과 시」,『동방한문학』제17권, 동방한문학회, 1999.
이상원,「〈면앙정가〉의 구조와 성격」,『국제어문』제64집, 국제어문학회, 2015.
_____,「송순의 면앙정 구축과 〈면앙정가〉 창작 시기」,『한국고시가문화연구』
  제35집, 한국고시가문화학회, 2015.
이수진,「『황성신문』소재 민충정공의 '혈죽' 담론과 시가 수록 양상」,『동양고전
  연구』제52집, 동양고전학회, 2013.
이용숙,「〈사우가〉와 〈오우가〉의 비교연구」,『고산연구』제2호, 고산연구회, 1988.
이은주,「휴옹 심광세의 영사시와 역사관」,『한국한시작가연구』9, 한국한시학회,
  2005.
이재원,「지봉 한시 연구」,『한문학논집』19, 근역한문학회, 2001.
이태진,「안확의 생애와 국학세계」,『자산안확국학논저집』제6권, 여강출판사, 1994.
이현일,「심원자 한재렴 시 연구」,『민족문학사연구』56, 민족문학사학회, 2014.
이희목,「민충정공혈죽시 연구」,『한문학보』제7권, 우리한문학회, 2002.
임기중 편,『역대가사문학전집』, 동서문화원·아세아문화사, 1987·1998.
임창순,「비해당 소상팔경 시첩 해설」,『태동고전연구』제5집, 한림대학교 태동고

전연구소, 1989.

장성진, 「애국계몽기 민충정공 추모시가의 주제화 양상」, 『배달말』 제55권, 배달 말학회, 2014.

정기선, 「해암 김응정의 생애와 문학」, 『한국고전연구』 33, 한국고전연구학회, 2016.

정병헌, 「나세찬의 삶과 글짓기의 방식」, 『송재 나세찬』, 태학사, 2000.

조원래, 「순천부사 이수광과 승평지」, 『남도문화연구』 6, 순천대학교 남도문화연 구소, 1997.

조윤제, 『국문학개설』, 탐구당, 1991.

_____, 『조선시가사강』, 동광당서점, 1937.

조태성, 「면과 앙, 두 개의 시선」, 『고시가연구』 제29집, 한국고시가문학회, 2012.

진경환, 「누정가사의 공간과 풍경」, 『우리어문연구』 제38집, 우리어문학회, 2010.

진동혁, 「김응정 시조 연구」, 『국어국문학』 90, 국어국문학회, 1983.

_____, 「김해암가곡집서 등에 관하여」, 『건국어문학』 9·10, 건국대, 1985.

최상은, 「송순의 꿈과 〈면앙정가〉의 흥취」, 『고시가연구』 제31집, 한국고시가문 학회, 2013.

황병성, 「이순신의 한산도가 문제와 보성 열선루」, 『백산학보』 제70호, 백산학회, 2004.

논문출처

제1부 시대의 추이와 시가의 대응

김응정의 『해암가곡집』과 시조
『한국시가문화연구』 제49집(한국시가문화학회, 2022)에 실린 「해암 김응정의 가곡집과 시조」에 일부 내용을 더한 것이다.

이순신 〈한산도가〉의 전승과 성격
『한국언어문학』 제57집(한국언어문학회, 2006)에 실린 같은 이름의 논문에 일부 내용을 수정 보완한 것이다.

조현범 〈강남악부〉의 악부시적 성격
『한국언어문학』 제64집(한국언어문학회, 2008)에 「조현범의 〈강남악부〉 연구」 라는 제목으로 게재된 바 있다.

고시조에 나타난 대의 형상
『호남문화연구』 제39호(전남대학교 호남문화연구소, 2006)에 게재된 바 있다.

애국계몽기의 혈죽담론과 혈죽가사
『한국언어문학』 제95집(한국언어문학회, 2015)에 「애국계몽기의 혈죽가사 연구」 라는 제목으로 게재된 바 있다.

가사의 형태적 변화와 현대적 수용
『고시가연구』 제21집(한국고시가문학회, 2008)에 실린 같은 이름의 논문을 일부 수정한 것이다.

근대 안확의 학문 활동과 시조
『석화 정재완 교수 정년기념논총』(2002)에 실린 「자산 안확의 학문 활동과 시조」 를 다시 손질한 것이다.

제2부 누정문화와 누정제영

제영을 통해 본 연자루의 문화적 표상
『한국시가문화연구』 제42집(한국시가문화학회, 2018)에 게재된 바 있다.

광주 석서정의 명칭과 〈석서정기〉
『호남문화연구』 제47집(전남대학교 호남학연구원, 2010)에 「광주 석서정의 명
칭 및 기문 연구」라는 제목으로 게재된 바 있다.

과시와 치유의 노래 〈면앙정가〉
『감성연구』 제22집(전남대학교 호남학연구원, 2021)에 같은 제목으로 게재된 논
문에 일부 내용을 덧붙인 것이다.

나세찬 〈거평동팔경〉의 팔경시적 성격
『한국언어문학』 제37집(한국언어문학회, 1996)에 실린 「송재시 〈거평동팔경〉의
팔경시적 성격」을 다시 손질한 것이다.

양응정의 시가활동과 누정제영
『고시가연구』 제6집(한국고시가문학회, 1999)에 실린 「송천의 시가활동과 누정
제영」을 다시 손질한 것이다.

남도의 누정과 그 연구 동향
『국학연구론총』 제8집(택민국학연구원, 2011)에 실린 「전남의 누정과 그 연구 동
향」을 일부 수정 보완한 것이다. 때문에 제3장의 연구 동향은 2011년 이후의 내
용이 소략하다.

제3부 무등산권 누정 탐방

여기에 실린 6편의 글은 한국가사문학관에서 발행한 『오늘의 가사문학』에 2014
년 여름(제1호)부터 2016년 봄(제8호)까지 그 초고가 연재된 바 있다.

찾아보기

김신중(金信中)

전남대학교 국어국문학과를 졸업하고, 동 대학원에서 「한국 사시가의 연구」(1992)로 문학박사 학위를 받았다. 전공은 한국시가문학이며, 현재 전남대학교 교수로 재직 중이다. 논저로 『은둔의 노래 실존의 미학』(2001), 『역주 금옥총부』(2003), 『담양의 누정기행』(공저, 2008), 『화순의 누정기행』(공저, 2013), 『시조와 가사의 이해』(공저, 2017), 『호남의 시가문학』(2019) 등이 있다.

시가문학의 역사성과 장소성

2023년 2월 28일 초판 1쇄 펴냄

지은이 김신중
펴낸이 김흥국
펴낸곳 도서출판 보고사

책임편집 이소희
표지디자인 오동준

등록 1990년 12월 13일 제6-0429호
주소 경기도 파주시 회동길 337-15 보고사
전화 031-955-9797(대표), 02-922-5120~1(편집), 02-922-2246(영업)
팩스 02-922-6990
메일 kanapub3@naver.com / bogosabooks@naver.com
http://www.bogosabooks.co.kr

ISBN 979-11-6587-449-0 93810
ⓒ 김신중, 2023

정가 33,000원